民国武侠小说典藏文库·还珠楼主卷

青城十九侠

还珠楼主◎著

（第四卷）

中国文史出版社

目 录

第五十四回　奇宝辉腾　暗暗森林寻异士

　　　　　　精芒电射　轰轰烈火荡妖氛 …………… 1

第五十五回　开乐土　同建碧城庄

　　　　　　款群苗　初逢白猩子 …………………… 26

第五十六回　岭列峰遥　穿山寻古洞

　　　　　　红嫣紫姹　平野戏凶猩 ………………… 49

第五十七回　掷果飞丸　兽域观奇技

　　　　　　密谋脱困　月夜窜荒山 ………………… 73

第五十八回　涉险渡危峰　兽遁森林失旅伴

　　　　　　储甘剧野笋　人归峡谷斩山魈 ………… 96

第五十九回　冒雪吐寒芳　万树梅花香世界

　　　　　　围炉倾美酒　一团春气隐人家 ………… 120

第 六 十 回　飞鸟传书　荒崖求灵药

　　　　　　开门揖盗　古洞失珍藏 ………………… 141

第六十一回　矢射星投　飞橇驰绝险

　　　　　　冰原雪幕　猎兽入穷荒 ………………… 171

1

第六十二回　挥铁掌　狭路肆凶谋

　　　　　　放飞簧　凭崖伤巨寇 ………………………… 195

第六十三回　灵丹续命　穴地安亲魂

　　　　　　黑夜寻仇　穿山诛首恶 ………………………… 219

第六十四回　掘眼问供扼项复仇　耿耿孤忠拼一死

　　　　　　灵鸟前驱明珠照乘　茫茫长路走孤身 ………… 245

第六十五回　碧焰吐寒辉　大雪空山惊女鬼

　　　　　　银虹诛丑魅　神雷动地起灵婴 ………………… 264

第六十六回　旭日照幽花　顿失阴霾登乐土

　　　　　　狂飙撼危壁　突飞宝刀斩妖狐 ………………… 289

第六十七回　电击霆奔　仙兵穿石岸

　　　　　　烟笼雾约　神物吸金船 ………………………… 304

第六十八回　群仙盛会　古鼎炼神兵

　　　　　　二女长征　飞舟行蜀水 ………………………… 338

第六十九回　鲁道人仗义拯奇婴

　　　　　　吕灵姑飞刀诛巨害 ………………………………… 358

第五十四回

奇宝辉腾　暗暗森林寻异士
精芒电射　轰轰烈火荡妖氛

话说二人正在互比手势，争持之间，洞内又跑出两个少女，相貌较为丰丽，不似前两女那么枯瘦如柴，精神也比较活泼得多。一个手中捧着一个竹枝编的鸟笼；一个手里端着一个木盘，上面伏卧着一个白鸟。少女手按其上，白鸟闭目合睛，似已奄奄待毙。

那少女走到头一少女面前，说道："十九姊你看，这东西自从被主人捉来，好多天了，硬不吃东西。昨天你勉强给它吃了点水，今天气息更弱，简直要死。我看给它喂点水，洗个澡吧。"前女答道："廿六妹，你真大意。主人说此鸟通灵，不是凡鸟，稍不小心，就会逃走。如今主人又不在家，你把它去禁，取出洗澡，要被逃走，如何得了？"持鸟少女答道："你胆子也太小了。莫说它已饿了这么多天，想飞也飞不动，我手还按着它呢，洗时手又不放，怎逃得脱，我是看它真可怜人，你既这样说法，好在主人回来也快，少时再洗吧。"

说时，牛子早一眼看清少女所持，正是灵姑心爱之物，不禁惊喜交集，心里怦怦乱跳。无奈自己也怕少女神法，不敢大意。想支鹿加，料他也决不敢去。方在为难，听少女语气，似要回转洞内，一时情急，暗忖："主人待我多好，这是她朝夕想念之物，日前还告过奋勇，好容易找到，便拼了性命，也应给她抢回才是。"想到这里，胆子立壮，悄告鹿加："那白鹦哥是主人养的，被他们偷了来。我去抢回。你帮助我一点。"

鹿加未及答话，持鸟少女已是转身要走。牛子更不怠慢，怪叫一声，飞纵上前，一手把鸟夺过。跟着一掌将人推倒，连纵带跳，回头就跑。人由暗中纵出，事出仓促，四女闻声，方在张皇骇顾，牛子已将鹦鹉夺过，当时一阵大乱。洞中还有十几个少女，闻警争出；互相匆匆一说，留下两女守洞，各持器械，齐声呐喊，朝牛子逃处追去。

这些少女都会一点障眼法术。洞主是个洗了手的妖人，更不好惹。所幸苗人奔走迅速，鹿加藏匿闪避，本有特长。听后面喊杀之声，众女追来，不敢应敌，忙拉牛子绕行昏林之中，左藏右躲，未被追上。鹿加一摸身旁，还有三支响箭，原是吕氏父女留来引诱乌加的。心惧敌人法术，恐被迫上，为了应急，取出一支，施展声东击西的惯技，觑准天光可透之处，照上面林隙把手一扬，往来路斜射上去，"姑拉"一声怪叫，穿林而出。脚底仍和牛子不停飞跑，偶一回顾，身后起了好几处碧光，光中各有一个盘大的恶鬼，有头无足，满林出没隐现，相隔只有十多丈，似在追逐他俩。

二人害怕已极，忘命般逃不多远，忽听"姑拉"之声又起。鹿加一听，正是乌加所发，定是闻得响箭，知道自己在此，放箭相应。百忙中再回脸一看，碧光照处，大树后闪出一条人影，手里似还拿着一条茶杯粗细的死蛇。刚要往侧面纵去，四面恶鬼已飞过去将他围住，张开血盆大口便咬，晃眼倒地，被鬼咬死。二人看出那人果是乌加，必是往林中来打山粮，无心巧值，却做了替死鬼。

牛子知道自己没有鹿加的腿快，闪躲灵敏，忙将鹦鹉交他。喘吁吁低声说道："这是主人最爱的东西，我跑得慢，怕被恶鬼追上，你拿了先逃回去，不要管我。要是被鬼害死，快请主人与我报仇好了。"鹿加接鸟先跑，牛子跟在后面。回顾恶鬼呐喊之声越大，也不知是什么缘故。二人心胆皆裂，哪敢稍息，一味忘命急驰。且喜误打误撞，居然逃出林外。辨明来路，一前一后，一口气不缓跑到崖前，见着灵姑，才放了心。至于鹦鹉怎会落在那群少女手内，所称洞主是个什么样人，全不知道。并说："那恶鬼甚是厉害，乌加才一遇上，便被咬死。临快逃出林时，还看见一个最大的鬼头从后追来。如今想起，还在害怕。看神气，那第二条蛇的尸首必被寻去。既然这样邻近，早晚必来侵犯，主人须要留神防备。"

吕伟闻言，心想："一波未平，一波又起。乌加为妖人所伤，恐是幻觉，死活难知。万一被妖人擒走，问知就里，他把线蛇看得如此之重，岂肯甘休？自己奔波数千里，好容易找到隐居之所，是否玉灵崖尚不可知，爱女仙缘遇合，一无征兆，却是变乱相寻。妖人、敌人近在肘腋之间，来日大难，如何是好？"方在愁思出神，那鹦鹉忽在灵姑手上连声高鸣。吕伟知它通灵，弄巧还许比二山人能知妖人底细，便教灵姑细心盘问。

灵姑把话听完，忙和王渊走到小竹林中，寻了一块石头坐下，向鹦鹉仔

2

细盘问。那鹦鹉甚话都能说，只是以前所随主人是个有道高僧，语音啾唧，乍听不易听出，但是性极聪明，一教便会。灵姑爱极，更有耐心，可以意会。不消个把时辰，彼此心领神会，鸟音也逐渐转变。问出那妖人姓向，洞中少女先有三十余人，对他都以主人相称，只有两个称师父的。原是左道，先好采补之术，无恶不作。前三年遭了一次雷劫，几乎震死。跟着又遇见一位剑仙，已经被擒待死，侥幸逃脱。由此悔悟前非，逃来此山。众女都是供他采补之物，个个亏了真阴，已没几年寿命。他虽是妖人，医术极精，也时常医病救人。一旦悔悟，意欲医救这些受他害的少女。

妖人知线蛇是补还元阴的圣药，更可治各种疑难病症，有手到回春之功。全身均可依方配制，无一弃物，只是极难寻到。妖人在本山住了两年，无心中救了几个虎皮苗人，得知森林尽处出了线蛇。不知怎的不能亲自下手，便教会四人杀蛇擒蛇之法。原意不论死活，只要得到一条整的，于愿已足。四人为了报恩，竟冒奇险，居然给他生擒到手，偏又遇见乌加。因妖人恰有要事外出，照例每次出去，至少也须月余才回，四人为利所动，起了贪欲，将一条半活蛇全借给了乌加。谁知妖人惦记此事，几天便回，在洞中发现死蛇，当时行法运回。疑心四人受了对头愚弄，又急又气，一边命少女拷问四人，自出寻找那条断的。这妖人连遭两劫，已成惊弓之鸟，去时和众女说话情景甚是忧虑。

鹦鹉原是别了灵姑，空中飞行，巧遇妖人正在下面。妖人看出它是灵鸟，用妖法将它摄了回去，意欲收服。不想鸟性甚烈，一连数日不进饮食。妖人不愿伤生，本欲放走，偏生妖人女徒中一个名叫云翠的，爱极此鸟，再三请求，妖人允了。鹦鹉绝食装死，本想妖人会放它。及见不行，知道鸟食中拌得有药，只要吃一点，永远驯服，又苦熬了好几天。实在支持不住，才饮了点水。鹦鹉连日听他师徒说话，知妖人业已洗心革面，从此不再为非。待等医好众女，便去雪山投师，寻过正果。便今日出去寻蛇以前，也只怕有人和他为难，决无报复的话。

鹦鹉最后对灵姑说道："主人你身有至宝，慢说妖人决不敢来，就来也不怕他。如不放心，可在夜里将飞刀放出老远，在附近空中飞绕数十周，他必不知深浅，以为这里有了厉害对头，邪正不能并容，弄巧还许就此吓跑了呢。"

这一套鸟语多半出于意会猜详，还加上人语迎合，才得听懂。等灵姑耐着心情问明就里，鹦鹉的话也改顺了许多，好些话俱能连串说出。灵姑看它这等灵慧，照此说法，不消多日，便可将人语学全，真个高兴已极，忙去告知老父。

吕伟听了，仍不放心，觉着事情总要摸清底细，乌加葬身恶鬼是否真实也须判明，才能安居开垦。强敌伺侧，终非好事，万一来犯，防不胜防。暂时如若不来，自己又无兴戎之理。再三筹思："鹦鹉灵异，所说的话总有几分可信。妖人既已悔过学好，就不畏飞刀，也不会无故与人作对。况且杀死线蛇，咎在乌加以蛇害人，自己为了防身御害，事出无知，与他谈不到嫌怨。为今之计，且等他几日。如若上门生事，他有邪术，不可力敌，说不得只好仍仗爱女飞刀，和他拼个上下。否则，不是真的改邪归正，也许有所顾忌，那就索性找到他的洞中看事说话。约定以后，一个躬耕，一个静修，两不相犯，能够彼此相安无事最好。就便还可问出乌加死活真相，一举两得。不过这类妖人多半强横，不通情理，此行未免犯险。但为一劳永逸之计，也说不得了。"

吕伟主意想定以后，因恐灵姑跟去，事难逆料，更不放心，也未明言。只说："既然如此，我们不可再去惹他。大家戒备数日，如不相犯，再作计较好了。"

当日无事，吕伟打发鹿加拿了神箭，先回晓谕全峒族人，免再生事；更防乌加万一不死逃回，又蛊惑同党前来寻仇报复。鹿加感恩拜谢而去。因有妖人发现，众人仍未前去开垦。灵姑打算往探，吕伟执意不许。灵姑听了鹦鹉之教，每晚俱把飞刀放在空中往复飞行。一连数日，迄无警兆。

第五日早起，吕伟决定往探，故意令灵姑、王渊二次探查垦殖之所。等他们一走，便令王氏夫妻守洞，拿了随身兵刃暗器，胸悬宝珠，由牛子领路，主仆二人径往妖人洞中走去。牛子对那一带的地理前半极熟，后半密林森暗，蛇蟒毒虫太多，以前就没有去过。日前随了鹿加逃走，又是惊急乱窜，没留心记认。林中昏暗，进去不远便迷了路。牛子恐主人见怪，哪敢明说，仍一味领了乱绕。又想找到弃蛇的枯涧，再往回找。心慌意乱，越走越错。

后来还是吕伟看出情形不对，喝问牛子说了实话。吕伟无法，只得停住，重又盘问那日所行方向途径。牛子也只勉强说了一个大概。这才按照所说的话，先寻到略有天光可透之处，辨明了去向，再仗多年来山行经验，往前试走。由此过去，林树愈密，光景越暗，虽然练就目力，老眼无花，也仅仅不致撞跌绊倒而已，要想辨认途径，仍不能够。

二人走了一会儿，暗影中时见一对一对的豆大星光，或红或碧，上下错落，随地隐现，闪动无常。有时从对面飞来，刚握刀剑防备，一条一两丈长的毒蛇影子，随着那一双星光闪烁的怪眼已往侧面窜去。吕伟暗忖："毒蛇来势本欲伤人，等到临近，忽然改道避去，必是宝珠之力。此珠暗中颇能放光，何不取出照路？"忙探手怀内，解了珠囊，放在掌上托着。那珠一到穷阴晦塞之区，立时大放光明，晶辉闪闪，丈许内外的林木草石均被映照，入目分明。这一来虽然稍好，可是妖人洞穴仍然无迹可寻。再问牛子，也说不似那日所经之处，并且那日也未见到有甚大蛇，这里大蛇这样多法，更觉不像。

方在两难，牛子焦急中偶一回顾，看见身后隐隐一片红光映照林木之间，不禁惊喜道："主人，我们快找到了。"吕伟惊问怎么见得。牛子指着后面说："日前同鹿加也是误入森林，发现妖人洞前火光，才得寻到。今日这火必然更大，相隔也远。你看火还未见，连树枝都映红了。"吕伟一听，森林之中火是最险，如何还敢发动大火？细一查看，身后好似斜阳反射，又似天降红雾，果然林木皆红。但非真火，相隔并不甚近；否则，这么密的林木，如是真火，非近前看不出，决映照不了这么远。越看越觉有异，心疑妖人闹的玄虚。既来访他，也不害怕，径和牛子照发火之处赶去。

走了片刻，渐觉那红光迎着自己而来。荒山森林，本多怪异，又疑不是妖人，是甚毒蟒、精怪之类，忙令牛子小心退路，各自戒备。那红光迎来更速，已是越隔越近。心正惊疑，忽听远远有人娇唤了一声："爹爹。"

吕伟先见红光如雾，颇似爱女身藏那两粒大宝珠，本就心动了一下。因料灵姑不识途径，行时又预先遣出，未使闻知，即便回洞盘问王氏夫妻，得知追来，也没这么快法。

哪知灵姑出时因妖人虚实未明，恐灵奴鹦鹉又被妖法摄去，没有带出，令在洞中等候，刚到垦殖之处不久，正和王渊谈论，忽见灵奴飞来说："主人走后，老主人命王守常夫妻守洞，同了牛子去往森林寻访妖人，商谈日后之事。妖人怕的是主人飞刀和主人的仙师，老主人自去，保不定受他欺侮，主人务要急速赶往相助才好。"灵奴连日人语说得甚是清晰。灵姑父女关心，闻言大惊，立时便要赶去，还恐灵奴有失，灵奴连说不怕，同去不但领路，还有益处。灵姑本不认路，老父安危要紧，无暇再计及别的。王渊独回不放心，送恐无及，也带了同走。

灵姑因有灵奴仙禽在空中飞行领路，走的都是捷径，虽然起身较晚，反比吕伟先到了好些时。只因吕伟、牛子先进森林，走没多远便把路走岔，灵姑入林时稍后一脚，以致彼此相左，没有遇上。

灵姑所行之处不时俱有天光透下，不似吕伟误入全林最暗之区，除了蛇蟒盘踞，从无人迹。本来目力敏锐，又有灵奴挨近引导，穿越昏林，左折右转，不消多时，便离妖人巢穴不远。灵姑唯恐老父受人挫辱，连催王渊加急前行。正赶路间，灵奴好似发现什么警兆，倏地由前飞回，落在灵姑肩上，低声叫说："过去不远，如见火光，便是妖人洞穴。现在闻到一股怪味，恐有毒物在彼，不敢前飞。主人身有辟邪御毒至宝，特地飞回同走。"灵姑久行昏林之中，妖洞已近，老父踪迹声息一点未见，颇有戒心。闻言，益发加了防备。

灵姑又走了一会儿，果见前面有一丛火光从崖洞中发出。忙令王渊小心，随在后面，相机进退。欲上前方探看，忽见对面走来两个女子，东张西望，似在寻找什么。灵奴叫道："云翠来了。"灵姑知是妖人女徒，正要喝问，对面二女即循声迎来。那意思好似听出灵奴叫声，赶来捉拿。二女一见灵姑，吃了一惊，忙先开口问道："这里素无生人到此，尊客可是来寻家师的么？"灵姑见她执礼甚恭，便问方才可有人来。一女答道："家师向笃，道号水月真人。我名云翠，这是我师妹秋萍。今早家师占了一卦，知有尊客来访，业已等候多时。众姊妹因等得不耐，推我二人探看，遇见尊客，尚是初次，以前尚无人来，家师现在洞前恭候，就请同去如何？"

灵姑听妖人竟能前知，心想："老父先来，如何未到？"拿不定所说真假。心方盘算，又听灵奴连叫快去。回顾王渊，掩在树后，没有过来。暗忖："林内如此昏黑，自己如有失闪，王渊恐连走都走不出去。灵奴既说可去，还是不要分开的好。"便把王渊唤在一起。又向二女盘问了几句，看出不似有诈，便令二女在前引导。

那叫云翠的立时向那有火光之处当先跑去。灵姑快要走到，遥见林外火场上聚着十几个少女，还有几个野人。内中一个穿着苗人装束，身材矮胖，面泛红光，坐在场当中，正和云翠问答，料是洞中主人向笃无疑。再走两步，秋萍喊声："师父，尊客来了。"向笃当即站起，迎上前来，施礼相见。灵姑因老父时常劝诫不许对人轻视，虽然暗藏敌意，表面上仍然以礼相见。宾主三人通了姓名，向笃邀往洞中落座。

灵姑原是不放心老父，追踪赶来，不知对方虚实善恶，怎肯轻入虎穴。便说："我因听鹦鹉灵奴说家父今早来访先生，适有别的要事，赶来请家父回去。略为领教，便即告辞，改日随了家父专程拜谒，再造仙府打扰好了。"向笃见一对少年男女都是极厚根器，尤以灵姑仙骨珊珊，平生仅见。乍见匆匆，虽看不出道术深浅，但是腰悬玉匣，剑气隐隐透出匣外；周身宝气笼罩，光焰外露；肩上所伏灵禽又是日前失去的白鹦鹉。料非常流，哪敢怠慢。闻言答道："适才已听小徒说过。尊大人委实未来，想他既是道术之士，林中虽然昏暗，万无走迷之理，许在别处遇事耽搁了吧？"

灵姑察言观色，料无谎语，林中迷路也是意中事。知道这等人面前说不得谎话，便答道："家父内外武功甚是精纯，道术从未学过。小女子虽拜在郑颠仙门下，除家师恩赐防身利器外，也未得机深造。家父此来全仗一个老苗领路，或许真个走迷也说不定。先此告辞，等寻着家父，再来领教吧。"

向笃闻说灵姑是颠仙门下，越发惊骇。仔细查看灵姑神情，再一回想她的来路，所说似非谦辞。安心想要结纳，以为异日地步。一听说走，忙拦道："道友不必心忙。这片森林方圆虽不及百里，但是僻处山阴交界之区，林木厚密，不见天光，地势高下弯环，莫辨方向，到处都是梗阻。人行其中，稍不留意，便困在里头走不出来。那最晦塞之区，连这里几个居住多年的虎皮苗人也未去过，常有走迷之时，往往苦窜一两天才寻到归路。尤其贫道这里，外人更难找到。尊大人首次初来，仅凭一老苗领路哪能找到？即使他来过几次，也不容易找到。据贫道推想，他与道友来路决不相同。不是见林就进，误入歧途，绕到此洞后面，越走越远；便是由天泉峡枯涧那里翻山过来。如走第二条路，误打误撞，碰巧还许能走得到；如是见林就进，我们不去寻他，明日也走不到这里，连想回去都不能。贫道道术浅薄，但这寻常占验，如是眼前的事，也还将就算得出。何妨少候片刻，待贫道先占一卦，算出所在之地，然后寻去，岂不比满林乱撞强得多么？"

灵姑因见向笃诚恳谦和，料无他意，敌意全消。也知偌大森林不易寻找，又恐家父在林外有事耽延，并未走进，本意想把灵奴放在空中，由它先找。无奈林密荫厚，枝柯幕连，由上不能看下，林内又不能疾飞，本在愁急。闻言想起来时果非见林就进，还绕走了好一段，连忙喜谢。

向笃随即伸手在烈火中抓起一把通红的木炭洒在地上，命女徒取了碗水，含在口内，手画了一阵，满口喷出。地面上现出好些黑印，炭多熄灭，只有两小块依旧通红，并排连在一起，指向西方。向笃又用手指略为掐算，起对灵姑道："果不出我之所料，尊大人定是见林即入，为地势所诱。现时走过

7

了头，往西南蛇窟之中去了。那里毒蛇甚多，自从有了线蛇，当时不死的大毒蛇多半逃去。线蛇一死，逐渐又回转老巢。如无道术，单凭武力，甚是危险。他为贫道而来，谊无漠视，贫道也极愿早日倾吐腹心。如不见弃，愿领道友前往如何？"

灵姑见他如此周到，想不出甚缘故，耳听灵奴连声叫好，只得谢了。当下向笃在前引导，走了一阵，那路果然难走已极。灵姑边走边想："这人素昧平生，出身又是左道，怎的这么好说话？不但杀蛇之事没有究问，反倒敬礼关切，所说的话又不像是有假，内中必有缘故。若非灵奴说在前头，几令人疑他不怀好意了。"正寻思间，忽于林隙缝中遥见寒星一闪，远处似有光华透映。王渊惊道："那放光的莫不是伯父带的宝珠么？"

一句话把灵姑提醒，想起胸前黑丝囊内悬有两粒大珠："那光华远望直如一幢烈火相似，相隔越远，看得越真。林内如此昏暗，人不近前，对面不易相遇，取将出来正是绝好幌子。"忙将宝珠取出。灵姑身行暗处，本有红光隐隐外映，这一取出，立时精芒飞射，仿佛人在火中，光焰蒸腾，照得左近林木俱成红色。

向笃本来识货，早看出灵姑身有异宝。先见前面寒星一闪，他不知吕伟持有宝珠，当是宝物精怪出现。正在注视，忽听王渊说话，回头一看，光华耀眼，灵姑已将宝珠取出。不禁惊喜交集，连夸至宝奇珍，又向灵姑询问可是仙师所赐。灵姑也不瞒他，将斩妖得珠之事说了。向笃益发赞美不已。

灵姑因树枝交错，不便飞行，恐伤灵奴，没有放出飞刀，只照发现寒星之处赶去。谁知吕伟、牛子也是朝前急走，两边脚程差不多快，相隔既远，林木又密，星光仅仅适才林隙凑巧一现，以后更不再见，灵姑连声高喊，并无回音。直到吕伟、牛子又错走了一段回路，无心后顾，发现红光，一同回赶，双方方始往一处走近。又走一会儿，灵姑也看见前面星光掩映闪烁，由远而近，试出声喊了声"爹爹"，果然答应。一高兴，当先抢步跑上前去。父女相遇，略说经过。吕伟听爱女口气，对方好似极易相处，心中甚喜。

跟着王渊、向笃相次走近，吕伟行礼相见，谢了指引之德，向笃便邀四人去至洞中小坐。吕伟本为访他而来，自无话说，一同取路回洞。有这几粒宝珠一照，行走较易。一会儿，回到洞前。众女纷纷上前拜见。

众人随到洞内一看，石室宽大，四壁灯笼火光熊熊，到处通明。只东南角上用石头砌起一间大仅方丈的石室，余者都是敞的。一边铺着极宽大的锦茵,一边略设几案用具。清洁宏阔,净无纤尘。向笃请众人就石墩上落座,不等发问,先就说出了他的心事。

原来向笃幼时,本是贵州石阡县的一个童生。因和同伴玩闹,失手将人打死,害怕抵命,逃入附近山寨深处。遇见一个异派中人,爱他资质,传他采补之术和一些邪法医道。学成以后,便在外面云游,一面行医救人,一面行那采补之术。向笃对这些少女并不强求,所有少女不是出于自愿,便是用钱买来,并不以邪术抢掠。少女精髓将竭,即不再用,依旧美食美衣养着,并用药给她尽心调治,使能多延性命。不似别的妖人赶尽杀绝,见人不行,立委沟壑,不少顾惜。就这样数十年中也伤了不少性命,自己想起,常引为憾。尽管医术神奇,长于起死回生,无如元阴已失,髓竭精枯,再加上灵药难得,费尽心力,也不过使其多活一二十年,仍难免于短命。学的是这一类左道,不如此,不能有地仙之望,实想不出一个两全之策。积恶成习,略为心恻,也就拉倒。

这日正为一苗人医病,爱他女儿云翠生得秀丽,刚买到手,忽得山寨师父邪法传信,令众门下弟子务于端午前赶到。为期已无多日,匆匆将云翠带回自居山洞以内,连忙赶往。途中又看见一个绝好根器的美女,方想或买或骗,弄到手内,带去孝敬师父,不料那女子竟是峨眉派女剑仙余英男新收的弟子,两句话一不投机,便动了武。向笃仗着邪术,本可占得上风,偏巧敌人两个师叔由空中经过,看出本门剑法,下来相助,一照面便将向笃的法宝收去。向笃见势不佳,连忙行法遁走。敌人苦苦追赶,逃到半夜,好容易才得脱险,已然误了不少时候。

向笃连夜赶行,到了山寨,天已交午。乃师所居尚在山深处绝顶高台之上,相隔百余里,怎么加急行法,也要过了正午才能赶到。心正焦急,唯恐误了时限,难免责罚,忽然天风大作,阳乌匿影,四外黑云疾如奔马,滚滚翻翻,齐向去路卷去。赶至中途,遥见乃师所居山顶雷轰电击,声震山谷。向笃先还当是寻常风雨雷电,后来看出那雷只打一处,方觉有异。人已到了山脚,抬头一看,乃师法台已全被黑云笼罩,那电火霹雳擂鼓一般,接连着往下打去。电光照处,台上不时有黄光、黑气冲起,与雷相持。山上雨水似千百道飞瀑往下激射,加上风雷之势越来越大,震眩耳目,山都摇摇欲倒。这才看出师父遇到雷劫。既令众弟子午前赶来,必是事前知机,有了防御之策。也许因这一步来迟,没有如期而至,误了大事。

向笃想起师父恩义，一时情急，竟不顾危险，冒着雷霆风雨，施展法术，往上赶去。谁知不用法术，雷声虽大，却不打他；才一施为，眼前电光一闪，震天价一个大霹雳立即打将下来，几乎震晕过去。接连两次，俱是如此。最终无法，只得拼着性命，奋力往上硬爬，好容易爬近台口，人已精力俱尽。

向笃耳听雷声渐稀，方以为师父大劫已过，抢上台去一看，地下横七竖八，俱是师父用作炉鼎的少女，都已吓死过去，有好些雷火燎焦的痕迹。同门师兄弟一个不见，只师父一人伏在台中心的法坛上。左手长幡业已断折烧毁，只剩了半截幡竿；右手一柄宝剑甩出老远，横在坛口。背上道袍被雷火烧破，再被大雨一淋，露出背肉，破口边上湿漉漉粘在肉上。后心一个碗大的洞，肉已焦黑，紫血外流，状甚惨痛。料定被雷击死，不禁跪在地下哀声痛哭。

向笃正要背回洞去设法安葬，忽见死人眼开口动，发出极微细的呻吟之声，惊喜交集。凑近前去一听，语音甚低，说了经过。原来乃师因作恶多端，应遭雷劫。事前算出日期，还妄想仗着邪法躲脱，打算把所有徒弟都找了来，相助行法。不料孽徒内叛，望他速死；又知此劫厉害，恐到时殃及池鱼，同为雷火所诛，暗中勾结一气，阳奉阴违，表面应诺愿为师父效死，临到发难前一时辰，全都避去。

乃师见时机紧迫，无计可施，只得令众少女各按方位环立坛上，手持符、剑、法器之类，仍按前法抵御雷火。无奈这些少女元阴已亏，身心脆弱，受不得惊骇，一任事前怎么告诫，到时全都张皇失措，震死晕倒。仅剩本人在法台上用邪法拼命抗拒。眼看快要脱难，雷火中忽然飞来一道光华，将他抵御雷火的宝幡削断，跟着空中一雷打下。幸而见机，知道不妙，连忙伏倒，将背脊受了一雷。当时虽然身死，元神侥幸得脱，未至与形俱灭。

现在门下十几个孽徒俱藏匿在附近树林内新掘成的地穴之中，准备师父一死，便去内洞瓜分所有法宝、灵丹，恶人不应有好徒弟，自作自受，本来无所怨恨。因见向笃痛哭悔恨，天良独存，十分感动。又知那些孽徒见他在此，必将其杀死，念在师徒情分，特忍奇痛，元神附体，预为警告：欲免众害，可将腰间所藏一束断发取出，雷雨住后，如见众孽徒往上走来，等到了台口，速将此发就坛上香火点燃，众孽徒自然讲和，请求停手，两不伤害了。那时再将少女能救的救醒，埋葬师尸，急速离去此山。否则，还有后患。

向笃含泪敬谨拜命。一看那么大的雨，坛上香火依然甚旺，知道灵异。

刚把那束断发寻到手内，雷住雨收后，果见大师兄王柏为首，率了同门师兄弟，由山下树林内飞驰而出。料知师言不虚，忙把身子蹲伏，等到临近台下，方行立起。王柏看见向笃，甚是惊异，停步喝问："何时到来？可与师父见面没有？"向笃答道："刚到不久，师父已死。"王柏倏地面容骤变，大喝："老鬼不怀好意，自遭雷劫，想拿我们师兄弟做替死鬼，幸得见机避去，他便不死，也不与他甘休。我料他为人狠毒，怀恨我们，死时难保不有诡计，你如在他生前相见，须要实话实说，休要自误。"

王柏素来性情暴戾，无恶不作，专一倚强凌弱。向笃本就对他不满，又有乃师之言，先入为主，一见王柏语声凶恶，所说的话与师言好些相符，更疑他来意不善，心胆一怯，便往香案前倒退。王柏见他神色慌张，也越疑虑，厉声怒喝："这厮果与老鬼同谋，快些除他，免遭暗算。"说着，举起宝剑，率领众人往上飞跑。

向笃见事危急，不暇寻思，忙将手中断发朝香火上点去。原意点燃下掷，禁法发动，抵御强敌，本无伤人之心。谁知师徒两方俱都蓄意狠毒，这种禁法凶恶已极，发刚沾火，立刻化为十余缕青烟朝台下面飞去。王柏等好似深知厉害，青烟一现，也不顾再和向笃为难，齐声惊号，纷纷四窜，一边行法纵逃奔避，一边口里乱喊饶命。那十几缕青烟仍是一味追逐不舍，各追一人。众人逃不多远，全被追上，只一沾身，烟便没了影子。紧接着身上无故自燃，疼得众人满泥水塘里乱滚，有的切齿怒骂，有的哀号饶命，惨不忍睹。向笃才知师父心毒，假手自己，要众人的性命。但已无法解救。不消片刻，眼睁睁看着众人一齐自焚而死。

向笃心中悔恨，已是无及，触目惊心，想起左道旁门，结果竟是如此。自己幸而来晚片刻，否则就不受叛徒胁迫，也必为雷所诛，殉了恶师之难。看师父怀中藏发甚是缜密，必是在王柏等叛师时，心中愤恨，百忙中用恶毒妖法禁制，藏在身上隐秘之处，等众人将他火化，再行发作。看来不死于此，必死于彼。侥幸得脱，未始不是平日行医救人肯尽心力，为恶时不太过分之故。越想心越寒，由此起了忏悔之念，痛哭了一场。

向笃见红日当空，雨收云散，遵照师嘱，走到下面洞中取些灵丹，先救那些震晕过去的少女，然后埋葬死尸。偏生所有丹药、宝物俱被乃师收藏秘处，费了好些时候及心力，仅找到四粒。来时匆忙，自己药囊因无甚用，并未带来，只得持丹回转台上。只见就这入洞取丹不到半个时辰的工夫，台上少女一个未见，只乃师尸首仍然伏卧地上。耳听悲泣求告之声，回顾众少女俱在台下山坡石上，围着一个羽衣星冠、相貌清奇的道人，在那里环拜乞哀。道人不知说了句什么，众少女立即住声站起，目注台上，面转喜色。

向笃方在骇异，忽然一阵怪风起自台下，那泥水池里横七竖八倒卧着的十几个同门尸首，纷纷跃起，夹着一团风沙黑气，径向道人扑去。吓得众少女失声怪叫，俱欲逃避。道人喝道："有我在此，不必害怕。"随手扬处，一道白光飞去，迎着死尸只一两绕，立时身首异处，脚断手折，可是那些断体残肢似有人在操纵，并不害怕，依旧一窝蜂似随风拥来。道人怒喝一声，两手一搓，朝前一扬，便有大团雷火朝前打去，轰隆一声大震，雷火横飞，所有残骸全都震散，坠落地上。道人再将手一指，地面泥土沙石便似漩涡一般急转，晃眼漩成一个巨穴，将这些碎骨残尸一齐吞了下去。

向笃看出道人是正派中剑仙，这才想起自己处境绝险。正害怕想逃时，猛又听道人一声断喝，手朝台上一扬，又是一团雷火夹着轰轰隆隆之声，从对面飞来。连忙往后逃遁，已是无及。眼看快要飞临脑后，方以为今番准死，决难活命，倏地眼前一亮，雷火并未下落，竟从头上飞过，直往台下洞前飞去。惊慌失措中朝前一看，原来乃师尸首不知何时飞起，满身黑烟围绕，业已逃到洞口，恰值雷火追来，当头下击，打个正着。只听震天价一声大响，跟着又是十几团雷火飞下，霹雳之声震得山摇地陷，目眩耳鸣。哪消片刻工夫，便将山洞震塌，沙石惊飞。乃师死尸业已陷入尘沙之内，无影无踪。

向笃吓得心胆皆裂，呆立在那里，也忘了逃遁。隔了好一会儿，见全洞崩塌，尸骨无存，回看道人和众少女，均已不知何往。总算道人没有寻他晦气，侥幸免死，惊魂乍定，哪里还敢停留，连忙逃了回去。每一想起前事，心神都颤。

向笃敛迹潜伏了一年，静极思动。先打算出外行医救人，做些好事，挽盖前愆。日子一久，渐渐故态复萌，又在外面行那采补之术。不过惊弓之鸟，存了戒心。所交女子都是些自愿上钩的淫娃荡女，采时也只一两度春风，并不摄回洞去，适可而止。当时虽然不免伤及真阴，仗着药力，仍可医治复原。如此过有半年光景，向笃以为这样做法，于人无伤，于己有益。那些受伤妇女或因家贫，或因亲属有甚疾苦患难，都受过自己的好处，便良心上也还问得过去。

这日在一个大富户家中，借着医治主人重病之便，勾引上他的姬妾。以前向笃每遇一女,至多流连三晚必走,不肯使其戕伐过度。偏生那富户两个宠姜十分跋扈,平日风流事儿尽多。富户爱极生畏,妒恨在心,只不敢管。二姜贪恋向笃床第功夫,哪知厉害。仗恃向笃于主人有救命之恩,又不受酬谢,竟是明目张胆,苦苦纠缠,不肯放行。

向笃也是冤孽,生平交女几以百计,偏爱二姜浓艳。先想带回山去慢慢受用,又恐作孽太多,步了乃师覆辙。这一举棋不定,不觉耽误下来。那富户见二姜当着自己就公然与人调笑,已是万分难过。再一见他说走不走,夜夜鹊巢鸠占,相与幽会,并还露出挟美同行之意,不禁反恩为仇,起了敌意。只是知他法术神奇,无人能制,一个不好,丢了人还有奇祸,只是愁烦怨恨,无计可施。

事有凑巧。第六日午后,富户因见三个狗男女又借治病为名,大白日里在内室调笑无忌,愤极出门,在左近林外寻了一块石头坐下,呆生闷气。忽有两个少年男女走过,看他呆坐叹气,过来盘问。这类家庭丑事,自不便对外人述说。因见来人气概不俗,略为遮饰了几句,又请入内少坐待茶。原是句寻常套话,不料来人毫不客气,立时应诺,富户无法,只得请进。富户刚把人让到家中落座,便有下人唤出,耳语告密,说二姜俱在收拾衣物,大有随着姓向的出走之势。富户一听,气得周身乱抖,直说反了。来客本是见他神情可疑,借故入门查探,家人来唤时早留心潜出窃听,得知大概。忙把主人请进,力说自己本领高强,精通道法,无论何事,均可代谋,明言无妨。富翁哪肯造次,仍是一味支吾,不肯明言。

正说之间,偏生二姜有一心腹丫头走过客堂,窥见主人陪着两位少年男女,觉着奇怪,入内报信。向笃做贼心虚,一听来了外方生客,顿生疑虑。忙出窥探时,正赶主人因来客苦苦盘问,略为泄露了些。来客一听是向笃,女客首先发怒,更不再问,起身便往里闯。男的跟着纵到院里,脚一顿,飞起空中,人影不见,却有大片白光将全院罩住。

向笃瞥见对面少女跑来,方觉神情有异,猛然眼前奇亮,天上白光已是布满,暗道:"不好!"对面少女已戟指喝道:"瞎眼妖孽!竟敢倚仗妖法,欺我门人。你当时侥幸漏网,不知悔祸,还敢来此奸占良家妇女。今日恶贯满盈,撞在我余英男手内,休想逃命。"说罢,手一指,立有一片光华飞将过来。向笃听来人语气,知是上次所遇女子的师父,益发心寒胆落,不等剑光飞起,早借遁法往里逃走。余英男随指飞剑追去。

全院已被剑光笼罩，向笃本难逃出罗网。幸是命不该死，见机尚早。逃时自知无幸，刚借遁法纵起，恰值二妾追出。向笃顿生急智，一把先紧紧抱住一个，口里急叫道："这位仙姑要我的命，千万替我哀求，切不可说一句硬话，不然命就没了。"说时剑光已是追到。

　　英男见妖人与主人家中妇女紧抱一起，恐怕伤人，便按住剑光，正待喝问，主人也已赶到。二妾恋奸情热，本恨不得和来客拼命，因听向笃再三央告说："这是仙人，须要软求，不可鲁莽。"一个便和向笃抱紧，一个便上前跪求仙人饶他一命。英男喝道："尔等背叛了主人，与妖人通奸，也在当诛之列。因念无知，受了邪迷，姑且饶恕。再不躲开，一齐杀死，悔之晚矣。"

　　二妾见说不通，便向主人哭求，代为求免，什么话都听；否则甘与向笃同死。主人一则不舍两个如花似玉的美妾，并且晚年无子，抱着向笃的那一个还有了三个月的身孕，虽然来路不明，总比没有的好，未免投鼠忌器；二则怕打人命官司，只得忍着愤恨，一同跪下求告。英男把同伴唤下，略为计议，答应看在主人情面，可不杀他，但不能再容这类妖人为恶横行，必须擒走。向笃知道只此一线生机，万强不得；否则对头略一变脸，就抱持多紧也无用处。闻言立时放手，过来朝着二人跪下，哭诉经过，只求免死，从此改悔，决不再犯。

　　英男原听女弟子林宁回山说起遇上妖人向笃，正在争斗，多蒙师叔白侠孙南等走过，下来相助，才将他赶走等情。峨眉三英二云中，只余英男最护徒弟，比李英琼还要甚些。闻言大怒，每出云游，必要留意向笃踪迹，本欲置之死地，为世除害。这次沿途访问，凡知道向笃的，俱说他是神医，专一救人行善。虽也有说他好色贪淫的，并未听说有人受害，出甚怨言，好生奇怪。来到当地，听主人说他奸占良家妇女，还要拐走，又动除他之念。

　　及至追出相遇，见他那样脓包无用，杀机已减了两分。再经一番跪哭哀求，证明沿途所闻不差，果然功罪参半，与别的左道妖邪行径不同，虽然误入旁门，尚知戒惧，又不由心软了好些。因看出胆子甚小，不似敢逃走神气，便没十分防备。只对他喝道："听你所说，尚属实情，姑宽飞剑之诛。但你所习乃是邪术，此时释放，难免又去害人。现将你押往深山无人之处，寻一洞穴，禁闭十年。如知悔过，痛改前非，到时自来放你。"向笃暗忖："深山十年禁闭，何等痛苦。果真罪满能蒙收录，得以改邪归正，转祸为福，就再比这苦些也所心甘。到时不过是个释放，别无希冀，自己又无辟谷导引本领，岂不比

14

死还要难受?"求既无用,逃又不敢,勉强随了二人,行法飞向山寨深处。

三人刚刚落下,忽见茂林深处有一赤身人影一闪,同行少年首先追去。快到时,由林内飞出七八道红黄光华,跟着纵出一个红衣妖道和几个赤身男女。少年和余英男也忙将飞剑放出迎敌。向笃看出双方旗鼓相当,英男忙于御敌,无心顾到自己,想趁此时逃走。又震于峨眉派的道法威名,终是胆怯,唯恐万一失算,被她看破,立送性命。踌躇了一阵,想道:"自己学过木石潜纵之法,虽不能逃,却可借以隐形。何不试它一试,将身隐向一旁,等到事完,再见机行事?如不被发觉,自是再妙没有;即使瞒她不过,也可推托胆小害怕,隐身以防波及,并无他意。反正人未逃走,一见隐藏不住,立即现身出面,总可无碍。"主意想好,如法施为,藏在一旁,暗中观阵。

只见双方斗了一会儿,妖道敌不住正派飞剑,倏将红黄光华掣转,施展别的邪法。当时满天阴霾,愁云惨雾中,黑龙也似飞出四五十道黑气,刚和飞剑绞在一起,猛听空中大喝:"妖道竟敢猖獗,今日劫数到了。"随着震天价一个大霹雳打将下来,震得山摇地撼,雾散烟消,满地都是金光雷火。妖道想是知道不好,哪敢迎敌,慌不迭把手一招,带了手下男女妖徒,借遁纵起。正要往林内逃走,不料迅雷后面又似长虹飞坠,连射下两道光华。妖道刚觉精芒耀眼,身子已被圈住,连"哎呀"全未喊出,便即纷纷腰斩为两段。

向笃看去,真个比电还快,略掣即回,眼才一花,妖道师徒业已尸横地上。再看场中,英男面前却多了一个羽衣星冠、相貌清奇的道者,二人正向他礼拜。定睛一看,正是那年用雷火震散乃师尸骨救走众女之人。心方惊惧,那道者向二人说了几句,又对自己藏处看了一眼,同向林内走去。

向笃猜他去寻妖道巢穴,有心现身进去,苦求收录,又无此勇气。等了一会儿,不见出来,暗忖:"既无勇气求人,又不敢逃走,如何是好?对头这么大本领,决难隐瞒。看此情形,分明有心释放自己,再不走,等待何时?"念头一转,忙行法往回路逃走。

刚走不远,隐约听那少年声音在后笑道:"我说这厮已入邪道,决难改悔,一试就穿,姜师叔你看如何?"向笃才知对头就在左近,自己没有看见。惊弓之鸟,心胆皆寒,当时只恐追上,拼命飞逃。等到回转己洞,回味对头和那道人行径、言语,分明含有深意。一时心粗畏苦,不曾体会,致把良机坐失,好生懊悔。

向笃经过这一次大难,方始死心塌地,不再为恶采补。本来山洞中还有好些被害女子，真阴俱已亏失，寿限甚短。为想治愈她们，少减罪孽；更恐一些旁门中的同道日后不免前来纠缠，又入歧途。闻说莽苍山所产灵药甚多，便率云翠等少女离开故居，前往隐避。知道玉灵崖一带时有仙灵往来，特意找到山阴森林之内，寻了一座小岩洞，将里面开辟出来。一面给众少女医治；一面修道。习那道家吐纳之术。向笃先还和众少女同在一室起居，日子一久，痛悟前非，益发刻苦自励，在洞角建了一个仅可容人的小石室，独居其中。准备事完，面壁十年，以符仙人降罚之数。等到期满，道基稍定，再去峨眉寻访仙师，敬求收录。无奈众少女真元大损，寻常药石难期大效，真正成形的灵药仙草又极难觅到，自己已然许下心愿，不能违背，枉耽延了不少时日，仅仅把少女们的命延住，复原直是无望。

这日无心中救了四个虎皮苗人，因而发现那两条线蛇恰是千年难遇的道家补还少女真阴的圣药。只要弄到一条，照着亡师所传方法，合药配制，不消两月，全数都可复原如初。如能活的得到，更可长期取它精液，配制各种灵效丹剂。端的喜出望外。一面寻找线蛇喜吃的毒草以及禁制之物，一面盘算好蛇的出现日期。

向笃筹备多日，好容易才得停当。谁知第一次正要前去，忽然来了一个旧日同道，想拉他出去相助设坛，祭炼法宝，向正派寻仇。被他无心中从卦象看出，知是魔障，不敢招惹，却也不便得罪，只得行法隐去洞穴，避向远处，勉强躲掉。

第二次又定好日期，打算亲去，那同道不知怎的算出他上次有心避而不见，又要来寻。向笃唯恐误了时机，更恐妖人到时闯来分润，因四人世居本山，惯杀毒蛇，胆大多力，矫健非常，虽然不会法术，颇知毒蛇习性畏忌，又感救命之恩，不辞艰险，只得补教了些擒蛇之法，令其代己前往，如法施为。能捉到活得最好，否则当时杀死弄回，也一样有用。自己却向妖人迎去。向笃原意把妖人引离本山，再向他婉言说明，当面谢绝。

到了地头，妖人师徒三个已为敌人所杀。赶回一问，四人竟因一念贪欲，以为他回来尚需时日，将一条半活线蛇全借给了乌加。功败垂成，如何不怒，忙命女徒拷问真情，自己出去寻找。

向笃第二次寻回死蛇，得知鹦鹉被二苗人抢去，二女徒用他所传邪法满林追赶，也未追上，仅将乌加擒到。一问才知玉灵崖洞内新近迁来一家汉人，男女老少都有。内中一个小姑娘最是厉害，会从身上放出电闪，多坚硬的钢铁,遇上就碎,人更不用提了。

乌加先在别处苗寨里遇到,被她将颈上铁环斩成粉碎,犯了长颈苗的大忌,因此寻仇拼命。乌加知非敌手,巧遇虎皮苗人,将蛇借去,意欲放蛇报仇,不料两个放蛇的同党一个也不曾逃回。遥望崖前电闪乱掣,知道人、蛇遭了毒手,当时逃来林内,本意想愚弄四人,借口蛇被人擒去,引他行刺,再试一回。然后偷偷回寨,引来平日死党,另打主意。不料四人没有寻到,却见同党鹿加和老苗牛子往外奔逃,乌加才知鹿加已然降了仇人。心中愤恨,正要用身带毒箭将他射死,便被大鬼咬住,吓死过去,醒来已然被擒。乌加并说小姑娘的父亲手会打雷,但只听人传说,并未见过。

向笃一听,料定这家汉人定是剑仙一流人物。那鹦鹉原是日前无意中遇见,行法摄回。既不敢冒昧去玉灵崖惹事,死蛇也已寻回,尽可如法配制,医治众少女复原。虽然要多费无数心力,只怪自己作孽太重,定数要使他多受磨折,不会容易成功,现在寻回,总算不幸之幸。不愿再为此事伤人,仅将四人薄责了一顿。又告诫乌加几句,随即逐走,不许再在林中逗留。

反是四人恨透了乌加,当场毫无表示,等人走后,借口回家,暗中追去。那老猓力大手狠,动作轻灵,追上后冷不防将乌加扑倒,双手扣紧咽喉,生生勒死。还不解恨,又用刀将人皮剥了回去。向笃哪知吕、王等人只灵姑有一口飞刀,俱不会甚法术。一心盘算日后如何应付,忘了禁止四人报复,事后方知。想到乌加这类敌人恶名久著,以暴去暴,人已死去,也就罢了。

第三日,因两女徒不舍灵鸟,再四絮聒,说就是正派剑仙也须讲理,如何任意夺人心爱之物?向笃也看出那鸟灵异,有些恋恋,意欲夜间前往,先探明对方虚实,再作计较。才一出林走向高处,便见玉灵崖前飞起一道光华,宛如神龙戏天,电掣虹飞,满空翔舞,分明是正派中最厉害的神物至宝。不由大吃一惊,哪里还敢近前招惹,立即退回林内。向笃想起前情,心寒胆怯,卜了一卦,只盼对方不要寻他晦气,于愿已足。照卦象一推详,竟是吉占,再过数日,人必寻来。当日至诚诚诚,又卜一卦,算出吕氏父女见访,不特没有恶意,而且化敌为友,以后还有莫大助益,好生欢喜。

向笃先以为对方必是正派中的能手,及至双方相见,灵姑虽然身有至宝,仙骨珊珊,但是尚未得有真传;乃父更是凡人,并且脸上乌气隐隐,等一现出,便有杀身之祸,当时没好意思说破。因灵姑虽未入门,已是郑颠仙的记名弟子,传以飞刀,十分器重,将来大可借助,有心结交,对自己出身以及弃邪归正等情，一点也不隐瞒，照实倾吐，又硬和灵姑拉成平辈，称吕伟为老伯。

吕氏父女先还疑他有点奸诈，后经向笃明道心事，方知有为而发，其意甚诚。乌加已死，向笃又复如此恭礼相交，此后山中岁月大可高枕无忧。并还知道所居就是玉灵崖，与仙人所示相合，欣幸已极。谈了一会儿，二人辞别。向笃因吕氏父女林径不熟，又亲送至林外，方始别回。第二日，向笃便带了两个女徒，去至玉灵崖拜望。双方由此成了好友，时常来往。

吕伟也把入山避世经过逐渐吐露，毫无隐讳。向笃本就看出灵姑前途未可限量，这一来，越发加了结交之心。灵姑、王渊都是年轻好奇，知道向笃精通法术，不时请他传授。向笃除修炼一层因是旁门左道，恐误二人根基，说明不可妄学外，至于一切避敌防身，以及抵御蛇、兽等禁制之术，无不尽心传授。向笃又相助吕、王等人开辟耕地，起建居室，并在近崖一带风景佳处，依着形胜地势，引泉添瀑，种竹盼花，添了许多奇景。后洞石室院落也经他行使禁法，添设改饰。先后不消三月，便焕然改观，备极新奇。原本洞天福地，再加上这一番匠心营运，益发像个仙灵窟宅，美妙不似人间了。

吕、王两家老少都和他师徒亲近，视若家人。吕伟见他时常来替自己经营部署，到晚仍归昏林住宿，屡说后洞石室甚多，他师徒再多两倍也能住下。就是崖洞左右也有不少好地方，哪里都可安身，为何偏要舍明就暗，住那昏暗晦塞之区，日与蛇兽为邻？力劝搬来同住。向笃却说自己孽深罪重，理应刻苦，以求忏悔。如非所医众少女无所栖止，连现住的崖洞都不配，如何敢在这等好地方居住？吕伟见他委实志坚心苦，也就罢了。

不到一年，森林众少女经向笃用所制灵药，先后治愈复体。先期将洞中一应陈设用具，除合用的送给吕氏父女，余都趁隙换了金银。择一吉日，请来吕、王诸人，当场将自己三十多年行医所得，各地富室、苗酋的谢礼，如金砂、银块、布帛、麻丝之类，一物不留，全数分配与众少女。再按照各人原摄来的家乡做三四次，分别护送回去。

起初众少女被他摄来，不是父母、酋长受了好处，以此酬谢，便是出于自愿。向笃不似别的妖人淫凶无情，众女虽然供他采补，自知受伤太重，并不十分怨恨。及至向笃两次幸免雷火飞剑之诛，立时放下屠刀，洗心革面，日以救复众女为事，从此不再沾染，自己只管刻苦，对人却极优厚。除了不能离洞远出，对众少女的饭食衣服、起居动用，只要力所能及，力求精美舒适，爱护得无微不至。众少女俱都感他优遇，视若父师，均愿复体以后，依旧长此相随，毫无去意。二女徒云翠、秋萍更是誓死相随，不舍别去。

向笃再三劝解，说众少女根骨多非此道中人。虽然内中有几个资禀较好的，无如本质已亏，元阴早失，仅仗灵药之力得免夭折，但也不过勉终天年，要想出家修道，决难有所成就。自己尚未得入正教门下，怎能传授？如习原来左道，已然为此几乎遭劫，如何还再误人？没有众女牵缠，将来仙灵鉴怜愚诚，或许有点遇合。如仍相聚，自己既不能寻求正教，众女徒也跟着受上无穷的磨折辛苦，岂非两误？执意不允。众女知是实情，只得含泪应允。

云翠、秋萍知道灵姑迟早仙缘遇合，仍是拿定主意，不愿还乡。力说自己在此既然恐误师父前修，愿在玉灵崖随侍吕、王两家为奴，将来再打主意。如不见纳，便在崖左近寻一个洞窟，暂且栖身。好在久居山野，胆大多力，又从师父学了防身法术，不畏艰难以及蛇兽侵袭之险。师徒分开，各自修为，岂非两无妨碍？灵姑颇喜二女，也代求说，并愿代为收容。向笃不忍坚阻。深知二女非但资禀不如灵姑远甚，而且面有乖纹，就此还乡，仗着所学一点浅近法术，嫁给酋长之类，还可享受一生。这一矢志学道，若没有遇合，是徒受辛苦；一旦有了遇合，正派中人看她不上，再要误入歧途，被左道妖邪物色了去，终于恶贯满盈，难保生命，与灵姑相处一起，更是彼此无益。但不好意思明说，望着二女摇头叹气。

二女也颇灵慧，见向笃不加可否，知他不甚赞可，不由把心一横。秋萍首先正色起立说道："我知师父之意，必以我姊妹赋性穷薄，难于寻求正果，如在外面居住，万一又入左道，岂非求好反恶？现我姊妹早已商定，誓愿出家学道，不履人世。暂栖玉灵崖既有难处，那我姊妹索性往远处别寻洞穴栖身。此后日夕祷天，倘有仙缘遇合，自出万幸；否则便终老此山，永不他去。至于再陷邪途一层，师父只管放心。即便愚昧无知，当时受了妖人引诱，只一发觉，立即回头；得便还将妖人杀死，为世除害。决不再遗师门之忧，为师父添造孽累便了。"说完，取了几件防身器具以及两包衣物，便向众人叩头告辞。

众人拦她不住。向笃唤住，慨叹道："你二人既是心志如此坚定，皇天不负苦心人。但望你们守定今日之言，不可改变初衷，将来有大成就，也是难说。金银财帛，山居自是无用，我这些采掘山粮、药物的用具可以带去。再说，也不忙在一时，等大家起身同走，以免暗林之中遇见蛇兽，又要费事。山阳尽多佳地，出林即少险阻，彼此更得多聚一会儿，岂不是好？"二女含泪应了。

向笃把一切事情熟计停妥，命头一拨应行的众少女，各持分得的衣物金银，连同吕、王诸人出了森林。二女重又拜别，自去寻找居处。吕、王诸人回转玉灵崖。向笃行法，领了众少女起行出山，送回各人故乡。

灵姑因事前向笃曾使眼色示意，不便再使二女同居，别时十分怜念，几番执手，殷勤慰勉。劝她们寻到以后，时常来往，以免寂寞，有甚险阻艰难，也可从旁相助。二女生长苗疆，性情刚强，先时虽有相从之意，及见向笃作梗，便心横发狠，决计离开众人，不受丝毫帮助，以毅力恒力打通这条死路。对灵姑关切之意，只是感谢心领，表面应诺，别后竟一次也未往玉灵崖去。灵姑先后寻她们数次。前两次由灵奴先往，寻到她们的住穴，再回来领路，跟着寻到，人已不见。过了两三月，连灵奴空中飞寻，二女一见便即藏起。仅知二女仍住山中，相隔颇远，人却见她们不到。料是有心躲避，也就罢了。此是后话不提。

吕、王诸人回洞，过了两月，向笃忽然走来，说众少女只有四人无家可归，为此还耽误了些日，已然各自择配，嫁与酋长、富户之类。余人也都各有归宿。自问孽累已去，积罪尚多，意欲重寻一个穷极幽晦荒寒之区，闭关静修，应那十年面壁的愿心。但是目前功候尚差，不能完全辟谷，长年不食不饮。多备粮水，原无不可，终恐年久腐朽，虫鼠侵耗。闭关以后，非有要事，不愿再出。并且外魔也多。意欲拜托灵姑，每隔两三月前去看他一次，万一有甚魔扰，或是缺乏粮水，可以事先求助。吕伟道："你我至交，就你不说，我父女也要常去看望，何消说的？"

向笃凄然道："女公子仙根仙骨，异日成就无量，别人怎能比得？人事无常，变故之来，往往出人意外。此事看似容易，但是十年光阴，不是短时岁月，彼时女公子早已仙缘遇合了。不过颠仙既以此地为她居住之所，将来纵不在此，也断不了来往，否则我怎敢有此不情之请？本山虽是仙灵往来之地，因为素无正教真仙在此主持，旁门异教也常来此采掘灵药。还有山阴一带，蛇蝎四伏，时见怪异。老前辈武艺虽高，终是常人，以后最好不要离此远出。即或不得已，也请与女公子偕行，免冒危险。至于晚辈蜗居，地绝幽僻，道路险阻，驾临存问尤不敢当。会短离长，务望珍重。只等三数年，女公子得了仙传之后，便可寿并南山，随意所为了。"吕伟哪解言中深意。大家惜别之心都重，一体挽劝，强留向笃在玉灵崖洞中住了十余日，每日同出同归。

向笃因见吕伟额上晦煞之纹越来越显，灵姑却似浮云翳日，表面虽现凶忧，精光业已外映。知他父女一个大限将临，一个先忧后喜，否极人泰，不久同时发动。明知无可避免，又不好明言示警。为感相待之厚，暗中点醒灵姑，说："尊大人春秋已高，不宜远出。就是父女偕行，也最好不要离开一步。这几处垦殖之地随意行动无妨。那崖后绝壁之下有一夹缝，出去便是本山野兽最多的百灵坡、天池岭、花雨潭等幽胜之区，日后难免发现，最好不要前去。入冬以后，更须小心。须知灾病无常，往往出人意外，命数有定，预防尚难趋避，何况疏忽。深山绝域，不遇事便罢，遇上事就非小可。"

灵姑听他人前背后，这些话已重复过两三次，自然疑虑，暗中探问未来吉凶。向笃只说："想当然耳。我道力浅薄，当时的事尚可占算，却不能前知。不过稍习风鉴，见尊大人已届高龄，面上犹带风波，恐将来难免忧危，即承贤父女厚爱，略知一二，不能不说，以便留意。但盼吉人天相为佳，过了明春或可无事。至于究竟是何因果，应在何时何地，能否避免，实算不出，难以奉告。"灵姑知是实话，只得牢牢紧记。

向笃又把一些救急的医术，连同所配剩的灵药、方剂，一齐传授灵姑，并说："相交恨晚。只要早个十天半月，那两条线蛇如能留下活的，长颈苗人鹿加已然归顺，就用当地所产毒草喂养，人只要没有脑裂肠碎，取那蛇眼精液制药调服，不论多么厉害的大病重伤，必能起死回生，复原如初。不料到手之物，误在野民手里；如今走遍宇内名山，恐也难以寻到，真个可惜已极。"

说时，恰值王渊随父畦中割菜，不在跟前。灵姑以为蛇死便完，随着可惜，没想到王渊留藏着蛇眼。向笃又因蛇眼破碎，这类东西见土就钻，吕、王诸人连蛇的用途尚且不知，怎会留那眼珠？定为灵姑飞刀斩碎落出，埋入地底。一句话的疏忽，遂使日后吕伟返魂无术，灵姑抱恨终天。不提。

十天聚罢，向笃别去，回到森林，将洞中所剩粗重零星之物，一齐送给四人。仍在山阴僻远无人之处，寻了一个仅可容人的岩洞，备好粮水。二次再到玉灵崖，将平日行医的药囊、医书，连同自己精制的各种外科用具，一齐赠予灵姑。又将日前所传医术，尽心讲解，考问了两遍。然后才请灵姑、王渊同往。吕、王诸人俱欲随去，向笃再四谦谢，仍是灵姑、王渊带了白鹦鹉灵奴偕行。

去时，向笃施展禁法，行走甚速，不消多时，一同越过山阴，到一绝壁之下。向笃指道："这里便是我闭关禁修之所，少时洞门将用大石封闭。日后你们驾临，只须叩石三下，我便在上面小洞现身，不到孽满之期，恕不能下来相见了。"

灵姑见那地方三面峭壁刺天，一面对着绝壑，对岸又是峭壁如削，四周俱有遮覆，日光轻易难到，只见白云往来崖顶，人居其中，恍如瓮底一般。地下草莽怒生，高几过人；老树森森，落叶腐积；蛇虫蹿飞，悲风四起。洞在危崖上，奇石外突，一穴深陷，高不满五尺，宽才二尺，壁上苔藓浓肥，作翠墨色，人须俯身而入。日里看去，景物已极幽晦闭塞，阴凄凄的，迥非人境。

灵姑说道："这么阴惨的地方，怎是修道人住居之所？还是另寻一处吧。"向笃黯然答道："我何尝不知此处不宜人居，怎奈罪深孽重，非以毅力苦行，忏悔平生，无以自拔。蛇兽之侵，尚非所畏，最苦的是荒山古洞，难免外魔侵害。前几年尚属无妨，一过三年，越往后越觉可怕。日前坚请贤姊弟以后践约，隔些日月再临一次，便是为此。洞中逼狭污湿，更非人所能堪，无地延客小坐，行即入洞，请回去吧。"

灵姑要看他如何封闭洞穴，向笃便致歉作别，俯身钻入。待有半刻，忽听隆隆之声，左近一块高约丈许的怪石忽然缓缓自移，到了洞前停住，恰将洞口封住。跟着一阵怪风刮过，石上平添了一层极厚的苔藓，与壁上苔痕浓淡相仿，直似天然生就。如非事前知道，决不信石后还有一洞，人藏其内。王渊见上面并无小洞，试往叩石三下，又是一片隆隆之声。二人抬头一看，离头丈许，果现一洞，与适见的洞一般无二。向笃由内现身，笑道："诸事已定，行再相见。天已不早，来路昏黑，请回去吧。"说罢，又响了一阵，仍复原状。

灵姑、王渊只得取路回转，路径方向早经向笃说明，来时又经随地少停，一一指点，更有仙禽灵奴飞翔辨认，二人腿脚甚快，虽无人行法相送，也慢不了许多，约有个把时辰便赶回玉灵崖。二人到时，正值鹿加带了十来个亲信，拿着许多金砂、布麻以及奇禽猛兽的骨革毛羽，前来谢恩。

原来鹿加回寨以后，偷偷找了寨中神巫，许下接位后的重贿。次早由神巫向众宣说真主某日将归，因他以前曾受罪罚，虽是恶主乌加乱命，但是仍须请示祖神及大神之前，以定去留。并说恶主已将神箭遗失，不知落于何处，全仗真主即位，始能请回。等将众族人哄信，做好一切故示神奇的手脚，再照预定日期时刻，一面迎接真主，一面现身出去。先当归罪囚犯，受了一番假神判。俟神巫代神吐口，降了真命，众人拥立。然后宣示乌加罪状。众族人最重祖遗神箭，胜逾性命，立即群起抢地呼天，哭求新主将箭寻回。

鹿加知道族人新附，内有不少乌加的党羽，乌加逃回倒不要紧，只那神箭关系非同小可。便是神巫虽受利诱，一半也为此箭。如若失去，众族人必令他寻找，要是寻不回来，也难免死。因听鹿加力任其难，说是已得祖神降兆，准能寻回，才允相助。鹿加临时加了小心，福至心灵，竟将前策略为变通：将箭预藏密地，推说此箭已为乌加所污，现在祖神收去洗涤，不能即归，须俟数日，由神巫卜请日期，自己一去即可寻回。

神巫对此原无把握，好生惊惶。但已拥立鹿加，无法再变，只得背人向他责问。鹿加说："我的话一句不虚。但你须设法使众人真个顺服，见了乌加，立时杀死。我看出一点无有二心，立即往取，否则只好看你设法了。"神巫反受了他制，万般无奈，每日想尽方法，代他收服人心。鹿加却乘此时机，一面安置好了私党，一面示恩示威。日前看出众人果然敬畏爱戴，又借梦兆，宣称某日半夜神箭归来，集众先去神庙看过，再往庙前守候。其实箭早亲自做了手脚，放在庙内原处。到时径直大踏步率众奔入，果然箭在神前，箭头雪亮如新，不由众族人不怕。这一来，连神巫也畏服，以为他真有神助了。

事完，鹿加想起吕氏父女恩德，久未往见。乌加竟未回寨生事，也不知被吕、王等人杀死没有。为践前约，特地选了心腹苗人，用山背子抬了许多金银、礼物，前往玉灵崖贡献。

自从鹿加回寨，早对苗人说过乌加所寻仇敌，乃是汉族中仙神一流人物。休说是他，便倾全寨之力与争，也是白白送死。幸而祸由乌加自惹，与他人无干。乌加已然有罪，不能再算本寨的人，最好择日前去说明此事，免因乌加惹下后祸。就便送点礼物，与他结交，异日遇上灾祸，可以借他神法相助解免。灵姑用飞刀斩断乌加颈环时，随行数十山人逃走回去，添枝加叶一说，俱都谈虎色变。两处相隔又不甚远，本就恐怕乌加仇报不成，惹火上门。再听鹿加许多渲染，将灵姑说得比天上神仙还厉害。

这些苗人虽是凶狠不怕死，畏神之心却胜于斧钺，唯恐斩断颈圈，为雷电所杀，不能超生，闻言个个胆寒。尤其与神人相交是个最体面荣耀的事，巴不得弃嫌修好，化敌为友。闻得峒主为了全寨安危福利亲身前往，人人踊跃欢欣,深以不能入选随行为憾。

到了玉灵崖横崖前面停住,由鹿加一人装模作样,绕崖而过,到了洞外,跪伏在地。吕伟正从耕地回转,得了老苗牛子报信,知他用本族最恭敬的礼节前来拜谒,连忙扶起,问知回寨之事,甚是快慰。鹿加听说乌加已死,还被虎皮苗人剥了人皮,大敌已去,此后安居峒主,高枕无忧,更是欢欣。

双方把话商量好,由牛子同往崖前,晓谕随来众人说:"主人因乌加屡次怙恶不悛,以为长颈苗都是如此,本欲前往问罪杀戮,因新迁洞府,开辟事忙,延迟至今。适才鹿加来此解说,才知乌加一人之过;与众无干,姑且宽恕。以后不可再因小故伤害汉人,犯了,仍难免雷电之诛,切须紧记。所贡礼物原不愿收,念在心诚,除金砂、银块之类,隐居修道之人不履尘世,要它无用,余者各取十之一二,剩下仍命带回。"众苗人来时以为,汉族仙神必比神巫还贪财货,唯恐难博吕氏父女欢心,都挑最贵重的东西送来。一听主人如此仁义,所收都是些极容易的土产,值钱的几乎全部退回,就取也不过点意思,无不喜出望外。

牛子晓谕已毕,便领进见。众苗人恭敬拜谒之后,齐声诉说,坚欲一看仙人神法,并拜见仙娘,以求福佑。这一来,吕伟却为了难。知道众人非此不能镇服,向笃如在,自然最妙;便灵姑、王渊,近日也学会了好些障眼法儿,足可施为。偏巧向笃今日闭关静修,灵姑、王渊随送前去,也未在眼前。自己一点不会,众人又诚心诚意的,恨不能当时便要见识,简直无法拒却。只得命牛子用苗语代为晓谕,说主人神法出手必定伤人,非可儿戏,命众先受酒食犒劳,等小主人回来,再行当众演习。跟着由王守常夫妻、牛子三人调设酒食,犒劳来人。吕伟还得装出尊严神气,坐在当中,观看众人欢饮。

长颈苗人先把吕伟视若天人,抱着满腔热望而来。及见无甚奇处,吕伟生性爽直,又不善做那装神弄鬼肉麻之状,时候一久,众苗人表面虽随寨主鹿加敬礼,心中都在怀疑,渐渐交头接耳,窃窃私议,大有不信辞色。

牛子在旁看出情形不对,知道这类蛮人不可理喻,对人无论有多恭顺,只要一被他们轻视,立即翻脸成仇,回报更毒,便酋长也难制止。来者多是鹿加近人,一个镇不住场,当时虽不致为难,回去一传扬,不但要起二心,他见本洞有这么好耕牧之地,一切用具均是他们心爱之物,难保不来窃取攘夺,从此多事。

鹿加尽管怀德畏威,众苗人却决不信服,把掳劫烧杀当成本分的事,除了神命，谁也不能拦阻。即便灵姑飞刀厉害，来者不惧，临了一样可以制伏，仍要费无穷心力，损害耕牧更所难免。唯恐他们吃完，灵姑尚未赶回，一被走去，事情便糟。于是牛子忙借敬茶为由，跪近吕伟身前，请主人留意。

吕伟也知众人虎狼之性，今日非给他们一个下马威不可。无奈日已偏西，王守常两番抽空眺望，灵姑、王渊尚无踪影。眼看众苗人已多吃完，各自起立，走向鹿加面前说了几句，鹿加低声怒斥，众苗人虽被压住，神情已没乍来时恭顺。吕伟方在愁虑，忽然灵奴隔崖飞来。吕伟料知灵姑将回，心中一宽。未及张口，鹿加感恩心重，又知灵姑厉害，见手下众苗不服，说主人与寻常汉客一样，人言是假，恐被主人看出见怪，偏生来的这些苗人一个也未见过灵姑，无可证实，也在发急。一见白鹦鹉飞到，忙先喊道："那不是仙娘的神鸟么？你们还不快看，它会说人话呢。"

要知后事如何，且看下回分解。

第五十五回

开乐土 同建碧城庄
款群苗 初逢白猩子

话说众苗见是一只白鸟，心方窃笑，鸟已飞翔而下，落在吕伟手上。吕伟故意喝道："快飞去，叫你小主人即刻就回，不可迟延。"那鸟立用人语应了一声："主人就回。"仍向来路飞去。群苗见状，意始稍解。

灵姑、王渊原本落后不远，归晚恐家人惦念，放鸟先回报信，一会儿便已赶到。牛子不等吕伟开口，首先迎上前去，恭敬伏跪，大声说道："群苗要看主人神法，老主人恐怕法术厉害，误伤了人，静候主人回来施展给他们开眼。这些都是不害汉人的好长颈子，请主人慈悲降福吧。"鹿加也跟着率众上前礼拜。

群苗见来人幼小纤弱，还在将信将疑。灵姑听出牛子心意，一见群苗把路挡住，朝王渊使个眼色，说道："我们见了爹爹再说吧。"说罢，手中掐诀，一同施展向笃所传禁法，由人丛中飞身纵出。众苗正在遮路喧闹，忽然满头火光，眼睛一花，人已无影无踪。再看这一对少年男女，已在吕伟面前现身，不禁骇服。刚要起身赶去，牛子乘机大喝道："仙娘不喜你们吵闹，已经生气。她不比老主人脾气好，还不安静些么？"群苗闻言，俱都逡巡却步。

灵姑已向老父匆匆问知就里，回身笑道："你们远来不易，想看仙法不难。无如老洞主较我姊弟法力大得多，一出手，你们便没了命，不便演给你们看。但我这神法也非小可，发出来时，跟天上打的电闪一样，不论多么坚硬结实的东西，挨上就断，人和鸟兽更不必说了，我也不愿伤人毁物，可把你们的铁家伙挑上几件不打算要的，倒插在隔溪草场上面，人再一字排开。我先削断它们的尖，再把附近那株大树斩断，使你们见识见识。只是人一站定，不许乱动一步，我这法宝也许还要查看你们居心好坏，不动没事，若不信服，死伤休悔。"鹿加、牛子照话转述，当先领头。群苗哄应相随，纷纷过溪，牛子深知飞刀神异,故意命将挑出来的刀矛插在远处。

灵姑遥望群苗安排停当,便将玉匣飞刀施放出去。众山人只见一道银虹疾如电掣,自灵姑身畔飞起,霎时便到跟前。耳听一片铿锵之声,地上所插刀矛尖头纷纷断落。跟着神龙翔舞,飞向身侧大可数抱的古树上绕去,光华照处,枝柯寸断,坠如雪雨。晃眼之间,银光倏似匹练一般舒展开来,往下微降,照树干中腰只一剪,上半往侧一歪,落叶横飞。惊风骤起中,轰隆一声巨震,二十多丈高一株大树立被飞刀斩断,倒于就地。

银光随又飞向群苗头上,绕身电掣,寒光闪闪,冷气森森,吓得群苗心寒胆落,狂喊仙娘饶命不迭。鹿加虽不在刀光笼罩之下,以前尝过滋味,见状也是惊心,知道灵姑有心威吓,忙向隔溪遥拜求恕。

牛子在旁指着群苗大喝道:"我主人神法厉害,却不伤害无罪之人。因你们居心不服,得罪了她,才用神法儆戒。要想活命,快些跪下求告,永远忠心顺服,不敢丝毫背叛,就可免死,还要降福保佑呢。"群苗惊魂都颤,哪敢再有二心,忙即跪倒,伏地哀求。祷没两句,眼前一暗,银光不见,遥闻喝起之声。站起一看,适见银光已飞到玉灵崖上空,电驰星飞,上下翔舞,精光炫目,变化无穷。

灵姑为使苗人畏服,一面发挥飞刀威力,一面又和王渊把新学各种禁法幻术一齐施展出来。一时烈火飞腾,金花四起,花大如盆,霞光片片。灵姑、王渊各立花上浮沉起伏,流辉四被,映得岩石林木都呈异彩,端的神奇已极。休说群苗,连鹿加、牛子已都看得目瞪口呆,高呼仙娘恩主,罗拜在地。灵姑估量到了火候,意欲收敛。王渊童心好弄,见苗人为障眼法所惑,畏若天神,心中高兴,定要多玩一会儿,直到天晚月上,约演了半个多时辰。灵姑想起向笃曾说此法只可偶然背人游戏,不宜常演,才行止住,最末收了飞刀。鹿加、牛子仍率群苗过溪拜谒,群苗受了一番惊恐,敬畏已极,个个提心吊胆,唯恐失礼见罪。及见灵姑温言告诫,笑脸常开,才放了心。

吕、王等三人又乘灵姑演法之际,弄了许多酒肉,准备半夜里二次犒劳大众。并照苗俗,在隔溪广场上升起野火,令其围火聚饮。王渊又单独向山人演了两次幻术,灵姑正在洞内有事,无人拦他。吕伟想令众山人宿在后洞,等灵姑向虎皮苗人讨来乌加人皮,再行起身。牛子悄禀:"这些苗人不下百种,只长颈苗贪残猛恶,刁狡反复,畏威而不怀德。连鹿加那么感恩忠顺,将来都不敢保,何况他们。最好使他们不知虚实深浅,一心畏服,日后才能驾驭。略知底细,迟早生心。任其野宿为是。"吕伟虽觉言之稍过,但这类人委实野性难测,也就听了。

洞中粮肉本可足用,向笃别前又赠了许多,加上近来用山果新酿的美酒,王氏夫妻均善烹调,半夜做好,牛子一一端出。苗人几曾吃到过这样美味,自是欢欣鼓舞,快活已极,一路大吃大喝,全都醉倒草地之上。吕、王诸人一见一切停当,天已深夜,各自入洞安歇。只牛子一人自愿留在洞外,陪伴鹿加。众人累了一日,除灵姑还用了一回功外,俱料不会有事,心安梦稳,倒枕便都睡熟。

第二日早起,天没亮透,王渊仍想引逗苗人好玩,老早爬起,穿好衣服。刚走出洞门,一眼瞥见广场上山人横七竖八躺卧在地,尚没有醒;牛子不知何往;另外大小七八个怪物,正在驰逐纵跳。定睛一看,那怪物生相颇似猴子,只是头上裹得花花绿绿,看不清楚。通体白毛如雪,长身人立,最大的几个身材竟比人还高。有的还拿着装酒的葫芦,边跳边对嘴喝,纵跃轻灵,矫捷如飞。那十几个长颈苗如死了一般,全没一点响动。

王渊正在惊讶,已被怪物看见,内中两个大的怒啸一声,竟将裹头之物扯下,向王渊纵来。余下几个小怪物见了也都学样,相随纵起。两地相隔少说也有一箭之地,可是怪物快极,直似十来点飞星在地上跳跃,接连几个起落,晃眼便到面前。王渊先还疑是山魈、木客之类,及至怪物去掉包头,才看出是几只大白猿,来势疾如飘风,知道不可轻敌。略一踌躇,为首两只大猿已然迎面扑到,势绝凶猛。王渊一见不好,一面急喊:"姊姊快来!"一面往侧一纵,就势朝地下一滚,暗使木石潜踪之法将身隐起。凶猿手疾眼快好不矫捷,一下扑空,只把身微侧,又朝横里抓来,王渊差一点没被利爪抓中。

那木石潜踪只是障眼法儿,暂时将身隐住,并不能跑。王渊蹲趴地上,眼望这一群凶猿大小共是七个。小的约有人高,毛还略带灰黄颜色。那两只大的身长竟有八九尺,通体没有一根杂毛。面目形象也与常猿不同,扁额尖头,凹鼻凸口。叫嚣之间,獠牙外露。一对突出的凶睛又圆又亮,白多珠少,直泛蓝光。两只利爪与蒲扇相似。正在低头怒视,意似寻找失踪人,欲得而甘心的神气,凶恶已极。王渊出时兵刃暗器一件未带,凶猿近在咫尺,这类野兽鼻嗅甚灵,动作又极神速,如被闻出人味,必无幸理。如若冒险抽空逃走,肯定无效。身又不能转动,吓得连气都不敢喘。

王渊正寻思间,凶猿果然闻出生人气味,有点觉察,双爪作势,大有猛然下击之状。方在忧危，内中一只毛色淡黄的小猿忽往洞口里探头，想是看见有人在内，喜跃奔回，拉住大猿臂爪，指着洞门呱呱乱叫。大猿立即回身，朝洞奔去。王渊恐洞中诸人熟睡未醒，封洞石块又被自己出时移去，凶猿入内，非伤人不可。一时情急，乘着群猿回身，猛地站起，往侧一纵，口中大喊："爹、妈、姊姊快起，妖怪来了！"

群猿闻声回顾，见王渊现身，齐声怒啸，利爪同伸，欲待纵扑过去。王渊见状大惊，还未及二次行法隐身，说时迟，那时快，就在群猿将纵未纵之际，猛听一声清叱，一道银光由洞飞出，两只大猿首先被光华围住，惨嗥过处，腰斩四段，尸横就地。下余群猿立时纷纷逃窜，齐由崖顶上向后纵去。

灵姑当先追出，本想指挥飞刀追杀。偏生那只小黄猿回身最早，一见王渊便追逐过去，银光飞过，大猿伏诛，它依旧不知死活，没有逃退。王渊见灵姑等一出来，心中喜欢，略一疏神，黄猿已追纵扑到，再要行法隐身，已是无及。黄猿虽小，也有大人般高，目光如电，凶睛眈眈。王渊赤手空拳，惊慑之余，怎敢迎敌，眼看危急万分。

灵姑因听王渊狂喊报警，猿又生得过大，从未见过，始终当是妖怪。王渊危急，当然顾人要紧，忙指刀光追将过去，黄猿当时了账。玉灵崖顶离地颇高，上颇不易，等灵姑攀缘到顶，群猿早逃得没了影子。同时隔溪草场上的群苗原被凶猿吓倒，不敢言动，卧地装死。只有两名被小猿剥取披肩时，受了点抓伤，俱都无碍。群猿越过时，群苗早在偷觑，见灵姑飞刀如此神奇，自免不了一番赞服礼拜。牛子也从草石间狼狈钻出。

原来这种东西并非猿种，乃是山中大猩猩和白熊之类猛兽交合而生，产于滇缅交界的深山雪多之处。爪利如钩，力能生裂牛虎，爪攫飞禽。性最凶残猛恶，极喜杀生害命。最爱吃酒和蜂蜜，尤爱学人的穿着、举动，每遇生人，先总是抱了回去学样。稍不如意，不是持腿生裂成两片，便是扔入绝壑跌死。这类不常见的猛兽，胆小一点的，被捉时早已骇死；即便胆大，也不明白它的意思，只要遇上，决无生理。因是猩种，苗人叫他白猩子，又叫白家公，畏若神鬼。端的比什么猛兽都厉害。尚幸为数无多，难得出现，它又忌见死物。有那在山中久居知底细的，遇见它来，如躲不及，忙把随身衣物脱下，僵卧地上装死，它便掉头而去，至多取走衣物，不致危及生命。

白猩子性既爱斗，什么恶物都敢惹。又不肯吃亏，复仇之心极重。闲来无事，便结伴往深山穷谷之中，到处搜寻仇敌。滇湎交界深山之中惯产野象，这类野兽原极猛悍，又喜合群。别的兽类怕白猩子，望影而逃，它却不在心上，遇上必要苦斗不舍。白猩子仗着爪利如钩，纵跃轻灵；大象仗着皮粗肉厚，力大性长。都是不死不止，最终两败俱伤。

还有土产各种蛇蟒，也是它最喜斗弄的玩意，杀蛇更有拿手。除非不遇，只一被它遇到，它固欣喜若狂，非将蛇蟒杀死，不肯罢休；对方自然也是苦苦纠缠，以死相拼。气机相感，几成了宿仇世恨，比和象斗还要猛烈。可是当地蛇蟒多半都蕴奇毒，小的遇见，自占上风；有时遇上长大特毒之蛇，白猩子天生无畏之性，仍然照样上前，结果蛇虽被它杀死，自身却不是被蛇缠咬受伤，便是中了蛇毒，也就同归于尽。有此种种原因，所以难得繁息，轻易不能见到。

众人中只有牛子一人当年见过一只，也是被蛇缠毒死，被苗人在山里寻到的。后在当地住了些日，得知底细。这晚天明前正和群苗欢啸哄饮，斜月未坠，残辉照处，遥望隔溪玉灵崖顶上站着三只大白东西。群苗方要呼噪，牛子识货，疑是白猩来犯，忙即止住。并悄声警告，教了趋避之法，说这东西厉害，千万不可力敌。接着三只白猩子已是纵落，迎面走来。群苗平日原知白家公的厉害，听牛子一说，俱都胆寒。见势不佳，方要起身逃跑，忽听身后呱呱两声。回头一看，四外均有白猩子出现，共有七八只，分好几面朝中央围来。

牛子知它其快如风，众人一乱跑，非死不可。它由崖顶出现，后洞中有院落，不知侵入洞中没有，心又惦记主人，想去报警，忙喊众人作出受惊之势，脱了衣巾，狂呼一声，笔直僵卧。自己则乘它未到，去喊主人。群苗无奈，依言行事。牛子冒着奇险，觑准较空一面，伏身前移。离开原地才有三五丈，所有白猩子一齐走来，见众苗人僵卧，意似失望。叫了几声，把苗人披肩、头巾纷纷抢夺争拾，包在头上。有那来不及去掉的苗人，被它一阵乱扯，都受了伤。又将苗人所剩的酒乱抢来吃。

牛子乘乱又爬出几丈。快到溪边，倏地站起一纵，跃过溪去。正想飞跑赶往洞前报警，不料纵时太猛，将白猩子惊动，追将过来。牛子一听叫声，回顾追近，知道眨眼即至，拼命狂喊了一声："主人快来！"便也装死，僵卧地上。

白猩子先见有了生人，以为可以玩弄，甚是高兴，不料又被吓死，心中愤怒。追的又是一只最大的，似疑是诈，抱起牛子仔细观察。尚幸牛子心有定见，装得比众苗人更像，连气都屏住不敢呼吸。白猩子看了一会儿，见他四肢软搭,怎么摆弄也不见动弹,才将信将疑地纵到一株大树上去,将牛子横搁枝杈中间。下地疾走几步,又猛地一回头看了几次,方始退去。

牛子搁痛难忍,勉强把身子略为移顺了些,遥窥白猩子也在看他,恰值风起树摇,未被看破。白猩子仍不时向他注视,那地方又在前崖,看不见崖洞,枉自忧急,不敢再动。好容易苦挨到了天明,忽见白猩子似一窝蜂往隔溪崖洞纵来,方得乘隙纵落,略为活动四肢,偷偷绕崖过去,伏身一看,正值白猩子窥洞欲入,灵姑已随着飞刀纵出,白猩子连死带逃,一时俱尽了。

灵姑先当杀的是白猿,想起虎王所养白猿甚是灵异,难得自送上门,还在后悔下手太快,没有捉住一只活的,及听牛子说那东西并非猿种,又如此凶恶难驯,不但不能留养,这逃走的四只还得防它寻仇报复。数目这么多,甚少听说起,也许来的还不止此数。

看来路似在崖后。当地形势,只崖后一面因有摩天高崖互阻,又是石地,未去查看。最好日内寻到它的巢穴,一齐诛戮,才保无害。以后早晚出入,留他的神还来不及,如何可以驯养?灵姑暗忖:“这东西如此厉害,全洞人等只凭自己这口飞刀。今日往寻四人索要人皮,倘被袭来伤了老父,如何是好?有心不去,但这些长颈苗不早打发回去,也不是事。今早幸有牛子见多识广,事前通报,如被白猩子抓死几个,岂不面上无光?”思虑至再,只有等上半日,白猩子如不来犯,赶紧往返,回时料天未黑,或可无事。明日一早,打发众苗人动身,再打主意。等到过午,白猩子未来。灵姑不放心,又和牛子、鹿加等援上崖顶去看。只见崖后奇石森列,景物雄诡,尽头处绝壁排天,亘若屏障,既高且险,无可攀升,相隔尚在两三里外。四下眺望,不见白猩子踪迹。

匆促之间,并未想起向笃行时之言,以为白猩子大的被杀,小的胆寒,暂时不敢再来。为防万一,借词给众苗人降福,一齐召集进洞,令其伏地默祷,又收了牲畜,堵塞洞门。并将王渊和灵奴留在洞内,白猩子如若来犯,便用向笃所传障眼法术惊它,即令灵奴飞往报警。群苗闻言都当真个降福,争先入洞,恭恭敬敬,跪伏在吕伟面前,默默祝告,静俟后命,态度恭谨,一点没想到主人也在胆怯害怕。父女二人部署停当,灵姑又看牛子将洞堵好,方始独自起身,施展轻身功夫,加急赶行,不消多时,到了森林以内。

那四野猓住处本还远些。向笃行时,因所居洞府地绝幽晦僻险,不见天日,如被异派妖邪发现,难免借以潜踪匿迹,初意行法将它禁闭,免得妖人来此藏伏。四人爱那里面宏敞高大，还有许多舒适设备，意欲求住。向笃说四人住处虽然不好，到底还见到天日，此洞只正午时略透露一点日影，终年举火，如处长夜，住了无益有害，四人仍是求告不休，嗣经灵姑劝说，才勉强答应，没有封闭。

四人因听向笃说过灵姑飞刀厉害，己所不及，以后千万服从，不可违忤，也颇敬畏。自从向笃闭关，灵姑尚未去过。到洞一看，洞外也和早先一样升着一堆野火。三男行猎未归，只一女坐在洞前石上，用细藤编席。忽见灵姑走来，甚是欢喜，忙即起身拜倒。灵姑知道老少三人都听她话，唤起说了来意。女猱随请灵姑入洞，将墙上悬的乌加人皮取下。灵姑见皮用竹条绷起，又干又硬，既长且大，无法折叠，带走甚是累赘。女猱看出为难，自愿代拿，送往玉灵崖去。灵姑见取皮容易，早知如此，何必亲来？知她脚程慢不了许多，即便走慢，自己先回，任她随身送到也是一样；自己持走，反倒更慢。于是含笑应了。

女猱早想到玉灵崖去，恐仙人见怪，不敢冒失，闻言大喜。灵姑问她："走后无人守洞，你父兄回来，岂不寻你？"女猱答说："无妨。这里终年不见生人，日前虽有一个走错路的汉客到此，一会儿也就走去。恩人还教会我们生火和闭洞的方法，只消做一记号，他们回来就知道了。"女猱汉语不甚精熟，说时须用手比。灵姑急于回洞，无心查听考问。说罢，女猱果用向笃所传法术将洞门隐去，在火旁放了几块石头做记号，将皮架横搁肩上，一同起身。

林树繁茂，枝柯低压，人行其中，躲闪纵越还不怎样，添上这么一个薄而且大的绷架，走起来稍不留意，便被挂住，阻碍横生，甚是费事。走了一程，灵姑不耐繁琐，仍用飞刀将绷架砍坏，把皮取下，略为拗折，才易走些。出林仰看，日色偏西。急于赶回，命女猱快跑，如赶不上，后到也可。自己当先飞跑。女猱脚程甚快，又想讨好，奋力追随，并未落后。

二人一口气跑到玉灵崖，天还未到黄昏。灵姑见洞前静悄悄的，毫无异状，心情一宽。王渊、牛子早在洞里望见，移开封洞石块。牛子当先奔出，说白猩子并未来犯，只不过众苗人跪伏已久。灵姑便命牛子引女猱到侧面小洞去，给些酒肉慰劳，自和王渊进洞。

灵姑走至老父座前，按照预计，跪禀乌加的皮业已取回。吕伟便命灵姑查看群苗善恶。灵姑应声起立，先施幻术，立有大幢烈火升出地上。继命群苗起立,说道:"老主人鉴察你们诚心,已允降福,但不知你们能否领受。此火专驱邪鬼灾孽,有福之人入火不烧,否则近火即行烧死。你们可排成单行,由右而左,由鹿加当先,穿火而出,走到洞外等候。"众山人见那烈火飞扬,映得满洞通红,老远都觉奇热,意颇畏惧。鹿加也有点迟疑却步。灵姑笑道:"有我在此,决伤不着你们。快走过去,少时神火一灭,后悔无缘,就不及了。"

鹿加闻言,试往前走,觉着奇热难耐,方欲退下,灵姑把手一指,火便自移,盖身而过。鹿加惊得怪叫,身已脱出火外,并不觉得怎样,不由欢喜拜倒。众苗人见峒主由火里走过,头发都未烤焦一根,方始胆大了一些,当头两个战战兢兢穿火而过,余下俱都放心抢前。等末一个走完,吕伟喝声:"神火速收。"将手一扬,灵姑暗使收法,火光不见。群苗又罗拜称谢了一阵,一同出洞。灵姑将乌加的皮交给群苗,另给女猓一些花布、食物,打发回去。群苗吃罢酒肉,仍去隔溪广场上安歇。

因有白猩子之变,灵姑又不便自显张皇,只得命牛子藏在对面崖顶守望,如有变故,立吹芦笙报警;洞内诸人分成两班守夜;洞口也不全闭,留一极小出口,正对牛子藏处。隔些时候,由灵姑、王渊两个略会法术的,按前后夜,不时出外探看,对群苗却未明言,以免惊惶。依旧备下丰美酒食,令其自饮。

牛子守着昔年传说,料定白猩复仇心切,决不甘休,非来不可,人却倦极。吕伟父女早晨还要遣走群苗,守的是后半夜。前半夜由王守常夫妻、父子三人轮值,就便在洞中给群苗备办行前早餐和分配给的东西。头班的时候较长,须交寅初才能唤起灵姑接替。王守常夫妻因自入山以来,一切都仰仗吕氏父女,当晚如有变故,仍须他父女二人上前应付,一见睡眠颇熟,意欲任其多睡些时养息精神。自己等明早苗人走了,补睡不迟。有警无法,无事由他自醒,不令呼唤。

王渊独坐无聊,昨夜惦记用障眼法引逗苗人,天没亮就起身出洞,又没睡好,守了不多一会儿,便觉身倦欲眠。先还勉强振作精神,睁眼外望。及至出洞看了两次不见动静,草原上众人却在欢呼纵饮,回坐原处呆想:"灵姑那么厉害的飞刀,白猩子焉有不胆寒之理? 如真想报复,这类野兽有甚心机,白天早已来到,还会等到晚上? 今日那么仔细查看,直到这半夜里也没见一点踪影,分明大的一死,小的全都害怕逃匿,不敢再来窥伺。看外面月白风清,简直不像要出事的样子,一定空守无疑。"他遥望对崖顶上牛子,先是改立为坐,这时索性躺了下来,也像是要睡神气,不由把睡意勾动,心神一迷糊,两眼一合,再睁不开。面前恰有一块封洞用的石头,比坐石略高尺许,竟然伏在上面沉沉睡去。

洞甚宽大,王守常夫妻忙着制办食物,初见爱子时出时入,还在担心,恐白猩子行动矫捷,仓促遇警,难于躲避。想叫他就在洞里守望,观听牛子报警已足,无须出去。偏生火灶紧贴左壁,相隔不近,如到洞口,须经过吕氏父女卧处,二人睡眠极易惊醒。手里正做着食物又放不下。王妻儿番想去嘱咐,俱被王守常拦住说:"吕大哥原令渊儿不时出看,怎可私下违背?"嗣见爱子回洞面向外坐,更不再出,才安了心,始终以为伏石外望,并不知他睡着。

忙时光阴易过,一会儿便离天明不远。王守常想起天将亮时最冷,适才虽强令爱子多穿了件夹袄,仍恐衣薄受寒。恰好手底下事也快完,估量吕氏父女已经睡足该起,又取了件夹袍轻轻走过,想给爱子穿上。一看睡得正香,两手冰凉,又惊又怜,连忙推醒,给他穿上。王守常出洞探看,月落参横,果然快亮。对崖牛子也不知何时倒在崖顶上睡着,隔溪群苗俱卧地上,似无异状。总算不曾出事,心中略放。

王渊揉着一双睡眼随出,见状恐灵姑怪他疏忽,乘吕氏父女未起,连忙援上崖去将牛子推醒。回到洞内,吕氏父女也相次醒转,看见王守常等三人熬守一夜,天已将明,一切停当,并无变故,谢了厚意,便请三人去睡。王渊因自己也睡了个够,推说不困,和吕氏父女一同出洞。王渊先把牛子招下。灵姑已听王渊说牛子在崖上睡过一会儿,末了仍是自己上崖唤醒。知他前晚陪着群苗,半夜遇警,吃了许多苦,日里又复劳累,一直未睡,虽是粗心,情有可原,好在无事,也就不提。

等唤起群苗,鹿加却说昨晚饮到半夜,有两族人喝醉了酒,去至溪中洗澡,见对岸崖前跑来几只逃羊。因听牛子日里说起,王渊想捉几只小羊来喂养,满心讨好。只拿了溪旁的佩刀,赤着身子,连花裙都未穿,赶忙追去。羊跑甚快,追出约有两里多地,眼看追上,忽发现路侧野地里一堆火光。近前一看,乃是两个汉人用枯枝生火,面前放着一只新杀死的肥羊,在那里切肉烤吃。二族人略一停顿,羊已逃得不知去向。正要走回,汉人忽然拦阻,给了二人一块肉,向他们问话。

这二苗人恰巧一句汉话也不会说,汉人非云贵口音,越发难懂。双方比了一阵手势,仍难通晓。二苗人酒醉身倦,急于归卧,胡乱点了几下头,径直走回。快到崖前,发觉有一汉人追上前来,将二苗人唤住,指着玉灵崖又问又比,意似问他种族部落是否在此。二苗人因灵姑父女不许无故得罪汉人,只得也比手势回答。说洞主是个神人,厉害不过。自己乃别寨苗民,来此送礼参拜,现宿隔溪广场之上。汉人好似领悟,遥望隔溪群苗尚有多人未睡,俱在欢呼跳纵。又细看了几眼,方始相信,转身跑去。二苗人跑了急路,酒往上涌,没回到原地,便已醉倒。

后来还是鹿加久候二人洗澡不回,去到溪边查看,只见衣、环都在,人却不见。疑心酒醉淹死,沿溪寻去,发现人在隔溪醉倒,唤醒同回。问知前事,觉得本山除却主人,休说汉人,连苗人都难走进。二苗人又说那汉人生相穿着十分奇特,尤其年长的一个长得又恶又丑,声如狼嗥,不似寻常汉人。鹿加心中奇怪。

吕伟唤过二苗人,叫牛子做通事,重新盘问,苗人在醉中睡了一觉起来,多半忘却,颠倒错乱,各说各的,直似在说梦话,迥不相符。众人因昨晚来人已到溪旁,相隔甚近,鹿加等怎无一人亲见?人酒醉便迷本性,胡来乱做,醒后问他,多半不晓,料是醉梦中的谵语。否则来人如有他意,或是入山迷路,想借食宿之地,又已到达崖前,即便言语不通,也必要查探明白,决不会和两个醉人比说一阵就走之理。因而都不怎信。

鹿加力说这二族人一向老实,不说诳话;昨晚说得甚是明白,二人话也一样。自己虽不曾亲见来人,听他们所说,决无虚假。那相貌凶恶、脸上有包的一个,好似数月前在山寨里听别的族人传说过,是个极厉害的恶人,只是想到天明,也未想起。主人喂养这么肥的鸡鸭牛猪,又有这么好一座山洞和那么多田园,明来不敢,定要暗中偷盗。白猩也是非来不可,早晚务要留神才好。吕伟知他好心,不便深说,含糊应了。众人都以为即便是真,对方不过是两个采药行猎的汉人,无足为虑,谁也没把此事放在心上。看着苗人匆匆吃了别酒,背了退回去的礼物、前酋长乌加的皮和主人所赠之物,由鹿加率领,欢欢喜喜拜别上路。往常吕伟行事最为精细,这次忽然少了戒心,连灵奴都未放出探看,就此撇开不提。

群苗走后,吕伟令牛子入洞将洞门用石堵好安歇。自率灵姑、王渊去到附近田园里,查看了一番。近午回转,王氏夫妻和牛子已睡足起身,开洞出来。牛子一心害怕白猩子闯来复仇,劝灵姑将灵奴放到崖后探看。近日灵奴越发灵慧,学人言语,对答如流,灵姑爱如性命。有了上次失踪之戒,日夕随身来去,不令远离。因听白猩子力能爪攫飞鸟,恐为所害,把它关在洞内,连昨晚都未放出相助守望,怎肯令其往探恶兽巢穴,执意不允。为备万一,议定大家都是同出同归。午饭后,仍照往常,同去田场上畜牧耕耘,傍晚始回。一连好几天,毫无动静。

吕、王等人自经向笃相助,傍着玉灵崖附近,因着形胜,都建有亭台、竹楼。稻田、菜圃、果园、花畦,都在灵姑以前发现的那片沃土以内。并在当地辟出一片广场,用山中碗口粗细的大毛竹建了一所极高大的竹屋,前临广田,门环绿水,左有花畦,右有菜圃,后面设着牛栅鸡栏,室中用具十九竹制,古朴雅洁,饶有幽趣,农忙之时可以起居安歇。灵姑因那地方田圃以外,四面都是森林环绕,终年绿荫,取了个名字,叫作"碧城庄灵山别业"。那些果园、桑树原本野生,都由向笃用禁法移种一处,有条不紊,景物之佳,更不消说。端的是世外仙源,人间乐土。

这时正当收获期近,果实也有好些到了成熟之期,一眼望过去,不是果实累累,艳似丹霞,便是密穗层层,灿若黄金,几日光阴,田间又增了几分繁盛气象。灵姑、王渊首先拍掌叫好。吕伟笑道:"你两个真不解事,这等肥土,一年何止三秋,我们人数不多,除吃外,有一些富余也就很好了,偏生哪样都要贪多。你们向大哥偏又信你们的话,到处设法移植栽种。第一次收获已经如此,日后休说吃不完,看要费多少人力? 便我们一年忙到头也忙不过来呢。"

灵姑笑道:"天生这么好一片地方,不开辟出来,莫非只种小小一块地,余下的都任它自长野麻么? 那多难看。要不是爹爹只准要这几百亩地,真想全数都开辟出来才有趣呢。"吕伟道:"你只顾有趣。向大哥在此,他会法术。种和收获都不显艰难。如今休说再多,就这一片都不好办。过些日,你自然知道厉害了。我们既不与尘世来往,至多添上张叔父和你鸿弟两人,剩的果谷不糟蹋了么?"

王渊道:"这些果树原是山中有的,就我们不移过来,任其自生自落,还不是一样糟蹋? 似这样,想吃什么,现采现摘,多好。只谷子吃不完,糟掉罪过,人力也忙不过来,我们还是每年只种一次吧。"

灵姑道:"那样一年空上好几个月,多么扫兴。我先前的意思是,因沿途看见云贵两省不分汉、苗,苦人太多,难得这些苗人信服我们,早晚必来看

36

望,既有这一片肥土,便多种些,吃不完的,等来时运出去,一半给他们,一半散给苦人。虽说这片地都种上,也救不了那么多苦人,到底接济一个是一个,不说别的,多感化几个苗人,也少却许多罪恶,岂不是好,想不到向大哥非闭关不可,这么费事呢。"

吕伟道:"灵儿,我们在此静候仙缘,躲世人都来不及,如何还去惹事?又是一些无知生番。此端一开,以后将要不胜其烦了。"

灵姑道:"女儿也曾想过,仙人原以博施济众为务,内功之外,还要修积外功。如不和人见面,这外功怎么修积?所以隐居深山,与世隔绝,只是为了便于修炼,免使世情物欲打扰清修而已。我们诚然是不愿与世人来往,但这两族横竖要来,不能避免,乐得借他们的手做点好事。如怕烦扰,只消和他们说定日期,一年只准两次,只许多少人入山。事由我主,他们又最畏服我们,决不敢向外泄露。此外似乎无什么可虑了。"

吕伟想了想,笑道:"女儿如此存心,必蒙天佑。既是你们不怕劳作,我也愿意促成善举。且凭自己力量,尽一份心是一份吧。"灵姑闻言,甚是欢喜。

土地肥沃,上次开辟时已治理完善,沟渠通畅,自然流灌,农忙早过,静候收获,无须再加人力。众人略为剪除了点杂草,商量好收获日期次序,在门前稻场石墩上坐定,共话秋收,谈叙往迹,顺便眺望山庄秋景。灵姑不时采些果实,抛掷空中,引逗灵奴为戏。碧围遥亘,绿水弯环,日丽风和,天空地旷,俱觉心怀开朗,情致怡舒,到处充满清淑祥和景象。山居日久,赞美之言无人再提,说的都是一些闲话。便心中也只觉安适,未怎置念。偏那喜气欢容,由不得都在各人面上自然流露,说话全带着笑,好似美满已极,情发于衷,不能自已。

好时光最易混过,一晃不觉将近黄昏。只见夕阳欲坠,远浮林表,巨轮如血,衬以半天赤霞,由远树梢上斜射过万道光芒,正照在稻场上面,映得人的头面都成红色。众人这日午饭吃得晚,都没有饿,恋着残景,不想归去。眼看晚风渐起,衣袂生凉,满空中鸦群雁阵一递一声纷纷叫过,天渐暗了下来。

王渊笑道:"天不早了,我们回去吧。这太阳怎这红法?伯父本就脸红,这一照,更成红人了。暗沉沉的乌鸦又叫得讨人厌,我们还是回去做晚饭吃吧。"灵姑道:"就是渊弟俗气。这夕阳晚景原要叫你往远处看的,你竟往人近处脸上看，自然就没意思了。落日被半天赤霞一衬，虽觉红得太过，没有往日晴霄清旷，万里无云，只天边几片彩霞散为丽彩，环绕日边，点缀青苍来得好看，可是稍在暗影中坐上一会儿，等那山月上来，踏着满地清光缓步回去，不是有趣么？昨天大婶忙了一夜，今早所剩食物很多，火又现成，到家一热就行，忙些什么？"

王渊道："我不是忙，也不是饿。先时我很高兴，这会看见这片暗红颜色，心里总觉难过，也说不出是什么缘故。你尽逗灵奴玩，一直眼看外边。你试朝里看看，兴许也要觉得没甚兴趣了。"

灵姑站处稍远，闻言回头，一眼正看到老父谈话方住，坐在那里，两眼望着外面，似想心事，笑容犹未全敛。坐处正近那片竹围墙，翠叶扶疏，傍晚看去，本觉萧森，像血也似红的阳光照到脸上，赤暗暗的，竟说不出那副愁惨神色。再一带笑，越发难看已极。别人虽觉稍好，也都是一派忧郁背晦之色。心方一动，忽然一阵山风吹来，不禁激灵灵打了一个冷战。分明眼前不会有事，兀自觉得心悸无欢，一刻也不愿久留。

灵姑刚要催归，吕伟已笑着先开口道："斜阳晚景如此奇丽，天边不知怎样。灵儿屡蒙仙人期许，想必迟早拜到仙师门下。我年老福薄，自知仙缘无分。别的不想，只想将来能够看到和你那涂师兄一样，小小的年纪，排云驭气，出入青冥，瞬息千里，任意所之，我就老死荒山，也无遗憾了。"

灵姑猛想起仙人预示，心里一酸苦，几乎落下泪来，连忙忍住，劝道："爹爹怎说这话？女儿上天入地，也要跟着爹爹的。即便仙师招去，不能同往，也只数年之别。一旦修炼成功，纵不能使爹爹也修到仙人地步，有女儿在，祛病延年，求个长生总可以的；否则女儿便能修到大罗金仙，也不想了。天已不早，我们回去吧。"

吕伟掀髯笑道："我纵横一世，名成业就。暮年享受这等清福，精神健康，无挂无忧。又有你这么好一个女儿。人生到此，还有甚不足之处？你能蒙仙人垂青已出意外，怎敢再存别的奢望？修短无数，凡事命定，纵有万分孝心，只恐到时由不得你呢。"灵姑急道："爹爹再这样说，女儿便遇仙缘也不去了。"

吕伟见爱女泪珠莹莹，知她天性纯孝，听了伤心，忙改口道："痴女儿，我不过说说罢了，急什么？真要你至性格天，修成之日，在仙人那里求得长生灵药回来，莫非我还把它丢掉，甘愿老死么？只恐嫌少，连你的一份都抢来吃了呢。"这几句话,说得众人都笑了起来。灵姑不便再说什么,心中总是闷闷的。大家略为收拾茶具,一同起身回洞。

灵奴先在空中盘飞,灵姑一说走,先朝玉灵崖飞去。众人走到路上,灵奴忽又飞回,叫道:"主人快来,白猩子来了。"吕伟闻言大惊,忙命众人将防身兵刃、毒弩取出,由灵姑为首,戒备前进。灵姑恐灵奴为恶兽所伤,将它招了下来。灵奴连叫:"我飞得很高,不怕它抓。"灵姑还不放心,仍交王渊紧紧托住,脚底加劲,往玉灵崖飞跑。

这时阳鸟匿影,明月未升。山风一阵紧似一阵,惊尘四起,木叶乱飞,风吹林树,呜呜发为怪声。不知何时,头上阴云布满,天空见不到一颗星光。风不时夹着一些雨吹到身上,凉意侵肌,大有变天之兆。众人自到山中,遇的都是好天气。虽有几次风雨,都在晚上,已然入洞安息。次早起身,多半天已晴霁,土润苔青,山光如沐,满目清新,转增佳趣,一点也不觉得难耐。似这样凄风冷雨,晦暝萧瑟之景,从未经过。又当恶兽来侵,情势凶险之际,倍觉景物荒寒,加了若干忧疑危惧。吕氏父女还好,牛子、王渊似惊弓之鸟,更是望影先惊,天既黑暗,危石、古松都成了怪兽伏伺。灵姑因知白猩子矫健异常,恐它骤起狙击,也不能无惧,手按玉匣,随时准备发放,心情紧张。尚幸路没多远,一会儿跑到崖前。那雨已由小而大,哗哗下落。

灵姑想骤出不意,将怪物一网打尽,以免后患。招呼众人放缓脚步,独自当先,绕竹掩将过去。贴着崖角,探头往崖前一看,洞外广场上黑沉沉静悄悄的,只有奇石、修竹的黑影在风雨中矗立摇动,别的什么也看不见。除了风声雨声之外,也听不到别的响动。知道灵奴所报决无虚假,洞外石笋森列,藏伏之处甚多,万一人过去,吃它暗算,如何是好?风虽小住,雨是越下越大,雨水似瀑布一般下流。衣服透湿,不能久停,只得将飞刀放出,先在洞前往来驰飞了一阵。光华照处,纤微毕睹,始终不见怪兽踪迹,封洞石块也未搬开。看神气,怪兽已在向前逃走,风雨昏暮,无法追寻。为防不测,又把银光招回,围护众人。

众人走到洞外一看,石块虽未被搬开,最大的一块上面已有好些残毁痕迹。洞门本大,自从上次乌加一闹,洞门早已砌好,只留一个供人出入的小口。而且吕伟善于相度地势,砌法极妙,自己启闭极易,外人想要开进却是极难,所以未被侵入。仍用飞刀护身,移石入内,细看洞中,仍是好好的,并无异状。前后洞当中原有一个大天井,因地方太大,后洞无用,屡经事变,早已用石隔断。也和前洞门一般，留一可以启闭的出入口子。俱料白猩子必是来不多时，为雷雨所惊走，逃了回去。

众人再一盘问灵奴，说飞回时，见有三个白猩子在洞外鬼头鬼脑，静悄悄东探西望。末了聚在一处，同去中洞门外，想去掉那封洞石块。稍为有点响动，立即一起逃窜，竟似又想侵犯又害怕的神气。灵姑因那日逃走的白猩子尚有四个，老巢里想必还有同类，灵奴只见三个，风雨昏夜，难于发现，焉知不藏伏在近处，等人睡后，暗中侵害？旁边小洞中有不少牲畜、家禽、食粮、用具，也怕损毁。盘算了好一会儿，终不放心，执意要冒着风雨，去往两洞查看。

吕伟强她不过。灵姑和牛子携了火种，用飞刀防身照路，开洞出来。到了侧面小洞，见洞外原放的竹椅、木桌以及一些农具俱在雨里淋着，被风吹得东倒西歪，有几件似已毁损。雨大风狂，无心细看。正移那小洞石头，打算进去，银光照处，猛一眼看见一张印成的柬帖，因洞门内凹，风又是朝里吹，只在石凹中旋舞不定，未被吹出，略沾了几点雨水。灵姑见那柬帖有点异样，心想："空山之中，怎会有此物？"当时也没细看，随手揣入怀内。

移石进去，把洞内原备好的油灯点起，持着火把向各处照看。牲禽先时一点声音无有，见了火，纷纷鸣叫起来，与往日情形不同。牛子说："白猩子厉害已极，飞的还好，走的无论是多猛恶的野兽，遇上就屁滚尿流，不敢乱动，一定是被它吓的。"灵姑也未理会。见洞内外都是原样，白猩子好似只去过中洞，旁洞并未走到。把灯火熄灭，照着老父方法将洞门重加严密封堵。又去后洞各石室中仔细查看，才行回转。

灵姑取出那张柬帖递与吕伟一看，那柬帖长有三寸，宽有二寸，用四五层极上等白绵纸裱成，甚是坚韧。上面并无字迹，只印着七个魔头，做主塔形叠着。形态不一，甚是狞恶，一看便知是绿林成名大盗，作案或是寻仇前后所留的符记。那七魔头如非盗党共有七人，便是盗魁的外号。心想："自己新来不久，无人得知踪迹。再者生平虽享盛名，不轻与人结仇树敌；纵有，也决非自己对手。这类符记怎会在此送上门来？来者不善。"吕伟先颇惊疑，嗣就灯光仔细查看，除纸角略有泥水湿污外，上面还有近乎猴子一类的爪印，这东西又发现在白猩子来过以后。据此推断，好似那盗首误入此山，身旁带有此物，不想遇见白猩子，人不能敌，或已被害，或是逃走，所带符记被白猩子抢去，见上面魔头形象凶恶，觉着好玩，没有撕毁，无意中带到洞外,因想移石入洞,随便弃去,被风刮到旁洞无雨之处。比较尚近情理。

吕伟正盘算间,灵姑见老父担心,笑道:"爹爹不必多想,这符记不论有意无意,都不要紧。看他画得那种丑态,一定不是什么正经路数。女儿蒙仙师赐这玉匣飞刀,近来时常运用,更发觉它的妙处。据向大哥说,便是寻常左道妖邪,也经不起刀光一击,绿林盗贼更不必说了。不来是他的造化,来了还不是送死?倒是这几个白猩子可恶已极,适去洞外,好像许多种田用的东西都被毁损。我们辛辛苦苦,好容易开辟出来那片田地、房舍,日久天长,如被寻去乱糟蹋,岂不前功尽弃?明早天晴,好歹也要寻着它的巢穴,一网打尽,才能免去后患呢。"吕伟料那盗魁如真上门寻事,符柬已到,一二日内必见分晓,休说还有爱女这口飞刀,便自己本领也应付得了,无足为虑,说过便也安歇。

第二日早起天晴,众人出洞一看,不但存放外面未及收入的器具俱被白猩子毁坏无遗,连灵姑、王渊、牛子三人新近由远近山谷中费了不少心力移植培养的许多奇花异卉,也被踩蹦摧残殆尽。甚而奇石丛中原有的苍松翠竹,也被拔的拔起,折的折断,东倒西横,狼藉满地。

这些都是众人点缀美景心爱之物,如何不恨?灵姑首先勃然大怒,决意非除它不可。无奈这类恶物行踪飘忽,捷如神鬼,不可捉摸。事既开端,以后必来作践禾稼,伤害牲禽,只有寻到它的巢穴,搜杀无遗,方保无患。偏有那大片连亘不断的高崖阻路,人不能上。依了灵姑、王渊,恨不能当时便往探路才好。吕伟因昨晚发现那怪符柬,要等他两日,看看有无动静。而且白猩子必定还来,野兽虽凶,无甚知识。还是不知深浅的敌人可虑,如真有心寻仇,甚事都做得出来,因而主张从缓。二人只得罢了。

田里原定当日起始收获,因洞中不能离人,能手只有吕氏父女,而灵姑守定向笃之言,说什么也不放心离开老父;若改令王守常、牛子等四人前去,如遇白猩子固是凶多吉少,便遇仇敌也非对手。思量无计,唯有暂停农作,等过两日再说。灵姑、王渊恨得牙痒痒,田里不能去,只把牲禽放在隔溪广场上,各找了些事做,把残毁的花木收拾收拾。不觉又是黄昏入夜,白猩子一直未来。灵姑因日前曾经目睹,那么雄伟的玉灵崖,白猩子居然捷如飞鸟纵援上去,老恐伤了灵奴,不令飞远,防护甚紧。只在傍晚时,到对面横崖四下眺望了一阵。收了牲禽用具,封闭两洞,各自安歇。为防万一,依旧分出一人,轮值守夜。又到天明,仍无动静。

似这样守过三日，不见一毫征兆。断定那张符箓，实是白猩子将人害死，无意携来，暂时总算去了一桩心事。因禾稻早熟，田里三日未去。白猩子没有长性，也许见洞门封堵坚固，知难而退，不会再来。如去寻它，一个诛戮不尽，反倒惹它寻仇生事。多主张收获完后再去。

众人到田里一看，禾稻略为受了一点践踏，倒还有限。那所竹屋却被拆毁多半，竹瓦零乱，满地都是白猩子的爪印，室中用具更不用说，分明下雨的第二天早上来此祸害。

那竹屋用整根大竹为墙，切竹为瓦，高大爽朗，雅洁异常。全仗向笃禁法相助，才得建成。如用人力照式修建，不知要费多少精力工夫。真比洞前那些毁损还重得多。看那情景，好似白猩子知道和人相斗，要吃大亏，只在暗中窥伺作祟，等人不在，立即乘隙侵害。细查来踪去迹，爪痕脚印，俱是雨后所遗。田中禾苗也是日前践踏，不是新残，和洞前一样。来只一次，已经如此厉害，若常受侵袭，不特房舍、用具、牲禽之类都难免遭受损害，便是田园也没法耕种，众人如何不急不怒。这一来，连吕伟也下了事完除害的决心。

前带余粮将尽，这第一次收获关系全年食粮。众人恐它再来为患，非同小可，忍着愤恨，一齐努力下手收获。由清晨起忙到日色垂西，地大人少，仅仅收获一小半。当地打稻场不放心用，只有运回洞去打晒。虽然带去牛马，恐半途被白猩子突出狙击，无法分运，势非人畜一齐同运不能无虑。所获又多，虽然相隔不远，负载这类松而束大之物，不能走快。行时要扎捆，到了要卸放，无不需时。经过两个往返，天已昏黑。尚幸当晚风清月白，两地都无白猩子的踪迹。但是晚间，仍要严防，须照前行事。趁着月明，往返了好多次，运到半夜，勉强运完。

灵姑因嫌启闭洞门费事，新稻未打，明日又要运出摊晒，拼着受点损害，运到后半，俱都摊放洞外。次早前往，想了一个主意。先用飞刀齐近地处割去，人只跟在后面捆扎，省了不少的事。只扎运仍是艰难，连收种的烟叶，直忙了四五天。仗着天色尚好，日暖风和，禾穗渐渐干燥。又在洞前新辟出一片打稻场，晒春簸扬，众手齐施。晚间还得轮流守望。一连又是好多天。灵姑满想农事一完，便去后崖诛除恶兽，偏生种多收多，农事都有一定次序，心急不得。人手又少，大家忙得头晕眼花，还没做完一半。碧城庄更无暇去看。反正照顾不了两地，只得听之。白猩子却一直未来。

这日吕、王等人想吃蔬菜，灵姑、牛子早起，命王渊把洞闭好，前往庄上采摘。到后一看，又发现白猩子足迹，那日还是好好的一片园地，变成满地狼藉，所有豆棚、瓜架全被拆倒，每样都糟践了一大半。最怪的是，那日剩有两亩来地的苞谷，因未十分成熟，所获已多，剩此些许，没放在心上，当时不曾收割，也被白猩子全数拔起，长长短短，捆扎成束，散摊地上。庄屋更被拆得只剩了一圈竹墙。灵姑看白猩子处处都似学人的举动，料定近日必在暗中伏伺，决心除它。尽二人之力，把所剩蔬菜、瓜豆尽数采摘，带了回去。

次日，灵姑未明即起，仍和牛子带了灵奴同往。先不进庄，在林下择一隐僻之处伏伺，命灵奴栖身树梢观望。等到日出，田场上仍是静悄悄的。估量白猩子当日不来，洞内诸人已经起身，正要回去，灵奴忽往田场上飞去。灵姑刚要出声唤回，猛瞥见庄屋门墙内走出一个白猩子。白猩子初出时仰天乱嗅，不住东张西望，意颇迟疑。灵奴好似诱敌，故意在它附近低飞，连叫："主人莫要出来。"灵姑见那白猩子渐渐胆大，一对凶睛注视着灵奴上下盘飞，屈爪蹲身而行，大有蓄势待发之状。灵奴飞翔绝快，可是相隔白猩子甚近。明知白猩子决不止这一个，终恐灵奴闪失，哪肯再听它话，高喊："灵奴速回！"手指处，飞刀脱匣而出，一道银虹径向田场上飞去。

白猩子真个机警已极，一闻人声，立朝灵姑对面果林中纵去。灵姑恐飞刀误伤灵奴，略为回避，比往常稍慢了些，竟被逃走，连忙指着飞刀，入林追赶。当时灵姑只能指敌追杀，尚不知飞刀妙用，可凭心意远出杀敌。那林与四外密林相连，恰又新近移植，费去不少心力，不舍毁损。等到人追进去，白猩子已逃入密林深处，无影无踪。灵姑暗忖："飞刀神物，尚被逃走，以后如何除它？"心中有气，指着飞刀，在林内似穿梭一般往来驰逐。刀光所过之处，虬枝寸折，密叶纷飞，一片沙沙之声。灵奴又在空中相助搜查。

白猩子为刀光所逼，终于藏身不住，正轻悄悄掩着身形向林外逃窜，走到林木稀处，被灵奴空中窥见，报知灵姑。灵姑便照所说之处，用刀光连林木一齐围住，由大而小，把圈子缩紧。白猩子被困在内，左冲右突，走哪一面都有刀光挡住去路。四外二三十株林木，更一株接一株地被飞刀斩断，倒落下来。急得白猩子在里面乱蹦乱叫。灵姑闻得叫声，觑准中心，将手一指，残存的七八株合抱大树一齐折断。耳听咔嚓乱响中，吱的一声惨叫，以为白猩子已被杀死。地上横七竖八，东倒西歪，满是残枝断木梗阻，急切间不能走进，又指飞刀，朝那叫处乱砍了一阵，不再听有声息，料知就戮。

灵姑想等尘沙稍静入内查看，灵奴忽又在空中高叫："有两个白猩子往玉灵崖跑去，主人快追呀!"灵姑因出来时久，老父许已出洞，白猩子往回逃走，恐被伤害，不暇细查，忙往回赶。到玉灵崖一看，洞门紧闭，石尚未移，洞外散着十好几支毒弩，多半断折，打稻场上许多食粮用具倒不见怎散乱，情知生变。唤开洞门，众人走出一问，才知就里。

原来灵姑、牛子走后不久，王渊说："连日好好的，白猩子并未来犯，却往碧城庄作践，必是上次吃过苦头，不敢和人明斗。好在姊姊快回，出去无妨。"吕伟因昨晚略受了点感冒，尚未起身。王守常夫妻钟爱王渊，以为不会出事，便依了他。众人刚把石移开，吕伟便起来了，只当爱女已回，都在洞外农作，没有在意。出洞一问，方知未回。

灵姑去时原说去取残余蔬豆，一会儿即回，一见去了这么久，心疑有事。方在踌躇，偶一抬头望见对面崖顶伏着一个白猩子，张牙扬爪，往下窥视，大有突然下扑之势。心中大惊，知道这东西快极，越张皇越坏。兵刃不在手内，只连日为备万一，弩悬在腰间，一直没有取下。所幸洞门只留一个俯身出入的小洞，不曾大开;众人初出，俱在洞前，没有走远，尚易逃回;王妻恰回洞内取物，只王守常父子在外。忙顺手捞起一柄铁耙，左手取了毒箭，低声报警，招呼二人从速先退。话才出口，王守常父子也同时看到崖上，知道厉害，慌不迭往回就跑，谁知不跑还可，这一跑，竟示了怯，白猩子看出人也怕它，一声怒啸，立即飞身跃下。

吕伟一见不好，放过王氏父子，左手连珠袖箭，右手铁耙，用足平生之力，迎头打去。这一下力量少说在五百斤以上，如换别的猛兽，怕不骨断筋折，当时身死。白猩子骤出不意，只被打中肩头，跌了一跤。未等吕伟退走，又复怒吼跃起，闪躲更是迅速，那连珠毒弩不能射中双目，中在别处，立即弹落，射不进身。王守常父子虽然逃进洞去，吕伟尚在外面和白猩子恶斗，无法闭洞。吕伟所用铁耙只两下便即打折。势急如风，兵刃无法传递，眼看危急。尚幸王渊情急生智，一见箭不能伤，便没再发，忙即施展向笃所传幻术，放出一片烈火。白猩子见火惊退，吕伟乘机纵回，一同协力，将洞封闭。

一会儿，白猩子去而复转，拿了一根带叶树枝向火乱扑。那火本是幻景，并非真火，不能烧物。白猩子见火虽未熄，树枝不燃，渐渐明白，伸爪微探，也未灼伤，益发胆大，看出是假，似要冒火而过。同时对崖顶上又纵落下两个身材略小的同类。洞门虽已堵上，无奈恶兽刀剑不伤，力大矫捷，真要合力毁石攻洞,决难防御。如是一个,吕伟凭着一身绝技,还可抵挡。又添了两个,如被攻进,王守常等老少三人必非敌手。吕伟方说要糟,忽听三恶兽互相叫了两声,平地纵起,好似同往玉灵崖顶攀跃上去。知这东西狡诈,恐由中洞来攻,忙往后面堵塞了的洞口守候,半晌不见动静,仿佛已走。终恐伏伺,暗起狙击,仍守在洞里,不敢冒昧走出。方在悬念爱女,灵姑忽然赶回。

互相谈完了经过,吕伟道:"我以前只说一个野兽,只恐它暗中作践害人,休说灵儿飞刀,便我也能除它。今日一试,才知人言不虚,真个厉害已极。不但力逾虎豹,那么坚强的身子也是仅有。我初动手时那一耙,原是用足力气,总以为它非死不可。谁知仅跌了一跤,而且当时纵起,若无其事,身手之快,无与伦比。今日幸还是我,如换旁人,非死它爪下不可。就这样,如非渊侄行法放火,我被逼紧,只能应敌,要想退回洞内,再行封堵却是万难的了。看它行径神气,所怕似只灵儿一人,我们都在这里,便去田里作践;等灵儿走往田场,又到洞前祸害。来时并不全来,遇见灵儿在彼,望影先逃。行踪飘忽,来去如风。因在暗中伏伺,我们伤它不了,它却随时随地乘隙为患。

"今日必是见我们连日在此,不曾离开,着一个来此窥探我们行动,三个去至田里作践。灵儿起得过早,未被窥见。田里竹墙内必是三个,因见灵儿到了,就埋伏林内,不曾走出。灵奴慧眼发觉,飞出引逗,它知那是灵儿随身不离之鸟,所以上来用鼻乱嗅,四下张望,未敢妄起扑击。嗣被灵奴逗急,刚要下爪,灵儿便追了出去,受惊逃走。可惜灵儿只顾追它,没有留神竹墙以内那两个,它们见势不佳,乘隙逃遁。攻洞恶兽原在崖上伏伺,不知灵儿在否,未敢即下,因见众人相继出洞,唯独灵儿未在,王贤弟父子再逃避略慌,恶兽心灵,看出我们怕它,才行纵落。二次来犯时,正在不可开交,恰值由田里逃走的两个跑来,那叫声必是告知灵儿追来,相率逃去。

"如此机警凶恶的野兽,如不除去,不但东西毁坏,日后也难安枕。照它两次去迹,都由崖顶攀越而过,巢穴必在崖后高崖那边。今日又伤亡一个,以后来去必更诡秘,难于捉摸。只有赶往它的巢穴,悉数诛戮,才可免去后患。此事已成当务之急,多延一天,便多受它一天的害。最担心的是我明它暗,我们牧放牲畜必被看见。食粮损失,因有存储,这回收获又多,还不要紧;万一乘我们不备,将牛马一齐杀死,日后如何耕种?洞门虽闭,也禁不起那么锋利的爪牙和天生神力。

"好在食粮已经干燥，未整治过的尚多，短日子决弄不完，可尽今日之力，暂运入洞存储。乘它胆寒，一二日不会前来之际，明日一早，王贤弟夫妇守洞不出，洞门加倍封堵，以防万一，我和灵儿、渊侄带了牛子，由崖顶走到崖后绝壁底下，寻条上升路径，翻到崖那边去，找到恶兽的巢穴，全数诛戮，不但我们可以安居乐业，便对本山无辜生物和日后游山采药的人，也算除去一件大害。灵奴聪明机警，颇有灵性，它屡次说要飞起空中查探，恐有疏失，俱未允许，照它今日诱敌神情，决可无害。恶兽虽凶，不比会法术的妖人，灵奴既不怕，决无妨害。恶兽行踪飘忽，来去如同鬼物，人力搜查怎易寻到？它飞得又高又快，眼光灵敏，必须带它前去，令其飞空查探，随见随报。灵儿再照所说地方放出飞刀，成功无疑了。"

灵奴在旁直叫："好，好。我不怕白猩子。"灵姑想了想："恶兽委实机警矫捷，几乎飞刀之下都能逃生。即便此去能寻到它的巢穴，若近它身，恐早已望影先逃。惊弓之鸟，不比初见时事出仓促，不知飞刀厉害，容易诛戮。看它只怕自己一人。别人仍是不怕，可知刁狡已极，除它甚难。唯有带了灵奴同去，此外并无善策。"虽不十分放心，事关全局安危，又经老父力说，灵奴不住自告奋勇，只得应了。

当晚事毕回洞，略做了点干粮腊肉，依计行事。行前，灵姑再三嘱咐灵奴："昨早诱敌太险，此去务要小心。那东西一纵十来丈，不可胆子太大。微一疏忽，被它抓住，休想活命。"

灵奴叫说："白猩子纵多高也伤我不了。我能飞到云里头去看出老远一片，只要没有山挡住，白猩子难逃眼底。早要肯放我飞起，早把白猩子杀死，决不致伤毁那么多东西。不过，这也是运数如此。"灵姑笑问："人言禽鸟能得气之先，善识兴衰。你又是个通灵之鸟，遇事能前知么？"灵奴叫说："略能看出一些。"灵姑又问："你看我们将来好么？"灵奴叫答："主人自然是好。便我跟来，也是想借主人的福，得点好处呢。"

灵姑听它连日人言越说越好，应答如流，以前那些奇怪难懂，似人言不像人言的怪声渐渐变得一点没有，心中喜极。料定以前随有主人，只是语音奇怪，方言不同，否则进境决无如此之速。前已问过未答，总想探问它旧主人是谁，重又盘诘。灵奴叫说："主人莫问，提起伤心，将来就知道了。"

灵姑仍欲追问底细，吕伟、王渊、牛子三人已均结束停当。四人先助王氏夫妻将后门加厚封堵，仅留一个极小的出口。并在洞门里升上一堆火，旁边堆着浸了松油山蜡的粗长火把，以备万一恶兽侵入，用火伸出烧它。算计足可抵御，然后蛇行爬出，里外动手，将出口加紧封闭。一切停当，天才黎明。

吕伟取出爬山用的挂钩、套索，抓向崖壁，四人挨次援上崖顶。上面满是苔藓，间以五色繁花，细才如豆，灿若锦绣，比在对崖遥望还幽艳得多。但有不少兽屎、爪痕在内，越往前走越多，迹印犹新，看出白猩子近日来常在上面盘踞。后面崖顶比前崖低下数丈，突兀不平，藏处颇多，又不肯放灵奴飞起，所以恶兽日常在侧窥伺，竟无一人发现。崖顶走完，对面便是危崖连亘，一边孤峰刺天，一边绝壑无地，只当中一片空地，突下数十百丈，须由崖顶援下，再寻地方往对崖上爬。看去险峻已极，不可攀缘，尤其壁间满生绿苔，其滑如油，无路可上，就用带去的索、钩，也援不上十之一二。

灵姑心想："这么高峻险滑的崖壁，就白猩子也不能飞渡，来去必有道路。"正和老父谈说，猛又想起向笃行时曾说此崖绝壁之下有一夹缝，可通那边百灵坡、天池岭、花雨潭等幽胜之区，那里珍禽奇兽甚多，日后难免发现。老父年岁已高，面有晦纹，最好不要前去，尤其是在冬天，恐有危险。细详语意，好似那些地方隐伏祸患，不可前往。当时还记得很牢，想起便自担心，怎这几日受白猩子扰害，气得连记性都没有了？

灵姑意方踌躇，忽听牛子惊叫道："这里一个大山窟窿，还有好些碎苞谷，莫不是白猩子的巢穴吧？"边说边吓得往灵姑身边跑。灵姑过去一看，绝壁之下现出一个三角形的裂缝，大约丈许，越上越窄，弯弯曲曲，高约数丈。苔藤掩映，野荔四垂，如非近底一面残破剥落，直不易看出。细查方向，正对玉灵崖，与向笃之言一般无二。洞口一片似常有野兽出入，碧苔上爪痕凌乱，藤草狼藉，多半干枯。口内外遗有好些苞谷果实，整碎不一，有的嚼食残余，齿痕累累。灵姑试把飞刀放入，往复穿行了几次，并无应声。知白猩子仅由此出入，巢穴尚在隔崖。

灵姑先颇心忧老父安危，细一想："深山大泽藏有毒蛇猛兽之类，不是人所能敌。自己身有异宝，只要不离开老父，决可无碍。再说有警须在入冬以后，此时尚是秋天。白猩子是个大害，留着祸患无穷，怎能安居？还不如趁这秋天将它除去，免得交冬，顾忌更大。反正守定老父，格外小心就是。"

正在这迟疑不决，吕伟见她面色沉思，笑问道："灵儿，你想什么？白猩子踪迹已经发现，我想这崖缝定是它的通路。有你那口飞刀，连火把都不用。还不由此走进试探一下，只管发呆有甚用处?"

灵姑道:"女儿是想这崖如此高大，夹着不知有多深厚的，里面难免伏有蛇虫之类，人能通过与否，也没一定，恐怕犯险。白猩子既由此出入，早晚必要经过，打算埋着出口外，以逸待劳，又恐它诡诈，看破逃回，还没拿定主意呢。"

要知后事如何，且看下回分解。

第五十六回

岭列峰遥　穿山寻古洞
红嫣紫姹　平野戏凶猩

话说吕伟见爱女自从入山以来，时常低首深思问又不说，料有缘故。也常留心，只不知是何缘故。闻言知又蒙辞，笑道："你那么忙着除害，有了踪迹，又顾虑了。有此神物利器，何惧毒蛇？白猩子长得比人还高大，我们焉有不能通过之理？快进去吧。"

灵姑只得将飞刀放出，化成一道银虹，围绕众人前后，一半照路，一半护身，同往洞中走进，牛子、王渊在前，灵姑随定乃父在后，四人两对，并随而行。到了里面一看，那夹缝只是一个山窟窿，入洞几步，便不见天日。路径宽仄不一，甚是难行，剑光照处，最高的地方不过七八丈，石质浑成，并无破裂，也无石笋、钟乳之类碍路。灵姑见里面比口外宽大得多，地势虽然高低起伏，并不难走，便催快走。

跑有半里多路，缝道越宽，两壁洞顶满生灰白苔藓。到处空空洞洞，只地上不时发现白猩子遗弃的谷果，此外连蛇虫都未见到一个，空洞传音，回音甚长，稍为说几句话，余音嗡嗡，半晌不绝，四下脚步尽管甚轻，照样听出极清脆的声响，甚至喘息皆闻，甚是幽寂。全缝无甚曲折，略经三四偏转，约行四五里路，里面越发高大。忽见前有崩裂多年之一座断劈，奇石罗列，高均丈许以上。前面渐现微光。

四人由石隙里穿越过去，才看出那是一座天然古洞。到此方见钟乳似晶屏玉幕，自为隔断，石室丹房，若有仙居。只惜早已崩塌残毁，幽人不见，仅余断乳碎晶，尘封狼藉，间有野草、小松寄生浮土石隙之间，一片荒寂阴森景象，转不如来路通体空洁，另有幽趣。又一转折，走到中层，便见洞口高大，天光外映，知将通过，俱都高兴，恐恶兽盘踞洞外，见了银光惊走，由暗入明，已可辨认，随把飞刀收起。

刚行抵洞口不远，一条七八尺长的怪蛇昂起前半截身子，其疾如飞，倏地从洞外直射进来，本山之蛇，毒的居多，四人骤出不意，吃了一惊。王渊、牛子手中原握有刀，正要迎头挥去，那蛇来势本是极快，正对人驰来，相隔二丈许，猛把头一偏，竟向右侧乱石野草中窜去，一眨眼便没入黑影之中，不知去向。

　　吕伟这才想起，一行四人，倒有三个身带避蛇之宝，便大蟒蛇遇上也远远避开，何况一条小蛇。这等亘古无人的荒山，洞外难保不有别的恶物盘踞，忙嘱众人留神，灵姑手按玉匣，随时戒备待发。各把脚步放慢，屏息噤声，轻悄悄一步一步往前走，到了洞门，灵姑和牛子闪过一旁，探头出去一看，不禁又喜又笑。

　　原来洞外是十来亩大一方土地，环洞百十支古树，大均数抱，树头满缀奇花，都如碗大，形似荷花而娇丽过之，粉滴酥搓，明光耀眼，清丽无俦，尤妙的是，松既高大，花开正繁，地上浅草如茵，嫩绿丰茸，衬以残英片片，掩映生辉，仿佛如绣，倍增美妙。

　　除有二三翠鸟穿枝飞鸣外，晴旭丽空，花影亭亭，空山寂寥，哪有什么恶物在外。隔着望过去，又是大片湖沼。但见波光云影，天水相涵，清风阵阵，自成纹縠，环湖两面是山，一面是洞。右边是片大花林，苍然古茂，高矗参天。遥峰列岫，隐隐高出林杪。弥望虽极幽深，却是生气蓬勃，雄奇博厚，不似山阴森林黑暗阴晦，估量内中必多奇景，四人相次走出，齐赞仙景，欢欣已极。

　　吕伟因地太大，难以遍查，命将灵奴放起，查探恶兽踪迹。同时端详地势，在花下略为盘桓。算计猛兽多藏林内，便循湖滨觅路，往林中走进。前半林木都是高晦参天的桧柏松杉，树虽高大繁茂，行列甚稀，日光时由林隙下注，影出满地清荫，间有小鸟巢于繁枝密干之中，鸣声细碎，若喈笙簧，愈增清静，那么大一片森林，地上落叶甚稀，寄生树上的茑萝山藤到处皆是，红花翠叶，姿绝幽艳，好看已极。众人志在除害，也无心流连。

　　四人进约二里，花木逐渐稀疏起来，地势也陂陀四起，高低不一。景却愈加美妙，不是小溪索带，绿波粼粼，飞瀑垂吐，迸珠喷雪；便是奇石突兀，森若剑举，古松盘舞，矫若龙游。至于奇花异卉，更是随地可见，缤纷满目，美不胜收。再前数步，又入一片花林，与适见花树一般无二。不过前花纯白，树身也一般整齐高大，这里却随着地势高低错落，大小各殊。妙在姹紫嫣红,诸色俱全,灿若云霞,自然繁艳。比起洞前百丈香雪,仿佛各擅胜场,光景又是不同,四人俱都叫绝。只是毁折甚多,到处狼藉,往往残枝吐艳,叶犹萎败。树干之上时见爪痕,料是白猩子所为无疑。这么好的美景奇花,却任恶兽盘踞作践,深为慨惜。

吕伟因白猩子爪痕已在树间发现,别处没有,知离巢穴不远。灵奴飞空查探,尚未归报,恶兽如非他出,便在巢穴里面潜伏。细看地势,正是前见高峰附近,陂陀绵亘,似与峰麓相连,奇石横卧,花木繁生,定可隐蔽身形。便把人聚在一起,一路东探西望,借着花石遮盖,径往峰下绕去。快到峰脚,四人忽听瀑声盈耳,一会儿便已到达。

原来那座高峰远望好似相连,实则非是。峰由平地拔起,方广约有百丈,畅然孤秀,高刺云天,附近诸山无一联属。环峰一条广壑,宽约七八丈,将峰围住,其深莫测。峰形通体似桶直,横里略宽。峰顶作笔架形,两两相对,一低一昂,由中间凹下二十余丈。

那条瀑布便由凹口内挂将下来,直注壑底,宽约三丈,凹口略往下突。那一面峰势又是上丰下削。瀑形甚是整齐平直,宛如一幅绝大银帘自空倒挂。绝壑宽深,形势险峻,遥窥壑内,白云瀴翳,不能见底,细听水声,少说也在百丈之下。虽当深秋,水势不洪,瀑布稀薄,但是冷雾蒸腾,飞雪喷珠,人在二三十丈以外也觉寒气逼人肌骨,不可久立。

四人择了一个藏身所在向峰查看,并不见白猩子踪迹。仰望空中,灵奴飞得绝高,时隐云内,只是环峰回旋,也不下落,也不他去。峰上洞穴颇多,知道地头只急切找不出它的巢穴。这类恶兽多是喜动不喜静的情形,除非巢穴不在此峰,否则里面决待不住,总要出来。如从外归,迟早也会等住。便命众人不要着急,只静静心,藏在那里,留神注视对面。一会儿,王渊发现峰腰危石上,有吃剩的苞谷皮和成束的乱稻草,益发料定巢穴不远。

正由此寻视它那出没之所,灵姑一双慧眼,忽瞥见瀑布下端近峰脚处,似有一团极大黑影藏在里面,瀑侧两边,俱有丈许宽数尺深的断崖。心方一动。又见瀑后冲出一物,好似一根苞谷,没有看清,便被急流裹落壑底。隔不一会儿,又冲出一根长约三尺的树枝。因由瀑后受水冲激而出,被石隙挂住,中间复为洪瀑所压,水力相抵,只管摇摇欲坠,却不急于下落,这才看清那残枝是杨枝上折下来的,叶既苍翠,上面还有几个颜色青黄未成熟的小叶子。吕伟也在旁看见,悄告灵姑:"瀑布后面必有一洞,兽穴定在其内。"

话未说完，灵奴忽自空中飞坠，其疾如箭。刚落在灵姑手上，便低叫道："白猩子跑来了。洞在水后，有小白猩子藏在里面呢。"说罢，径往左侧密林内飞去，灵姑想拦未拦住。

吕伟听白猩子由外归来，意欲看准巢穴，等它一齐入内，再放飞刀，以便一网打尽。正悄嘱灵姑："不可鲁莽，看清来踪去迹，再行下手。"适才来路上倏地山风大作，哗哗之声恍如涛涌。

四人起身遥顾，只见林树萧萧，繁花经风吹落，飘舞空中，五光十色，如彩雪飞飘，映日生辉，顿呈奇观。不消半盏茶时，便听枝柯断折，一片咔嚓细碎之声由远而近。四人藏处，地甚隐僻，来路较低，便于眺望，又有大石遮蔽，恶兽外望不见，却忘了身后瀑布中兽穴，仍旧立望未动。一会儿便见五个白猩子由远处花林中似箭一般飞驶而来。为首一个，竟比以前灵姑所杀的两个大的还要高大得多。余下四只俱似见过，只内中一只断了一只前臂，肩膀也削去一片皮肉，叫声格外狞厉。

灵姑暗忖："那日在碧城田庄场上，曾用飞刀伤了一个白猩子。当时灵奴又发现恶兽足迹，忙着往回追赶，也未入林查看到底死未。看这神气，定是伤而未死，漏网逃出。最大的一个尚是初见，必更凶恶，少时非先下手除它不可。"念头一转，这五恶兽已离壑岸不远。

四人刚要将身折回，等它纵到峰上突放飞刀下手，猛听牛子一声惊叫，吕伟、灵姑、王渊三人忙即回顾。原来对岸瀑布中突然冲出三个小白猩子，一个约有人高，两个稍矮，身上皮毛尚带黄色。想系先藏洞内，被由外新归的大白猩子啸声惊动，出来迎接。四人只顾朝来路观望，没留神后面，被它发现踪迹，纵起相犯。三人回看时，为首一个较高的已跃过来。牛子立处稍后，首当其冲，被它一把抱起，往对岸跃去，吓得牛子亡命一般怪叫。两个黄毛小猩也正相次纵到，一扑王渊，一扑吕伟，势甚迅速。三人猝不及防，大吃一惊。还是吕伟久经大敌，百忙中手举宝剑，用足平生之力，照准当前一个往上一格。口喝："灵儿，快放出飞刀。"紧跟着腾身一脚，当胸踹去。

吕伟武功精良，又当情急势迫之际；这两个小恶兽平日占惯上风，未到玉灵崖去过，只当来的和寻常人一样，手到成擒，不知好欺侮人类中也有比它厉害的。这一剑一脚何等力量，便大猩也未必能吃得住。剑锋既快，来势又绝猛急，一下迎个正着，咔的一声，两条长臂立时断了一条，另一条也被刺伤，身子震得倒退了好远。刚负痛一声惨叫，没全出口，冷不防又吃了一窝心脚。那地方石树夹杂,凸凹不平,离壑甚近。白猩子身未站稳,怎再禁得住这一踹,啊地叫了一声,身体往后倒跌,飞出两丈远近,坠落壑底。

为首一个抱起牛子正要回纵,瞥见所抱生人叫了一声,手足下搭,已然死去。它不知牛子故意装死,一想还有三个活的,忙把牛子放下,待要另擒一个活的回去捉弄。一眼瞥见两小黄猩死了一个,怒吼发威,便朝吕伟纵起,扬爪抓去。

说时迟,那时快,王渊瞥见白猩已当头扑到,知道厉害,心胆皆寒,情急无计,也是奋力举刀一格。无奈火候太差,比不得吕伟浑身俱是解数,神力绝伦。地又窄隘不平,无可逃退。刀格上去,不但没将恶兽砍倒,反被那铁一般的长臂震得手腕生疼,往后倒退,脚底又被石块一绊,跌倒地上。小黄猩势猛力大,王渊拼命迎御,也是猛劲,臂与刀撞,虽未断落,也被砍破了些。小黄猩受伤负痛,越发暴怒,跟着扬起右爪,又往前抓,竟欲将人抓裂肚腹泄愤。王渊一跌,偏巧脱了毒爪。

小黄猩一爪抓空,正伸双爪往下再抓,王渊跌地不及纵起,眼看危急瞬息,灵姑恰将飞刀放出,惊遽中急于救人,一指刀光,径朝小黄猩长臂飞去。刀光微闪,小黄猩双臂一齐割断,痛极惨嗥,身子往旁一偏。正赶吕伟将恶兽踹落壑底,因见王渊危险,情急万分,纵将过来就是一剑。虽然瞥见银光耀眼,爱女飞刀已出匣,无奈收势不住,一剑正砍中小黄猩的胸前,当时砍翻在地,疼得惨嗥连声,满地乱滚。

灵姑本要指刀下落,猛见老父举剑砍来,恐为飞刀误伤,心魂皆颤,忙把手一指,银光往上斜飞。刚避过吕伟,无巧不巧,较大的一个白猩子飞身扑过来,暴怒之下,纵得甚高,正好迎个正着。银光过处,身子还未落地,只略为叫了一声,就此凌空腰斩作两截,坠落地上,溅得三人身上尽是血迹。

三猩就戮只瞬息间事。那五个大白猩子也跑到壑岸左近,因吃地势掩蔽,不绕到三人面前,不能看见。闻得子孙嗥叫,知道吃了大亏,齐声怒吼,飞纵而来。最大的一个高几及丈,通体白毛如雪,脑后霜发披拂,眼如铜铃,红睛闪闪,形态凶恶,宛如画的山魔一般。纵跃更是迅急,星驰电跃,一纵十来丈高远,只两纵,便到了三人面前。瞥见有人在侧,子孙惨死,当时怒极,哪知厉害,暴雷也似一声厉吼,猛纵过来。灵姑见来势猛恶无比,也甚惊惶,哪还顾得再照成算,连地上伤了的小黄猩都不及杀死,径指飞刀,向前飞去。大猩老远伸出两只六七尺长的毛茸茸铁臂,凌风披拂,正往下落,瞥见银光

53

飞起，岁久通灵之物，想也识得厉害，翻身往下一折，意欲闪避，手臂已挨近刀光，断落了半截。怪啸一声，回头飞纵，来得迅速，去得也快。

灵姑一面追杀大猩，一面还得留神身侧有无恶兽再出侵犯，心中略为踌躇，飞刀依人进止，恶兽几被逃脱。还是吕伟看出爱女顾忌，在旁连喊："身后无妨。这只大的太凶恶，非除去它不可，切莫放它逃走。"灵姑闻言警觉，大的已逃，余者如惊弓之鸟，怎敢再上，忙挥刀光追去，就这说句把话，微一停顿，大猩已逃出老远。银虹电掣，追将过去，只一绕，便成两段，血花飞舞，尸横就地。灵姑仍恐不死，又指飞刀，绕了几绕，满地血肉狼藉，才行罢手。

还有四个白猩子，都尝过飞刀厉害。灵姑为大猩所慑，全神应付，竟未顾及。等到杀了大猩，才行想起，已跑得没了影子。唤下灵奴一问，说已经跑远，追赶不上了。吕伟恐瀑布洞内还有余孽，又命灵姑用飞刀穿瀑而入，以意指挥，在里面绕了好一会儿，并无动静。牛子总算便宜，只腰背间略为抓伤了两处，并未伤筋动骨，由此寒了心胆。不提。

灵姑心仍不死，因当地是白猩子巢穴，还想守候。吕伟恐恶兽又施故伎，去至玉灵崖扰害，催促回去，灵姑只得罢休。四人仍走原路，一同回到洞中，见了王氏夫妻，俱说无事。灵奴前飞，也未见恶兽足迹。次早又去后山守候了半日，也未相遇。只在湖的附近打了一只老虎。一连几天，又去田场上观察，白猩子始终不见。料已避去，把所收粮食料理停当，运到侧洞仓内存储。

一晃三秋将尽。灵姑暗忖："时已秋末，照向笃之言，一入冬令，便不宜再往后山。至少还有四个恶兽不曾除去，这东西留着终是后患。"一算日期，没有几天便是十月，又请老父同往搜除。吕伟因后山地广山深，形势险峻，恶兽连遭诛戮，心胆已寒，既已不在老巢，这么大地方，势非一日之内能够搜遍。这东西又极机警，连灵奴飞空查看都寻它不到，何况是人。如欲斩草除根，须等它日久不见人去，心情疏懈，渐现踪迹，先命灵奴飞往探明所在，骤出不意，突然掩去，或者还有成功之望。此时人还未到，早已望影而逃，只能徒劳空跑一趟，因而主张暂缓。无奈灵姑别有心思，意欲早点除了祸根，免得交冬之后又来扰害，将人激怒，老父往后山去惹出别的乱子，执意非去不可。吕伟勉顺爱女之见，仍令王守常夫妻守洞，自率灵姑、王渊、牛子同往。

近来灵姑知道鹦鹉灵异，飞得又高又快，目力绝佳，飞在空中能看出老远，纤微悉睹，恶兽果是不能伤它，已不似先前顾忌胆小。因想一发即中，不等穿过崖缝，便把它招至手上，说道："灵奴，你是一个灵鸟，怎连去后山几次，一个白猩子都未寻到？也许这东西太灵巧，我们稍有动静，被它识破，老早找了洞穴藏起，不现形迹，所以你看不见。崖缝太暗，又恐蛇兽伏伺伤人，我们由此通行，必须用飞刀照路防身，人还未到，刀光映照老远，难保不是这点失着。今番先放你过崖，飞在高空查看。白猩决不会整天伏在洞里，白天总要出来走动。你给我动心留神，务要寻到它踪迹才好。不过这崖太高，也许你飞不过去，否则再教我空跑，我就不爱你了。"灵奴叫道："飞得过去，我去呀。"随即离手飞去，灵姑仰望雪羽冲霄，转瞬只剩一粒小白点，穿崖直上，冲破崖际断云。

四人等了一会儿，不见影子，料已越过，方始放出飞刀，同往崖缝中走进。一路无话，穿行过去。到了洞外一看，前后十几天的工夫，山风渐劲，落叶萧萧，残英满地，宛如堆雪，满树奇花俱已凋落，只剩三五残英败朵点缀枝头，颤舞于凉风之中，摇摇欲坠。前望湖波滚滚，击石有声。到处风鸣树吼，日光都作白色，颇现萧条气象。

灵姑笑道："爹爹你看，这地方日前还是日丽风和，景物幽丽，怎么几天工夫就成了这个神气？还是我们玉灵崖，依然花草芬芳，一点不显秋冬气象，比它强了。"吕伟笑道："仙山福地，四时长春，能有几处？玉灵崖要差，仙师也不会选中它了。我生平走得山多，不说像玉灵崖那样福地没有见过，就这后山一带，论景致和这些奇花异卉，固是人间罕见，便这气候也难得呢。你想今天什么时候？别处恐已草木黄落，将近封山，这里还刚繁花开罢，略见几分秋意。今日赶上风天，不过如此。你因看惯玉灵崖花明柳媚，水碧山青，所以觉得衰杀。却不知同是一山，气候各有不同。玉灵崖那一片正是当本山之中，四周峰峦拥护，地气灵秀，泉源甘腴，北来山风又被这绵亘不断的高崖挡住，形势既佳，得天独厚，所以终岁如春，花木繁茂。这里纵多奇景佳木，怎能及得到它呢？"

说时，因灵奴不见，不知从何搜起，父女商量了一阵，姑往恶兽旧巢试寻一回。好在灵奴自会寻来，且等见着，再打主意。

四人沿着湖边进了森林。只见沿途花木凋残，黄叶满地，随风飞舞。除了一些后凋的松杉之类，到处林枝疏秀，不见繁荫。仰视天空，一片青苍，白云高浮，甚是清旷，比起下面景物萧森，又是不同。

一会儿，四人到达壑前。见瀑布已比前日越发稀薄，只剩极薄一片水帘挂在那里,随风摇曳。瀑布一小,洞便现出,洞甚阴黑。吕伟命灵姑放出飞刀,一同由水隙缝中穿入。

进去一看,洞内高大非常,天然石室甚多,钟乳四垂,景极幽丽。寻到后洞,白猩子仍然一个也未寻到。只壁角堆着不少人兽头骨,以及苗蛮所用弓刀衣饰之类,不可计数,衣饰多半朽败,刀矛俱已锈蚀。吕伟道:"看这许多东西,恶兽不知在此盘踞多少年。人兽生命死在它那利爪之下,更不知有多少。留着不杀死,终为生灵大害,灵儿务要将它除去才好。"灵姑想起恶兽逞凶时惨状,也是愤怒已极。

正搜寻间,牛子忽然摇手。灵姑侧耳一听,似有白猩子啸声远远传来,忙把飞刀收起。四人寻了一个壁角,伏在一幢怪石后面,在黑暗中静心往外注视。只有身带宝珠隐隐光华外映,无法掩藏。依了灵姑,宝光既掩不住,索性冲将出去。吕伟因听牛子常说,这东西耳朵最灵,心又好奇,如不出声,宝光不比刀光,也许自投罗网。这一出去,必要放出飞刀防身,人再走动出声,人还未到,早已警觉逃去。想等一会儿,若恶兽不往里来,再追出去。于是止住灵姑,不叫走动。

停了一会儿,白猩子啸声越近,但只在洞外对崖往外呼啸,意似召集同类。四人等了一会儿不见进洞,灵姑、王渊首先不耐,坚欲前往。吕伟只得命众一同走出。仗着练就目力,暗中待得久,又有宝珠潜光外映,依稀可以辨出路径。因恐余孽伏伺,又不便将飞刀放出,都加了戒备,四人挤在一堆,背抵背,轻轻缓缓向前行去。牛子连遭险难,胆已吓破,老恐恶兽冲出,吓得浑身乱战,牙齿捉对儿上下厮打。灵姑恐被恶兽觉察,悄喝了两声,又打他一拳。吕伟见他胆寒,命他居中,三人围绕他身侧,仍是无用。灵姑又好气,又好笑,狠骂:"废物!"这时,洞外白猩子啸声越来越急,侧耳听去,似已走进洞来。

洞中乱石丛聚,曲折甚多。四人一来便深入后洞,本未走遍,出时暗中行进,无心中把路走错,岔到一个广大平坦的石室以内。灵姑目力最强,方觉不是来路所经之处,忽见侧面浮出一团茶杯大小的鬼火,慢腾腾往前移去。但鬼火后面似有一条毛茸茸的黑影。古洞幽森,暗影中看去,碧焰荧荧,甚是怖人。灵姑手刚一按玉匣,吕伟心细,听出那黑影拖着沉重脚步和行杖触地之声,空洞传音,颇觉迟钝。又见那黑影朝前行走甚缓,似未察觉有人在后,相隔也远。忙止住灵姑不要轻动,只戒备着朝前跟去。

走没几步,那边黑影倏地悠悠叹了一声,声甚惨苦。这等凄厉黑暗,地狱无殊的境界,听到这等冤郁惨苦的哀呻,连灵姑也觉得心悸。正揣测那黑影是鬼是怪,忽听吕伟低声喝道:"快把步放轻,随我快走。这是个人,不要害怕。"说罢,当先往前跑去。灵姑、王渊也听出那黑影是个老年活人。只不解荒山古洞,怎会有此人?见吕伟一跑,到底拿不定那人善恶,都不放心,拔步就追。牛子见三人一跑,也慌了手脚,如飞赶去。

吕伟纵身先到,见那黑影果是一个老人。手里拿着一根枯柴,上面似蘸有石油,点上火,发出一种绿色的光华,平添了好些鬼气。加上身材臃肿,披着一些兽皮,须发蓬蓬,如非吕伟多历事故,谁遇见也非当是个鬼怪不可。吕伟一到,因未分出是否汉人,首先低喝:"噤声!"随将牛子唤来,准备转述。不料那老人并不害怕,颤巍巍手指四人道:"你们还不快跑,怪兽一进来,就没命了。"

吕伟一听,竟是湖广口音。又见他茅草般的头脸,露出一双迟钝的目光,映着火光,反映出绿暗暗的脸色,人甚枯瘦,好生怜悯。忙悄告道:"我们是来除那怪兽的,已经杀死了好几个,还剩四个逃走。你既在此,必能知它藏处习性,快告诉我,好杀死它,救你出去。"老人闻言,忽然面现喜容道:"这老怪兽就是你们杀死的么?我困此多年,受尽苦难,它的性情动作我都晓得。现在外面叫我出去的一个,也是被你们没声音的雷火打伤,没死,逃回来的。这东西最灵,如追出去,恐被逃走,等我弄它进来吧。只是一样,你们如无本事,大家都死,一个也休想活。那倒不如现在我一人出去,随它同走,我虽早晚被它折磨死,你们还可逃命。"吕伟力说:"无妨,只要我们再看见它,便可立时杀死。只是苦于寻找不见,无计可施罢了。"

老人闻言,叹道:"反正我也不愿再受这活罪了,试上一回吧。你们等等,我先把火点燃,省你们看不见。"说罢,倏地将身披毛皮往后一甩,手举火把,跑到一根独有的大石笋旁,纵身跃起。只一晃,便有尺许粗细,三尺来高一幢火光,在那离地丈许的石笋尖上燃起,照得全洞通明,纤微悉睹。随令众人掩到石笋后面,引吭长啸起来。众人听那啸声直和白猩子差不了多少,料知恶兽必要走进。吕伟知老人能通兽语,忽生一计,吩咐灵姑:"最好能擒活的,不要杀死,以备拷问。"

洞外白猩子因候老人不出,不见应声,已经暴怒,吼声越厉。一听老人回啸相应,便没了声息。四人方在猜想,老人已退到石笋侧面,朝四人刚比了个手势，便见前面出口转角暗影中，悄没声走来一个白花花的东西。四人一看，便认出是受伤断去爪臂的白猩子。见了老人，目闪凶光，意似愤怒。老人叫两声，白猩子怒容稍敛。指着火光又叫了几声，摇着半条断爪臂，要老人随它往外同走，老人边叫边摇着手，只不肯去。

白猩子并没防到洞中有人，不时回顾身后，往外侧耳查听，神态不宁，仿佛有甚畏忌。见老人只不动身，忽然暴怒，厉吼连声，径往老人身侧走来，张开怪口，獠牙外露，状甚狞恶。动作虽颇轻灵，但走得却不甚快，双方相隔有六七丈远近。四人恐它逃走，又防还有同类在后，想多除掉一个是一个，连大气也没有出，静悄悄候着。

老人见白猩子走来，四人还未纵出，颇现愁容。忽用汉语说道："你们如不能除它，千万莫动。我随它去后一会儿，再逃出洞，就没事了。"说着，往前移动。那白猩子如同惊弓之鸟，因仇敌由后追踪，老不放心，虽然往前走着，依旧不时回望。行离老人约有两丈远近，忽听他用久已不说的人话自言自语，不禁惊疑，停住不进，四下张望。见无异状，又指着石笋，朝老人厉声怪吼。老人也用怒声相答。白猩子也真机警，意仍不信，倏地昂头四嗅，生人气味立被嗅出，神色骤变。老人对于四人本是将信将疑，见状知被识破，隐瞒不住，还当白猩子要扑往石笋后面伤人，忙喊："快些四散逃开，睡地装死，等我随后救你们。"说着便往前跑。不料白猩子不等话完，倏地转身纵起，只一纵，便离原出现处不远，势疾如箭，迅速已极。

灵姑一心想它还有三个同类未来，迟迟不发。一见要跑，才将飞刀放出，一道银虹电闪也似飞将过去。白猩子本就难得跑脱，偏又生性多疑，断不定洞中生人是否克星，如若不是，还想杀以泄愤，落地时又回望了一望。略一停顿，飞刀已电驰而至，哪还容它二次纵起，竟然将它圈住。白猩子吃过苦头，略微挨近银光，便觉毛皮纷落飞舞，皮破血流，吓得蹲伏地下，哀声惨嗥，不敢动弹。吕伟见爱女已将恶兽活活困住，忙纵身出来，令老人用兽语传话，问它同类藏在何处，新的巢穴在甚地方。老人闻言，才知吕氏父女将它困住不杀，为的是想追问巢穴，不等话完，先怪叫了几声。白猩子立即住了嗥叫，望着老人，似有求他解救之容。

老人又回叫了两声，才对吕伟道："它那巢穴我都知道。这几个小恶兽原住在此。只最老的两个，岁久通灵，不和儿孙鬼混，去年独自另寻了一处新巢。那地方比这里还要幽僻险峻得多，一向不许子孙前去。母的一个因为误服毒草,瞎了眼睛。公的还带母的去医过,也未医好。性较以前还要凶残,只要被闻见气味,不论是甚东西,立即抓裂弄死。连它子孙遇上,也是不免。只和公的好。自从洞中子孙被你们杀了好几个,这东西复仇心重,剩这几个最小的自知不敌,前往老的巢中哀号求救。老的得知子孙受害,自然愤怒。因多年来最信服我,意欲先到这里,叫我代它出个主意,再寻你们报仇。不料才到洞前,便遇你们寻来,用这法宝杀死。所剩四个全都胆寒,不但前山暂时不敢前去,因你们随后又来寻了几次,连这里都不敢再住了。连两个小黄猩也一齐带走,迁往老的巢穴中住去。

"这种恶兽天生恶性,遇见仇敌虽然一齐上前,无事时却倚强凌弱,互相恶斗。往往一打好些日,抓得浑身是伤,互相力竭才罢,甚而致死。却极爱小的,越是同一辈的,越打得凶,如有受伤,或因自不小心,好勇负气,和难克制的毒蟒、木石相斗相撞,成了残废,那时谁也看它不起,决不相助。这几个恶兽逃到老的巢穴,知公的已死,母的决不见容,这东西又是越老越凶,力大非常,无法能制。于是同心合力,费了无数的事,还欺那母的眼睛不能见物,才推入穴旁绝涧之中,到底死未,还不晓得。就这样,还被母的捞了一个较大的一同坠落。事后,这一个因同类欺它没了前爪,饮食俱不方便,连小的也不肯相助,没奈何才想到我身上。

"昨日已经来过一次,隔着水帘和我说了半天,我和它们相处多年,能通言语,问明详情。先想人会打雷,又没声音,如是修道会法术的人,不该又种田养牲畜。我住这间,偏在一旁。据那日那两个小黄猩说,它们在洞中吃苞谷,未随那三个死猩出洞,曾有电光进洞飞绕了好一会儿。晚来四猩到此,将两个小的带走。就说老的也为无声雷所杀,那么雷既进洞飞绕,怎么未将那两个小的一齐杀死?它们素来喜欢乱说乱叫,想甚说甚,常不可靠。又想它们那样行动如飞,凶猛神力,有本事的人伤了不知多少,连那会使法术的和尚道士都被弄死过好几个。

"我自二十五岁入山,被老的捉来,由山南移向山北,随又移到这里,前后数十年中,只见过一次来了个游山道士,当时虽用法宝伤了一个,捉了一个,末了仍为所害。此外简直未吃过人一次亏。虽见这个爪臂断得奇怪,仍是不肯深信。

"我已受老的驱使三十多年,喜时还好,怒时受尽折磨伤残,三四次几乎送命。老的更灵,逃更逃不脱。逃多么远,藏得多好,也被循踪追回,白白吃苦。好容易熬得年久，老怪物受我感化，不再役使；并令子孙厚待，朝夕供养，不准伤我一根毫发。我在此静心等死，怎肯再受它的凌压驱使？自然不去。当日它还记着老怪物严命，愤愤而去。

"适才想是又受了同类欺侮，除我好欺，可以逼着服侍它外，实无别法，又来寻我。先在洞外好声央告，要我和它住在一处。因怕你们万一寻来，不敢进洞，以防电光追人，无路可逃。听我不理，便发怒恐吓，说老的已死，如不肯从，便要我命。我知这东西性烈如火，没奈何，只得走出，打算和它分说，若不行，再想法子，诸位忽由中洞绕到这里。

"起初我听你们说的话与怪兽所说相符，才信了些，不料你们法宝果然如此厉害。我料定它那同类决未同来，不过这是它们的老巢，还剩有不少吃的东西，难免到此寻找。休看它们私下欺凌，我们杀死它一个，如被知道，仍非报仇不可。耳朵又尖，听得极远。

"我怕它乱叫，被它同类听去，便不能害你们，也必害我，所以假说能劝你们饶它一命，止住它叫。寻它巢穴，我自能引路。这东西反复无常，不但难以收服，而且记仇之心更盛，稍有空隙，便即为害。如无别的用处，杀死为妙。"

灵姑便问："我们想逼它去引那几个出来，再一齐杀死，不是好么?"老人道："这个万使不得。我们前去除它们，越隐秘越好。不用宝光绕着它，怕它抽空逃走；如用宝光，那几个恶兽也都见过，早已望影而逃，岂不无益有害？况且这东西心灵多疑，也决不甘，还是杀了的好。"

说时，白猩子见老人和仇敌说个不休，灵姑又指着它问答，似已觉出不妙。见银光绕身如环，旁窜决定送死，倏地向上纵起，意欲纵出圈外逃走。吕伟见它凶睛乱转，早已防到。方暗嘱灵姑小心，眨眼工夫，白猩子已由银光圈里纵起。那洞顶离地高约六七丈，上面俱是些倒垂的奇石钟乳之类，被白猩子后爪一把抓住，悬在空中，二目凶光四射，状甚惊惶。灵姑忙指银光追去。白猩子见走不脱，厉吼一声，后爪一撑，箭也似直朝众人立处飞落下来，大有情急拼命之势。尚幸飞刀神速，由上追下，只一绕，便腰斩作两截。银光耀眼，叽叽两声，两半截兽尸坠落地上，溅得到处都是鲜血。就这样，众人还差一点没被砸中。假如飞刀稍慢，便非死必带重伤了。

白猩子死后，老人做了几声兽啸，随请众人少待，持了原来火把去至外面。隔了一会儿，才行回转，对四人道："恶兽幸是独身到此，没有同类跟来，事尚可为。它那新巢离此不算很远，但地势甚高，我们人未走到，它早望见，休想除得了它。这东西平时最喜月夜追杀蛇兽，否则便寻一林木多的地方互相追扑恶斗。如欲一网打尽，且在老朽卧室内候至黄昏月上，想好主意再去。这里是它旧日巢穴，难保不来寻找，自投罗网。人出洞外，必被警觉逃走，此时不要出洞才好。"灵姑因来了好一会儿，灵奴一直未见，惦念异常，急欲出洞眺望，又不放心老父等三人留在洞内，执意要一起往洞外观察。老人拦她不住，又恐四人迷路，只得陪了同往。

众人又经过好些曲折，才到洞外。一看，灵奴正由左侧高峰飞来，在空中盘飞了一匝，见了四人，立即下投。灵姑接住盘问，知恶兽巢穴已被发现，所说地方正与老人之言相同，只是洞内白猩子出进不绝，仿佛不止老人所说那几个。找到以后，便即飞回报信，已来洞外两次。第二次来时，正值断臂恶兽在外叫啸，一会儿见它进洞，忙寻主人，仍未寻到。此来已是第三次了。老人见鹦鹉如此通灵，甚为惊赞。灵姑闻言也夸奖了几句。因灵奴说恶兽俱在新巢，不似要往前山侵犯之意，打算一劳永逸，将它除去，便随老人回到洞内。

到了所居卧室一看，石室并不甚大，尚还整洁，不似预想之污。到处都铺着虎、豹、狼、鹿等兽皮。室当中挖了一个三尺见方的石坑，坑内烧着木柴，火光甚旺。坑旁一边是干柴，一边是石块。坑上横着几个铁架，架上挂有烤肉钩子和汉客入山采药用来烧水的铜吊，与苗人火池大略相似。用具则汉苗杂呈，什么都有。石桌下堆聚着许多尺半长的大竹筒和一堆本山所产的盐块。

王渊随手取了两个竹筒一看，一个装着山茶，一个装着一些草根，问是何用。老人长叹一声道："老朽自从少年入山，为恶兽掳来此洞，受尽折磨辛苦，九死一生，至今还保得一条老命，也全仗着这些东西呢。时候还早，诸位请坐，待我弄点饮食，一一奉告。"随取了一把大瓦壶，在竹筒内取些山茶放下，用吊中水泡好，盖上，放在火旁一个铁搁板上。老人说道："这茶是恶兽由本山绝顶云雾中采来，久服好处甚多，专治瘴毒，味更清香醇美，但须煮它一会儿，香味才醇。"边说边把石坑旁堆着的黑石头捡了一块，丢将下去。那石见火即燃，石面上透出一层乌油，滋滋微响，冒起老高火苗，光照全室，晃眼水开。老人又取一大块干鹿脯，用水洗净，挂在钩上，放些山芋、苞谷，在火旁烤着。一会儿工夫，分别烤熟。

四人帮着寻来木盘,切的切,剥的剥。老人用短竹筒倒好茶,分请四人同在火坑旁青石条上围坐饮食。灵姑取些生苞谷喂灵奴吃,一边听老人抹着老泪述说前事。

　　原来老人姓尤名文叔,原是四川成都儒生,本来书香仕族。只因生性聪明,从小好欺侮老实人,又作得一手好词讼,年才二十,便成了乡里间有名的讼棍,外号两头蛇。乡民畏之若虎,人人切齿,当面却不敢得罪。到了二十一岁上,娶了一房妻室,十分美貌。第二年又给他生了一个极乖的儿子。夫妻恩爱,家道又好,端的安乐已极。尤妻人甚贤惠,不以丈夫所行为然,时常婉言苦劝。不消两三年,居然将他感动,折节改行。乡人也渐渐相安,不甚提起来就咒骂了。

　　不料当地有一个为打官司受过他害的仇家,忽然从外省回转,暗中买通一人告他作诗讥刺朝廷。此时正兴文字之狱,官府久已闻他劣迹,立即签拿。幸他以前衙门中人多有勾结,虽不再管词讼,仍旧未断交往,老早得信,知祸不测,忙将家事布置,连夜逃往云南,准备到省城投一世交当道,代为平反。因见缉拿风声太紧,不敢径走官道驿路。自恃练过几年武功,文武都来得;平日无事又学过一些苗语,颇悉苗人风俗;性更喜爱山水名胜,不畏艰苦,便舍了驿道,改走苗区山径。

　　独行不几天,便遇一帮往云贵山中采药的药夫子,正合心意,一阵花言巧语,便搭成同伴。以为这么一来,就有时随他们走上大道,也可混迹,不至被人看破行藏;还可借此多历山川,赏玩苗疆奇景及珍禽异兽,增长不少见闻,好生心喜。

　　谁知造物专与巧人为难。一行走了两月,这一日行至云南万山之中,忽遭大雨,山崩路陷,山洪暴发。乱窜多日,始终没找到出山道路。还算山中禽兽多驯,猎取容易;果实之类往往成林成聚,俯拾即得;尤文叔又工心计,凡事预为筹划;这些久跑深山的药夫子又均携有器械,尚武多力。有了这么一个好军师,不但没显困难,反因入山日深,得了不少珍药、兽皮,什百倍于往年所获,人人兴高采烈,丝毫不以为苦。文叔无形中也成了众人首领。只是那山越走越深,除了禽兽蛇蟒,连苗人都未遇见过一个。不知经过多少险阻艰难,怎么也走不出去。

　　又走多日,众人渐渐觉得烦闷。俱说:"枉有这么多珍奇药材、宝贵东西和蛇兽皮,只一出山,谁都成了富翁,偏生走不出去。秋风已起,万一大雪封山,这却怎么好?"

尤文叔宽慰众人说:"山势往复盘旋,不能比准一定方向照直前行。出山一层,暂时虽没把握,尚幸物产众多,不愁吃的,即便交冬不能出山,也不妨事。可在期前寻一好点山洞,多掘黄精野草,多猎羊鹿之类美味,存储起来。索性挨到过年,交春山开以后,再觅路出去。虽受点辛苦,不免家人想念,但世上没有走不通路的,不过多费一点日子,却一出山,立时苦尽甘来,各人回去做富家翁。吃苦半生,受用半生,难道还不值么?"

众人都信服他,一经鼓励,全都无话。不久果然山风转变,天气陡寒。文叔早料及此,忙寻了一处山洞,整日率众游猎,采掘山粮。起初倒也同心协力,一点没有事故。山封以后,躲在洞里,不能出去,日子一久,大家闲得没事,乱子就生出来了。

这伙药夫子性情都甚野悍,因为深山中宝藏甚多,平日尽管冲风冒雨,饱尝险阻艰难,忽然得到一点机遇,况又都谋后半生温饱,人数既多,人心不一,其中自免不了侵吞藏掖,忌妒嫌恶。不得到东西,或是所得有限,倒还能够协力同心,和衷共济;一有大好处,争端十有八九必起,谋杀暗害,明夺私争,全做得出。起初众人都得到珍贵药物,又在忧患之中,纵然出点例外,有点私掖,谁也无心及此。等到聚居一洞,朝夕共处,各人私藏之物,自然泄露出来。他们又好赌如命,各以所得为注,此是积习,文叔劝阻也都阳奉阴违,只得任之。有此两因,始而彼此生嫌,继则互相蓄念争夺,静俟途中伺便下手。

光阴易过,不久交春开山。走了两天,文叔忽然发现不见了两个,连忙分人查找,不但没找着,连去的人也短了好几个。以为迷路,等了一日,一个未归。问那同去的人,多是辞色可疑。盘问稍紧,便现不逊之状。并说出山事大,不能为三五人耽搁。患难同伴失了踪,全无戚色。文叔何等机警,料有原因,当时不说,暗中仔细查看。一行沿途死亡、失踪以外,还有三十多人俱都面带厉容,不是三两人在一处窃窃私语,便是互相背后狞笑嫉视。对于失踪的人,简直视为当然,无一提起。有几个猛悍一点的,背上包囊却大了些。文叔这才渐渐明白。又走了三两日,人又丢了好几个,情知出于谋杀劫夺。

尚幸药夫子中已有人认明出山途径,再行月余便可走上驿路。文叔暗忖:"照此互相残杀,不等出山,人差不多都死完了。山中蛇兽又多,全仗人多才能脱险。还有这么长一段山路,如何走法?"不便明说,想好一套话,借题发挥,婉言劝告。谁知这一番好心反惹下杀身之祸。

那谋杀侵吞乃药夫子惯例,照例事不关己,决不过问,却最忌外人知道。见机已泄,又知文叔所投是个官亲,出山恐遭罪累,立生异心,当时假意应诺,背地想好害他主意。

文叔还在睡梦里。这些人当中,有一小半除得贵药外,还得了些金块、宝玉,因在暗中求文叔辨别贵贱,谁藏何物,文叔俱都知道,也从没给他们泄露过。但他们都担心文叔暗算,害他之心更切。

第二日,行经一处极险峻的山谷中间,忽有一人走到文叔面前,请文叔给他把背上背子的绳头结好,这原是沿途常有的事。文叔刚把两手往上一伸,倏地一个采药过山时用的索圈,当头套下。随即七手八脚将他拽倒,绑在树上。内中走出一个首谋的人,对文叔述说同行一路,屡次承他出主意帮忙,辨别药物贵贱,本心不想害他。无奈机密一泄,一出山去,难免不受告发,不得不害死他,以除后患。念在同路情义,问文叔家有什么人,有甚遗言,要在死前交代,当为设法代达。并说众人出山,如得了重价,发财之后,每人各抽出十分之一,连文叔自己所得诸药物变了价,一齐送到他家,命却不能饶过。

文叔好说歹说,起誓绝不泄露,众人终是不听。反催文叔道:"如再不说后事,那是不知好歹,就动手了。"文叔本有一肚皮坏水,心中痛恨为首诸人,知道他们心贪,唯利是争。因此,再三央求众人在当地多留一日,容他活到晚上,再行杀死。一则好把后事想个齐全,以免遗漏,死有遗憾;二则多吃两顿,做个饱鬼。众人心想他又不要松绑,不会跑脱,竟为所动。

文叔于是又想了一条火并毒计:假意要众人陪他吃喝谈天,叙个永别,仗着生花妙舌,始而闲谈,引得众人都入耳忘倦,再借故引到本题上去。说道:"大丈夫行事光明磊落,我虽因多嘴而死,但是你们这样暗中害人,也非善法。你们所有私货,都在背地找我问过价钱真假,即使把我害死灭口,但你们在洞中相处日久,难保没有人知道,此去路上仍免不了你害我、我害你,谁都不能自安自保。又不能不在一处同走,你想害旁人,旁人又想害你,每日提心吊胆,这有多么难受? 与其这样,还不如当着我这快死人的面,痛痛快快,公公平平,各寻各的对头,分个死活存亡,谁杀了人,就得他的东西。杀完,看剩多少人,再把各人东西除原有外,从中取出一半,公平分配。这样既可多得,还省得路上冤枉受了人害,该得的得不到,不该得的却拿了多的去。并且人少东西多,财也发得大些。你们看是好吗?"

这伙凶徒虽是合谋害人,彼此之间仍是互相忌妒仇视,都想乘机下手。经文叔连激带劝,几个凶狠一点的明明自己藏私,自恃勇强,还想以力为胜,贪多行强,首先赞成夸好。余人本恨这几个,早有除去之心,也都跃跃欲试。文叔表面一任众人逼问何人藏私,只管誓死不肯明言,却用话旁敲侧击。再不,问得急了,故意喝道:"逼我则甚?我已要死的人,哪能死前失言于人?谁想害谁,自己还不明白,何必我说呢?"跟着抽空努嘴,一使眼色。不消片刻,闹得众人互相疑忌,几乎尽人皆敌,齐声欲拼。

文叔见是时候,又给他们定出章程,看似公允,实则促其两败俱伤。那法子是由文叔做公断,随意先指一人出场,然后叫他自寻仇敌,点名索斗;或是仇敌不等叫阵,自出相斗。似这样两人一对。等见了存亡,如有仇敌,仍照前法再打。死者之物归胜者自取一半,余者归公均分。多得多取,以强为胜。不过只许一打一,如同时有三四个仇人,也必须打完一个,再打一个,免得吃亏。这伙凶顽之徒好勇负气,利令智昏,以为再好不过,一时全都上当,各寻各心目中的仇人,动起手来。打了个把时辰,伤亡已过一半,便胜的也负了轻重伤。

文叔正在口里煽动激励,暗中引为得计之际,忽然来了两个白猩子。这伙药夫子还没见过这类恶兽,自恃武勇,立时舍了私斗,合力抵御。人如何是它们的敌手,挨着就被抓死,逃又没得它快。一会儿工夫,只剩两个被它们擒住,余者全都遇害。

文叔逃又逃不掉,只好立以待毙。因看出白猩子将人抓死以后,必再拨弄一二次,如见不动,便抛下捉的人,神情颇为懊丧。被捉的两人因已力竭受伤,未敢再抗,仍还活着。白猩子抱在手上,甚是欣喜,看那意思,好似不愿人死。暗忖:"自己双手反绑,挣又挣不脱,时候一久,就不被野兽蛇蟒所杀,也必饿死无疑。好在仇人业已死亡殆尽,剩这两个人受了很重的伤,也必难免,总算出了怨气。与其因饿而死,倒不如被这怪物抓死还痛快些,弄巧还有脱生之望呢。"主意打好,便大声高叫起来。

文叔先见恶兽凶残猛恶,也甚害怕,不敢出声,只微合着眼偷看,人又不能动转。恶兽当他已死,一味追逐生人,没有在意。这时闻声,立即赶来,伸开利爪,只两扯,便将绑索扯断,文叔绑了半日,手足酸麻;兽爪扯绑索,又勒破了点皮。松绑以后，明知逃走不脱，死生已置之度外，只顾活动手足，并不想跑。恶兽见他不逃，叫了两声，便伸利爪拉他臂膀。文叔知它爪利如钩，力大非常，不但没有抗拒，反先伸手抚弄它臂上的白毛。恶兽见状，越发高兴，比画着要文叔跟它同走。

文叔正学它比着手势答应，恶兽爪上本还抱有一人，这人平日最是力大凶横，谋害文叔也是他主谋发难，虽然受伤被擒，心仍想着主意，打算乘隙刺杀恶兽逃走。文叔见他面色不定，偷偷手伸腰后去拔那柄采药用的短刀，又和自己使着眼色，知道此事奇险。休说怪物身硬如铁，刀砍不进，适才亲见，非人力所能胜；即便侥幸刺中它的要害，还有一个母怪物在侧，岂肯甘休？这一来，大家都无幸理。唯恐弄巧成拙，又记着前仇，意欲乘机报复。见那人已将药刀轻轻抽出，反手照准怪物软肋就要刺到，忙冷不防抢上前去，伸手将那人的手往外一搬。

说来也巧，白猩子周身刀枪不入，单单肋下有一片软骨，是它要害，平日遇敌，也最留神防护。这时因文叔体会它的意旨，心中喜欢，只顾扬爪胡乱比画，心神疏忽，毫未防范，不料敌人乘虚而入。那药刀锋利非凡，刀尖已然刺进肉里，若非文叔阻拦，必受重伤无疑。那白猩子一觉肋下伤痛，瞥见那人用刀行刺，手臂已被文叔搬开，还在挣扎，立时暴怒，猛吼一声，伸开利爪，便朝那人头上抓去。恶兽天生神力，猛如虎豹，哪禁得起它一抓，人怎承受得起，一声惨号过去，行刺那人头脸立被抓碎，连眼珠都被恶兽一齐抠出，死于非命。

另一个药夫子被母白猩子夹在肋下，本和先死的同伴打着同样脱身主意，窥见同伴发难，身旁佩刀还未及摸出，母的听见公的怒吼，发觉有人行刺，立即暴怒，发了野性，怒吼一声，那条夹人的长臂只紧得一紧，那药夫子腰间似被铁箍紧紧一收，叫都未叫出，只鼻孔里惨哼了半声，手足上下一伸，满腔鲜血顺口鼻等处直喷出来，立时毙命。母的也不管他，仍还夹着，一两纵，便到了公的面前。就这一瞬间的工夫，那公的已把先死的掷在地上，重又抓起；母的恰也赶到，由公的手里抢到一条大腿。双双怒吼连声，各自往回一挣一夺，竟把那人的一条右腿齐胯骨扯断皮肉，血淋淋撕落下来。公的前爪仍握着死人一条已断还连的左腿，连同上面的半截尸体，大发凶威，一阵乱抓乱甩，血似雨点一般，四下里乱飞。

母的刚把撕落的人腿甩出老远，飞纵上前，打算再拿公的所甩打的半截残尸泄愤,忽然想起肋下还夹有一人,低头一看,见已死去。照着素常习惯,死人本不再要,也是恶人该遭恶报,这两个主谋的药夫子为人凶狡,用心狠辣,受祸独惨。偏遇上母的同仇心盛,见公的几被人刺中要害,一时迁怒,以为人都是它仇敌,狂叫一声,伸左爪朝那死人胸腹间一抓,直插进去,恶兽的爪利若钢刀,又是猛逾虎豹的神力,腹破肠流自是不成问题。无奈平时人见白猩子十九吓死,一死它便弃而不顾,从没人敢和它对敌过,它也绝少这样至死不休的举动。

恶兽只顾抓裂尸首泄愤,动作又猛又暴,却忘了人心最热,比火还烫。它这兽爪又非常之大,插进那人胸膛里去,恰巧把心脏抓了一满把,等到觉着奇热,狂吼一声,连忙抽将出来,已是无及。那颗人心恰又被抓到兽爪当中,血淋淋连肠肚五脏拖带出来。人心着肉,立即黏附,不易脱落,烫又烫得难以形容,恶兽出生以来,几曾吃过这样苦头?急得咆哮不已,丢了右爪残尸,扬着左爪乱甩。肠肚五脏嫩弱,倒是一甩便掉,血肉横飞,淋漓满地。那心仍紧紧黏附爪心,急切间甩它不脱。恶兽又急又怒,凶焰暴发,直似疯狂一般,一路乱跳,厉声怪吼,满山飞驰乱窜。只激荡得山风大作,沙石惊飞,木叶萧萧,枝柯断折,声势极恶,远震林野,令人目眩心寒,不敢逼视。

尤文叔本在白猩子身前,仅母的初发凶威时退避了几步。一见二恶兽同发野性,比起先时追杀众药夫还要凶恶十倍,虽然自忖无幸,死生已置度外,不由得也是胆怯心悸,惊魂都颤。文叔正害怕得不知如何是好,公的见母的忽然这样,反把手持残肢丢去,朝着母的吼叫了十几声。母的经过一番跳跃飞奔,人心的热已然冷却,心也被它在山石树干上刮裂了去。可是附肉一层尚有好些黏附爪上,尚未刮落;掌心也被烫伤起泡,火辣辣奇痛非凡。后来纵到一条小溪旁边,伸爪下去,经山泉一浸,当时刚觉着好些,猛听出公的在怒声叫它回去,忙即纵起,星飞电驰般从远处山溪旁跳将回来。烫伤经水,再受风吹,立即浮肿胀痛,不由又把野性激发。正心头暴怒间,一眼瞥见文叔站在那里,厉声一啸,纵上前去,伸开左爪,恶狠狠照准文叔便抓。

文叔原就提心吊胆,战战兢兢不知怎样死法。见来势急如飘风掣电,恶兽利爪眼看抓到头上,知道任是多快身手,也无从躲闪,吓得两腿一软,竟然晕倒地上。当时心想:"今番定遭粉身碎骨之惨,性命一定完了。"

不料恶兽虽然凶猛,性甚灵巧,识得好歹。那只公的不但未拿他当作仇敌看待,反认作于己有恩之人。一见母的朝文叔纵去,忙不迭怒吼连声,跟踪纵到,由后面将母的长臂抓紧,往侧一拉,再猛力一掌。母的本怕这只公的,见文叔倒地,正要伸爪去抓,冷不防连挨两下,往斜刺里一歪,几乎摔倒。公的不知它爪伤甚重,本就有点恼它,不该那般奔驰叫嚣。又见它要伤自己喜欢的人,如何能容,紧跟着又是一路连抓带叫。母的急得甩着一只痛爪,龇牙乱嗥,哪敢抗拒。这一个大阵仗又过了半个时辰,尚未休歇。

文叔躺在地上等了一会儿,渐觉利爪不曾临身,惊魂稍定。逐渐听出嗥叫之声似在自相争斗,偷偷开眼一看,那只母的不住左闪右躲,厉声惨嗥,身上毛皮已被公的扯落了不少,公的仍是抓扯不休,不禁奇怪。公的以为文叔和常人一样被母的吓死,恨极母的,不肯停歇。文叔这一开眼,却给母的解了围。公的正抓打得起劲,猛见文叔睁眼睛,知道回醒过来,立时转怒为喜,舍了母的,缓步走将过来,老远便伸出前爪乱摇,口里不住低声乱叫,走几步,又回头对着母的吼两声,意似不许它再上前。母的吃了两番大苦,握着那只痛爪,虽仍厉声嗥叫,在当地乱跳乱转,比先前却气馁了好些,并未跟着走来。

文叔何等机智,见此情形,好似有了生机。暗忖:"反正无法逃躲,转不如挺身上前,逆来顺受,用驯兽之法试它一试。只要这怪物稍通人性,就许转危为安了。"想到这里,忙从地上爬起,学那公的动作比着手势,往前迎接。公的见状,甚是高兴,咧开怪嘴,龇着满口白森森的利齿,双伸长爪,朝着文叔作出接抱之势。文叔知道这东西臂似钢铁,稍重一点便有筋断骨折之忧。无奈一逃躲,惹发了兽性,更是没命。想了想,只得把心一横,硬着头皮扑上前去。公的看出他不怕自己,益发喜出望外,抢前便抱。

文叔先疑怪物力大,这一抱,就无恶意也难禁受。谁料白猩子聪慧异常,竟能明白人体脆弱,难禁它的折磨。再加这样灵巧,能通兽意的人类,又是出生以来第一次遇到,仿佛人得了一件精巧玲珑的稀世奇珍,又是爱惜,又怕损伤,唯恐碰坏了一点。抱时用那一只又长又大的利爪,微微往文叔腿股之间一合,半捧半抱地轻轻托了起来。面对面相看了一会儿,然后又把人抱在怀里,从头到脚一路闻嗅。文叔一点也未觉出疼痛,只那腥膻之气中人欲呕,尚幸隔了一会儿便已放下。

文叔觉出怪物没有恶意,心神更定。见怪物不时伸利爪抚摸自己,也故意伸手抚弄它身上的柔毛,以示和它亲近。喜得这只公的抓耳挠腮,不知如何是好。文叔因被绑时久,衣服零乱,手足也还酸麻,便伸手抬足,打算整理一下，活动筋骨。公的也学他同样动作。文叔哪知这白猩子专喜学人的动作，恐再生枝节，忙停歇时，公的却伸爪作势要他再来。文叔自然不敢违抗，后渐悟出兽意似在学人，自料生机愈盛，精神大振，又故意做些可笑动作。公的亦步亦趋，见甚学甚，文叔大喜。

文叔方幸照此下去，只要当日能脱利爪之下，便能以智脱身，谁知那只母的在一旁痛过了劲，见状眼热，轻悄悄由后掩来。文叔引逗出神，并未看见。公的此时已转怒为喜，见母的战战兢兢走来，满身是伤，反倒起了怜惜，出声叫它。文叔见公的停了动作，将长爪向后连招，觉出有异，回头一看，那只母恶兽已到了身后，双爪齐伸，似要扑到自己身上。惊弓之鸟，不禁心胆皆寒，吓得"哎呀"一声，几乎二次跌倒。

其实母的也和公的一样心思，只有喜爱，并无恶意。公的知他害怕，便把文叔拉到身旁。然后又把母的拉过来，叫了几声。母的右爪负伤，便伸左爪将文叔抱起，咧开怪口，大啸一阵放下，和公的一同作势，要文叔重新手舞足蹈。文叔窥知两兽只是以人为戏，不想加害，心一放定，顿觉腹饥，便试探着作势要往林侧取那行囊中的山粮。两恶兽只学他举动，步步相随，并不拦阻。文叔仍怕它们疑心自己逃跑，不敢快走，缓步走到适才遗置行囊之所，取出干粮、肉脯来吃。

文叔一行人的干粮早在封山迷路时吃完，现带的多半是文叔在山洞过冬以前，令众人在山中采掘的薯芋、黄精、松子、果实之类，经水煮烂，做成糕饼，重又烘干切片。还有不少连日新采来的山果和一些烤熟的兽肉。文叔心想："这等猛恶的兽类，形象又与猩猿相似，定喜肉与鲜果。"

于是边说边选一些新鲜的肉果递了过去。谁知白猩子接肉过去，只闻了一闻，便扔在地下，果实之类更连接也不接；反伸爪将干山粮各抓了些，略为闻嗅，放在嘴里一阵大嚼，吃得甚是香甜。文叔见它们爱吃，便把半口袋干粮片全递过去，自己只吃肉和果实。两恶兽吃了一半便住，喜得指着文叔乱叫乱跳。

文叔吃饱，见母猩右爪烫起一个大泡，喜悦中面带痛楚之容，忽动灵机。忙将药夫子给的药散取出，大着胆子，挨向母猩身旁。先指了它的右爪，用手势做出自己也曾受伤，如何痛苦，抹上这药便好之状。连做两遍，又抹了些在自己手上。看出恶兽似已领悟，然后教它把右爪伸平，将药散给它轻轻抹上。公猩见状，也学样要抹，文叔只得也给它抹了些。公猩嫌少，又自夺

69

过乱抹一阵，一瓶药膏去了一大半。

文叔因母猩还要抹两回才愈，好容易设法哄了过来，藏在身上。这药乃药夫子防备山行遇险，或为蛇兽所伤，秘方配制，灵效无比。母猩抹上之后，转瞬间痛胀立止，顿觉清凉，先呆呆地圆睁怪眼注视伤处，面带惊奇之状。隔了一会儿，又抢前去抱住公猩，指指伤爪，指指文叔，连叫带跳，好似喜欢已极。末了公猩也回叫了几声。

文叔连受奇险折磨，白猩子又逼着他做各种动作，不许停歇，人已力竭精疲。先前情急逃生还不觉得，有了生机，再一吃一歇，便觉腰酸腿软，疲乏无力。方恐恶兽还会相迫跳舞，不允休歇，公猩叫完，忽然纵身跃去。母猩却怪笑嘻嘻，走过来将文叔抱起。

文叔以为它感激治伤，抱起亲热，念头才动，母猩倏地一声长啸，抱了文叔，一跃十余丈，连蹦带跳，疾若星驰，径向深山之中跑去。文叔为这一惊，真是非同小可，自料兽性无定，此去吉凶莫卜。尤其不可稍强，略为挣拒，便即无幸。险难之中，一息尚存，还须自救，怕也无用。便把心神放定，反伸双手抱定恶兽肩臂，以防跌落。一切付诸天命，任其所之，一点也不挣扎。一路之上，只觉劲风打耳，木叶萧萧，人如腾云驾雾一般，随着恶兽不住上下起落。

似这样，文叔被恶兽抱着飞驰了一阵，忽又听吼啸了两声。跟着回声四起，越来越近，谷应山鸣，好似有无数恶兽吼声遥应。同时又发现所经之处是一山谷，花木繁茂，景物甚佳，眼睛瞥过，哪有心看。正惊惶间，恶兽已经停步，将人放下。文叔脚才站地，留神细看，那地方好似一个山洞，四面大大小小的恶兽也不知有多少，正往身前蜂拥而来。猛觉头晕身软，再也支持不住，跌倒在地上，动弹不得。

这地方是白猩子的巢穴，母猩因得了文叔喜极，老远便啸集同类，打算叫所有大小白猩子认识，认作禁品，不许凌侮作践，本非恶意。不料文叔连经险难之余，既累且乏，再经它抱持着穿山越涧，电驰星飞，长路颠顿，骨节都觉要散，如何经受得住，一落下来便觉天旋地转，头晕眼花，两耳齐鸣，软瘫地上，不能起立。母猩当他已被吓死，如换常人，一见这样，一定抓起就扔，随便弃置涧壑之中，不算回事。无奈公猩把文叔爱若性命，少时回洞如不见人，岂肯甘休？再加给它治伤的好处，不禁又惊又急。先抓耳挠腮，急吼了几声。众猩多半是这两只大猩子的子孙，听母猩厉声急叫，恐怕迁怒，吓得呱呱怪叫，纷纷掉头跑去。

众猩一散，文叔人虽晕倒，神智还清醒，正躺地上闭目养神，猛一动念。心想："这是什么地方？什么时候？身落兽穴奇险之地，吉凶尚不可知，如何容得安息？"想到这里，恰值众猩奔逃，叫声大作，心里一害怕，忙把两眼睁开，强自站立起来。母猩见他两眼睁开，身子欠伸，知未曾死，喜叫一声，忙扑过来。文叔就势攀住它左臂，勉强起立，人还是摇摇欲倒。细忖母猩只有喜欢，不似有甚恶意。自己委实也难支持，迫不得已，强打精神，用手势连比，表示要在地上安卧，先并不知白猩子最怕他死，比过两三次以后，母猩看他站立不稳，不但领悟，反错想到不这样人要死去。心中害怕，低叫了几声，学文叔比手势，爪指地上。文叔也不知它应允没有，姑试探着溜坐在地。母猩咧着怪口，并未拦阻。文叔略为放心，跟着躺下。母猩只把身子蹲向一旁，目不转睛望着文叔，不时又叫几声。文叔不知何意，只在暗中留神察听，哪敢合眼。

隔不一会儿，母猩倏地怪目圆凸，凶焰外射，怪口开张，龇着满口利齿，站起身来，朝四外怒哼了一声，随听四外群猩惊叫之声，母猩已纵身跃去。文叔转头一看，这才看清适才散去的大小恶兽为数不下四五十个，最小的也有人高，毛尚黄色，正由身侧近处四下飞逃。晃眼便被母猩追上一只大的，伸左爪擒了回来。那身子被母猩拿着，不敢乱动，只是一味厉声惨嗥，不敢丝毫挣拒。母猩刚把它擒到文叔身前掷下，伸爪要抓，忽听远远一声兽啸。母猩立时停爪，也长啸相应。被擒这只闻声，越发怕极，吓得浑身乱抖，更望着母猩惨嗥不已。母猩见状，似生怜悯，爪指着前面啸声来处，只叫两声，又指了指文叔，然后一爪打去。被擒那只立被打跌老远，跃起身来，似皇恩大赦，慌不迭飞奔而去，向洞侧危崖之后逃去。先逃大小众猩早逃得没了影儿。

跟着，一条白影有如银丸一般自洞外而来，晃眼到达，正是那只公猩，双爪夹着许多东西。一看文叔卧倒地上，喜容骤敛，丢了所夹之物，恶狠狠朝着母猩正要抓去。母猩早已防到，忙即纵开，连声吼叫。公猩似已领会，又见文叔笑脸，不似受甚伤害，才行止住。公猩方伸长爪要抱，母猩又指四外叫了几声。公猩更比母猩威猛得多，忽把怒目一睁，震天价两三声怪吼。山谷回音尚未停歇，先逃去的群猩便从远近地方，现身出来，如飞跑到，站在这两只大白猩子面前，一个个都是垂头丧气，战战兢兢，不敢走近。公猩爪指

71

文叔,连连厉声吼叫。众猩只是随它爪指观看,通没一个敢作声的。似这样叫了一会儿,众猩才行退去,也就不再隐藏,只在远远山崖之上向下窥伺。

文叔静心细听,方觉恶兽叫声虽厉,颇有音节。公猩也突转喜容,先取所夹各物,一件件抖散出来与文叔观看。文叔见都是些药夫子的行囊、粮袋之类,立悟这东西大约要已在此与它久居之意,脱身虽难,命却可以保住了。

文叔心正干渴,想吃鲜果,偏是粮袋中只有粮脯,鲜果想已弃去,一个无有。而这时公猩已提起那另一个大口袋,这次却不抖散,只伸爪进去抓捞。外面看去圆鼓鼓,内中之物都有碗大,不似原物。文叔方在失望,公猩爪起处,仿佛爪尖上抓着一个杏一般大金黄色的圆球。母猩在旁窥见,伸爪想要,被公猩用爪挡开。对叫了几声,公猩随即俯身,塞向文叔口内。文叔牙齿碰处,猛觉一股清香,汁甜如蜜,是山中佳果。因公猩心急乱塞,以为袋中还有不少大的,忙开口咬住,做两口吃下肚去。那果无核,皮如纸薄,肉似荔枝,另有一种清香,却比荔枝丰腴味美十倍。吃后甘芳满颊,烦渴全消,神智为清。还想再吃时,二兽忽然指着文叔,相抱喜跃起来。闹过一阵,文叔比手势指着口袋,还要吃些。公猩这才将袋抖散,原来袋中俱是桃子,每个都有碗大,滚了一地,桃香四溢。先吃异果却不再见。文叔见那桃鲜肥可爱,就身旁拾起一个,张口一咬,便是满口汁水,色香味俱都远出常桃之上,为生平所仅见。一口气连吃了两个,觉着精神渐复,胸膈清畅已极。方打算起立,公猩忽然俯身下去将他捧起,母猩便捧些地上散落的粮脯、香桃,相随着一同往身后洞中走去。

要知后事如何,且看下回分解。

第五十七回

掷果飞丸　兽域观奇技
密谋脱困　月夜窜荒山

　　话说这时天已黄昏月上,冰轮斜射,处处清辉。照见山洞崖壁之上香草离披,藤荫浓肥,山花迎风,娟娟摇曳,映着月光闪彩浮辉,衬得景物倍增幽丽。洞口高大,竟达十丈以上,正对月光,前数十尺微可睹,再往里却是黑沉沉看不见底。公猩进洞不远,便将文叔放在靠壁一块大平石上卧倒。文叔见洞内越发高大,所卧大石又光又滑,壁上地上多是奇石。月光照处,千形异态;月光不到之处,仿佛鬼影森列,看去怖人。文叔也不放在心上。

　　公猩放下文叔以后,时而站在石旁咧着怪嘴,睁眼注视,时而面对面卧倒一旁,神气欢欣,却不再像日里那样逼人。只剩母猩,用那一只未受伤的大爪抓运散落之物,时出时进。文叔暗笑:"野兽多灵,也比人蠢。共只五六件行囊,本可用两臂做一次夹回,偏要将它抖散得这样零碎,再往洞里搬运,岂不费事得多?"正想比手势教它化零为整,用口袋装,母猩已将粮和桃子运完,提了两件行囊走来,再运两次,便已完毕,都取来堆在文叔身旁。

　　文叔恐夜来寒冷,试探着起身,取了被褥、枕头铺在地上,重新卧倒。二猩见了,也胡乱抓些衣被向石上乱铺。文叔知它们学样,因适才和公猩对卧,膻气难闻,暗忖:"洞中更无平石,这里必是它的卧处,少时如若一边一个夹身而卧,岂不难耐?"好在公猩取回衣被甚多,乘机爬起,给二猩在近洞口一面另取条兽皮褥子铺了两个大的,又将用不着的衣服卷了两个大枕,作势教它们卧倒。二猩还在抓捞抢夺,见文叔铺好来唤,过去一试,喜得乱叫,一会儿又伸爪乱比。文叔看出它们嫌远,似拂它们意,把眼闭上装睡。二猩也学他样,闭上怪眼,不消多时,竟然呼呼睡熟。文叔身居虎穴,自难安心入睡。

　　这时月光已渐往洞外移去,人兽俱在黑暗之中,只剩洞口还有丈许月光照进。文叔正微睁二目盘算脱险之事，瞥见洞外黑影幢幢，往来不绝，只脚步甚轻，听不见一点声息。定睛细看，正是适在洞外所见大小恶兽，俱已回转，一个个往里探头探脑，偷觑石上睡熟二猩，互相观望，似要走进，却又不敢冒失。隔了一会儿，内中一只大的忍不住，首先轻悄悄傍着对面洞壁掩了进来，朝着文叔望了几眼，便往洞深处走去，晃眼不见身形，只剩下一双怪眼在老远黑影里放光。文叔知道这类东西猛恶性野，厉害无比，自己全仗两只为首大猩护持，如乘大猩睡熟来犯，实是危险，暗自心惊，益发不敢合眼了。众猩一只开头，余下也渐试探着往里走进，都和头一只一样走法，走向洞内深处，竟没一只敢出声走近的。文叔暗中望过去，众猩的怪眼直似百十点寒星，闪烁不定。约有盏茶光景，星光由多而少，由少而无，全数隐去。

文叔看出众猩惧怕大猩已极，又有入夜即睡之习，心想："若乘此时逃走，又恐洞外尚有同类，遇上一个便没有命。来时山径似觉险阻甚多，路更不熟；恶兽其行如风，一夜工夫便能跑出去一二百里，被它早醒发觉，势必命手下众猩四外追赶，一被追上，决无幸理。何况孤身一人，手无兵器，食粮不能多带，深山之中难保不有别的恶物，如何走得？好在二猩暂时尚无恶意，不如候到明早，先设法相度好地势方向，见机行事。如二猩真领会得人的意旨，可以驯化，不甚凌践，便索性多待些日，谋定后动。这样似危实安，怎么也比冒冒失失地荒山夜审稳当得多。"又想起同难诸人死状之惨，哪敢妄动。文叔侧耳静听，群猩鼻息咻咻，鼾声如潮，一阵阵自洞深处传来。二猩卧处隔近，声更聒耳。料都睡熟，不至来扰，明早还得费力应付，这才把眼合上，打算养一会儿神。心念渐定，惊吓之余，不觉沉沉睡去。

不知睡了多久，文叔忽自夜梦中惊醒。此时洞中漆黑，四外静悄悄的呼吸声鼾声一时都寂，众猩似已不在洞内。文叔忽觉尿胀难禁，才想起被难以来，惊悸失魂，还忘了小解，想起来方便，又不敢妄动。后来多着胆子爬起，走了几步，没有动静，试往石上一摸。两只为首大猩果然不在石上。因兽眼特亮，暗中老远便能看见，卧石相隔洞口甚近，就是尚在洞内，也必睡熟无疑。暗忖："众猩皮毛油亮光滑，洞石如玉，不染纤尘，其性必定喜洁，解在洞内，难免触怒。"想要出洞，却又不敢。待了一会儿，实忍不住，又试探着轻脚轻手，先到洞口探头往外一看，月光如水，岩石藤树映着满地清荫，一只白猩子的影子都没有。忙走出去，就崖脚隐秘处，提心吊胆把尿撒完，忙往回走。

文叔刚抵洞口，微闻身后兽息，心中一惊，不敢回头，慌不迭把气沉稳，故作不知，从容直往里走。没走两步，猛又觉肩膀一紧，身子已吃兽爪抓住。回头一看，正是那只母猩，咧着一张怪嘴，照日里文叔给它治伤的手势，指着痛爪比了又比，竟是一丝不差。

文叔知它想要上药，心中一定，猛又想起取回的那几件行囊内均有此药，异日大有用处，天明时好歹将它藏起，免被糟掉。当下拉过母猩右爪一看，半日夜间，伤处四围业已肿消皮皱，只当中结有一个脓包，吃母猩弄破，脓血流出。知它疼痛，便用衣角轻轻拭干余血，取出身旁余剩药膏给它敷上，药仍藏起。

母猩似甚欢喜，连比带叫，一会儿指着洞内卧处，一会儿指着前面山崖。比过一阵，文叔悟出母猩问他愿意回洞安卧，还是随它同去前崖。看这神气，众猩此时分明全数出洞，一只未留。文叔暗忖："这怪兽似是猿猴、猩猩之类，不似山魈、木客一流，猿类多喜月下呼啸纵跃为乐，如若每夜如此，逃起来却方便得多。自己若睡在内，万一吃它别的同类掩来，却是危险。看两大猩意思甚好，转不如乘此时机，随它同去前崖看看形势、习性，以为逃时之助，比较好些。"便比手势，愿随同往。母猩越发高兴，伸爪将文叔拉起，长啸一声，往洞右深谷中跑去。走没多远，文叔偶一回顾，见洞门对面危崖上忽有一猩纵落，随在后面，才知这东西不但聪明，而且心细，竟留有一猩防守。回忆前情，不禁心惊，暗喜总算临事慎重，没有冒昧。经此一来，越发加以小心，不敢疏忽。

沿途风景美妙非常，母猩行走如飞，文叔不暇细看。晃眼走完谷径，绕峰而过，面前突现广场。场尽头又是一条广溪，流水汤汤，望如匹练。对岸密压压一片桃林，大小众猩正在忙碌，纵跃飞驰，由林内采了桃实奔走，此时已采有数百个，都堆置在峰腰一片平石之上。石旁是一株大可径丈的古树，已然枯死。老公猩正独坐树干上面，见母猩抱了文叔走来，忙即跃下，接抱过去。又令母猩取些桃子来，递给他吃。文叔吃了两个。石上桃子，大约已采够，公猩忽抱文叔跃下，放在石旁，站定吼啸了几声。

大小众猩闻声蜂拥而来，齐集峰下，都是仰首上望，静没声息。公、母二猩先挑大桃各啃嚼了十多个，然后伸爪乱抓，向下掷去。众猩立时叫啸四起，纷纷争先跃接。月光之下，只见如银星跳动，白影纵横。二猩掌大势急，桃实纷落如雹，竟无一枚坠地。众猩随接随啃，接够了数，爪不能拿，便跃向一旁啃吃。小猩也一样得到，并不吃亏。不消片刻，一大堆千百枚碗大桃实全数精光。

文叔细看内中有几只较大的，行动反较迟缓，有的还似负了伤。方忖："这类猛恶野兽，还有何物可以伤它？"母猩忽和公猩对叫了几声。公猩先似不允，母猩又摸着公猩头颈，叫声不已，方似应允。随后公猩自向树上坐定，母猩便向下喜叫，跟着便有八九只大猩纵援而上，母猩连叫带比。文叔一看，上来这些身上都负有重伤。有的旧创未愈，更带新伤，血尚未止。看神气好似常和什么厉害东西恶斗。知道母猩要他医治，身带余药无几，不敷应用，心想回取。一则通词费事；二则这东西一味逞蛮，拿来势几全数糟掉，后难为继。只得就着余药各抹了些。

抹到后来，还剩一只，药已用完。这只大猩一目早瞎，身上伤痕累累，创口甚多。见文叔不给它抹，突出野性，独眼圆睁，凶光非常，口中利齿森森。刚伸利爪要朝文叔抓去，猛听树上一声暴吼，公猩似电一般飞跃下来。瞎猩本已吃母猩伸爪隔住，方往后倒退，不料公猩怒吼飞落，吓得纵起想逃，已是无及，吃公猩一掌打中面门，哀号一声，竟由数十丈高处翻空倒跌，坠落峰下。其余众猩也都吓得纷纷纵逃，无一存留。公猩怒犹未息，还待追去，母猩忙即将它长臂挽紧，连声吼叫，意似求说，才行止住。文叔只吓了一跳。细查众猩叫声均随动作，虽然粗猛尖厉，听去似不难学，由此打下学习兽语之意。

这时已离天明不远。公猩忽将文叔抱起，一声长啸，往回路驰去。母猩和众猩随在后面。到了洞前，众猩仍各援向两边崖上往下窥伺，只为首两猩和文叔在一起。公猩用爪比画着，要文叔做昨日一样的动作，它在一旁跟着学样。文叔暗忖："这东西只一开头便无止境，做得样数越多，越是麻烦。人力怎好和它比？早晚非累死不可。昨日自己晕倒，便停烦扰，意似留供长时取乐。刚在峰上看了一阵，到处乱山相叠，也未看出哪是逃路。并且这里还有别一种厉害东西，防守又紧，短时期内逃恐无望。这东西既爱学人，在未通它兽语以前，莫如每日给他舞跳了一会儿，到了累时，便装晕倒要死，渐渐引它去做于己有益的动作，免得被它一味蛮缠不清，难以支持。"主意打定，立即照办。

二猩见他倒地，果然慌了手脚，仍将文叔捧向洞中石上卧倒。文叔借此偷懒，安息了两三个时辰。二猩始终守在一旁，不肯远离。文叔也不理它们。后来偷觑二猩意颇焦急，不时伸爪来摸，恐怕惹翻，又装痉好爬起，去取干粮来吃。二猩争先代取。只是吃完仍要他去至洞外，和先前一样动作。文叔自然到时还是老调，二猩又把他捧进洞内卧倒。似这样做过几次，天已黄昏。文叔恐旷日持久，干粮、肉脯不敢多吃，只把昨剩肥桃当饭。公猩又采了些新的回来，放在文叔身旁。月光入洞，众猩分别安卧。

　　睡不多时，便即起身。这次竟连文叔一起抱走，仍到昨夜所去之地。到后，公猩一啸，众猩便在峰下草场上恶斗起来。二猩带了文叔居高临观，不时叫啸助威。斗完，又去对岸采桃，和昨夜一般分吃，俱听公猩啸声进止。文叔看众猩斗甚猛烈，无殊仇敌，斗完至多对啸几声，又似儿戏，好生奇怪。

　　及在洞中日久，通得兽语，才知那片桃林不下数千株，山中气暖土肥，每年一交春便自结实，硕大甘芳，色香味三绝。更有特性，不畏风日，虽然初春结实，要到五六月间才完，只要不采它，极少自落。猿猩一类的猛兽多以果实、野蔬为粮，当地果蔬虽多，然以桃最甘美。所以每当桃实成熟之际，为首二猩便领众猩来此采摘饱餐，几同盛典。

　　这类猛兽天性凶残好斗，除了二猩，什么厉害东西都不在它话下。并且从小起，便由大猩教小猩学斗，斗的时间便在这吃桃季节的月明之夜，如不遇风雨晦暝，多半在十二三到十八九这几夜。二猩以子孙相残为乐，为时久暂不等，每月总有几天，直到树上桃空才止。那时众猩十九皮破毛落，伤痕累累，伤重身死的也有好些。除了定期的拼斗，平时同类相残还更猛烈。小的斗不过大的，不过吃亏受欺，还不致命；只要彼此一般大小，稍有龃龉，斗个没完，除却二猩赶来分解，几乎不分死活不止。

　　众猩每日黄昏入睡，至多一个多时辰。此外终日漫山遍野，四下奔驰，专向山中猛禽蛇兽寻斗。空中好几十丈高的飞鸟，只一纵身，便可抓着。力能生裂虎豹，别的野兽更不消说。仅大蟒毒蛇还可和它拼个死活，或是同归于尽。那性最暴烈的，如因跑得太急，吃山石大树挂了一下，也必寻仇，往树石上硬撞。往往用力太猛，山石不过撞落一点，它却因此力竭伤重致死，均所不计。所居巢穴附近百里之内，休说野兽，连鸟也有戒心，很少飞过。

　　众猩最喜学人的动作，人兽言语不通，人若遇上它们，不吓死也被害死，决无幸理。文叔还算命不该绝，所遇二猩乃众猩之祖，岁久通灵。虽喜学人为乐，因像文叔这样大胆，彼此能够通意的人难得，尚知爱惜，只要文叔累极装死，便即停止；不似小猩们擒到人后，不弄死不休。文叔又极机智，终日留心倾听叫声，不久便能闻声知意。半年以后，居然学会兽语，人兽同居，无须再比手势,二猩自是喜极。

文叔粮肉早已吃完,起初二猩擒些野鹿回来烤吃。后又把药夫子遗留的行锅用具寻回应用,山中黄精、薯蓣之类遍地皆是,得便采掘些,煮熟为粮。衣服便用兽皮替代。

文叔通过日常打拳、舞跳、狂叫,引逗众猩学习为乐,无形熬练得身轻力健,远胜从前。时日一久,众猩习性本能俱所深悉,愈知逃之不易。一晃三四年,虽然时常筹思熟计,终不敢轻举妄动。

这年夏天,各种果实结得非常之多。二猩自把文叔所教动作学会,渐渐减了兴趣,不再日常相逼。文叔见人兽相处情意日厚,乐得偷懒,也不再出新花样。每乘二猩他出,便和小猩同游同玩。众猩因惧二猩,先还偷着,不敢使知,嗣经文叔和二猩力说,方始应允。众猩哪知文叔藏有深心,个个高兴,抢着讨他的喜欢。文叔知道小猩们更没长性,以为时机不可稍纵,先令小猩背负远出同游,等把道路和沿途藏处观察停当,再备下吃的东西。

第一次逃走是在黄昏入睡之时。文叔预计凭自己脚程,这一个多时辰准可逃出四五十里山路。那时候可照预定藏处躲藏数日,等它追寻得过了性再往前跑。谁知刚跑了个把时辰,忽听身后树枝作响。回头一看,正是第一夜未擦着伤药,吃老猩打落峰下的那只独眼瞎猩,正由身后丈许的大树下往回飞跑,转瞬不见影子。这只瞎猩性情最是凶狡,自从那年医伤起,便恨极了文叔,虽然不敢侵害,却不似众猩那样亲近。黄昏时文叔明明见它随众入睡,此时却忽然追踪赶来,用心叵测,不问而知。这一惊自是非同小可。文叔已通兽语,事前也曾故意背众独游,当时如若赶回,本可无事。偏生做贼心虚,以为兽心莫测,时机易逝,回洞难免使它们生疑,以后想逃更难。好在沿途都有藏处,略为寻思,把心一横,先向回路仔细看了一番,为求万全,还故布了好些疑阵,引它们向前追赶,自己却往回退走一段,然后寻一洞穴藏起。

待了不多一会儿,忽听众猩叫啸之声由远而近,又由近而远。知是二猩率众猩来,已然越过藏处,赶向前去,暗幸未被发现。准备挨过三五日,再乘黄昏时节一段一段往前途逃走。谁知藏到天光大亮,啸声又复大作。这次四下响应,远近皆闻,并非直来直去。听那意思,分明追出老远,遍寻不得,二猩断定人力不会逃出这么远,又赶回来在附近一带搜索。为首二猩声带急怒,大有不得不止之势。

文叔的藏处在一座极隐僻的危崖之下，洞口小仄，人须身体侧转而入，外有丛莽掩蔽，里面甚深，也颇高大。文叔在三月前无心中发现此洞，一则嫌它阴晦潮湿，二则估量自己脚力还可再逃一程，用它不着，且又觉洞太深黑，因此并未细加查看。当日逃至半途，只顾改进为退，愚弄众猩，急切间没有适当藏处，慌不择地，钻了进去。

喘息才定，闻见一股子腥秽之气，知非善地，无奈众猩已然追来，哪里还敢出去。挨到天明，众猩去而复转，方在忧急，不料一波未平，一波又起，众猩环洞怒啸，竟将洞底一条大蟒惊起。蟒、猩本是仇敌，见必恶斗，不死也必两败方休。这条大蟒潜伏洞底已有多年，轻易不出，众猩也轻易不由洞前走过，所以没有遇上。此时大蟒闻得啸声，以为上门寻仇，突然激怒，晃悠悠由洞底游了出来。

文叔在山中数年，除偶见小蛇急窜外，大的蛇蟒多半受众猩扰害，存身不得，一条也未见过。虽觉洞内腥秽可疑，却因只顾掩在洞旁侧耳外听，一点也没想到危机潜伏。直到蟒已临近，微闻有虫声，才觉有异。猛一回头，瞥见一条尺许粗细，丈许高下，树桩也似的怪物，身泛蓝光，头上两团酒杯大小的碧光和一道尺许来长的火焰，由身后黑暗中往前移来，已然离身不过两丈来远。

当下吓得狂啸一声，低身往洞外窜去。文叔和众猩相处年久，日习兽啸，人语早无用处。那蟒听是仇敌啸声，益发加紧追来。尚幸文叔离洞口近，一窜即出，蟒身长大，出时稍难，未被追上。可是出洞以后，蟒比人快得多，文叔逃出不远，耳听身后丛莽飒飒乱响，小树和矮松断折之声宛如风雨骤至。百忙中回顾，才看出是条蓝鳞大蟒，下半身被草掩蔽，上半身高昂丈许，口中红信吞吐，飞驰而来。不由心寒胆裂，慌不迭连蹦带跳，亡命向前逃走。

文叔虽和众猩在一起，日习纵跃奔驰，脚程终不如蟒快远甚，按说非死不可，终是命不该绝。那为首二猩得知文叔逃信，率领众猩追出老远，并无踪迹。忽想起人跑不快，必是藏在近处，重又赶回搜索。这时，大部分都在文叔遇见瞎猩之处四散搜寻。空山传响，啸声听去甚近，实则相隔尚远，只有一只近在半里以内。文叔出洞时一声急啸，却救了性命，白猩子耳目最灵，闻得文叔啸声，立即纷纷循声追来。

文叔被蟒追急，知道追上立死，猛一眼瞥见路侧山坡上怪石林立，棋布星罗,忽然情急智生,奋力往侧一纵,径往乱石丛中窜去。那蟒出洞时,因听众猩啸声大作,昂首回顾,途中还停顿了两次,否则早已追上。这时和人相隔五六丈远,快要追到,就地把身子一拱,头在前一低,箭一般直射出去。不料文叔恰在这一发千钧之际纵向坡上,那蟒势太猛烈,急切间收不住势,窜过头去好几丈远,一下扑空。越发激怒,头昂处,身子似旋风般挚将转来,径向坡上射去。

文叔知道逃它不过,一味在那山石缝里左窜右纵,四处绕转藏躲。蟒身长大,石隙宽窄不一。文叔又极机警,一面借着怪石隐身,在隙缝中穿行绕越;一面择那弯曲狭隘之处,引它猛力追逐,身却由隐僻之处悄悄绕到石后面去。

那蟒只知人在前面现身,循着石隙追赶,急于得而甘心,往前猛窜,没留神中间一段人蟒均难通行,敌人也是纵身跃过,照直穷追,怎能不吃亏。蟒头较小,又是高昂在上,尚不妨事,那着地的中间半截身子却吃石缝夹住。蟒身多是逆鳞,无法倒退,有的地方较直,还可强挤过去,遇到弯而又窄之处,中段已然夹紧,进退都难,只好两头奋力,拼命往上硬拔。身虽得脱,皮鳞好些都被石齿刮破。负痛情急,越发暴怒,头尾齐摇,凶睛电射,口中嘘嘘乱叫,一条长信火苗也似吐出。

文叔先仗地势得利,还可乘它困身石际,觅地藏起,略为喘息。后来那蟒连上两次大当,也已学乖,不再循着石缝绕追,竟由石顶上面腾身追赶,等将追到,再低头往下猛噬。文叔闪躲灵巧,虽未吃它咬中,形势却是险极。尤其那些怪石龙盘虎踞,剑举狮蹲,大小各殊,排比相连,有的横亘数亩,有的森立若林,多半高逾寻丈,矮亦数尺。加以石径礌砢,石齿坚利若刃,纵跃艰难,翻越吃力。蟒由石上腾越,盘旋往来均极迅速,一窜即至。如非怪石屏蔽,便于隐藏,文叔早已膏了蛇吻。可是蟒的目力、嗅觉甚灵,文叔任藏多好,仍被寻着,时候久了,非至力竭倒地不可。

文叔正觉气喘汗流,危急万分,忽听众猩啸声越来越近。猛想道:"猩、蟒宿仇,见必恶斗。白猩子追来虽然一样危险,毕竟这东西相处日久,或者还可以相机免害,蟒却无可理喻。实逼处此,反正难逃,转不如将它们引来,以毒攻毒,过得一关,再作计较。"念头一转,一面逃着,一面大声狂啸起来。这时众猩已然赶近,因文叔先前只啸了一声,只知在这一片,拿不准地方,坡在山阴,地甚幽僻,尚未寻到。文叔二次出声一啸,离得最近的一只首先星飞电跃,循声赶来。那白猩子刚越过山顶,瞥见文叔窜越乱石丛中,被蟒困住,蟒身横搁乱石尖上,正要昂头朝人冲去,不禁起了同仇敌忾之念,长啸一声,猛力几纵,便自扑到蟒后,伸开利爪,照准蟒尾便抓。

文叔被蟒追来追去,追到一个石坑里,三面俱是丈许高的怪石,一面稍低,偏又是蟒的来路。气力用尽,无可逃纵。那蟒恨极文叔,闻得身后仇敌怒啸,只偏头回看了一眼,仍朝文叔冲去。眼看到口之食,冷不防白猩子利爪将尾巴抓住,一阵乱拖,尾上逆鳞竟被抓伤了几片。负痛暴怒,立舍文叔,长尾甩处,闪电一般掣转上半身,回头便咬。这只白猩子惯和蛇蟒恶斗,甚是灵敏。仗着天生神力,先只抓紧蟒尾,两脚用力,紧蹬石上,不容蟒尾甩动。等蟒回头来咬,却乘长尾甩劲,奋力一跃,凌空而起,纵出老远落下。等蟒跟踪追来,又纵向蟒的身后去抓蟒尾。

似这样追逐过两三个起落。又有三五个白猩子相继赶来,都是一样动作,前跃后纵,得手便抓一下。急得那蟒嘘嘘怪叫,身子似转风车一般腾挪旋舞。众猩好似知道大蟒厉害,谁也不敢上前蛮斗。又是几个盘旋,众猩逐渐毕集,齐朝那蟒夹攻,前后纵跃,疾逾飞鸟,吼啸之声震动山野。

文叔另换了一个藏处,探头往外偷看。正想两只为首大猩如何未到,那蟒吃众猩八面夹攻,见不是路,倏地改攻为守,一个旋转,将身子盘作一堆,只将上半身挺起丈许,昂首待敌,摇摆不休,众猩先不甚敢走近,相持了半盏茶时,终忍不住,仍然分头试探着进攻,见蟒未动,齐声厉啸,丸跳星飞,纵起便抓。谁知中了那蟒诱敌之计,就在这疾不容瞬之际,那蟒前半身忽往下一低,紧贴地上,同时下半段两三丈长的身子惊虹也似猛舒开来一个大半圆圈,往外急甩过去。

众猩虽然眼灵轻捷,好些身已离地前扑,不及躲闪,任是皮骨坚实也吃不住,几声惨嗥过去,当先几只全被扫中,有的脑浆迸裂,有的脊骨打断,死于就地。末两只虽未身死,也被扫跌老远,带了重伤。这一来,众猩越发激怒,可是那蟒一得了胜,依旧缩转身子,盘作一堆,昂首摇摆,蓄势相待,不来理睬。急得众猩只是围住那蟒,吼啸暴跳,不敢轻上。

文叔和众猩处久,见它们死状甚惨,不禁关切,用兽语脱口而出,教众猩改用石块去砸,不可力敌。才一住口,猛想起泥菩萨过江,大蟒死后,自己也难脱难,何况众猩又死了好几个,难保不推原祸始。不乘猩、蟒相持,无暇他顾,急速溜走,怎还在此逗留,给出主意? 心正寻思,忽听身后一声厉啸,前面众猩忽然纷纷都退。紧跟着一条白影由脑后跃起，凌空二十来丈，飞向蟒的身前，文叔听出似为首公猩的啸声，吃惊回顾，见母猩紧站身后危石之上，咬牙切齿，目闪凶光，正看着前面，这才知道为首二猩早已到来，立在身后观战。幸亏适才忘了逃走，少时还有几分挽回；否则，吃它看破，追上一抓，便无幸理。想了一想，仍装未见，索性探头出去附和众猩，一齐怒啸不止。

说时迟，那时快，公猩接连两纵，便到了大蟒身前，只对大蟒啸了两声，先不上去。大蟒仍然昂首摇摆，盘曲不动。公猩见蟒不来理会，好似知道那一扫厉害，却又不耐久持，便一步一步走近前去。蟒仍未动，可是蟒头摇摆愈疾，身子也一截跟一截鼓起。文叔看出那蟒蓄势待发，这一尾巴要被甩上，公猩非死不可。忙喊公猩留意，快退下来，还是大伙合力改用石块去砸为妙。公猩全神注定仇敌，直似不曾听见，脚步却又放缓下来。这一隔近，蟒身鼓动更急。

眼看对方如弩在机，一触即发。公猩倏地一声厉啸，猛伸双爪，作出前扑之势。蟒见时机成熟，仍把前半身向地下一拄，后半身突然疾舒开来，横扫过去。不料公猩乃是诱敌之计，早防到它这一着，身子看似前扑，只是虚势，并未离地真蹿。一双怪眼觑准那蟒舒开长尾扫出，才向前飞起，直比鹰还快，轻轻一跃，便从蟒尾上越过，落在蟒盘之处，伸爪便抓。

那蟒因劲敌当前，准备一发必中，势子更疾。不料一下扫空，知道上当，忙想抵御时，无奈用力太猛，不比头一下打中几个，还有阻隔，竟连拄地的上半截身子也被牵动，随着旋转，难以施为。瞥见仇敌业已当头落下，百忙中张开大口，扭头想咬。

公猩爪疾眼快，哪里容得，早用双爪抓住蟒颈，双臂往上一伸，高举过顶。蟒一负痛情急，也把全身掣转，旋风般绕将过来，将公猩缠住，拼命鼓气，想把仇敌生生绞成粉碎。无奈颈间要害被扼，不能过分使力。公猩又是岁久通灵之物，经历事多，身被蟒缠，睬也不睬，只双爪扣紧蟒的七寸，奋力紧束，越勒越紧。勒得那蟒两眼怒突，赤舌外伸，却连口气也透不转，一会儿便失了知觉。公猩身上一松，知到火候，又待片刻，见无异状，才改用一爪抓住蟒颈，向外一推，避开正面，匀出一爪，先抓瞎了蟒的双目。然后抓住蟒的后颈，突睁怪眼，双臂振处，震天价一声厉吼，跟着由蟒圈中飞身跳起。

众猩始终静立旁观，无一上前，见公猩得胜，纷纷欢跃，啸声如潮，震撼山野。母猩把文叔抱回前面放下，自己抱住公猩，一阵亲热。文叔细看那蟒仍盘作一叠，身上皮鳞颤动不休，仿佛未死。前半身像树干一般竖着，那颗蟒头却被公猩拗折，搭悬蟒背。眼珠挖出眶外，毒吻开张，利齿上下对立如锥，红信子直伸出一尺来长。血从颈间裂口突突外冒，越冒越多，满地淋漓。形象狞恶，看去犹有余悸。再看二猩，仍在相抱亲热，自己私逃一层，好似已不在意。

文叔方在欣幸，瞎猩忽从身后出现，战兢兢踅向二猩面前，指着文叔吼叫。文叔知它又来进谗，虽然打点起一番说辞，也是心惊。嗣见瞎猩身上带伤，又听叫声似说因二猩有命，不许众猩侵犯自己，故此没敢当时捉回，以为逃必不远，果然还在这里。文叔忽然想起一个反打一耙的主意，也抢步上前，用兽语一阵乱叫。说与瞎猩素常不和，睡中起来解手，见它从身后掩来，神气凶恶，心怯逃避，它仍紧紧相逼。直到逃出老远，见它走开，忙往回跑，想赶回洞去，才走不数里，便被蟒困住。如是真逃，只有远去，如何反往回走？这一番鬼话果然生效。

二猩先听瞎猩归报文叔逃走，当时恨极，率领众猩急起追赶，真恨不得追上抓死才能泄愤。及至追了一阵，盛气渐消，又觉失却此人可惜，欲得之心更切。算计不会逃得太远，又往回赶。公猩并还要迁怒瞎猩，怪它既见人逃，怎不捉将回来？瞎猩几乎没被抓死。二猩耳目最灵，文叔两次急叫都被听见，由远处急忙赶来。到时文叔刚刚脱险，众猩尚未毕集。二猩见了文叔，又是喜欢，又是愤恨，不知如何发落才好，掩在后面，一意注定文叔动作，将那条大蟒竟未放在心上。过了一会儿，见文叔藏身石后，注视众猩与蟒恶斗，并未乘机逃走。后见大蟒厉害，又出声教众猩用石头去砸，直和往常同游遇敌神气一样，并无逃意，怨气方消。

当时一看场上，众猩已吃大蟒用长尾打死了好几个，怒极出斗。蟒死以后，本已不再嗔怪，禁不住瞎猩从旁一蛊惑，便有点勾起前恨。不意文叔竟反客为主，说的虽是假话，偏都入情入理，各有证明，一下将二猩哄信，认定文叔未逃，瞎猩故意陷害，公猩幸是高兴头上，没用爪抓，只怒吼了几声，一掌把瞎猩打了一溜滚，跌出老远。瞎猩不敢再叫，独眼怒视着文叔，悄没声溜去。

白猩子同类死后，照例寻一洞穴将尸骨藏起，将洞口用石堵好。众猩因为恨极那条大蟒，上前乱抓。文叔想起蟒皮有用，一摸身旁，粮包已在蟒洞中失落，药刀尚在。便取出来，赶过去教众猩合力将蟒身扯得半直，再寻蟒腹鳞缝用刀刺开，剥去蟒皮。二猩看了好玩，上前相助，众猩合力，不消多时，便把蟒皮剥下。文叔并教众猩，蟒毒俱在头上，腮间藏有毒水，连牙齿都不可稍微沾染。剥到颈间，用刀顺颈骨将蟒头切落。命众猩折了许多树枝，将蟒皮绷起，就山阴不见日光之处阴干数日，再行取回洞中炮制。

一切停当，闹得满地膏汁流溢，血肉狼藉，腥秽之气逼人欲呕。那收藏死猩的几只已早赶回。白猩子性最喜洁，事完后又和文叔同去附近溪流中洞泳冲洗了一阵，方行回洞。一场大险无形消灭，文叔也就不敢再轻举妄动了。

又挨过数年，二猩掳了好几次人，还没回到洞里，俱都送命，只弄了好些食用东西回来，因此对文叔益发看重。文叔又会出新鲜花样，讨众猩的欢心，人猩感情日密，本可长此相安。这年母猩独自出行，忽然遇着三个汉人，母猩当场抓死了两个，擒了一个活的回洞，以致发生了变故。

那人姓陈名彪，原是绿林中大盗。因避仇家追缉，和两名同党逃入山中迷路，越走越深，每日只采掘些山果、黄精充饥，已有一月光景。不料这日忽被母猩撞上，那两个同党自恃武勇，首先拔刀就砍，只一照面，同时了账。陈彪幸是后动手，母猩想起要捉活的，仅将刀夺过，夹起就走。陈彪见这东西刀砍不入，神力惊人，也就不敢再强。

到了洞前，二猩便逼着他跳舞，陈彪是个粗人，虽然胆大，未被吓死，如何懂得兽意？众猩见他不肯，正在怒吼，恰值文叔闻声走出，见是汉人，忙赶过去做通译，令陈彪耍了一回刀，胡乱做些花样。并说自己也是汉人，因此多年，深知兽性，只要不和它们相抗，逃虽不易，命总保得住。陈彪想不到野兽洞中竟有生人久居，事已至此，只得依言行事。舞罢几次，文叔又代向二猩求说人力已竭，再舞便要累死，不如令其歇息，可以长久取乐。二猩允了。

二猩也像待文叔一般待承陈彪，除每日要他做这些花样跟着学习外，并不十分难为他。文叔居洞年久，仗着众猩出外掳抢，衣食用具几乎应有尽有。因防小猩无知侵侮陈彪，眠食行止俱和他在一起。偏生陈彪性暴，急于逃走，三天一过，听明文叔心意口气也是无可奈何，实逼处此，便劝他一同逃走。

文叔心原未死，而且多年在此，地理甚熟，逃法很多。只因瞎猩被文叔反咬一口，仇恨更深，断定文叔终久必逃，明里不敢侵犯，暗中时常咬牙切齿，留意查看。文叔鉴于前车，想起来太涉险，尽管随时筹计，却不敢动。经陈彪一阵劝说激励,不禁勾起旧念。文叔先还持重,不敢犯险,等了两月,禁不起陈彪日夕劝说,决计冒险而行,这次居然逃出老远,在山中日宿宵行了好几天,结果仍吃白猩子将二人捉了回去。

原来瞎猩心最阴毒,早在暗中觑定二人动作,一见逃走,便悄悄跟了下来。原意吃过文叔反咬的苦头,知人走得慢,打算不再现身,等跟到远处,看清去路,再返回来向二猩报信,由它们自己来追,拿个真赃实犯。不料文叔因它蓄意寻仇,苦苦作对,也是时刻都在提防,逃不多远,便择一个没有林木掩蔽的石缝歇下,留神往来路查看,果然发现瞎猩跟在后面。

依了文叔,既未走远,就此回去还来得及,免遭杀害。陈彪偏不肯听,且忽生毒计,故意乱跳,将瞎猩诱将过来,出其不意,用身藏毒弩照它肋下要害射了一箭。那毒弩长只三寸,比筷还细,见血封喉,十余步外必死。可是白猩子一纵十余丈,爪利如钩,山石应爪立碎,陈彪本来也无幸理。幸是瞎猩怯于为首二猩凶威,不敢起伤害二人的念头。初中箭时,只肋下微麻,并不觉痛。伸爪一拍,连箭柄一齐拍进肉去,伤处立时麻木,失了知觉。瞎猩哪知就里,只顾低头伸爪乱抓,不料箭毒业已发作。

等到瞥见陈彪纵向远处,面带狞笑,指着自己和文叔争论,同时心血沸煎,难受已极,忽然省悟暴怒,扑向前去。陈彪也忙纵避一旁。瞎猩脚才着地,便已身死。文叔知道闯了大祸,不逃不行,匆迫之中,连瞎猩尸首都未及藏起。谁知最终还是被捉回。

二人逃已多日,又将瞎猩射死,无法抵赖。幸亏文叔能通兽语,死猩身上又未查出伤痕,仗着平日感情,只初捉回时受了磨折,比较还好得多。陈彪却吃足了大苦,闹得满身都是抓伤。文叔到此地步,势难兼顾,除了偷偷给他点伤药而外,因二猩认定文叔之逃是陈彪引诱,不许二人常在一起,话又说不进去,只得任之。

过了几天,陈彪性情刚烈,实受不住众猩摧残,两番拼死想刺母猩,岂料行刺未成,反被拗断了一只臂膊。他自知难免,便用毒弩自杀。陈彪死后,二猩才对文叔逐渐减少敌意,恢复了旧日情分。

文叔有了两次经历,知道任逃多远也被追上。尤其环着兽穴方圆数百里以内,都是白猩子游息啸聚之所,日里须要觅地潜伏,每日只有黄昏后一两个时辰可逃,如何能走多路?再被擒回,即便不死,那一番活罪也不好受,这才认命,息了逃走之念。

一晃数十年，二猩不知吃了什么灵药，愈发心灵体健，文叔却是自觉逐渐衰老。此数十年中，众猩迁了几次巢穴，最终迁到现在山洞以内。也捉回过几次生人，结局只有一个勉强挨了两年，余者都与陈彪同一命运。

那洞外有瀑布掩蔽，地甚幽静。洞中钟乳林立，石室天成，奇景无数，美不胜收。文叔又在绝壑之中寻到一种石油和山煤。闲来无事，率领众猩就洞中钟乳和众猩为他携来的东西，制了几个灯具，用石油安上灯芯，点起来，光彩陆离，合洞通明，愈显奇丽。山中有的是薯蓣、黄精和各种果实，采掘无尽，又有众猩为他远出猎取山羊、野鹿烤吃，年久相习，除食宿两样不同外，别的几与众猩一样，人语久已不用了。

众猩因性太猛暴，一发了性，连山石也要猛撞；两强相遇，苦斗不休，年有伤亡。除两老猩是例外，生了不少儿女，余者生育极难。母猩十九难产，产时痛苦过甚，公猩一不在侧，小猩便吃抓死泄愤。非经公猩照护些日，容母猩暴性发过，不会怜惜。小猩生下来就似七八岁小儿般大，满口利齿，能嚼食物，吃母奶时绝少。秉着先天戾质，也是凶狠喜斗，专寻蛇虫晦气。当地蛇蟒自众猩迁来，早被搜杀绝迹。小的蛇虫十九毒重，多藏在阴湿土穴以内，小猩仗着身子小巧，漫山遍野掏摸搜捉。但它们到底年幼皮嫩，不知厉害轻重，一味胡来，难免受伤中毒，往往出生才一半年便已身死。

末一两年，为首二猩忽若有悟，撇下文叔、子孙，另迁了一所巢穴，地当本山山顶，罡风劲烈，甚是险峻。二猩同居洞内习静，除偶回原洞探望文叔外，轻易不再下山。众猩没了管头，互相恶斗。文叔因这类东西留在世上是个祸害，除了不治也愈的轻伤，都不给治，因而死亡相接，比起初来山中，所余已是无多。偏生母猩迁居未久，误食毒草，瞎了双目，性愈暴烈，不论同类异类，遇上就抓。公猩把文叔抱去治了几次，也未治愈。母猩眼瞎以后，耳朵格外灵敏，动作也极迅速，稍微近前，便被觉察，循声抓去，应爪立毙，极少落空。猩子、猩孙死在它利爪之下的又是好些。经此一来，这群白猩子总共剩了十几只。

众猩一向盘踞山南，以前因有那片峭壁阻隔，玉灵崖一带并无它们的足迹。前半年不知怎的，众猩忽发现壁洞通路，去至山前骚扰，正赶上鹿加等长颈苗人来谢吕氏父女，露宿隔溪广场之上。众猩妄以为是人都可欺侮，想捉几个回来玩弄学样。不料遇见杀星，人未捉成，反伤了几个同类，于是结了深仇。

这东西甚是机智,吃过两次亏,看出灵姑手能发电,挨上就死,虽然胆怯,心却不死。乘吕氏父女不在洞内,仍去作践,一面学人操作,一面觑机报仇。暗中窥伺多日,好容易盼到灵姑不在洞内,前往侵害,不料又被灵姑赶回惊走,枉自怨恨,却无可奈何。

文叔见近来众猩时常一出不返,先以为私斗致死。这日看见两猩抱了那只断臂猩回,问知就里。因兽语简略,往往词不达意,语焉不详,将信将疑。心虽厌恶众猩,不愿其多,继一想:"这些恶兽虽然凶猛,前后一二十年间,对于自己总算还好。眼看日渐凋残,剩下几只如都死绝,撇下自己一人,休说山中猛兽毒蛇甚多,难以抵御,便食粮也难以找到。苗山蛮岭,汉人不会来此隐居开垦;说是正经修道士,又不会带着男女多人一同耕牧。定是会有邪法巫蛊的生番野猓无疑。这类人生性凶残,不可理喻,落到他们手内,更是难活。野兽还可长久相安。反正故园归去,已是无家,倒不如给它们想个主意,保全几个相伴,老死荒山,免受妖巫宰割。"想了想,便令众猩去请那只老公猩下山计议。

这时老公猩已有半年未回故居探望,众猩也未始不想请公猩下山报仇,无奈母猩猛恶如狂,闻声追扑,抓上不死必伤,众猩畏其凶锋,谁也不敢前往。

待了些日,文叔老不放心,总想把公猩叫来,令它抱了自己,往前山一探到底那伙男女是甚来路,好打主意。见众猩不敢去,又教它们去至两老猩洞前,不要上去出声呼唤,以防母猩闻声追扑,只在峰下候老公猩出洞时用爪比画,招它下来相见,一同来此,别的都不要说。众猩依言行事,候了数日,才把公猩引来。到时正值吕氏父女寻到洞前,将公猩和三小黄猩一齐用飞刀杀死。

同来四猩见机先逃,因吕氏父女常往后山搜索,不敢再往原洞居住,连洞内两小黄猩一齐带走,暂时无可栖止,便去二老猩洞中。母猩偏不见容,闻声追扑。四猩知它凶残,去时早有戒心,没敢挨近,见母猩闻声起扑,连忙四下逃窜。母猩得知公猩惨死,暴怒疯狂,猛追不舍。追到一处,上是危崖,下临绝壑,一只较大的白猩子被逼无奈,欺它眼瞎,悄悄绕纵到母猩身后,意欲推它下去。不料母猩耳灵爪快,反身一把,捞个结实,双方猛力一挣,双双坠落壑底,同时毙命。剩下大小五猩,移居二老猩洞内。

住了几日,那只伤猩前被灵姑在碧城庄断去前爪和一条长臂,伤势虽已收口，却因改用后爪饮食，诸多不惯，又受同类欺侮，想起文叔尚在原洞，意欲喊去另觅一洞同居，供它役使。它还记着二猩严命，只在洞外哀声央告，见文叔不允，愤愤走去，未发野性。这日又受同类欺侮，想起二猩已死，没了管头，在洞外叫了一阵，见文叔不理，当下暴怒，厉啸恐吓，再不出去，要将文叔抓死。

文叔知它畏惧电光追来，虽不敢贸然进洞，但自己长此不睬，候久情急，也非善策。刚想好一套说辞，打算与它隔洞分说，如若无效，苦苦相逼，再打除它的主意。还未走近洞门，吕氏父女、王渊、牛子忽同出现。文叔先当众人游山迷路，误入洞内，尚代忧危。及至灵姑飞刀杀死伤猩，同去卧室以内，互相略说身世前情，俱都欣喜。尤其文叔百死余生，日暮途穷，自分老死荒山，忽然遇见这样好的救星，更是喜出望外，老泪交流。吕伟劝他杀了残余的白猩子，同去玉灵崖暂住。如能同隐固佳，否则，明春觊便再设法送他回转故乡。文叔自然感激应诺。

灵姑极愿事早办完，立催下手，商定计策，匆匆起身。文叔只带了一个兽皮包裹相随同往，其余食物、用具遗留甚多，一样也未及携走。吕伟见文叔年老，强要过包裹来，交给牛子扎在背后。宾主五人出洞过洞，仍将灵奴放起空中，同往兽洞进发。灵姑见文叔当先引导，步履轻健，神气一点不显衰老，甚是高兴。

这条路乱山杂沓，险峻难行。连翻了两座危崖峭壁，行离兽窟将近，文叔便照预定，请吕伟等四人缓步尾随，掩身前进，闻得啸叫，急速觅地藏起，等将白猩子诱到一处，再放飞刀杀死。说罢，当先跑去。四人跟在后面。

再往前去，峰峦连叠，岩岫参差，到处奇石怒立，虎啸猿蹲，犀骇狼顾，密如齿牙，势难跬步，端的险恶已极，不是常人所能来往。再看前面，文叔攀缘纵跃于危峰峭壁、悬崖绝壑之间，时隐时现，忽高忽低，轻捷矫健更胜于前。山风吹动，满头茅草般的乱发，加上一身兽皮毛茸茸的，直和猩拂之类野兽一样。不多一会儿，相隔渐远，只剩下一点小黑影子跳跃游动。再行炊许，文叔转过前面高山，不再出现。

四人知道山那边便是白猩子的窟穴，吕伟正嘱："兽窟越近，大家留意。"鹦鹉灵奴忽从云空当头飞坠，落在灵姑臂上，叫说："白猩子共只三只，两大一小。刚从所居危峰后面采了些果实回洞，边走边啃，从容缓步，尚未到达峰前与文叔相遇，赶去正是时候。"叫罢，仍然飞去。

四人一听，忙往前赶，绕行过去一看，山那边危崖如斩，排天壁立，松萝满生，苍然如画。山脚下陂陀起伏，寸草不生。对面一座孤峰，高出云表。上面千岩万壑，雄奇灵秀。峰腰以上白云萦绕，宛如围带。全峰山石确落，直上数十百丈才有倾斜盘曲之处，便是猿猱也当却步。方觉峰势险峻，忽听文叔啸声起自前面，四人忙往左近大石后藏起。

　　这时文叔正站在一块较高的石坡之上，面对孤峰，向上兽啸。约啸了三四声，便听白猩子啸声回答。四人静心细听，好似自峰后高处传来，余音回荡，洞壑皆鸣。文叔听出白猩子是由峰腰后面悬崖上绕来，回顾四人，已然隐起，且喜被峰头挡住，未被发现。一面摇头示意勿动，一面口中仍啸不已。此啸彼和，越隔越近。约有半盏茶时，峰腰云影中突然跳出二白一黄大小三猩，看见文叔，甚是喜欢，边叫边跑，腾跃于峰腰乱石之上，宛如飞走，晃眼便由数十丈高处相继攀萝援藤直落峰下，朝文叔面前奔去。

　　吕伟知道这东西动作神速，下手稍迟，一被觉察，文叔便无幸理，忙嘱灵姑准备。

　　灵姑见三猩已将到达，还未听见暗号，也恐因迟有失。前面陂陀不高，又有高峰阻路，料定三猩无法逃遁，不问三七二十一，手指飞刀，电一般射将出去，让过文叔，拦在三猩前面。三猩飞跑得正急，忽见电光到，惊啸一声，连忙纵起，已是无及，当头二猩首先被飞刀绕住，斩为四段。文叔见状，忙喊停手，银光已追上前，将那只落后的小黄猩一齐杀死。四人跟着跑出，与文叔相见，问白猩子死绝也未。

　　文叔叹道：“这里原来大小还剩四只，昨日两只小黄猩出采山果，竟被一人擒去一只，剩下未死这一只逃了回来。大猩说那人也会放电光，却是黄光，还当是你们寻它晦气，甚是害怕。我知小猩虽然年幼，黄毛未退，却便是有百十人也不能伤它分毫，怎能生擒了去？这里不比前山，自我到此，除见过一回道人外，从无生人足迹。这人不知是甚路数？正想等它近前，盘问明白，再行下手，不料姑娘快了一些。二老猩洞中还藏有二样灵药，也未及问。那药是公猩由远处深谷中得来，当时想吃，是我知道此类灵药旷世难逢，成心哄它，说吃了和母猩一样，恐要眼瞎。最好留到明年中秋，由我另寻一样灵药，配合蒸制同吃，才有益处。公猩虽有灵性，因近年对我十分信任，不知我是想到时借着蒸制给它调换，鉴于母猩也是吃了一种带有异香汁甜如蜜的毒药瞎的两眼，信以为真，收藏起来。看三猩相貌和纵跃神情并无异状，想必还在绝顶洞内。诸位愿同去更好，否则，也请等我片时，我自前往寻取，免得丢了可惜。"

四人在那峰腰上奔驰竟日，不愿再事跋涉。灵姑虽然想随了去，又因老父在下面，不甚放心，也就罢了。当下议妥，文叔独行。四人要看他如何上法，跟将过去一看，全峰四面壁立，只崖侧有一面较低，藤蔓纠缠，上面怪石突兀，石隙蜿蜒，如何攀升？便是下面一截离地也有十来丈高下，并非容易。到此地步，才显出文叔山居数十年磨炼出的本领。他先将身披皮衣脱下，扎成一卷，束在背后，向四人拱手叮嘱说："这一上一下，至少须一个多时辰。天已不早，归途已届黄昏，寻得灵药，大家俱可同享修龄，务请相候同行。"然后奔向峰下，纵身一跃，便是五六丈高，一把抓住上面垂下来的藤梢，两手倒援，晃眼便到可以驻足的山石之上。连爬带纵，手足并用，不时出没于悬崖危石之间，动作神态都和白猩子一样，只没那么迅捷罢了。

鹦鹉灵奴早从峰那面绕飞回来，灵姑招下一问，也说不再见白猩子踪迹。四人见峰太高陡，文叔只管纵援如飞，上有刻许工夫，还没爬完一半。吕伟觉着伫望无聊，想在附近闲游片时，为防文叔独上危峰，万一有甚险遇，仍命灵奴跟着文叔飞空查探。灵奴听说要往附近闲游，便向四人叫说孤峰阻路，两面绝壑，如由峰脚绕行，只有左侧临壑一面满生藤蔓，似可援身而过。过去有大片树林，还有池塘、花草，空中下视，风景颇好。文叔走的这一面却是无路。此外乱山杂沓，草木稀少，须到归途湖滨一带才有景致，余无足观。这时，四人与文叔上下相隔已百余丈，人影如豆，无法通知。

灵奴去后，四人便照它所指走去。到了一看，峰壁内凹，宛如斧劈，下顾绝壑，其深无际。所幸峰是三角形，这一面恰当角尖三极狭之处，由此绕过，两边相隔不足十丈；加以满壁石缝甚多，粗藤盘纠，奇松怒攫，以四人的身手，过尚不难。牛子因白猩子已然绝种，胆力顿壮，攀缘横渡又是行家惯技，便把包裹系在身后，当先援藤而过，还做了许多惊险花样，方才渡完。

灵姑终觉老父虽然本领高强，但从早起累了一日，老年人的精力，何苦如此耗费？婉言劝阻，要把牛子喊回。吕伟偏比往日格外高兴，力说无妨。只恐王渊手足不稳，取下腰带，互相牵系，三人也鱼贯横渡过去。峰后竟是一片高峻的崖坡，其高几及峰腰，两者连为一体。近壑处是一斜坡，上颇容易。崖上翠柏森森，间以橘柚等果木，结实累累，甚是肥大。四人略为采食，入口甘美，准备归途多采些带回。

四人吃完前行，全崖长只数里，中间也有几处陂陀，俱不甚高。一会儿走到尽头，崖势忽然直落百数十丈。对面高山绵亘，石黑如墨，寸草不生，势颇险恶。中隔数顷野荡，水和泥浆也似浑浊不堪。水边略有百十株树木，蔓草杂生，荆棘遍地。俱当是灵奴所说水木风景之区。方觉无趣，灵姑和王渊沿崖闲步，走向一角，猛瞥见崖石有一条半里来长的峡谷，谷口崖石交覆，深约丈许，只容得一人俯行出入。洞口乱草腐烂，水泥污秽。谷口那面却是树木苍郁，隐现水光，风景仿佛甚好。

　　四人正眺望间，忽见一群野鹿由林隙中奔驰而过。灵姑自从隐居玉灵崖以来，山中百物皆备，只有野兽稀少。尤其近数月一发现白猩子，更断了野兽的足迹。不禁见猎心喜，忙喊："爹爹，快来！"吕伟、牛子闻声赶过，因为隔近，俱主前往。四人一同下崖进口，等到走完，前面地势渐高，豁然开朗，野花娟丽，繁生如绣，林木森森，备极幽静。那群野鹿却走没了影子。吕伟见天不早，恐文叔下到半峰不见大家，催促回转，改日再来。牛子迎着山风嗅了几嗅，力说林中野兽甚多。灵姑心想难得到此，意欲打些野味回去，也主前往。吕伟不愿拂爱女意思，随了进去。

　　四人入林不远，便见沙地上兽迹纵横，好似种类甚多。灵姑问牛子道："你不是也说有白猩子的地方，连鸟都没一个么？你看这里离它巢穴才一点路，怎会有这么多野兽来往呢？"牛子说不出是什么缘故，仍往前走。吕伟方喊："灵儿，我们不要太走远了。"牛子又往前赶几步，忽然跑回，悄声说道："前面水塘边鹿多着呢。"灵姑、王渊忙奔过去，由一排密林中探头向外一看，面前一片水塘，大约五亩，碧波清浅，当中直冒水泡，仿佛泉眼就在下面。大小梅花鹿不下百十只，正就塘边饮水。

　　塘旁一面是山坡，一面是高崖，草深木茂，丛莽纠结，另一面较平衍，过去里许才有峰峦起伏，地面上芳草芊绵，宛如铺锦。群鹿饮完了水，便在上面栖息游行，状甚暇逸。斜阳未暮，红霞缀天，时有白云浮沉，低缓若坠。清风阵阵，吹袂生凉。林中更有无数翠鸟，纵跃往还于枝头寸尺之地，好似恋着那垂暮余晖，十分得意。

　　灵姑笑道："爹爹请看，这里的泉石山林，哪样也比不上我们玉灵崖和碧城庄。可是那两处风景虽好，还画得出一点，这里却画不出呢。"

　　话才说完，一阵山风吹来，群鹿倏地惊起，略为瞻顾，便掉转头纷纷逃窜开去。众鸟也悲鸣飞起，一群群往深林密叶之中投去。一时都寂，鸣声尽息。灵姑原意打些野味回去,贪看群鹿温驯安乐之状,迟了一迟,全都逃走。王渊连催:"姊姊还不快放飞刀,你看都逃远了。"灵姑遇见寻常野兽,轻易不放飞刀。方欲答话,忽听牛子叫道:"厉害东西来了,多着呢。"吕伟闻言,忙令三人止步,藏身树后偷看,不要走开。

四人刚刚藏好,山风过处,只见前面山坡上尘雾滚滚,由远而近,兽蹄踏地与丛莽诸木折断之声,响成一片。不多一会儿,便见一群野骡,约有三四百只,狼奔豕突,由密莽深草中疾驰而来,到了坡下,方才停止。有的跳入水内泅泳,有的低头饮水。稍有挤撞,立即相互恶斗,踢踏啃咬,叫声震耳。都是红眼白牙,形态猛野,比马还略高大。一片清洁塘水,被它们搅得乌烟瘴气,泡沫横飞。

再隔一会儿,又是大小二三十只花斑豹子由林薄丛莽中悄没声地闪了出来。灵姑心想:"山中兽类,以狼、豹最为凶刁顽狡,这群野骡如不逃走,难免不有几只膏它们爪牙。"谁知骡、豹竟似各有地界,此东彼西,据水而饮,两不相犯。吕伟也料双方必有一场恶斗,见状也觉奇怪。

灵姑、王渊悄问牛子。牛子答道:"这野骡肉又肥又脆又香,比鹿肉还要好吃得多。走单了,遇见虎豹之类猛兽,自是难免。偏这东西力大合群,头蹄厉害,走起来少说也是百十只一群。除了野猪,任多厉害的猛兽都奈何它们不得。只有一样短处:跑时一味前冲,顾头不顾尾巴。你如对面和它斗,前排只管遭殃,后面的依然不顾死活,拼命地向前猛冲。

"野猪比它更凶,有牛般大,两只大獠牙长二三寸,刀一般快。小树吃它用牙一咬,立时咬断。便大树也禁不起它几阵啃撞,寻常牛马更不必说。皮硬如铁,刀砍不进。性子也和野骡相仿,不过群数少些。有时几十只野猪与千百野骡互相冲突,野骡自然死得很多,可是那么力大气长的野猪,也要被骡群踏扁一半,余者也都受伤力竭,不能再追。

"野猪是它硬对头还是这样,虎豹豺狼哪敢惹它? 不过这东西吃草和树叶,不吃血肉。没发野性时,不似野猪不管人兽蛇蟒,见便不容;性发时,连山石大树也要硬撞乱咬。只要不挡它去路,老远避开,便可没事。这里想是它们常来饮水的地方,各有来的时候和界限,谁也不招惹谁。要是野骡走单,什么猛兽遇上多想吃它,就难说了。

"我们苗人最爱吃那肉。打时,总是约了多人,拉长开来,藏在山崖上,候骡群快要走完,用矛箭从后面挨个往前投射。后骡尽管倒地,前骡仍争先往前飞跑,绝不回顾。过完一会儿再下去取,甚事没有,一回少说也打它十几只。要打它的前面,非被踏成肉泥不可,当头几只大的更惹不得。看神气,晚来恐怕还有别的厉害东西来饮水呢。"

牛子说时,骤群中一只小骤不知怎的,吃大骤偏着头甩了一下,吓得往林中窜来,正当四人藏处左近。牛子见状大喜,不顾说话,纵将过去,两手握紧苗刀,让过骤头,照准骤腹便刺。小骤惊驰正急,忽见人影,头刚一偏,刀已划腹而过。小骤痛极,一声惨叫,四蹄一发,猛撞出去,正撞在迎面大树之上,咔嚓一声,血花飞涌,立即身死,牛子那口刀竟未把牢,也被带起,虎口都被擦破。林外群骤正在叫嚣杂沓,声如潮涌,并未觉察。吕伟父女和王渊三人赶过去,见牛子满手鲜血,已将骤后胯骨缝中苗刀拔出。

三人相助,将骤脊肉和两只后退割下,取身带麻索绑好。吕伟道:"今天已晚,归途不知远近,又有那座山崖,多打也无法带回,改日再来,赶紧走吧。"说罢,灵姑要过包裹,由牛子背了骤肉,一同回走。

四人出谷上崖,回望夕阳衔山,谷中烟霭苍苍,林内水光多为骤群所蔽。绕回原来峰下,群骤叫声虽被峰崖挡住,依然隐隐可闻,不时还杂着几声虎啸怪吼,似还有别的猛兽在彼。仰望文叔,恰好下到峰腰,俄顷及地。见了四人,说已遍寻洞内,不见灵药,想已被小猩们无知毁去。徒劳跋涉,意似沮丧。灵奴业先飞下,落在灵姑肩上,只拿眼望着文叔,一声未叫。四人忙着回转玉灵崖,均未在意。

文叔山路甚熟,回时未走原道,循着适来山麓,命牛子砍些枯枝,扎了两根火把,取火点燃照路。走过一片暗林,再由一条凹深曲折,长约五六里的幽谷穿过,便到湖侧森林之内。出林一看,山月挂林,清风动处,木叶萧萧。湖面上皱起万千片银鳞,波光云影,闪映流辉,到处明如白昼。五人都觉腹饥,无心观赏,飞步急驰。一会儿绕湖而过,驰抵通洞门外,将灵奴放出,越崖先回报信,一同走进。

灵姑在路上问文叔:"谷中野兽距白猩子巢穴密迩,为何不畏侵害?"文叔答说:"为首二老猩自从移居之后,便不再以伤害生物为戏。母猩眼瞎以后,虽然见物即杀,凶残无比,但它素畏公猩,加以眼瞎,不能辨路,除全峰崖上是它以前跑惯,仗着心灵,行动无差外,离峰便难独自行动。性又喜洁,嫌崖下水泥污秽,素来不去;谷洞口狭,污泥遍地,更不曾往。众猩又畏惧母猩,不敢相见。那些野兽想系在谷中盘踞多年,以前必未受过白猩子的侵害,初听二猩啸声固然害怕,久不见犯,也就相安。本山多少年来兽类极少发现,此谷相隔白猩子旧巢才数十里山路,并不算远,居然有那么多鹿豹野骡游息饮水,虽说那一面众猩素少往来,终是怪事。照贤父女所说情景,珍禽异兽谅非少数,决不止所见三种而已。我也不曾去过,几时再来,同去一看便知道了。"

一路谈说,众人不觉将洞走完,绕到玉灵崖前。王守常夫妻先见四人久往后山不归,甚是忧念,适得鹦鹉归报,才放了心,正在洞外凝望。吕伟给文叔引见之后,同入洞坐定。文叔见洞中宏敞宽大,陈设用具无不齐备,石壁温润如玉,到处清洁,不染纤尘,赞不绝口。大家累了一日,晚饭后略谈片刻,便各自安歇。恶兽皆除,梦稳神安,一觉天明。

吕伟收拾了几件衣服,连同栉沐之具,交给文叔,命牛子陪往溪涧中洗沐更换,乱发长须也均修剪齐楚。文叔衣着多半由白猩子取诸山中山民,没有时,便用兽皮替代。及与众猩相处年久,常服兽皮,成了习惯,布帛之类久已不用,穿上自觉轻松舒适。祁沐回来,揽镜一照,顿觉换了一副形象,想起数十年来艰危遭遇,不禁泪下。吕、王等再三劝慰才住。吕伟当日便取木材给文叔制了一个木榻,以供歇息。王妻要为文叔做鞋,文叔说自己常年跌足随众猩奔驰山野,脚生厚皮,几与兽爪相似。近年虽用鹿皮做过几回脚套,只为冬来御寒之用,出行仍是赤足才能走路。现在大家都忙着过冬,怎敢奉烦? 如有针线和布,闲来自做好了。

第三日,文叔便请吕伟派人助他,往白猩子洞中运取一切食物用具。吕伟和文叔十分投缘,便允自带牛子同往。灵姑对于后山早有戒心,本不愿老父再去。因听洞中颇多需用之物,尤其石煤、石油两样用处最大;老父素重然诺,已允文叔,决不中止,不便拦阻,只得随往。王渊也要跟去,仍留王氏夫妻守洞。

五人到了后山,入洞一看,众猩多年为文叔掳获之物,真不在少数,单各种干兽肉和风鹿腿就有好几百块。五人商量了一会儿,只挑那合用可食之物带走,余者俱都不要。文叔又说竹筒内所藏俱是沙金、珠贝和各种珍奇灵药,务须取走。灵姑一数,石案上堆置大小竹筒竟有百余个,兽皮骨角之类更难数计,心想:"照此搬运,每日就算往来两次,也须十日之久才能运完,石煤、石油尚不在内。"好生不愿。偏生吕伟怜惜文叔老迈,这些东西出山都值重价,有意成全,一任灵姑劝说,仍主全数陆续运走。

灵姑暗厌文叔太贪,又不便明说心事,借口隆冬将近,冬事正忙,搬运艰难费时,不如先取一些,余者等开春来取也是一样。文叔却说那洞冬来瀑布枯竭,没了水帘,易为野兽发现盘踞。

吕伟也说:"过冬不过多备粮、肉、干柴,粮已不缺,只肉和柴炭少些,为什么放着现成的不要?至于那沙金、药材、皮、角之类,尤老伯数十年苦难,九死一生,得来实非容易。他昨晚曾说,此番得蒙天佑脱难,将来还乡,当以此变卖充作善举,如若妻子尚存,自当少留养老之资,否则便全数散尽,还来寻我同隐。我们既帮了好友的忙,还促成善举。灵儿素喜成人之美,为善唯恐不先,怎今日一点小事反倒畏难起来了?"

灵姑无法,强笑答道:"女儿并非畏难,只是觉天下之事都应适可而止。反正文伯暂时不能还乡,明年来取也是一样,何必忙此一时?既怕被野兽糟掉,还是一齐运走好了。"

众人当下议定,每次不妨多带,但每日只运一次。第一日先运那些竹筒,次日运石煤等亟须之物。

当日运了一次,人力有限,并没运多少。吕伟见天还早,主张再运一次。灵姑虽然不愿,无奈说不出理,又不便和老父相强。心想:"反正得把这些东西运完,早些了事也好。"劝说不听,只得罢了。文叔却说:"贤父女长途跋涉,使我心太不安,何况又当冬忙之际。好在我已山居多年,体力强健轻捷,不必都去,只求牛子随往相助就行了。"

吕伟不知文叔另有私心,唯恐有什么差池,坚欲偕往。文叔当时未便坚拒,也只好听之。灵姑想起仙人之言,先颇疑虑,运过数日,不见一丝朕兆。后山风景既佳,自从众猩就戮,渐有野兽发现,也就习与相安,戒心渐减。

后来文叔见存物无多,每次前往,吕氏父女俱都跟着,不便独行,好生着急。这日又和吕氏父女力说所剩之物已无多少,至多带上牛子一人已足,何苦都往跋涉?吕伟说:"既是余物无多,人多手众,再有两日即可运完,一劳永逸,以后即可不去;如只两人往运,更延时日。这两日已连遇猛兽出现,万一遇上多的,你二人怎能抵御?终以大家同去的好。"文叔心中干急,无可如何。一晃运完,毫无变故,灵姑自是欣慰。要知后事如何,且看下回分解。

第五十八回

涉险渡危峰　兽遁森林失旅伴
储甘剧野笋　人归峡谷斩山魈

话说待了几日，文叔心终不死，又极力怂恿大家，乘着连日天晴和大雪未降，去往峰后幽谷之中行猎，打些野骡、驴肉来吃。灵姑因上次骡肉肥美异常，个个爱吃，又知谷中幽僻险阻，群兽窟宅，亘古人迹不到，有自己随侍前往，当无妨害。见众人俱都赞同，想了想，也就应诺，仍是五人同往。众人每往后山，都有灵奴飞空先行。这次因王氏夫妻守洞无聊，加以洞外有事操作，祸患已除，无须闭洞，特将灵奴留下，令在洞前一带随时飞空巡视，遇有变故，立即飞报，以备万一，故不曾带去。

五人仍循前路，越过高峰危崖，到了后山幽谷之中，天气还早，骡群未到，只有群鹿出没水边草原之上。大家原本商定行猎为乐，不遇危难，决不妄用飞刀，全凭各人身手猎取。文叔一到，便故示矫健，生擒了一只半大的梅花鹿。等众人快赶过去，假装失手放开。这些野鹿生长山中僻地，从未见过生人，多无机心，初擒颇易。等手略松，立即纵起，四蹄如飞，往丛林密莽中窜去。文叔拔腿便追。

这时左近恰有两只小鹿惊窜，毛色甚是鲜润。灵姑想擒回去给洞中所养小鹿配对，忙喊："爹爹、渊弟，帮我拦住，莫放跑了。"吕伟钟爱灵姑，王渊、牛子都把灵姑奉若神明，闻言纷纷追截，谁也没顾到文叔。牛子用套索擒到一鹿，王渊又打死一只半大的。灵姑道："这类东西素不伤生，与人无害，有一只已足。洞中干肉甚多，足供长颈苗族再来之用，无须多杀。我们只追逐着玩，借此练习体力脚程，除遇毒蛇猛兽惯害人畜的东西，就野骡来了，也不要多杀吧。"吕伟赞好，说理应如此。

王渊爱那鹿角，因有峰崖之险，整鹿带回不便。吕伟便教他连头取下，回去挖空血肉，塞草晒干，钉在壁上可充摆设。王渊道："我们原有小鹿，又得了这只小的,安一个死鹿头在墙上,岂不教小鹿看了害怕,不和我们亲热了?再说死的看着也无趣,还是把这双角砍下,钉在壁上,给姊姊挂衣服宝剑用好。"说罢,举刀就砍。

灵姑拦道:"呆子,你不连鹿头骨取下,剩两根鹿角棒,怎么往墙上安呢?"王渊果用手中刀去砍鹿的前额。长角长长,额骨坚硬,只不顺手,又恐弄碎,不敢用刀猛砍。灵姑见他发急,哈哈直笑。吕伟笑道:"渊侄,这般砍法不行,砍下来样子也不好看。待我教你。"随将长剑入匣,要过牛子那柄厚背宽锋苗刀,令王渊站开,左手握着一支鹿角,右手刀一扬,问明二人所留骨皮大小,照鹿前额一刀砍去。刀锋过处,咔嚓一声,一对鹿角连着碗大一片额盖骨随手而起。王渊喜笑道:"原来一砍就下,我还怕弄碎了呢。"

灵姑方欲嘲笑他几句,吕伟忽然想起文叔追鹿入林未见回转,喊了几声,也无回答,要去寻找。灵姑道:"他久居此山,日与众猩为伍,力健身轻,地理甚熟,见得又多,还怕他迷失路么?许是到手的鹿得而复失,不好意思,定要捉回,跑远了些,少时自会回来,寻他则甚?"牛子一旁插口道:"哪里是鹿自己逃走?我离他近,看得清楚,那鹿已被他连颈抱住,按倒地下,他却将手松开,分明自己有心放的罢了。"

吕伟叱道:"牛子,你和小主人们一样讨厌。他既然擒住,还放开则甚?休看他体力强健,到底年老,幼年所学本领有限,以前全仗众猩在一起才保无事,如若单身遇见猛恶东西,仍是危险。我们救人要马上去,既然相处,怎可视若陌路?找他回来同乐为是。"

牛子又插口道:"这老头私心大着呢,跟主人们全不一样。前些日老背了主人,给我东西和肉吃。我听小主人说,他在山里几十年,已然无家可归。他却说山外头汉城里怎么好法,他的家里更好的和天宫一样,吃的、住的、穿的、用的,无一样不比这里好百倍,问我想不想。汉城我以前去过好多回,街很窄,人多大挤,又爱欺负我们苗民,只东西多些。我们苗寨墟集自比不上,要说这里,主人们吃穿用哪样都带来,又有那么好的山洞、田地、果木、牛猪,和汉城比,我们还强得多呢。主人待他多好,他偏说他已不喜欢。过几天又偷偷告诉我,说他还有好多宝贝,因为藏处太远,怕主人受累;又怕年深日久,寻不见藏处。又知主人不放心他一人走远,想借个题目叫我陪去,等将宝贝取回,给我一件,问我愿去不愿。我猜想他连主人都瞒,心肠不好,假装答应他。他又叫我不许对人说,等到明年春暖出山,定和主人说,把我带到汉城娶花姑娘享福，省得在此受苦。还有些话记不得了。我想和主人们说，老有他在一处，还没顾得说呢。"

吕伟听完，略一沉吟道："他年老思家，就说私心，藏有宝物，不愿人知，也是常情。身外之物，就送我也不会要，管他则甚？这些话下次不许再说了。"灵姑道："牛子的话一点不假。女儿常见此人目光不定，像有甚私心神气。虽然年老，脸带凶相，又还染有野性。开春想法送走吧，不要他久在这里了。"吕伟道："我们只是救人，反正与我们无关，管他品行如何？这么久不归，为防出事，去寻回他来吧。见面甚话不提，如其真的藏宝，以后他要牛子陪去，只做不知好了。"说罢，先行入林。

众人随进一看，林莽载途，草高过人，只有一片草被践踏，似是逃窜来往之处。跟踪前进，忽临绝壑，无路可通，高喊文叔，空山回响，嗡嗡四起，并无应声。再往侧行，野草更深，灌木盘曲，纠结草莽，还丛生着许多有毒的刺荆。除了蛇虫，连野兽都过不去，人如何能够通行？

吕伟还要另行觅路再找，灵姑道："爹爹，算了吧。听牛子说的情形，想是这里离他藏宝之地甚近。他不好意思无故独行，又恐人跟随同行，故意将鹿放跑，借追逃鹿为由去取藏珍，否则，他已偌大年纪，明知我们关心，怎会跑得没影，累人着急？总共不过刻许工夫，便飞腿也跑不了多远。何况这么难走的地方，空山传声，没有听不见的理。真要迷路或是遇险，他早出声喊救了。不是尚在途中，便是藏在近处，我们喊他，分明装未听见。等将宝物取到，回时再造些谎话哄人。我们地理没他熟，找不到是徒劳，找到了反使他心烦，何苦来呢？还是玩我们的，等他自回去吧。"

吕伟虽觉林中如无途径，群鹿由此出没，怎得通行？不是无法寻踪。但文叔行径果然有心避人，苦苦寻他，反为不美。闻言答道："灵儿所料虽不为无理，但自来匹夫无罪，怀璧其罪。遇见异宝奇珍，不想占为己有的人能有几个？他饱经忧患之余，上年纪人多有世故，又和我们相处日浅，人心难测，自然逐处都要小心。我看此人着实可怜。他自以为人单势孤，灵儿又有飞刀之异，杀他易如反掌。你看他陷身兽穴多年，明知还乡绝望，仍存有那么多的东西，贪心可想。等遇我们以后，取那存物，恨不能全数取走，一点不丢。取回后却全献给我，由我动用处置，表面上颇似老江湖行径，实则心中疑畏过甚。我看出他心意，除了食物、用具所值无多，又难运走，领他盛情外，凡是值钱的，我们世外之人要它无用，再三推谢。他先还似不甚信，过了些日,渐知我们言真话实,方才心安。此人颇知外边过节,如觉隐情被我们识破,既恐我们怪他藏私,不肯推心置腹;又恐明侵暗夺,甚至有性命之忧。如此惊弓之鸟,必然一日不能安居。他对此山路熟,脚力俱健,不另寻藏处,必往山外逃走。虽说众猩皆死,出逃较前容易得多,然独窜荒山,究属险事。况又隆冬在即,逃到中途忽然风雪封山,岂不送了老命? 同是人类,理应相助。至不济,也应念他向导之功,使我们得知兽巢底细,因而一举成功,省却许多心力跋涉,我们也不应与之计较,免使他看出神色,以身殉宝,造出无心之孽。"

灵姑答道:"这些都不相干。女儿近日回想,此人居心太坏,总觉我们洞内不应多此一人。就拿白猩子来论,虽然凶猛可恶,对他总是好的;便照他自己所说,直到二老猩已死,众猩尚不敢欺侮戏弄。二老猩爱护周至,更不消说。不许逃走,也是对他太好之故,并无恶意。末后杀那三只,女儿亲眼目睹,一听叫声,立即老远隔山奔来,直和小娃儿遇见亲人相似,神情甚为亲热。可是我们初见,才一问话,他立时献策,不假思索。又助我们两番诱杀,使其灭种,通没丝毫情义。事后提起,总是痛骂,也无一句怀念之言。只说白猩子可恨,却不想昔年如非二猩之力,他早被药夫子所害,连尸骨都化尽了,哪有今日? 这种没天良的人,女儿才犯不着过问他的事呢。"

吕伟深知爱女天性至厚,可是疾恶如仇,诚中形外,勉强不得。好在她能听话,已然两次叮嘱,见了文叔不会揭穿,也就罢了。

老少四人边谈边往回走,不觉到了林外,四人觅一旷处,先席地坐下。奔驰半日,牛子先觉腹饥,说有新鲜鹿肉,何不烤吃? 吕伟也觉鹿肉所余尚多,不吃也是糟掉,点头应诺。牛子忙往来林内砍取松枝。王渊也要跟去,灵姑笑道:"我们这些人就是渊弟淘气;牛子最馋,恨不得和狗一样,连生肉都吃。"吕伟笑道:"爱吃肉是苗人天性,像他这样忠心勤快,不野性的苗人少见呢。"

灵姑道:"那些梅花鹿本来在此吃草追逐,衬得这风景和画一样,多么有趣。我本来不想打它的,偏那尤老头要弄鬼,渊弟心急,如今都逃没了影。捉到那只小鹿,又死命挣那绑索,呦呦乱叫,听去多可怜。早知如此,当初不打它,留着看多好。这里离水塘近,莫叫野骡看见我们都吓跑了。"吕伟道:"野骡跟鹿不同,见人决不害怕,只恐来时吃不安静是真的。到那旁竹林里烤吃倒好,又恐肉的香味引来虫蛇。蛇还看得见,若无心中把毒虫涎水吃下肚去，却非小可。只不知里面有空地没有？要有，倒是换地方吃好些。"

说时，牛子正抱了一大捧松柴跑来，闻言笑道："土少爷真乖，他在竹林里看到一道干沟，沟两岸都有空地，他松柴砍了不少，硬说老主人要换地方烤吃，不在外面。我没听主人说，哪肯相信，还和他打赌，输了再学回真牛与他骑，我仍把柴抱来。不想真是这样哩。"灵姑忙即站起，命牛子捧柴先行，自和老父随往。

进了竹林一看，那竹子最大的竟有海碗粗细，绿云千顷，玉立森森，幽韵独特。前半行列颇稀，好似一条天生的林中路径，虽然枝干繁茂，翠干交叉，云影天光犹可仰见。直行数十步再往前去，竹子骤密，大小丛生，互相排挤，梢都向上，交叉簇拥，风不能撼，直似重幕门禁，密麻麻，黑阴阴的。稀处相去也仅咫尺之间，人不能侧肩擦背而过。灵姑方觉难行，忽听王渊高喊："姊姊！"牛子已向右转，循径往右，才知路并未断，两边竹墙，中通大道，竹均粗大高直，浓荫如织，去地十丈以上。时有日影洒落，人行其下，须眉皆碧。

灵姑遥望前面，王渊已将火升起，看见三人，高喊跑来。一同走到火旁，牛子把柴放下，将适切鹿腿寻着山泉洗涤干净，吃肉叉刀只牛子一人随身佩带，便令牛子砍下树干，插在火旁，做成烤架。另择寸许粗细的青竹，削尖一头，横贯肉中，就火烘烤。那地方三面竹林围绕，一面临壑，壑不甚深。对面是一石崖，崖也不高。临近壑底却有一个五六丈方圆的大洞，看去深黑。一会儿肉熟，浓香流溢。灵姑命牛子削了几根竹签，自己掌刀，先挑那酥脆肥嫩的片了些，用竹签穿好，递给老父，然后分片，三人同吃。肉鲜味美，众人齐声赞好，吃得甚是高兴。

灵姑笑道："肉倒还好，只吃多了腻人。这要在大雪天里，把我们自酿的松苓酒热上一壶，取些嫩笋风栗，就着麦饼，在洞前雪地里望着雪景一同烤吃，吃完，熬上一壶清香的山茶，围炉谈天，岂非绝妙？偏生雪天打不到这样好肥鹿，杀那家养小鹿，又于心不忍。"王渊闻言，失声叫道："我们刚才捉来的小鹿呢？"一句话把灵姑提醒，适擒小鹿系在草原松树干上，还有先切的鹿脊腿也挂在树梢上，不曾携来，恐为野豹所食，忙命牛子去看。

约过刻许，牛子牵鹿携肉而回，手里还拿着一个尺许长的竹笋。灵姑接过一看，那笋又肥又嫩，根部掘断处白如玉雪，汁水珠凝，一闻清香，端的是生平罕见的俊物。灵姑父女喜食清淡，笋尤所爱。玉灵崖附近虽有竹林，却俱是春笋，还不到时候。此时见此肥笋，便问哪里来的。牛子笑道："这东西多着呢。这小鹿太野，我牵来时，一不小心，被它挣逃，我赶忙追去，已然逃到竹林里去了。竹子很密，那鹿东穿西穿，一气乱钻。我正愁追它不上，那根麻索忽被绊住，才将它牵住。我一看地上的笋多，鹿颈麻索就是笋和竹根绊住的，笋被绊断了好几根。我一手夹着鹿肉，又要牵它，不好拿，只带了一根回来。"

灵姑将笋连皮放在火内，烤熟剥开，切成四片，每人一片。吃在嘴里，脆嫩芳腴，无与伦比。灵姑喜道："我从没吃过这样好笋。爹爹也要吃笋，父亲如果爱吃的话，这东西又可存放，我们掘些回去过冬好么？"吕伟正拿烤肉就笋细细咀嚼，笑答道："我还吃呢，不去了，你和牛子、渊儿三人去吧。采的多时，用山藤绑成一捆，再砍一根竹竿，等背过峰去好挑。"

灵姑因为相隔甚近，也就不以为然，自和牛子、王渊赶到那里。一看，林中竹木繁茂，只有一处遍地都是二三尺许长的断竹桩。竹长多在十丈上下，粗也尺许内外，人力决难拗折；若说被风吹断，又不见断竹去向。每根竹桩旁边俱有新芽抽生，嫩尖破土而出，为数何止千百。灵姑大喜，忙和牛子、王渊各用刀剑刺入土内挖掘。约掘了百余根，灵姑估量再多不好携带，说道："够了。"牛子道："这笋果然好吃，只这片地有，再过些日，就快成竹子，不好吃了，再多掘一点回去的好。"当下又掘了些。牛子寻来细藤，扎成两大捆，共耽延了半个多时辰才住。

灵姑原意今日归晚，再烤几个笋吃，等天近黄昏，野骡到来，便好下手猎捕，待打了野骡，即行回洞。路上正想文叔已去了老大一会儿，怎无踪影？猛听老父呼喊之声，似在与人争斗。不由大惊，忙即应声，连纵带跃，飞赶前去。刚拐过弯，便见老父和一个比他身长一倍以上的怪物在彼恶斗。那怪物身量似人，手持两根长大竹竿，连连乱跳，虽没法度，却甚轻捷。老父手中宝剑是短兵器，颇有相形见绌之势。灵姑一时情急，也没看清，大喝一声，隔老远便将飞刀放出。怪物却也知机，一见银虹飞来，将身一跳，便往壑底逃去。

灵姑恐附近还有余怪，不敢穷追，先指银光护住老父，与王、牛二人先后赶到吕伟身前。一问，才知三人去后，吕伟吃了一些烤肉，因知爱女喜吃那笋，少时掘得笋回，必还烤吃，见柴枝所余无几，意欲寻点竹叶枯枝回来。行到左侧壑岸，见有一丛竹枝业已发黄，当是断落委地的枯竹，正好取用。走近一看，俱是折断下来的竹梢，堆积甚多，还有几根碗口粗的大竹，长俱六七丈，连枝带叶斜倚石旁，便随手挑折了些。

　　刚往回走，见路侧竹枝竿竿修直，苍润欲滴，离地五六丈以上才见枝叶，交叉紧密。风来只听最上一层簌簌琼琼发为繁韵，下边枝叶却是静静地不见一点飘动。忽想道："这么高大茂密的竹林，根深叶茂，交错丛生，性又坚韧，除非刀斧来砍，大风、野兽均不能使它断折。空山无人，那堆断竹枝怎样来的？即便是上面竹梢被大风刮断，也不会堆聚一处。尤其那几竿整的，断处极似拗折。这里离两老猩窟穴甚近，莫非又是二猩死前所为不成？"

　　那地方相隔火堆不远，沿途修竹萧森，遮住日光，非近前不能见火。吕伟快要出林，方想到那堆残竹奇怪，忽听前面似有咀嚼叹息之声。心中一动，忙把手中竹枝轻轻放下，拔出身佩长剑，隐身大竹后面，探头往外细看。只见火旁站着一个独脚怪物，身材高大，满头半尺来长的硬毛，根根倒竖。突额大颧，凹鼻阔口，两边口角各有一只獠牙，掀唇如血，露出稀落落几枚利齿，甚是狰狞。这怪物通体蓝色，紧皮包骨，脚如鸟爪，其大如箕。两条枯骨也似的长臂垂几过膝。一手举着那条残余的剩鹿腿，横放口边咀嚼啃咬。同时圆睁着两只酒杯大小的凸眼，不住东张西望，碧光闪闪，骨碌乱转，似带胆怯神气。

　　吕伟知是山魈一类，就此出去恐被发现，打算由林内绕出前面去喊灵姑。刚一转身，不料衣角被竹钩住，没有觉出，转身略快，将适取残枝全都带起，沙沙连响，不禁大惊。忙按剑停步往外看时，怪物好似怕人，也在闻声惊顾，看见人影，怪叫一声，独脚一跳，径往壑底跳落。吕伟见怪物独脚，只能跳蹦，不便行步，胆力顿壮。赶向壑旁一看，不见踪迹，那条吃残鹿腿也被带走。估量怪物窟穴就在对面壑底，必是被烤肉香气引来，窥伺已久，见人走开才来偷肉，闻声立即惊走。可知胆小畏人，空具恶相，无甚伎俩。即便来犯，看神气，凭自己本领纵不能制，也不致为它所伤。于是不愿大惊小怪去唤灵姑，意欲静以观变，看它还出不出。便将林中竹枝拾回，添了点火，坐在原处，目注壑底洞穴。

　　待了一会儿，怪物果由洞口里出现，只略探头，看见上面有人，立缩回去。一会儿又忽出现，一瞥即隐，神态甚是滑稽。吕伟见状，心越放定。暗忖："这类山精野怪，留着终为生灵之害，乘它气候未成，见人还怕之际除去，也是一桩功德。但这东西甚是滑溜，洞中黑暗，无法追入，非引它出来不易下手。"随即往后退了退，将头偏转，做出不经意的神气，暗中取出连珠药弩，紧握长剑,偷觑怪物动作。

怪物连现几次,见人不去理它,好似胆渐放大。始而只在洞口探头向上凝望,终于现出全身。吕伟方回脸相看,怪物倏地一跳入洞。晃眼工夫,洞内飞起一物,落地一看,乃是先盗去的那只鹿腿,上面剩肉已被啃光,只余骨头,比洗刮还要干净。又隔一会儿,怪物才行跳出,手里握着一只带有毛皮的豹腿,一手指着上面,又跳又比,口里怪叫,不住发那叹息之声。跳了一阵,将豹腿向上抛来,落在火旁,怪物随往洞中跳进,又取了两支竹竿出来,纵身一跳,独脚朝天,头下脚上,两手握竹,高出壑岸,凌空点地而行,做出许多可笑的花样,竟似欲讨人欢喜。

吕伟看出怪物无甚恶意,觉着好玩,意欲等爱女、王渊回来同看,以博一笑,再作计较。哪知这山魈成精多年,力大无穷,因是生性多疑胆怯,喜怒无常,初次见人,尚在疑虑;又偷吃烤肉,初尝美味,馋涎欲滴,这些取媚行径乃是一时高兴,想吕伟将那只豹腿也弄得和先吃的一样,供它大嚼。及见豹腿仍在火旁,吕伟始终坐着不动,忽然发了暴性,圆睁碧眼,怒视吕伟,怪叫了一声,丢了竹竿,身子一翻便到上面,伸爪便扑。

吕伟忙向右侧纵身跃起,朝怪物腰背间反手一剑砍去,剑中怪物背上,觉着坚硬震手。暗道:"不好!"百忙中就势运用内功真力,手一挺劲,借着剑的回力,往斜刺里纵出四五丈。脚才沾地,正赶怪物怒吼回顾,未容追来,左手一扬,毒弩连珠而出,照准怪物口、眼、咽喉等处打去。不料怪物目光敏锐,箭来扬爪一挡,多半甩落。虽有几支射中面门、咽喉,也似不曾射进,一一摒落在地。吕伟心方骇异,怪物又用那只独脚一跳两三丈高远,追扑过来。

吕伟仗着武功精纯,怪物只有一脚,跳是直劲,易于闪避,便将平生本领施展出来,围着怪物纵前跃后,闪转腾击,得手就是一剑。因见怪物身坚似铁,剑砍不进,又不知何处是它要害,因此剑剑都是运用内家全力。吕伟功力精纯,剑又锋锐,便真钢铁也应手立碎。那怪物表面上看去好似不曾受着大伤,实则够它受用,像肩、臂、腿、股等处受伤还不怎重,中有两剑正砍在腰肋上面,骨已内碎,怪物疼痛已极,不住怒吼怪叫,势更猛恶。吕伟见它连中十余剑重手法,虽似内伤,势转急骤,知是情急拼命。怪物比人力长,久恐难支,也就不敢多使真力冒险进攻。

斗约刻许,怪物连吃大亏,想是看出对手持有器械的便宜,猛往壑底跳去。吕伟方以为怪物怯敌败走,不会再出,怪物已从餐底取了刚才两根长竹跳将上来,迎头打来,力猛竹沉,运转如风。吕伟剑短,只能闪避,竟到不了它身前,知不是路,这才大声呼喊。恰值灵姑赶来,见势不支,父女情切,老远放出飞刀,却将怪物惊走。

灵姑因老父一身内功,多少年来屡经大敌,从未见他乏过,而今竟被怪物累得满头大汗,说完了话,犹是未停喘息,不由暗惊:"如若晚来一会儿,何堪设想?"忙扶他坐到火旁歇息。越想越恨,立意要将怪物除去。吕伟说:"怪物似是山魈一类,初次见人,颇有畏心,不知怎的忽然胆大来犯。除去固好,无奈日已偏西,洞太深黑,不犯深入涉险。如放飞刀进去,一个被它逃掉,又和白猩子一样望影惊逃,搜索不易。怪物首鼠两端,举止不定,可仍坐此不动,只顾烤那笋吃。能当时诱出来除掉更好,否则不去睬它,改日得便再来,终必伏诛,不必急此一时。"灵姑应了。

四人等有好一会儿,眼看天已将晚,暮色将浓,怪物仍不见动静。侧耳林外,蹄啸杂沓,骚声大起,知是骡群都来饮水。只得准备归计,由牛子背了笋和鹿肉,一同起身,先绕到上次杀骡的大树林内,探头外看,骡、豹俱在塘边,各占一面饮水、泅泳、翻腾叫啸,情景仍和上次一样。吕氏父女不愿无故多杀,可是骡聚一处,如往猎取,势必成群来犯。那时它们一味猛冲,不顾死活,便用飞刀也未必阻遏得住,人还难免受伤,事太涉险。如要和那日一样,等它单只自来,又无此巧事。

正想不出甚好主意,忽见斜对面丛树灌木中有一怪物出现。四人定睛一看,正是适遇山魈。灵姑大喜,手刚摸到玉匣,吕伟忙一把拉住,暗嘱稍后。并说:"相隔尚远,怪物必是擒骡而来,莫如等它再走近些,到了塘边草地,再行下手。"话未说完,那山魈动作真个迅捷无比,才从草里现身,独脚一跃,便到了一只肥健凶猛的大野骡身侧,一爪往骡腹下一托,便托了起来。那骡大惊,四蹄乱挣,回头便咬。山魈一爪抓向骡颈,就在那骡怒吼急叫声中连身跳起,飞也似往来路山坡上灌木丛中纵去。怪物初跳时,灵姑又要动手,牛子忙拦道:"小主人莫忙,这时打骡正是机会。"说罢,随取身上索圈、刀、弩,纵向林外。灵姑微一耽延,山魈已逃没了影子。

豹群好似知道厉害,山魈才一现形,早吓得嗷嗷怪叫,四下逃窜开去。野骡却是同仇敌忾,闻得大骡惊痛急乱叫,纷纷回顾,见山魈托了一骡逃走,为首几只最大的首先怒吼追去。下余千百野骡立自水边掉头跃起,腾跃争先,跟踪追赶。蹄声踏地,震如雷轰,杂以吼叫之声,风起尘昏,山摇地撼,煞是惊人。顷刻工夫,蜂拥奔驰将尽,仅剩五六只小的落在后面冒尘急驶。

这时忽听牛子高喊:"小主人,快放飞刀!"灵姑等三人知道牛子想擒杀落后野骡,因嫌林外尘沙雾涌,土气逼人,没有随出。闻言料有大险,不然不会这等喊法,忙把飞刀放出。银光照处,尘雾影中瞥见数十只豹子飞窜逃去。野骡被牛子套倒一只小的,另有一只倒在地下嗥叫打滚,吃牛子赶过去刺了一刀。被套倒的一只也在挣扎翻腾,无奈这等套法乃苗人猎兽惯技,牛子更具特长,那野骡头和四蹄全被套中,越挣越紧,休想跳脱。骡虽走完,外面尘雾犹高数丈,灵姑收回飞刀。牛子知道三人怕土,先把活骡拖进林内,又将死骡脊、股上好肉割了几大块,跑来说道:"这些花豹真个狡猾,见野骡多时,不敢招惹,却装喝水,等在一边;待大群一走,却来咬那后头的,一齐扑到。我差一点没被它们扑倒。只吃它们咬死一只半大的。飞刀慢来一步,这只活骡也保不住。"

灵姑见那野骡四蹄捆绑,躺在地下,足有常骡大小。因性太野,虽然力竭声嘶,兀是口中乱喷白沫,两眼圆睁,凶光闪闪,似要冒出火来。不禁动了恻隐之心,对牛子道:"天都快黑了,我们有这么多鹿、骡肉,又掘了两大捆笋,还有一只小活鹿,回去已是难带,这野骡怎搬得过去?不如放了它吧。"

牛子一想,果然野骡力猛,不比小鹿驯善,可以渡过峰去;所得肉、笋有好几百斤,实是难带。不禁恨道:"这野骡岁数小,我本想杀了割肉回去,因见还有一只被豹子扑倒,乐得有现成的,把活的带回去制伏了,用处多呢。尤老头若在,也好帮个忙儿,偏他一去不来,不知到哪里撞鬼去了,真是恨人。只好杀了,割肉回去吧。"灵姑道:"骡肉足够吃的,何苦害它一条命?还是放了的好。"

王渊也觉小骡可怜,不等牛子说话,过去便要解那绑绳。牛子拦道:"这个你放不来,一放开,它便寻人拼命乱撞,连踢带咬。要放也等我一个人回来放,把它引到山坡上去,好追大骡归群。要不,这里有怪物,又有花豹,放也是活不成的。"

灵姑因骡群去处曾有山魈出没,恐牛子落后闪失,便道:"那样不妥,还是都在这里看你放好。趁它气没缓过来,快些解了绑索吧。"牛子道:"要解容易。"随将活扣一抖,骡便缓缓立起,身往后缩,两耳直竖,双目怒视牛子,大有得而甘心之势。牛子见状骂道:"你这东西真是找死!"说罢,手中苗刀向骡头前晃了一下，纵身便逃。那骡怒吼一声，四蹄蹬地，朝前猛冲追去。

灵姑等三人正要捆扎地上肉、笋，忽听牛子失声惊叫，知又生变，忙将飞刀放出。追去一看，原来野豹虽被飞刀惊退，并未逃走，仍伏暗中窥伺，等人一走，又出来抢吃死骡，牛子出去恰好遇上。这些野豹生长山中，初次见人，有两只又被飞刀余芒扫伤了一些皮肉，不知人有多凶，牛子看见这么多豹子，也很害怕。人喊豹逃之下，小骡已追出林外。牛子识得骡性，回顾追急，快到身后，忙往侧一纵，放它冲过，一反手，照定骡后股砍了一刀背。小骡一味埋头向前猛冲，挨了一下，负痛惊窜，势更迅急，四蹄如飞，连跳带蹦，径往塘侧山坡上急驶而去，晃眼不见。

灵姑追出，见十余只野豹已然逃走，也就不愿追杀，收了飞刀，同返林内。捆扎停当，由牛子背了肉、笋，灵姑和王渊一人背着一捆笋，吕伟牵着小鹿，又砍了两根竹竿以备应用，肩着一同上路。牛子在前，王渊居中，灵姑父女并肩而行。

时已黄昏，吕伟说："文叔这般时候不见归队，恐为山魈所伤，适才没有找他，心终不安。"灵姑道："他久居山中，颇有阅历，想必不会；即便真为所伤，也是咎由自取。"王渊回头应道："姊姊，我们曾在竹林里耽搁许久，许是他回来找不见我们，自回玉灵崖了吧？"灵姑答道："这决不会。他知我们成心打野骡来的，要天黑才能回去，骡还未见，怎会就走？如真独归，灵奴还不来找我们么？"说时，已然快出谷口。

王渊未及答话，忽听右侧崖上草树一响。吕伟听出有异，方喊："小心！"猛瞥见一条长大黑影由上飞落，径扑王渊。灵姑自服灵药，目力极好，一眼便看出是那山魈，更不怠慢，忙把飞刀放出。那山魈本想将王渊连笋攫走，不料王渊近来日随吕氏父女练武，大有进境，一听脑后风急，不敢回顾，忙往前纵。山魈一把抓空，只捞着那捆笋。

王渊纵时手已松开，山魈用得力猛，收不住势，身子晃了一晃，银光已经从后飞来。山魈知道厉害，怪叫一声，独脚一跳，便往崖上纵去。这次灵姑近在咫尺，如何能容它遁走，手指处，银光早飞向山魈身旁，拦腰一绕，斩为两截，由半悬空扎手挣脚飞舞而下。

怪物因是死前惊惧挣扎，余力尚在，前段扑向崖腰，贴着壁间藤蔓、山石滚坠，激起一片咔嚓哗啦之声。落到中途，吃一盘老藤接住，晃了几晃，搁在上面。那下半身斩断时竟往前斜飞出老远，撞到对面崖石上，弹起老高，才往下落,势颇迅急。落处恰是一片污泥,噗的一响,泥浆飞溅,那只独脚端端正正直插向泥地里去,丈许长的残尸仅剩二尺许一段,树桩也似露出地面。腔中也有肚肠,轮囷如结,不见滴血,只冒黑水,奇臭异常。

牛子在前,闻警回顾,见是怪物,吓得丢下身背兽肉,往前飞跑,相隔泥地最近,连腥汁带污泥溅了一身。吕伟在后,又与前半怪尸落处相近,也溅了些汁在身上。灵姑抢前诛怪,恰与王渊同在中间,一点也没沾上。魁尸汁水腥秽已极,休说吕伟,连牛子都闻不得,各自据地大呕。灵姑忙赶向老父旁,将沾了污汁的外衣脱下。尚幸天气温和,汁水沾得零星,没透进里层棉袄。脱去外衣,倒好走路,毫不觉有凉意。牛子却是苦极,本穿得不多,满身汁水淋漓,连皮肉上都沾得有。急切间无水可洗,脱尽衣服,仍是臭秽不堪。所背兽肉因早丢下,不在怪尸落处,却未沾染。

灵姑见牛子急得乱跳,笑骂道:"你这蠢牛,谁个叫你这样胆小的?不乱跑,该不会受这罪吧?尤老头说口外那水有毒,洗不得;再回到水塘,更多耽搁,又当野兽饮水之时,赶走它们也费事。还不背了肉快回去,一到湖边不就好洗了?莫非你上身脱光还不够,又想做野人么?"牛子无奈,只得忍臭将肉背起前行,一路干呕,气得连旧衣也不要了。吕伟还想用竹竿将适脱外衣,连牛子所脱衣服,一齐挑走,刚一走近,便觉恶心。灵姑道:"这衣服太臭,有水也没法洗。我们衣服不缺,做也容易,都已破旧之物,不用带回去了。"

当下四人各自掩鼻而行,出谷上崖,才长长地吁了几口气。灵姑见老父不时恶心,便命牛子走前一些。又在崖上寻了几株香草,分塞鼻孔。随后四人来到峰侧,系好小鹿,牛子背肉先渡,等吕氏父女和王渊一一渡过,牛子再翻回去把小鹿背在后腰上,背渡过来。

明星满空,时已入夜。众人来时原带有十支石油浸过的火把,以备回时照路之用,因日里用它不着,便藏在峰侧隐僻之处,并用石块压好。不料这时往取,原石未动,火把竟少了四支。牛子直说奇怪。藏时灵姑未在意,还当牛子带的只是这些。火把本作一捆束住,如为野兽、怪物所动,纵不全数取走,也有散乱痕迹。如今藏处未动,火把也成束扎好,定是记错数了。

王渊却说:"取火把时,牛子只想取五六支,尤老头说今日也许归晚,定要多带,这才添了四支。我正在二人身后削东西,一点没有记错。莫不是尤老头先回来取走了吧?他一人要这么多何用呢?"吕伟也觉原束较大,不只此数。野兽要此无用；白猩子已然死尽，即便剩有一只小的，也不会只取四支。再一问牛子，知藏处原样没改，只火把少了四支，料是人为无疑。当下暗忖："如此看来，文叔所为最有可能，他那宝藏许就在近处。只是昏夜茫茫，荒山辽阔，漫说无从寻找，且找之太急，转使生疑。不如点火起身，他如愿同回，望见火光，自会追来，或是出声呼唤；否则，只好听之。"

牛子已点燃火把，老少四人分持起身。沿途无事，文叔也始终没有踪影。行抵大湖，牛子洗净上身所染恶臭，二次上路。刚入洞径，吕伟忽然想起一事，也没告知灵姑。回到玉灵崖，灵姑先伺候老父热水沐浴，通身换过。然后大家饮食安歇。当晚文叔并未回洞。

次早起身，众人又饱餐了一顿笋和烤鹿肉、骡肉。吕伟对灵姑道："文叔困处兽窟数十年，身世可怜已极。好容易遇见我们，才有还乡之望。昨日又失踪，一夜未归，吉凶难定。如其和早年一样，再为别的怪兽所困，在那里延颈待救，我们却置之不理，听其死活，怎问心得过？我向来宁人负我，勿我负人。山中过冬的事已然就绪，反正没甚忙事，总应寻出他的下落才好。"

灵姑本性仁慈尚义，原恐老父后山有险，不愿前往。自从昨日两遇山魈之警，颇疑前言已验。加以老父近来脾气颇多执拗，尽管钟爱女儿，然话一说出，便非做到不可。再说文叔只是私心贪鄙，粗野可憎，尚不见别的过恶，如真被山魈擒去，困在洞底，也觉可怜。老父和他投缘，如不寻见下落，决不甘休。又想："看后山情景，不似有人去过。只要无妖人在彼，多厉害的蛇毒怪物也不是飞刀之敌。此番再去，只要跟随老父身侧，当无可虑。"

想到这里，忽然心情一宽，笑答道："我知爹爹放不下尤老头。按情理说，也该找他回来。不过他昨日走得可疑，像是安心要躲我们的神气。只怕他取藏宝时被山魈捉进洞去关起，脱身不得，那就苦了。后山地方太大，找不过来。别的东西害不了他，如若失陷，必在竹林对崖山魈洞中。此处如找不到，不是他避不相见，便是死了，再找徒劳，尽可不必。"

吕伟道："灵姑，你这话虽是有理，然天下事难说，也许他在别处。鹦鹉眼尖，飞得又快，多远都能查看，可连它一起带去。渊侄陪他父母守洞，就不必去了。"王妻李氏因闻爱子昨日几为山魈所伤，也不愿其随往，闻言相助劝阻。王渊最喜随同灵姑父女出游，无奈两家尊长坚不令去，好生不快。

当下吕氏父女、牛子三人一同起身。鹦鹉灵奴当先飞行，晃眼高出云表，不见影子。

吕伟原因昨日少了四支火把，想起以前文叔曾借取药为名，往峰顶二老猩窟穴中去了半日，回来却说药未寻到，疑心他不舍灵药，仍往峰顶，因爱女最恶人言行鬼祟，没有明说。这一料本料得不差，及至行前听灵姑一说，又觉爱女料得更有道理；否则，文叔如在峰上，即使上下需时，恐被人发现他背人行事，或是下时天晚不及赶回，朝来也应归洞。再说深山大泽常有怪异，更易走迷路径，尽可设词，何以一去不回？于是息了前念。

　　行抵后山途中，灵奴飞来叫说：附近一带俱已寻遍，连文叔昔日水洞故居也都飞过，也不见一个人影。只峰那边没去。灵姑因防山魈不只一个，还有余孽，便令灵奴飞空领路同行。吕伟闻报，更以为昨日料左。

　　一会儿到了峰前，仰望上面，奇石错列，古松盘郁，间以杂树，峰腰白云横亘如带，看不见顶。再看灵奴，业已掠着峰腰飞将过去。三人也就不再置念，相继攀藤，环峰而渡。三人下崖入谷，见昨日两段魈尸和吕、牛二人所脱污衣仍在原处未动，过时仍有奇臭，刺鼻欲呕，忙赶到水塘草地少坐歇息。不料方才坐下，却发现这里藏有一条曲曲弯弯的山沟，宽仅丈许。树底一片杂草已吃鹿群踩平，草树相连，杂以藤蔓，不到树下，决看不出。

　　三人由藤荫下循径走去，见那山沟隐于地底，越往前越低斜。想来这是鹿群来往之路，文叔必是追鹿到此，迷路不归。心神一振，忙即顺路疾驰。行约三里，沟渠渐宽。再经两个转折，眼前倏地一亮，山沟也已走完，到了平地，面前是一片大草原，疏落落长着几十株树木。尽头处三面环山，峰峦耸列；来路一面断崖绵亘，高矗千尺。三人便由崖中夹缝走出。崖左一带土层赤黑，草木不生；崖右不远却是林木森秀，连崖壁上都满生藤萝草花，绣壁青林，苍然欲合。

　　三人因地势辽阔，正不知往哪里寻去，猛瞥见一缕淡烟由崖右林梢上袅袅飘出，因风摇曳。正奇怪荒山绝域，哪有炊烟；再定睛一看，杂草丛中，还种着几处青稞、水稻，有的业已收获，有的仍任它长着，叶已发黄，共约十亩左右。东一片，西一片，零落散漫，杂乱无章，全不似个正经田家所为。方在纳罕，忽见几只大母鹿领着一群小鹿，由林内走出，径向前面草场跑去，经过稻田，并未停步啃咬。

　　牛子道："那树林里定住有汉客，也许是尤老头的朋友。主人先躲起来，等我跑去偷看一下，回来再说。"吕伟道："既是汉人，同去何妨？为何鬼鬼祟祟偷看人家？让人知道了反而不好。"牛子道："主人不晓得。好人除像主人这样，哪个也不肯丢了家乡，光身子到荒山野地里来住家。近年很出了几个坏人，多恶的事都做。后来苗人受害的太多，明白过来，想要杀他们，他们偏奸得厉害，不等下手，早已跑掉。这些人都是千方百计骗人害人、好吃懒做的东西，爱吃叶子烟，不像别的汉客爱干净。嘴却会说，各寨苗话都懂，可恶已极。主人不许我们伤害汉客，自然不愿伤他们。这一见面，早晚吃他们的亏，还是先偷看一回的好。"

吕伟闻言，尚在寻思，灵姑因文叔这一失踪，觉着人心难测，转不如苗人知恩感德，尚有天良，颇以牛子之言为然。好在相隔不过半里以外，便于查望，闻警可以立至，便令牛子先往。自和老父觅一僻静之处，坐下等候。遥望牛子贴着崖脚，借杂草树石掩身，蛇行兔蹿，往前跑去。到了林外，先藏在一株大树后面，探头朝前偷觑。忽然手摸身边刀弩，掩入林内，一晃不见。

待有半个时辰，又有一群大小梅花鹿由林中缓步走出，跑向草原，与前鹿会合吃草，意态悠闲。牛子却不见走出。看情景，又不似林内有甚变故。灵姑近来一天比一天觉着牛子忠诚能干，甚是喜他；正不放心，要和老父说走至林中探看，忽见林内走出一人，手中执着一根长鞭，神态甚是野俗。两手抵腰，朝草原中嘘嘘叫了两声，鹿群中几只大的立时领头奔转，余鹿也多跟在后面，如飞往林前驰去。只有先出来的一群小鹿贪着吃草，不舍就走。那人立时暴怒，尖声尖气地怪叫，手里长鞭迎风挥动，呼呼乱响，两母鹿也急得四面兜赶，用头乱抵，押在小鹿后面，才赶了回来。

快到林前，两老鹿同了一个最小的乳鹿落在后面，见那人气势汹汹，好似害怕已极，不敢径由身侧驰过，歪着个头，想要改道。那人早放过前头几只小鹿，将身一纵，便迎在大小三鹿前头，鞭随人到，先照准内中一只老鹿，刷地就是一下。疼得老鹿呦呦怪叫，一蹦老高，径向林内跑去。那人刷地又是一鞭，竟未打中，不禁迁怒于那只乳鹿，回手一鞭，呦的一声惨号，鞭中鹿颈，恰又缠住，那人顺势一抖，将乳鹿抖起好几尺高，连滚几滚，跌倒地上，爬不起来。那人见了，不但未动恻隐，反倒怒火越暴，口中怪叫，也不知咒骂些什么。跟着刷刷又是两鞭，打得那乳鹿嘶声惨噑，满地乱滚，甚是可怜。

另一母鹿看势不佳，已先逃窜，闻得乳鹿叫声，又赶了回来，在树后探头眼望爱子被人毒打，急得乱抖，只不敢出声走近。嗣见乳鹿痛极，声嘶惨状，实忍不住，猛然哟的一声急吼，蹿将出来，伏在乳鹿身上。那人原因老鹿避打先逃迁怒，见老鹿奔出代子受责，益发起劲，又嘘嘘怪叫了两声，随手挥动长鞭,连母带子一阵乱抽。嗥叫之声,惨不忍闻。林中群鹿自那人二次一叫,也都闻声驰出,隔老远聚立一处,见同类受人摧残,触目惊心,吓得通身乱抖,无一敢动。看神气,好似都受过敌人暴力训练,每次都是这样,稍不如意,便加毒打,所以那么怕法。

灵姑见那人如此凶残,怎看得下眼去。刚要出声上前,那人倏地怪吼一声,将身朝前纵出丈许远近。脚才着地,两手一舞,便已仰面跌倒,不再动转。两鹿转折地上,已快打死。林中也不再见人走出。群鹿仍战战兢兢呆立在侧,偏头前望,似有惊奇之状。吕氏父女看出敌人业已身死,也不禁骇异。

隔不一会儿,牛子忽从近处野草中出现,一面回顾,一面挥手招呼回去,意似不要现出形迹。吕伟料有缘故,便和灵姑退往山沟口内。等牛子掩掩藏藏跑到面前,一问,牛子便结结巴巴说道:"尤老头不在那里。树林里有一所靠崖的木楼,楼上住人,楼下一边是羊圈,一边是鹿栅,乱糟糟,又臭又脏,里面人大约不少,我先说的那几个恶人好像都在。我由崖上爬到楼房顶上,偷看偷听了一会儿,尤老头不在那里,也没一个人提起,也没看出尤老头被害形迹。只听出他们里头有两个会神法的头子,能发电打雷,刮风下雨,山都搬得走,昨早才走,过两天回来。鹿都是他们养的,我见鹿栅关着,除了先出来几只刚生小鹿,是他们放出来的,栅里头还有好大一群。我先不知他们那样凶法,想把鹿都放走,引他们出来追赶,好到楼上去查看一下。不想这伙恶人制得那鹿听话极了,只要出来一个,拿着鞭子鬼叫两声,鹿都吓跑回去。末后两老一小回得稍慢,看他那顿毒打。打鹿这恶人我也认得。正打得鹿起劲,又来了一个同伙恶人,不知甚仇,用手朝他一指,他跳了一跳就死了。主人们看见他是怎死的么?"

吕氏父女虽然眼力极好,当时只顾看鹿挨打不忍,要上前喝阻,还未起步,不曾留意那人因何致命,也未见第二人出现,答说未见。牛子辞色始渐从容,力说这伙恶人厉害奸刁,文叔不在此地,附近一带都是他们地方,今天他又无故死了一个同伙,最好不再露面,免得生事。

吕伟不知牛子藏有隐情,暗忖:"文叔昨日由此失踪,乃因他久与野兽同处,染了野性,见已得之鹿失去,自觉无光,苦苦穷追。鹿本恶人家养之物,怎肯容让?保不住寡不敌众,因而被害,或吃恶人掳去。所以那么喊他,没有回音。如他并非藏私、背己而去,那彼此患难之交,更其不能坐视。牛子看时倘有疏忽,怎对得起他?"想到这里,深悔昨日误信爱女、牛子之言,没有追寻,当下意欲亲往一探。牛子闻言大惊,再二劝阻说:"恶人厉害,万去不得;尤老头也决不会在那里。既不肯杀人,何苦惹下后患?"

灵姑看出牛子辞色有异,料有缘故。因听林内恶人尚会妖法,人数又多,休说老父孤身往探,便三人同去也恐照护不到,相助力劝。吕伟微愠道:"为父纵横江湖数十年,从无闪失,怎么你近来一天到晚老跟着我?无论走到哪里,你都拦阻,好像有甚祸事似的。莫非俱有预兆,你不好说么?"

灵姑见心事已被老父道破,不禁眼圈一红,几乎流下泪来。吕伟见她难过,好生怜爱,忙转笑脸抚慰。等灵姑把泪珠强忍回去,重又盘问,究竟为何这样多疑多虑。灵姑见老父温言抚慰,慈爱深厚,不忍实言,却反说道:"不是女儿多虑,只缘涂雷和陈太真二位师兄,说女儿到了莽苍山玉灵崖,不久便有仙缘遇合,无奈好事多磨,遇合以前难免有些灾难,嘱咐女儿小心,否则恐误仙缘。爹爹只女儿一个,倘出点甚变故,岂不忧急?所以遇事谨慎,过个一半年就无妨了。"

吕伟知道爱女至性侠肠,胆大聪明,从小练就一身武功,什么阵仗也不在她心上。前者蛮烟瘴雨,万里长征,屡经险难,从未在意。未得飞刀以前,遇见那么厉害的妖人怪物,尚且视若无物,此时怎便如此胆小?虽觉眼下女儿的言行与平日相异,但见她秀目红晕,潜然欲涕之状,又不禁疼惜。转念一想:"牛子为人粗中有细,近来更是灵巧,大约不至看漏。照他所说,文叔一点踪影都无,这类凶徒强横自恃,又在深山之中杀了人,决不还去灭迹。妖邪一流人物在彼,牛子那么张皇,可知厉害。"疼女儿的心重,也就不忍相强。

灵姑乘机撒娇,拉了老父衣袖,说要回去。忙中有错,三人都未再往口外探头。脚程又是飞快,不消片时,便回到原来树林之内。吕伟挂念文叔,仍然不解,沿途仔细查看,连文叔的足迹都见不到一个,也就罢了。

三人行抵草原,日已偏西。闻得林中骚动,回头一看,正是鹿群来此饮水。三人因见敌人打鹿时惨状,不肯再伤生害命,只往竹林内采了些竹笋,与牛子分持回转。那鹦鹉灵奴自离怪穴,便飞去不见,过峰时方回,也未叫甚话。

当日无事。第二日便变起天来,阴云低沉,白日无光。草树却静静的,纹丝不动。吕伟知道这等天色,早晚间必下一场大雪,就此把山封住,想起文叔,好生不忍。尚欲趁这大雪未降以前,劝爱女再往沟外一探;或将女儿支开,独自前往。谁知灵姑昨晚背人盘问牛子,得了一些底细,知道老父再去有害无益;又闻山中大雪,降起来顷刻盈尺,道途不近,万一行至途中下起大雪,正值奇险之处,岂不进退两难?怎能放心老父去冒此风雪险阻?人更片刻不离左右,无法支开。加以没料天变得这么快,碧城庄还有些田事急须收拾,灵姑又直催同行,吕伟无计可施,一想明年春耕也极要紧,只得同了众人前往碧城庄。

众人将明年应行备办的事一一料理,没采摘完的果实、蔬菜也都分别收回去,老少六人通力合作,忙到下午,差不多把事做完,同坐田场上饮水歇息。吕伟笑对众人道:"当前这些东西,再添几倍人也吃用不完。以后年年增加出产,又何止十百倍?几时想法弄点鱼苗之类,养在洞前溪中和后山大湖里,不久便有鱼吃。猪鹿牛羊更是越来越多,哪一样都取之不尽,用之不竭。这等好地方却无人来,我真恨不能把天下穷苦良民都招来此地,一同享受才称心呢。"

灵姑笑道:"女儿也常有这样想头,只是天下事不能两全。漫说他们只知争名于朝,争利于市,似此与世隔绝的蛮荒异域,非不得已谁也不肯前来;真要人多,内中再掺杂几个坏人,我们又不能安稳静养了。"

吕伟道:"我和你心思不一样。你迟早会有仙缘遇合,我和你王家叔父、叔母、渊弟、牛子四人,还有你张叔父父子两个,是无此福分的。在自牲畜繁息,种谷山丘,没法消化,任其腐朽荒散,何如多招些人来,聚成一个世外桃源?课问晴雨,料理桑麻,岂不比这寥寥数人有趣得多?"

灵姑自从屡得仙人示警,日夕悬念老父安危。难得寻到这等洞天福地,只盼老父康健安乐,常侍膝前,一日不离才好。求仙之念不是不切,但一想到老父高年,孤身一人处在这蛇兽怪异频频出现的深山之中,而王、牛诸人并不怎济事,心便冷了半截。闻言不禁触动心事,半晌没有回答。

吕伟随笑道:"我看尤文叔倒是一个得力帮手。他这失踪奇怪,早知道这时雪还未下,我要找他去了。此事实叫人问心不过。我看明早天气如稍见好,我们还是到昨天牛子去的地方,不管他死活存亡,只查探这一回,聊尽心力如何?"灵姑知道老父性情言动,听出口气已软,反正本日不去,天也难望晴明,不愿当时违忤,似应不应地笑了一笑。

牛子当是应诺,面容骤变,绕向吕伟身后直打手势。灵姑怕被老父看出盘问,露了马脚,忙借一事将牛子唤开,同去左近果林内,说自己既知此事,自然不会再让父亲前往,为何这等张皇?牛子闻言才放了心,坚嘱此事千万不可泄露。并说:"等过些日,天气如好,还当冒险一探。最好小主人也去,帮我一帮。"灵姑答应到时再说。

说罢,王渊也赶了来,问说什么。灵姑笑嗔道:"小娃儿家,什么都有你份。莫非我们还有甚背人的话么?偏偏不跟你说。"王渊本想问牛子一句话,灵奴恰又跑来,姊、弟二人争逗灵奴为戏,就此岔开忘却。不提。

原来牛子本是菜花墟苗民,因汉活说得颇好,各种风俗语言也多熟悉,时常往来汉城做些交易,着实积有资产。中年妻死,遗下一女,名叫银花,年才十六,生得鲜花也似。牛子情长,妻死没有再娶,最爱这个独生的女儿。银花自视甚高,不愿嫁苗民,屡次寨舞都躲开去,不曾得配。此时墟里恰好来了几个汉客,长相既好,嘴又能说,哄得苗人十分信服。谁知那伙汉客俱是一些犯了大罪的逃犯,初来还不怎样,日子一久,无恶不作。为首一个名叫无鳞蟒林炳,年纪最轻,最是刁狡淫凶。他看上银花貌美,百般设计,勾引成好。不久,又恋上另一苗女。银花找去,林炳帮助苗女将银花毒打了一顿,银花就此伤病气死。死前三日,才把这经过情形哭诉给牛子听,务求为她复仇。

牛子听了,心肠皆裂。葬完女儿,便带了苗刀、毒弩去和林炳拼命。偏巧林炳这伙人积恶太多,全寨苗人起了公愤,要捉来用火烧死。林炳仗着手眼灵通,事前得信,率了党羽逃往别的山寨。牛子恨极,把财产都给了人,只带一刀一弩,各地追寻。无奈林炳狡诈万分,所到之处,酋长都被哄信,牛子不但仇没报成,反而几次被陷害。虽然林炳等久而故态复萌,依旧存身不得,牛子却白受了许多苦痛。因而怨毒仇恨,日深一日,辗转追寻了好些年,林炳等也恶迹昭彰,走到哪里都容身不得。

这日,牛子忽在别一苗寨前遇到林炳一伙。自知众寡不敌,忙向当地酋长密报,率众搜擒,竟未找到,由此便失了踪迹。牛子宿恨多年,竟没再听人说起。日夜祷告女儿显灵,好歹手刃仇人,才称心意,始终无应。暗忖:"仇人是逃犯,不能再回汉城,许逃到荒山潜伏也说不定。"只是孤身一人,无法深入,又不知准在哪里,只得记在心里,无计可施。

牛子自随吕氏父女入山,随时都在留神。昨日一见那林外田亩,便疑仇人在彼潜伏。赶去一探,仇人林炳和手下几个恶徒,一个也不短少,最怪是尤文叔也在其内,俱在楼中抽叶子烟,叫嚣不已。他暗忖:"这伙人都会武艺，下去必非敌手；如唤灵姑相助复仇，又恐弄巧成拙，仇更报不成。"一眼瞥见楼侧鹿栅，猛生一计，由崖上溜下去，偷开栅门，放出鹿群。牛子初意林炳是头子，未必能够引出，姑且试试。不料林炳近年已因性情暴烈，众心背叛，虽还不致反主为仆，却已早失威信，新近众人拜了一个头子，谁也不再听他支使。恰当值期，天网恢恢，居然引了出来。

牛子大喜，忙从崖上绕到林前潜伺，林炳正把鹿唤回毒打。牛子怒火中烧，再也忍耐不住，咬牙切齿，低唤了三声"银花"，突从草里发难，照准林炳咽喉就是一毒弩。牛子这箭共是三支，以前常用毒药淬炼，专为复仇之用，一向藏在箭兜以内，端的见血封喉，比起常用毒箭厉害得多。

林炳中箭以后，瞥见仇敌，又惊又怒，连忙狂吼扑去，人还未到，便已毒发身死。

牛子本意将仇人头切去，猛想起主人屡次告诫叮咛，不许伤害汉人；再者林内还有不少恶徒，难保不闻声追出，那时寡不敌众，非吃大亏不可。即便主人望见赶来相助，自己杀人在先，这些恶人都会说谎，自己一定和从前在山寨寻仇一样，有口难分，自受苦处，一个不好，还许给仇人抵命，岂不冤枉？心里一虚，吓得往回就跑。

牛子先拿不准吕氏父女看见与否，着实心慌。及听吕伟说是未见，只要亲往查看，以为汉人终帮汉人，何况文叔又与恶徒一党，双方见面，决无幸理，便极力劝阻，吕伟又不肯听。尚幸灵姑看出他辞色有异，料非无故，相助将吕伟劝回，心才稍放。后来灵姑背人盘问，牛子不惯作伪，据实说出。

灵姑本觉尤文叔是个无品无义的人，又听说和众恶人是同党，深知老父任侠好义，又极爱群，如知此事，非与文叔见面不可。此后文叔呼朋引类，妖人恶徒相率齐来，早晚是个后患。就这样还恐文叔自己回转，如何还去招惹？不过文叔为人贪鄙，洞中尚有他所携来的许多金砂、皮革、药材等值钱之物，既与恶徒同党，怀有二心，当初何苦非都取回不可？要是与恶徒素昧平生，初次相识，如为他计，尽可借口迷路，或遇甚事，次日回洞，不论明取暗运，将所存东西弄走，再私投恶徒合伙，岂不比较好些？何故这等走法？令人不解。自己还恐牛子话留不住，说走了嘴，哪肯再放老父前去。

灵姑当时嘱咐完了牛子，回到田场，见王渊引逗着灵奴，竟跟在身后，暗忖："昨日灵奴事前飞走，直到归途才见飞回，好似曾往恶徒林中窥伺。"欲命它前往一探，偏值大雪将降；如等雪后放晴，又恐妖人回林，遭了毒手，好生委决不下。灵姑只顾疼惜灵鸟，不愿使它冲寒冒雪，却伏下一场隐忧。此是后话，暂且不提。

老少诸人见天降雪沙，转眼将要下大，时也不早，好在事已办完，只剩末一批应带去的东西，为数不多，略一归拢，便即起身回洞。走到半路上，雪便飞起片来，四外暗云低压，山原林木都被雾气沉沉笼罩，看不见一点影子。再走几步，雪势越盛，微风不起，雪片又大，参差疏密，到眼分明，悄没声地落到地上，比起有风之雪，倍觉雄快，晃眼之间，地皮便蒙上一层白。

众人赶到崖前转角之处，共只刻许时候，雪厚已有二寸，到处都成了玉砌银装。山中地暖，虽交冬令，绿叶未凋，繁花在树，只树梢和四围旁枝薄薄蒙上一层雪，余者仍是花萼相交，寒芳竞艳，迷离缤纷，耀眼生颖。间有小枝柔干不禁雪的重压，跟着往下一沉，积雪自坠，一声细响，颤然振起，重又傲雪抖秀，露出枝头花朵。鸟都藏在密叶丛中，酷寒将至，似未知觉，虽只尺寸之地，犹自在里面穿梭跳跃，不肯安静。崖侧广溪中寒流呜咽，带雪而飞，水声汤汤，更显雄奇。对崖草原茫茫一白，稍近一点的奇石怪峰，凭众人练就的目力，也只略辨出数十百座白影子，巨灵也似，静荡荡巍然位列于银海之中。

灵姑见了这等风景，不禁停了脚步，呆望起来。正望着一株新近缀满繁花，苗人唤作山儿的大树发呆，王渊忽从前面跑来，高喊："姊姊，你在这里发呆做甚？我们洞前的景致好得多呢。那些梅花，就这大半天的工夫，都快开了。伯父叫我喊你回去，把昨天吃剩下的鹿肉、骡肉帮着片好，取出罗银送的花儿酒，要赏雪取乐，还不快走。"灵姑笑应着要走，王渊又道："姊姊莫忙。我们玉灵崖景致太好了，你这样走去，先看完了再吃，还不太妙。我想平日就你一人出力最多，今天让我来服侍你。姊姊先把两眼闭上，不要看，我牵着你走。先到洞里头陪伯父、爹娘说笑，我还有个好主意没对大家说。等我和牛子铺排好，再请你出来，管保你夸好，有趣得很。"灵姑笑道："我不信，你又闹什么鬼？"

王渊见灵姑不信，便拦在前头作揖打躬，直叫："好姊姊，我从不会说谎，好歹依我这一回吧。"灵姑被他闹得无法，只得笑道："依便依你，做得不好，要受罚的。"

王渊喜道："这个自然。"遂叫灵姑把眼闭上，随用手去牵。灵姑道："哪个要牵？我自己会走。"说罢，果将双目闭上，绕过横崖，往玉灵崖洞中走去。王渊先见洞前靠崖一面石笋林立，竹树颇多，恐灵姑撞上，紧随身侧，只顾指说招呼。不料灵姑心细路熟，一点也没磕碰。王渊反因顾了别人，忘了自己，加以那雪越下越大，数尺以外便难辨物，一不留神，踹在树根上面，几乎绊倒了两次，引得灵姑哈哈直笑。王渊不好意思，行抵洞门，便唤了牛子一同跑去。

吕、王诸人已先回洞，正在安置田场上取回来的东西，见灵姑走来，笑问为甚耽搁。灵姑一面抖身上的积雪，一面笑答："我看崖前面雪景有趣，多立了一会儿。渊弟说爹爹喊我，要把花儿酒取出来烤鹿肉吃，大家赏雪，是么？"王妻笑道："适才我们在说着玩，这么好大雪，原该弄些好饮食赏雪。偏生天晚，事情又多，我们虽不想封洞过冬，到底天气难定，外头场坝上还有好些东西，总是收拾起好，免得冻压坏了，明年做起来又费不少力气，忙都来不及，哪有这闲心？再说到处白花花，什么也看不见，真要赏雪，也等明早天晴雪住以后，这孩子却说姊姊爱风雅，生平最爱赏雪，要着他伯父，唤了你回来，还说今天事由他办。人手本来就少，又把牛子喊走，真调皮呢。"

吕伟接口道："我们自来洞中，尚是头一次遇到这样大雪。连我们大人都觉高兴，何况娃儿家。好在收拾得差不多了，洞外又没有甚要紧之物，凡怕雪压的，牛子适才已收拾到旁边小洞里去了。忙这半天，大家都有点饿，乐得趁天将黑，热闹一会儿。这题目出得不差，由他去吧。"

王妻笑道："大哥哪里知道，渊儿妄想灵姑日后携带他成仙，着实巴结呢。只要他姊姊一说，便记在心里。这还不是灵姑前晚说天色发暗，要下场大雪，饮酒赏雪多么有趣这几句话引起头的么？自打昨日你们一走，他就在梅花林里走进走出，又拿了些竹竿、芦草，把他爹偷偷找去帮忙。只不让我进去，一到林外便磨缠着，把我挡了回来。直到你们快回洞时才住，手上还扎了两根刺，一身的泥土。我问他爹，说已答应了他，要到下雪才叫人知道，不肯明说。凑巧今早就天阴，喜得背人朝他爹乱跳。这时定和牛子躲在梅花林内，不知闹甚故事呢。"

灵姑见王守常含笑不语，想起今早欲往梅林看梅花开未，吃王渊拦住说："伯父一个人在洞里坐着想心思，许又是要往后山找尤老头。"听后便赶回劝慰，没有入林，不久便往碧城庄。原来他在梅林里有了布置，想等雪降梅开，出人不意，一同作乐，博自己的喜欢。因而想起："他小小年纪，志气却高，老恨不得异日随同学道。唯恐自己不肯携带，或是不为援引，日常相处，无一事不勉徇己意，体贴入微，用心可谓良苦。无如王叔父只此独子，爱若性命，必不舍他远离膝下。自己是否违亲学道，尚在未定之天，暂时怎有余力为他人打算？还有张远，也是向道心诚已极，此时深山侍父，不知病好也未？何时才能同聚？"想到这里，心中一乱，还没顾得答话，王渊已经顶着满身雪，头冒热气，喜跃跑来。

王渊进门先喊："姊姊，我安排好了。爹、娘、伯父，快把酒带了去吧。吃的和刀叉，牛子已拿去了。"王妻忙赶过去，拉着他小手，一面为他抖雪，一面笑说道："你看你，忙得这样儿。你的心事我已对姊姊说了，她和你亲骨肉一样，一旦成仙，一定传授你的。看你这双手都冻红了，还不烤一烤火再走。"王渊圆睁着一双黑白分明的俊目急问道："娘把昨天我做的事也说了吗？"王妻笑道："我又没到梅林去，哪个说了？"

王渊不信，拿眼直看。灵姑已猜料八九，成心逗他道："渊弟，不用婶说，我有仙传会算，未卜先知。你那梅花林里，一定有个竹竿茅草盖的亭子，紧临着崖口一面，对不对？"王渊嗝着小嘴，咕哝道："娘还说没说，姊姊怎么知道的？把我闷葫芦都给打破，这还有甚趣味？我知道爹一定没说，还是爹爱我多些。"灵姑抿嘴直笑。王妻慌说："娘真的没说，这是你姊姊哄你的。"

吕伟见两小儿女逗口，愈显天真可爱，笑道："渊娃，灵姑诈你，你也信她？知道不知道，还不是一样？"王守常也笑道："呆娃，你本心是为什么，只顾说这些闲话么？"王渊才觉出众人一个没说起行，又高兴道："娘快些走吧，火早升起了。那里风景好得很，今天梅花也给我们凑趣，开了总有一大半。吕伯父，你老人家叫姊姊走呀，她还坐着不动，有多急人呢。"吕伟便叫灵姑取酒。王渊道："娘取去吧，还拿佐料呢。我和姊姊先走。"王妻笑应起身。

灵姑随了王渊走出洞外，见地上积雪已有四寸，雪势却小了好些。牛子正持竹帚走来要扫洞前积雪，灵姑忙拦道："你真俗气，这好的雪，留还留不住，扫它怎的？有这闲工夫，不会把你昨天说的滑子给我做几副出来，明天滑雪玩多好。快跟我们吃肉去吧。"牛子随走随笑："这雪且下不完呢。这时候刚下倒不很冷，今早明晚风一起，全都冻紧，再想扫就扫不动了。要是厚上几尺，不闭洞，太冷；一闭洞，休想开它。只有趁雪下得小些，随时扫开，好歹把洞口留出来，进出好方便。被雪关在洞里，要等明年春暖雪化才走得出，吃、拉都在洞里，那味道我尝过，实在不好受用。小主人又爱干净，定过不惯。吃完烧肉，还是让我让出一夜工夫，随下随扫，莫被雪封住了门户。这里天气说变就变，不早打算，到时没法呢。"

灵姑闻言，果觉寒意渐添，便答道："你既知道，就由你做。最好雪住时不要扫，免得雪泥相混，乌糟糟不好看。"说时回顾洞口，吕、王等男女三人也携着酒壶、竹篮踏雪走来。灵姑方欲停步相待，忽闻一阵花香，透人肺腑，侧脸一看，已到梅林前面。王渊早当先跑了进去，又跑出来，跳着高喊："姊姊，快来呀！"又骂牛子："你这老牛，有话不会到林里来说？天都不早了，偏要在这时候唠叨。"

　　那梅林在玉灵崖右偏临壑一面，多半俱是千百年以上之物。先前不过廿余株，因灵姑极爱梅花，山居之暇，见梅林树均巨抱，老干参天，自成异态，疏密相间，形势佳绝，恐树少，开花时不甚繁盛，又和牛子从附近移植了几株小的。不料种上一看，原有老梅好似天造地设，各具奇姿，不能增减，加上几株，大小不称，反而减色，移向崖腰上面，虽觉好些，又嫌其少，稍闲便去物色移植，不久添上百十株，崖腰上下全都布满，恰把空的一面补上。未开时还不怎显美观，这时差不多全都开放，又均是罕见异种，花大如杯，绿萼素心，琼英紫蕊，叠瓣层台，无不毕具，衬以老干虬枝，倍增古艳。

　　林中地本平坦，唯独倚崖一面多出一块怪石，长约五六丈，高仅丈许，后尾与崖相连，到了前半渐大渐高。首部高达两丈，约有三丈方圆，上丰下削，通体棱角峻朗，孔窍玲珑，仅由石脊可以上下。石顶却极平坦，正当崖梅之下。王渊所建茅草亭便在怪石顶上。

　　灵姑仍等吕、王三人走到才行同入。还未近前，便见梅花林中云骨撑空，一座四角茅亭翼然其上，形胜天然，俱都赞好。王渊听众人夸他，益发高兴，接过他娘手中竹篮，飞步先往石脊上跑去。石上早由牛子扫出一条小道，众人到时雪忽停止，适才下的雪刚好把扫过的石上薄薄盖上一层，没有丝毫污痕。所有梅树上面积了一层雪花，积絮堆棉也似，各因形势，高低错落，顶着一团团的白雪。雪下面的旁枝低干却是万蕊千花，凌寒竞艳，一阵阵的暗香袭人，令人心清神怡。

　　老少六人相率同登，到了亭内一看，那亭乃是四根粗大毛竹插在原有石缝和现凿成的石眼以内，另用竹和茅草制成一个伞一般的亭顶，架在上面。虽是急就之章，却做得十分结实高敞，不易塌倒。亭内还用石块堆了一个火池，还有一副烤架，六个尺许高的短木桩，一条备来片肉和堆放东西的木案，一角堆着不少松柴。除酒和糌粑、锅盔、佐料是后带去的外，一切肉食用具，无一件不料理清洁，先期备妥。要知后事如何，且看下回分解。

第五十九回

冒雪吐寒芳　万树梅花香世界
围炉倾美酒　一团春气隐人家

话说六人围火坐下,吕伟见王渊如此精细周到,好生欣异。笑问道:"渊侄,这些事都是你备办的么? 小小年纪,这样细心,真难得呢。"王渊笑嘻嘻答道:"我一个人怎做得来? 这亭子是爹爹帮着盖的。这些东西,昨天伯父、姊姊没回来,我就偷偷弄好了。片肉、升火、扫雪,都是牛子,他也做不少事呢。主意我出罢了。"

灵姑抿嘴笑道:"我说呢,两丈高的竹竿,插桩容易,爬也能爬,要凭你一个娃儿家,把这亭顶架上去,还搭那么厚的茅草,又扎绑得这样结实,哪有这么容易的事? 原来还是大人帮忙啊。"

王渊急道:"按说我爹爹也没帮甚大忙,就帮我打了两个石眼,拉了一回绳子。我因图快,在下面做好顶架,四角系绳,用木滑车拉到顶上。再爬到竹竿上去,安装捆扎,然后铺草。除了须两个人两边拉绳外,别的都是我自己干的。不信你问。"吕伟知王渊好强,便说灵姑道:"这真亏他,主意也想得好,比你细得多呢。"王渊忙改口道:"我怎比得了姊姊? 不过她总不爱说我好,真怄人呢。"灵姑笑道:"说好要挂在嘴上么? 我几时又说你不好过?"王渊道:"说我不好,我也喜欢。就因这样不好不坏,才叫人生气呢。"

王妻笑道:"你姊姊刚还夸你能干,莫非一天到黑都夸才是好么? 天不早了,大家各看景致,由我和牛子烤了肉来同吃。明晚再做几盏灯挂在梅花树上,不更好玩么?"灵姑首先拍掌称妙。王渊更恨不得乃母当晚将灯做好。灵姑道:"就是你一人猴急,什么事都等不得。"

说时牛子已把鹿肉、骡肉挂了许多在铁架子上,被松柴火一烤,立时吱吱乱响,肉香横溢。王妻一边用长竹筷翻着架上烤肉,一边又把锅魁放了些在火旁烘着。笑道:"快趁新鲜,一冷就不好吃了。"众人本觉腹饥,大雪之后又新增了几点寒意,老嫩肥瘦,各随所喜,用竹筷拣了熟肉大嚼起来。

灵姑先给吕、王等三个大人把酒斟上,剥了十几粒松子。然后挑那极薄的瘦鹿肉,蘸了佐料,烤得焦焦的,夹在锅魁以内,用左手拿着,右手提着一个小酒葫芦,缓缓起立,走到亭下石脊上面,对着那些新移植的梅花细嚼微饮,尽情领略起来。

这时崖腰上数十株红白梅花多半含苞乍放,百丈香雪,灿如云锦。灵姑天生丽质,身容美秀,伫立其间,直似天仙化人,遗世独立,比画图还要好看得多。亭中请人,除牛子一手持着盛满青稞酒的瓦壶,一手乱抓烤肉糟粑,不住狂吞乱嚼,无心及此外,见了这等人物景致,俱都赞绝。王渊首先心痒,也用锅魁夹了些烤肉,纵到石脊上去。

灵姑见他赶来,笑道:"这里梅花都聚在一起,虽然繁盛好看,还不如原有的那些老梅清奇古艳,姿态无一相同,却各有各的妙处。不过雪太深了,你不会踏雪无痕的功夫,踹得稀烂一大片,还湿了鞋子受凉,教婶子担心费事。你就在此,由我一人去吧。"

王渊道:"姊姊,你也太小看人了。自你那日说了我几句,我无早无夜都在练气功,为想叫你惊奇,没当你练。适才进林时,我已试过一回,虽有一点迹印,也是极浅。你让我去吧。"

灵姑原因王守常夫妻本领平常,已届中年,难再进步,深山隐居,随时须防蛇兽侵袭,张鸿父子又不知何时才来,万一仙缘遇合,连老父也同去出家,丢下他一家三口和牛子四人,遇上厉害一点的东西,便无力抵御。难得王渊好强,老父每次传授,都是一点就透,只恐聪明人浅尝辄止,不肯下那苦功,因而故意拿话激他。一听说他已将踏雪无痕的轻功练到不致雪随足陷的地步,高兴已极。笑道:"你才学了不到两月,就练到这样子么? 我倒要看看你的深浅呢。"

王渊笑道:"要说功夫,自然比你差得太远。不过走还勉强,要叫我停住就不行了。你怕弄脏了雪,我也有法子,反正不叫你讨嫌就是。"灵姑知道立雪不塌,连老父近年也未必能久,何况下的又是新雪。便道:"那个自然。真踏上几个足印也无妨,只不要弄得到处都是痕迹就好。我还给你一个方便,未走以前先给你指出地方,到了许你随便站住,雪踏散了也不算你的错。"

王渊好胜,又想讨灵姑喜欢,口虽答应,心中另有打算。随将手中剩的锅魁抛给牛子,告知吕、王三人,说要往梅林内看花,就便试练轻功。灵姑又夹了两块锅魁带上，然后一同纵落。王渊在前，先顺原来雪径行走。灵姑暗中观察，见他用极短的促步急走，身子笔挺，两肩微微起伏，头也不回，知在暗中运用轻功，借这一段雪径把气提了上来。就这样还未施展全力，双脚踏到雪上已无甚声息，脚印也越来越浅。便鼓励他道："你说的话果然不假。你此时不要答话，可由前面石笋当中穿出去，不要停留，先把那些梅花树全都看到，末后再绕到右边，在最大的一株梅花树下住脚，就有功夫了。"

王渊把头微点，再走几步，突然脚尖点地，往前微蹿，同时把真气匀好，往上一提，径由石笋中穿出，踏上那玉积银铺，坦平无垠的新雪上去，灵姑紧随在他身后。二人都是双肩微微起伏，两掌心不时下按，以本身真力真气相抵相借，在数十株梅花树下穿梭也似往复绕行，疾驶如飞。灵姑功夫、禀赋都高，自毋庸说。便王渊踏过的雪上也只浅得不过分许痕迹，若不是有心细看，直看不出留有脚印。二人目迷五色，鼻领妙香，株株梅花俱都绕遍。

那停步所在，乃林中最古老的一株梅花树，树干粗约两抱，高约四丈，不知何年被风吹折，由离地丈许处倒折下来，断处又有些连着。上半截整个横卧地上，靠地的一面多插入土内，年深日久，全数生根。上半老枝之外又苗新枝，开花最是繁盛，虬干委地，蟠曲轮囷，夭矫腾挪，上缀繁花，远看直和一条花龙相似。树杈间却有不少空隙，可供坐立。

那断的地方本有一个旁枝未被吹折，自树断后，去了一边挨挤，渐渐向上挺生，由斜而直，高出原来断处许多。千枝万蕊，四下纷披，恰好成了一座锦盖花幢，张在龙的面上。花是红色，未开时绿叶浓荫，望若苍龙，已极飞舞欲活之致；这时万花竞放，白雪红梅，相与吐艳争辉，再加上幽香馥郁，沁人心脾，更成奇绝。

灵姑方在称妙，王渊走着走着，倏地两臂一振，身子凌空直上，轻轻落在树枝上面。灵姑见他用的是本门轻功中独鹤冲霄之法，老父传他不过两月光景，居然学会。最难得的是用悬劲，凌虚拔起地上，并未留有多少雪迹，竟比自己当年初练时成功还快。如非亲见，真不敢相信。心中暗自惊奇，也跟踪纵上树去。

王渊在树干上择了一个横枝，将雪拨掉，笑唤灵姑道："姊姊，我们坐在这里赏花赏雪有多么好，偏天又快黑了，叫人不能尽兴玩一个痛快，吃的也没带来。"灵姑笑道："明早再玩不是一样？也没见你那么忙的，一说走，只顾显本事，什么都不顾了。你看，不但我的饮食，我连你的都带了一份来，拿去吃吧。"

王渊已看见灵姑左手拿着酒葫芦,右手拿着两大块夹肉锅魁,先把锅魁接过,涎脸央告道:"好姊姊,我已吃了半饱,这会儿身上有点冷,把你那酒给我喝一点吧。"灵姑微嗔道:"只有跑热,还有跑冷了的? 明明贪嘴说谎,偏不给你酒吃。"王渊仍然不住地央告。灵姑又嗔道:"我向不和人同吃东西,要吃,你都拿去,连这葫芦也不要了。"

王渊怕她生气,才忙道:"姊姊嫌脏,我不要了,只吃锅魁吧。你不吃酒多没意思,还是你吃吧。"灵姑扑哧笑道:"我吃不吃与你什么相干? 你自己吃不一样有意思么?"

王渊道:"我也不知怎的,只觉姊姊喜欢,我就高兴。顶好一辈子常跟着你,不要离开一步,无论叫我做什么事,都是甘心的。你一天真要成仙走了,我会哭死呢。"灵姑喝了两口酒,笑道:"天下哪有聚而不散之理? 你也太爱哭了,一点丈夫气都没有。说得怪可怜的,这点酒给你吃了吧。"王渊把酒接过,喝了两口,递给灵姑。灵姑说:"所剩不多,这花儿酒一点烈性都没有,吃多无妨,你都吃了吧。"王渊把酒饮干。

二人坐在梅花树上徘徊说笑,不觉入晚,雪光返映,尚不十分昏黑。寒风却一阵紧似一阵,枝上积雪被风一刮,成团坠落,二人满身都是。遥望亭内火光熊熊,吕伟等四人围火聚饮,笑语方酣,不时随风吹到,依稀可闻。灵姑偶见脸前有一枝繁花丛聚,上面积雪甚厚,适才吃咸了些,有点口渴,便随手抖些放在口内,顿觉芬芳满颊,清凉侵齿,不禁心动。意欲把花上香雪扫些回去烹茶,偏没带着盛雪东西。王渊学样尝了尝,连声夸好。

二人正商量要回去取东西装,忽然雪花飘飘,又渐下大,跟着一阵朔风吹过,寒侵肌骨,刺面生疼。耳听牛子粗声暴气高喊:"小主人,快回洞去,雪下大了。"回头一看,雪花影里,亭内诸人正在忙着拾掇一切食物用具。牛子喊了几声,便往下纵。王渊笑道:"这个蠢牛,雪下大了才有趣呢。这样忙着回去,关在洞里,有甚好玩?"

灵姑觉着天渐寒重,亭中诸人那么慌张,恐老父有甚不舒服。再说天已向暮,再待一会儿景色更晦,也无甚意思。倒不如回洞做好雪具,明日拿了应用东西,连玩带收香雪,玩它一个畅快为妙。见亭火已灭,诸人已往下走,王渊犹自恋恋不舍,便嗔道:"你就这样老玩不够。天都黑了,又冷,还不回去帮牛子把雪径扫开,雪要把洞封上,更玩不成了。"王渊只得应诺。

二人又择那些形状清秀的梅花采了几枝下来，分持手内，纵到树下。雪已越下越大，雪花飞舞，恍如浪涌涛翻。人在雪海之中，四外白影迷茫，相隔石亭不过一二十丈远近，竟看不出一点影子。一阵阵冷风扑面，寒气逼人。二人冲风冒雪，加急飞跑。到石笋转角处，正值牛子跑来，双方都跑得急，雪花迷目，如非灵姑眼快心灵，瞥见人影一晃，忙把王渊拉住，几乎撞上。

灵姑见牛子急匆匆，满身积雪，头上直冒热气，忙问："老主人呢？"牛子喘息答道："老主人回洞了，走到路上，又叫我来喊小主人快些回去。这么大北风，一个不巧，立时封山。风雪再大一点，连气都透不转，就隔得近，也不好走。还有洞前的雪没有扫开，就说我们不会被雪封在洞里，到时也是费事。还是早想主意，把路留出来的好些。快回去吧，老主人们担心呢。"灵姑对王渊道："你还要多玩一会儿么？还不快走。"说罢，三人一同急驰。

三人行抵洞前，离二次降雪仅只刻许工夫，雪便增高了三四寸。雪花足有鹅掌大小。先下积雪吃寒风一吹，立时冻住，新雪落在上面都带声音。入洞一看，吕、王等三人也刚回洞不久。随把梅花插在瓦瓶以内，各自抖了身上积雪，换了短棉小袄，拿着器具，一同出洞，冒着大雪，将洞前积雪铲出一片平地。挪去几块石头，洞口开大一些。另铲出一条通往小洞的雪径。那雪下了个把时辰，地上足有三尺多厚。等到事完，雪也停住。

先前雪势太大，随铲随积，众人尽管努力，小径上的积雪仍有二三寸厚薄，成了一条雪沟。

吕伟见入黑夜，雪势已止，吩咐回洞，看夜间雪降也未，明早再作计较。牛子道："我们不打算封洞过年，还是多扫些好。这雪才下不多时候，就有两三尺厚，再下上一夜，明天就莫想出洞了。天冷风大，雪落地就冻住，更是难铲。多亏洞比地高，要不的话，明年雪化，非被水淹不可。就这样，雪太大了，化时还是要进水。趁这时候分出人来，在洞口筑上一条堤，雪化时水是由底下流，雪堆就比堤高，也进不来。"灵姑插口道："你早不说，雪这样厚，哪里找泥土去。"牛子道："泥土一点没有用，水一大就冲散了。主人先请回洞歇息，王大娘做点吃的。我会想法。"吕伟知他对这类事在行，便由他处置。命灵姑、王渊助他下手。自和王氏夫妻回洞歇息。

牛子先去小洞内取了一捆粗麻，几大瓦盆青稞粉，又把尤文叔药囊内的松脂寻出几大块。拿到洞内，用滚水将青稞粉调成稠浆；麻剪成尺许长短，撕散抖乱；松脂火化成油。然后把以上三种东西同放在石臼以内和匀，臼旁置火,用杵力捣。又教灵姑用飞刀在洞口开出一道石槽,将日前准备重建碧城庄房舍新锯的木板搬来几块,横搁在石槽两旁,做一个四尺来高、半丈多宽的模子。然后把臼中带麻稠浆一层层倒下去,随倒随杵。

快要平槽,又打下一排茶杯粗细的木桩,将臼底积麻狠捣一阵,抓起来用手扯匀,贴在浮面。除剩的塞在两旁石隙以内,各用铁铲向上拍打,一会儿便已光滑平整。只是湿气未退,仍用火力两面微烘,以防冰冻。一切停当后,三人又重出洞外,把洞口和小径上余雪扫尽。直到天气愈发酷寒,三人手脸俱冻成了红色,方始回转。

时已深夜,王妻早将消夜做好。另给牛子备了许多酒肉,以作犒劳。把洞中火池添得极旺,主仆围火饮食谈笑,都同声夸奖牛子能干。喜得牛子咧着一张丑嘴,边吃边笑,兴高采烈,欢乐非常。王渊笑道:"你倒高兴,明早我们雪却滑不成了。"

灵姑道:"你总像明天就不能过似的,老这么忙法。明日不行,后日再滑,不是一样?要被雪封在洞里,人都走不出去,不更闷么?"王渊道:"我不过这么说着玩。听说这里气候太暖,还恐天一晴雪就化了。照这冷法,真是日子长着呢。"牛子道:"山里头的大雪也常遇着,像今天这大雪花还真少有。看天气,今夜还非下不可。明天再看吧,没有一丈厚才怪。少时主人各自请睡,我还有事做呢。"

王妻笑道:"牛子真忠心,更当不得几句夸奖。尤其灵姑要一说他好,恨不得连命都不顾了。"王渊道:"娘这话我有点不信。上次往水帘洞搜杀白猩子,看他怕得那个样儿。真遇厉害东西,比谁都胆小呢。"牛子笑道:"渊少爷,今天我没把雪滑子做好,你总是嫌我。我虽胆小,真有谁欺了我主人,哪怕隔着一座刀山,我也要把他杀死呢。"

王渊笑道:"这我倒信,只是你那主人谁也欺负不了,恐怕你有力要无处使呢。"牛子听出王渊笑他说现成话,想答又答不出。

吕伟颇爱牛子忠厚勤劳,见他脸红,有点发急,忙插口道:"渊侄说得不对,牛子实是忠心。休看上次害怕,那是他深知白猩子厉害,望影先惊。此物动若神鬼,又非人力能制,心有成见,所以胆小。真要我父女受人侵害,山民最重恩怨,他为义愤所激,决不惜命,莫把他看轻了。"灵姑也道:"爹爹的话一点不假,他的确有那毅力恒心呢。我们固然不会受人欺负,可是不论有多凶险的事,如叫他去,决不会畏难推辞的。不信,你二人就试一试看。"王渊原是无心取笑，吕伟父女一说，也就不再提说。

众人吃完又略谈片刻，便即分别安睡。吕伟连催牛子去睡，牛子不肯，吕伟也只得听之。

玉灵崖外洞本是一个极高大的敞堂，仅两边壁角靠里一面各有好些奇石竖列，孔窍玲珑。势绝灵秀。左壁石既矮又少，石后空处也不甚大；右壁石较高大，环列如屏，后面有好几丈宽大的空地。中层后洞石室虽多，但吕、王等人嫌它过于幽深，出入相隔太远，不便照料。中院和后洞都有坍塌的石壁和深不见底的地穴，更恐有甚差池，未敢入居。因有女眷，起居不便，先就右壁奇石隔出两间石室，做为吕、王两家卧处。左壁安排炉灶。牛子独居石后。如此算是略分内外。初来天气尚暖，都嫌石后阴暗，加上长颈苗、白猩子几番侵扰，须日夜提防，因此除王妻独卧石后外，余人仍在外面睡眠。

自从尤文叔来后，说起山中近二十年来无一年不降大雪，多暖和的天气，说变就变，顿成酷寒，初来一定难支，洞太宽敞，须要早为之计。吕伟因他识途老马，必然无差，忙率众人赶造，将没顶的隔断撤去，仍就原有形势，在右壁奇石后面建五间丈许高的居室。当中一间最大，中列火池，旁置桌椅用具，作为用餐和冬来围炉之所。余者占地均小，只放得下一两张床榻和两三件竹几木墩，仅供卧起之用。左壁也盖了一间厨房，牛子仍卧其内。所有安排陈设俱是文叔主意。山中木料、石块现成，取用极便，没有几天便即完工。

灵姑、王渊向来嫌恶文叔，见天气温和，花木藤草经冬皆绿，俱当他言之过甚，尤其日里随他到后山兽穴几番往来搬运东西，忙上一天，晚来还赶造房舍；老父又性急，每至深夜才住，微明即起，心里都不大高兴。加以室小且低，逼窄气闷，除王妻外，连吕、王二人都未在里面睡过，两小姊弟更连进都懒得进去。近来诸人都有一张苗人用的矮木榻，榻心是牛子用山中棕和野麻编成，铺上稻草、棉褥，甚是温软舒适。

王守常武功平常，书却读得不少，两小姊弟夜间无事，便由王守常教读习字。文叔未来以前，火烛艰难，火架只能点些松柴油木，高置壁间照亮。时有火星爆落，不能在下面读书。来时所带蜡烛要留备缓急之用，为数无多，不舍得耗费。嗣由牛子伐取老松根下积脂，掺些兽油，熬炼成膏，用棉丝搓成灯芯，用灯盏点着。虽然明亮清香，但吕伟又不愿多伐千年老木，不令多制。两小均嗜文事，尤喜卧读，为就灯光，都把短榻移向灯侧。又各依恋父亲,连大人的榻也强移过去,并在一起。于是四榻相对,中间只隔一张桌子。

当晚天气骤寒,王妻素日怕冷,早将石后火池生旺,才去安歇。其实余下老少五人,俱在雪中奔驰力作了好些时,一进洞来,并不觉冷。此时池火甚旺,畅饮之后,再一围火,哪还有什么寒意。夜深人倦,亟欲就枕,以为有偌大火池近在榻前,盖得又厚,只须把火添旺,决不至冷到哪里去。安住已惯,石后小房只两间,没有卧榻,还得现搬卧具,俱想过了今晚再说。牛子尽管提说,当晚大风雪后还要加倍奇冷,众人却均未在意,各带两分醉意,头一落枕,便已呼呼熟睡。

这时雪又下大,风却小了不少,牛子因受主人夸奖,益发卖力求好,灌满一壶新酿得的青稞酒,连同残余肉食放在火旁。雪势微住,便到洞外扫雪;下得大时,又进洞一边吃酒肉锅魁,一边做工,做那两副雪具,以备明早博灵姑欢心,堵王渊的嘴。人毕竟是肉做的,牛子年已五旬开外,在风雪中苦累了一整天,通未怎么休歇,再加上独自熬累这大半夜,哪还能不倦。当他二次扫雪回洞,把两副雪具做完,藏入己室,回到火旁饮食时,瞥见池火渐弱,想加些石炭、木柴下去。谁知酒已过量,加之事完心定,顿生疲倦,加不多块,心神一迷糊,便在火旁地上躺倒,沉沉睡去。

外面雪恰在此时大了起来,阵阵寒风穿洞而入,凡沾水之处全都冻结,冰坚如铁,奇冷非常。众人睡得甚是香甜,池中余火虽经牛子加了几块新炭,火势略旺了一会儿,无奈天气冷得出奇,几阵寒风往里一倒灌,原有热气便被扫荡个干净,只池中余烬犹燃。

四壁火把、桌上灯擎全都熄灭。全洞立似一座寒冰地狱,人怎禁受得住。先时众人也防天冷,盖得颇厚。初刮风时,外面冷极,被内犹是温暖,尚未警觉。不消多时,寒气便透重棉而入,直侵被底。榻上诸人睡梦中猛觉背脊冰凉,头脸针扎似的痛,身子如浸入寒泉里一样。

吕伟首先惊醒,随手一摸,寒裳如铁,到处冰凉,手足也都冻木,几失知觉,面目生疼,周身冷得乱抖。知道不妙,忙睁眼睛,脱口急喊:"灵儿快醒!"灵姑和王氏父子也同样冻醒。四人中只灵姑一人服过灵药,虽觉奇冷难耐,还不怎样,王氏父子已冻得不能出声了。灵姑听老父呼唤,一看洞中昏黑,池火奄奄欲灭,牛子睡在火侧,疑他冻死,又惊又急。知道天气酷寒,重棉之内尚且如此冷法,怎能使老父下地? 忙答道:"爹爹冷吗? 女儿还不甚觉得。

池火快灭了，爹爹千万不要下床，女儿自会想法。"

吕伟知道，不出被添火，人难禁受，出被更非僵倒不可，一时想不出主意，想命三人运用内功避寒，稍为活动血脉再下。灵姑唯恐老父先下受寒，已等不及，边说着话，边扯过被外长衣披起，纵下床来，只一纵，便到了堆积柴炭之处。见石油也都冻凝，急匆匆用铁勺舀了一勺，左手夹起几根粗大木柴，纵回火旁。先将石油往火里甩落，跟着放入木柴，又加了些石炭。那石油发火最快，点滴便有极旺火苗，这一倒下去，轰的一声，立时腾起五六尺高大的一团烈焰，木柴石炭跟着燃烧，榻前一带才有了几分暖意。

灵姑站在火旁一边添炭，一边劝阻榻上三人等暖和一会儿再下地，免得冒寒生病。再低头一看，牛子倒卧池旁，已是坚冰在须，靠口鼻直似蒙了一层霜雪。只呼鼾之声甚微，不似往日那等洪亮，人却未死。一摸火池中的铜壶，恰巧壶下有堆余火被灰盖住未灭，水尚温热。忙倒了一碗，给牛子撬开牙关灌了下去。因恐骨髓冻凝，容易摧折，不敢猛推，只得大声呼喊："牛子快醒！"

王渊醒来，见灵姑独自披衣下地弄火，心想挣扎下床相助，无奈身子冻得又僵又木。火旺以后，身上更抖得厉害，直说不出话来。没奈何，只得忍耐一会儿。这时听灵姑急唤牛子，猛想起母亲尚在石后小室以内，不知冻得如何。母子关心，一时情急，脱口喊了一声，什么也不顾了，把被一揭，纵下床往里就跑。牛子本能耐冷，又吃了满肚的酒，不几声便被灵姑唤醒，只是身子僵硬，不能转动。灵姑方想再给灌点热水，忽见王渊长衣未穿，往里急跑。想起王妻尚在室内，也着了急，丢下牛子跟踪赶进。一看，还算好，那几间小屋俱用老厚木板隔成，甚是严紧；王妻因为怕冷，酒饮不多，昨晚便觉出寒意，睡时曾将门关好，里外屋火池一齐生旺。在屋里睡的人虽仍觉冷，灵姑由外跑进，转觉温暖非常，与屋外有天渊之别。

王妻早被惊醒，见爱子冻得那样，忙拉他到被窝里去暖和一会儿。王渊因自己身上冰凉，恐冰了母亲，执意不肯，径往火池旁蹲下烤火。心一放定，牙齿又打起战来。王妻唤他不听，又唤灵姑。灵姑道："我倒不冷，等我去请爹爹、大叔进来吧。"说罢，回到外面。吕伟正披衣起坐，牛子也刚撑起。灵姑道："爹爹、大叔、牛子，快去里面，大婶门帘我放下了，里屋火很旺，比这里暖和得多呢。"王守常闻言，这才勉强撑起，战兢兢与吕伟一同穿上衣服，走到石后小室中去。

牛子虽然刚醒,周身疼痛僵麻,却不愿到里屋,仍随灵姑工作。二人先把里屋大小火池一齐生燃添旺,外面大池也加得火苗高起六七尺。王渊略为暖和,也出来相助,把床榻铺陈一齐移进室内。盛水只有两只大缸,幸还未破,但已通统结冰。三人不敢硬凿,只得冒着奇寒,把洞口冰雪凿些下来,盛入壶铫,又取些酒放在火旁,以备饮用。

这一忙乱,天已大明,谁也无心再睡。王妻自吕、王二人入房,便在小屋内穿衣下地。等灵姑、牛子一切停当,才行走出。就池旁热水淘米,煮了一锅热粥,又取了些熏腊咸菜,大家吃饱,火也越旺,才都暖和过来。可是近洞口一带仍去不得。这时雪时下时止,牛子所做青稞堤冻得像一道碧琉璃,又坚又滑。牛子昨晚所扫之处,雪又积了二尺左右;未扫之处,高达一丈以上。

王守常坐在火旁,望着洞口叹道:"想不到一夜工夫,天气变得这么冷,无怪人要封洞过冬。照此下去,恐怕我们就不封洞,也寸步难出呢。"王渊道:"那多闷人,洞口风大,我们不会做一个大门帘么?"王妻闻言猛醒,想起洞中兽皮、麻缕甚多,正可合用,便和众人说了。

两小姊弟很不愿关在洞里,闻言齐声赞好,也不顾外面寒冷和大人拦阻,径和牛子一同踏雪往小洞中搬取兽皮。那小洞原是众人堆积食粮之所,文叔所存诸物也在其内,灵姑已有数日不曾走入。到了一看,文叔所存物堆中似有翻动痕迹。但她想牛子、王渊常来小洞中取物,此刻又还要忙着查看牲畜有无冻死,因此心里虽然略动,却没开口问,吃别的事一岔,就此摆开。匆匆取了些皮革、麻缕,捆扎成卷,径往隔洞查看。

藏牲畜的洞穴地势最为低下,钟乳奇石甚多,吕、王诸人就着当地形势,隔成许多栅圈。只是光景昏暗,入内须持火炬照路。以往每次入洞,牲畜见火,照例骚动欢跃。但这次三人走到二层,还听不见一点声息。王渊急道:"糟了!昨晚今早这样冷法,那几只小鹿、小羊一定冻死了,我们快看看去吧。只顾忙着扫雪,也没给它们想个法子。"

牛子笑道:"只管放心,它们不在风雪地里,就冻不死。"王渊仍不甚信,持着火把,飞步赶到后洞深处各栅圈中一看,所有各种牲禽都做一堆蜷伏,挤在一起。看见火光,略抬了抬头,仍旧卧倒,更不再动转,竟一只也未被冻死。王渊喜道:"毕竟畜生比人耐冷得多。要都冻死,明年拿什么种田呀。"

牛子道:"你哪里知道,这大小三洞只这洞又低又深,里洞比外面的地要低下好几丈,不但冬天不冷,夏天还更凉快呢。我也遇见过好几回冷天,今天这样还是头一回遇到。照这么冷的天气，什么东西都禁不住，明年雪化了看，不知有多少畜生冻死的呢。它们栅圈里放有好些草豆谷子，风刮不进来，决冻不死。我们又不封洞，隔两天看上一回，加点食水，点一个数，防它们怕冷串群，踢咬成伤，就没事了。"

灵姑走过牛圈时，好像两只乳牛只见一只，因忙着查看鹿栅，没怎理会，此刻听牛子一说，便令当时点数。点完一算，乳牛竟少了一只，还短了两只肥大家鸡，两只鸭子。

三人俱觉洞中牲禽除各有栅圈外，头两层也都设有栅栏，并无开动痕迹；附近又没野兽，冬眠之时，蛇蟒不会侵袭。若真有厉害东西，像白猩子之类，不该只少这两三只小牲禽。栅内积草也不见凌乱践踏。况且这样风雪奇寒，无论人兽，均不能来往，哪有丢失之理？好生奇怪。洞内地广，孔穴又多，三人找了老大一会儿没找到，想不出是何缘故。只得回转大洞，且等明日看还丢失与否，再作计较。

吕伟听说丢失一牛二鸡，大为惊诧。王守常问雪中有无人兽脚印。灵姑道："这雪时下时止，就有脚印，也被雪盖上了。昨晚今早这么冷法，我看人不能来，蛇更没有；要是野兽，栅圈里不会那样干净。定是怕冷，藏在哪里，钻错了石窟窿，走不出来。再不就是误窜出来，风雪迷路，走不回去，冻倒雪里，吃雪埋住也说不定。"

吕伟沉吟了一阵，意欲亲往查看。灵姑因两小洞虽然冷得好些，洞外这一段却是寒气凛冽，咳唾成冰，风吹如割，恐老父受寒，再三劝阻。

吕伟多历世故，知洞中孔窍虽多，但俱都看过，没有大的。藏鸡尚可，那只乳牛有小驴般大，一则挤不进去，二则天冷，兽都合群，决不肯舍老牛离开，突然丢失，必有缘故。昨日在田场上忙了大半天，回来又忙着看花赏雪，洞前无人。天气先颇暖和，直到入夜才逐渐冷起，料定是那时候出的事，多半被人偷去。照此寒天算计，短时日内贼人决不会再来。因灵姑苦劝，不愿拂她一片孝心，也就罢了。

尤文叔在日，曾拿出许多狐兔黄羊等温软毛皮，送给众人制为衣履，为冬来御寒之用。王氏夫妻正值守洞无事，便做了几身。时正天暖，谁也没有想到这般冷法，只吕、王二人试了试，便即脱下，藏入小洞。等灵姑取回兽皮，王妻见爱子冻得面色发青，直喊脚冷，想起前事，忙叫牛子一齐取来，再拿几张好皮，连大人毛靴筒，一齐做全。

灵姑因帮同赶做洞口皮帘，只王渊一人强跟了去。一会儿取到，众人穿上一看，每人一顶皮包头，连脸至颈一齐套住，面上挖有四孔，用布沿边，露出双目、口、鼻；耳旁各有一眼，上搭小帘，启闭随意。还有一身皮做的衣裤，脚底一双毛靴。王妻女红精巧，式样虽仿效文叔，却比原式灵巧精细得多。从头到脚，凡相接处，俱有细密纽扣。上面还垂下三五寸，也有纽襻扣紧。靴筒下有布底。上衣对襟，两行侧开，密纽互扣。毛均向里，不似文叔反穿，远看毛蓬蓬和野兽一样。众人都有丝棉紧身袄裤，再加上这一套，端的温暖舒适，轻便非常，寒气一丝也透不进去。

　　王渊首先喜道："穿上这个，不但不怕冷，再做好雪滑子，哪里都能去了。"王妻笑道："前些天叫你穿上试个样都不愿，这又好了，你这个娃儿呀。"王渊只笑。

　　众人一点数，只两小兄弟和吕伟是全套。王守常没有皮裤，牛子没有毛靴套，王妻只有一件上衣，还短五件。王妻原给文叔做了一件皮裤，因是反毛，又与丈夫身量不合，见未取来，也没有问。

　　王渊穿上皮衣，在火池旁待了一会儿，觉甚温暖，正和灵姑商量怎么玩法，牛子忽然笑嘻嘻将昨晚赶做的雪具取了出来。那雪具苗人叫滑子，又叫雪船。宽约五寸，长约四尺，两头尖锐，往上翘起，像只浪里钻。鞋槽居中，上有四根牛筋索，以备绑鞋之用。

　　牛子刻意求工，去了原备木条，改选山中坚藤编成，甚是轻巧细密。王渊见了大喜，忙喊："姊姊，快试穿看看。"灵姑正缝皮门帘，笑道："要忙，你先滑去，我把这门帘赶做完了再来。"王渊恨不得就去试新，又不愿独去，穿上雪滑子，在洞前滑了一转又走回来，直催："姊姊快点。"灵姑也不理他。

　　吕伟正和王守常布置那几间小屋，闻声走出，要过雪具一看，果然灵巧精细。笑道："牛子手工竟如此好法。这东西有用，闲来再做两副大人穿的，没风时都出去活动筋骨也好。"牛子见众人俱都称赞，喜得赶忙取了精细藤条，当时就在火旁编制。

　　王守常道："牛子和渊儿倒是对劲，难得他偌大年纪也那么性急。"吕伟道："灵儿性子也急，不过比渊儿大了几岁，稍微好些罢了。"王妻道："灵姑多知轻重，渊儿比她差太多了。"

　　王渊见众人笑他，不好意思再催，急得在火池旁乱转。王妻见爱子猴急，笑对灵姑道："做得差不多了，还有两小块我缝吧。再不去，渊儿要急哭了呢。"王渊道："娘太挖苦人,我几时哭过?不是心急,实在那些梅花太可惜,也不知冻死了没有。"灵姑笑道："你怕花冻死,不合一人先去看么?"随说也就将针线收拾,结好雪具。吕伟又令将手套和帽兜套上。那皮都经文叔用药草煮水连洗带硝,外皮雪也似白。

吕伟道："这一身装束跟雪一样颜色,要打猎行军,只往雪里一趴,对方休想看得出来。只不知雪滑子合用不,真要是好,尽管冰雪封山,照样哪里都能去,不但快,还省力呢。"牛子插口道："这藤条结实极了,跑多远也不会坏,雪住以后,我往远处再试它一试就晓得了。"

灵姑想要答话,王渊催走,便同出洞,二人先顺雪径往梅林驰去,走出十来丈,见昨扫雪径已被增高了七八尺,只比两旁凹些,便纵身一跃,到了上面。二人脚底都有功夫,雪冻成冰,越发好滑,一溜就是老远。此时风雪已止,只是冷极。二人虽着重棉厚皮不甚觉冷,但走太快时,面上露孔之处仍有些刺痛。热气一出口鼻,立即冻结,围着皮孔尽是冰花。二人还未走进梅林,见积雪丈许,稍矮一点的树木都成了一座座的小雪堆,看不见一点树干。灵姑关心那些梅花,方说要糟,身已滑进林去,猛闻寒香扑鼻,忙抬头往前一看,不禁喜出望外。

原来梅性耐冷,林中又多是千百年以上的老梅,元气淳厚,本固枝荣,每年受惯风雪侵袭,凌寒愈傲。有花无叶,雪势虽大,梅枝上存不住。十九自坠,或是被风吹落,着雪无多。间有几枝花蕊繁聚之处雪积得多些,也全部冻凝。花雪融会,高簇枝头,琼玉英霏,顿成奇景。只昨晚二人所坐古梅,因有满树繁花,积雪最多。直的半株,冰雪丛叠,一层层直到顶尖,四周繁花交错,成了一座嵌花雪幢。横的半株,树干已埋入雪里,只剩千枝万蕊,带着满身冰雪挺出地面。白雪红梅,共耀明靓;寒香芳馥,沁人心脾。端的清绝人间,奇丽无俦。

二人踏雪滑行,绕寻了一周,不但梅花一株也未压折冻死,反觉各有妙景,观赏不尽,俱都欢喜非常。王渊提议趁风雪稍住,傍午再往石亭烤肉饮酒,同赏梅花。灵姑道："那不是山石?怎不见亭子?这么大风雪,莫不压倒了吧?"边说边往石前驰去。

到了一看,那么长大一条山石,只石首最高处微露出四根尺许长的亭柱,余者上下四面俱被冰雪封埋,仍似原形隆起地面。二人又顺石脊雪地滑上去,往亭子里一看,里面竟成了一个与原亭差不多的空穴。亭顶积雪虽然盈丈，一则亭柱俱是粗大毛竹深插石孔以内，不易折倒；二则四外雪一埋，反而冻凝坚固，亭顶也做得结实，所以并未塌倒。

王渊见雪封太厚，无法登临，好生扫兴。灵姑笑道："渊弟莫急，我想个法试它一下。"随将玉匣中飞刀放出，朝亭顶一指，银光飞入积雪之中。微一搅动，便听一片铮铮之声，密如贯珠，清脆娱耳。立时冻雪横飞，坚冰纷裂，随着银光扫荡之势四下纷坠。银虹电舞，与四外白雪红梅交相掩映，光耀雪野，璀璨无俦。不消片刻，丈许厚的冰雪逐渐削落，仅剩尺许厚薄一层。跟着灵姑又将亭外积雪如法炮制，现出全亭，才行止住。

收刀入内一看，昨日未取完的什物俱在，一点也未残破。王渊拍手喜道："这法子太好了。姊姊何不把这小石山积雪一齐去尽？"灵姑道："我说你俗不是？四外积雪一两丈高，石脊已然埋入雪里，如把全雪去尽，露出石头，有甚意思，难得头半截高，我们又不是上不来。如只去围亭一带，恰比四外的雪高些，在香雪海里现出一个茅亭，岂不更妙？我用飞刀修雪，叫它再好看些。你回洞送信，告知牛子，赶紧预备饮食柴炭，少时好吃。"王渊应声，飞驰而去。

灵姑正用飞刀修扫山石上面积雪，忽闻一股幽香自右侧袭来。猛想崖上还有大片梅花，只顾指挥飞刀扫荡积雪，尚未查看。抬头一看，崖腰上那片梅树，初移植时因想利用山崖形势，尽挑选些轮囷盘曲的奇干虬姿，多是侧悬倒挂。样子虽然好看，可是树年不老，枝多花繁，又当背风之地，雪落上面容易积住。天再骤寒，上层一冻，大雪继降，随降随冻，越积越多。崖顶积雪不时崩落，压折了好几株，没压坏的也吃雪盖住。花与雪冻成一团，仅有少许下层短干在冰雪不到的缝隙中微露出几枝红芳，虽居重压之下，依然傲寒自秀，含英欲吐，孤节清操，幽香细细，倍增高洁，观之神往。全不似别的庸芳俗卉，微经风雨初寒，便自凋零憔悴，现出可怜之色。

灵姑生平最爱梅花，见状好生爱惜，忙又指挥飞刀去除花间积雪。知道飞刀锋利，山石林木略触微芒，便会碎裂，因此做得格外仔细。不料神物通灵，竟如人意，也懂得爱护仙葩，只管随灵姑意旨，时大时小，上下穿行，更番搅削于香雪丛中，并未伤及一枝一蕊。渐渐雪多去尽，露出红梅花树。灵姑恐伤损花树，因此凡见花太繁的，便让留着一点残雪，树上积雪也不去尽。这样一来，满目红芳，陪衬许多玉干琼枝，冰花雪蕊，越显得名花丰神，出尘绝世。这次时光却费了不少。梅花现出以后，灵姑把那被崩雪压断的枝干取来,插在亭外积雪之中。回顾崖上,意犹未尽,又指刀光,向那积雪较多的梅枝徐徐扫削。

吕、王等老少五人也各携了食盐、用具,笑语踏雪而来,老远望见石亭外多了十好几株梅花,俱都惊奇。见面一问,才知是崖上断干插的。灵姑见众人都穿有一双雪滑子,说:"牛子怎做得这快?"王渊道:"他只做了三只,余下是大家做的,我还做了一只呢。"王妻笑道:"姑娘想的好主意。仙家法宝,也真灵异,多坚硬的东西,挨着就断,花却没有伤损。"灵姑闻言,猛然想起一事,忙向吕伟道:"爹爹且等一会儿,我回洞去取点东西就来。"说罢,收刀便往石下滑落。王渊问:"姊姊取什么东西?"灵姑已然滑出老远,一条白影在雪皮上疾驰如飞,晃眼不见。

王守常道:"渊儿你看,姊姊比你没大几岁,身子多么轻快,这身功夫,便成名老辈中也找不出几位来。难得有吕伯父这好名师,你偏贪玩,不知用功,将来怎好呢?"

王渊低头不语。吕伟道:"渊娃近日颇有进境。昨晚听灵儿说,他短短时期,居然把踏雪无痕的轻功练会了一半呢。说他不用功爱玩,那真冤枉。须知灵儿近来内外功进境极快,一多半还是仗着仙传练气之功。要论天分禀赋,他二人也差不了多少。只是灵儿有些缘法,能得仙人垂青罢了。"

王守常惊道:"大哥这话想必不差。可是渊儿性情,小弟深知,天分倒有一点,只是见异思迁,没有恒心。那踏雪无痕的轻功,岂是三月两月所能练成?他每日玩的时候居多,用那点功我都亲见,哪有如此容易?"

吕伟笑道:"灵儿先说,我也以为言之稍过。适才一同踏雪,我才看出他果然身轻,不似以前,并还不是存心提气卖弄。雪都冰冻,不留心看他不出,我却一望而知。除非也有仙缘遇合,服了什么轻身健骨的灵药,哪能到此境地?非私下苦功不可。年轻人好胜,有灵儿比着,不由他不暗中发奋,你哪里知道?"

守常仍将信将疑道:"他背人用功,从不背我。前几天我还见他在草皮上苦练,并无什么进境,几天工夫怎会如此?"吕伟见王渊脸涨通红,似有愧容,并不争辩,正要喊他试,忽见一幢红影在林外移动。王渊道:"姊姊来了,我接她去。"随说随往下跳。

王守常留神查看,王渊滑过的地方雪痕果然浅得不易看出,方才信了。二人俱当他借词故意显露,既已看出,也就没有命他再试。晃眼之间,灵姑带着一幢红影,飞驰回转。

原来吕氏父女因天蜈珠夜间宝光上烛重霄,恐启异类觊觎,自从上次诛蛇一用后,只和尤文叔谈起前事时取出看了一看,一向藏在筐内不曾佩带。适才灵姑忽想起这么好雪景,若将此珠取来做个陪衬,必更好看。她本是偶然兴到,事出无心,谁知此珠乃千年灵物丹元,不但辟毒辟邪,连水火寒暑俱能辟御。当日奇冷。嘘气成霜,王守常夫妻和牛子的皮衣履帽兜又尚未制全,一到亭内,便七手八脚忙着把火升上,围火而坐。身上虽穿着厚棉,仍是互相喊冷,手脚不能离火。等灵姑回亭将珠取出,立时满亭红光照耀,须眉皆赤。

王渊说:"姊姊未到时,珠还没有出囊,宝气已是上冲霄汉。虽不似夜来那么光芒朗耀,但比起晴天胜强十倍。如将此珠托在手内,绕着梅林滑雪飞驰,珠光宝气映着白雪红梅,定是奇景,我们快试试去。"王妻道:"好容易烤了会火,刚暖和一点,你又磨着姊姊滑雪去。就滑,也等吃几杯热酒,把肚皮装饱,到底也挡一点寒。你看吕伯父和你爹那么爱看好风景的都在烤火,没有走开,怎么只有你这娃儿就忙起来了。"王渊道:"刚才倒是真冷,身上还好,脸上凡透气的地方都冻木了。这会儿一点都不觉得呢。"

王妻道:"那还用你说,离开火试试,这会儿我还不觉得冷呢。你姊姊刚来,她跑这一路,问她冷是不冷就知道了。"灵姑道:"先脸上透风处跟刀刮一样,这会儿却不觉得呢。"

王渊道:"娘看如何?"王妻只当灵姑也想当时滑雪,笑道:"灵姑娘又护他,我不信跑得那么快会不冷的。"

王守常道:"侄女未进亭时,我脸和手脚冻发了木。心还在想,梅花雪景虽然好极,照此寒天,多坐下去,非冻病不可,若吃完还是这样,只好回洞了。就侄女进来这一会儿才不冷的。此亭四面透风,多大火力,也不能使全身上下一齐暖和,莫非是天气转了吗?"牛子笑道:"这雪还没有下足,不到明年二月,休想天气转过来。"吕伟闻言也觉通身忽然暖和,事情奇怪。一看灵姑已将手套取下,拿着天蜈珠伸向火中试验辟火功效,珠才挨近,还未深入,火光便已微弱敛熄,心中一动。

灵姑忽然笑道:"我到下面走走就来。"随朝吕伟一使眼色,往下纵落。离亭数丈,回问王渊:"此时冷不?"灵姑才一离亭,众人便觉冷气侵肌,寒威逼人,又和适才一样,好生奇怪。吕伟笑道:"想不到此珠还能辟寒,等灵儿再上来就试出来了。"灵姑随即纵上,果又不冷。连试两次,无不应验。这一来,只须有珠在侧,不复再怯酷寒,非但洞中可以随意居处,便哪里也都能去。众人无不喜出望外,称妙不置。由此灵姑又将宝珠带在身旁,不再收藏筐内了。

吕伟先颇嫌冷,原意饮些热酒,待身子烤暖,再起徘徊观赏。见天螟珠如此灵效,不禁老兴勃发,笑喊:"灵儿,酒热也未?大家痛饮几杯,我也随你们滑一回雪去。这么好景致,我还没顾得细看呢。"灵姑忙把酒斟上。众人都脱了手套,对着四面寒香冷艳饮酒烤肉。肉已冻凝,切得极薄,放在铁丝网上经杉柴一烤,分外香腴。牛子向来大块烤吃,这次也学样改切薄片。众人俱吃得快活非常。

吕伟吃了半饱,便即立起,说天太冷,恐王妻禁受不住,命将宝珠留在亭内。王妻道:"此时周身暖和,我们还在吃呢,又烤着火。亭外寒风冷气跟刀子一样,大哥同灵姑、渊儿滑雪飞跑,离了此珠怎当的住?"吕伟道:"我从小在江湖上奔走,什么冷热辛苦不曾受过,冷算什么?要没有此珠,不也过么?这些酒肉下肚,再穿上这一身厚皮,哪还有怕冷之理?我决无妨。至于灵儿他们年轻娃儿,更应该乘此冷天熬炼筋骨。珠只一粒,三个人也分持不来。弟妹身子单薄,还是留下的好。"灵姑因自己未觉很冷,又以为老父内功甚好,酒后跑动,当不畏寒,闻言便将珠递过去。王妻不便再拒,只得接下。

吕伟哪知早上已受酷寒侵袭,仗着体力强健,当时不曾发作,病却隐伏在内。便王守常、牛子、王渊三人,也各受了寒疾,只没吕伟的重,发作较缓罢了。当下说罢,穿上雪具,同两小兄妹起身。牛子见主人滑雪,不禁技痒,也丢下烤肉、锅魁,相随同往。

这时风势渐起,吕伟经爱女劝说,预先戴上帽兜。不料,身才纵落亭下,猛觉冷风扑面,由气孔中透进,针扎也似。酒后热脸,吃寒气一逼,当时激灵灵打了一个冷战,鼻孔立即冰凉,冻发了木。周身皮裹甚紧,虽然风透不进,却已没有先前温暖,天气竟比初出洞时又冷好些。这才知道离开宝珠,寒暖竟有天渊之别,灵姑觉出天又加寒,忙问:"爹爹冷吗?"

吕伟人老恃强,雄心犹在,话已出口,不愿示弱,以为跑起来一运用功夫,决能抵御,笑说:"我们由暖和处来,自然显得冷些。一跑就不冷了。"又问王渊、牛子,俱答并不怎样。这老少四人,灵姑最能耐冷,不必说了;王渊贪玩好胜,就冷也不肯说;牛子既要卖弄精神,讨好主人,又怕王渊笑他老牛无用,也很逞强,不肯退缩,灵姑一时大意,误信老父之言,见都说无妨,也就没有劝阻。当下各展身手,朝梅花林内驰去。

吕伟一面滑驰,一面观看王渊脚底功夫,随时指点。牛子虽然不会武功,却有天生蛮力,身轻矫捷,滑雪更是惯技,猿蹲虎踞,鸟飞蛇窜,左旋右转,前仰后合,手足并用,时单时双,往来飞驶于银海香雪丛中,做出许多奇奇怪怪的花样,引得灵姑、王渊哈哈大笑,相随学样。吕伟也是忍俊夸赞不已。

四人先时滑得高兴,俱不十分觉冷。滑有个把时辰,吕伟知道牛子好强奋勇,只要别人一夸,连命都不顾。见他脸上直冒热气,满帽兜儿尽是白霜,还在雪中起落飞驶不已,恐其太累,吩咐三人暂停,走至梅林赏花,少时再滑一会儿,回亭饮食。三人依言,随同走到一株粗有数抱,形态清奇古秀的老树下停住,歇息赏花。

灵姑重又提起王渊昨日由雪皮上用轻功往上拔起,才下新雪居然不见深痕之事。吕伟虽看出王渊足底轻灵,与前有异,也觉进境太速,闻言答道:"昨晚听你说过,适才留心细看,果然不差。只是他父亲说得也颇有道理,短短日期,怎进境比我当年下苦练时还快?太奇怪了。"随命王渊再用前法试演一回。

王渊功夫本非循序渐进苦练而成,昨日不过一时好胜,想博灵姑欢喜。此时一听吕伟叫他面试,唯恐吕伟老眼无花,看出功力不符,究问详情,不由心中焦急。又不好不试,只得照吕氏父女所传,加些做作,飞身拔起,落在树干之上。正想借梅花岔过,不料近日身轻气足已异往常,照那纵起神情又不应有此境地,休说吕伟,连灵姑都看出不对,好生奇怪。

二人方欲唤下盘问,不料吕伟忽然病倒。原来吕伟早晨受冻后,病已入体,适才又由暖处出冒寒风,严寒之气往里一逼,病更加重,深入体内。先时恃勇滑雪,一边运气,意欲借以抵御寒威,用力稍过,身上见了微汗,外面仍觉奇冷。滑行之时,只觉脊腰间一阵发酸发冷,还不觉怎样。这一停住,重病立时发作,忽然接连两三个寒噤打过,便觉通身火热,头晕眼花,站立不住。知道不好,刚喊得一声:"灵儿快来扶我!"人已摇摇欲倒。

灵姑正和树上王渊说话,闻声惊顾,见状骇极。忙纵过去,一把扶住,急问:"爹爹怎么了?"吕伟又是一个寒噤打过,身上便改了奇冷,上下牙齿捉对抖颤,话都说不出来,四肢更无一毫气力,只把头摇了一摇。吓得灵姑两眼眶急泪珠凝,几乎哭出声来。不敢再问,颤声忙令王渊驰往亭上报信,请王氏夫妻速回,就便把珠取来应用。白和牛子一边一个,扶持老父背朝前面,半托半抱,往玉灵崖归途一面滑去。

王渊也甚忧急,没到亭前,隔老远便大声急喊。王氏夫妻也由亭上望见,同由斜刺里赶来。王渊首先迎上,要过宝珠,便往回跑。珠一拿去,王氏夫妻便觉奇冷难当。尚幸那是必由之路,晃眼灵姑等也相继赶到,挨在一起同走,才免了酷寒侵袭。

老少六人同返洞内小屋之中,将吕伟放倒床上,池火添旺。把先放池边的开水倒上一碗,冲好姜汤。吕伟已寒热交作,不知人事了。灵姑急泪交流,匆匆取出自配救急灵药,撬开老父牙关,灌下姜汤。又把老人扶起,用热水浸洗双足。用了好些急救之法,吕伟仍是昏迷不醒。病象更是奇险,一会儿周身火热,摸去烫手;一会儿又通体冰凉侵骨,手足牙齿一齐抖战,只不出声。灵姑情急心乱,无计可施,竟未想到天蜈珠。最后还是王妻提醒,断定吕伟受了重寒,又吃了些不易消化的烤肉,寒热夹攻,宝珠既有御寒辟热之功,何不一试?灵姑才将天蜈珠拿起,向吕伟前后心滚转了一阵。这一来,果然寒热顿止,人也张口喘息,能够低声说话。

灵姑忙凑到头前问道:"爹爹好些了么?"吕伟颤声答道:"女儿,告诉大家安心,我只受了重寒感冒,现时寒热得难受,服我自制神曲就好,不要紧的。"灵姑见老父气息微弱,忙忍泪劝道:"爹爹,少说话劳神,养一会儿神吧。神曲已熬好了。"说时,王妻已将先熬就的神曲倒好,到外面略转,端到榻前。灵姑试了冷热,用汤匙喂了下去。仍守伺在侧,用珠向前后心滚转。

众人初意病人既能张口,当可转危为安。谁知宝珠虽有抵御寒热之功,却无去疾之效。加以吕伟奔走江湖数十年,受尽寒风暑湿、饥渴劳顿,平日虽仗着武功精纯,骨气坚强,不曾发作,却多半隐积于内,不病则已,一病就是重的。当日又受那么重酷寒,病初起时,心里直似包着一层寒冰,从骨髓里冒着凉气。冷过一会儿,又觉通身火炙,心里仍是冰凉,难受已极,口张不开,自觉快要断气。幸得宝珠之力减了寒热难受,周身骨节却酸痛起来。嗣后又服了两回药,终未再有减轻之象。只说心凉,命将宝珠放在前心,用布扎好。灵姑看出老父咬牙蹙眉,气息微弱,料定还有别的痛苦,强忍未说。恐老父着急加病,又不敢哭,几次把眼泪强忍回去,心如刀扎一样。她依言将珠扎好,见老父似已入睡,忙去外面焚香,叩求仙灵垂救。

众人正忧急间,不料吕伟的病还没见好兆,王氏父子的寒疾也相次发作。先是王守常见王渊随灵姑到外面跪祷一阵,进屋时脸上通红,又加了一件棉袍,觉着奇怪。这时洞口皮帘业已挂起,密不透风;且王妻怕冷,赏雪以前早把所在大小火一齐生旺,才行走出;回来吕伟一病,火更加旺。洞中存积柴炭极多,尤其从文叔洞内运来的石煤、石油,发火既易,火力更强,又极经烧。一任洞外风雪酷寒,洞内却是温暖如春。洞角石后几间小屋,连重棉都穿不住,别人只有改穿薄的,王渊何以还要往上加?

王守常心中一动,近前悄问:"你穿这么多做甚?"王渊说:"我背脊骨冷。你这会儿脸怎是红的?"王守常一摸王渊和自己的额前都是火热,手却冰凉。心刚一动,觉自己背脊也直冒凉气,跟着又打了一个冷战,情知不妙。因吕伟病重,王妻、牛子正助灵姑煎药、熬稀饭,恐加他们愁急,忙把熬就的神曲倒出两碗,和王渊一同服下。又加几块新的在药罐内。悄声说道:"渊儿,你也病了,快到你娘屋床上睡一觉去,少时一出汗就好。"

王渊本就想睡,只因见众人都忙侍疾,不好意思。经乃父一逼,自己也觉支持不住,只得依言照行。

王守常给爱子盖好走出,坐在火旁,越来越觉头脑昏沉,四肢疲软。室中病人新睡,须人照料,不能离开。他正在咬牙强支,恰值灵姑、王妻一同走进。王妻一见面便吃惊,悄问道:"你怎脸上飞红,神气这样不好? 莫不是也病了吧? 渊儿呢?"王守常强挣答道:"渊儿起得太早,坐在这里发困,我逼他到你屋里去睡了。我大约受了点感冒,已吃了一大碗神曲,不要紧的。你自服侍病人,不要管我。"

灵姑看他神色,病也不轻,心里也越发愁急。忙道:"大叔,我们山居无处延医,全仗自己保重。我看大叔病象已现。这都是早起受寒之故,快请上床安睡,吃点药发汗的好。大婶已帮我把什么都准备好了,有我服侍爹爹已足,索性连大婶也睡一会儿吧。要都生病,如何得了?"王守常也实无力支持,只得起立,身子兀是发飘,由王妻扶进房去脱衣卧倒。灵姑也随进去相助照料。再看王渊已然睡着,和乃父一样,寒热大作,连服了几次药也未减轻。到了晚来,牛子也相继病倒。

这一来,只有灵姑、王妻两人没病,怎不焦急万状。还算王守常父子病势稍轻,虽然寒热发虚,不能起坐,饮食尚能进口。牛子比较沉重,仗着生来结实,没有吕伟病象来得凶险。灵姑一面忧急父病,一面还得强自镇静宽慰工妻,防她也忧急成病,更不好办,端的痛苦达到极点。每日衣不解带,和王妻无日无夜服侍病人,饮食俱难下咽,别的事再顾不得了。二人急得无法,便各自背人吞声饮泣;撞上时,便相互劝勉,越劝越伤心,又相抱低声痛哭一场。

似这样整天愁眉泪眼,心似油煎,过了数日,王渊才略好一些,勉强可以下地,不再行动须人。王守常和牛子只是发汗太多,周身作痛,四肢绵软,胃口不开,病势也有转好之象。吕伟仍和头天一样,虽不加重,却一毫也未减退,灵姑几次供了玉匣,焚香虔诚祷告,想将匣底仙人赐柬和灵药取出求救,但头都磕肿,并无影响。

又是十天过去。灵姑眼看老父咬牙皱眉,一息奄奄,睡在床上,痛苦之状,心如刀绞。暗忖:"照仙人昔日所说和向笃临别之言,老父灾害俱自外来,怎又变成自己发作? 玉匣仙柬不肯出现,此疾决不致命。但这痛苦叫爹爹如何忍受? 替又替不了。想寻向笃一问,偏又人多病倒,自己一走,只大婶一人在洞,虽说大雪封山,人兽绝迹,到底也不放心。"正想不出主意,鹦鹉灵奴忽在牛子房中叫道:"老牛要吃茶呢。"灵姑一听,顿时有了主意,要知后事如何,且看下回分解。

第六十回

飞鸟传书　荒崖求灵药
开门揖盗　古洞失珍藏

话说那日早上，天气骤寒。灵姑起来生火，见灵奴蹲伏在洞角避风之处，闭目若睡，见人起身，睁眼剔毛，依然神骏。灵姑随即与王渊去小屋探王妻。然后去往小洞查看牲畜。回来缝制洞帘，还没完工，又被王渊强着同往梅林赏雪。午后吕伟、王守常、王渊、牛子四人便相次病倒，灵姑忧心如焚，哪有心思再去抚弄灵奴。好在灵奴不是凡鸟，不加羁绊，饮食可任自取，用不着人管理。当日灵姑因恐灵奴吵醒病人，将它移到牛子房内。灵奴更是识趣，见主人愁烦，整日蹲伏架上，轻易不叫一声。灵姑服侍老父，不能离开，每日给牛子送饭，多是王妻前往。灵姑偶尔去看牛子，见了灵奴，也无心理会，几乎将它忘却。这时听灵奴一叫，才把它想起来。

灵姑暗骂自己："真个糊涂，现放着一个可以传递信息的灵鸟，怎倒忘记运用？向笃闭关期中虽不愿人找他，为了求治父病，也就说不得了。"想到这里，见王妻正端了一瓦壶茶要往牛子房中去，忙即起身接过，请王妻先代照看老父，不要走出，自往右壁小屋。灵姑一问牛子病状，牛子喘息着答说："周身骨髓里酸痛发麻，爬不起床。心里惦念老主人的病，又见小主人忧愁消瘦，两眼红肿，难过已极，恨不自死。"

灵姑随口宽慰几句，将茶与他喝了。见鹦鹉一双铁爪紧抓木架，偏着头，眼射晶光，正望着自己，便把它招到手臂上，问道："我有点急事，要遣你飞往山阴，给上回用法术把你捉去的那个姓向的仙人送一封信，你受得住外边的冷吗？"灵奴答道："冷我不怕。老主人这病好得越慢越好，找姓向的做甚？"

灵姑轻叱道："灵奴乱说。爹爹饮食不进，整日昏睡，照此下去，就说不会怎样，人也要受大伤。有病的人自然早好为是。不是人病倒几个，我早找人去了,还用喊你?你若不能禁冷,那是无法,既不怕冷,为甚不去?"灵奴叫道:"主人孝心,我只好去了。请写信吧。"

王妻每日还用点饮食,歇息歇息。灵姑除却侍疾之外,整日忧思愁苦,连功课都无心去做,眠食两缺,已历多日。神昏意乱之际,只当灵奴知道老父病不致死,又记向笃昔日禁制之恨,不愿前往。闻言并未寻思,径取纸笔,匆匆与向笃写了一封求救的信。

那信大意说:承他指点,处处留神,老父只遇白猩子和山魈侵袭,受过两次虚惊,别无凶险。时已隆冬,以为前言可以应点,不料日前大雪,天气骤寒,全洞冻病了四人。老父病势尤险,现在周身痛楚,一息奄奄,饮食不进,运用诸药,不见好转。本欲亲身求救,无奈侍疾无人,迫不得已,特命灵奴衔信相告,务望赐以灵药。老父经过这次重病,是否便应了仙人之言,以后不致再有灾厄?灵奴通解人言,什么话均可传送,务乞指示玄机。

灵姑写完封好,交给灵奴衔在口内,又嘱咐了几句,揭开洞口皮帘,放它飞去。回屋见老父昏睡未醒,王氏父子刚吃完了半碗稀饭睡倒,只王妻静静地一人守在火旁,便乘空走到外面,焚香泣祷了一阵。久候灵奴未回,不禁心焦,便把皮衣穿上,出洞眺望。

自从吕伟一病,无人再到洞外。那雪接二连三下了好多次,因洞口皮帘封紧,众人并未觉察。灵姑先放灵奴出去时,已觉白光耀眼,眩目难睁。这时出洞一看,洞外积雪平添丈许高,以前没扫过的地方几达三丈高了。本是洞高而内凹,牛子先有准备,初下时将洞外积雪扫去,留出空地;否则洞口纵不被积雪全部封住,要想出去也艰难了。

灵姑再纵到积雪上去一看,崖前一带的石笋、竹树俱已深埋雪里,不见踪迹。冻云四合,寒流无声,目光所及,到处银装玉裹,茫茫一白。满天空灰沉沉,看不见一只鸟影。那穿肌刺骨的狂风,却刮得呼呼怪响。雪花冻成坚冰,地面积雪一任风力强暴,纹丝不动。

崖上积雪,有那地势孤陡的,每每吃不住劲,由高崖角上整块崩裂下来。每块最小的也有三五丈,又是由高直坠,轰隆轰隆两三声大震过去,跟着狂风一扫,碎冰碎凌随风搅起,满空乱飞,落到哪里,冰雪相击。淙淙发为一片碎响,即使琼玉敲金,也无此清越。

灵姑心悬两地,通没心情理会。在寒风中呆望了盏茶光景,偶望左侧,两小洞侧散乱着几根柴枝,先还当是那日早起察看牲畜所遗,心想:"各栅圈内存积牲粮甚多，洞深也不畏寒，但水都冻成了冰，牛子一病，又无人打扫，连日未去察看，不知如何，这时也顾它不得了。"遥望前面，暗云低迷，风势越大，灵奴仍无踪影。

一转身，又瞥见那洞口柴枝尚有焦痕。四外雪封，独这几根柴枝散置雪上，分外显眼。这才想到："察看牲畜是初下雪时，当时雪才积了数尺。休说老父生病期中，便赏花前后，雪还下过几次，即有遗落，也被埋在雪里。连日不曾出洞，怎有此物出现？难道是风刮的不成？"

心刚一动，忽听灵奴叫声。定睛仰望，灵奴自遥天空际疾若星驰，穿云而来。心情一紧张，便把前事忿过。晃眼灵奴飞落。灵姑见它身上羽毛满带霜凌，爪上还抓着一团草根，料是灵药求到。知它冲风冒寒，在冻云中返往疾飞，必定冷极，一把抱紧，就往回跑，到了洞内，灵奴尚在颤抖，叫不出声来。灵姑心中疼惜，又急于要知就里。侧耳一听小屋没什么响动，便把手套脱下，解开皮衣，将灵奴身上霜凌拂去，偎在胸前，低声抚慰道："你为我爹爹吃此大苦，我怎样谢谢你呢？"灵奴又喘了一会儿，才颤声答道："主人放心，老主人病就快好了。只是……"说到这里，又把双眼闭上，似做寻思之状。灵姑连声催问"只是什么"，灵奴即把经过说了。

原来山阴一带终年穷阴凝闭，景物荒寒，不见天日。一入隆冬，四面都被冰雪封固，雪虐风饕，坚冰山积，比起玉灵崖还要冷上十倍。灵奴去时，崖上冰雪崩塌了一角，向笃所居洞外本已冰封雪盖，这一来越发难以辨识。灵奴强忍酷寒，在冻云冷雾之中往返翻飞，苦寻了好些时，洞址虽然依稀认出，无奈向笃早将洞口行法封禁，加以冰雪深埋，厚达十丈，依旧无法飞入。后来灵奴无法，学着灵姑语声强挣急叫，向笃方才觉察，把元神遁出洞外，见是灵姑所豢灵奴，知已冷极，忙由冰雪中开一小洞放进，行法升了一堆旺火，令它暖和喘息，再问来意。

灵奴见洞中地方不大，因在崖腰之间，虽不透风，比起洞外也好不了多少。向笃端坐一块山石上面，泥塑木雕一般，生气毫无，元神归窍。他只把两眼睁开，除说话时嘴皮略为启合外，全身不见丝毫动转。他说自己早已入定，辟谷多日。近来天气奇寒，自己功候未到，难使元气真阳充沛全身。因忏前孽，去邪归正，不愿重用故道和行法取暖，每日入定，甘受寒冰冻骨凝髓之苦。为灵奴行法御寒，尚是闭关以来的第一次。

灵奴等他说完，气也缓过来，便把灵姑的信用爪抓开，衔到向笃面前与他看了,并把灵姑所嘱一一传达。向笃知它灵异,便令少候,重又闭目默运玄机,暗中仔细推算了一阵。然后对灵奴说:"吕伟本难免了惨死,所幸承荫多半种在前生,今生善行所积极多,又生此孝女,将来不是一定无救。但这次重病和前两次白猩、山魈之险,并不能算应过灾劫,只略减一些罢了。要他痊愈不难,愈后却要留意。不应此劫,灵姑仙缘难以遇合,必致两误。"

说毕,嘱咐灵奴回洞不要提起。又说治病的药却有,原是准备将来道成炼丹用的。药名朱苓,产自千年古松根下,灵效非常。不特有祛寒去邪之功,并能大补真元,立起沉疴。只是难于寻掘,自己仅得两块。因念灵姑孝思,可先带去给乃父服用。异日仙缘遇合,大熊岭惯产灵药,颠仙那里所存必多,尚望到时惠赐几块,只要不误炼丹之用就好了。灵奴问明用法和藏药之所,用爪抓起,往回飞走。回来虽快得多,仍是冷得难支,半晌才叫出声来。

灵奴通灵,早识先机,巴不得主人早有遇合,自己连带沾光,平日好些话都不肯说,何况还有向笃叮嘱,因此叙述时便略去了许多,灵姑只知向笃在冰雪中忍苦磨练和赠药之事。一听老父服药立愈,早已心花怒放,哪还再顾及详审话因。匆匆夸奖了两句,放下灵奴,赶到屋中嘱咐王妻洗涤瓦罐。自照向笃所说,将朱苓洗刷干净,削去外皮,放入臼中捣烂成泥。再撕下一块麻布,将药包起,用线扎口。又在瓦罐中间嵌上几根细竹条,上置小碗,将药悬系碗上。随后用绵纸将盖口封严,用火慢蒸。

那药一根五歧,形似薯蓣而小,外皮粗黑,内肉发红,看去似已枯干。放入药臼中捣烂,便融成一团朱泥,摸去腻手,匀细已极,色更殷红鲜艳。入口微辛,略带一点松子香,并不觉有甚特异之味。等蒸了个把时辰过去,渐闻清香满室,令人神爽。

吕伟周身痛楚酸麻,头脑昏沉,因恐爱女忧急,原是故意合眼装睡。这时闻见药香,觉得头脑略见轻松,但说话费神,提不上气,微微声吟着喊了一声:"灵儿。"灵姑忙奔过去伏向枕边,见老父半睁着两只神光黯淡的老眼,口鼻都在微微掀动,料是闻见药香想问就里,心里一酸,忍泪问道:"爹爹心意,女儿明白,请不要开口,等女儿自说好了。"吕伟便以目示意,不再开口。

灵姑忙道:"爹爹闻见药香了?这是女儿命灵奴往向大叔那里取来的灵药,只是要蒸六个时辰,到半夜里才能吃。爹爹安心静养,明天病就好了。"吕伟先时自分病势沉重,难以痊活,加以痛苦难熬,恨不早死,闻有生机,顿见喜容。

　　灵姑见老父神色较前稍好，仅闻见药香已见转机，服后灵效更在意中，不禁悲喜交集。在榻前守了一会儿，看出老父爱闻药香。回顾药罐，封口湿润，绵纸也染得鲜红，头蒸火候已足，便把药罐取放吕伟面前，开了罐盖，立时香腾满室。药只半碗，汁极清亮，红得和血一样。王妻赶忙将备就碗瓶、石臼送过，先将半碗药汁装入瓷瓶塞紧，原罐添水，将袋放在火上微微烘烤。快要干时，药香忽变成极浓烈的辛辣之气。取向吕伟鼻前一熏，连打了几个喷嚏。再放火上略烤，给王守常父子和牛子三人一一熏过，各打了不少喷嚏。然后将药渣由袋中取出，放入臼内重捣，又由干渣捣融成泥。二次如法重蒸，取得药汁，另瓶盛贮，记明次数，以备应用。

　　似这样重复了七次。药汁自第三次起逐渐减淡，捣药也渐费手。到第七回上，王妻见药汁虽不如前几碗粘腻，色仍鲜红，还想取些再捣，却已成糟粕，不复成泥，又因要忙着医病，只得罢了。

　　这时子夜已过，吕伟熏了几次药，孔窍大开，头脑首先不再疼痛。王、牛三人病势较轻，更觉轻快非常。药取停当，灵姑把瓶放入热水内温暖，另将屋外火池中先备热水倒了一大盆，端到屋里，请王妻回房暂歇。把头瓶药汁一半和水，脱去老父中小衣，用布蘸了揩拭全身；另一半用羹匙喂入口内，并盖好棉被。等过一会儿，又将老父胸前天蜈珠取下。初取珠时，吕伟还觉奇冷。再停刻许工夫，药力发动，忽觉一缕热气由胸腹间发动，逐渐充沛全身。皮肤反倒冰凉，面色越发死白，想说话仍是提不上气来。自觉寒气为热所逼，由内而外，彼此交战，比起先前，另是一种难受。

　　灵姑见状惊疑，伸手一摸，似有丝丝冷气由毛孔中往外直冒，触处冰凉，面上尤甚，颜色难看得和死人相似。她虽知向笃之言不会有误，但终恐老父病久禁不住药力，不由万分焦急。奈事已至此，别无善法，只得提心吊胆，战战兢兢在旁守住，深悔不该冒失，求愈心切，将药一齐喂下。还是吕伟知药有灵，看出爱女忧急，喘息说道："女儿不要心焦，这药真灵，我心头已不冷了。"灵姑见老父居然说出话来，略为放心。待过一会儿，见不现别的险状，才把第二瓶药，匀为两次，如法喂下。吕伟身上冷气兀是出个不止。挨到天明，方始减退，皮肤不似先前冷得冰手，说话也不甚吃力，渐渐入睡。

　　灵姑一探，鼻息虽微，却极匀和，看出病势大转，好生欣幸。药自三瓶以后，不再揩拭全身。每瓶均剩有一半，便乘老父睡熟，还不到服药的时候，拿去给工守常父子,按病轻重,各服少许。王氏父子病轻,越显灵效,服下不消片刻,便觉寒气往外发散,头脑轻松,苦痛人减。灵姑见王妻横卧在王渊脚头,睡得和死人一样,知她这多日来虽不似自己那么不眠不休,但也合眼时少,人已累极,沾床便倒,便不去惊动她。

王渊本能起坐,问知吕伟病见好转,甚是喜慰。见母亲睡着,只灵姑一人两头劳累,心不过意,想起床相助。灵姑将他按住,悄声嗔道:"你刚吃药,哪能下地?没的叫我添烦。也不许惊醒你娘。你要起来,等第二回药服过,看是如何再说。"王渊不敢强,只得乖乖卧倒。

灵姑走后,王渊暗忖:"灵姊这人真好,无怪神仙看中。我哪样也比不了她,真叫人为她死都心甘。"随又想道:"日前无心中吃了尤老头留下的药,果然身轻不少,一时私心,不曾明告。异日还想她携带学仙,有这一点好处都要隐瞒,真是对她不起。尤老头留的竹筒、瓦罐甚多,想必都是好东西,只是标有字的却没几个,不知还有那种灵药没有?灵姊这等仙根仙骨,再吃灵药,岂不本事更大?等病稍好,定去仔细搜寻一回,如能寻到,也可稍微报答她的情意。"

灵姑回房,见老父睡得甚香,瓶中余药还有不少。心想:"药力甚强。这多日来爹爹老是寒热痛苦,难得睡熟,看现在神气,不唤不会醒,正好去医牛子。"忙拿药轻步往石壁小屋走去。才到外面,便听人鸟问答之声。

灵姑衣不解带,侍疾多日,累得头脑昏涨,形神萧索,当日药有灵效,尽管一时兴奋,耳目心思已不似平日敏锐。牛子病中气虚,话多有气无力;灵奴更是唯恐主人听去,蹲在牛子枕侧,语更低微。灵姑仿佛只听灵奴说了句:"说不得。"底下还没听清,灵奴已是警觉,低叫:"主人来了。"飞回架上,更不再说。

灵姑忙着医完牛子。回侍父疾,并未在意。进屋一看,牛子眼角泪垂,喘吁吁睡在榻上,面带忧急之状,开口便问灵姑说:

"老主人的病今明天一定好,是真的吗?"灵姑道:"真快好了。这就是那灵药,你吃了吧。"牛子答道:"我舍不得老主人,恨不能我死了才好,不吃药了。"灵奴叫道:"老牛乱说,主人不要理他。"

灵姑哪知话里有因,答道:"你真是个呆牛,老主人就快好了,这药是多余的,你不吃,哪个帮我做事?你病中气短,少说话着急,快些吃药,我还要回去服侍爹爹呢。"牛子抬头还想答话,一眼望见灵奴怒目奋翼,似有扬爪下击之状。想起适才灵奴吓他如将实话告知灵姑,灵姑成了仙,自己必受仙人嗔怪,定遭雷击,不能转世托生之言,只得忍泪住口。

灵姑通未理会,忙着回屋,见吕伟仍未醒转,王妻也在睡,便独自一人往来各屋,照看病人。她积劳之余,本就支持不住,再经重累,不由积下病根。吕伟病去梦稳,这一睡直到午后尚无醒意。灵姑不忍唤醒,只强睁着一双倦眼,坐守苦熬。实在支持不住,便强起往各屋巡视。

王渊看出灵姑力竭神疲,乘她不在,偷偷将乃母唤醒。洞中不辨天色,已是傍晚时分了,王妻天明前睡起,直睡了一整天,平日又常抽空小睡,不似灵姑昼夜不眠不休,一觉之后,精神复原。听说病人全都转好,即可痊愈;自己饱睡,却令灵姑独劳,喜愧交集。匆匆赶出,见灵姑困守榻前,神色难看已极,便劝她歇息一会儿,说:"这些事我又不是办不来。你父亲病已将好,如你累病,转使老人不安,万一病再因之反复,如何是好?"

灵姑深知老父方正谨饬,一丝不苟,王妻虽是患难之交,但终系女流,诸多不便,因此执意不肯。后见王妻再三苦劝,自己也觉头抬不起,两眼直冒金星,恐真因劳致疾,转累亲忧,才去榻前将老父唤醒,喂服了药。吕伟身已不冷,说话也颇自如,灵姑看出病好多半,心大宽慰。问知腹饥思食,又把备就稀饭喂了一碗,服侍入睡。自和王妻也各吃了一碗稀饭。心一放定,越觉困极难支,只得托付王妻几句,径去老父脚头横倒。

王妻见他父女同睡,回到己屋一看,王守常出过一身汗,又睡了一个足觉,病体已渐痊愈。王渊更是早好,因吃灵姑禁阻,不敢下床。听说灵姑已睡,连忙爬起穿衣。王妻禁他不听,摸身上果然寒热退尽,精神甚好,只得任之。父子俱说腹饥,王妻煮些烫饭与二人吃。食前王渊说多日不曾沾酒,想酒已极。王妻疼爱独子,哪识他别有用意。

王渊见母应诺,自去取酒,装了一瓦壶。王妻说:"你病后怎吃这么多的酒?"王渊答说:"姊姊说牛子快好,也想酒呢,剩下的给他吃去。"王妻见他饮食香甜,知已大好,自然心喜。

王渊看见臼中捣剩药渣和火池旁的朱苓皮,知是向笃所赠灵药。一问原药形状,好似文叔所留竹筒中也有此物,越发心动,几次想走。因洞外天黑,须持火把,恐父母看出拦阻,正打主意,忽闻灵姑在榻上声吟说梦话,王妻忙去看视。众人卧室均极窄小,只一榻一几和一个小火池,不能多放什物。居中这间独大,各屋门一闭,便成了一间,彼此都可看见。吕伟病榻正对中间火池，为便照料，门老开着。

王妻回来，王渊道："姊姊不许我起来，我好久不见灵奴、牛子，很想他们，我把酒送去，和他们玩一会儿。娘只管服侍病人，不要喊我。爹爹才好，还是早些睡吧。"王氏夫妻含笑点头。王渊上身皮衣，当起病时脱在里面，这时顺手拿起。王妻道："你这时还怕冷么？"王渊佯笑道："我怕外边冷呢，带出去好。这小屋乱糟糟，到处挂些衣服也不好看，姊姊醒来又不愿意。"说罢，搭讪着拿了酒菜便往外走。王妻随将王守常劝进房去睡下，开了房门，独自守伺病人。她忙着添柴添炭，料理病人少时吃的东西，自然不能离开，做梦也想不到爱子会在风雪奇寒之夜到洞外面去。

王渊到了右壁小屋，得知牛子服药之后睡了一会儿，醒来觉着痛楚大减，欲往探看主人病状，相助灵姑操作。王渊将他拦住说："病人和姊姊都已睡熟怕吵，只娘一人在侧，连我都赶了出来，你去不得。我给你带来了酒，快吃吧。"牛子嗜酒如命，病后新起，更是爱极，忙接过道："少爷真好，等老主人好了，我定给你再做一副好雪滑子，叫你喜欢。"说罢大吃起来。

王渊道："你还说呢，都是那天滑雪，病倒了好几个。这些天山洞里没人去看，那些牛、马、猪、羊、小鹿、小鸡不知死了没有。"牛子闻言惊道："真的，小主人也没去看过么？"王渊道："你真蠢牛，吕伯父病得那么重，姊姊还有心思顾这个么？适才娘叫我去看看，因先给你送酒，火把又在你屋里，听说外边冷极，我还没顾得去呢。"牛子道："你病都好了么？外边冷，由我替你去吧。"王渊道："姊姊睡前说你病比我重，至少还得三天才许下地，外边天气比那日还冷得多，你如何能去呢？"牛子道："少爷还说我蠢，外边天冷，现成的宝珠不会带了去吗？你去将宝珠要来，我同你都去，省得你一人，那么多事也做不过来。"

王渊先也想到天蜈珠可以避寒，因知此珠不在吕伟身上，必是灵姑藏起，怎好明要。闻言笑道："你这点老牛心思，谁还想它不到？你那日没见老主人仗它辟寒，悬在胸前么？你定要去，我告诉姊姊，骂你一顿就好了。"牛子最怕灵姑，便答："我不去就是。你病才好，单上身穿皮抵不住冷了。"王渊道："我晓得。你把那油浸火把给我两根长的，我取帽兜和鞋裤去。"说罢走出，先往左壁小屋隔着门缝偷看，见室中静悄悄的，只乃母一人在洗涤盘碗。忙即退回，取了那日滑雪时所穿的一套，跑到牛子房中。刚刚穿好，忽听灵奴在架上学着灵姑的口气叫道："渊弟真顽皮。我也跟去。"

王渊先进屋时,便见灵奴蹲伏架上,不言不动,因忙着往小洞中寻药,没去搭理。闻言知它灵心慧舌,不似牛子易哄,低声叮嘱道:"你不要叫了,姊姊和他们都睡了,莫被你吓醒。洞外边冷,你去不得,乖些在屋里,等我回来拿好东西给你吃。"灵奴在架上张着翅膀又跳又叫道:"不要我去,你也去不成哩。"

王渊恐它饶舌,被父母知道出来拦阻,想招它下来加以恐吓。灵奴偏不上当,索性飞起叫道:"你想骗我,我才不信你的话呢。要我同走,回来我什么都不说;不要我去,就告诉你娘去。"王渊急得无法,只得低声央告道:"好灵奴,我带你去。莫把病人吵醒,姊姊好些天没有睡,有话到外边再说吧。"灵奴方始住口。牛子随将火把递过,王渊接了,叮嘱牛子:"多睡一会儿,这样病好得快。我去去就来,你不要管。"说时灵奴已先飞出。

王渊轻轻走到洞口,又拿了雪滑子,揭开皮帘,人鸟同出。爬到雪径上面一看,四外暗沉沉,尖风扑面,透骨生寒,积雪回光,路径尚能辨出。他见风大无法取火,一赌气,匆匆绑上雪具就跑。晃眼驰抵小洞,觉着冷极,又恐回晚,露出破绽,哪有心情先看牲畜,先往藏放食粮、用具的小洞钻进去,到了里面点上火把,寻到文叔藏物之处一照,只见什物零乱。暗忖:"以前只自己来过两次,后随灵姑来此查看,也没这等狼藉。众人病后,灵姑一心侍候,不曾离开,别人更不会来,怎会如此乱法?"

王渊一找那些竹筒、瓦罐,也似少了好些,有几个都变成了空筒,封筒漆泥还剥落在地,分明有人将筒中之物取走。先还以为冰雪封山,酷寒凛冽,外人不能到此;许是灵姑因父久病焦急,发觉文叔藏有好药,前来寻取,心焦忙乱,取了就走,不及检点,也未可知。继再仔细查找,空洞中大多留有残余的金屑,前次所见外标药名与用法的竹筒、瓦罐已不见了一多半。所留不是空无一物,便是药已枯朽,并且没一个不将封口打开。这才想起灵姑做事细心,最有条理,从不慌张疏忽,即便寻药,也决不会全数给人打开,满处抛置,散乱一地。料定贼自外来,不禁大惊。

王渊原是雪前无心入洞寻物,看见文叔所存之物堆积甚多,心想:"这老头来时,非逼众人帮他将兽洞存物搬来不可,连忙了好些天才运完。劝他留一半,不要紧的明年再运都不干。尤其将那些竹筒、瓦罐看得珍贵,问是何物,先说是药材,后又说是金砂,总是含混答应,吕伯父知他年老心多,不许提问,也就罢了。他在时,隔一两天,必定背人入洞一次,老怕丢了似的。现在偏一去不归,连寻几次也未寻着。照他那么看重,人如平安,决不舍这许多东西;久居此山,更无走失之理,分明十有九死。以前代他运物,除却兽皮、象牙、粮肉,凡是筒、罐一类,十九自运。记得有的还标有字迹记号,筒口用生漆和泥封固甚密。反正他已不再回来,何不开看里面到底是甚东西?"

其实当时文叔存物已然现出翻动痕迹,王渊没有灵姑心细,不曾留意。先取两竹筒一看:一是满筒豆大生金块;一是半筒珍珠,大小不一,还有几块翠玉。余者凡是外标字迹的,俱与筒中之物一样,不是药材,便是金砂,觉着无甚稀奇。刚想退出,一眼瞥见有一大竹筒颜色青润,直立筒堆上层,仿佛新制未久。别的竹筒封固极为严密,这一筒虽照样漆泥封固,封口和筒底竹节俱有七八个米粒大的气孔。用手一摇,不听响声,分量也颇沉重。筒外只有刀刻的年月记号,未标明内有何物。觉着有异,就着火把仔细一看,无巧不巧,上面刻的正与自己降生的年月日子一点不差。筒眼中似乎有一股清香微微透出,凑向筒口用鼻一嗅,味更清馨,这一来越发心动。

王渊随用刀向筒口漆缝里插进一拨,那封口应手而起,竟是活的。筒长尺半,粗约七寸。封口揭去,现出一个竹节,做的活盖也有七个豆大气孔。顺手揭开,内里还有一个竹筒。筒外四周都是青沙,里面种着一株尺许长的异草,形状似万年青:两叶对生,苍翠欲滴;叶夹缝中一茎挺立,色如黄金;茎顶结着一粒滚圆的紫色小果,约有指头大小,刚刚高齐筒盖,浮光鲜明,清香扑鼻。内筒只有半截,吃青沙壅紧,无法倒出。王渊正想用刀将外筒劈散,忽觉筒底竹节也有点活动,顺手转不几下,连底带里筒异草一齐退落。那草便种在里筒以内,半株露出筒外,一茎双叶,静植亭亭。所用沙土与草同色,捻去细腻非常,不知是何物事,沙里头还藏有一柄玉石磨就的尖片。竹色比起外层套筒还要青鲜得多。壅沙散落,现出几行刻字,细一辨认词意,不禁心花怒放,喜出望外。

原来筒中灵药,文叔也不知它的名字。只因已死两老白猩子岁久通灵,惯识灵药,在十年前由后山绝顶拾得此药几粒种子,对文叔说药名叫丁蒙(兽语"天生"之意),产自后山绝顶云雾之中,极难遇到。老猩之父三百年前曾寻到一株成熟的,服后力强身轻,增长灵性,可以跃取飞鸟,厉害非常。那药种系仙鸟衔来,一苞十二粒,仅只一粒结果,并须十数年后才能成熟。未熟以前,一样长着两片碧绿叶子,难于辨别。叶生极慢,先和青草叶相似,等长到十多年,叶长才只尺许。不知何时一茎挺出,上面结一紫果。只要闻异香外透,便须摘取,用玉石之类将它切片,捣融成浆,服将下去,过一刻便见灵效。但有一桩难处:结果时日事前难知,须碰运气。只一成熟,见了天光,子午一过,果即迸裂,变为六苞种子,又须再等十多年,还不知到时能否如愿。白猩子所拾种子共只七粒,为数不全,结果之种是否在内,不能辨别。两老猩令文叔择地种好,等待十多年,日夕查看,如见成熟,随时报知。

文叔见那种子丛附在一个豆大苞囊以内,有米粒大小,色如丹砂,晶明莹澈,颗粒匀圆。无意中就着日光一照,六粒都是透明无物,独有一粒生得较小,内中却隐隐现出一株具体而微的灵药影子,也是双叶一茎,上结紫果,与老白猩所说成熟之草一般无二,料定结果的必是此粒。因见那种子与山中紫金花籽大小、形状相同,便想了个主意,将这粒调换下来,偷偷寻一竹筒种起。继恐出叶以后老猩惊觉,仗着此草只初种时用绝顶净土培植,一经出叶便无须浇灌,性又喜阴恶阳,爱燥怕湿,又做了一个外筒将它套上。

更恐年久忘了用法,将里筒刻上字迹,藏上一块薄的玉片,以备到时应用。过了两年,那六粒新叶初生,忽值山石崩颓,连真带假一起毁去。两老猩惋惜号叫了一阵,也就拉倒。近年老猩移居,文叔算计到了成熟时候,走前还探看了几次,均无结果征兆,已疑这粒也非结实之种。谁知用多年心机,却便宜了别人。

王渊看完筒上刻字,唯恐果绽结子,错了时机,忙即如法炮制。用玉片将果切碎,就着竹筒底盖一碾,化成一小团紫色浓浆,刮放口内。当时芳香满口,只味略为有点苦涩,过了一会儿,方始回甘。自觉脏腑空灵,气爽神清,痛快已极。忽想起母亲体弱多病,难得这样好东西,怎私自吃了? 果既灵效,果叶想必也能补人,意欲取回与父母服食。

谁知果乃灵药精华所聚,果摘以后,叶即枯萎,晃眼变成两片黄叶,茎也枯干,料是废物,只得罢了。他背人行事,着实心虚,恐吕氏父女回来发觉见怪,匆匆略为收拾,将种药的两筒带出,暗弃附近涧底。

王渊次日背人一试,果然身轻了好些,不由暗自欢喜。因他一来知此事有欠光明;二来年轻好胜,日练轻功,进境太慢,幸仗药力,居然到了中上层境地,便想争气,伺机向灵姑炫耀。因此虽然高兴,连父母前都未说起。病后越想心越不安,自觉愧对灵姑。以为筒罐甚多,文叔那么珍视,也许还能寻出别的灵药。等到入洞后看出有外人来过,几乎全数开封,不见多半。方在失望惊疑,忽见灵奴箭一般直飞进来,落在王渊肩上,急叫道:"快些熄火藏起来,恶人来了。"

王渊虽是小犊胆大,无奈来时匆促,未携兵刃暗器,事出所料;又知鹦鹉灵异,这等惊惶入报,料非易与。方一迟疑,灵奴已一翅将火扑灭,叫道:"赶快藏起,你若跑出去,撞上就没命了。"王渊知道厉害,仗着路熟,刚一藏好,便见洞外有火光闪动。

文叔藏物之所,原是洞中一间天然的石室。粮肉、皮革一类粗重之物俱在右壁,堆积老高;所有竹筒、瓦罐俱堆在左壁角里,占地不多。王渊藏在堆后一个高可及人的石缝里面,潜身外觑,只见光影幢幢,由外而内,晃眼走进来的共是三人,俱是头戴反毛厚皮帽兜,身穿反毛皮紧身衣裤,手脚也穿有皮套,毛茸茸怪物一样。

这三人好似熟知这地方,一到室内,为首一人便把头上帽兜和手套摘去,向两同党说了两句,自擎苗刀、弩筒往出口一站,意似把风。语声虽然粗暴,却似入山以前在沿途汉城中听过的,不似当地苗人说话。那两同党一听,忙将火把插在壁间石缝内,各把手套脱去一只,掖在自己腰间,目不旁视,直扑右壁。

王渊藏处侧面立着一块怪石,遮住了目光,来人走向物堆后去便看不见。只听一阵翻腾挪动之声,一会儿工夫便取了许多兽肉,装入三个粗麻袋内。另一人又找出一个小布袋塞在大麻袋里,外用粗绳一一扎紧。为首一人见已成功,便过来相助,放下刀、弩,互相扶持,各背一袋,拔下火把,取了刀、弩,戴上手套,从从容容往洞外走去。

王渊先见来人如此胆大,心还愤怒,意欲出其不意,由黑暗中冲将出来,夺取来人兵刃,拼他一下。继一细看,来这三人不特行动剽悍,矫健非常,而且所持厚背苗刀精光闪闪,分量沉重,暗器也是苗人所用极毒弩筒,中上必死,不易抵御。尤其那盗走的三大麻袋干腊兽肉,少说每袋也有三百斤左右,另有一小袋是文叔曾送吕伟未收的金砂,重有好几十斤,那么笨重的东西,三人寻寻常常背起就走,其力可知。稍为动转,灵奴又在肩上用爪抓得生疼,意似禁阻,不令妄动。他知强弱不敌,只得忍着愤恨,等到贼去,才从石后走出。

王渊探头室外,见火光尚在前隐现,灵奴已然飞起,忙即悄悄尾随,到了洞口,藏身洞侧,往外偷觑。见三贼带有几副短雪滑子,已各穿好。内中还有一副最大的雪橇,像只没舷小船。底后有木板突出,上立两柱,前边有一横木,上系两根粗索。三贼将麻袋堆绑在雪橇靠后一面,一切停当,两贼便去前面将橇上两粗索各挽一头,拖了就跑。

为首一贼两手分握橇后当舵用的两根立柱,等橇在冰雪上滑动,趁势往前一推,再一纵身,便立在木板之上。前两贼也各把身子微偏,让过橇头,再各往里一歪,便各端坐麻袋上面。径往隔溪飞驶而去,其疾若箭,也没看出橇是如何行驰,转瞬之间,已没入暗云沉雾之中,不知去向。

贼去以后,王渊猛想到:"吕、王诸人虽病,灵姑不过困睡,人尚是好好的。适才众寡不敌,被来贼堵在里面,不能冲出报警。此时贼已离开,怎忘了将灵姊喊来,用那飞刀杀贼,岂不省事?"念头一转,连雪滑子也未及回去取,立即拔步往洞中飞跑。

进洞一看,内室仍是静悄悄的,不闻声息。王渊刚要往里冲进,忽见牛子满面惊惶,由内走出,见他要往里跑,忙即拦道:"你姊姊病了,现在正脱衣服,你娘不要你进去。快到我屋里去吧。"王渊闻言大惊,暗想:"贼人已然跑不见影,姊姊偏又生病,如被知晓,岂不忧急,反正追赶不上,仍以暂时不说为是。"又急于想知灵姑病势轻重,忙问:"姊姊这一会儿工夫怎么病的?"牛子见壁间灯焰摇摇,洞外冷风穿帘而入,洞口皮帘尚未扣好搭绊,不愿答话,先去扣好。王渊随着赶去,又问:"我娘知我出去了么?"

牛子把头一摇,忽听灵奴叫声,连忙启帘放入。王渊因乃母不知自己出外,赶紧将皮帽衣裤一齐卸去。二人一鸟,同到牛子室内。牛子低声说道:"他们都不晓得你和灵奴出洞去哩。"王渊急道:"哪个问你这些?姊姊怎么病了?"

牛子道:"你和灵奴出去后,好大一会儿也没回来。我病已好,因听你话,怕小主人怪我,没有起床。后来实在睡得心焦,才爬起来。多少天没见老主人,想到门外偷看一下。走到那里,正赶上大娘一个人拉着你姊姊的手,坐在床边急得直流眼泪水。老主人和你爹却睡得很香。我忍不住走进去,才知小主人生病很重,头上发热,周身绵软,心口乱跳,说是天旋地转,坐不起来。她又怕老主人晓得着急,伤心已极。偏生那药剩得不多,要留给老主人医病,她定不肯吃。你娘说她是这些天服侍病人累的,打算给她用姜汤洗脚擦身,吃点神曲发汗。我就走出来了。你娘只当你在我屋里逗灵奴呢,叫我对你说不要进去,洗完会来喊你。你进来那么慌张,莫非我们的牛马猪羊都死了么?"

王渊知他藏不住话，自己又未往牲禽洞中查看，方欲设词答他，灵奴已在旁低声叫道："渊少爷，莫对这蠢牛说。"牛子闻言追问。王渊本不善说谎，便答道："头洞我没看，我先到二洞，想把尤老头的补药找点出来与伯父病后吃，不想翻了好久也没找到。灵奴催我，就回来了。"牛子惊道："你怎知他藏有补药？老主人总说尤老头要回来，不要翻他东西。下雪前我往洞里拿腊肉，见小屋里乱糟糟的，我顺便给他收拾，重又堆好。那日只你没跟我们到后山去，我早猜到是你干的，只是后来忘了问。你怎把他翻得那么乱？老主人知道，不说你才怪呢。"王渊闻言，便知下雪前贼已来过，刚想答说不是他干的，灵奴又叫："莫对蠢牛说呀。"王渊悬念灵姑，本没心思，便不再说话。

牛子料定王渊、灵奴还有瞒人的事，暗忖："白鹦哥最是刁猾，适才它说那话，我还没怎向小主人说，便连抓带啄，不肯再理我，这时问它必不肯说。那些牛马猪羊本该去看，莫如到两小洞细看一回，便知他们闹的什么鬼了。"也没有往下盘问。

洞外虽有出口，但积雪高及洞门，不近前不会看出。来贼俱当众人都被冰雪封闭洞内，不能出外，这两日正在一日多次，尽情搬运，为所欲为。灵姑一病，牛子忧急万分，关于小洞的事，想过便拉倒，并未前往查看。王渊又看出来贼厉害，灵姑病倒无人抵御，说出固是徒令大家焦急，如和牛子埋伏小洞与贼一拼，一个抵敌不住，将贼引入正洞，祸事更大，诸多顾虑，也未前往。

满拟两小洞中食肉牲禽所积甚多，冰雪险阻，贼盗不一定去盗，如盗存物，凭那三贼，就这么趁夜盗取，三两个月也运不完。那时病人已愈，再行告知，同往伏伺，捉到一个活口，问出巢穴，依旧可以全数取回，说不定还可多得。只恐来贼侵入正洞，事出仓促，措手不及，暗嘱灵奴留意，自己白日抽空睡眠，一到晚间便借词伺候，暗中防备。心想灵姑虽病，神志尚清，飞刀神物仍可扶床运用，遇有警兆，立即报知也来得及，失盗一层并未十分在意。哪知来贼既贪且狠，等吕氏父女逐渐痊愈，两小洞中粮肉、牲禽几乎全部盗去，所余无几了。后话暂且不提。

当晚王渊又等了一会儿，王妻来唤，忙和牛子奔进室中。这时灵姑积劳成疾，甚是沉重，虽吃了些自备的药，急切间也未见功效。王守常病却已全好，只体力稍差。吕伟服完余药，病去八九，已能起坐，只是病久体虚，元气受伤，看去不是三数日内能复原。

吕伟先见王妻在侧端药端水，问起灵姑，王妻说她多日未眠，已强劝去睡了,尚还相信。等到半夜,他见王守常父子和牛子俱都在侧,独无灵姑,再三追问,才知因劳致疾,自是忧急,硬挣着起床去看。见灵姑面庞消瘦,愁眉泪眼,正在昏睡,一摸前额滚热。暗想:"自己病重之时,终日昏睡沉沉,有时虽料爱女必定忧急,无奈清醒时少,眼又昏花,不曾留意,想不到她竟困顿憔悴至于如此。"疼爱过甚,心里一酸,两行老泪不禁夺眶而出。

灵姑先时满腔虚火,将精神振起,不眠不休,饮食两缺,勉强支持了多日。及见老父转危为安,余人也逐渐痊愈,心宽火降,困极难支之余,头一着枕,连日所受忧急劳累、风寒饥渴一齐发作,周身骨节像散了一样,痛楚非常。不过病势看去虽凶,只是阴亏神散太甚,将养些日,自会复原。偏生吕伟不放心,定要前往看望,这两行热泪正滴在病人脸上。

灵姑天生至性,尽管头抬不起,心忧父疾,魂梦未忘,本来做着怪梦,突被滴泪惊醒。吕伟沉疴初起,又当愁苦悲泪之际,相貌神情自是不堪。灵姑昏惘中猛一睁眼,看见老父站在面前,与梦中所见老父被仇人所伤死前情景一般无二,不禁肝肠崩裂,猛伸双手,悲号一声,奋身跃起,朝乃父一抱。吕伟还当她不放心自己起床走动,忙说:"乖儿安心,爹爹好了。"同时俯身伸手想去抱她。不料灵姑心神受此重创,起得太猛,身才欠起,猛觉头昏眼黑,口里发甜,仅喊得一声:"爹!"便已昏厥过去,手伸足挺,不省人事了。

吕伟和王氏夫妻见状大惊,俱各强忍悲痛,抢前施救,抚按穴道,轻声呼唤。过了一会儿,灵姑才悠悠醒转,双目未睁,先就悲声哭喊:"我不成仙,我要爹爹呀!"吕伟知是噩梦心疾,忙接口道:"乖儿,爹爹病都好了,在你面前,你快睁开眼睛看呀!"

灵姑闻声睁眼,见老父仍是先前情景,歪坐床边,又要扑起。吕伟已有防备,忙先俯身去将她抱紧道:"乖儿,你累病了,神志昏迷,在做梦么?爹爹吃了向大哥送的灵药,病好了。"灵姑先还未信,无奈神悸心跳,头重千斤,话说不出,听到末句才想起求药医父之事。又瞥见王氏夫妻也在床前,室中器物仍与往日一样,不是大雪危崖情景,自己也睡在床上,才知适才是场噩梦,并且老父已能下床。心中一喜,更累得气喘吁吁,香汗淋漓,半响才说出话来。三人宽慰了她几句。

王妻因吕伟新愈,恐又反复,连劝安歇。灵姑更是含泪力请。吕伟恐爱女伤心,只得忍痛去睡。王氏夫妻照料病人服药安睡,才把王渊、牛子唤进。

灵姑的病就此加重了几分,每一入睡,便呓语大作,时常哭醒。还算吕伟通晓医理,加以奔走江湖多年的经历,平时配有不少成药。初发病时父女关心,虽然难免惊慌忧急,第二日便查明病源,连给服了几剂安神滋阴的药,甚是对症,到第三日上便有起色。灵姑神志清醒以后,见老父逐渐痊愈,心中一喜,病好得更快。吕伟见她身容消瘦,只是疲劳太过,强令静养些日,不到十分痊愈,不许下地。灵姑仰体亲心,不便违抗,足足睡了八九天才起床。吕、王、牛子三人也均大愈。全洞愁云尽扫,又恢复了原来安乐景象。

灵姑病好前两天,想起小洞牲畜多日不曾查看。但众人刚刚病好,多未复原,倘去查探,恐又冒寒,病有反复,更恐老父前往,便悄嘱王渊转告牛子,不许向老主人提说,并禁前往。

其实灵姑一病,众人都发了急,加上外边天又奇冷,吕、王二人根本就没有想到牲畜的事。牛子倒早想去,却因王妻曾累过多日,吕伟恐她步了灵姑后尘,除却陪伴灵姑偶助更衣行动外,不令似前操作,一切事情交给牛子代做。牛子虽是勤而耐劳,却远不如王妻心细能干,尽管王守常父子随同相助,仍忙了个手脚不停,更无余暇再顾别的。

王渊虽知小洞生变,有了外贼,说都不敢,如何还去,直到灵姑下床的第二天,见老少诸人都将康复,料无差错,才偷偷告知乃母。王妻闻言大惊,一时见短,心疼爱子,又想来贼得了甜头,见无人理会,必仍要来偷,早晚总等得上,还有灵奴可以远远查探。反正不知贼巢所在,众人见丢东西,必往守伺,前事说否俱是一样,何苦徒劳受埋怨?坚嘱王渊不可实说。自己装不经意,乘便对众人说道:"这回接二连三,除我一个,都病倒在床上。这多天来,也没有想起往两小洞去取腊肉。后来大哥和众人一病,都吃咸菜忌口,也没人取,近五六天才吃点荤。适才我见剩的七八块腊肉、十几条腊肠俱快吃完,一算日子,不多几天就要过年,该取年货了,这才想起年菜年货一点还没备办。还有那些牲禽没人管过它们,莫不饿坏了吧?"

吕伟闻言警觉,刚要开口,灵姑恐老父焦虑,忙答话道:"取肉那天我去看过,各栅圈中,牛子早把食水堆积,只少了一条小牛、两只肥母鸡,不知藏在何处,没有找到。爹爹病后虽未再去,它们挨饿是不会的。适才我也想到要去看看,既这样,饭后我和牛子、渊弟同去,看看要什么东西,索性做几回多运些来,过个头一回的丰盛年吧。"

王妻笑道:"要的东西却多呢。因上次说可不封洞度冬,许多东西都没往里运。除了没来得及往小洞里存的一点食粮和盐、糖、酱、醋、茶外,只有两罐兜兜菜，荤的只有两大块熟腊腿、十多团血豆腐。照连日大家吃得这么香，差不多还够吃两天的，再吃就没得煮了。那盐、茶两样一向放在洞中，剩得倒多，糖连年糖都不够做。说也说不完，你们到那里，只要看该用的都拿些来，天太冷，省得常跑又受寒。"灵姑应了，又调弄回鹦鹉。

吃罢午饭，三人同往小洞去取东西。行时灵姑见王渊佩有刀弩，笑道："这又不是到远处去行猎打仗，带这兵器做甚？我们还要搬东西，岂不累赘？"王渊答道："雪地里穿上这一身皮衣服，再带兵刃显得威武些。小洞多日没去，冰雪封山，万一野兽没处找吃，跑到小洞里偷东西呢。姊姊玉匣不也带去了么？"

灵姑笑道："玉匣飞刀，因有仙师之命，在我不曾拜师练到与身合一之前，片刻不能离开，所以不便摘下。玉灵崖从无蛇兽，何况这样冰雪寒天。分明你又想出甚别的花样，偏有那些说头。"

牛子插嘴道："真是的，一些厚毛的野东西，多喜欢在大雪后出来找吃。小洞里只有半截栅门，稍微灵巧一点都进得去，莫不真有野东西去偷吃的？这一说，我也把刀弩带去吧。"王守常道："多厉害的野兽，也禁不住这口飞刀。你们都带家伙，东西怎么运呢？"王渊道："姊姊不愿用飞刀去杀那无知识的生物，还是带去的好。"说完当先掀帘而出。牛子也把刀弩佩着，拿了一根扁担随出。王妻忙道："灵姑娘快走吧，你兄弟不懂事。"灵姑笑道："他才聪明呢。"说罢掀帘走出。

洞外冰雪已冻得和铁一般硬，映着惨淡无光的白日，到处白茫茫，静荡荡的，更无一点生气。三人相继走到小径上面，刚各穿上雪具，灵姑猛一眼瞥见小洞冰雪地里横斜着几支残余火把，猛想道："那日灵奴去取药，我在洞口凝望，曾见雪中残炬，匆匆未暇查看，随即忘却。今日怎又多了两支？"不禁心动，忙问王渊、牛子："这些天小洞里你两人去过么？你们看洞外火把哪里来的？"

王渊抢答道："姊姊生病那天，我想往小洞里去看牲畜，才出洞便觉冷不可当，天气又黑，更吹得人要倒，在下面避了一阵风，想等风小一点再去，连上来几次都被风刮回，没有走成，就回来了。那火把莫不是上次我们留的吧？"灵姑闻言惊道："不对。如是我们所留，早被雪埋上了，哪到得了今天？这分明是雪后留的，快看看去吧。"牛子本想张口，被王渊扯了一把，又想起连日灵奴告诫之言，便没言语。

灵姑当先驰去,王、牛二人紧随其后。三人滑抵洞前,见那残余的火把竟不下二三十支,由两小洞口直向隔溪对岸,深一条浅一条有好些划印,牛子认出是冰橇划过的痕迹。灵姑看出贼人人数颇多,并且来过多次,想来洞中必已出事,当下又惊又急,飞步便往里跑。王渊忙喊:"贼并没走,还藏在里面,姊姊留神。"牛子道:"贼坐大雪滑子来的,早已走了。"随说,忙将带去的火把点起,分了一支与王渊,相随赶进。

灵姑因洞中黑暗,早将飞刀放出,银光四射,纤微毕现。才进头层存放杂物之所,便看出失却不少东西,残余之物乱摊地上,凡是细巧好拿的俱都不在。方在失声愤恨,王、牛二人也相继赶到。三人不及仔细查点,跟着赶往存粮之所一看,不特米麦细粮全部不见,连那一百多担苞谷、生稻、青稞甚至咸菜也都被人盗去,瓷坛、水钵俱没了影,至于盐、酱、糖、醋和一切自制的食物更不必说。再往藏放腌腊和风干野味之处,也是片块无存。最后赶到文叔藏物之处,见只有一些残破竹筒、瓦罐和一堆年久糟糕的药材、兽皮。这一来全洞荡然,积储一空。事隔多日,贼踪已渺,三人枉自焦急愤恨,无计可施。

灵姑先还以为牛、马、猪、羊俱是活物,至多把鸡和小鹿、小羊偷去,大的决弄不走。及至赶去一看,贼人真个狠毒,将那好运的取走,身体蠢重不便活运的便就洞口杀死,只剩下大小两牛一马未杀。各栅栏外污血残毛,满地狼藉,除头角大骨外,皮都没有留下一张。三人这一急真是非同小可,气得牛子乱跳乱蹦,破口毒咒,骂不绝声。灵姑强忍气愤,细查雪橇迹印虽多,深浅不一,长短宽窄相同,似只一副雪橇往复搬运,依牛子观察,人数不过三四个,照所失之物计算,少说好几十次。地上血迹犹新,可见最末一次为期不远。

三人重又仔细搜查,只在头洞一个小石窟内寻到两只小鹿和三只母鸡,俱已饿得奄奄待毙,牛子给喂了些食水才得起立。原栅已毁,看神气似因食水吃完,出来寻食,恰遇贼来宰杀牛猪,受惊遁走,藏到僻处,没被偷去,那大小两匹水牛和一匹小马,想是贼人要取活的,橇小无法运走,准备再来,因而幸免。那藏物洞内还留有百十条腊肠和一只腊腿,内有一半还是入山时带来之物,想是地甚隐僻,未被贼人搜去。再还有藏放种子和菜蔬的一间,贼也没动,还有两大捆青菜放在一旁,似已捆好要走,临时变计,遗留在彼。

灵姑因这些东西众人曾费不少心力,还有许多山外带来之物,一旦全部失去,盐、茶、食粮大洞还有存余,肉食眼前就没得吃,老父病刚痊可不久,如知此事,岂不焦急? 倘若不说,一则隐瞒不住;二则来贼如此猖狂,偷完存物,早晚侵及内洞,不但应该防备,还要设法找寻他的下落,以便追回失物,这又非与老父商量不可。

正在愁急无计,忽见王妻走来。灵姑便问:"大婶来此何事? 不怕冷么?"王妻答道:"你爹爹久等你们不回,到洞口外探了探头,说天太冷,小洞多日没人前来打扫和上食水,一定费事。恐耽搁久了你们受冻,走时忘把宝珠交你,他和你大叔都想来。我怕他们病后体弱,再三拦劝,才讨了这个差使。爬雪堆时差点没有滑倒,还是你大叔搭了梯子扶我上去的。你们事都做完了么? 怎还不取东西回去? 这里怎么乱糟糟的?"王渊抢口道:"打扫费事倒好,只怕以后没得打扫呢。"王妻本听爱子说过洞中失盗之事,见三人面带愁愤之色,惊问:"洞中出乱子了么?"灵姑叹了口气,说了洞中情形。然后和王妻商量,究竟告知吕、王二人不告。

王妻闻言,呆了半晌,自是忧急。答道:"按说这事应该告知,同想主意应付才对。无奈他两人都是才好不几天,万一急病,岂不更糟? 照现时情形,那贼以为我们被雪封在洞里,一定还要变方设计偷那两牛一马。反正多厉害的贼,有你一人足够打发,依我想还是瞒上几天。你们先慢一步回去,我假说这里被牲畜粪秽糟得不成样子,你们定要把它打扫干净过年,东西等收拾完了再取,残余腊肠、猪腿尽先运回。青菜、母鸡说是怕冻,由我和牛子分两次运了回去,你三人再把牛、马、小鹿牵回。它们都已饿瘦,就说不知怎的生了病,牵回洞中医治,以免一个防不到,又落贼手,连根骨头都没有。我一回去便叫灵奴寻你们,等它飞来趁天未黑以前,命它速往查探贼巢所在。如其不能找到,那贼今晚说不定还来,可命灵奴暗藏小洞守候。等你回去,大家早点吃完晚饭,劝你爹爹早点安歇,你却假装在外间和我做针线,随时等灵奴报警;或者便和牛子、渊儿来此埋伏守候。你爹醒来如问,我再想话答他。今夜如不见贼来,明早查看雪中足迹,再打主意。只要擒到一名活口或是寻到贼巢,那么多东西至不济也找它一多半回来。有两三天瞒过去,事都办完,岂不比现说要免去许多着急么?"

灵姑本也打的是这个主意,只因事出仓促,念切慈亲,没有想得这么周全,闻言不住说好。又想当时就去找寻雪中迹印。牛子说:"隔溪平旷,虽有不少山石,无事时均曾去过,并无藏身之所。尽头处是一条数十百丈宽深的绝壑，万难飞渡，何况又是冰封雪积之时。贼蟊必自远处绕来，路决不近。"王妻也劝说："此时已近黄昏，等把残余菜蔬、种子运完，差不多也该回去了，何如事完之后，以逸待劳的好？"灵姑只得罢了。

当下由王妻抱了母鸡，牛子将菜蔬、种子和余物分别包捆运抵洞口。王守常闻声走出，相助运入。王妻又将宝珠交给牛子与灵姑带去。然后见了吕伟，照前话一说。吕伟闲坐无聊，正和灵奴调弄问答，闻言信以为真，并未深问。王妻恐他生疑，不便明教灵奴飞出，王守常又催做晚饭，心想等灵姑回来，再令灵奴往探贼踪也是一样，径去淘米煮饭不提。

灵姑等三人本意在小洞中待到天黑，再牵那几匹残余牲畜回去。牛子还想就便打扫一下。灵姑说："少时还要来此埋伏，全扫易启贼疑。天已不早，索性等擒贼以后打扫不迟。"三人没事可做，便聚在头洞堆放草豆谷糠的石室中闲话。已将牛、马、小鹿喂好牵放一处，准备再停片刻回洞。

灵姑说："灵奴怎还不见飞来？那日令它寻向笃求救取药，便说冷不可当，莫非怕冷不愿来么？这鹦鹉比人还灵，我真疼它，若非今天冷得好些，事情又关重大，我还不舍得叫它去受冻呢。"

王渊道："好在贼已留下去路痕迹，便今晚贼不来，明日也易查找。灵奴虽灵，一个鸟儿能有多大气候？万一那贼厉害，将它伤了，或是捉去，更划不来，姊姊不要它去吧。"灵姑笑道："我也是这么想，真正无法才叫它去呢。"

牛子插口道："肚皮饿了，我到洞外看看天色去，也不知黑了没有。"王渊道："是时候了，要去都去，在外面看会儿晚景也好，这里闷人，又有怪味。"灵姑拦道："你哪里知道，我看那牛血有一摊好像颇新鲜。贼胆甚大，他来过多次，见无人理，就许以为我们一时还不会出洞，连白天都来也说不定。我们在此挨时候，就便也可等贼。若要出去，那就干脆回去打发灵奴来守；否则还是牛子稍看天色即回，再等一会儿同走的好。"

没等说完，牛子便已走出，因灵姑一说，暗中留了点神。跑到洞外，见天未黑透，暗云低垂，寒风不起，境甚静寂。方觉无甚征兆，忽听远处雪崩之声轰隆轰隆，四野皆起回音。牛子耳目敏锐，听出声音起自对岸，循声注视，果有一座雪峰崩坠。正凝望间，猛见雪尘飞舞中似有一物在雪地里移动。忙缩回身定睛一看，竟是一条小船般的雪橇，由崩雪丛中一起一落从对面驶来，业已现出全身，看神气冰雪不平，似颇颠顿。牛子知是贼橇无疑，不禁惊喜交集，飞步便往回跑。进到二层，恰值王渊催归，同了灵姑牵起牲畜要往外走。牛子忙喊:"狗贼来了,快把宝珠收好,藏起等他。"

灵姑闻报大喜,忙把牲畜藏向隐处,一同觅地埋伏,悄问贼人踪迹如何发现。牛子低声一说。王渊道:"我们共有两洞,知他去哪一洞?莫等空了。雪橇很快,这还没来,再偷偷看一回吧。"牛子道:"二洞已被偷空,贼不会去。那橇远看足有船大,一定是临时做了来运这些活牛马的。我们藏在这出入路口,他们进来,一个也休想跑脱。"

灵姑唯恐贼橇不止一个,后面还有余党未到,想要一网打尽,也打算叫牛子乘贼未到以前,先往洞外隐伏窥探,以防走漏。牛子怕冷,贪和灵姑在一起,方说:"无须,小主人飞刀跟闪电一样神速,多远都能追上,决跑不脱。这时贼已快到,出去撞上,被他看破,反倒打草惊蛇。还是埋伏在洞里等他的好。"灵姑一想:"来贼既如此胆大,必当洞主无甚本领,又是大举而来,便遇上也未必肯退,可以毋庸出视。"因牛子这一畏寒躲懒,也忘了天色业已向暮,就此忽略过去。

三人隐身石后,待不一会儿,洞口有了声息,紧跟着便有火光在前面闪动和来贼脚步、说话之声。忙即住口,定睛向外观察。见来贼共是四人,装束也是紧身皮衣、帽兜,只是有毛的一面朝外反穿,长毛披拂,颜色不一,乍看颇似野兽人立而行。刀弩兵器俱插在背上,每人手上持着一个火把,内有两人还提着一副粗麻制的大网,一路说笑走来,神气甚是大意。灵姑先见贼党行为残忍贪暴,还当是山中苗人所为,及听语声,竟似闽广一带口音。心想:"深山之中,哪有如此凶横野蛮的汉人?"方自骇异间,四贼已然走近。

内中一个说道:"今天先把这几匹牛马拉走。过几天等老公病好,抢了大洞,再把那两处山民一收服,到汉城里弄他几个花姑娘,就在这里安家立业,自立为王,不比以前到处受气好得多吗?"另一人答道:"听说大洞里住的那几个男女着实有两手哩,这是他们被冰雪封住不晓得,真要明来,也够办哩。老三,你这如意算盘莫打早了。"先说话人答道:"那怕什么?休说他们人少,大师哥还会法术,又有迷魂香,多大本领,也禁不住我们半夜里把香点燃,给他塞进洞去。"

灵姑还要往下听时,四贼已然走过进了二层。方欲追蹑入内,忽听牛子把牙一错,悄声说道:"小主人快些下手,这便是后山那伙野猪狗,不知怎么过来的?"灵姑闻言大怒,忙和牛子、王渊一同潜踪掩去,以为贼已入网,意欲再听几句。刚尾随到后洞牛栅外面,一贼忽失惊道:"这里有人来过了,莫出爷吧?"余下三贼也看出有异,不禁头朝后看。

那粒天蜈珠越在暗处越发奇光。先时灵姑紧握手内,收入怀中,藏处又在洞侧大石后面,还不易发觉。这时一心擒贼,尾随在后,手已取出,光华隐隐透露。四贼回头,正好瞥见身后不远,红紫光雾影里站得有人,也颇惊异。再定睛一看,乃是一个老人和一男一女两个小孩。女的连兵器都未拿,男孩手里虽持着一柄锋利苗刀,年纪更小,看去不过十三四岁。

四贼都是习性凶悍,中有两贼又仗恃会一点障眼邪法,哪把三人放在心上。刚一定神,想要喝问,忽听对方男孩对女孩道:"姊姊先莫动手,等我先拿这狗贼试试手看。"言还未毕,人早飞起,一晃便纵到四贼面前,将刀一指,喝道:"大胆狗贼!竟敢偷我们的东西。急速跪下说出实话,待我们押你等去往贼巢,将盗去的牲畜、食粮乖乖送回,看在都是汉人分上,还可饶你们一死;不然,休想活命。"

为首之贼名叫五阎王阎新。余下三名贼党:一名铁脑壳牛武,一名猪八戒朱洪,一名神仙蔡顺。俱是一班专跑苗疆的恶匪。见这两个小孩生得和金童玉女一样,哪知死星照临,欲心一动,反把平日横悍之习收起,闻言并未发怒。阎新首先笑道:"小乖儿,你这点点年纪,还敢和我们动手,快跟你姊姊说去……"底下话未出口,王渊听他出言无状,不禁怒起,大喝:"狗贼死在临头,还敢胡说!"飞身纵起,迎面一刀砍去;同时左手一扬,照准贼人面门又是一弩箭。

四贼虽各背插兵刃,但因已来过多次,没想到会走入绝地,事起仓促。阎、蔡二贼又自恃本领,骄敌更甚,虽见王渊纵跃矫捷,以为一个小孩,会有多大本领,凭自己本领,就是一双空手,也能将这两娃娃生抱回去;老头子更是废物,没打在数里。因此只顾口头轻薄,并未将兵刃取下。牛、朱二贼本领较差,胆也较小,虽在回身时将刀拔出,也因敌人太不起眼,没怎在意。又各持着一根火把,占去一手。王渊自服灵药,端的身轻如燕,动作神速。四贼俱都疏忽,怎知厉害。

阎新一见刀到,忙把火把扔下,身子一偏,方欲让过刀锋,夺刀擒人,不料小孩受了高明传授,不特刀、弩同发,万躲不过,便这迎面一打也藏有若干变化。阎新刚反掌想抓刀背,眼前一丝白影微闪,右颧骨上早中了一支弩箭,深透入骨,直没至柄。刚哎得半声惊叫,王渊脚还没有站地,乘贼一偏头,就势变招,把手中刀往左一紧,正砍在阎新右臂上面,连肘带膀斜削断了大半截。紧跟着照准前胸凌空一脚踹去。阎新连受三处重伤，任多强悍也支持不住，一声惨号，倒跌出去丈许来远，晕死过去。

余下三贼俱以为阎新决无闪失，不想才一照面，便已身死，见状又惊又怒。牛、朱二贼扔了火把，齐举兵刃，怒骂杀上。蔡顺和阎新最好，虽然愤极，心中仍想活擒这一双男女，见朱、牛二贼上前，一面怒喝："四哥、六哥，要捉活的，好回去大家享受。"一面举着火把，拔刀行法，念念有词。

说时迟，那时快，这只是瞬息间事。当王渊纵前动手时，灵姑不知敌人深浅，恐怕王渊年轻闪失，也要追上，忽听牛子喊道："老主人心善，不肯杀伤汉客，这些狗贼都是万恶淫夫，只留一个活口好了。"灵姑已听牛子说过群贼恶迹，又听四贼说话可恶，心更有气，三贼这里一动手，灵姑飞刀也已发出。

王渊杀死一贼，更不怠慢，高喊："姊姊慢放飞刀，等我打完再说。"身早抢上前去，正遇牛武当先，迎面一刀砍到。王渊心想试试自己力量，并未躲闪，两脚往上一纵，单臂横刀往上一磕。牛武当小孩只是身轻手快，见他用刀来挡，以为这一下不死必伤，至少也得将刀震脱，谁知两刀相磕，锵锒一声，小孩的刀倒未脱手，自己却被震得半臂酸麻，虎口生疼，几乎把握不住，连刀带臂往右上方斜荡出去。王渊也想不到自己会有如此大力，仗着心灵手快，一刀磕过，瞥见敌人露出前胸，门户大开，一顺刀尖，照心就刺。牛武见势不佳，不及回刀去挡，情急心乱，忙不迭用左手去挡，身随往侧纵起。

王渊所用厚背苗刀乃长臂苗百炼精钢打铸，何等锋利，势又迅疾非常，牛武手才挨上，立被削断。王渊顺势往前一送，正刺在牛武左腹之下，"哎呀"一声，立即血流倒地。

王渊连杀二贼，只顾得意，谁知另二贼同时并进。牛武将倒地时，朱洪手持一支短矛，也从斜刺里刺来。王渊本是身轻善跃，瞥见旁影，不及回刀抵御，双脚一点，纵起两丈来高，竟由死人头上飞过。朱洪见敌人纵逃，忙回手拔出背后毒药梭镖往外一甩，照准王渊后背打去。同时蔡顺邪法也已发出一团两丈方圆的烈火。眼看情势危急，恰值灵姑飞刀出匣，一道银光电掣般飞将过来。她本心是想逼着二贼降伏，百忙中瞥见王渊纵起，二贼烈火、暗器一同发动，一时忙顾王渊，手指银光赶向王渊身侧，正迎梭镖，一挨便即碎落。银光扫过，蔡顺先被扫中，妖火灭处，化为乌有，人也变成了好几段。

灵姑恐都杀完，没了活口，正指刀光上飞，不令伤人，哪知牛子望见贼发梭镖，知道有毒，恐王渊受伤，也发了急，暗中弩箭照贼手臂便射。朱洪本不至死，偏生发镖时瞥见银虹耀目，猛想起洞中主人会飞剑，心里失惊害怕，往侧一闪，恰被一箭射中肩下，直透肠胃，立即毙命倒地。

灵姑见四贼全数就戮，才想起未留活口，方在后悔，忽听呻吟之声。三人忙奔过去，捡起地上火把一照，正是为首之贼。原来此贼适被王渊断去半条臂膀，又挨了一窝心脚，当时痛晕过去，刚刚醒转。四贼俱是为害各地苗寨的惯匪，牛子细一辨认，竟认出了三个，见是阎新，便和灵姑说了。随蹲下身去问道："你们这一伙丧尽天良的狗贼，我们苗人不知受了你们多少大害，想不到今天在此遭了报应。我认得你们，快说你们贼窝子和偷的东西都在哪里，是不是和林炳这群猪狗在一起，免我收拾你，多受活罪。"说时，灵姑见阎新口里不住呻吟，双目半闭，斜视牛子，隐泛凶光，满脸俱是狞厉之容，那只没受伤的手臂又在微微颤动，好似鼓劲神气。知道这类敌人最是凶悍，恐牛子得意忘形，中了算计，方想令他留意，阎新霍地浓眉直竖，凶睛大张，猛一翻身，照定牛子左太阳穴就是一拳。牛子大惊，忙一偏头，嘭的一声，正打在左颊上面，当时鲜血直喷，左槽牙竟被打折了两个。幸是闪躲还快，阎新重伤之下又减了许多气力；如被打中要害，非死不可。阎新臂断，本就血出过多，这一拼命用力，也便痛晕过去。

灵姑、王渊见状愤极，正要上前拷打，牛子一手捂着一张痛嘴，哎呀连声，一手乱摇，示意二人不要动手。略缓了缓气，负痛说道："这些猪狗，只有他已半死，知活不成，想激我们杀他，莫上他当，我自有法子教他说出实话。"说罢，先将阎新鞋袜剥去，用麻索捆扎结实，将那双好手也用索缠紧，绑在腿上。再寻一把稻草，裹些干牛马粪在内，用火把点燃，放出臭烟，交王渊拿着，去熏阎新鼻孔。自取一把刷洗牛马的毛刷，蹲在旁边等候。

过不一会儿，阎新打了两个喷嚏，便已回醒。见身被绑，恶臭熏鼻，自知无幸，不由破口大骂。牛子咧着一张痛嘴，骂道："任你怎骂也无用处，你们当初收拾人的方法我都记得，快说实话的好。"阎新依然大骂不止。牛子也不去睬他，一手用毛刷去刷他的脚心，一手伸向腰肋之间乱抓乱揉。阎新立觉脚底麻痒，腰肢酸疼，再加上臂伤痛楚，难受到了万分。先还咬牙切齿，强自忍受，不时毒咒秽骂几句。忽而又把嘴紧闭，牙关咬紧，不再出声。后来实在禁受不住，看情景不说决办不到，为免零碎受罪，只得将此次前来情况略说了个大概。

灵姑闻知尚有余贼在外，恐其知道同党失利逃回，好在阎新已然伤重待毙，决难逃去，拟用飞刀将余贼圈住，生擒回去详细拷问。于是连忙率了牛子、王渊二人出洞一看，哪有余贼踪迹。心想跑必不远，便顺橇印往前直追。不一会儿，三人便追到适才崩雪之处，见崩雪共有三处，橇迹至此便被盖住。越过崩雪，橇迹重现，大小来去之迹均有，大橇尚是初来。既有去迹，贼由此逃无疑。可是再滑里许，橇迹突然不见。那里平日都有平地兀立的怪石，这时成了千百座雪峰，最高的不过十丈，又都细长，无法站人。空处窄而难行，到处冰棱，阻碍横生。过去七八里绝壑前横，更难飞渡。现橇迹处又都是直印，没有转折，即便藏起，那大雪橇极易显露，怎会不见？如是贼供是虚，洞外橇迹分明是四条，好生奇怪。灵姑又把飞刀放出，在乱峰崖中飞驶一阵，终无动静。她一想四贼俱已伤亡殆尽，还未问出真情下落，恐吕、王诸人久候不归，又来呼唤，只得赶回。

三人入洞后，不听阎新叫骂之声，近前一看，已然头破脑裂，仰面伸足，死在地上。看神气，好似三人走后，挣到壁前，用头猛撞，自杀而死。橇迹无踪，伤贼又死，若逃贼归报，余党复仇来犯还好；如其知道厉害，不敢再来，岂不费事经日？三人焦急无计，不能再作久留，便任贼尸暂弃洞内，准备明日再打主意，牵了牛、马、小鹿回转大洞。这一时大意，几乎把全洞人等闹了个五零四散，难再安居。

其实贼党也闻洞中主人厉害，虽不甚信，终有戒心。原因牛马身躯沉重庞大，想用两架雪橇做一次载走，等回去过了这个丰盛年，明春雪化后再着人来探看，如见所闻是虚，立即倚多为胜，合力下手擒掳活口；如见苗头不对，便不明斗，另施诡计害人。这次共来了七人：阎等四贼一到便当先入内，准备网捆牛马；另一贼奔走二洞寻物；下余两贼本欲与阎新等一路同入，因要掉转雪橇，适才在隔溪被坚冰撞坏之处也须收拾，因此落后一步。

后二贼在贼党中最为奸猾歹毒，名姓时常变换，上半年还在为害苗疆，前月才与贼党合流。真名一名胡济，一名林二狗。当吕氏父女在罗银山斩蛟遇雨，初得天蜈珠时，所遇两个无赖汉客想要乘机染指，被范洪厉声喝退的，便是这二贼。当时二贼因范洪知他恶迹，又见吕氏父女飞刀厉害，没敢妄动。虽被溜走，可是那粒天蜈珠和吕氏父女相貌却被暗中偷认了去，只不知是在玉灵崖居住罢了。

这几次盗运牲、粮各物俱是二贼主谋，雪橇也是他们手制，甚是灵巧耐用。来时大橇刚刚制成，群贼心急，不等明早，当日就要下手。二贼说："到时将晚，看天色又有下雪之意，反正主人闭洞不出，何苦黑夜犯险行事？"贼头白斌力说："来去已惯，何况还有珠了照路，有甚险犯？眼看讨年，大家还要想法快活，办完是了。"二贼虽受群贼看重，但新来不久，未便执拗，只得依了。不料橇身太以长大，二贼行至隔溪乱峰丛中，转折间略一疏忽，撞在一个大雪峰上面，崩雪猛烈，几乎被打成粉碎。总算闪躲飞快，身穿又厚，虽被碎冰残雪打重了一些，均未受伤。雪橇只撞坏两处，也不甚重，容易收拾。待到洞前，刚点火把往洞里走，猛见洞中红光照耀，光影里现出老少三人正往前行。

最前阎新等四人被人尾随，并未觉察。如换旁人，势必老远出声报警，与同党前后夹攻，也就被灵姑全数擒杀，没有事了。二贼却是机警异常，一见便看出是个劲敌，并未声张，反将手中火把熄灭弃去，暗伏洞口往里偷看。心想："四人虽有两个会法术，可是敌人决非寻常。少时动手，能胜固妙，败却一人也休想活。自己虽多智谋，如论真实本领，还不如这四人，加上也是白送。莫如相机进退，四人一败，立即逃走，免得送死。"正窥伺间，四贼忽然警觉四顾，王渊纵上前去，只一照面，便将阎新砍断左臂，再加一脚，便晕死过去。二贼方觉男孩面熟，跟着又见灵姑飞刀，猛想起这两个小男女正是山寨斩蛟除怪之人，同时天蜈珠也被认出，不禁心惊胆落，亡魂皆冒。知道四贼决非对手，再不见机，被这小男女追出，定难活命。哪里还敢再看下文，双双用手一拉，悄没声跑出洞口，驾上雪橇，飞驰逃去。

另一贼尚在第二洞逗留，本不知四贼伤亡殆尽，胡、林二贼已然逃走。找了一阵，见所寻之物仅剩空筒弃置在地，后来寻到一点残余，业已干枯无用。料是被人毁掉，深悔以前不该胆小，头几次没有同来，以致白费心机，得而复失。洞中荡然，无可流连，气得咒骂不绝，退到洞外。这贼见天降浓雾，因是初来，知道主人厉害，不敢出声呼唤同党。雾又特重，不能辨物。先还以为群贼俱在头洞搬运东西，便手持火把，沿着外壁走到头洞口外，朝停雪橇周围用火四照，不见橇影。忽听洞内厉声恶毒咒骂隐隐传出，忙闪到洞口静听，正是阎新口音。探头试往里一看，只有两点火光，却不见同党影子，心甚惊疑，便把火把熄灭，黑暗中摸将进去。后来听出只阎新一人在那里秽骂，并无回音，知道这伙贼党嗜利无情，时常自相残杀，此时又见洞外雪橇不知去向。暗想："也许阎新被同党所害，绑弃洞中，那些同党已经驾雪橇离开，连自己和阎新一齐丢了。"当下壮着胆子近前一看，见壁间插着两支火

166

把,也快烧完,火光影里,阎新捆卧血泊之中,正在嘶声厉号,咒骂不停。离身不远,还卧着三具同党血尸,却不见有敌人在侧。

这贼还有点骨气,虽在提心吊胆之时,竟不顾危难,忙奔过去,就要拔刀解绑。阎新见是自己人,连忙拦住说了前事。并说:"我身受重伤,血流过多,万无生理,只是活罪难受。现时仇敌出洞追寻胡、林和你三人,半晌未来,胡、林二人必已见机先逃。小畜生甚是厉害,不论追上与否,少时回来,还是要想法子收拾拷问真情。最好将我弄死,装成自尽神气,以免他们看出破绽,被他们搜到了你,再饶上一个。"这贼暗想:"浓雾坚冰,人单势孤,自己尚未知要受多少艰险才能逃回,如何还带伤人同行?"便依言行事,提起阎新的双脚,将头朝石壁一撞,当时了账。这贼随手扔下死尸,就往外跑。到了洞外,遥望隔溪浓雾中似有银光闪动,渐渐由远而近。知道灵姑将抵洞前,不敢再点火把,仗着久居山野,皮骨坚强,地理也较熟悉,摸黑寻了个隐僻之处,刚刚藏好,灵姑等三人便已到达。

原来此贼由二洞退出时,灵姑等三人正由头洞赶出,越溪搜索余党,刚走了一会儿。回时又是如此凑巧,错过时机。灵姑那么细心聪明的人,竟会一再疏忽,以为余贼逃尽,不特没看出阎新自杀破绽,连附近和二洞都未再加查看,就此回转洞内。

灵姑当晚没敢告知吕、王二人。又因雾重天寒,灵奴不能远出查探,徒令受寒,无甚效用,于是连灵奴也未放出洞去。满拟贼必大举来犯,少时等老父安歇,即往小洞守候。谁知吕伟当晚精神甚旺,晚饭吃多了些,又饮了不少的普洱茶,与众谈笑,甚是高兴。灵姑再三劝说大病新愈,须多养息,不可劳神,只是不听。好容易强劝睡下,仍和诸人卧谈,全无睡意。

灵姑心里发急,又不便明说,后来和众人暗使眼色。众人俱都会意,于是王妻先把丈夫劝去睡了,牛子避向自己房内,王渊也装出困倦神气,吕伟笑道:"今天并不很晚,怎都困了?那么都睡去吧。"灵姑道:"渊弟,你先睡吧。我还要帮大婶在外屋备办年货,有许多事,要做完了才能去睡呢。"吕伟忙道:"你们有事怎不早说?"灵姑道:"我想等爹爹睡熟之后才去呢。"吕伟道:"你自去吧,我这就合眼了。"

灵姑把被角掩好走出。王渊道:"我帮会忙再睡吧。"也搭讪着跟踪走出。二人与王妻、牛子互相商量了一阵,直试探出吕伟已然睡熟,才令灵奴守在外洞,以防万一有警,立往飞报。然后同穿雪具,往小洞赶去,这时天已到了半夜。

其实早先那贼伏身暗处,见三人在宝光笼罩之下,牵了牲畜回转大洞,知是吃饭时候,还有些耽延才能再出。自幸来时橇停头洞门外,相隔二洞还有数丈,因此所穿雪滑子没有脱下,尚在二洞门口。忙寻到火把点燃,赶往二洞,穿上雪滑子,又往头洞将四贼遇敌丢弃的两支油浸火把找到,才行滑雪逃去,因在黑夜冰雪浓雾中急驶,受了许多险阻颠顿。幸好先逃的胡、林二贼也因情急逃命,浓雾迷路,二次误撞在冰雪堆上,都受了伤,雪橇又坏了一架,不能行驶,停在那里,准备挨到天明雾退,挣扎起行。恰值后贼赶来,三贼会合,并坐一橇,将撞坏的雪橇拆卸带上,改由后贼驾驶,才得逃了回去。当后贼寻取各物时,暗中摸索,颇费了一些时候,当时如果灵奴往探,决可擒到,怎会被他逃走?

如今说灵姑等三人到了小洞,见贼尸仍卧血泊之中,一切原样,不似有人来过,心才略放。等候多时,不见动静,牛子说:"这般大雾,休说贼不能来,连那逃贼行至途中也必遇险,未必能逃回去。"灵姑便命牛子去寻麻袋,将贼尸放入,藏向一旁,改日寻一僻处掘地掩埋;并将地上血迹和各栅栏洞中积秽,趁着无事,一齐打扫干净。牛子心想:"现时好几丈厚的冰雪,见不到一点土地,这些猪狗,谁还耐烦等到明年雪化再去埋他们?莫如趁这野兽满山找食之际,明日一早将他们送往崖那边野地里,任他们葬入野兽肚皮,又省事又痛快。"他虽这样想,却未说出,当时仍照着灵姑吩咐做事。灵姑、王渊也从旁相助。

打扫停当,估量天已离亮不远。只见那雾越下越重,臂膀粗细的油炬仅能照见二尺方圆,火头被雾气逼得都成了惨绿颜色,吱吱直响,如非用油浸过,直要熄灭。只飞刀宝珠发出来的光华能将雾荡开,不为所掩。宝光与近侧的雾相映,霞白云清,幻起一层层的异彩,绚丽无伦。再看过去,却什么也看不见。寒风不起,万籁俱寂,除偶然听到一两声冰裂之声由沉雾中透来外,哪有丝毫迹兆。

牛子断定当晚贼不会来,这雾恐也不是一天半天能开,白等无益,不如归卧。灵姑暗忖:"小洞已空,无物可盗。贼党今晚明早不来,不是为雾所阻碍,便是害怕。照牛子所说,这伙贼党都是极恶穷凶之徒,决不会就此甘休,早晚终必复仇,只不知甚时候来。雾重天寒,冰雪险阻,又没法寻他巢穴。似此不眠不休,长日长夜守候,势难办到。贼党既为复仇而来,必往大洞侵犯，不如回洞暂歇，等雾退了再打主意。"于是一同回转大洞。

王妻正在外间伏桌假寐，闻声惊醒，说吕、王二人睡熟之后并未再醒。洞中分不出日夜，王守常曾仿铜壶滴漏之法，做了一个记时的竹漏悬在壁上。灵姑拔起筒中心悬的竹签一看，上面水印已在辰初二刻，如照往日，全洞人等已早起身了。便把下筒的水倒回上筒一个时辰，催促王妻、王渊、牛子先睡一会儿。又把洞口皮帘扣紧，加上几条皮搭带，悄嘱灵奴留意，自己伏桌假寐守候，以防不测。累了一天一夜，不久便已睡着。

吕、王二人头晚入睡本迟，当下人都睡熟，无人出入惊动。又睡了个把时辰，还是灵姑先醒，见众人未起，便掀开帘缝外望，时已巳正，天和昨晚一样浓雾沉黑，知贼未来。进到小屋一看，王氏夫妻已然起身。吕伟闻声醒问："什么时候了？"灵姑说："洞外浓雾晦黑如夜，不见天日，时已不早。"随将老父服侍起床，跟着唤起王渊，牛子也被灵奴抓醒，都忙着做事。

饭后，灵姑暗将竹漏中水计改正。几次掀帘外望，雾都未退。估量雾中贼不会来，再往小洞也是白等。吕伟见三人昨日年货一件未取，只把不急需的菜蔬全数运回，又牵来几只牲畜；当日更是一物未携，只带了些柴草回洞，好生不解。笑问："灵儿，那两个小洞还没打扫干净么？眼看过年，各样糖果、糕饼都还没备办，怎不先取些来？到时看赶不及呢。"

灵姑心惊，脸刚一红，王妻已代遮饰道："大哥和渊儿父子、牛子、灵姑相继一病，焦得人什么都没心肠。昨天我才想，今年是我们开山辟土的第一个年，应该办丰盛些，大家过个肥年。后来我去小洞一看，那些牲畜想是久无人管，东西吃完后，有的就在住的洞里糟蹋，闹得乌烟瘴气，粪秽狼藉；胆大性野的，如几只牛、马、羊、鹿，竟把木栅撞倒，跑往二洞寻食，简直糟得不成样子。单打扫收拾，就要好些日子才能清爽。我再一想，离年不几天了，怎么也赶不及。牲畜连冻带脏，已然病了好些，不病的也都瘦脱了形。今年不弄好，留下病根，来年一犯春瘟，更是焦人。我们山居无客来往，上供能用多少？做来也是自己吃。再说前两月我抽空还做了些，众人一病，都没怎动。我和灵姑商量，哪天不好做来吃？只够用就行。还是先办正经为是，何必忙凑一时呢？除去些腊肉、香肠，菜蔬怕冻坏，和那几个病牲畜一齐带了回来。猪都饿落了膘，也一口不杀。凡是眼前可以将就、用不着的，都等年过后再说。大哥如嫌这样太简率，再多赶几样出来行了。"

吕伟知王妻平日颇劳，身子又不强健，这次没累病已是便宜。过年一切都得她亲手操作，别人不过相助传递，多半不会下手，又俱新愈不久。从丰备办，原是王妻提头，本非己意。她那么好强的人，都想简单些，定是太累了。忙道："弟妹之言极是，既够应用，再好没有，无须多做了。"王妻乘机又道："老实讲，今天灵姑、牛子还不能去小洞，要帮我磨米粉，蒸年糕，有多少事要做。要不这一点少的都忙不出来，才笑死人呢。"灵姑知她借口，笑道："外边的雾太重，又是臭的，我怕闻了生病，正想等雾退了才去收拾，还是先帮大婶赶办过年的事吧。"二人一唱一吹，竟把吕伟哄住。

灵姑心想："贼如不来，早晚仍瞒不住，终非了局。"好生焦急。因贼党会放迷香，恐突如其来暗使诡计，暗嘱牛子、王渊随时留意；如见雾退，也速报知。自助王妻就洞存余物筹措，准备敷衍过去不提。

牛子暗忖："雾气浓厚，正好摸黑去扔贼尸；如等天好再去，难免遇上贼党，还有危险。其势又不能明告主人一同前往。"便朝灵姑先偷扮了一个鬼脸，笑道："我不怕雾臭，乘这时没有事做，我到猪圈把猪弄干净，就把那四堆臭屎扫去埋了吧。"灵姑听出牛子想去扔掉那四具贼尸，知他嘴笨，恐多说话露出马脚，于是不假思索，忙答道："那你就去吧，做干净些。外边天冷，可把宝珠带上，只要取暖，却不许手拿照亮，免得丢失。那只逃去的小猪如若回来，急速送信，我还想拿它过年呢。"要知后事如何，且看下回分解。

第六十一回

矢射星投　飞橇驰绝险
冰原雪幕　猎兽入穷荒

话说牛子听了灵姑的吩咐,忙穿上皮衣,接过宝珠,暗取刀弩,掀帘走出,踏了雪滑子,飞也似的赶往小洞。寻了一根生竹扁担,一头挑一具贼尸,再绑上两支石油浸透、外包篾皮的大火把。绕过横崖,径朝前山昔日长臂苗猎取马熊之处驰去。火炬光强,夜间持以行路,十丈以内,本可纤微悉睹。这时还是白天,因雾气比昨日还要浓重,火在雾中看去,只是两股暗红色的焰影突突荡漾,依稀辨出贼尸和脚底一点雪地影子,首尾都不能照见,端的昏晦已极。加以沿途冰雪太厚,崩坠之处又多,地形好些变易。牛子虽然路熟,也不能不加小心,只好默记途径,试探着缓缓向前滑去。

灵姑又因牛子孤身一人在昏雾中奔驰山野,唯恐那天螟珠奇光外映,招来怪物仇敌,抵挡不住,将珠放在一个装药的水瓷瓶内,外面还包了几层川绸,只令贴身取暖,不许取出。牛子先时颇守主人之戒,及至走了半个时辰,一算途程不过走了六七里,距离弃尸之地三停才只一停,冰雪崎岖,浓雾晦暗,不能疾驰滑行,洞中还有两尸,似此几时才能完事?越走心越发急。

走着走着,微一出神疏忽,忽被地上乱冰绊倒,横跌了一跤,后半挑贼尸又被冰崖挂住,扁担也脱肩坠落。牛子忙爬起寻视,还算好,火把有油,落在雪里只烧得吱吱乱响,不曾熄灭;脚上雪滑子也未折断;周身皮裹,伤更轻微。可是那两具贼尸弃置小洞地上已一昼夜,牛子恨透这伙恶贼,为想使其早膏兽吻,挑起特又把全身皮兜裤一一剥去,自然越发冻硬,稍用力一撅,便能应手而折,哪禁得住比铁还硬、比刀还快的坚冰去挂,人头立即脆折,离腔滚去。前半挑贼尸正是阎新,又把那只没断的左臂碰断失去,都没了影。

牛子心眼最实,向来做事做彻,又恐日后老主人发现怪他,急得忙将火把取下,满地乱照。火光为雾所逼,二尺内外便难见物,找了一阵没找见。

171

忽想起那粒宝珠光能照远，便取了出来。珠才到手上，立见紫气腾焰，奇光焕处，四周浓雾似潮水一般往外涌去，和昨晚越溪追贼时情景一样，虽不能照出太远，数丈方圆以内景物已能洞见无遗。所遗贼尸首、臂俱在冰堆附近，相隔不远，一眼便已看见，忙取了来，重新绑扎停当，挑起上路。

牛子起初只想取珠暂用，行时仍旧收藏瓶内。事后借着珠光一看前路，所有山石林木俱被冰雪封埋，除零零落落有些大小雪堆外，地甚平阔。如能照见，避开雪堆不往上撞，极易滑行，只不知再往前是否一样。试用珠照路前驰，果然一滑数十百丈，顺溜已极，景物地形也都相似，照此滑去，转瞬可达，不禁大喜。灵姑交珠时，当着老父，原未明言。牛子暗忖："小主人不叫取珠照路，分明是怕我粗心失落。却没想到这珠红光上冲，就是失手落地，一看红光，立时可以找到。与其在黑雾里跌跌撞撞，一步一步慢腾腾受罪，还是用它，一会儿工夫把事办完回去的好。反正这样黑雾，狗贼绝不敢来，别的还怕什么？"念头一转，便擎珠在手，加速往前驰去，其疾如箭，不消片刻，便已到达。

那地方原是危崖之下的一片森林，平日草莽没肩，古树排云。以牛子的眼光、经历，早看出那一带必有野兽出没。一则地势较偏，吕氏父女轻易不去；二则洞中肉食无缺。又因以前凶徒曾在那里猎杀马熊，后来发现凶徒踪迹系由死熊而起，这类兽肉膻臊，苗人视为异味，汉人却不喜吃；灵姑经过当地几次，并未发现兽类，因而无意及此。牛子知道崖上下有无数大小洞穴，尤其崖阴一面崖形上凸下凹，像一口半支起的大锅。内里怪石，有天生成的盘道。洞穴俱在上层，离地又高，多大冰雪也封堵不了。哪怕平日因洞太黑暗，寒冷当风，野兽不居，这时却是它极好的避寒过冬之所，怎么也藏有几只在内。

及至寻到崖下一看，凹口果然还有两丈没有被雪填没。牛子便将火把点旺，用力投了一支进去。凹外积雪虽高，凹内原是空的，这次是雾浓而沉滞，不甚移动，没有侵入，只近口处有些，已被宝珠光华荡开。凹洞聚光，火把落处，照得清清楚楚。牛子本心想将野兽引出再抛贼尸，看了一会儿没有动静，拿不定有无野兽潜伏，恐万一料错，弃尸在此，开春雪化，被人发现。

方一踌躇，忽听轰隆大震，和着浓雾中崖壁山野沉闷的回音，兀自不息，牛子忙舍死尸，循声赶去，见是一株半抱多粗的老杉树不知怎的断折在地。乍看还当是树顶冰雪凝积过重，将树压折。继一寻思："杉树都是直干，这么深厚的冰雪,还高出地面好几丈,身粗根固,可想而知。上半枝叶不密,不曾多积冰雪,就算是雪压倒,不应该断了上半截,怎断处离地才二尺上下?四外松杉好几十株,怎么也一株没断?"心中奇怪,不禁目注地上,见那树干上有好些巨兽爪痕和蹭伤迹印。再一细看,不但别的树上也有同样痕迹,中有一株老松,因是枝叶繁茂,将雪承住,下面围着树干陷出宽约二尺一个空圈,圈旁冰雪还有好些深裂爪印,看神气好似野兽向树干上蹭痒,失足陷空,死命抓爬上来留下的残迹。

牛子这才明白,当地雪后实有野兽盘踞来往,适才所断之树,乃是它们日常擦蹭所致。既发现在此,早晚必来,何必费事把死尸往崖凹里塞?忙回崖前,将二尸取来弃置地上,匆匆便往回赶。有宝珠光华照映,归途又是熟路,加急滑驰,一会儿便到。将余下两具贼尸绑在扁担上面挑起,二次往弃尸之处驰去。

沿途无事。眼看滑到崖前树林之内,牛子正觉滑行顺溜,心中高兴,忽听前面林内似有猛兽咆哮扑逐之声。心方一惊,珠光照处,瞥见两团蓝光,一只牛一般大的野兽嘴里衔着东西,还有一只张开血盆大口追逐在后,首尾相衔,由斜刺里急蹿过来。牛子忙于事完回洞,滑势迅速非常,又是明处,珠光以外不能辨物,肩上又挑着尸首,人、兽都是急劲,等到发现相隔已近,回转已经来不及了。

牛子见状,刚喊得一声:"不好!"脚底早顺前溜之势,朝头一只野兽冲去,一下撞在后股上面,撞得脚骨生疼,上半身朝前一扑,连人带肩挑尸首,径由兽股上跌翻出两三丈远。随听两声震天价的虎啸,眼前一花,连吓带震,就此跌晕过去。

牛子醒来,闻得群虎怒吼之声近在身侧。睁眼一看,离身不远,珠光之外暗影中,连大带小,竟蹲着三只斑斓猛虎,俱在光圈边际磨牙伸爪,咆哮发威,各竖身后的长尾,把地打得山响,激得寒林树干簌簌振动,碎冰残雪乱飞如雨。牛子不禁胆裂,忙即纵起,往后逃遁。才一回头,谁知身后和右侧还蹲踞着四只大的,也在发威欲噬,怒吼不已。

左边又是危崖,简直无路可逃。刀弩已于跌时失去,只有一珠在手。方在惊悸,忽瞥见四虎齐都怒吼倒退,并未扑来。百忙中再一回看,前三虎却似走近了些,凶光如炬,只现虎头,后半身仍隐光外暗影之中。先还不知虎俱宝珠,一时情急无计,妄想往左攀缘崖壁逃避,便试探着缓缓往左横退两步。

牛子一退，这大小七虎也跟着进了两步，可是与前一样，并不逼近。似这样人退虎进，快要退到崖上。牛子回顾冰崖百仞，冰凌如刀，莹滑陡峭，难于攀升。下面崖凹又是虎穴，恐要再有虎由内冲出，四面受敌，先前主意只得打消，不敢再退。正站在那里惶急害怕，虎本隐身光外，只七个虎头在光圈边上出没隐现，见牛子站立不动，互相怒吼一阵，内中一只大的倏地暴啸一声，往光圈里一探，前爪抓起一尸，便掉转跑去，下余六虎立即吼啸连连，相率隐退。晃眼虎头一齐没入黑影之中，随在附近林内扑逐咆哮起来。

牛子见那抓去的正是一具贼尸，先前似在自己身下压着，逃命匆匆，没有理会。经此一来，方始醒悟虎畏宝珠，因贼尸在宝光圈内，不敢逼近。等自己退出，贼在光圈边上，才行攫取。否则自己适才撞虎跌晕，早被虎吃下肚去了。虎吃死人，可知饿极。另一贼尸不在光内，早落虎口无疑。

欣幸之余，胆力顿壮。查看身上，且喜平跌，没有撞在坚冰、树木之上，只手、臂、腿、膝等处有些疼痛，并不甚剧，走动也还如常。再看脚上雪滑子，一只前半折断，尚可绑扎；另一只却在跌时脱落，不知去向。心想："冰雪满山，没有雪滑子怎能走回？还有苗刀、弩筒与扁担等物也须寻取到手才行。"反正手有宝珠，虎不敢近，便借珠光照映，满处寻找。雪地平滑，不多一会儿，全都找到。只跌时势太猛急，弩筒甩出时正撞坚冰上面，将筒跌散，一筒十二支弩箭只找到九支。牛子忙于回洞，懒得再往下找。一听林中群虎尚在争食未完，匆匆将雪滑子断绳接好，绑扎停当，试了试也还勉强，便自起身回转。

走不多远，忽听身后山风大作，虎啸连连。群虎想是没有吃够，见人一走，又复不舍，从后追来。此时牛子虽然胆比前大，但二次被虎一追，拿不准宝珠是否真有御虎功效，终不免胆怯心慌。脚底雪滑子一好一坏，滑驶吃力，再加之长途往返，奔驰了半日，人已有些疲乏；跌时所受的伤，惊慌惶遽中不觉怎样，跑起来便觉到处酸痛，腿脚也没以前灵便：因而比初来时滑行速度差了好几倍。耳听啸声越近，回顾身后，虎影已在离身三四丈处隐现，好生惊惧。离洞尚远，无法求援，只得咬牙忍痛，拼命向前疾驶。牛子逃了一半途程，忽然急中生智，改用扁担支地，单脚滑行，居然要快得多。虎在冰雪地里原跑不甚快，遇到险峻之处也常常滑跌，约有半盏茶时便落了后，但仍是穷追不已。

牛子听出啸声渐远,一看途程已将到达,心始稍安。快要转过洞前横崖,猛见一道银虹照耀洞前,跟着有人呼喊他的名字。越发心定,忙赶过去。原来灵姑久候牛子不回,唯恐被贼党寻来受了暗算,借故赶往小洞。一看四具贼尸已无踪影,别无征兆,雾也较前更重,不似贼党来过神气,料是牛子埋尸未归。方要回去,才出洞口,便见天螟珠红霞宝气上冲霄汉,知牛子背地擅用宝珠照路,不禁生气,正待数落。及见牛子气急败坏跑来,皮衣裤上好些破裂之处,神情惊慌,甚是狼狈,心疑遇变,便问:"你怎么这个样子?"牛子喘吁吁答道:"老虎追来了!"灵姑呸道:"你真废物,一只老虎也值得这样怕法?"牛子道:"哪止一只老虎,多着呢。"随将前事说了,只把存心弃尸的私见隐起。

话没说完,便听虎啸之声自崖前传来。灵姑猛然触动心事,暗忖:"洞中失盗,正缺肉食,这雾不知几日能退,又没法往寻贼巢。如能打着一只大虎,表面不说,暗将腊腿、香肠供老父一人之食,嘱咐别人专吃虎肉,怎么也能度完明年正月,事情就好办得多了。"念头一转,忙喊牛子快跑,同往崖前追去。

那虎原本不止七只,先后发现四具尸体,群虎争夺之下,前两尸已被几只大虎一阵抢夺分裂,衔回洞中大嚼,下余好些没有到嘴,正好牛子二次送食上门,滑势猛速,撞在虎屁股上,死尸脱肩甩落,人也跌晕过去。一尸落在光外,被两只大虎各撕一半衔回洞去。下余七只,因见一尸落在宝珠光里,虽然猴急,却不敢走近。直到牛子醒转退避,盗尸快出光外,才行抢去,七虎都是饿极,纷纷扑夺。这次虽得各尝一宵,仍因大虎霸道,小虎吃亏,到嘴有限。想起还有一个活人,味更鲜美,虎目本锐,长于暗中视物,又惯嗅生人气味,加以极强宝光照耀,于是相率望光追来。重雾迷目,连遭滑跌,依旧不退,反更暴怒。可是宝珠避虎,虎虽馋饿情急,一到追近,却又不敢往光里冲入。稍一落后,便又紧追不舍。

灵姑放出飞刀本为照路,牛子一到,便已收起。及至迎向崖前,虎也恰好赶近。灵姑因听牛子说虎似畏珠,意欲试它一试。刚把牛子刀、弩要过,就有四只虎追来,果在光圈之外咆哮,磨牙张口,只露前头,后半身隐在雾影里看不真切。灵姑见状,忽起童心,用刀砍了些冰块,向虎投掷,又用刀伸前撩拨。激得虎越发暴怒,发威狂吼,只不敢冲进。牛子也学样用冰乱打。

二人逗了一会儿,灵姑猛想起离洞太近,时候久了,恐老父闻声出视,泄露失盗机密。又不愿多伤生物,只想挑一只大些的杀死带回。左手按定弩黄，右手握刀，纵向前去，照准内中一只大虎一刀砍去。这时牛子站立未动。灵姑因逗弄了一会儿，觉虎无甚能为，一时疏忽，看事太易，又想将虎皮剥下铺地，留下虎头，自恃身法灵便，用刀横砍虎颈，身便出了圈外。忘却虎乃山中猛兽，矫健凶猛已极；况且下余三虎虽未与这虎并立，却是一扑即至，而且又都红眼，早恨不能搏人而噬，丝毫大意不得。

刀刚砍中虎颈，虎负痛大怒，用尽天生神力，狂吼一声，往后一跳。以致刀嵌虎颈未能拔起，灵姑虎口也几被震裂。这一眨眼的工夫，旁立三虎为宝光所阻，本是情急无奈，见人出圈，立即纷纷怒吼扑到。灵姑正想用力将刀夺回，猛觉左右风生，雾影中两对拳大蓝光朝自己冲来，知虎扑到，当时情势又不宜于退回。幸好她心灵敏捷，纵跃轻巧，见势不佳，就着前虎嵌刀人立之势，脚尖点地，两脚先已朝天凌空飞起，同时右手握刀一按劲，随即撒手，向前面雾影之中倒翻出去。翻起时百忙中没有留神，左手臂微微下垂，竟被虎爪尖挂了一下，尚幸身穿厚皮，未受重伤，那左臂皮袖却已被抓裂，臂骨也撞得生疼。虎仍怒吼追来。

牛子瞥见灵姑翻出圈外，三虎怒吼追去，好生惊急，也赶了来。虎见珠光，又复纵避。灵姑又把飞刀放出，微一掣动，便将一只小虎斩为两段，另二虎望见银光，才知厉害，惊窜逃去。

灵姑还欲追杀，王渊在洞中闻得崖前虎啸，持火赶来。灵姑忙问："爹爹知道也未？"王渊说："伯父闻得虎啸，怕伤洞内牲畜，想出来寻你问问。我说大洞既然都听得见，姊姊、牛子不会不知，此时必在打虎。娘又从旁劝阻，我才跑出寻你。这虎怎会到此？听叫声还不止一只呢。"二人说话一耽搁，虎已逃远，不闻声息。先受伤的大虎负痛疾窜，跌向大树下面虚雪窟里。那把苗刀，因灵姑纵时左臂受伤失惊，撒手稍慢，竟被巧劲带出，落向一旁。三人匆匆寻找，见地虽有虎血，大虎却已不见，刀则在远处寻到。以为大虎将刀甩落，带伤逃走，不愿穷追，合力将小虎抬了回去。

吕伟问虎伤了小洞牲畜没有。灵姑说："虎在雾中一点不能视物，先是在远处吼叫，牛子想吃虎肉，闻声往寻。虎见珠光跑来，又怕天蜈珠，不敢走近。现在杀了一只小虎，还有三只，女儿不愿多杀，已然放它们逃走。虎连崖都未过，怎会伤害牲畜？况且牛子昨日已然防到雪后野兽乱出寻食，将小洞口加了木栅，就来也进不去，爹爹放心好了。"

吕伟信以为真，便不再问。灵姑进洞时，便将虎爪抓裂的上衣脱去更换,好在受伤轻微,稍敷自制伤药,即可痊愈;便没提起。说完,大家合力开剥虎肉,先将虎皮揭下,后将肚肠取出弃掉,洗涤干净,切成薄片,围火烤吃。那虎也有骡一般大,肉颇鲜嫩。灵姑因洞中肉食将罄,正在为难发急,不料有兽可猎,心里略宽。

这场雾直下到除夕半夜,方始逐渐减退。灵姑和王妻既要瞒住吕伟,山中头一次过年,还得像个样儿。巧妇难为无米之炊,只得就着大洞平日余存的一点东西配合筹划,费了好些心思,勉强把年供、年食备办停当。可是这样竭泽而渔,吃一样少一样,预计过了正月十五,只有蔬菜还多,食粮也仅敷二月之用,余者还有一些雪前未及运藏小洞的干果、种子,肉食就没有了。

贼党自从乘橇逃走,终未再来。灵姑每日盼着雾退,除夕半夜出洞祭天,火光照处,见雾已稀薄好些,料雾一退,贼必来犯,这次好歹生擒他一个活的,只要说出下落,就能夺回失物。当晚借词守岁,私往小洞烧香,暗中守伺,以防贼来。快到天明,一阵大风刮过,残雾全消。虽还不见星光,天色迷蒙,东方已有曙色。到了天明,居然出现晴空,东方渐渐涌出一轮红影,天际寒云浮涌其间,隐隐透映出一层层的霞彩,衬着万峰积雪和灰蒙蒙的天色,静荡荡的山林原野,越显得景物荒寒,境地幽寂。三人在浓雾中沉闷了好些日,乍见天日,好生欢喜。

祭神祭祖之后,吕伟听说天晴,也要出视。灵姑苦苦劝说:"天冷冰滑,风又太大,天不转暖,定不放爹爹出门。"吕伟只说自己一病,爱女成了惊弓之鸟,怜她至性,也就罢了。

当日不见贼至,灵姑满以为除夕元旦,也许贼正忙着过年,不愿出来争杀,至多过了初五必来无疑,谁知到了初六仍毫无动静。雾住之后,寒风又起。日光只在初一早上露了片时,此后终日愁云漠漠,悲风萧萧。只正午偶尔在灰云空中微现出一点日影,也是惨淡无光,天更奇冷透骨。鹦鹉灵奴平日遇事总喜自告奋勇,背地已对它说过,迟早要命它去探贼巢所在,但俱未答话,可知畏冷难禁。又恐平日里飞去为贼毒弩所伤,想了几次,俱不放心,也未遣去。

一晃快到十五,灵姑不由着起急来。屡和王渊、牛子商量,渐渐觉出贼党虽与后山尤文叔所投之贼来路相反,但这类积年为害山寨的匪徒素来勾结,即便不住在一起,也必通气。况且玉灵崖形势险要,除却尤文叔,素无外人足迹,文叔走后不久,便出这事。

可惜伤贼已死,没有问出口供,乔巧还许是文叔勾引前来也说不定。王渊想起那日往小洞寻药遇贼情景,虽恐灵姑怪他,不敢明说,也极力怂恿思愚,欲往探看。无奈后山贼巢道阻且长,尤其那座高峰是个天险,平日还是攀藤附壁,横峰而渡,目前冰封雪固,如何得过?崖后危壁下面那条石缝通路地势凹下,料被冰封雪埋,也没法出入通行。

为难了两天,末了牛子道:"贼终有个路走。那晚过溪追他们,半路上不见雪地橇印就跑回来,离绝壑还有一段路也没去看,怎知不是绝壑被冰雪填满了呢?那大雪橇我也会做,比他的还好。年前缝洞帘剩皮还有,别的木料、竹竿贼没有偷,更是现成,何不做一个,顺他来路前后左右细细查看一回?"灵姑称善,随命赶制。当晚制成。

灵姑以为老父自从病起,便照仙人所传练气之法,日常打坐习静,几次想到洞外游散,俱被自己劝阻,近日一意打坐,已不再提出洞的话。自己去这半日,想必他不会走出。万一走后,恰巧贼党来犯,凭老父的本领,足可应付。一面暗嘱王氏夫妻随时留心贼来,老父如出,务须力阻;一面假装游戏,给灵奴做了一件棉衣,暗告灵奴:"我知你难禁酷冷,不带你去。但我走后,如贼突然来犯,事关紧要,你无论如何均须飞寻我们报警,不可胆怯。"灵奴只说:"贼怕飞刀,现时决不会来,主人放心。"灵姑一想也对,否则那日逃贼见同党遇敌动手,早进小洞相助了。

嘱咐完毕,随即借题起身。走到小洞一看,牛子所制雪橇果然灵巧结实,三人同乘甚是舒适,只是没什么富余地方。王渊笑问牛子:"怎不做大一些?如把贼巢寻见,那么多东西怎么运得回来?"牛子道:"这群猪狗偷我们东西,到时还不逼他们运还,要我们费事么?"灵姑道:"那么多的东西,不知要运多少次才完。这么多天来糟蹋掉的还不知有多少,真气人呢。"牛子道:"这群猪狗既然在这山里打窝子,他们平日不是偷就是抢,还有从各山寨里明夺暗骗弄来的东西一定不少。今天寻到贼窝,都是我们的,回来只有加多,只不能原物都在罢了。"王渊道:"那还用你说,先前被狗贼杀了的那些牲畜就没法还原。"灵姑催走,三人随将大橇运向洞外。除随身兵刃、弩箭、干粮和应用器具外,走前牛子又急跑进洞寻了一条坚韧的长索出来,以防遇见高崖峻壁,可以悬缒上下。

那雪橇形如小船,与雪滑子大同小异。前端向上弯翘,正面钉着一块雪板,板后尺许有一藤制横板可以坐人。两边各有一个向后斜立的短木柱,上嵌铁环,环内各套一柄枣木制成长约三尺的雪撑,撑头有一寸许粗细的握手横柄,另一头装有三寸来长的锋锐矛头。板后尺许又有一个皮制靠座,同样设置,只比前高些。座后便是橇尾。靠背底下有一块横大板,边沿随橇尾略为上翘。两边各有一舵。底部粗藤细编之外,还蒙上一层牛皮,铁钉严密,再加上三根两指宽的铁条,三人两坐一立。滑行起来,两人双手各握一柄雪撑,后一人先站橇外猛力向前一推,跟着纵向靠背后面,手握舵柄一站,同时前坐两人用雪撑向后一撑,那橇便在冰雪地里向前驶去。

一切停当,牛子因掌舵的事不太费力,却极重要,生手做不来,便叫王渊坐在橇头,灵姑居中,自站橇尾掌舵。橇长连两梢不过八尺,通体只用一块木板,三根铁条和六根长短木棍,余者俱是山藤牛皮,轻而坚韧,一旦滑动,其疾如飞。灵姑、王渊初乘这种雪橇,又有宝珠御寒,毫不觉冷,俱都兴高采烈,快上还要加快,各自用力,不住地将手中雪撑向后撑动,两旁玉山琼树,闪电一般撒过,端的轻快非凡。还是牛子因雪后地多险阻,恐怕滑太快了撞翻出事,再三大声喊阻。灵姑见已滑到乱峰丛中,为要查看贼踪才滑慢了一些。贼留橇印尚存,看了一会儿不见端倪,又往前驶。

走不多远,仍和那日一样,橇印忽然中断,沿途也不见有弯转痕迹。三人想不出是何缘故,仍旧照直驶去,顺着橇印去路,滑行迅速,也未留神查看地下。不消片刻,忽见大壑前横,深约数十丈。对面又是一座峻崖矗立,又高又陡。两边相去,少说也有十来丈远,照情理说,贼橇万不能由此飞渡,三人更过不去。灵姑终不死心,又沿壑左右各滑行了二三里,两岸相隔竟是越来越宽。左右遥望,那崖一边连着许多峰峦,一旁是峭壁高耸,浓雾弥漫,望不到底,而且越往左右走,相隔越宽。因去贼橇来去途向已远,毫无迹兆可寻,以为再走远些也是徒劳;又疑贼党故布疑阵,也许中途还有弯转之处,适才滑行太速,看走了眼,便令回转。到了贼橇印迹中断处,缓缓滑驶,沿途细加查看,一直滑回乱峰丛中,仍是除了贼橇来去迹印外,什么也未看见。那数十座石峰俱是整块突立的石笋,尽管灵奇峭拔,千形万态,并不高大,决无藏人之理。三人失望之余,没奈何,只得回向玉灵崖驶去。

归途细查贼踪,橇行本缓,又绕着群峰乱穿了一阵,连来带去,加路上停驶,差不多也耗了两个时辰。快要驶抵洞侧小溪,忽听两声虎啸。灵姑心动,抬头往对岸一看,老父手持宝剑,足底好似没踏雪滑子,正在崖那边绕向大洞走去,虎已跑没了影。王守常拿了把刀正好迎上,两人会合,一同回转,互指小洞，似在商议甚事。灵姑不知离洞这一会儿工夫机密已泄，只当老父闻得虎啸追出，被王守常拦阻，没有走往小洞探看，心还暗幸。恐老父看见自己乘橇疾驶，盘问难答，悄嘱王渊暂停，等二人回洞再滑。不料吕伟已经瞥见爱女回转，遥喊："灵儿立定相候。"

灵姑见瞒不住，一面盘算答话，一面应声，催着疾驶。晃眼过溪到了洞前，见老父面带深忧之色，正在心慌，吕伟已先开口问道："洞中失盗这等大事，灵儿为何瞒我？贼党被杀，决不甘休。你三人远出寻贼，我如知道，还可预防；你只顾怕我忧急，万一贼党乘虚而入，有甚失闪，岂不更糟？此行可曾发现贼党踪迹么？"

灵姑本因肉食将完，余粮无多，最近几天如不寻到贼巢，早晚必被老父看破，心中焦急，左右为难；如今事已泄露，自然不再掩饰，婉言答道："女儿见识不多，爹爹不要生气。外边天冷，请进洞去细说吧。"当下老少五人一同进洞，为备后用，把雪橇也带了进去。父女二人脱去皮衣、兜套，各说前事。

原来三人走时，吕伟正在开始打坐。王、牛二人当他已然闭目入定，藏挂兵刃之处又在左侧不远，一不留神，有了一点响声。吕伟何等心细，听出在取毒弩，偷眼一看，二人果向弩筒内装换毒箭。爱女满面愁容，正和王妻附耳密语，好似有甚要紧事情似的。暗忖："二人说往小洞清扫，带这齐全兵刃则甚？即便雪后打猎，也可明说，何故如此隐藏？女儿又是向不说谎的孝女，其中定有原因。"疑念才动，猛瞥见牛子小屋中探出一个牛头，又听小鹿呦呦鸣声。

吕伟忽然想起："年前女儿说牛、马、小鹿有病，带来大洞调养，后来查看并无疾病。素性好洁，恐遗污秽，屡命牵回小洞，女儿总是借口推托。说到第三次上，意是怕我嫌憎，竟藏向牛子房中喂养。因怜爱女，也就由她。现时一想，小洞还有不少牲畜，怎单这几只怕冷，无病说病？是何缘故坚不牵去？再者，自己只要一说要出洞，众人便齐声劝阻。近来女儿脸上又时带愁容。许多都是疑窦，难道出了什么事不成？"思潮一起，气便调不下去。勉强坐了一会儿，越想心越乱，决计赶往小洞查看。

事有凑巧。王氏夫妻知吕伟这一打坐，少说也有一两个时辰，没想到他会走，也就一个入房更衣，一个在牛子房中喂饲牲畜，以为一会儿即可毕事。直到吕伟穿着停当，掀帘将出，出声招呼，才行得知。忙赶出劝阻时，吕伟已走到洞外，纵上雪堆了。王守常匆促追出，没戴皮兜，刚一掀帘，猛觉寒风凛冽,扑面如刀,逼得人气透不转。又自暖地骤出,当时手僵体颤,肤栗血凝,激灵灵打了一个寒战,其势不能禁受,连忙退了回来。王妻更是怯寒,才迎着一点帘隙寒风,便觉冷不可当,哪里还敢出去,枉自焦急。手忙脚乱帮助王守常把寒衣穿上,赶出洞外,吕伟已然穿上雪橇,滑往小洞。

吕伟先进小洞一看,见各栅栏内所有牲禽一只无存,地下留有好些血迹。细一辨认,中有两三处竟是人血,新近经过扫除,尚未扫尽。料知洞中出了乱子,已是惊疑万分。回身再赶往二洞,恰值王守常追来,见吕伟面带愁容,由里走出,知失盗之事已被发现,无法再瞒。吕伟关心二洞存粮,忙于查看,只问:"这事老弟知道没有?"不等答话,便往前走。王守常虽知小洞牲粮被盗,王妻恐他忧念,并未详说,想不到失盗得如此厉害,也甚骇然。便答:"我不深知。"说完一同赶往二洞一看,见平日众人辛苦积聚,连同入山时带来粮米食物,以及文叔所有存物,俱都荡然无存,只剩下笨重东西和一些田里用的农具没被盗走。灵姑、王渊、牛子三人一个不在。

二人这一急真是非同小可。吕伟生平多历危难,比较沉得住气,王守常则急得跳足乱骂,脸也变色。吕伟反劝他道:"看老弟情形也不知晓,事已至此,愁急无用。前洞遗有刀斧、铁条和新砍裂的竹竿、生皮,牛子昨日来此一整天,今日吃饭又甚忙,丢下碗筷就走;适才他们走时俱都带上兵刃暗器;分明年前贼来次数甚多,被他们每日守伺。遇上杀了两个,问出巢穴,雾重不能前往;雾开想去,又因冰雪梗阻,才由牛子做成雪滑子一类的东西,今日乘了,同往贼巢搜寻。怕我两个发急,意欲寻回失物之后,再行明说。记得那日弟妹曾给他们送那宝珠,回洞时带去牛、马、羊、鹿及很多菜蔬,年下用的一物没有带回。以后我每想出洞,必遭灵儿苦劝。二人又不时背人密语,从此便不闻再令人往小洞取东西。我还恐弟妹体弱,残年将尽,准备年货实在劳累,既能将就也就罢了。此时想起,竟是别有原因,弟妹定知此事无疑。可恨灵儿只顾怕我病后不宜气急,却不想想此事关系我们食粮日用尚小,虽然全失,本山有兽可猎,野生之物甚多,还有菜粮、种子,只一开冻,便可设法,至多白累了这几个月,决不致有绝粮之忧,可是盗党来者不善,善者不来,盘踞荒山绝域的能有几个庸手?况且这等冰雪,远出行劫,历经多少次,没有本领,如何敢来?敌人不犯大洞,只来行窃,可知并无仇怨,为何一动手便将人杀死?从此结下深仇,乘隙相报,不特防不胜防,对方再有高人,岂不关系全洞安危,成了我们一桩隐患?去时又不说一声,我们留守的人一点防备没有,真个荒唐极了。"

王守常答道:"侄女走时倒对内人说过。"刚说到这里,王妻已经到来。原来她催王守常走后,忽又想起丈夫也只知大概,恐二人相对愁急,丈夫又答不出详情,忙即穿着停当,冒寒赶来,便接口说了前事。

吕伟一听,盗党被杀的竟有四人之多,余党因怕飞刀,并未再来。这类无恶不作的土匪虽然死有余辜,偏没留下活口问他巢穴所在,冰雪茫茫,崎岖险阻,何从查找下落? 想了想,觉着此事一日不完,一日不能安枕。便叫王守常送王妻回去,自在洞外忙看橇迹,忽听虎啸之声。心想洞中肉食将完,正好行猎。忙赶回大洞取剑赶出,那虎已由崖角探头缓缓走出。吕伟不知那虎后面还有一只大的蹲伏在崖前转角处,又因灵姑嫌年前所杀之虎皮不完整,为博爱女欢心,想用剑刺中虎的要害,以便开剥整皮,见虎立即赶去。

偏生那小虎从别处深山中蹿出,初次见人迎面跑来,觉着奇怪,吕伟气又特壮,虎更有些疑惧,只管四爪抓地,竖起虎尾,龇牙发威,却不敢骤然前扑。吕伟看出是只小虎,暗自得计,随把脚步放慢,意欲身体靠近,再故意反逃,诱它追扑,然后用生平最得意的回身七剑去刺虎心。等走到双方相隔不过丈许远近时,虎仍未动。吕伟身刚立定,目注虎身,正待假装害怕,返身诱虎。这类野兽何等猛恶,本已蓄势待发,起初不过暂时惊疑,略为停顿,及见敌人举剑迫近,倏地激怒,轰的一声猛啸,纵起便扑。吕伟知虎是个直劲,一见扑到,并不躲闪,只把身子往溪侧略偏,让过正面,迎上前去。

那只大虎最是凶狡,听小虎在前发威,由石凹里掩将出来,悄没声一纵两三丈高远,朝着吕伟飞扑过来,来势又猛又急,和小虎只差了两头,落处恰在人立之处。吕伟剑才举起,方欲让过虎头,由横里进步,回向正面,由小虎腹下上刺虎心,忽觉迎面急风,猛瞥见一只斑斓大虎当头扑到。还算身法灵巧,武功精纯,久经大敌,长于应变,一见不妙,地方正当溪岸窄径,一边是崖,此时已顾不得再刺小虎,百忙中把身子一矮,径向溪中斜纵出去;同时反手一剑,朝虎便刺。纵时大虎已经扑落,双方几乎擦肩而过,稍迟瞬息便会被扑中。

这一剑原想去刺虎头,不料那虎落得太快,竟被错过。剑往右刺,人却往左横退,双方方向相反,虽然劲要差些,剑只刺中虎的左肩,没有深中要害,可是虎也吃了太快太猛的亏,剑又锋利,竟被剑尖由深而浅,从左肩斜着向上划伤了尺多长一条伤口,鲜血四溅。大虎负痛着地时再往前一蹿,正撞在小虎左腿股上,小虎吃不住劲,又被斜撞到危崖上面,右额角被坚冰撞破,几乎连眼都撞瞎。两虎受伤俱都不轻,疼痛非常,才知人比自己厉害,不禁胆怯。

吕伟因见了两只虎,不知崖前还有没有,又因匆匆赶出,忘携毒弩,恐虎尚多,防受前后夹攻,只得追到崖后。刚刚纵落,两虎已然掉转身子向来路逃去。吕伟想不到虎会知难而退,连忙追赶。偏又脚底没踏雪滑子,过崖口时还得留神,稍一耽搁,虎已一跃数丈,连蹿带蹦,逃出老远。等王守常持了兵刃暗器赶出相助时,早没了影。灵姑等三人也已回转,父女二人见面说完前事。

众人商量了一阵,只想不出贼橇遗迹半途中断是何缘故。灵姑因老父年迈,好容易千山万水来到此地,辛辛苦苦费尽心力筹办劳作,才积聚下这许多物事,忽然一旦荡尽,虽然耕具尚存,牛还有两只,开冻即能耕种,大洞所剩食粮加上行猎所得,不至便有绝食之忧,但比起平时百物皆备,那么舒适充裕,终是相去天渊,老年人的心里岂不难过?那贼又是鸿飞冥冥,不知道何时才能寻到他的巢穴,夺回失物,不禁焦急起来。

吕伟心中自是忧急,只没显在面上。见爱女发愁,便安慰她道:"灵儿无须忧虑。那贼如用妖法行路,尽可直落洞前,何必只空一截?我想他绝非由对壑照直驶来,必是另有途径,将到达时故意变换方向,来乱我们眼睛。只不知用什么法儿掩去迹印。你们年轻人心粗,只照橇迹追踪,不曾仔细查看。明早我和你带了牛子同往查看,许能找出一点线索,好在洞中尚有月余之粮,菜蔬尽有,至多缺点肉食,何况还有野兽可猎。事有命定,忧急无益。"

灵姑道:"适才见那橇迹,到尽头处连宽带窄只两三条,并无错叠之痕,好似来去都循此迹一般,可是越往这边来迹印越多。听爹爹一说,才觉此事奇怪。贼党来往小洞少说也十几次,沿途俱是广阔无比的冰雪平野,贼来有时又在黑夜之中,既是那么大举来偷,如入无人之境,况已留有迹印,还有什么顾忌?怎会对得如此准法?听爹爹一说,才得想起,真像贼党从侧面远处乘橇驶来,等到离洞不远,再改为步行,将橇抬到正面,重又乘橇滑行,使那所留橇迹正对绝壑,叫人无从捉摸。那绝壑又宽又深,对岸危崖,人力万难飞渡,照情理说,橇迹应由壑岸起始才对,怎又离壑里许才有呢?"

吕伟道:"灵儿真个聪明,这话有理。照此猜想,贼党十九是由侧面驶来,不是对岸。你问怎不由壑岸起始？不是嫌远偷懒,便是无此细心。橇迹左边尽头与玉灵崖后峭壁相连,中间山石杂沓,崎岖难行,料他不能飞越。只右边远出二十里,危峰绵亘,森林蔽日,我们从未深入,贼由此来居多。明早去时多带干粮、弩箭,就料得对,恐也不是一时半时能寻到。如仍无踪,就便打点野兽也好。"灵姑应了。当日无话。

次早起身,吕伟因王渊从向笃学过几种障眼法儿,大敌难御,尚能吓那不知底细的人;加以近来武功气力进境神速,寻常足能应敌;那雪橇只能坐三人,离了牛子不可,便把王渊留在洞里。并教王氏夫妻父子三人各备毒弩,以备随时取用,万一贼党突然来犯,与己途中相左,没有遇上,不论来贼多少,可利用洞口形势,藏在两侧石凹里,隔着帘缝向上斜射,切忌出敌。自带灵姑、牛子,循着贼橇遗迹,乘橇查看前去。

果然沿途迹印交叠,不下数十条之多。过了峰群,渐渐归一,甚少散乱。到尽头处只剩了三条六行,中有两行还是大橇所留。这里小橇迹印甚深,好似由此起点。在上面划过多次,来时都循故道,走时随意滑行。过峰以后,因为峰群中有两峰矗立对峙,恍若门户,是条必由之路,所以过峰才得归一。三人细一查找,只贼橇起点正当橇迹中心,有二尺许深、茶杯粗细一孔洞。雪里还有少许竹屑、几滴冻凝的蜡泪和一些被冰雪冻结没被风吹走的引火之物。灵姑笑问:"爹爹看出什么没有?"吕伟不答,只管在当地左近盘旋往复,定睛寻视。约有刻许工夫,灵姑见老父时而点头微笑,时而摇首皱眉,自言自语道:"不会。"一会儿又道:"贼党竟非庸手,人更狡诈,我们着实不能轻视他们呢。"灵姑未及发问,牛子本在左侧面相助查看,忽然失声惊叫道:"这不是雪滑子划过的脚迹么?"

吕伟因料贼来自右,不会在左,闻言赶过一看,相隔贼橇起点约有二十来丈地上,竟有好些雪滑子划过的迹印,俱都聚在一起,前后左右都无。再前数十丈有一斜坡,过此,陂陀起伏,路更难走。吕伟想了想,便命牛子回去驾橇,自己和灵姑往坡前缓缓滑去,沿途滑迹更不再现。

牛子滑行迅速,一晃将橇拿到,说道:"前面山路不平,这么大雪橇怎滑得过去?"吕伟道:"滑不过去,橇并不重,我们不会抬么?"灵姑忽然省悟道:"贼橇中间还抬了一段,真想不到。左边山石崎岖,没有住人所在,除非贼巢是在后山。但有那么一座危崖,休说冰雪封住,便平日也难飞渡,回时还偷我们那么多的牲畜粮肉,他们是如何过的呢?"吕伟道:"玉灵崖后那座危崖,我以前仔细看过，只有崖夹缝一条通路，别无途径可行，崖又高峻，无处攀缘。可是左边许多乱峰峭壁挤在一起，我们好几次往前查看，无论左折右转怎么走法，走不几步，不是遇阻，便是无法再下手脚，也就没再往下追寻，焉知那里没有藏人之处呢？"

说时三人已到坡前，首先入眼的便是坡上面散乱纵横迹印甚多。除了贼橇滑过的划痕和残余火把、人手脚印、蜡泪肉骨之外，旁边还有一摊烧残的余烬，倒着几根烤焦的树枝，地面的冰雪已然融化了一个大坑。颇似贼党人数甚多，一拨人往玉灵崖偷盗，一拨人留在当地打接应，野地奇冷，支起树枝，做火架烤肉，饮酒御寒，等盗运人回，会同回去。照此情形，贼党不但人多，住的地方定远无疑。

贼踪二次发现，有迹可寻，三人重又乘橇前进。那橇迹竟是一个大弯转，一气滑行了二十余里，接连越过两三处雪坡高林，到一峻岭之下，橇迹忽又不见。吕伟见那峻岭被冰雪包没，来势似与玉灵崖后危壁相连，除却上面突出雪上的大树而外，什么迹印都没有。尤其橇迹断处，左近岭脚更是陡峭，万无由此上下之理。以为贼党又施乱人眼目故技，舍了原处，沿岭脚走不远，为绝壑所阻。左走约五六里，便到玉灵崖后危壁之下昔日寻路遇阻所在。到处危峰怪石，丛聚星落，加上坚冰冻雪，有的地方休说雪橇通不过去，简直寸步难容。

三人吃罢干粮，脚上换了雪滑子，分头在乱峰中苦苦搜寻了半天，一任细心查看，也看不出贼党怎么走的。时已不早，灵姑见天色昏暗，恐降浓雾，老父病后不宜过劳，便婉劝回洞，明早再来。吕伟无法，只得上橇回转。途中恐有遗漏，吩咐缓行查看，终无迹兆，俱都懊丧不置。

其实贼党通路正在岭脚之下，除了头一回橇迹中断是盗首听了一人苦劝，有心做作外，这里本未掩饰。只因那晚逃走三贼想起飞刀厉害，恐怕万一被人发现橇迹追寻了来，故意做了一些手脚，将通路掩去。吕伟只见那岭壁陡滑，无可攀升，千虑一失，竟未想到这里也和玉灵崖后一样，岭腹中还可通行；贼党利用崩雪，掩饰又极巧妙，竟被瞒过。

三人回洞，天已近暮。又商量了一阵，自不死心，次早又往搜索。连去三日，白费心力，仍无所得，天又奇寒。后来灵姑把去年后山牛子报仇之事告知乃父，并说："那伙俱是苗疆中积恶如山的匪徒，尤文叔不辞而别，竟与同流，可知不是善类。此老贪顽狡诈，决不舍弃那些东西。贼来多次，未犯正洞,只把小洞中金砂、皮革、牲粮、食物和一些精细的用具盗个精光。照此推想,十九是他勾引外贼来此偷盗,否则不会如此知底。他久居本山,地理甚熟,不知从何绕来,所以我们竟未找着。"

吕伟惊问:"既有这事,怎不早说?"灵姑道:"彼时女儿和渊弟、牛子早看出他不是好人,爹爹怜他身世,偏极信赖,心又慈厚,如知此事,势必寻他回来。那伙匪徒再用些花言巧语和我们亲近来往,岂不引鬼入室?牛子又用毒弩射死一贼,恐爹爹见怪,再三苦求女儿答应不为泄露,才说的实话,不便欺他。明知这是隐患,原意把爹爹劝住,三五日内带牛子前往后山察探。牛子已然起誓,决无虚言。这类恶人死有余辜,看他们那日鞭鹿的惨毒便可想见。到时先寻文叔究问:不辞而别,一去无归,是何缘故? 一面用飞刀将贼党全数圈住,逼吐罪状。问明以后,文叔如早入贼党,或是有甚诡谋要暗算我们,便连他与众贼一齐诛戮;如实因追鹿遇贼,被逼入伙,便带了回来,开春遣去,以免生事。谁知当日变天,接着爹爹和众人一病,无心及此。加以大雪封山,后山高峰阻隔,贼我俱难飞渡,万想不到会出此事。等女儿病起发觉失盗以后,既恐爹爹忧急,又怕贼党为患,见那雪中橇迹与后山去向相反,只猜贼由对壑而来。虽然牛子认出那伤贼与后山之贼是同类,但没等问出详情便已自尽。牛子又说上次后山报仇,这四贼俱不在座,他们平日互相疑忌攘夺,虽是同党,时常此离彼叛,情如水火。女儿当时心念微动,以为另是一伙,说也无益。近日二次发现贼橇去路的峻岭,竟与洞后危崖相连,把前后情形细一推敲,颇似贼由后山而来。否则贼党那么凶暴骄横,人数又多,有甚顾忌,既来必犯大洞,连抢带占,何必避重就轻,来去又做下那么多伎俩,分明是早就知道女儿手有飞刀,难于抵御。这不是尤文叔引来,还有哪个? 只不知他用甚方法飞越岭崖罢了。"

吕伟道:"女儿说得颇有道理。这几次我们差不多到处寻遍,全没影子,可见贼已受挫,未必再来,我们又没法去。天气太冷,灵奴也难于远飞。为今之计,说不得只好熬到开山,再往后山一行了。"主意打定,便不再搜寻贼踪。

过了几天,吃完上次打来的小虎,肉食已无。所余牲畜俱留后用,不能宰杀。更恐旷日持久,积雪难消,无从取食,剩点余食,哪里还敢多用,只得把三餐改为两顿。众人平日享受优裕,一旦搏节,还得虑后,俱觉不惯。牛子更嘴馋,淡得叫苦连天,终日咒骂狗贼。背晦之中,天也似有意作难,自最后一次吕氏父女寻贼回洞，又连降了七日大雾。

盼到晴天有了一点日光，这才开始分班出外行猎。头一天是吕氏父女和牛子做一起，离洞不远，便发现雪地里有了兽爪迹印。三人方在心喜，以为不难猎获，谁知那些兽迹俱是前番遇虎时所留。虎本有些灵性，见人厉害，当地又无从觅食，早已相率移往别处，更不再在附近逗留。枉发现满山兽迹，空欢喜一阵，什么野兽也未猎到。

牛子先还恐吕伟父女发现老虎吃剩下的弃贼尸骨头发，嗔他说谎，没敢领往虎洞。后来无法，拼着受责，同往年前弃尸所在。一看，崖前林内到处都是虎爪迹印，故意狂喊引逗，虎却不见一个。知虎多喜昼眠夜出，也许藏在崖洞里面，仗着灵姑壮胆，便请灵姑将飞刀放进去照亮，兼作后备，自持苗刀、毒弩入穴寻虎。如若虎多不敌，出声一喊，说出方向，上面灵姑便用飞刀斩虎。吕伟说："飞刀虽是神物，这等冒失行事，万一将人误伤，如何是好？"力持不可。

最终仍是灵姑随了同下。纵落洞底一看，与上面雪地虽差有数丈，侧面却还有一条盘道，尽可缓步出入。虎穴便在盘道当中离地三丈的洞壁上面，牛子闻出膻味甚浓，洞底还有虎斗时抓裂的残毛，心疑虎已睡熟。怪叫两声，除了空洞回音嗡嗡绕耳，别无响应。及和灵姑纵上盘道，深入虎穴，剑光照处，一个大敞洞，比外洞还要宽大数倍。石块甚多，都有丈许大小，西壁角崩塌了一大片，碎石堆积，裂痕犹新，似是新崩不久。除虎毛外，又发现许多兽骨，四贼残余骨发也在其内，虎却遍寻无踪。牛子算计虎已外出觅食，入夜始归，只得一同退出。

三人又往别处搜寻一阵，归途绕往碧城庄查看，在左近小崖洞中发现了一窝兔子。灵姑见那兔子大小三对，雪也似白，不忍用飞刀杀害，意欲生擒回去。兔洞太小，人不能进，孔穴又多。忙到天黑，费了不少的事，仅仅捉到两大一小。灵姑心慈，见大兔是只母的，洞中还有一对小兔，动了恻隐，又将大的放回。有此一举，虽然提了点神，仍然于事无补。

接连三日，换了好些地方，俱无所得。料知后山野兽必多，无奈通路为冰雪填封，无法通行。后来牛子想了一个主意，择了一处有兽踪的林野，掘一雪阱，下铺厚草，上用粗竹交错虚掩，将两白兔放在里面为饵，想将野兽引来。吕伟虽知无效，情急之际，也自由他。牛子隔日往视，竟在阱旁发现了一种从未见过的兽迹，推测身形甚是庞大。可是竹子未毁，两兔也在其内。

这日因那地方就在碧城庄侧，相隔甚近，吕伟父女知是徒劳，没有前往。

只王渊比灵姑还爱白兔，昨日经牛子再三苦说，抱去为饵，今天恐怕冻死，想抱回来，相随牛子同往。居然发现兽迹，不禁大喜，当时便想跑回报信。牛子道："你先莫忙，满山都是虎爪印迹，虎却不见一个。主人们白累了多日，再要扑空，又是心焦。看这东西把冻雪踏得这么深，身子一定又蠢又大。我们有刀有箭，还怕它么？真要厉害，打它不了，跑也容易，它怎么也没有我们雪滑子快。莫如等它一回，来了便打；打不成，引到玉灵崖去，再喊他们，省得不来又跑个空。"

王渊一想也对，先和牛子在阱侧树杈上坐守了半个时辰，没有动静。枯守无聊，纵身下树，刚将脚上雪滑子扎紧，待寻兽迹，往来查探。忽听猛的一声厉吼远远传来，紧跟着叭喳叭喳一片兽蹄乱踏残冰之声由远而近。二人忙把苗刀拔出，手握弩筒，闪在阱侧树后。只见前面通往山阴森林的大路上跑来两只怪兽，身子粗壮，和大象差不许多，也有两牙翘出血唇之外，只是没有那条长鼻，比象要矮得多。通体雪白，生就扁头凹脸。怪眼突出，其红如火，凶光四射。一张半月形的血盆大嘴微微张着，露出尺多宽一条鲜红舌头。再衬上一身极丰茸的白毛和那两尺来长的一对刀形的獠牙，端的威猛无匹。

这东西名为雪吼，产于云南大雪山背阴冰谷之中。蹄有吸力，不会滑倒，多么高峻的冰山，只要不是直立的，都能上下，其行甚速。性最耐冷恶热，终年在冰雪中奔驰逐突，不是冰堆雪积奇冷之地，从来不去。加以嗜杀好斗，喜怒无常，专门同类相残，非到重伤力竭，同归于尽不止。因此种类不繁，极其少见。吕伟壮年送友入藏遇过一只，苦斗了好些时辰，终于用计，才得弄死，同行的人不是吕伟在场，几乎无一能免。这次雪吼系由极远荒山中踏着冰雪乱窜而至，如非本山降此大雪也不会来。群虎离洞远避，一半也是为此。牛子生长云贵山寨之中，从未见过。此兽还有一样长处，身子虽大，食量极小。不发怒时，走在冰雪上面，脚步极轻，甚少留下痕迹，等人兽都对了面，才会发觉。一发怒，重蹄举处，冰雪粉碎，声震山谷。常因发怒暴跳，震裂了冰壁雪峰，倒塌下来，将它压死。所以兽迹只阱旁有，难找它的去路。

二人所遇乃是一公一母，本来彼此相斗时甚少。公吼不知怎的将母吼触怒，一逃一追，晃眼到了二人面前平地。公吼在前，边跑边往回看，略一停顿，被母吼追上，将头一低一歪，悄没声地用那长牙便照公吼腿股间撩去。

公的虽然有点俱内,被母的追急已然犯性,再被捅了一下,负痛暴怒,拨回身子,用长牙回敬,立时斗将起来。两兽都是以死相拼,只见两团大白影带起四小团红光,在雪里滚来滚去。所经之处,冰雪横飞,全成粉碎。哼哼怒吼之声远震山野,脚底冰裂之音,更是密如贯珠,相与应和,越斗越急。此兽皮毛经水不湿,最能御寒。只是骨多肉少,味作微酸,如善炮制,也还能吃。

二人如若等它们斗疲两伤,力竭摔倒,照准咽喉一刺,便可了账。王渊偏是年小好动,不知厉害,见二兽苦斗不休,想早点弄死,拖回洞去,博众人惊喜。以为兽舌外垂,一中毒弩,见血便可了账。也没和牛子商量,径举手中弩筒,瞄准母吼舌尖射去。谁知此兽耳目最灵,并且一遇外敌,不论自己斗得怎么凶,也会立即迁怒,合力来犯。此时二人藏身树后,本是险极,不去招惹,被发觉尚且不容,何况又去伤它。王渊箭到,母吼只把头微偏,便用大牙拨掉,怒吼了两声。公吼也已觉察,一同停斗,厉声怒吼。

王渊见未射中,方欲连珠再射。牛子看出这东西厉害,一见它们停斗,回身朝树怒视,便知不妙,忙即拦阻,低喝:"万惹不得,快往那边躲去,莫被看见。"二吼本不知树后有人,正望那树犯疑,牛子出声虽低,竟被听去。双双把头一低,狼奔豕突,直蹿过来,双方相隔才只两丈,眨眼即至。还算牛子话才出口,人便纵开,王渊身子又极轻灵,没被冲着。二吼来势既迅且猛,二人藏身的是一株大杉树,下半截埋在雪里,仅剩上半枝干,粗才半抱,竟被公吼一下撞折,冰柯雪干一齐纷飞。牛子几乎挨了一下重的,见势不佳,拉了王渊滑雪就跑。二吼看明敌人,益发风驰一般追来。

王渊见怪兽驰逐如飞,来势凶猛,转折也甚灵便,仍不十分信服,边跑边用连弩回射,晃眼将满筒弩箭射完,除有三四支被二吼长牙撩开外,其余支支射中,可是全被振落,一支也没射进肉里。反逗得二兽怒吼如雷,势更猛急,紧紧追逐不舍。遇见阻路的树木,也不似人绕转,一齐前冲,头牙比铁还硬,撞上就折。沿途半抱左右的树木,连被撞折了十来株,碎冰断干打在身上,只略停顿瞻顾,仍然急追,恍如不觉,声势端的惊人。王渊方知厉害,不敢迟延。仗着滑行迅速,二吼又被这些树木作梗,略一停顿,二人便滑出老远。虽然未被追上,人兽相隔也只半箭之地。

始而王渊欺它身子长大,专打林木多处逃跑。一晃逃到碧城庄,猛想起:"此兽人力决不能制,何不把它引往玉灵崖,用飞刀杀它?还省得搬运费事,多好。"念头才转,忽见灵姑由前面转角处滑雪驰来,老远高喊:"渊弟、牛子莫慌。我来杀它。"二人未及还言，灵姑飞刀已应声而出，一道银虹由二人头上掣将过来，迎着二兽一绕，哞哞两声厉吼过去，同时丁账。牛子、王渊二人见银虹飞出，知道二吼必死，宽心大放。刚停步转身，意欲看个明白，不料二吼急怒攻心，如箭脱弦，就这晃眼工夫，已被迫近了些。

二吼并驰追人，忽听飞刀自天直降，往下一剪。母吼身略落后，将头斩去半个，余势冲出还不甚远；公吼性最暴烈，驰得正急，恰被飞刀拦腰斩成两段，后半身带出丈许，即行扑倒，那前半身死时负痛拼命，奋力往前一挣，竟冲出了十来丈远近。二人骤出不意，王渊眼快身轻，才一回身，瞥见血花迸涌，一团白影冲来，忙用力把牛子往侧一推，同时往起一纵。总算见机得快，吼尸前半身径由王渊脚底冲过。到头处原是一株古柏，下半树干已没入雪里，上半枝梢露出地上，雪积冰凝，越聚越多，朔风一吹，全都封冻，成了一个丈许高大的雪堆，不见一点树形。恰当吼头对面，来势既猛，雪堆里又是空的，一下撞个正准。只听轰隆一声，整个雪堆立即崩裂，残冰碎雪带着断折了冻枝满空飞舞，纷坠如雨。

三人见死兽余威尚且如此猛恶，也觉骇然。相率滑近前去一看，雪堆散裂，现出一个新崩散了的残梢。那兽头冲到，余力已衰，整个被嵌夹在一个本干的老树杈中，半截身子仍悬在外。一颗象一般的大白头，圆睁着一双火也似的凶睛，突伸出两枚三尺来长的獠牙，两尺半宽的血盆大口。再加上鲜血乱喷了一地，雪是白的，血是红的，互一映衬，越觉凶威怖人。那母吼只斩半头，如马爬地上，从头到尾几及丈许，死前急怒发威，身上柔毛一竖立，格外显得庞大肥健。

三人看完，牛子拿苗刀一试，竟砍不进。便请灵姑用飞刀斩成数段，运回洞去。灵姑一摸，兽毛丰茸柔暖，想剥下整皮给老父做褥子，商量如何开剥。刚才灵姑闻声赶来时，吕伟闻得兽吼之声，觉着耳熟，灵姑走后忽然想起，也穿了雪滑子赶来。认出是两只雪吼，知是难逢遇的珍奇猛兽，忙止住三人，说了此兽来历。并说："这东西四蹄有天生滑雪之用，运送回洞，无须人力，只消用索系好吼头，拉了就走。只那两截断吼，前半不能倒滑，须头朝前，后面用人抬平，方能滑动罢了。"当下便由牛子先驰回洞，取来绳索、扁担。如法施为，果然顺溜，那么蠢重之物，一点没费事，分为两次全运入洞。

牛子虽听吕伟说吼肉无多，不大好吃，仍是馋极，一到洞内，不等开剥，便就断处用刀割肉，那吼看去虽极肥壮，全身骨节无不粗大，肉只薄薄一层，牛子割剔了一阵都是碎块。灵姑见他猴急，就和老父商定开剥之法：先将断的两截翻转，用飞刀由肚腹中间割裂，又将四蹄斩断。量好了五六尺方一块整皮，吼兽脊骨两旁的肉有两寸来厚，颇为细嫩。余者连前后脚都是厚皮包着粗筋大骨，即便有肉，也极薄而且老。牛子也不管它，先取一块脊肉放在架上烤起。余肉一点不剩，连筋剔下。毕竟吼身长大，居然剔割了一大堆。灵姑见吼腿甚粗，皮更厚软滑韧，剥下来足有二尺见方，两方吼皮用做床褥再好没有。取下一试，果然合用，便分了一方与王妻。骤得珍物，俱都心喜称幸不置。

吼肉极嫩，一烤便熟，入口还有松子香，只是味带酸苦，不太好吃。二次再烤，吕伟想出了吃法，命牛子先用盐水擦洗两次，再切薄片，用酱油加糖浸过，随烤随吃，果好得多，但仍不似别的牲禽之肉味厚丰腴，因断荤多日，慰情胜无，众人都吃得很香。

吕伟因存粮不多，肉更难得，吩咐将余下的收起。牛子意犹未尽，又讨些带软筋的吼腿碎肉去烤。腿肉本老，又带着筋，一经火烤，又干又韧，休说不能下咽，简直无法嚼动。

吕、王诸人看他生吞了两块，馋得好笑，又从肉堆里挑了好些给他。腿肉煮也不熟，而且和肚肠一样，还有难闻的怪味，不能入口，只好一齐弃掉。这一来，只剩下两块脊肉和一小堆能吃的碎肉，算计不过吃四五顿便完，再加上那只母吼，至多能吃七天，还不能任意大吃。王妻说起野味难得，来日大难，又在发愁。

牛子道："我看这东西太厉害，老虎忽然跑没了影，定是见它害怕，逃到别处去。老巢还在，迟早虎要回来。过几天就有野东西打了，焦急什么？"正说之间，忽闻远远传来一声虎啸。王渊笑道："真有这样巧事，才一说虎，虎就来了。我们快打去吧。"吕伟道："这些从未见过生人的虎，人气旺时，有的见人还怕。此处已闻虎声，想必虎穴距此不远，先不要打它，免得见人就逃，无处寻它们。最好晚打两日，等它归了巢，要打就多打两只。这里死吼还有一只不曾开剥，有好些事做呢。"

王渊忽想起两只白兔尚在阱中，无人在彼，难免不落虎口，忙喊："姊姊、牛子快走！兔儿忘了抱回，莫被虎吃了去。"灵姑一边穿着，一边说道："虎声甚近，今日想不至落空，爹爹也同去散散心吧。"王妻巴不得多打些野味存储，以免到时发急，从旁怂恿道："那死吼只要灵姑娘用飞刀把肚皮和腿切开,我们自会并剥,大哥去吧。"

吕伟当日本不打算再出行猎,经众一劝说,虽然应允,随同穿着,心里兀自发烦,明知需用甚切,只不愿去,也说不出是何缘故。容到老少四人匆匆穿好快要起身,那随身多年的宝剑原悬壁上,忽然当啷一声,掉了下来。众人都忙穿着,灵姑又在用飞刀相助王氏夫妻分裂吼皮,全未留意。只牛子一人仿佛看见那剑无故出匣,自行震落,并非木橛松脱坠地,急于想起身,便过去拾起,看壁间挂剑木橛业已受震倾斜,随手交给吕伟佩好,就此忽略过去。

那鹦鹉灵奴平日最爱饶舌,自吕伟一病,忽改沉默,也极少飞出。除人有心调弄,还肯对答外,终日只伏在牛子房中鸟架上面,瞑目如定,一声不叫。等四人事完行抵洞口,灵姑在前正待伸手去掀皮帘,灵奴忽然飞出,落在石角上,叫了一声:"姑娘。"灵姑停手,回头佯嗔道:"蠢东西,喊我啥子?自从天气一冷,你就不愿出门,连话都不多说了,我不信会冷得这个样子。"灵奴睁着一双亮晶晶的眼睛,偏头注视灵姑,又看了看王氏夫妻,好像在寻思说什么话,被灵姑一说,仿佛害羞,心又好胜,只叫了声:"我不怕冷。"将头一点,便即飞回房去。

灵姑回头,见老父正转身取镖囊,笑道:"爹爹,看这东西多么好强,明明想随我们同去,心又怕冷,还要犟嘴,真比人还好胜哩。"随说随伸手去揭皮帘。不料外面风大,皮帘有搭绊扣紧还不觉得;这一揭开,风便猛扑进来。灵姑偏脸和老父说话,毫不留神,风狂力猛,呼的一声,大半边皮帘立即朝内卷来。

洞门高大,帘用许多兽皮联缀而成,并用长竹对开,钉有十来根横闩,以备扣搭之用,分量不轻。天蜈珠虽有定风御寒之功,偏巧灵姑恐行猎时万一四人走散,不在一处,就将珠交与老父带好,以防受寒,没在身上。吕伟行时又想起有毒的弩箭只可防身,用以行猎,要割弃许多兽肉、虎豹之类的猛兽常弩又难致命,意欲将镖囊带去,回身往取,没有在侧。灵姑帽兜未戴,骤出不意,竟被皮帘横条将脸鼻割破了一条口子,流出血来。

众人俱都慌了手脚,纷纷将灵姑唤住,坐向一旁。吕伟自更心疼,忙着看伤势。还不算重,只刮破了些肉皮。当下取来清水和自配创药,将伤口洗净敷上,用布扎好。吕伟方说:"灵儿受伤,明天再去猎吧。"话才出口,又听虎啸之声,灵姑因众人俱已穿着齐备,仍欲前去。吕伟疼惜爱女,见她兴致甚好,不愿强留,便命灵姑稍为歇息,套上帽兜再走,以防伤口受风。灵姑应诺。

　　老少四人一同出洞，纵到洞前积雪上，侧耳静听，虎声已息。再滑向前崖，登高四望，到处白茫茫空荡荡的，哪有一点虎的影子。适听虎啸似在碧城庄左近传来，便往庄前赶去。到时一看，已然来晚一步，阱前满地虎迹，阱被虎爪爬碎了两面，两兔不知是被虎吃去，还是跑掉，已不在阱内，气得王渊顿足大骂。牛子看出有迹可寻，笑道："渊少爷，你不要气，这回我们打得到它，你跟我走好了。"于是四人便循虎迹滑去。

　　先还以为虎归旧穴。及至滑了一阵，越滑越远，细查地势，竟是去往山阴一面。四外冰封雪盖，地形已变，这条路从未走过，不知怎会到此。吕氏父女恐走得太远，途径与贼常来路相背，恐万一来犯，不甚放心。牛子却因沿途虎迹尚新，接连不断，又只有去路，并无来路，力主前往。说："狗贼害怕飞刀，夜里都不敢来，何况白天？山阴本是野兽聚居之地，往日嫌远没有去过。洞中粮少，既然误打误撞走到这里，莫如乘机看上一回，野兽如多，日后也好再来打猎。何苦半途回去，白费力气？"

　　几句话把三人说活了心。灵姑又看出那地势仿佛昔日亲送向笃闭关修道时曾经走过；记得再行十来里，越过两处高山野林，便是所居崖洞。久已想去看望，因路甚远阻，没有前往，此时冰雪封冻，滑行迅速，一会儿即至，即便虎猎不到，也可乘此相见，向他道谢，就便请他占算贼党踪迹和异日休咎，岂非绝妙？便向众人说了。于是一同脚底加劲，赶紧滑行，向前驶去，片刻工夫，滑出二三十里。

　　吕伟见大小雪堆乱坟头也似，为数何止千百，一眼望不到底，堆旁不时发现又深又黑的洞穴。方疑途径走错，想唤灵姑询问，忽听来路高崖侧面人虎呼啸之声。刚听那人一声暴喝，仿佛耳熟，猛觉脚底一沉，轰隆一声，存身雪地忽然崩陷了一整块。四人因为防冷，俱都挨近吕伟而驶，前后相隔不出两丈，所陷之处恰与四人立处大小相等。四人俱都身轻矫捷，长于纵跃，雪地陷落虽然骤出不意，也可纵开，不知怎的都觉身似被地粘住，一个也未纵出圈去。

　　那地底当初原是盆地森林，千年古木，虬枝交互，结成一片，绵延数十里方圆不见天日。雪落上面，越积越多，逐渐冰冻凝固，看是雪地，下面却是空地，先见空穴便是原来树间空隙。冰雪厚达两丈，被成千累万的林木枝干托住。

这还不说,最奇的是崩雪之下,本有两边大树的枝干相互托仵,落时竟就四人立处往下沉坠。先沉之势极速,过了上面雪层,忽然改为缓缓下沉,不偏不斜,稳沉至地。不特人未受伤,冰雪也一点没碎。倒是上面四外冰雪齐往陷处崩聚,却不再坠,晃眼便将陷孔填满。森林地本阴黑,被上面层冰积雪之光一回映,反倒清明起来。要知后事如何,且看下回分解。

第六十二回

挥铁掌　狭路肆凶谋
放飞簧　凭崖伤巨寇

　　话说四人落地以后，看出当地便是向笃旧居的森林。地隔顶上雪层几达数十丈，积雪如银幕也似长在树梢之上，雪光反射，明彻毕睹。除高处旁枝偶见三五冰凌下垂，树稀之处略有两小堆融而复冻的冰块外，地上仍是落叶深厚，低枝苍润，杂花吐萼，点缀其中。灵姑、王渊特意离开天螟珠一试，竟是早春嫩寒时节光景。想不到这么穷阴凝闭荒寒之区，会有如此美景奇观，王渊首先抚掌称妙。

　　灵姑道："你还高兴呢，从雪坑里掉下来，没受伤就是便宜，看怎么上去吧。"王渊道："这个无妨，刚掉下来我就想到，上下相隔虽高，都与这些大树连住，别的不会，莫非爬树上去也不会么？"

　　牛子在旁笑道："渊少爷倒说得容易，可知上面的冰雪有多厚么？就算能到上面，怎钻得出去？"王渊道："说你蠢牛，你还不服。姊姊不是有飞刀么？不会把飞刀先放出来，把冰雪剜个窟窿，再爬上去么？"牛子点头赞道："还是渊少爷会想法，我真是个老蠢牛，连小主人的飞刀都会忘了。"

　　吕伟事经得多，觉得那雪层崩陷得奇怪，尤其快落地大半截如有东西托住一般，上面雪洞封闭更速，也无片雪由孔中下坠，料有缘故。方在寻思，听三人在旁商议，插口说道："灵儿先莫忙，只要人未受伤，有树攀缘，上去不难。倒是这事情太怪，你们可想出是甚缘故么？"灵姑闻言也觉事奇，只想不出是何缘故。正待答话，牛子忽瞥见左近树后有一肥鹿探头，定睛一看，身后还随有三只小的。猛想起林内正是野兽窟宅，不禁心花大开，忙喊："有鹿！"扬手就是一箭。

　　鹿性多疑，见有生人，正在树后窥伺，闻声惊退，刚掉转身，牛子这一箭恰好射中后股，立即负箭，率了同行三只小鹿，带箭穿林而逃。牛子如何肯

195

舍，喊声："快追！"拔步先跑。四人本为出猎而来，灵姑、王渊更是少年心性，立即相率追去。吕伟无暇再想，随同追赶。

那鹿甚是狡猾，四人追出老远，没有追上。四人离洞已久，又在雪层底下，都忙着打到一鹿，好早点赶回。灵姑见追不上，便把飞刀放出。怎奈林木太密，目光常被遮住，四人路径又生，那鹿只在前面密林里出没隐现，银光过处，枉把沿途林木藤树伤折许多，依旧没有追上。

又追了一程，吕伟心悬两地，越追越远，觉洞中人少，诸般可虑，忙唤："灵儿莫要追了，我们此时尚在险地，玉灵崖又无多人防守，看把路走迷，今天回不去才糟呢。"灵姑、王渊闻言，心中一动，方欲止步，那鹿又在前面探头回顾。气得牛子手持苗刀，怪喊追去。灵姑见鹿好似有心逗人，也觉有气，看准出现之处，一指飞刀，银虹电射，只听一声惨叫。四人相次赶到一看，鹿已被飞刀斩为两段，是只公的。适才所追大小三鹿，皮色鲜明，身躯肥健，显然与此不同，竟被跑掉，不知何往。

牛子因穷追未得，还自愤愤。灵姑道："算了吧，人想杀它，它不逃怎的？杀它不了便恨，那被杀的又当如何？这东西与人无伤，与物无害，如非我们食粮将尽，怎肯随便伤害。天已不早，等我用飞刀把它分成几片，赶紧用绢扎好，找路回洞去吧。"正说之间，忽听前面鹿鸣呦呦，杂以猿啼和群兽奔腾之声，只被密林挡住，却不见影。王渊好奇，撇下死鹿，奔向前去。刚绕出树外，便即缩回身来，急喊："姊姊、伯父快来！"

吕氏父女知又发现兽群，本心携带攀缘俱甚艰难，不愿再多猎取。因王渊不住顿足招手，直喊："快看！"又听兽群奔窜骚动甚急，便同赶去一看。

原来那森林只剩前面一排，过去竟是一座山崖。崖前大片空地，堆着两三丈高的冰雪，围崖三面俱是高矗参天的林木，和来路一样，上面盖着一层雪幕。左边林木最为高大，虬枝繁茂，撑出老远，上面托着那厚冰雪，兀自不曾压倒。全林只这里独透天光。林际草更肥沃，树下栖息着一群野鹿，还有几只猿猴，攀缘纵跃，嬉戏于矮干侧枝之间。不知为何受惊，齐向左边林内纷纷逃走，三人到时已看不见几只，耳听群鹿踏叶之声由近而远，转眼都寂。再问王渊："可有什么没有？"王渊答说："到时猿、鹿尚有七八十只，别的未见。因对崖与积雪相连，似可通到上面，寻路回去，故此急喊。"

吕氏父女查看形势，果可通行，无心得此，自是欣喜。催促牛子将鹿肉捆扎停当，分别背上。把雪滑子重又穿好，各施本领，攀上雪崖，寻路往回滑去。因在林中逐鹿绕行了好些时候，到处冰雪堆积，又无日色可辨方向，跑了不少冤枉路。等到辨明路径，才知那地方相隔碧城庄并不甚远。尤其雪中滑行，往返更速。灵姑上来时见崖前雪地里有好些虎迹，看出适追之虎也是由此上下。林中既是兽窟，以后行猎便有地头，不致无兽可猎，暗把路径记下。先还愁远，及至寻到来路，相隔非遥，越发欣喜。

四人回抵玉灵崖洞内，天已入夜，且喜洞中无事。当即把鹿肉烤吃，各自饱餐一顿。吃时，灵姑谈起雪地不曾崩陷以前，好似闻得虎啸声中有人呼叱，声甚暴厉，恐非善类。牛子道："以前向笃手下原有一族野猓，平日专以林中蛇兽为粮，定是他们在那里打虎，决不是什么汉人。"吕氏父女想起昔日凶徒借野猓线索来洞暗算之事，以为牛子料得不差，也就没有放在心上。

第二日，牛子、王渊都极力怂恿，再往后山森林中行猎。吕伟见昨剩鹿肉如匀着吃，足够三四日之用，雪吼除了残余，还有一只整的未动，虽说骨多肉少，合起来也能吃好几天。便道："我们所剩兽肉尚多，这类野味越新鲜越好吃，何苦多杀生灵，打些来放着？昨晚似乎天气转暖，只要雪一化，便可搜寻贼党下落。休看雪大冰坚，说化就化，还是盼着找回失物为妙。森林与贼党来路相反，群贼知我们不可轻侮，不来则已，来必不善，万一乘虚来犯，如何是好？昨日我出门时，兀自心烦意乱，神志不宁，仿佛有什么变故似的，去就勉强。那行猎之地虽不算远，离洞他出，终教人不甚放心。好在兽窟已然寻到，随时都可猎取，并非难事，不比日前无处搜寻。且等快吃完时，再打主意吧。"

灵姑素常不喜无故杀生，想就便一访向笃，去否两可，听老父如此一说，便把去意打消，相助阻止。吕氏父女都不应允，牛子、王渊自然不敢违拗。二人都是好动天性，闲来无事各把雪滑子穿上，走至洞外雪地里，往复飞驰，滑行为乐。灵姑恐老父烦闷，等打坐完毕，寻出一副纸牌，连同各人入山时用剩的制钱，约了王氏夫妻，相陪老父斗牌消遣。

王渊和牛子滑了一阵雪，久候灵姑不出。王渊入洞来唤，见四人已斗上纸牌，旁观片时，觉无意思，便跑出去，和牛子商量，乘机赶往森林行猎。牛子自然愿意。好在出时为防骤遇敌人、野兽，各都带有兵刃暗器，说走就走。

二人一个年轻胆大，一个粗心冒失，知道明去决不让去，径自偷偷溜走。牛子滑雪本是惯技，王渊自服灵药，身轻矫捷，多日练习之下，竟比牛子滑得还快。昨晚又把路径记熟，彼此争胜抢先。酷寒渐减，狂风不作，端的风驰电掣，迅速非常，数十里途程，半个时辰便已滑到昨日雪崖上面。人才探头，便见崖下林边雪幕之下群鹿聚集，跳跃游行，意态安闲。一点没费事，就寻到了。

王渊喜极，当时便要纵下。牛子忙拦道："鹿虽胆小，也有野性，它们数多，我们只两个人，你是小孩压不住它们，要是欺我们人少，合群来拼，弄巧我们还要吃亏。即使我们多杀它们几个，不致受伤，它们害了怕，一换地方，不在这里合群，以后再找又是费事。这东西跑得又快，昨天先见那母鹿已然中了一箭，我们四人同追，还用飞刀，都未追上。即使它们不和我们拼命，见人就跑，追它们也难。我们不穿雪滑子不能下去，有鹿的地方偏又没雪，滑到下面还得脱掉，稍为耽搁，鹿早跑没了影，怎追得上？好在它们不知有人要下去打它们，你先莫忙，反正我们只打一只，多了也弄不回去，等我想好主意再说。"王渊闻言，便即止住。

牛子话虽说得有理，可是由上面暗放冷箭射鹿容易，却想不出一个惊散鹿群的善法。后来还是王渊见那森林边上的积雪厚几两丈，有那树枝较为稀弱之处，吃不住劲向外倾，如非冻成一片，有别的繁枝老干在旁衬托，势非被雪压断不可，稍经重击，会立即崩落。便想了个主意，命牛子驶向崖后，凿来大块坚冰，一人用箭去射，一人用冰块去击林边雪幕。等鹿射倒，雪幕也同时崩落，将鹿群惊散。牛子连赞主意真好。

当下便由牛子挑定一只又肥又壮的母鹿，用连弩看准要害，连珠射去。那鹿多么健实，也禁不起接连几箭。头一箭射穿鹿颈，直透出去。鹿刚负痛惊叫，由地跃起，第二、第三、第四三箭又相次射中胸腹等处，应弦而倒。群鹿不知人在上面暗算，见同类惨嗥滚地挣命，昂首四顾，方在惊奇，王渊已双手举起二三尺长方形的一块坚冰，和牛子双双大喝一声，用足周身气力，照定林边雪幕之上，猛掷下去。

崖、林相隔只有一两丈光景，由上而下本就容易得势。林梢上的积雪看似甚厚，其实极松，冻冰以后发脆易折，再加边枝不固，难胜重压，一二百斤的坚冰，再用大力猛击，哗啦一声，直似雪峰崩颓，靠外面的雪幕立时倒塌了一大片，冰雪残枝四下飞舞。整片雪幕受此一震牵引，虽因冰雪虬枝相互纠结凝固，不会随以崩塌，但稍近一点的也多被震裂，只听淙淙冰裂之音密如贯珠，汇成一片，甚是清脆。那残冰碎雪更随处坠落，接连不断，势颇猛烈。群鹿骤出不意，本就吓得四下乱窜，沿途再吃那些冰雪碎块一打，越发心寒胆裂,齐声哀鸣,亡命一般纷纷争先逃去,晃眼之间无影无踪。

二人听冰裂之声兀自响个不停,大小雪块依然连续由树间往下崩坠,那只死鹿已被埋在雪里,颇悔冒失,不该用力太猛。恐雪幕再有崩塌,不敢遽下,等了好些时,见势稍减,才一同滑下。扒开碎雪一看,除所射大鹿外,还有两只小鹿也被压死在内。二人原拿不走这许多,牛子因鹿性最灵,如不移走,留下死鹿,以后未必肯来原处游息,只得先将三鹿移运崖上远处。不能都取,便挑肥嫩好吃之处,分别割下,用索扎好,尽力背上。余者任其弃置雪里。费了好些心力、时间才得停当,随后往回驰转。

二人因出来时久,吕、王诸人出寻不见,自是担心,便由吕氏父女追踪赶来。恰好半途相遇,自不免数说了二人几句。牛子说有好些鹿肉弃在雪里可惜,要大家回取。灵姑道:"你真是个喂不饱的馋牛,这么多块鹿肉,加上洞中那些剩的,还不够你吃么? 爹爹好容易今天才高兴些,等斗完牌出来,你和渊弟却不见影子。差点没把王大娘急死,如今正在洞里盼星宿一样。不说早点回去,多了还要想多。没有罚你难过,非气得连骨头都不给你啃才称心么?"牛子最是敬畏灵姑,闻言不敢再说。吕伟也觉弃肉可惜,本有允意,打算分人往取,听女儿这么一说,也就中止。

老少四人分携鹿肉,驶回玉灵崖。王氏夫妻正在倚门盼望,见了王、牛二人,自不免埋怨几句。及听王渊说起那里野味甚多,肥鹿尤伙,又如何容易猎取,决无绝粮之虞,俱都欣喜。

吕伟笑道:"日前初次发现失盗,大家急得那个样子,连我都急了好些天。其实我们还有好些余粮,有这么好的洞天福地居住,用具也未全失,耕牛、种子都有,怎么也能想法接上收成,并不算苦。真要当日绝粮,食用全无,又当如何,这都是去年算计太周,收成太好,什么都存起来,吃用不尽,造物忌满,给我们一点儆戒。所以由俭入奢易,由奢入俭难;有了不觉得,没有了什么都是好的。过惯好日子,稍差一点,便觉难受。假使我们来时什么都没有,日有绝粮之虞,能够到此光景,不就喜欢极了么? 今日斗牌,灵儿为讨我喜欢,想我和满,不住发给我好牌,不料把我该摸到顶好的张子漏到下家,被王大娘和掉。因而悟到:人的生死贫富,以及一饮一啄,莫非命定,白用心机,毫无用处。最好也不贪也不懒,只照我本分做去,听其自然,既少闲气闲急,反多受用。因此我把失盗之事已然置之度外。现在既有野味可以猎取,只要那贼害怕,不敢再来侵犯,我们齐心努力,静等开春下种,夏秋两季收获,也就无须苦苦搜寻他们了。"

灵姑深知老父为人沉着,自从失盗以后,嘴里不说,心中十分愁急。偏生冰雪险阻,盗窟难寻,自己每日为此愁烦,无计可施。难得会委诸命数,不再置念,好生欣慰。见王、牛二人眉飞色舞,意似不服,想要争辩,忙使眼色止住,抢口说道:"爹爹说得对。本来我们都是出世的人,应该凡事都想开一些,这些身外之物,有甚稀奇? 日前只因余粮无多,怕接不上气。张叔父和远弟大约病好,也快赶来了。全洞七个人,还有那些长颈苗人,开山以后免不了要来看望,范师兄他们更是非来不可,虽说他们往返长途,必带食粮,只有给我们添东西的,可是初来总该有些款待。照前几天神气,怎能叫人不急? 且喜上天鉴怜,无意之中会在冰雪底下发现野兽窟宅,并且还有好些成熟了的野果,黄精、红苔之类,想必也不在少数,简直取用不尽。今天又在大洞咸菜坛堆里找出大半缸食盐。过几天,索性破上一天工夫,去到森林以内,连野味带山粮多打些来,风的风,腊的腊,不是照样快快活活过日子么?"吕伟首先含笑称善。王、牛二人便不再言语。

当日又是一顿丰美的饱餐。吕伟满拟退一步,谁知他不寻人,人却寻他。过了两日,吕、王诸人见天气逐渐转暖,知道这么厚的积雪一旦融化,势必发生山洪,又须闭洞多日,等水退尽,始能出外。森林地势低洼,成了泽国,林中野兽定逃匿无踪。意欲趁它未化以前,将野味山粮备办停当,免得再挨些日子冰雪融松,随时随地皆有崩塌之虞,无法行动。吕伟因此番大举行猎接连好几天,每去从早到晚,来往要一整日,气候渐暖,还防备到贼党来侵,特意将洞口和先前一样封堵,命王氏夫妻留守在内,另外在皮帘旁开一小孔,以备灵奴飞行出入。吩咐如遇有贼来犯,不问多少,千万不可出敌,只在洞内用毒弩外射;同时放出灵奴,飞往森林告急。吕氏父女闻报回援,至多不过个把时辰,即便贼党人多势众,在这短时间中,要想撤去石块,攻入洞内,也来不及。何况洞前有雪堆阻隔,来贼一旦跳落,必为王氏夫妻连珠毒弩所伤,客主异势,一暗一明,还手甚难。吕伟老谋远虑,部署定后,又假设敌攻,隔日演习了十几次,端的周密异常。

第二日未明起身,饱餐之后,率领灵姑、王渊、牛子,老少四人一同前往,并把雪橇带去,以备运物之用。头两天十分顺当,什么事也没有,只半日工夫,便满载而归。除各种野味外,还采掘了二百来斤山粮,直到堆得那雪橇都无法装载才罢。回到玉灵崖,天还未黑,众人自是高兴。

到第二天，兽群日有伤亡，渐知人类可怕，有了戒心，不是藏向林中深处，便改了地方，猎取渐难。吕伟因积雪渐隔，遇到松软之处，已难行走，一旦发生山洪，不知要在洞中待多少天，食粮一层，最关紧要，连日虽有所获，仍嫌不够，便命分途搜索。

起初吕氏父女还恐藏有别的猛兽，将人分作两起，不敢分得太单。继见林中除曾猎取大小两虎外，只有鹿和羊、兔最多，不见别的兽迹。分猎到二天上，胆子越来越大。又见雪融渐速，行猎之日无多，保不定风势一转，次日便行中止。此时蛇虫之类尚在蛰伏未动，以牛子的行猎经验，料知林中连虎都少，别的猛兽更毋庸说。即便遇上虎豹，凭这老少四人的本领，谁也不致为它们所伤。加以鹿、羊地理既熟，奔逃起来又快，这一有了戒心，猎到甚难。唯恐树断雪崩伤人，又不愿毁损千年古木，灵姑更不肯用飞刀行猎。有时非分头追逐不可，渐渐人数走单，傍晚聚集，一算所得，果比昨日多了好些。

灵姑不愿多事杀生，打算中止。吕伟却说："这两日偏重行猎，没顾及采掘山粮。照牛子说，今年雪势之大，生平未见，雪后山洪不知要多少日才能减退，况且水退后长臂族必来，还是多积食粮好放心些。"于是次日又去。

山粮种类不一，有的是树上的果实，有的深藏土内，物以类聚，多不在一处，更须分头采掘。于是老少四人分成四起，可是相隔只在一里左右，并不甚远。如非林密不易传声，闻呼便可立至。由清早起采掘到了午初，已然得有不少，依了灵姑，即此已足，最好即时回洞。

吕伟见为时尚早，便说："连日已然累过，不在这半日工夫。以后不能再来，乐得就便多采掘些。雪橇不胜全运，人力也可背运，一劳永逸，求个充裕，岂不是好？"灵姑知老父平素极知足，今天忽然改了脾气。此时洞中所存兽肉、山粮不少，连牛子都觉够了，还这么贪得无厌，老怕不够用似的，与那日所说的话简直两样，好生不解。心想："爹爹真不怕累，反正这半天工夫。"劝说不听，也就罢了。

四人中牛子掘取薯蓣、黄精一类的山粮，入林较深。灵姑、王渊分头在近树上采拾松子、榛、栗等果实。只吕伟一人采取一种苗人名叫野苞谷的东西，产处相隔上下出口最近。众人采掘来的山粮也都堆积在彼，以便行时一同搬运。这时灵姑、王渊刚刚采掘了些果实放下走去。吕伟一边看着摊子，一边挑那成熟肥大的野苞谷，用刀割取，自觉所得不少，即便闭洞三月也足够用,方才高兴。

不料群鹿也最爱吃野苞谷,以前聚集当地不去,实由于此,自从四人行猎,便将鹿群惊散,它们逃往密林深处,已有数日不敢再回原地。这两天不见人再搜猎,大鹿还有戒心,不敢便回。有那小鹿口馋,贪食野苞谷,悄悄掩来,藏在苞谷中大嚼。恰被吕伟发现,见那小鹿一共三只,甚是肥壮,心想生擒一只回去,与原养小鹿配对。暗中看准一只生相好的牝鹿,端详好了地势,由侧面轻悄悄蜇近前去,准备骤出不意,飞身纵起,一下将它抱住。不料那小鹿也颇灵巧,吕伟还没走近,便已警觉。较大两鹿首先回首一跃,如飞穿林逃去。剩下一只发觉较晚,吕伟已然纵起,小鹿害怕,亡命逃窜,慌不择路,径往林边出口雪堆上逃去。

吕伟只差一步,便将鹿抱住。又见小鹿不往密林中逃,窜向绝路,如何肯舍,紧紧追赶,一晃追到林外。小鹿连蹦带跳,已然窜上雪堆,积雪松浮,一下踏虚,又滑跌了一跤,几乎滚落。吕伟知道手到擒来,便笑道:"小鹿莫怕,我不杀你,只要跟我回去,每日有你吃的,且比你在这里舒服多呢。"一边笑说,一边正待运用轻功往雪堆上纵,忽听上面有人说道:"师父,我说人在底下,你看这不是么?"

吕伟听是汉人口音,心中一动,忙止步抬头一看,雪崖上面纵落二人。为首一个非僧非道,装束奇特,相貌甚是狞恶;另一个穿着和文叔一样,反毛皮衣帽兜,看不清面目。他方觉为首那人面熟,对方已先喝问道:"你住哪里?叫什么名字?可有两个小狗男女和一个老狗,与你是一路么?"

吕伟一见二人,便料是贼党寻来。想起王氏夫妻尚在洞内不知如何,又听口出不逊,一着急,不禁怒道:"老夫在此行猎,与你们何干?你们是做什么的?问这做甚?"为首一贼一声断喝,将手中刀一指,未及往下发话,旁立那贼已抢先拦道:"师父不要生气,等我来问,要死也叫他死个明白。"

说罢,便用手中短矛指着吕伟喝道:"老东西,你莫糊涂,只要好生答应我话,便没你事。我们是后山九雄寨来的。只因去年我师父出门,小兄弟们到前山取了一些东西,不料遇见两个小狗男女和一个老狗,用暗器害了我们四个弟兄,那时因为天气太冷,没顾得寻他们。现在师父回山得知此事,要寻那崖洞里人报仇。适才到了崖洞,只遇见两个中年男女,拷问不招,于是我随了师父寻踪至此。你如与他们是一家,赶紧将老小三狗男女献出,或是喊来由我师父处置;如若不是一家,既在邻近,想必知道底细,只要说出实话,也可饶你不死。休看你们在这里神气,像个会家,却敌不过我师父神通广大,法力无边。莫要执迷不悟,闹到死无葬身之地。"

吕伟一听贼党已然攻入正洞,王氏夫妻也落了贼手,不由急怒交加,厉声喝道:"大胆狗贼!去年盗我牲粮,后来被我女儿用飞刀杀了四贼。因值冰雪封山,正苦无处搜查余党踪迹,今日又来送死。晓事的,由我押送,急速回转贼巢,送还所盗牲粮,念在你们是汉人份上,饶却尔等狗命。"

吕伟头戴皮兜,未现出本来面目,贼首虽料他是玉灵崖洞中主人之一,不知姓名,没认出人。又注意在两小姊弟身上,还不致便下毒手。如果稍一耽延,灵姑便行赶来,何致出事。这一开口说话,渐被听出口音,起了疑心。

随来那贼见吕伟喝骂两声,两番要想恃强动武,俱被贼首摇手止住。等到吕伟话快说完,贼首狞笑道:"你口出狂言,叫甚名字?"吕伟也是艺高人胆大,虽见来人面熟,那么有识见经历的人物,也不看看对方衣饰何等怪状,分明是妖邪一流,急怒匆遽之中,闻言竟不假思索,脱口答道:"无知鼠辈,瞎了你的狗眼,连我都不认识,还敢逞能?我便是西川双侠中的紫面侠吕伟。"

贼首本来强忍暴怒听他答话,一听果是仇人,两道浓眉倏地往上倒竖,哈哈狞笑道:"我当是谁,原来你就是吕伟老狗么。自从在川峡上了你们苦当,哪一天不叫你祖师爷想上几遍?今日你披上满身兽皮,差点被瞒过。可认得你祖师爷是谁么?"

话还未毕,吕伟已看出贼首头上隆起的几个肉包,猛想起前年巫峡行舟所遇恶道。知他不但武艺高强,还会左道邪法,不禁暗自吃惊。心还在想和他支吾一阵,等灵姑来应援,或是引往灵姑那里,用飞刀除他。

一面暗中戒备,一面微笑答道:"我还当是惯窜苗疆的汉匪,原来你是七首真人毛霸毛朋友么。恕我年老眼拙,没有认清。今日在此相见,总算有缘。常言说得好'不打不成相识','士隔三日,便当刮目相看'。你我巫峡已然见过真招,当时虽然承让,可是如今老夫总算此间地主,毛朋友也不是无名之辈,异地重逢,老夫不能以鼠窃狗偷土匪之类相待,就此领教,未免不成敬意。天又大寒,老夫玉灵崖蜗居倒也温暖,并还藏有不少家酿,何妨请至敝洞,就着新打来的野味,痛饮几杯,略解寒意,再行领教如何?至于敝洞,除了老朽父女和一个老头,更无他人,不是妇孺,便是无能之辈。前年与老夫同舟的张鸿并不在此。毛朋友想必不致疑有他意吧?"

这一番诱敌之言,连将带激,说得甚是大气,不去便算怯敌情虚。以敌人的骄横自恃，不去的话按理不能出口。偏生随来那贼名叫独眼太岁贾四，凶恶刁狡，无与伦比，生平惯仗心机算人，无恶不作。得势时狗眼看人低，凶横已极，脾气比谁都暴；一旦失势，失了凭借，便成了夹尾巴的瘟狗，甚气都肯受，多大的丑也肯丢。因善吹拍捧架，最得毛霸宠爱。这次恃有毛霸撑腰，自告奋勇，越众抢先追探敌踪，趾高气扬，不可一世。

这类匪徒最恨人牵他头皮，唤作土匪。他们只在各苗寨中横行勾串为恶，多半不明江湖上的过节规矩，先听吕伟答话不善，他不知吕、毛二人过节，狗仗人势，早已跃跃欲动。虽被毛霸示意止住，为表忠诚，依然做出同仇敌忾，恨不能活生生将敌人咬死的神气。谁知白费气力，把脖子胀得老粗，仍未把对手看透。吕伟更不把他看在眼里。

毛霸一心注意敌人，自信必胜，快意当前，表面问答，心正盘算此仇该是如何报法，才称心意，也未理会。贾四心力算是徒劳，不由迁怒吕伟，加了几分真火。再一听吕伟当面骂他鼠窃狗偷土匪，邀请毛霸往玉灵崖，先礼后兵，饮酒之后再行较量，全不提他一字，视若非人，益发狗焰中烧，再也忍不住怒火上升。

但听对头曾与师父见过高下，又是这等说法，必不好惹。心想："自来筵无好筵，虎穴难入，越是这类假斯文越不好斗。就拿适才玉灵崖洞内那男女两人来说，还没攻进洞去，同党便被他们射倒了好几个。如非师父赶来行法破洞，只会白白伤人，休想攻得进去。况且上次逃回的人还说那两小男女会使飞刀、飞剑，比师父所放黄光要亮得多，人一挨上，立时送终。他的女儿尚且如此厉害，老家伙的神色如此从容，弄巧师父还不是他对手。既是仇敌，要甚虚套？师父已说在川峡上过他当，莫要不好意思，中了激将之计，再上他一回大当。师父一败，不但所得金砂、牲粮、什货、用具要加多少倍奉还，而且大家谁也难逃公道。师父决不好意思说不去的话，还不如乘机暗算，将他弄死为妙。此举成功更好，否则把脸扯破，使他两人就在这里见个高下，自己也好相机进退。照二人神气口气，本领似差不了多少，师父即使打他不倒，也不致当时受害。等动起了手，要看出师父不行，自己也好先溜。"贾四念头随转，随做出忍气不管神情，手中用力紧握矛和弩筒，往吕伟身前凑去。

吕伟见毛霸闻言把凶睛一眨，双眉拧紧，似在寻思答话。暗忖："敌人必定中计。此贼初意原向灵儿、渊侄、牛子三人寻仇，如若迟疑，还可拿唤回三人的话诱他。只要爱女一到，不问玉灵崖之行允否，自己均无败理。只可恨洞中既然有事,王氏夫妻怎不把灵奴放出报警?我们也好驰回救援,何致与强敌深仇相逢狭路?"

方在盘算,想要开口,猛瞥见旁立那贼两手暗中蓄势,渐向身侧移动。久经大敌的能手,如何会吃这类毛贼所算。吕伟本心至多给他一点儆戒,就势再拿话去激将毛霸,多延时候,把灵姑引来,本无心要他的命。

谁知这贾四没练会真功夫,却学了几年专门暗算人的阴毒招数,出人意料的刁恶。他那拿手,自起名儿叫一枝开百花。使用起来,先是骤出不意,用左手短矛在三五步内脱手掷出,刺人的要害;同时再用右手毒药连珠旋弩,专打五官七窍和人身容易见血之处。那连珠旋弩制得尤为精巧,共有五个筒眼,同时并发。每筒十七箭,长一寸七八分,细才分许。三棱出风,人若中上,一个时辰以内必死无救。

发时范围可大可小,任往何方纵躲,均难避过。贵州大盗刘老幺,昔日仗以成名,伤人无数,吕伟也曾经见识过。贾四乃刘老幺的娈童,死前被他偷来,仗以为恶。幼年为练此弩,下功太过,闹得狗眼一大一小,几乎瞎了一只,"独眼太岁"之名便得于此。

那弩筒原藏在贾四袖套内,也是急于求功买好,唯恐毛霸拦他,积恶太甚,遭了报应。他这里短矛还未往外掷出,弩筒也同时出现。吕伟口里说话,眼中旁觑,见那贼左手用矛,右手毛袖又肥又大,不见套手,便知中藏暗器,已经防到。贾四又把弩筒认作生平不二法宝,爱如性命,擦得精光锃亮,手刚一抬,便被吕伟发觉。吕伟见是一个粗约两寸,上有五个筒眼梅花形的暗器,知道厉害,万万不能迟缓。射处太多,又是毒药钢弩,运用内功也恐万一疏漏,被他稍微射穿,见血非同小可。心更恨极这类狠毒匪徒,事当紧迫,竟未顾及投鼠忌器。

说时迟,那时快,贾四刚把手中短矛投出,跟着右手弩箭扬起待发,就这眨眼的工夫,吕伟早把全身真力运向左右手臂。贾四由左侧进攻,两人相隔不过五步。吕伟因是大敌当前,又恨极那行同鬼蜮的恶徒,竟把平生绝技施展出来。左手一撩,敌人的矛尖还没沾衣,便飞起一二十丈高下,落向远处丛树之中。同时脚底猛一错步,身子略侧,照定贾四就是一劈空掌。

这类掌法的动作既是神速,力量尤为惊人,吕伟轻易不用。用时对方休说是人,便是山石树木,如在十步以内中上一掌,也要粉碎断裂,常人怎禁得起。贾四手按机簧,才一发动,忽见吕伟身形微一侧转。心想:"任你多好内功,躲得多快,今天好歹也叫你中我几箭。"念头还没转完,短矛首先飞起。紧跟着猛觉一股又沉又猛的寒风劲力,直似千斤重锤迎头打到,气便闭住,连"哎呀"一声都未喊出,当时头、面、胸骨就全部碎裂,仰面跌倒,死于非命。

毛霸被吕伟一将,本不能说不去玉灵崖的话。见贾四忽下毒手暗算,毛霸虽是淫凶狠毒,但也颇明江湖上的过节,不愿做这样无耻行径。报仇一事,尤其应该亲自下手,方能泄愤,挽回场面。似此鬼祟行为,胜之不武,不胜为辱,自然更厌烦。不料两人动手都快,不等出声喝阻,贾四已然毙命。

毛霸性如烈火,自觉难堪,不由暴怒,大喝:"老贼!死在临头,还敢伤人。"脚一点,纵将过来,便要下手。吕伟乃成名多年的人物,上场时已讲礼让,对方却一再破口伤人,按说除各凭本领争个死活存亡,不应再有话说,自损身份。无奈深知敌人会施邪法,小不忍则乱大谋,不能不持重一些。见毛霸扑来,强忍怒气,将身往旁一闪,轻轻纵开,高声喝道:"姓毛的,休得逞强无礼,听我一言。"

毛霸戟指怒喝道:"你今日已成我掌上之肉,容你多活片时无妨,有话快说。"吕伟也不理他,冷笑道:"想当初巫峡相遇,你已落在我手,念你是条好汉,未忍杀害,将你放走。今日狭路相逢,老夫约你同去玉灵崖,先尽地主之谊,再行过手,并无恶意。这个土匪不知是你甚人,看出你闻言迟疑,意欲下手暗算,被老夫轻轻一掌,还未沾身,便即打倒。此乃他自送死,并非老夫手毒。你既小心,不敢到我洞内,老夫礼已尽到,也不勉强。但是一件,闻你精通剑术,老夫少年也曾拜过异人为师,多少年来未遇敌手。你我两次相逢,总算有缘,那年巫峡行舟,匆匆一唔,不曾一一领教,至今仍引为憾事。你我何妨不用兵刃,先比拳脚,再比剑术。各凭彼此平生所学,尽量施展,分个胜败强弱,免得日后又有上当的话。你看如何?"

毛霸昔年初遇双侠时,误以为敌人精于剑术,自知旁门左道,所学不济,没敢轻易施展;恰巧双侠又有异人暗中相助,以致受伤被擒,一败涂地。后来细一打听,双侠只是武功精纯,虽然剑法极好,并未练有飞剑。自己当时只消略施法术,便可必胜;不合震于虚名,上了大当。越想越恨,立誓要报前仇。先寻到双侠家中,人已弃家变产,携了子女出门远游,不知何往。也没想到双侠会到莽苍山来隐居。此次与吕伟相遇,事出偶然。

原来毛霸偶然遇见好几年没见面的师父,五台派余孽黑头陀谭干,说起莽苍后山有不少灵药,因那山中常有峨眉、青城两派仇敌来往,自己是个熟脸,不便前去,命毛霸代往,还传了两种防身隐遁的法术。

毛霸领命,去年便到了莽苍山。业时带有一个徒弟,名叫王茂。等药采齐,快要回去时,王茂忽在睡梦中为白猩子掳去,送了性命。毛霸幸未同在一起,否则睡熟无备,即使不死,也必重伤。后来毛霸发现孽徒失踪,衣物零乱散失,知有变故。先还以为王茂武功颇好,又会一点法术,决不会为野兽、毒蛇所伤。当是被山中野猱捉去。继一查看,东西虽然散乱,并未丢失,好生不解。

在后山一带连找寻了好几天,忽然遇见那伙土匪。始而毛霸疑心杀掳爱徒的便是此辈,要下毒手。这类土匪甚是心明眼亮,不等发作,先自服低。一问来意,断定人被白猩子送了性命。双方谈得甚是投机,众匪徒又将毛霸请往盗巢暂住。毛霸本爱当地景物幽静,土匪们正又在此争彼夺,群龙无首之际,十分散乱,不久便拜毛霸为师。

搜寻了几天白猩子,也未寻到。毛霸急于寻师复命,药已采齐,不便久延,便到贵州见了黑头陀。黑头陀听说山中灵药如此繁富,又命再采一回,并活捉一只白猩子回去。毛霸回到莽苍山已近隆冬,一边率众采药,一边搜寻白猩子的踪迹,不久居然齐备,毛霸见封山期近,便往贵州过冬,顺便向师父讨些传授。

当毛霸再往贵州的第二天,文叔原想借逐鹿为由,瞒过吕氏父女耳目,前往峰顶白猩子旧巢寻取灵药。不料众人说话被他听去,知道自己的心事为人识破,不好意思。暗忖:"吕伟真是好人,此事不应瞒他。就此回去,殊觉无颜。"意欲生擒一鹿,回去遮盖,便循鹿径往前搜索。不料遇匪被擒,拷问之际,认出一匪竟是自己的嫡亲外甥,彼此问明来历,化敌为亲。文叔还要赶回,众匪强留不放,只得在匪巢住了数日。

这班匪徒大多好吃懒做,专以劫夺为生,纵有极好土地,也不肯下力躬耕开发。原是恶迹败露,在各苗寨中无法存身;又在各汉城中屡犯巨案,官中悬赏缉拿,不能前往。无可奈何,才带了历年掠夺所得,逃向山中。但是金银珠宝之类,饥不可食,寒不可衣,不下手劫掠不行。草草盖了几间屋子,耕了些土地,擒些野鹿,用暴力鞭挞来代牛马。

起初只图隐避一时,谁也没打长久主意。后来各寨匪徒都被苗人识破,不能立足,见机稍慢,便为所杀,于是相率逃来,人数越来越多。匪徒素无信义,以强为胜。强的终日坐享现成,不肯操作。弱的轮班耕植,又不甘受强的役使，当面听从，背后不是偷懒，便是胡来一气。闹得大好肥土，竟无什么收获，于是吃的常闹饥荒。日前正商量寻访一下，山中有无苗人部落居住，好往打抢。

文叔一来，匪徒渐渐听说玉灵崖食粮众多，牲畜繁庶；文叔还存有不少皮革、用具、金砂、药材在彼。众匪仗有毛霸为师，原意一不做二不休，开春以后怂恿毛霸，索性集众出山，向各苗寨大举劫夺，把当地作为窝赃巢穴。等积聚满了欲望，滇黔一带汉城难居，再借毛霸法力掩饰，逃往江南各省，做富家翁享福去。一听有这许多东西，怎不生心。本意不问文叔如何，立即下手，连文叔也一起抢夺谋害。

正计议间，又听文叔说起洞主人有一女儿，乃仙人弟子，身带玉匣飞刀异宝，出手便是一道银虹，遇上就死。那么厉害的白猩子，连老带小竟被杀死了十几个。同时文叔的外甥又是匪中有头脸的人物。诸多顾忌，便踌躇了两日。

群匪最终商定，极力蛊惑文叔，劝他一同入伙。文叔生具恶根，又因自己孑然孤老，只外甥一个亲人，以为将来可以依靠，再加日子一久，益发无颜回去，竟然同意。众匪看出文叔心贪，不舍失物，又对于灵姑飞刀一层不甚深信，假装代盗存物，要他领了前往。文叔果然应允。头一次只文叔和两名能干匪党同往，文叔心畏吕氏父女，胆寒气馁，略取一些金砂、贵药，便催促逃回。跟着变天，大雪封山，难于再往。

文叔久居山中，地理极熟，没有两天，竟无心中发现一条道路，尽头处是一横岭，正是昔年白猩子住过的一个大山洞。那洞位居岭腹，外狭内旷，甚是宽大，和玉灵崖后裂缝通路一样，前后可以相通。文叔查看地形，后洞口与玉灵崖隔溪广场遥遥相通。经过一番筹划，便和众匪徒前往查探。先还恐洞口被雪填没，无法通行。到时一看，那雪与洞口高低相差无几。

匪徒震于文叔之言，均极仔细，将路探好，回去赶做了两副雪橇，由洞中驶出。到了后洞口，因恐留下橇迹，又用人力将橇抬起，换了地头方向，再行滑驶。快要走向玉灵崖侧面相对的正路时，又抬行了一段，以备万一敌人厉害，发觉追踪时可以掩蔽。众匪徒意在财货，头几次取去的都是金砂、皮革和知名的贵药。

文叔原有两样灵药，知道匪首机智，恐被识破。又以为内中最珍奇的一样，多年没有迹兆，未必会在此时开花结实，故不经意。满拟等众匪徒将洞中所有全部盗来,再行觑便检视。谁知机缘注定,王渊两次入洞,无心遇合,得了现成。

起初文叔恐被吕氏父女撞上,不敢前往,一任众匪徒轮流盗运,自己只在中途雪坡上指挥筹划。继见连盗多日,连自己所存和洞中原有之物俱被盗来,已然盗及牲兽。遍问去匪,只说每去都挑值钱的东西盗取,为便携带,筒罐多半拆毁弃去,只取内中藏物,并未见有这样药草。

文叔知匪首凶暴,号令素严,手下人等不敢妄取一物。吕氏父女不知药名、用途,再说也不会不告而取。疑心匪徒盗取时遗漏,杂入破筒之中,意欲亲往寻找。因吕氏父女始终未出,必是为雪封锁,闭洞过冬。恰巧众匪想盗活牛活马,特意做了两副大雪橇,人去得多,还有两个会妖法的,益发放心大胆前往。

谁知灵姑、王渊、牛子三人已早埋伏在彼,四匪往盗牲畜,首先伤亡。文叔在二洞内还未警觉,等到出来,将那个重伤匪徒撞死,才在雾中踏着冰雪冒险逃走。过了峰群不远,先逃二匪因为逃命心切,行驶太急,虽有照程之珠,仍撞在积雪上面,被冰雪撞伤,雪橇也损坏了一副,正在负痛难行。幸亏文叔赶到,勉强合力将坏雪橇拆去一副,三人并驾一橇,才得逃去。

这一次因敌人已然警觉,惊弓之鸟,格外小心。除照原来走法外,进洞时文叔还做了一番手脚,使崖上冰雪崩塌下一大片,布了极好的疑阵,所以吕氏父女苦搜不获。三人见了匪首,说起女主人的厉害,俱都心惊,枉自恨极咒骂,不肯甘休,只是无计可施。直等到毛霸近日回山,众匪徒引见文叔,并将前事告知,毛霸立喊文叔近前盘问。

文叔当初原是心贪,自私过甚,又因身老无亲,妄想将来依赖外甥养老,以致铸成大惜,对于吕氏父女本无仇恨。及至与匪党相处渐久,眼见众匪凶暴刁狡,时常同党相残,口是心非,丝毫不讲信义,才知上了大当,无奈自己财货全部盗运了来。虽看出众匪徒大有侵夺之意,但在未盗来前,匪首和众匪徒都曾说过,只盗取吕氏诸人之物,决不妄取自己一草一木。只要应付得好,不令有所借口,或者还能成全一半。如想中途脱离,除非孤身逃走,要想带走东西,直比登天还难。枉自灰心悔恨,已然无及。

毛霸性情刚暴,自和吕、张双侠结仇,时刻未忘。这时一听洞中主人姓吕,是四川人,不等文叔往下细说名字、年貌,便暴跳道:"这厮定是我两年前所遇仇人吕伟、张鸿了。我要杀他们已不是一天,不想全家藏在此地,难怪找他们不到。老尤你快说,这厮可是生有一双细长眼睛和紫黑胡子,脸皮也紫得发亮,与一个姓张名鸿的在一起,如若是他,我歇也不歇,当时就去寻他算账。"

文叔听吕伟说过真名、来历,只不知和毛霸结仇之事,及见毛霸说时咬牙切齿之状,忽然天良发现。心想:"平日常听众匪说毛霸神通广大,法力高强,既与吕伟有深仇,此去吕、王诸人焉有幸理?以前承他父女诸般救助,视若家人,吕伟相待尤为优厚,拿众匪徒来比,相去何止天渊。如今我落到如此地步,只怪自己糊涂,再如害他全家,怎问得过心去?意欲暂缓祸机,先将毛霸稳住,然后暗写一信,抽空赶往玉灵崖偷偷投递报警。吕、王诸人见仇敌快要寻上门去,自会设法逃避。"

念头一转,等毛霸爆竹似地一连串把话说完,故作不注意的神气,淡淡地笑道:"祖师爷说那洞主人是你仇敌西川双侠吕伟、张鸿,恐怕不对吧?"毛霸闻言,将凶睛一瞪,喝问:"怎见得不是?"

文叔道:"祖师爷先莫生气,容我细讲。第一,这家共是老少五人,一个姓余,并不是吕,他年约五十左右,有一儿一女;另外夫妻二人姓王,还有一个老苗。我在那里住好些天,无话不谈,休说见着张鸿,连个张字都未听说过,二人面貌也与祖师爷所说不甚相像。这还不说,最不对的,这老少几人在玉灵崖隐居已有十来年,从来没出过山,如何会与祖师爷在两年前相遇?请想,他们开辟了那么多的田,新种的树都成抱粗了。这次大洞还没有去,弟兄们取回的谷粮不过是他所存十之二三,便有那么多,岂是新来才一两年所能办到的?"

毛霸一想有理,方始减了愤怒。说道:"便不是这两个老贼,他杀我徒弟,也是饶他不得。听说这厮还会飞剑,可是真的么?"文叔不知毛霸心怯正派飞剑,以为毛霸那么骄横性暴,如说敌人厉害,势必不服,照样是去得快,莫如说平常些。便笑答道:"这几人,论武功暗器,倒个个都得过高明传授;如说飞剑,我虽没见识过祖师爷的,就照弟兄们所说来比,那么他就差远了。他用手丢出去,只能在三五丈内杀人,远了不行,也没祖师爷的亮。我只见他用过一次,没有看清。法术更是一点不会。似他这样,祖师爷一到,要他如何便如何,简直不是对手。祖师爷远来劳乏,天气这么冷,还不如容他们多活两日,稍为歇息,再去除他不晚。"毛霸妖法有限,千里远来,不能一口气行法飞驶,中途还要停顿,委实受了不少饥寒劳乏,竟被说动,暂且中止。

毛霸到日，途中发现两只逃虎，知道匪徒粮食无多，打算杀死带回。正呼叱行法间，吕伟父女也正行猎经过。恰巧向笃神游在外，知吕氏父女为寻自己而来，看出双方快要相遇，忙即行法，将树顶浮雪崩陷一片，使吕氏父女、王、牛四人一齐下坠，又幻出逃鹿，诱向远地，免与毛霸相遇。不料和文叔一样，都是求好反坏。

假使毛霸到日便与吕伟相遇，或是文叔不发动天良，任他即日寻往玉灵崖去，彼时都有灵姑随侍未离，郑颠仙所赐飞刀，休说毛霸当之无幸，便异派中能手，能抵敌的也没有多少。毛霸一死，万事皆休，吕伟哪有这些灾害？也是命数注定，人力不能挽回，好些阴错阳差，终致仇逢狭路。这且不提。

毛霸天性甚薄，对于这些新收徒弟本不看重。每日将火生旺，享受玉灵崖盗去的那些精美食物，一连歇息了好些天，也未说去。

文叔已将纸条写好，几番想要抽空前往，无奈冰雪崎岖，往返遥远，顾忌太多，想不出个能出去半日的题目。更恐去时为吕、王诸人发觉，求荣反辱。踌躇了几天，没有走成。后来暗忖："此事太险，无论被哪一面发觉，都无幸理。反正与我无关，去了不过叫他们得信，有个准备。那么好的洞天福地，辛苦经营，就明告诉老吕，他们也未必舍得弃此而去。况且冰雪封山，也没法行路，至多找个地方藏起，早晚仍要遇上，分个死活存亡，连日留心毛霸，虽比众人略为性直，仍不是至好相与。那飞剑是一道半青不黄的光，灵姑匣中那道银虹比他胜强得多。与其这样操心，还不如任他们见个高下。毛霸如胜，我只好认命，听凭他们夺取，没得说了；万一老吕那面得胜，到时再想主意，老吕人极厚道，向他细说苦情，也许还可转圜，那就太好了。"这一变计，不特把原来美意一齐打消，反盼毛霸早日成行，好决自己天暖去留之计。

吕伟最后出猎之日，恰巧有一匪徒饱暖思淫欲，想怂恿毛霸过些日往汉城中，抢些美貌妇女回来，供众淫乐。毛霸本是酒色之徒，师徒二人谈得正有兴头，旁一匪徒笑道："师父放着现钟不撞，却去铸铜。玉灵崖不现成有一朵鲜花在那里么？"毛霸便问文叔："你只说那是女娃儿，也没说多大，长得好不，我宁肯睡空窝，向来不要丑的。你看那小花娘到底长得好不？"文叔还未及答，上次由玉灵崖逃去的胡、林二贼只顾讨毛霸的欢心，同声冲口说道："那女娃子我们早就见过，不但人长得好，还杀死过一条千年飞天蜈蚣，得了不少夜明珠呢。"

毛霸闻言，贪欲大动，忙问："那种蜈蚣名叫天蜈。从头至尾，每节脊骨内俱有宝珠,到了夜里宝光冲天。尤其头上那粒有无穷妙用,毒虫蛇蟒被光照着,当时就死,哪怕修炼成精的蛇蟒也都不敢挨近。深山修道的人如有此珠,便可降魔防身,免却许多危害。如再经过祭炼,更了不起。可是天蜈厉害非常,这珠便是它的丹元,带着一股毒烟,奇毒无比,寻常雷火、飞剑都奈何不得,一个女娃子怎能得到?"

灵姑诛妖时,那后半截天蜈便是胡、林二贼乘隙盗去,因那天蜈只剩后尾,一共搜得三粒宝珠。一粒为匪首强索了去,剩下一人分得一粒,爱如性命,雾中行橇,便仗以照路。因恐毛霸觊觎,没敢说出。因匪首也有一粒,所以众匪徒谁也不敢泄露。及听毛霸看得如此重法,自知失言。

林二狗唯恐胡济说出三人均有此珠,心想:"此事早晚要被同党泄露。毛霸飞剑不如对方,可是他的法术神奇,胜数较多。若说此女飞剑厉害,毛霸难免退缩。莫如怂恿他去将对方宝珠夺来,自己就是不能分润,原有的总可保住了。"于是一面和胡济使了个眼色,一面抢口先答说:"此女得珠也是天缘凑巧,彼时正值山寨发蛟水,天蜈出现,正喷出内丹毒气与天雷相抗,被女娃子看破。雷雨昏暗中没看真切,也不知用的甚暗器,仿佛看见白光亮一亮,天蜈便被雷火劈死,正落在女娃子面前,被他将珠取去捡了便宜。如非那一个接一个的天雷,也未必有此容易呢。"

毛霸道:"照这样说来,定是那雷正打天蜈不得开交,乘其不意,伤了它的要害。天蜈最狠,想报仇,一时疏神,才致送命。否则那天雷也劈它不死,人力更不消说了。他们都是凡人,此珠又有宝光冲天,保不住夜间用来照亮,如被有法力的人经过看出,必然抢夺。我若知有此珠,早就前往,不等今天了。这等奇珍至宝,早到手一天才能安心。事不宜迟,就此去吧。"

当日是午后,群贼因要报仇泄恨,更恃毛霸同行,都要随往。毛霸遁法只能带一人,多便不行。毛霸又不知玉灵崖所在,却不想众人前往。

尤文叔暗道:"此行一个不巧,吕氏诸人就会全部遭殃,此后自己只有随贼老死山中,要想还乡纳福,绝对无望。虽有一个亲外甥,无如贼性天生,自从玉灵崖存物运回,远不似以前对己亲热。背地劝他脱离群匪,早自为计,反倒反唇相讥,其居心可想。自己平日自负机智,竟会中人算计。只因当初一念之私,闹得害了恩人,还害自己。"

越想越难受,仗着毛霸尚能信任,也想随去相机劝解,免得全行杀害。见他只允匪首同行,便劝道:"连日天暖,他们此时必然出洞行猎,如扑个空,打草惊蛇，反而不好。既去也不忙在一时，况且众弟兄都愿随去观阵，见识祖师爷的法力。反正天色尚早，莫如分作两起，命众弟兄乘橇先行；我随祖师爷算准时辰，随后动身，差不多可以一同到达。等成功后，祖师爷自带美人、宝珠先回，我们随后搬运东西，不好么？"

毛霸点头称善，当即如言行事。文叔心恨众匪，想假手吕氏父女杀他几个，故意把时刻算慢。群匪先到，分人一探，见崖洞不封，悄无声息。依了胡、林二匪，主人厉害，最好藏在附近，毛霸到时再行下手。内中偏有两名匪徒和四死匪交厚，复仇心重，又妄想乘机攘窃宝珠。待了一会儿，连探数次，又投石问路，洞内均无动静。以为洞主俱非常人，如在洞内，见有敌来，定出应战，决无闭洞静守之理，天时尚早，料是出猎未归。

匪首最是贪狡，也想趁着毛霸、文叔未到以前，破洞而入，先偷偷分他一批值钱东西。便和群匪言明："宝珠数少，不够分配，师父已然知道，不能全数吞没。万一珠在洞内，未被敌人带走，得到以后，至少须献出三粒与师父。除我取一粒，谁先得到，谁取一粒外，余者回去斗牌，以输赢来决去取。可是胡、林二人已有此珠，不可再要了。"

众匪知他牌斗得好，每赌必赢，又先已有了一粒，如此分配，实在不公。无奈这匪首是众中二哥，初见毛霸时，是他头一个服低，提议拜师，又善趋承，因此毛霸对他十分宠爱，硬把他收作大弟子。原有老大，又被老苗牛子毒弩射死，老二气焰更盛。众匪心想："小洞尚藏有如许值钱财货，大洞自必更多。"只好应诺。

匪首说胡、林二贼认得敌人，如在洞内，可以相机进退，命二人先进。二贼虽然不愿，不敢违抗。走到洞前雪堆边上，兀自心怯，又用刀凿了好几块坚冰，向洞壁大喝投掷，终无应声，这才放心大胆往下溜去。谁知王氏夫妻隐身洞口，早已窥见群贼到来。

王妻虽是女流，倒颇有骨气，平时素有手法，遇上事却极镇定。知道贼数甚众，鹦鹉灵奴偏在贼到以前，几次飞扑啄帘欲出。王守常因它素有灵性，多日伏处，忽要出洞，料有缘故，问它不答，放了出去，不在洞内，此时又无法与吕氏父女报惊送信。除了照着吕伟所说，守在洞口，用毒弩与贼一拼，耗到救援人回，别无善策。

夫妻二人各将连珠毒弩对准外面，悄不出声，静俟贼党下到洞口再射。胡、林二贼刚一纵落，胡济先被王妻瞄准咽喉，射个透穿。那弩乃牛子用心炼制，见血封喉，奇毒无比。中在人身，伤处立时发麻，转瞬麻遍全身，口噤身僵，三两个时辰以内必死，若伤在要害，当时立毙。

胡济连"哎呀"都未喊出，便即翻身栽倒。林二狗被王守常箭透前胸，也只喊得一声"哎"，即仰跌在地。另外几个性子较急的贼党，见胡、林二贼一下，也相次跟踪纵落。王氏夫妻一面把手中弩筒对准帘外发射，一面又将另一弩筒拿起，以备用完接替。随下的共是五贼，也都相次了账。

弩箭又短又小，发时无声。群贼俱料洞中无人，任意喧闹成一片。冰雪甚滑，后下之贼俱当前贼滑倒，不假思索，跟踪就下。本来还可多射几个，偏生王氏夫妻见贼来太多，以为他们是有心前仆后继，知贼一扑近洞口便难射中，于是一个顾上一个顾下。王守常专注上面，不等跳下就射。这时贼又死了两个，连前共是九贼。

贼首和未死的尚未警觉，百忙中又有两贼赶下，一个纵落得快，被王妻一箭射歪，中在肩头，不是当时致命所在。同时那贼下时，已看出同党纷纷倒地不起，知道不好，身已跳下，本想发声向上报警，猛觉肩头一麻，脱口怪叫一声，贼首方听出有异。那第二贼下得稍慢，被王守常瞄准胸腹就是一箭。箭虽射中，贼尸要往下滑落时，却被身后贼党一把拉住。见人随手翻倒，声都未出，再探头往下一看，同党俱都仰爬地上，动也不动。忙喊："风紧！"

王守常又是一箭射来，那贼手里还拉着死贼肩膀，话才出口，待往后退，猛觉眼前寒光微闪，想躲已经无及，正射中太阳穴要害，头向后一仰，通身发麻，脚往下溜，连带前贼尸一同滑落，相继毙命。

经此一来，群贼方知洞中有备，上了大当，齐声暴噪，待要向前赶去。那上下之处，原是牛子就着积雪和洞外形势掘成，地既滑而且陡，同时只容两人上下。匪党所剩才只五人，知再冒失前进，几难幸免。还算匪首机警，想起文叔前言，又为吕氏父女先声所夺，便出声喝止，假装后退，悄悄靠近，前去查看，见适才下去的同党七仰八翻，躺了一地，没一个活的。洞中敌人依旧静悄悄，没有一点声息。心中惊疑，看了一阵，意欲往后退去。

文叔外甥程文栋性颇刚激，较重义气，生具蛮力，武艺也还不弱，在匪党中的地位是五爷，颇能爱众，见群贼惨死，愤怒已极。看出敌人是放冷箭，心想："对方如有法术、飞剑，早已使用，何须此物？"本想率领余党攻洞报仇，被匪首拦住，已是不快，又见匪首那等胆怯不前的神气，益发有气。

悄对下余三匪道:"你们看大爷平时说得嘴响,一旦失风,就这么胆小。我们这许多人来,连人面都没照,便死了一大片。果真仇敌有飞刀、飞剑,人力不能抵敌也罢,看这做法,分明人少势孤,知道不能明斗,特意将洞堵死,伏在里面,用暗箭伤人罢了。众弟兄受害,是冷不防中了暗算。既然看破,还有什么可怕的?师父常说我们无用,十有八九都不配做他徒弟。拜师之后,一点传授没有,分明是师徒日子还浅,情分更薄。那日对他说,阎老二等四人被人所杀,他简直就没怎在意。今日不是提到这里有宝珠和花姑娘,他还未必就来呢。如若只等他来再去攻洞,显得我们太不义气,再说也不好看。想必敌人的箭只能对射,如自侧面下去,只要闪过他的箭眼,便不妨事。抢到洞口,再用我这柄一百零二斤的大铁锤,不消多少下,便可将洞攻破,进去随心所欲了。老大怕死,明说又要拦阻,我们只作气急报仇,由我为头先跳下去,你们跟着后来。这是为众的事,事成之后他虽没脸,也不能明怪我们三位弟兄。你们看怎样?"

三贼中只贾四刁猾,八面玲珑,笑着将头微点。余二贼俱是粗人,各自摇刀低声赞好。于是同往侧面雪堆上绕去,程文栋当先往下便纵。匪首瞥见,忙喝:"不许冒失,等师父来了再说。"人已纵落。王氏夫妻本没防到侧面,程文栋身法又比群匪轻灵,落地之后一手握锤,一手想拉起一个贼尸挡箭,稍迟一步,便难射中。匪首这一喊,反送了他的性命。

原来上面二匪因积冰滑溜,爬行艰难,刚快爬到,待要相随纵落。贾四在后,本就心存首鼠,一听匪首怒喝,忙把二贼拉住,喝道:"你两个就要下去,也等五爷占好地势再说,这么忙怎的?"话还未了,王妻何等心灵,早已防到贼由左来,另开了两处箭眼。闻得匪首呼喝,又听侧面微响,也不顾和丈夫说话,忙舍正面原有箭眼,低下头去由右侧所留箭眼往左查看。因来贼下时就留了神想躲箭眼,贴壁掩来,脚步又轻,王妻由内视外,自然不易发现。心方焦急,猛瞥见有一贼尸忽然往左移动,知是来贼所为,便不管三七二十一,径将弩筒瞄准来贼所在,一发十余箭,分上、下、左三面连珠射去。程文栋刚把死尸拉住,忽听上面呼叱,心正愤恨,忽然乱箭飞来,面颊、左肩、胸腹等处一连中了三箭,当时身死。上面自然更不敢再下了。

匪首见一行十余人还未见着敌人,便死了这么多,又是愤恨,又是胆寒。更恐洞主果如文叔所云,见人不下,追将出来,便故意喝道:"敌人埋伏洞内,暗箭伤人,这样下去不行。我们二百多弟兄,个个本领高强,还怕他么?快聚在一起,等我安排。先没留神,吃了他亏。这次再下,你们分成两队,一半爬崖上去,由他后洞进攻;另一半再分出十人一拨,一齐同下。拼着我们再伤几人,好歹攻进洞去,捉住这一窝猪狗,千刀万剐,为众弟兄报仇也补得过。我们网里捞鱼,忙它怎的?"边说边使眼色。三贼会意,齐声应诺。

贾四更变着腔,将足在冰上乱踏,装成好些人啸应奔驰之状。一面却把雪滑子和雪橇理好,准备洞内一有搬运石块的声音,立即随了匪首滑雪逃去。谁知麻秆打狼,两头害怕。王氏夫妻据险伏箭,以俟救援,本是上策。虽听出贼人只管说得那么凶,却应声零落,没有来时势盛,料知伤亡多半,但如今出洞明斗,也是不敢。双方隔洞相持,耗了一阵。四贼见无动静,也料出洞中不但人数不多,并且还无甚能人。无奈敌人占着地利,据险而守,下去十九无幸,仍是不敢进攻。毛霸、尤文叔偏又不来,只干着急,咒骂愤恨,无计可施。

又过一会儿,内中一贼与程文栋有死交情,性又极暴。先随文栋同下,被贾四拉住已非所愿;继觉敌人只是凭险,无甚伎俩。想起同党和文栋惨死,越想越恨,忽然暴怒,便对匪首说:"我和文栋交厚,不能坐视。师父老早该到,此时不来,不知何故。我甘愿送死,不能再等。"要独自下去。匪首知他是苗女所生,自来野性,拦阻不住;同时也想命人下去一试,便即应允。并教了一些道儿:命先看好形势和箭眼所在,将乘来的一架小雪橇悄悄缒下,人再纵落,用橇做挡箭牌,贴壁绕近洞口,择那没有孔隙之处立好,再行出声警敌。敌人的箭如若不能射出,然后命人相助。自己在雪堆上手持暗器准备,以防敌人冲出时居高临下,可以应援;三贼闻言,俱都赞妙,立即如言行事。一贼先下,仍照程文栋下法纵落。

王氏夫妻闻得贼又自左来攻,忙用箭斜射时,不料正中雪橇藤底上面,没有伤人。这一来,上面三贼看出了箭眼,见未射中,不由狂喜暴躁,胆气大壮,纷纷抢下,各用兵器向封洞石块乱砍乱打。王氏夫妻连射了好几排毒弩,一箭也未射中。尚幸吕伟老谋深算,洞口堵砌得法,石壁坚固,小块甚少,急切间攻它不开。

挨了一会儿,四贼见洞中只是将箭由石隙里向外乱射,也不出敌,也无应声,越发看出洞内势孤,没有能手,进攻愈急,嘴里污言秽语,辱骂不绝。王氏夫妻也不去理睬。只是封堵虽周,时候久了仍是不行。贼又刁狡善攻,会想方法。又隔片时,左角贴墙一块二三尺高大的洞石,竟被四贼刀锤兼施,手脚并下,毁裂了好些,渐渐有些活动。此石一毁,立可攻入。四贼把雪橇立在身左,向右进攻,箭又无法射中,情势甚是危殆。

王妻见势不佳,看时尚早,吕氏父女今日是未一次行猎,定要多取,至快须到黄昏才回。知道事已至此,焦急徒乱人意,无益有害。见王守常还在由箭口内向外斜射,白糟蹋箭,毫无用处,忙即摇手止住,索性任贼进攻,不去理睬。

先静心贴壁一听,洞外只有三四人口音,雪堆上面已不再有叫嚣之声,料定余贼所剩只此。悄告丈夫将毒弩上好,苗刀放在手边备用。一面夫妻合力,就着停手之际,撩开皮帘,轻轻把适才封洞所剩大石移过一块,准备填空;一面藏身石后,等外石一被贼攻开,迎头先射他几箭。预计能全射死更好,只要伤得一二,剩下的如被攻进,立即撤身后退,由王守常迎头抵挡,王妻伏在暗处,用毒弩连珠乱射。主意想得真好,贼党本可全数就戮。无如为时太久,这里贼未攻入,毛霸已然动身前来。

四贼在外,见洞内不再发箭,以为敌人箭已射完,好生高兴,合力向洞石上乱砸乱搬,辱骂叫嚣,乱成一片。王氏夫妻移石之声竟为所掩,未被听出,胆子越大。又因群贼伤亡殆尽,所剩只有四人,无甚争夺,可以多得,只顾想在毛、尤二人未到以前破洞而入,以便隐没洞中宝珠、金砂。那石头恰又被砸裂了一大块,便各抓石角,拼命往外硬拉,直似看透洞主无能,全没放在心上。

拉了一阵,洞石愈发活动。贼首一声令下,四贼这次连吃奶力气都用了出来,齐声暴喝之下,那块裂石竟被拉开。四贼大喜,满拟一现洞穴,便即抢先纵进。不料王氏夫妻早在里面目注裂石,持弩等候,石块往外一倒,缺口才现,更不急慢,两支弩筒齐指外面射将出来。贼首居中,一箭正射在脸上,"哎呀"一声,翻身栽倒,再喊气已闭住。

贾四最猾,见洞内还有毒箭发射出,忙把旁立雪橇抢过来拦挡。洞门高大,原是许多大石堆砌而成,下面石块断裂搬开,上面的吃不住劲,跟着一片咔嚓之声,坍塌下来,恰巧将原有缺口堵上,近洞顶处却现出一个缺口。另外还有一石向外崩落,由三贼头上飞过,差点全部砸死。可是王氏夫妻两弩齐发,才得射出三箭,只有一箭射中贼首。底下便被上落石块挡住,没射出去。陷处四外石隙虽多,急切间找不着箭眼,只得停手另打主意。

三贼见匪首又复被人射死,知中诱敌之计,锐气大挫,不敢再回前攻。

欲待退去,又谁也不肯舍那防身之物。提心吊胆,一个挨一个挤在雪橇后面,正打不出主意,忽听上面有人说话,一听正是毛霸、文叔到来。不禁大喜,复又胆壮气盛,齐声急叫:"师父快来!这猪狗厉害,师弟兄们差不多都被冷箭射死了。"要知后事如何,且看下回分解。

第六十三回

灵丹续命　穴地安亲魂
黑夜寻仇　穿山诛首恶

　　话说毛霸自众匪徒去后，原想早来。文叔为要巧害群贼，故意行迟；又想乘众匪不在，博取毛霸欢心，借话引话，畅谈自己身世。并说此山产有几种灵药，服了可以轻身益寿。自己曾得到两种，因还未到用时，先存玉灵崖。后来群匪往盗，别物都在，唯有灵药只剩空筒。洞主人不知药名与用法，不知是否取时无心毁弃，甚是可惜。同时又故意把群匪自相残害，巧取豪夺，卑鄙无义行为，暗中用话点出；只把毛霸喜爱的匪首和贾四赞上两句。

　　毛霸虽然凶恶，性尚刚直，最恨这类人物，耳朵又软。这次妖师闻他在莽苍山一日之间收了许多徒弟，曾嘱他谨慎。说："该山乃各正派仙侠往来之所，峨眉、青城门下常有足迹，你莫冒失收下许多恶徒，惹火烧身。"

　　毛霸本想暗中考察，好的便要，坏的驱逐，极愿知道一些底细。那灵药更是听妖师说过，苦寻未得之物。文叔词锋甚好，话又得体，所说俱是毛霸爱听的话，越听越有趣，只顾听文叔说，竟忘了走，后来还是文叔见隔时太久，唯恐真个全数被戮，被毛霸觉出私心诡谋，接连两次催走，始得起身。

　　来时文叔便说："我们耽搁已久，洞中主人厉害，众弟兄莫等不及师父驾到，冒失上前，为人所伤吧？"毛霸冷笑道："像他们原不配做我徒弟，死些也好，省得将来丢人。反正我会给他们报仇，迟去何妨？是我问话耽搁，就死绝了，也不能怪你。你只要把那两样灵药，在这半年以内代我寻到，便有莫大好处，这些有甚相干？"

　　文叔见离间计成，自是欣幸，还没想到匪徒死亡殆尽。等和毛霸飞到玉灵崖落下，听三匪一急叫，知自己借刀杀人之计又复如愿相偿，总算消了失身匪党以来的一口恶气，心中大喜。忽又想道："匪徒死得这么多，定为灵姑飞刀所杀。那这三个怎在下面急叫呢？"

文叔方在不解，毛霸业已闻声，纵将过去，厉声大喝："何人大胆，敢伤我的徒弟？"随说随要往下跳时，贾四忙喊："师父留神冷箭。"话迟未了，王氏夫妻已听出贼党来了援兵，早把弩筒端准，等敌一现身，便连珠射了出来。毛霸久经大敌，不但学会邪法，武功也极有根底，比众匪徒自然高得多，一听贾四说有冷箭，便留了神。王氏夫妻接连好几箭全都射中。毛霸本精硬功，连兵刃都未用，只把袍袖一摆，护住面门，头部的箭便全被挡落。只有一箭穿透阔袖，挂在上面，也未沾肉。余者射在身上，竟和没事人一般。

三贼见状，好不欢喜。贾四首先抢着略说前事。毛霸虽然不把众匪徒放在心上，一见死尸横三竖四躺了一地，洞前一片几无隙地，不禁怒从心起，狞笑一声，指着洞门骂道："无知鼠辈，竟敢暗箭伤人！快些开洞纳命，还可落个全尸，免得祖师爷费事；如等破洞进去，便将你们粉身碎骨，斩为肉泥，莫怪祖师爷手狠。"

王氏夫妻见箭射敌人身上，竟如无觉，已经着慌，再从箭眼内偷觑敌人，装束诡异，相貌更生得那么狞恶，料定敌人会有硬功，不是善与，越发害怕。闻言也不答话，还在妄想射敌人要害，待要乘隙发射。洞侧忽又有一贼喝道："洞主人休得糊涂，现有七首真人毛霸祖师爷在此，晓事的快些开洞出来，将你们前在苗寨所得天蜈珠献上。我尤文叔念在去年住在此地的情分，代为哀求，祖师爷也许能看在伤人虽多，但不是你们起意，死的人又乃新近收下，原本不是他的门徒，或者还能免却一死。否则祖师爷的法力高强，飞剑厉害，攻破此洞，易如反掌，被他杀进洞去，休想活命。余老头子素常怕冷，又没甚本领，不妨穿好皮衣、帽兜出来。有我求情，祖师爷宽宏大量，最通情理，料难为你们。如不听我良言，自己不是对手，妄想借这几块石头藏身，到时后悔就来不及了。"

文叔这一番话，原是见所剩三贼俱非己敌，毛霸颇好愚弄，异日脱身有望，大称心意。匆匆赶来，也没细查吕氏父女在洞与否，心想："群贼伤亡殆尽，现只吕、毛二人决一胜负。吕伟昔日曾有避仇之言，毛霸也说曾吃过双侠的亏，双方好似势均力敌。毛霸此来，吕氏父女尚不知情，何不乘此机会，话里藏话，报个警信？吕氏父女如非敌手，或是借面兜隐了面目以瞒一时，或由中洞破壁逃走，多少总可有点准备。如其能敌，必用飞刀将毛、贾杀死。自己留了脚步，到时便向他父女哀求，假说受了毛霸和众匪徒所迫，不得尔。老吕为人长厚，又想自己充他向导，取回匪巢失物，不但不会伤害，自己所有金砂、财货尚可得回,岂非绝妙?"念头一转,知正面有箭,忙由侧面赶下。一面向毛霸、三匪摇手示意,假装设词诱敌;一面向洞发话讨好。不料吕氏父女出猎未归,心思白用。

王氏夫妻原知双侠与毛霸结仇之事,一听文叔说来人竟是毛霸,难怪连弩射他白搭,怎不胆寒。那通往后洞的路口当初虽然堵死,吕伟因防异日有事要往后去,曾留下一个极隐秘的出入口,设计特巧,仅容一人出入,外人决看不出。平日依旧堵塞,看去俱是千百斤大石层垒堆积。敌人如由中洞院落进攻,非有多人不能移动;自己人要通过,移动起来却极方便。

依了王妻,此时救援未至,毛霸武功曾听吕伟说过,又会妖法,前在峡江相遇,全仗异人暗助才占上风,便吕氏父女赶回应援,也只仗着灵姑玉匣飞刀,能胜与否尚还未定。仙人不比群贼,可以力敌智御。既是非败不可,文叔话因好似还有一点用意,莫如借着一人和他对答拖延时间,另一人去将后洞出入口石头移开,逃将过去。中、后洞地颇广大,先隐藏一时,等敌人攻进,吕氏父女也该回来,那时再和妖人决一胜负存亡,岂不值些?

王守常见外面天色已近黄昏,至多还有半个时辰,吕氏父女也就回转。便说:"洞口堵得极为坚固,内移容易,外攻甚难。祸福命定,就便转向后洞,因出口不能自外封堵,仍被觉察,敌人循迹搜索,也难避免。如用言语缓兵尚可。吕氏父女将洞交我夫妻,不待贼人攻进,便弃此而逃,未免脸上无光。"王妻一听也对,因敌人说话污辱,自己是个女流,便令王守常一人答话。

毛霸和群贼见文叔说完那套话,久无回音,齐都发怒,一面破口辱骂,一面便把飞剑放出攻洞。同时文叔也想起他的外甥,一见躺在死尸堆里,平时虽然恨他极端,毕竟平生亲属只此一人,也有点不太高兴。心想:"招呼已打在前面,吕伟不来答话,也不出敌,定由后洞逃走。照此情形,许非毛霸之敌,自己也无从尽心,由他去吧。"

也是王氏夫妻该有此难,这一商议耽延,竟将毛霸惹怒,等唤文叔说话时,只听洞外叫嚣毒骂,杂以石裂之声,乱如潮涌,哪里还能听出。这还是毛霸飞剑功力有限,石块又厚,如似灵姑飞刀,指顾之间,便即破洞而入了。王氏夫妻听见外面洞石碎裂,却无一石整块塌陷,里面全无影响,起初还以为石厚坚固,得些时间才能攻破。于是一面合力将旁积余石移至正面,准备填堵;一面觑准箭眼,抽空往外发射。哪知毛霸飞剑虽然不甚高明,终比寻常兵器厉害得多,洞石越来越薄。

贾四见黄光飞转，洞石已然攻陷一尺来深，声音有异，仿佛似要攻穿，忙从死人堆里拾起一柄铁锤，用足平生之力大喊："师父留神上面石头倒下来。"径照那陷处甩将过去。只听咔嚓轰隆之声，石火星飞中，竟将洞石击穿，现出一个三尺方圆的大洞。那柄铁锤也被飞剑斩为两截。同时上面所堆石块受了大震，又坍塌两块。文叔侧立旁观，相隔颇远，见三贼先前险被崩石压伤，早有戒心，贾四锤一出手，便相率跑开，均未受伤。两块三四尺方圆的千斤重石俱从毛霸头上飞过，落处恰当正面。这一来却击中了几个死贼，人已死去，还被崩石砸成了肉泥。

王氏夫妻听出石块之声有异，方道："不好！"耳听轰隆连声，当中已攻陷一洞，碎石残砾纷飞如雨。幸未击中头、脸等处，可是身上已连中了几下。情势危急，顾不得身上疼痛，正待冒险搬石上去填堵。外面毛霸没想到贾四会冒冒失失骤起一击，致将上面洞石震落，差点没打在头上。方在失惊，待要喝骂，一眼瞥见洞石攻破，洞内似有一男一女，立即转怒为喜，双足一顿，便随黄光飞身而入。

可怜王氏夫妻虽在合力推石，兵器俱握手内，王守常瞥见妖道由破石孔中飞入，慌不迭迎面一刀砍去，毛霸原有飞剑护身，才一挨近黄光，便被削成了好几截。紧跟着毛霸人便落地，因要留活口问话，未使飞剑，只往前一进身子，上面一掌。王守常方欲从侧纵避，被毛霸横退一端，当时跌翻在地。后面三贼正好抢进，连忙按住捆起。

王妻较有心计，见妖道随着黄光飞进，知难力敌，先已往侧纵开，避向大石后面。一手横刀，准备事如不济，便行自刎；一手紧握弩机，想射敌人上部要害。一见丈夫刀被飞剑斩碎，敌人扬掌要下毒手，一时情急心乱，不由自主，又纵将出去，举弩照定毛霸头上便射，竟把自杀之心忘掉。毛霸久经大敌，身法敏捷，进时原已看见洞中伏有一男一女，王氏躲都艰难，何况还迎上去。

她这里箭才发出一支，毛霸已将王守常踹倒。飞刀纵来，手微一扬，箭便打落。王妻第二箭尚未及发，见妖道扑来，丈夫又落贼手，不禁心胆皆裂，手忙脚乱，刚想起要自刎时，刀才回手，被毛霸用手一抓，将刀夺去。再轻轻一脚，便将王氏踢倒。那道黄光仍在空中浮沉，竟未使用。毛霸回顾三贼，一声狞笑，从容将剑光收回。

这时文叔也已纵进，见王妻倒地，猛想起昔日承她许多照应的情分；又见洞中只他夫妻二人,重又勾起来时狡谋:"此时不留情面,少时吕氏父女回洞,毛霸如若不敌,何以自解?"念头一转,忙即抢扑上前道:"祖师爷,这个交我来捆。"王妻急痛攻心,倒地便已晕死。等到醒转,见是文叔捆她,意欲求死,嘶声大骂。继见文叔朝她暗使眼色,挣扎之间,觉着绑处甚松,暗自寻思。毛霸听她骂人,怒喝:"泼妇!"拾了一根矛杆,赶过来要打。文叔忙拦道:"这婆娘性烈,洞中还有几个好手出外未归,我们有好些话要问,一打就不说了。"

贾四正用一条软鞭拷问王守常,未问先打,已打了好几下。王守常也怒喝道:"狗贼如若凌辱我夫妻,任凭打死,一句话也不说,那几十粒夜明珠你们也休想得到。"一句话把毛霸打动,忙喝贾四停手。拉过一把椅子,居中坐下,命将王氏夫妻押至面前,问道:"我看你们倒还有点骨气,只要实话实说,祖师爷好歹总给你们一个爽快。你们看如何?"

王守常冷笑道:"大丈夫做事光明,今日既落你手,该说的自然是说,用不着你卖甚关子,任你问吧。"尤文叔恐王守常没听出适才所说的话,乘贼不备,又朝王氏夫妻使了个眼色,抢口代问道:"祖师爷问的是上次约我到此同住的那个姓余的父女,还有一个老苗,现在哪里?还听说你们得有几粒天螟珠,现藏何处?快说实话,取出献上便免死。"王守常误解文叔用意,以为他知吕伟必非毛霸之敌,特意隐瞒,改吕为余。心想:"是说好,是不说好呢?"方在寻思答话,毛霸又复发威,怒喝:"快说!"

王妻暗忖:"常听渊儿说起灵姑诛妖对敌之事,那口飞刀放出来直似一道银虹,照耀大地,冷气逼人。妖道飞剑只是丈许长一道黄光,决非敌手。况且妖道和蠢贼费了好些手脚,才将洞口攻破,可见妖法也是有限。不说实话,少时他们四人终要回洞,仍然不能躲过;反不如说明地头,任他们寻去,总比四人冒冒失失闯将进来强些,自己跟前也少吃点苦。可恨灵奴偏巧外出,不然先与他们报个信多好。"便接口提醒王守常道:"这有什么,余大哥父女不比我们好欺,宝珠也在他们身边,你自把途径说出,有本领的只管寻去好了。"

毛霸指着王守常喝道:"还是你这婆娘爽快。再不说实话,祖师爷就要下手了。"王守常闻言,只得把由碧城庄去往猎场那条路径说出。

毛霸虽听宝珠在吕氏父女身上,还不甚信;三贼也都想借口搜索,乘机攘窃。尤文叔道:"我知这两人说话倒还实在。人已被擒,忙它则甚?那余老头父女甚是机灵，天已不早，要去越快越好，如被警觉，带了宝珠逃走，就没法寻他了。"

毛霸本意要带文叔同往。文叔既不愿三贼凌辱王氏夫妻，又想盘问所失灵药是否被吕、王诸人无心发现吃了去，正欲借故推辞。恰好贾四见贼首已死，无人与他争宠，想乘机巴结，便自告奋勇，说那条路曾经走过，愿充向导。文叔便说洞中之事只有他熟，祖师爷万一与对方途中相遇，有己在此，还可相机行事，请作留守。毛霸深信文叔，对贾四也还喜爱，便即应诺。照着王守常所说方向、途径，改带贾四，用妖法飞行，不多一会儿，便已赶到森林雪幕之上。

这时吕氏父女正聚在一起，方要离开。偏生王守常愤激头上，话未说明，毛霸虽看出上面橇迹纵横，没想到猎场隐在积雪之下，只顾循迹四下搜索，耽误了片刻工夫，灵姑刚刚离开。贾四本来疑心敌人在雪坑里，毛霸却说这里不过一个大坑，哪有此理。三人随便一说，均未近前细看。吕氏父女行猎多次，又改过几次途径，三面均有雪橇滑过之迹，就此错过。等毛、贾二人见往前不远，橇迹又绕向归途，返身寻回，走近了些，瞥见下面还有深林，又恰值吕伟追鹿过来，这才发现。

毛、贾二人料知山中没有居人，定是对头无疑，立时往下纵落。吕伟头上戴有帽兜，将脸遮住，毛霸先还不知他是自己朝朝暮暮不忘的大仇吕伟，一心只在明珠、美女两样，并无必杀之心。及至双方答话，听出口音耳熟，吕伟一时疏忽，自道真名，毛霸这才打定主意，非报前仇不可。

后来贾四一死，吕伟拿话一激，他便越加激怒。毛霸心想："反正容他不得，引逗他多打一会儿，舒散筋骨，又有何妨？"便狞笑道："你这老鬼真个狡猾。你明明怕我飞剑，是想用你那独门拳脚取胜。你当我拳脚打不死你么？念你当初虽然诡计算我，未曾加害，今日祖师爷且容你多活片刻，落个全尸。"

说罢，把披身短氅脱下，往贾四尸首上一甩，两掌一走上盘，一走下盘，使个推襟送抱之势，蹿将过来，先起左掌，照准吕伟肩头砍去。吕伟闻言，知被识破心事。暗忖："只要挨过片刻，便有人来取你狗命，想落全尸还不行呢。"一见掌到，知是虚招，更不答话，道得一个"好"字，也使右掌作势往上虚挡。

毛霸左掌往回略撤，才一避开吕伟挡掌，倏又改退为进，仍用左掌，来了个幼女绕丝，骈指向下一甩，照准吕伟右肩穴要害溯去。同时右脚往前一进步，左脚微向后绕，身朝前，又是一反掌扫向吕伟面门。

吕伟早知他练就一身硬功与铁砂掌，这迎门三掌之下，还藏有两招铁脚，甚是厉害，便也把平生绝技施展出来，双掌齐发。见敌人左掌由上盘改走中盘甩到，忙将右手臂上挡之势改为下压，横时往外一磕，用中三指朝毛霸脉门溯去，同时左手往上一托。

毛霸自负招中套招，敌人任凭多高明也得挨上一下。见吕伟铁手灵奇，暗骂："不知死活的老鬼，叫你上当才知厉害。"说时迟，那时快，毛霸念头动处，双掌已同时撤转，右脚仍然独立在地，欲故意做出没料敌人手法厉害收势太速之状，上半身忽改向后仰。准备敌人只要乘胜略为进步，便将后伸左脚朝前踢去，跟着双掌齐挥，再将那连环四十七掌辣手施展出来，致敌死命。

谁知吕伟早已看透，知道他那条腿站在当地如铁桩也似坚硬，上半身摇晃后仰全是假的。这类掌法一被用上，最是难破，非俟他一掌接着一掌，四十七掌全数施展过后，才能进攻。寻常人休说取胜，防御都难。吕伟既然识破，哪里会上他当。他明明占了上风本该前进，反把身子向后微微倒退，指着毛霸笑道："毛朋友，老朽是此间地主，请另换招赐教吧。"

其实吕伟若容毛霸把四十七掌全数使为，凭吕伟本领，虽占不得上风，也决不会败，那时灵姑也必赶到。偏生一时好胜，把毛霸先比拳脚之言信以为真，意欲以真功夫取胜，几个照面，便用杀手将他打死，以致弄巧成拙，惹下杀身之祸。

毛霸起初原也想用连环掌取胜，及见敌人不来上套，反被奚落，不由怒上加怒，大骂："老鬼死在眼前，还敢卖乖弄巧。你祖师爷杀你易如反掌，不过想看看你到底有甚花样，享这些年的虚名罢了。既想早死，你祖师爷三个照面以内，如不将你打死，誓不为人。"随说，纵身又是一掌砍来。

吕伟哪识言中深意，还在暗笑。一面伸手迎敌，一面想出其不意，给他一个厉害，谁知毛霸已然暗用邪法禁制。吕伟一掌挡去，见毛霸左掌收回，掌心向外，退向肋下，似在运用力气，右掌并未似前打到，忙往前一近身，待要一掌打去，猛瞥见毛霸身子往后略退，目闪凶光，满面俱是狞厉之容，指定自己大喝一声，心便一震。情知不妙，方欲纵避一旁给他喊破，忽然一阵头晕，毛霸右掌已然打到。

这时吕伟人虽昏晕，知觉未失，真力尚在。自知中了邪法暗算，决意一拼,用足真力,横臂往上一挡。又听毛霸一声怪叫,手臂发酸,跟着眼睛一花,胸前中了敌人一掌,人便失去知觉,翻身跌倒。

原来毛霸性情暴躁,以为妖法既已将人迷住,用自己练就的铁砂掌一下便可打死。不料吕伟内功本来精纯,近来日习吐纳之功,神明湛定,不似常人一中邪法立时便倒,竟还手挡了一下。毛霸猝不及防,双方用力均猛,以硬斗硬,这一挡,毛霸痛得半边臂膀都发了麻,腕骨受挡之处似乎折断,一时情急,怒吼了一声。见吕伟手已缩退,两眼发直,更不怠慢,又用右掌打去。吕伟神志已昏,无力抵御,这才重伤倒地。

毛霸因左臂受伤颇重,恨极吕伟,深悔适才不肯公然食言,未用飞剑,平白受伤。正待放剑斩成数段雪忿,忽听破空之声由远而近,知道有异。说时迟,那时快,他这里黄光才得飞起,眨眼工夫,一道白光直似飞虹电射,自空中泻将下来,挨近黄光只一绞,立即粉碎。

毛霸来时,妖师黑头陀谭干说莽苍山常有正派仙灵往来,除再三叮嘱,每日只是采药,不可生事外,还给了一道妖符。吩咐如与峨眉、青城各敌派门下相遇,决非敌手,只要将符向空一掷,便可隐形飞遁,逃回庙去。但此符只可用来救命,不到危急,不许妄用。毛霸先听破空之声,已经惊疑,还以为正派中人路过,自己在地底,不致被觉察。及见来人竟是为他而来,剑光那么厉害,不禁心胆皆寒,怎敢迎敌。忙把身边妖符取出,如法向空一展,便已隐形遁去。

来人原是峨眉派门下一个女弟子,受人之托而来。本心还想赶在头里,保全吕伟一命,不料运数前定,吕伟失计自误,一任她催动剑光加急飞行,依然慢了一步。总算吕伟一生任侠好义,灵姑至性格天,没有毁损身体。那女剑仙见吕伟已遇毒手,心中大怒,忙将飞剑一指,想斩妖人,忽见一片烟云飞起,便无影无踪。只得把带来的柬帖、灵丹留下,破空飞去。

且说灵姑在树林深处与王渊同采山粮,忽觉烦躁不宁,懒得再事采集,便对王渊道:"我们采这山粮已不少了。这里有雪光反照,不知天色早晚。今天怎这么烦躁?我再采些,等你去把牛子寻来,帮我们挑了东西,一同回洞去吧。"王渊应了,急忙驰走。

灵姑又采了一些,因恐所采山粮为猴、鹿、松鼠之类盗食作践,不能离开,一心只盼王、牛二人赶来同行,牛子相隔又不甚远,连猎多日,俱都无事发生,哪里想到在这临末了快收全功片刻之间,会出那么大乱子。后来不知怎的越往后心越烦,说不出的难过。暗忖:"爹爹早上气色似不甚好,连日又过于劳累,我这么无缘无故心烦意乱,莫非爹爹又要生病么?"念头一转,倏又激灵灵打了一个冷战,不由得心惊肉跳起来。哪还顾得再等下去,飞步往回便跑。王、牛二人也由斜刺里赶来。王渊遥喊:"姊姊怎么走了?"灵姑这时已是心乱如麻,边跑边喊道:"你两个快快收拾东西,我先看看爹爹去。"说罢跑去。

那地方与出口相隔仅只里许远近,以灵姑的脚程,只半盏茶的工夫便可赶到。偏生中间隔着一片极繁密的树林,还夹杂着两处腐泥污泽,蔓草荆棘遍地皆是,须要绕越,不能直走。灵姑刚绕向回路,眼望前面树林中,隐约已能看见行猎所积之物,别无动静,以为老父必定憩息在彼。高喊了一声:"爹爹!"未听答应,猛瞥见林外一道白光夹着破空之声,直向天空射去。灵姑识得那是飞剑光华,积雪之下,哪会有此?口里连声急喊:"爹爹!"连纵带跑,先飞步赶到堆东西的地方一看,老父不在。料知出事,赶忙又往白光飞起处驰去。

灵姑还未到达,便见林外躺着一个装束和去年贼党差不多的死尸。心刚默祷:"神佛保佑,千万爹爹不要受伤。"目光已望到前面雪堆旁边空地上躺着一人,手脚似在微微颤动。因从侧面赶出,虽未看见全身,那装束身量却极像老父,吓得心头怦怦乱跳。一时情急,双足用力一顿,便由相隔十余丈的林际飞身纵去。

人还未及落地,目光到处,早认清那人面貌,立时头上轰的一声,心如刀穿也似,手足皆颤,连爹爹都未喊出。落时一疏神,差点没有跌倒,急忙俯身扑去。只见老父双目含泪,仍还睁着,口、手、足也能动转。虽然倒地未起,身上并无受伤痕迹。这才心神略定,可怜灵姑时常悬念老父安危,忽然发生意外,惊急太甚,方寸已乱,伏在吕伟身上,唇颤舌短,全失运用,急切间竟挣不出一句话。

吕伟知道,如非适才那飞去的少女破了妖人邪法,决无回生之望。可是身受内伤甚重,至多父女再聚上两三日,终于难活,更不能再耗精力,正想缓一缓气,再行说话。及见爱女纵来,圆睁秀目望着自己,唇青面白,眼中痛泪似断线珍珠一般,扑簌簌往下滚个不住;浑身抖颤,只把嘴乱张,话却说不出来。知是心神受震,刺激过重,不禁又是怜爱,又是悲酸,忍不住低声唤道:"灵儿,不要焦急。仇敌乃是川峡所遇毛霸,想被仙人杀死了。我此时并非不能起立，只因受了一点内伤，不能多耗力气。快把牛子寻来，送我回洞，慢慢细说吧。"说完，灵姑惊魂也已略定，颤声答道·"女儿知道，爹爹闭上眼睛安心养神吧，牛子和渊弟也快来了。"

正说之间，一眼瞥见吕伟身侧有一束帖，上写："内附灵丹二粒，灵姑回洞开拆。"下无具名，暗忖："老父内伤，看去定必甚重。仙人既然前知，又附有灵丹，想是无碍。"心情才略放宽，猛觉心烦作恶，口里发咸，"哇"的一口吐向雪地上，竟是鲜血。当时一阵头晕，身子晃了两晃，几乎倒地。唯恐老父看出，忙一定神稳住身子，随手先把束帖拾起揣好，再用手把那带血的雪抠起一块，悄悄掷向远处。

灵姑细看老父面容转为苍白，双目紧闭，双脚微弯，仰卧地上，似在调气养神。躺处也还平坦。知道此时宜于安静，好在身有宝珠御寒，又着重棉厚皮，不畏寒冷。只头上皮帽兜，在与毛霸通名动手时摘下，掷在一旁，便去取来，连死贼帽兜剥下，一同叠好，轻轻垫向老父头下。有心想开束帖取药与服，又恐违了仙言，不敢造次。

候了刻许工夫，才听牛子、王渊远远说笑之声。灵姑料他们抬有东西，先喊："爹爹，渊弟、牛子来了。"然后高呼："渊弟、牛子快来，爹爹被狗贼打伤了。"王、牛二人闻言大惊，放下挑子，飞步跑来。王渊身轻脚快，首先赶到。一见灵姑玉容憔悴，满脸悲伤，地下躺卧着吕伟和一个死贼，不禁又急又怒，忙问："伯父怎么样了？是这狗贼害的么？"

灵姑含泪答道："我来时爹爹已然受伤，不能多劳神，只说仇人是毛霸，已为仙人所杀，还没说出细情。那毛霸我曾见过。此贼想是同来狗党。你们未来，我要守伺爹爹，还未顾及寻找毛贼死尸呢。"王渊越听越恨，拔出佩刀，照定死贼便砍。

牛子也自赶到，一见吕伟倒地不动，错认已死，连灵姑说话都无心细听，哭喊一声："老主人呀！"纵起便扑。灵姑恐他手重，鲁莽坏事，不顾再和王渊说话，慌不迭赶纵过去，牛子已快扑向吕伟身上。灵姑一着急，径由身后伸手，夹颈一把抓住牛子后领往回一带。牛子猝不及防，脚底一滑，便跌坐在吕伟身旁，捶头打胸，泪如泉涌，放声大哭起来。

灵姑恐老父听了心烦，忙说："老主人不过受了点伤，回去吃药就好，此时正在静养，你这样乱哭不吵他么？"苗人多有至性，悲恸之际，灵姑的话竟未听清，依然号哭不已。气得灵姑无法，连连怒声呼斥，才行喝住。王渊也奔过来帮同劝说。

牛子还不甚信,伸手一试,吕伟鼻息均匀,又见身上无伤,才知真个未死,立时转悲为喜,咧着一张丑嘴,方要询问,忽然侧顾左近躺着的贼尸,倏地暴怒道:"伤我老主人的就是这猪狗么?"说罢纵将过去,拔出身佩苗刀,横七竖八,一路乱砍。

贾四也是平日积恶太甚,遭此报应,王渊砍了他两刀,刚刚停手,牛子又来,力猛刀沉,晃眼工夫,便成了一堆残骨,血肉狼藉,无一整块。牛子恨仍不消,还待砍将下去。灵姑因见老父眼仍未睁,不知此时能动不能,又想寻到毛霸尸首。心想:"老父已知王、牛二人到来,此时不睁眼睛,还须稍待。"便命王、牛二人在附近寻找,看有毛霸尸首无有。

吕伟醒时,曾见身侧有一道装少女驾剑光往空飞去,以为地极隐秘,那女剑仙必是特意为救自己而来。看那飞行绝迹,将妖法破去的情景,毛霸决非其敌,就是当场未死,也会被追上,难逃活命。因有仙人来援,生了希冀,只管养气调神,盼那女剑仙回来医伤。求生念重,性命关头,竟将王氏夫妻被困洞中之事忘掉,详情也未对灵姑细说。

灵姑一心惦念老父安危,见老父先催唤回王、牛二人,到后却不睁眼,分明尚须静养,也未顾虑过多。及至王、牛二人离开,还是吕伟听灵姑命人去寻毛霸尸首,忽想起剑仙飞行迅速,怎待了这多时候还未回转?忍不住低声问道:"那位女仙尚未回转么?毛霸也不知死了没有?"

灵姑惊问:"爹爹不说毛霸已为仙人杀了么?"吕伟自觉仙踪已渺,回生望绝,微笑道:"我先被毛贼用妖法迷倒,中了他一掌,自知难活。醒来见一女仙驾道白光飞去,毛贼十有九死。看她来得如此突兀,定与我儿有关。毛霸尸首如在附近发现,不说了;如寻不到,她或许还要回来,所以我想在此多等一会儿。"

灵姑才知老父不走的用意,不禁凄然泪下道:"爹爹身受重伤,怎还顾及女儿仙缘遇合之事?只要爹爹康健安乐,女儿常侍膝前,便误仙缘也是心甘。这样又冷又硬的雪地里多么难受,快些回洞静养吧。"说罢,高呼渊弟。

吕伟道:"我想此事奇怪,那女仙分明是有为而来,怎能不和我儿相见,将我救转,又连句话也没有呢?还是多等一会儿的好。"

灵姑猛想起适才仙人所留柬帖、灵药,忙道:"爹爹请放心,那仙人走时留有一封柬帖,里面还附有几粒灵丹呢。"吕伟闻言,心中一宽,忙问帖上写些什么。灵姑知那灵药定为救父之用，急于老父心安，便取出说道："帖上写着回洞方可开看，尚未拆封。早晚一样是看，待女儿拆来念与爹爹听吧。"

吕伟终是年老慎重，拦道："万万不可。仙人既命回洞开看，必有缘故，怎能违背？"说到回洞，才想起王氏夫妻尚落贼手，不知如何光景，不禁"哎呀"一声。正待告知灵姑，忽见王渊、牛子由雪崖上飞身纵落。

王渊首先高呼："姊姊，我们在此打猎，狗贼怎会寻来？玉灵崖不是不认识，狗贼倚仗毛贼妖法，必定先往玉灵崖寻仇无疑，我爹和娘怎能抵敌？我正寻毛贼尸首，忽然想起此事。伯父如难起身，让我和牛子先回去吧。"吕伟气短不能多说，忙道："我儿快走，事不宜迟，我也刚想到这事。有话回洞再说，越快越好。"

当下众人都顾不得再说话，所猎之物更谈不到，匆匆由牛子捧起吕伟，灵姑从旁扶助，上了雪崖。将吕伟半倚半卧地坐在雪橇以内，灵姑、王渊在前划行，牛子掌舵，往玉灵崖飞驰回去。

归途多半斜坡，又未载有东西，众人俱都加急划行，不消多时，便滑了一多半。时已黄昏，仗着雪光返映，尚能辨别路径。吕伟唯恐橇行迅速，天黑路险，万一倾跌，即命灵姑将胸前宝珠取出。立时便有一股红光彩气涌升天半，近处雪山银海都被映成了红色，绚丽已极。

灵姑见橇行太速，恐老父重伤之后难禁颠顿，有心驶得慢些，无奈顾及王渊也是救亲心切，不便拦阻。方在为难，忽听灵奴急叫一声，跟着一团白影自空飞坠，落向灵姑臂上。灵姑方待喝问："早怎不来报警？闹下这大乱子！"低头一看，灵奴雪羽离披，气喘声颤，大有劳累过度之状。转念一想："毛霸原会妖法，许是受了妖法禁制，此时方得逃出飞起，所以累得这个神气。"也就不忍喝骂，便匀出一手，抚它身上羽毛。

王渊担心父母安危，连喊："灵奴快说，我爹和娘在洞里怎么样了？"灵奴好似疲惫已极，仍是瞑目喘息，答不出话来。王渊又气又急，反正即将到达，便不再问，只是双臂用力，用手中铁篙拼命向后撑去。

不多一会儿，划到玉灵崖前横崖之下，灵奴这才颤声叫道："快些停住，悄悄过去，要不贼便跑了。"灵姑心想老父要紧，贼跑与否还在其次，并未拦阻。牛子恨极这些土匪，巴不得早到一会儿，好动手杀贼报仇。王渊心急如焚，只顾急驶，竟未听见。灵奴叫了两声，三人不理，雪橇业已转过崖去，更不再叫。

这时天已入夜。洞中文叔自毛霸走后，一面向王氏夫妻卖好，禁止二贼凌辱；一面暗打主意，少时看双方胜败如何，以便相机行事。二贼只顾搜索财货，也未理会。先以为小洞尚存有如许财货，大洞所积不知还有多少金砂宝物。及至穷索了一阵，洞中除了一切适用之物，只有几只牛、马、鹿、羊，少许皮革、布匹，以及好些新猎取来的山粮兽肉，俱非珍奇之物。以为主人藏在暗处，唯恐毛霸回来不便攘窃，几次想要拷问王氏夫妻，俱被文叔从旁劝阻，力说："洞主人极精细，以前我在此时，除宝珠外，也未见有别的珍奇物事。祖师爷行时嘱咐，等他回来发落。你们如私自拷打，回来我必告诉。"

二贼方始停止。末一次二贼又要拷问，又被文叔阻住，不禁怒道："师父去了好久不回。我们又不想要，无非代师父搜寻出来，替他省事，你拦怎的？"

文叔暗忖："毛霸飞行甚快，怎这时还不回，莫不是出错了？看王氏夫妻满脸俱是愤容，尤其王守常始终怒目相视，我这样暗中相助，并不见他们一点感激。万一吕氏父女回来，他夫妻不说好话，贼党又不知玉灵崖途径底细，不是我引来也是我引来了，推原祸始，决不甘休，岂非弄巧成拙？"越发觉得灵姑飞刀厉害，毛霸妖法难恃。

文叔先是心寒胆怯，继而转念又想："贼党死亡殆尽，只剩二贼在此，毛霸如为吕氏父女所杀，匪村财货俱成无主之物。吕氏父女即使拷问出二贼真情，这般冰雪险阻，也须明日始能前往。我此时赶回，将它们觅地藏起，尽为己有，岂不比向人乞怜，吉凶尚在未卜要强得多？但又恐毛霸得胜回去，我私自回村，被他知晓，却是不妥。力求进退两全，只有走向洞外，把雪滑子和应用之物准备停当，少时见机行事。毛霸如和贾四回转，便作候久出来眺望，迎进洞去，任凭他意行事，如是吕氏父女归来，毛、贾二人必无幸理，自己也不必再找没趣，赶紧逃回，是为上策。"

主意打定，便和二贼说待在洞中无聊，要往洞外眺望。二贼正在嫌他碍眼，闻言甚喜，便请他见师父回时通知一声，以便出洞迎接。

文叔识得二贼心意，暗骂："蠢贼！毛霸不回，你们今日休想活了回去；就是得胜回来，我也说你们想盗宝珠，将我威逼赶走，一样难逃毒手。少时事情难知，正好叫破你们，送个人情给王家夫妻，留我一条后路。"便冷笑道："你两个的心事我都晓得，要我帮忙不难。可是绑的这一对夫妻当初对我曾有情分，便祖师爷在此也能讨得一点情面。你们只要不作践他们，我不但给你们望风，就是你两个私藏一点好东西，我也不说一字。否则我便说你二人，已然搜得宝珠藏起，看这场罪过怎么受法？"

二贼和文叔相见动手时，有一个曾吃过亏，差点没将脊骨摔折，知道二人合力也未必制得住他，何况还碍着毛霸。本意文叔离开，好能拷问王氏夫妻，这一叫破，怎敢再动。枉自恨极，无计可施。

文叔说完，不俟二贼答言，便已走出，到了洞口。瞥见死人堆里隐隐放光，猛想起死贼身上正有宝珠，逃回时正好用以照路，怎会忘了搜取？回首一看，二贼仍在洞中搜寻咒骂，并未跟来，慌从贼首和胡、林二贼身上将珠搜出一看，大小共是五粒，又惊又喜，忙不迭藏向怀内。又挑了一口好苗刀和两筒毒弩，将自己佩刀弃去，匆匆纵到上面。

文叔先爬到对崖顶上眺望了一会儿，四外昏沉沉的，什么也看不见。偶一低头，看见围身一片红影映在雪上。因前听吕伟说，此珠远望，宝气红光上冲霄汉。自己站在这里，不论吕、毛两方谁发现也不得了，不禁心惊，赶紧退下，跳上雪滑子，在雪橇上割下一方兽皮，将珠紧裹，贴身藏好。对着溪岸来路，伏在一个雪堆后面，暗中窥伺。橇刚藏好，便听头上隐隐鸟飞之声。心想："雪夜奇寒，鸟多伏巢归林，怎得有此？"抬头一看，似有一团白影闪了一闪，没入昏云之中，不知去向。当时也未作理会。

这时灵姑等已在途中，那鸟正是灵奴飞过。文叔如在岸上眺望，老远便可望见珠光照耀。这一疑虑退将下来，珠光为高崖所挡。灵姑等本可将他擒住，偏生众人不听灵奴之言，乘橇直抵洞口而下，已经过崖。文叔一见红光十丈，拥着一橇四人，如飞驶来，不禁心胆皆裂，哪里还敢出口大气。

灵奴原知文叔藏处，刚开口要叫，无巧不巧，二贼在洞穷搜无获，越想越有气，抄起一条竹棍，照定王守常便打。王妻因听文叔适才之言，知他天良尚未丧尽，一见丈夫要被贼打，一时情急，高声哭喊："尤老先生快来，狗强盗又打人了。"二贼一听骂声，俱各大怒，便连王妻一齐打。顿时打骂叫嚣，吵成一片，恰值灵姑等赶到听见。

灵姑因老父受伤须人照看，恐走开之后遭人暗算，心虽忿急，还在踌躇。王渊一听是父母哭喊之声，心里一急，橇还未停，便即腾身跃起，拔出身上兵刃暗器，大喝："爹娘莫慌，我和姊姊回来了。"随说往下便纵，牛子恨极土匪，也从橇后跳起，往下纵落。灵姑不知洞中贼有多少，本领如何，王、牛二人是否能敌，干着急不敢离开。只得手按玉匣，站在老父身侧，觑准下面洞口，高喊:"渊弟、牛子不可轻敌。告诉狗贼,毛贼已死,快些出来纳命,一个也休想回去。"

文叔藏身隐处,心静耳灵,闻得毛霸已死,心中大震。又听灵奴在红光影里不住鸣叫,知道灵姑此时一心只顾下面,正好乘黑逃走;否则此鸟灵慧已极,飞翔又速,必被发觉追来,定难幸免。深悔适才没有早走,哪能再迟下去。念头一转,立即抽身。天虽昏黑,仍恐灵奴窥破,轻悄悄蛇行鹭伏,越过小溪。回顾红光,仍停洞口未动,这才挺起身子,脚底加劲,往匪村来路逃去。

洞中二贼心忌文叔,也恐将人打伤,文叔不肯甘休,先只虚张声势。后被王氏夫妻狗贼强盗地破口大骂,又见文叔闻声没有回音,刚把凶性发动,待要毒打一顿,忽听上面似有人在叫喊,叫嚣声乱,还没听真,王渊已当先纵进。一见父母捆绑在地,二贼持棍乱打,父子情切,不由热血沸腾,两眼皆红,扬手一箭,先照内中一贼射去。跟着大喝一声,飞身纵起,举刀就砍。老山民牛子也相继赶进。

洞口皮帘早已掀落,二贼瞥见外面跳进一个小孩,未及发话,那持棍打王妻的一个首先右手上中了一箭,疼得甩手直跳。另一贼赶忙舍了王守常,去拔身后的刀时,王渊一跃两三丈,早纵到面前,一刀砍到。那贼心里一慌,乱了手脚。举起竹棍往上一挡。不料王渊捷如飞鸟,人小刀沉,来势既猛且疾,咔嚓一声,竹竿断处,苗刀顺势而下,将那贼顺左额连肩带臂砍下一大块来,登时血花飞溅,往侧一倒。王渊急怒攻心,见贼被砍翻,又复一刀,将贼头砍落半边,死于就地。

中箭那贼本领较高,方在暴怒,待要拔刀上前,去杀小孩报一箭之仇,牛子已经纵进,大喝:"挨千刀的狗贼,今日叫你知道我主人的厉害。"人随声到,举刀就砍。那贼未及还骂,一眼瞥见同党才一照面,便死在小孩刀下,又惊又怒。无奈右手中箭,不能使用,左手又不曾用惯;加以牛子近来日随灵姑、王渊习武,学会了好些刀法,不似以前只凭蛮力乱砍。那贼只管口中大骂,占不到丝毫便宜。

王渊杀死一贼,忙把父母的绑用刀割断,放起扶坐一旁。回顾牛子尚未将贼杀死,忙纵上前,正待下手。王妻急喊:"渊儿快停手,贼已死光,就剩下他了。尤老头子适还在此,你们来时不知捉到没有?这贼千万要捉活的,好问他的巢穴。"

233

王渊本想杀贼报仇，一听母亲急喊，忙又撤刀纵开，答道："毛霸已为仙人所杀。尤老头来时未见，想已看见宝光，乘机逃走了。不是娘说要捉活的，我还忘了呢。姊姊还守在洞口，他跑不脱，牛子躲开，等我捉他。"

那贼已看出小孩身法轻灵，是个劲敌，又听毛霸、尤文叔一死一逃，还有敌人守住出口，不由心中大惊，才知大势已去。暗骂："小狗，今日老子该当倒霉。能逃便罢，逃不出去，便横刀自刎，也决不会活着落在你们手中。"主意打定，装作拼命迎敌，暗中留神逃路，以备一有机会，立即纵起逃去。

牛子恋战不退，又要生擒，反倒碍了王渊的事，三四个照面尚未将贼擒住。王妻因绑得松，除挨了几竹棍外，并未怎么受伤，手足也未绑麻。见爱子急切间未能将贼擒住，丈夫不住揉搓手脚，想起那贼适才可恶情景，乘他未备，悄悄掩过去。拾起地上弩筒，瞄准那贼左手射去，一箭射中。那贼"哎呀"一声，刀便把握不住，立即脱手。王渊乘机一刀背砍向左臂。牛子学样，照腿也来一下，跟着又是一脚踹跌在地，抢前便扑，将贼按倒。

双方正在挣扎，王妻忙道："渊儿，快将他左手下掉，我射的是毒弩，少时毒发，问不成了。"王渊闻言，顺手一刀，便将那贼左手齐臂时砍落下来。那贼当时怪号一声，痛晕过去。王妻忙至里屋将金创药取出，与他上好，伤处也用布扎紧。然后由牛子将他捆个结实。

王守常便问王渊："你吕伯父和灵姊怎不下来？难道洞口上面还有贼么？"一句话将王渊提醒，忙道："伯伯遇见毛霸身受重伤，现在上面，我们快接下来进洞再说吧。"随喊："姊姊，洞中只有两贼，一个被我杀死，一个受伤捆起，快下来吧。"边说边和牛子往洞口跑去。王氏夫妻闻言大惊，忙即跟去。灵姑听说二贼一死一擒，才放了心，当时忙着服侍老父，虽已听出灵奴高叫，文叔乘隙逃走，也无心再去追索。

当下众人一齐纵上雪堆，先用长索将雪橇四面系好，轻轻缒下，把洞口堵石开大，连橇带人，一齐抬进洞去，然后大家合力将吕伟平抬到里屋榻上卧倒。王妻听王渊说吕伟受的是内伤，忙烫酒，预备伤药。

灵姑心还以为既有仙人所赐柬帖、灵药，决无大害。及至放下老父，忙将怀中柬帖取出拆开，里面果然包有两粒梧桐子大小的丸药，一红一白，清香扑鼻，不禁欣慰。又一眼看到柬上字迹，又不禁肝胆摧裂，"哎呀"一声，退坐在身后竹椅上面，心摇手颤，悲急交加，想哭又恐老父伤心，气结不伸，只是连连哽咽，泪水涌泉也似夺眶而出。

灵姑拆时已说仙人赐柬,还有救星,众人眼巴巴盼着开读服药,转危为安。除牛子不识字,只目注灵姑,静听好音外,余人全挤向灵姑身后一同观看。这时也都心寒气短,悲从中来,作声不得。

牛子断定仙人之药,人死都能救活,何况受伤,正在往好处想,忽见灵姑玉容惨变,痛泪交流,余人也都惊忧失色,互相泪眼相看,好生奇怪,忍不住问道:"药已打开,怎还不给老主人去吃,伤心做甚?"

王渊刚低骂:"蠢牛! 你晓得什么?"吕伟已在床上声吟道:"仙人柬帖说些什么? 药是给我医伤,还是留给灵儿的呢?"灵姑闻言,心如刀割,兀自哽咽,答不出一句话来。

还是王妻旁观者清,较有主见,悄对灵姑道:"事已至此,除遵仙人之命行事,别无他策。万一时久耽误,那还了得? 我代你来吧。"说罢,由灵姑手上将两粒丸药拿过,单取白丸,应声答道:"仙人说大哥服药之后,还要睡上多日,才能复原。请服这药吧。"随说随往床前跑去,将药放在吕伟口里。灵姑刚急出"爹爹呀"三字,待要扑将过去,不料痛心过度,猛然一阵头晕眼花,往前便倒。

牛子、王渊忙将她拉住,人已急晕过去。吕伟见王妻亲手喂药,方觉她不避男女之嫌,药入嘴后,猛然一股异香直透脑际,耳边似听女儿叫了一声,双目一合,便已昏迷,从此不省人事。王妻虽知吕伟服药之后必然长眠,还想不到如此快法。回顾灵姑晕倒,赶忙过去相助救治,捶的捶,灌的灌,王渊更是在旁哭喊姊姊,乱了一阵。

灵姑是急痛攻心,血往上涌,将气闭住,心里仍然有点明白。迷惘中闻得众人哭喊忙乱,却不听有人在顾床上病人,心想:"爹爹身受重伤,须要安静,身体都不能轻易动转,心神何能再受丝毫刺激? 大家怎么不懂事,如此乱闹?"心里一急,拼命用力一挣,"哇"的一声,吐出一口浊痰,人便醒转。睁眼一看,屋中老少四人俱都围在自己面前,一心惦着老父,不顾说话,双手一分,推开王渊、牛子,便往吕伟榻前扑去。

王妻这才想起吕伟服药之后,尚无动静,牛子等这等吵闹,甚是不宜。连忙赶过去一看,吕伟双目紧闭,鼻息全无,只是面色还和生人一样。灵姑趴在吕伟身上,不见动转,竟连声也未出,重又晕死过去,王妻不禁大哭起来。

王守常、牛子相继赶过去,见状也是又悲又急。王渊被灵姑一口香唾吐了满脸，刚到外屋去擦，闻得母亲哭声，知道吕伟凶多吉少，灵姑至孝，不知如何难受。一着急，也不顾得再擦脸上唾沫，随手一拭，慌忙跑转。见吕氏父女一死一晕，也跟着父母大哭起来。

王妻知道牛子还没看出吕伟已死，否则照他平日言行性情，必有一场死活好闹。事变迭出，擒贼在洞，尚未发落，还有柬帖所示吕伟身后一切，均待处理，灵姑未醒，再要加上牛子一闹，事更难办。忙喊："渊儿不许乱说。"随使眼色，朝牛子一努嘴。王渊才没有说出，只是悲声不止。

众人足有顿饭光景，才将灵姑救转。醒后哭喊爹爹，又要纵起。王妻早已防到，忙伏在她身上，用力抱紧双肩，低声劝道："姑娘，你莫糊涂。仙人柬帖说得明白，你爹身后一切关系重要，仙人等你前往相见，万一错过，悔恨无及。如急出一个好歹，岂不更糟了么？"

灵姑心神连受巨创，头脑昏眩，四肢无力，方寸大乱，痛不欲生，被王妻几句话提醒，当时省悟事已至此，别无挽救，不禁放声大哭起来。哭了一阵，又要挣起，王妻只是不放，急得灵姑嘶声哭喊道："大婶的话我已明白，放我起来，多看爹爹几眼，等到子时，好照仙人所说埋葬呀。"

王妻终不放心，又再三叮咛宽解，陈说厉害，刚把灵姑劝好放起来，牛子见众人只顾灵姑，不复再问吕伟，先当睡熟。心想："小主人不过着急晕倒，并不妨事。老主人身受重伤，刚吃仙药，怎睡得这么香，哭闹多时，一点不醒？小主人又为什么这等伤心？"十分不解。

后来越听话音越不对，赶向吕伟榻前，乍看尚无异状，一探鼻息才知身死，"哇"的一声，连跳带号痛哭起来。哭了几十声，倏地纵起，便往外跑。

王妻料有事故，正防灵姑不能分身，忙命王渊赶出拦阻。王渊追出一看，见他正取苗刀，忙纵过去一把夺下，喝道："蠢牛，你要怎么？哪个不在伤心？老主人今晚子时还要埋葬，他那样待你好，你就不做事了么？"牛子闻言，两眼通红，狞笑道："渊少爷说得对，我葬完老主人再说也是一样。"

只是先擒那贼倒运，重伤被擒，死活不得。先在外屋咒骂了一阵，无人搭理。渐渐饥渴交加，想盼人走出，乱说实话，讨点饮食，少时做个饱鬼。耳听石后小屋中哭声屡作，只不见人走出。方在难耐，见牛子、王渊相继跑出，闻得吕伟身死，暗中好不快意，嘶声喝道："小娃娃，我们村里尽是高人，毛霸还是二三路货。你们快给老子取点饮食来，老子也好跟你们说实话呀。"

言还未了，牛子想起祸因文叔和土匪而起，不由暴怒，怪吼一声，扑将过去,就地抓起那贼,怒喝道:"该死的猪狗!不给你饮食,还怕你不说实话么?"随说,抢起一腿,要往石头上甩去。王渊忙喊:"蠢牛停手,还要问他话呢。"牛子喝道:"便宜你这猪狗多活一会儿。"随手一撅,嚓的一声,径将那贼左脚拗折,丢向地上。那贼一声惨号,疼晕过去。王渊见他目射凶光,煞神附体也似,恐生别事,忙把他拉进屋内。

灵姑正在床前抱尸痛哭,王氏夫妻父子也都同放悲声。只牛子进屋以后,反倒一声不哭,也不落泪。呆望了一会儿,忽由人丛中挤过,跳向里床,抱住吕伟双足,将头贴紧,口中喃喃不绝,也不知说些什么。灵姑抚着父尸,痛哭不止。王氏夫妻恐误藏骨时刻,再三催促。灵姑方才强忍悲苦,凄凄惨惨离了病榻,安排后事。

王妻回顾牛子痴呆在那里,抱住吕伟双脚,时而咬牙切齿,低声咒骂;时而口中喃喃,若有祝告。知他忠义激烈,骤见老主人的惨祸,衷情震荡,受创之深不亚灵姑。照那适才跳出觅刀,慷慨奋激情景,事完之后,难保不有一番激烈举动。但他为人粗鲁,这事情的真相又难明告。想了想,只得唤道:"牛子,你不必过于伤心,老主人还有救呢。"

牛子闻唤,并未搭理。一听有救,立时抬起头来,瞪着一双怪眼,急问道:"仙丹吃了都没用,听你们说半夜子时就要下葬,怎说有救?"王妻道:"要是无救,仙人也不赐甚灵丹了。不过这事还得些时候,须你小主人亲往大熊岭拜了仙师,在那里住上两年,等仙人喜欢,请了同来,立时起死回生,不就活了么?"

牛子意似不信。王妻又道:"你见我几时哄过人来? 日后你自然明白。你这时守在榻上有甚用处? 埋葬主人的地方在后洞,虽还有些时辰,但是搬运石块冰雪甚是费事。他们两父子都到外面搬运石块,打开往后洞的路去了,我和灵姑在此给你老主人安排衣裳,你还不快些帮个忙去?"牛子闻言,忙从榻上纵落,往外跑去。接着便听王氏父子失惊呼叱,人语喧哗。

灵姑和王妻刚把几床被褥叠铺在一架短竹榻上,待要抬人上去,闻声大惊,当是来了敌人。灵姑首先拿起旁放玉匣,飞步纵将出去,果见外面来了老少三人。王渊正在急喊:"姊姊快来!"定睛一看,其中二人正是张鸿父子。另一个穿道装的人,乃是前在铁花坞所遇,青城山矮叟朱梅、伏魔真人姜庶两位教祖门下五岳行者陈太真,不禁又生希冀。也不顾得和张鸿父子招呼,慌不迭抢奔过去,扑地拜倒在陈太真面前,悲哭哀告道:"陈师兄,前在铁花坞,你不是答应救我爹爹 命么?既然师兄仙驾今日下降,我爹爹必定有救了,请师兄快些大发慈悲吧。"边说边叩头不止。

陈太真忙喊:"师妹快起来说话,我此来无多耽搁,再这样我就去了。"灵姑听这话音,分明为了父亲而来。又瞥见张鸿父子虽然面带悲戚之容,二老平日那么深的交情,闻得老父噩耗,并无震惊之状,定已前知有救。

希冀一生,又喜又怕,忙答:"小妹不敢。"起身后又想起还未向张鸿行礼,口喊:"叔父。"刚要拜下去,张鸿问道:"你爹爹现在哪里?"王渊忙道:"现在洞角小屋内。姊姊你求师兄救伯父,我陪张伯父和二哥到屋里去。"说罢,领了张鸿、张远便往里走。

灵姑急于要知老父吉凶生死,心里怦怦乱跳,巴不得这样,忙即应好。重又起立请陈太真坐下,二次方要求问,陈太真先开口说道:"师妹至行已然格天,老伯父不但转死为生,他年还有地仙之望呢。"灵姑心中一喜,答道:"师兄法力高深,不远千里而来,家父得以起死回生,小妹有生之日,皆戴德之年。家父现在里面,可要进去看看么?"

陈太真知她尚未明白自己来意,又是可怜,又是可敬,正色答道:"师妹,你想错了。愚兄实为贤妹至孝,突遭巨变,难免不悲恸失次。老伯父藏真之所最关紧要,此时部署稍有不当,异日便减回生之望,为此前来略效绵力,相助料理。伯父此时内脏已被铁砂掌震伤,仗着平日内功精纯,如非郑师叔灵药保全,至多明日午前必死无疑。因师妹至行感动师尊,默运玄机,算出他年有这一段不世良机,否则便是神仙也难挽救。愚兄微末道行,怎有使其回生之力?也不过禀朱、姜二位师尊和郑师叔意旨行事罢了。"

灵姑闻言,好似一盆冷水当头泼下,闹了个透骨冰凉,忍不住簌簌流下泪来。陈太真道:"师妹不必如此,伯父本来命尽今日,即此一线生机已出意外。幸得郑师叔这粒灵药,使伯父服下去长睡不醒,停住气血流行,保住心脏,将眼前这几个时辰活命,移到他年遇救之时,实于万般无奈之中想出来的妙策。师妹借着这些年光阴,得以安心向道,等修炼功成,恰值伯父回生之时,从此永无乖违之日,比那灵药续命多活个一二十年,岂不强得多么?目前甚话休提,伤心也是无用,还是尽心竭力襄办大事,免得将来贻误。"

灵姑知道老父当时回生决无希望,好生伤心。悲声答道:"并非小妹不知满足,只因家父此时仰仗诸位仙师之力尚且不能复生,却望诸十年之后,实实放心不下。万一到日再把这一线生机错过,岂不终生抱恨?事既如此,那也无法,唯求诸位仙师、师兄怜念,他年多多相助,赐以援手罢了。"

陈太真道:"师妹至性至行,时以此事为念,况有诸位师长法力相助,万无错过之理。郑师叔所赐灵药,一粒已然服下。另一粒仗以回生,关系重大,务要好好保藏。时已不早,请速将师叔等所示应用之物备妥,就此埋葬吧。"

说时,王妻已听张鸿父子说出吕伟回生须俟他年,目前无望,早把衣衾备妥。灵姑只得谢了陈太真,去了小屋,同了张、王诸人,将父体由榻上轻轻捧起,放在预置的竹榻上面,盖上厚被,抬了出来。牛子也已将通路堵石移去,开出一洞。

那藏骨之处便在中层院落以内,早被冰雪盖没,高达两丈,休说埋葬尸首,连人都通不过去。灵姑道:"师兄,这厚冰雪,便用飞刀开路也须不少时候。如非师兄到此,真要误事了呢。"陈太真道:"费时还在其次,照这里地势,如不先期设法将出入口封闭,等到天暖雪一融化,难免流向地穴之内,浸伤尸体,那就坏了。"

说罢,便命灵姑放出飞刀照路。将郑颠仙柬帖要过,看好地势,运用玄功,将口一张,便有一道白气喷将出来,那面前冰雪立即陷了一个二三尺方圆的孔洞,凡是白气所射之处立即融陷,渐渐由浅而深,由小而大,那条白气也越来越壮。陈太真始终目光注定前面,连气都未缓过一口。不消片刻工夫,便陷出一条三尺多宽,高可过人,深达四五丈的雪巷。陈太真算计到了地头,先进巷去施展法力,将附近积雪去尽,开出丈许宽一片空地,才命众人将吕伟尸首轻轻抬入。

那地方本是另一古洞,和后洞地穴一样,其深莫测。吕伟初到之时,因恐深山古洞素无生人,难免中藏怪异,自把前洞隔断,便无人再往里去。这时经灵姑用飞刀指向穴内一照,才看出洞口虽然大不愈丈,下面却是又深又大。山石多半黑色,好似经过火烧一般。因是上窄下宽,深达数十丈,须用长绳始能缒落,才想起先备长索忘了带来。

陈太真朝众人看了看,道:"藏骨之所原在后洞地底,只因昔年妖尸谷辰藏伏此洞,后来峨眉三英二云来此搜寻青索剑,合力诛妖,被妖尸用邪法倒翻地穴,山石崩塌,变了地形。如经后洞,一则费事,二则将来上下容易,恐生事故,还是由此下去较为妥善。但在场诸人只有三人能下:老伯遗体须得两人捧托,我须行法,不能帮手。下时必须小心谨慎,捧托越稳越好。地底当有恶臭,刺鼻难闻。除师妹外,张、王二弟何人愿往?"

张远、王渊俱都抢先答应,力争随下,各不相让。陈太真道:"都去无妨,但那地底臭味乃妖尸当年准备炼来害人,俱是污秽之物。师妹虽有天螟珠在身,可以避毒,但那臭味恐仍难闻。我因此物还有一点用处,不想除去。下只管下,到时切莫闻了难当,一有疏失,尸体受了颠动,将来回生时便有妨害,却要留意才好。"张、王二人齐声应诺。

陈太真便命灵姑由榻下伸手托住中部,张、王二人一人一头捧起榻沿。然后放出飞剑,用遁法托起三人一榻,缓缓往下沉去。下到三五丈后,逐渐宽广,周围坚石参差错落,宛若剑锋,森列丛聚,险峻非常。众人到底一看,里面果有一条通路,石洞高大,只是遍地崩石、碎砂堆积,高低不平,阻碍横生。四人仍借遁法,由石、砂上面悬空越过。剑光照路,纤微毕睹。

行约十来丈,路忽右折。前面不远,现出一座石门,业已有些坍塌,连人带榻,足可通行。陈太真说妖尸昔年修炼和祭炼人兽生魂的法台均在其内,进门便有奇臭,闻了头晕,吩咐灵姑将天螟珠取出,各自留意。众人果然闻到一股极难闻的臭味,隐隐自洞内发出,俱生戒心。灵姑忙将宝珠取出,放在榻沿当中。珠光照处,四壁都被映成了红色,臭味已似减了好些。

快到门前,陈太真手指剑光往里一照,瞧见门内黑烟缭绕,忙收遁法,改为步行。令灵姑将宝珠收去,放出玉匣飞刀,化成一道银虹,连人带榻一齐圈住。跟着陈太真手掐灵诀,抢向前面,先朝门内喷一口真气。三人在后面看得逼真。那黑烟只有两缕,细才半指,在离地三五尺处缭绕浮沉,自在摇曳。黑烟本似停在当地,哪能化冰雪的真气喷将上去,只荡了一荡,依然如故。

陈太真见未吹断,心中吃惊,略为停歇,又是一口真气喷出,那两缕黑烟仍然未断,只朝里荡退了丈许。陈太真正待运足真气三次喷出,谁知那黑烟似有知觉,白气一收,竟改退为进,电掣一般由两头包绕上来。陈太真见状大惊,知道这黑丝如被沾上,要想解脱,决非易事,慌忙将口中的真气重又喷出。

他只管运用玄功,加足真气,也只抵住,稍一缓气,便被包绕上来,一毫也松懈不得。双方互为进退,势甚急迫,飞剑恐为所污,不敢妄用;灵姑飞刀虽不畏污秽,无奈陈太真口喷真气,不能分神示意。陈太真先前不知妖尸妖法厉害,深悔未全照颠仙柬帖行事,妄想利用邪法为遗体多一层防御,以致

240

弄巧成拙。时辰又快到来，好生焦急，正在无计可施。

灵姑等三人，先不知陈太真作法自毙，遇上难题。还是张远在前面见陈太真停步不前，所喷白气与洞中两缕黑丝互为抵拒，相持不下，脸已发红，目光炯炯，一瞬不瞬，大有吃力神气。张远心中奇怪，忙朝灵姑努嘴，悄喊："姊姊，你看陈师兄怎不走了？"灵姑因老父埋葬在即，少时便要长违色笑，虽说仙缘遇合不远，他年仍有回生之望，但是前途渺茫，生机太少，到时能否起死回生，不出变故，实难预卜，满腹悲苦，心乱如麻，只把两眼望着爹爹遗体，忍泪伤心，闻言并未觉察。

又隔一会儿，张远看出陈太真额角见汗，面带惶急。那两缕黑烟中间被白气挡住，两头却向前弯折过来，如非丝短气长，几乎将人缠住。他知非佳象，二次又朝灵姑打手势。

灵姑定睛前视，方才省悟。想起涂雷曾说，颠仙这口飞刀专破妖邪，神妙无比。那两条黑丝不知是什么怪物，陈师兄的法力竟会制它不住？有心一试，又因刀光要护尸体，没有陈太真的话，未知能离开不能。心方一动，陈太真也正觉难支，不能说话，只得将脸微偏，回手朝后一挥。灵姑这才看出他口里喷着真气，不能说话，忙指刀光飞将上去。

就在陈太真略一分神的工夫，白气突然缩减了些，那黑丝便从两旁飞舞而来。幸而灵姑知机，刀光恰好离榻飞出，迎着黑丝只一绞，便即断裂，余烟犹自袅袅，漂浮不已。陈太真忙喊："师妹快以心意运用飞刀，将这黑烟裹住，使其消灭，免留后患。"灵姑闻言，将手一指，刀光突地增长，一道银虹将那残烟断缕裹紧，微一掣动之间，便即消灭无迹。

陈太真喜道："郑师叔镇山之宝果不寻常。此物乃妖尸谷辰炼剩的黑眚丝。功候还差好些，已有如此厉害。我原想废物利用，没照郑师叔仙示用飞刀将它消灭，意欲以真气抵御，等到安放伯父遗体后，行法禁制，留在洞外，好多一层防御，不料几乎误了大事。由此看来，当时峨眉派三英二云用紫郢、青索双剑合璧，同斩妖尸，真非易事呢。黑眚丝既已消灭，洞中还有一堆秽物，索性也由师妹将它除去，免得再闻臭气了。"说罢，便命灵姑将天螟珠重新取出，将尸榻先交张、王二人抬着，一同走进门去。

灵姑见里面石室高大，有好几间清洁异常，只是气味难闻。便问："什么东西这等臭法，怎看不见？"陈太真道："这些东西俱是妖尸采集各种淫毒污秽之物，加上他肺中毒气，再采人兽生魂附在上面，炼成之后，便是黑眚丝。

此物炼时越细越灵,如到功候,几乎人目难见。一被缠上,便即昏迷,难脱毒手。这奇臭便是它的原质,现藏左壁石穴之中。看去只是一堆白棉泥,并不污秽,但是奇臭异常。这还仗有天蚣珠,否则更是难耐呢。石壁已被妖法封闭,师妹飞刀不畏邪污,可随手指之处,将这石壁攻开。底下由我处置便了。"说罢,将手一指。

灵姑见所指的一面石壁格外平整,便指飞刀朝手指处飞去。银光电旋之下,石壁裂开处,即现出一个丈许大洞。陈太真瞧见洞内有一石瓶,忙命灵姑住手,已是无及,砰的一声,一片烟光闪过,石瓶被飞刀斩成两片,瓶里所藏毒泥,似水银一般流淌下来。陈太真忙即行法,双手一搓,朝地一扬,壁根叭的一声爆响,地忽中裂,毒泥恰好流入裂口,转瞬都尽。

陈太真细看了看,见地面干净,并无沾染。于是先将倒塌碎石、瓶片填入裂口,又使禁法将其封固。对灵姑道:"我只看出壁间有妖法禁闭,不料还有石瓶装着,封固严密。本来尽可保存,或是取走。如今石瓶已碎,手不能近,只得任其流入地底,这一回又失计了。"毒物入地,臭味全消。

陈太真说左边石室乃妖尸昔年丹房,遂命灵姑出外,与张、王二人将尸榻抬到里面。这间石室经过妖尸许多经营,石壁温润,莹洁如玉。靠壁一座玉榻,旁设玉几,放着几件零碎物件。王渊立得最近,见几上有一古铜尊,大只如拳,兽足鸟喙,乌光鉴人,觉得好玩。因知灵姑无此闲心,顺手揣起,准备带了出去再说。灵姑、张远俱在注视陈太真如何部署,均未觉察。

灵姑恐竹榻年久易朽,意欲将老父遗骨移上玉榻去停放。陈太真道:"玉灵崖本是洞天福地,尤其这几间洞穴更是地脉灵气所钟,无论何物,便放千年也不会腐朽。否则,还有比人骨脆弱,易于腐朽的么?此榻乃妖尸谷辰打坐修炼之处,停放其上,难免有害无益,仍以放在当中为是。时辰恰好,不到片刻,便要退出封洞。师妹不可伤心,老父此时沉睡,虽无知觉,父女心灵毕竟可以感通,终是不宜。我们再仔细查看一回就走吧。"灵姑闻言,只得强抑悲伤,照陈太真指处,将尸榻平稳放好。

陈太真遂向各室巡视了一遍,走回室内,指着几上陈列诸物,说道:"这些东西,多半是地底藏珍,哪一件也非常物,被妖师寻取了来,留此无用。若师妹拿去,一旦收存不慎,易启妖法觊觎,还是我都取了走吧。"王渊暗幸自己适才所取陶器未被发觉,当时未说,时辰已至,便一同走出。由陈太真行法,先将石门和通道分别封闭,同驾遁光,飞升而上,将上下穴口一齐封闭,仍由雪堆走出。灵姑因陈太真再三叮嘱，强抑悲怀，一到上面，忍不住放声痛哭起来。

事完回到前洞，众人都急于劝慰灵姑，陈太真又要告别，谁也不曾留意到别的。等将陈太真送走，灵姑哭了个死去活来，好容易经众竭力劝勉，略止悲号，众人将她扶向榻上卧倒。

王妻向屋内水盆中汲水来煮，一眼瞧见擒贼躺在地上，不响不动。暗忖："大家都忙着吕大哥的后事，擒贼也未及拷问。这贼重伤饥渴，竟会熟睡，也真太无心肝了。洞外还有那么多贼尸，吕大哥一死，灵姑又要入山寻师，如非张二哥父子赶到，凭自己一家三口，怎能在此安居呢？"正寻思间，所持两大瓦壶水已汲满。刚要往屋中去，忽想起那贼适才怪声干号，直讨水喝。觉得贼虽可恶，快死的人，少时还要问话，便给他点水何妨？想到这里，重又回身，走近一看，那贼满面都是鲜血，两眼都已被人挖去，朝外横卧，远看仿佛入睡，实已身死。不禁大惊，忙喊："渊儿快来！"

王渊正和张远在室内劝慰灵姑，闻声奔出，见贼死状，便叫牛子，未听回音。洞内外全都寻过，也不见人。所用雪滑子也不知去向。王妻这时才想起，适才下葬时节，牛子因陈太真只许张、王二人随下，不令他同往，气愤愤咕噜了几句，以后便不见人。料定是杀贼泄愤，私自出走。洞中正在用人之际，贼供尚未问明，牛子性烈，颇有殉主之意，深夜出走，万一自尽，哪里再会有这等忠勤得用的人？

心方着急，王渊忽指壁间箱筐，问道："那箱是娘开的么？怎未关上？"王妻忙说未开。同走过去一看，箱盖大开，锁已扭断，抛在地上，所藏衣物俱在，只短了两粒明珠。知道又是牛子所为。

王妻道："牛子莫非因老主人已死，不愿再随我们，盗了明珠逃走么？"王渊道："按他为人，决不会这样做法。如有二心，各人明珠俱在箱中存放，何必只取两粒？我看死贼两眼挖瞎，门牙也被打掉了两个，想必盘问贼巢所在，不肯实说，悲愤之极，一时发了野性，将贼弄死，口供也未问出。不是怕姊姊怪他，因而逃走；便是想借此珠照路，亲寻贼巢下落。如是自杀殉主，死法尽多，何必到外面去呢？看牛子神气，定要回来。姊姊正在悲痛，这事还不能使她知道，以免着急，禁受不起。且等少时悄悄告知爹爹，和张伯父商量之后，再打主意。现在先把洞内外这些死尸安埋了吧。"

王妻道："这般冰天雪地，往哪里埋去？"王渊道："后洞不是有一个大地穴么？暂时先丢在里头，岂不省事？"王妻道："你这娃娃，专一顾头不顾尾。后洞地穴原与吕伯葬处通连，丢下许多死尸，知是有碍无碍？况且也没听说自己家里，藏上许多死尸的，那多晦气。"

说时天已深夜，王守常来唤王妻去取被褥，与张氏父子安排卧室。王妻问知灵姑已然昏沉入睡，便把前事略说，令王渊去把张氏父子请出商议。张鸿闻言，也觉牛子不会不归。当日大家悲苦劳累，主张先把洞中死尸抛弃洞外，仍将皮帘挂上，石洞塞好，只留一个出入口子，先睡一会儿，且待明早牛子归来，再打主意。众人照办之后，分别安歇。

要知后事如何，且看下回分解。

第六十四回

掘眼问供扼项复仇　　耿耿孤忠拼一死
灵鸟前驱明珠照乘　　茫茫长路走孤身

原来吕伟本该命尽,只因灵姑心心念念,日夕祈祷,誓捐仙业,欲以身代,至行格天,才得青城派教主朱真人垂怜,默运玄机,推算因果,飞剑传书,请颠仙命门下女弟子欧阳霜,带了柬帖、长睡丸前往相救。

欧阳霜因灵姑是本门师妹,特意加紧飞行,想在吕伟受伤以前赶到。哪知劫数命定,终须应过,到时吕伟刚刚受伤倒地,毛霸也被隐形遁走。只得留下柬帖和灵丹,回转大熊岭而去。

柬帖大意是说:吕伟已被毛霸邪法迷倒,用铁砂掌震伤内脏,再有几个时辰,气脉便断,万无生理,只有峨眉山太元洞芝仙的血能救。但那芝仙自从峨眉开府以后,日侍教主乾坤正气妙一真人齐漱溟,苦心修炼,正果将成,此时正是他要紧关头。朱、齐二真人虽是至好,也不便强人所难,只有等他道成之后,方能开口。须俟灵姑仙缘遇合,有了成就。那时苗疆中还有一个奇童,为了救母再生,与吕氏父女情事大略相同,并且也是青城门下,二人可一同拜上仙山,求取芝血,只要求到,立可起死回生。那长睡丸原是地仙遇劫之物,最难采炼。服下之后,人便昏睡,长眠不醒,非等解药服过,不能醒转。吕伟服后,便可将那活命的几个时辰,留到他年待救之日。

颠仙原命灵姑自仗飞刀,经由后洞下去,开通堵塞石块,转入妖尸谷辰昔年寝宫。如遇黑甯丝烟雾,可用飞刀先行绞散净尽,方可前进,不能沾染。本来时促事迫,恰值陈太真为践前言,赶来相助,不但免了异日雪水漫蔓,伤及尸骨之处,还用禁法封塞葬处,免去好些后患。陈太真说吕伟他年必定回生,与真死不同,犹如人出远门,烧香供祭,反而不妙,所以未立神主。

张鸿父子在同道人洞中养病,本要经年才能痊愈。这日早起,白猿忽奉虎王之命,拿了一粒灵丹,领着陈太真跑来。说起虎王自与张、吕诸人别后,甚为拊命，昨日往铁化坞拜谒清波上人，恰遇陈太真在座，说起吕伟应劫，与将来仍得回生之事，因而想到张鸿尚在病中，不知同道人医愈也术。吕伟父女一死一走，恐玉灵崖无人主持，借着陈太真为践前言，往玉灵崖襄助埋葬吕伟之便，再三乞求，向清波上人讨得灵丹，命白猿引陈太真同来施治，以便带了同往。张鸿自经同道人调治，已能起坐，只未复原。闻得吕伟噩耗，多年老友至交，自是哀悼。服药之后，便率爱子张远向同道人谢别，由陈太真行法护送，一同起身。因事前早知，又经陈太真解说，吕伟乃是因祸得福，所以见时未显惊惶。

当夜灵姑在睡梦中连哭醒了好几次，众人也都伤感。谁也不曾睡好，微明便起，分别做事。灵姑醒来，叫了声爹爹，起顾卧榻已空，见张鸿刚起，正在梳洗，不禁又痛哭起来。众人忙来劝慰，被灵姑勾动伤心事，俱都落泪。后来张鸿说徒悲无益，早日料理一切，往大熊岭苦竹庵拜师，方为上策，再三劝勉以大义。灵姑方才强止悲痛。

父死绝望，她恨不能早见仙师，得个确信：到底将来回生有无别样的阻碍？当日便要起程。王氏夫妻因她哀痛过度，心神受创太巨，此去冰雪崎岖，长途千里，虽有飞刀在身，终不放心，先劝天暖雪化之后再去，灵姑不从。张鸿也说，仙人原命事完早行，不可延迟。不过灵姑昨日到今水米不沾，又未怎样安眠，虽说奉师命前往，决无差错，但疲敝长行，也是不妥。最好悲怀放宽，将养两日，等精神稍为康复再走。

灵姑也想起贼供尚未问明，失物不曾运回，尚有许多事情要做，就此丢下一走，于心不安，只得点头应了。

王妻因牛子未回，正想商量移弃盗尸之事。灵姑又忽想起玉匣中所藏仙柬，昔日清波上人曾说，关系爹爹和自己许多凶吉因果。自到玉灵崖，连请几次，均未出现。昨日父亲受伤，只顾看了仙师赐柬着急，不久陈太真到来，竟会忘了请看。万一里面藏有解救之法，岂非粗心错过？不禁"哎呀"了一声，众人忙问何故。

灵姑道："仙师玉匣还有一封柬帖，我忘看了。"随说随将香炉点起，将玉匣供好。虔诚默祷之后，打开一看，以前匣中柬帖虽未出现，隐隐约约还有个柬帖影子在刀底下。这时竟仿佛柬帖业已化去，一丝影迹全无，只剩那口晶光耀眼冷气森森的小匕首横卧在内。

灵姑方在奇怪，忽听帘外灵奴剥啄之声，众人才想起灵奴自从昨日傍晚已经不见，因伤心忙乱之中，谁也没想到它。王妻忙去揭帘放进。灵姑恨它昨日毛霸率领贼党攻洞时，不先赶往森林报信，以致老父遭毒手。方欲责问，灵奴已银羽翩翩，穿帘而入，直向灵姑飞去，双爪松处，落下一封信柬。灵姑料有缘故，伸手接住，见外面只写道"灵姑开启"四字。打开一看，乃是同门师姊欧阳霜写的。

大意说：吕伟宿孽太重，本应明年必死。师父怜灵姑孝思，意欲保全，曾在玉匣中藏有仙柬，使到时得以避免。但是运数已尽，至多保其善终而已。嗣因灵姑山寨斩蛟，多立功德，加以至诚格天，才有这次因祸得福的变局。柬帖无用，师父早已收去。鹦鹉灵奴曾受异人豢养，深通灵性。日前外出省视旧主，得知此中因果。知道老主人该有此劫，事前如得信，有了准备，不特误却仙缘，反为玉灵崖诸人异日留下后患。但它认识仙师，唯恐旧主推算不详，特意急飞大熊岭苦竹庵，求询此事虚实。经仙师告以经过，归来主人业已应劫。因回时仓促，忘了请问灵姑何时起行，途中有无险难，以备随时报警，好有准备。仙师颇爱此鸟忠诚灵慧，已然告以一切，到时自知。昨日自己奉命送药，本心也想在出事以前赶到，无奈定数难移，终未赶上，连毛霸也被逃走，甚为愧对。兹乘灵奴回山之便，附致一函，吩咐灵姑，父体已然埋葬，须要早来，不可迟延。自己正在勤修之际，无暇分身前来接应。至迟三日之内，必要动身。相聚不远，务望珍重。

灵姑知运数前定，对于灵奴也就不再嗔怪。当下玉匣又佩好。王妻方始提起牛子私出之事。灵姑自读欧阳霜来函，志虑已定，便答道："记得去年曾杀四贼，都是牛子挑到远处喂了虎。我想人已死了，何必再为计较？那森林以内却是没雪，地又幽静，莫如我们用雪橇将贼运去，掘一个大坑，掩埋了吧。"众人赞好。匆匆用罢午饭，径去掩埋贼尸。雪橇只有一架，十几具贼尸，往返十次，才得运完。昨日所采掘的山粮，尚存当地，也都带回。

事完天已昏黑，牛子一直未归。因有欧阳霜来函催促起身，灵姑至多再延一日必走。想起贼党盗走的许多牲畜用具，尚在贼巢未曾取回。天已不似前些日酷冷，灵奴既能往返大熊岭，查探贼巢地点当非难事。反正明日空闲，何不命它前往探看，顺便找寻牛子。

当下灵姑把灵奴招至臂上，说道："听牛子说，贼党似与后山所住土匪一伙。只因冰雪险阻，不知途径，天又太冷，不舍命你往探。近两日天已转暖，我后日一早便须动身，意欲尽此一日光阴寻到匪巢，取回失物，兼寻牛子。

你能前往一探么？"

灵奴答叫道："匪窟就在后山，主人也曾去过，用不着先去查探。只那路径曲折，须绕一个大圈子。中间隔着高山，冰雪布满，又滑又险，人不能过，料那匪党必有一条通行之路。日前主人出猎，我去连找几次，橇迹到了山上便止，偏找不到他的通路。昨日由大熊岭飞回，这才看出，他那通路就在橇迹尽头，对面有一个山洞。因忙着赶回，不及进内查看，大约那洞必与山后通连。主人既还有一天耽搁，明早我陪了同去一看好了。"

灵姑闻言，立即和张、王诸人商定：次日未明即起，留王氏夫妻守洞，由灵姑、王渊和张鸿父子带了灵奴乘橇同往。匪党来路，灵姑早寻过数次，因橇迹虽然直抵岭脚，上下通路却是苦搜不获，因而中止。这次匪党预料毛霸必胜，倾巢而出，不但未将岭脚路掩饰，连以前所布疑阵全未使用。

四人穿过横岭，便一路直驶，无甚转变，比前近出许多。众人循着昨日匪党遗留的新橇迹，不消多时，便已寻到。见那通路是一洞穴，穴前散摊着许多碎雪残冰。洞内还有一层木门，色质尚新，好似制成不久，已被人用刀劈裂，斜倒在旁。一试宽窄，所乘雪橇通行足有宽裕。灵姑便将飞刀放出，在前面开路，张远、王渊抬橇居中，张鸿持剑继后，一同走进。

约行里许，只拐了两个弯，便把岭腹穿过。岭后出口更宽，雪中橇迹纵横，甚是明显。灵奴日前只在岭前查看，不曾留意岭后，所以未被看出。这一来更易寻找。众人于是二次乘橇，循着匪党所留橇迹，滑驶前行。驶约十来里，路忽弯曲，灵姑暗查途向里程，似以弯向后山。

果然不多一会儿，便经昔日斩众猩、救文叔的水帘岩洞。但那橇迹滑向右方，并不向着孤峰去路。沿途峰峦绵亘，涧壑起伏，乍看似甚难行，但因都有贼党开辟出的途径，上下巧妙，橇一滑至，容容易易便可驶过。

似这样又滑行了数十里，走上一片雪原，去路渐高。尽头处烟笼雾隐，灰蒙蒙仿佛与天相连，弥望无涯，静荡荡的，看不见一点物事。众人见雪中橇印只剩笔直两列，路也走了不少，知快到达匪巢，各自加劲奋力，箭一般在雪皮上朝前驶去。不消片刻，渐渐看出前面斜列着一片雪崖，仿佛去年追逐逃鹿所经崖中暗峡。橇行迅速，转眼离崖不远。

灵姑目力最好，看出匪巢竹楼位置在山崖之前。最奇怪的是，别处冰雪堆积甚厚，独贼巢附近数十亩方圆地面并无雪迹。竹楼茅瓦，显然如昔，只四周积雪都逾数丈，几与楼顶齐平。若非以前来过，知道地点，又有橇迹引路的话,远望看不出来。灵姑见雪地将要走完,再前行数丈便入贼村无雪之处,便立即告知众人,将橇停住,各把兵刃弩剑准备在手内,步行前往。

贼巢背倚危崖,三面积雪包围,上下之处都有冰雪筑成的蹬道。一行四人,途中不见牛子踪迹,恐有余匪潜伏在内,甚是小心。一到下面,便照张鸿之计,先不进攻,以防中匪暗算。张氏父子与王渊三人分三面将楼围定,齐声呐喊。灵姑手指飞刀,选一高处以为接应。谁知呐喊了几声,楼内并无回音。

张鸿便命两小兄弟后退,独自一跃而上,登着楼栏,往里仔细一看。只见全楼数十间楼房,只堆有不少粮肉用具。当中正房内有一个大火盆,火已熄灭。随唤灵姑三人同上,寻遍全楼上下,不但人影全无,连旧日失盗的牲畜和群贼原有的鹿群,也都不见一只。那许多粮肉,俱是去年被贼盗去之物,皆堆在四间楼房以内。三间俱甚齐整,唯独靠外的一间凌乱异常,米谷青稞掉落满地,直到楼下还有遗粒,楼门下还散乱着许多应用之物,痕迹犹新。一摸火盆,炭灰也有余温。

张鸿知有人来此匆匆取物,走没多久。灵姑料是文叔昨晚见贼党伤亡殆尽,又被擒有活口,恐众人问出巢穴,来此搜拿,匆匆赶回,取些食粮用具,逃往别处山洞潜伏去了。

老贼素贪,既然逃回,必不舍他多年积聚的金砂珍物。灵姑忙和王渊一翻看,文叔所有各物,果比在玉灵崖存放时少去多半。尤其是金砂等便于携带之物,一袋也不见。因知文叔狠毒,牛子昨夜寻来,此时不见影踪,多半为他所害,好生愤怒。连日天热雪化,便于逃走,便命灵奴首先飞空查看。

四人刚到楼下,张鸿往楼底一探头,瞥见楼柱底下堆着不少枯柴和石煤、松香之类引火之物,泥地上足迹凌乱,还有几根扯落下的白须发。看神气,似有人欲在楼下纵火,被另一人撞见拦阻,争斗甚烈之状。随唤灵姑来看。

灵姑一看,便认出那是文叔头上的乱发。遂往里面查看,又寻到一支弩箭和几滴血迹。揣测文叔逃时,自知众人必定寻来,回到贼巢,先将金砂、财货和一些食粮、牲畜运藏别处。所余粮肉、用具尚多,自己无力再取,却恐为人得去,打算在楼底放一把火,烧个精光。当时不是还有别的余党,互相争杀,便是牛子寻到,仇人相见,自是眼红,两人拼命恶斗起来。照此情势,内中必有一人负伤,以致留有血迹。受伤的如是牛子,文叔应该将楼焚掉;如是文叔，牛子安心寻仇，决不轻饶，杀死应有尸首，扛回处置，路只一条，来时又未相遇。可见二人必是一逃一追，跑到别处。

灵姑唯恐文叔刁狡狠毒，牛子受他暗算。既然血迹尚新，火盆里又有热灰，断定出事未久，赶紧搜寻，也许能够追上，忙和张、王三人说了。赶出去一看，贼巢三面上坡处，俱有橇迹、足印，不知往何方搜寻是好。仰望空中，灵奴也是绕着贼巢往来飞翔，没有定准。灵姑无法，只得把人分成两起，舍却来路一面，请张鸿父子往南，自和王渊往北，循着雪中迹印，分途搜寻。

张鸿年老心细，见那橇迹起头甚乱，驶出半里，便时多时少，最多之处，均有往后驶行之迹。内中一条着力较重，好些浮雪俱被溅起，好似新近从上面急驶而过。越看越似成心做作。再望前途去路，暗云弥漫之中虽有山峦隐现，但相隔辽远。暗忖："此贼一夜之中，运走不少牲粮财货，相隔若远，怎能办到？定是故布疑阵，乱人眼目。"忙命返回，去追灵姑，另作计较。

灵姑因张鸿乃父执年老，初来山中，滑雪不惯，贼橇没有寻到，雪橇只有一架，便让给张氏父子，自和王渊脚踏雪滑子前往，比乘雪橇原快得多，加以救人心切，不消片刻，便滑出老远。先未觉出有人作伪，等滑出十来里远近，忽见前路中断，绝壑当前，不能飞渡，方疑上当。忽听灵奴飞来直叫："主人快去，牛子现在崖上，老尤要杀他呢。"叫罢回飞。灵姑闻言大惊，急忙回驶。恰值张鸿追来，会合一路，匆匆说了两句，仍和王渊跟着灵奴赶去。

灵姑见灵奴去处正对贼巢。暗忖："灵奴说牛子现在崖上，而贼巢后面危崖高峻，冰封雪固，人如何上去？"正寻思间，已经滑到楼前。灵奴竟向楼顶跳落，回首相待。

灵姑、王渊断定楼顶必有上崖之路，忙把雪滑子脱下，插在身后，攀缘而上。越过楼脊，首先入眼的便是一架长三丈的竹梯。灵奴已往右楼对崖飞落。二人再往灵奴落脚之处一看，崖壁正对楼角处突出一块，左近散着好些崩雪。试把长梯取来，搭将过去，刚巧够用。估量文叔藏身其间，只奇怪人既在彼，怎无上下之迹？因见灵奴不住点头示意，却不出声，知文叔必在附近，忙同纵过。再细一查看，才知道离头不远，有一极隐秘的崖缝，因为崖势陡峻，只落脚处略为突出，缝形倾斜，深隐壁间，突出为檐，掩住缝口，外面附上冻结的冰雪，如非灵奴引导，便是近前也不易看出。

这时灵奴已往石缝里飞入。二人正待翻跃上去，忽听灵奴急叫之声隐隐传出，空洞传音，仿佛甚远。灵姑恐有疏失，将身微纵，手便攀住缝口，忙

250

即钻进。王渊也跟踪追入。那缝口外面甚狭,人须侧身而进。入内渐宽,只是时低时高,坎坷不平,加以石尖森利,碍足牵衣,虽有刀光照路,仍是不能快走。缝径前半,只隔着薄薄一层外壁,有的靠外一面还附有冰雪,似是平日透光石孔。走过十余丈后,缝径转狭,宽只容人。

二人因听不见灵奴再叫之声,又未回飞,不禁犹疑,径又往里走去。行不几步,忽见下面有火光。恐被觉察,方想收了刀光悄悄掩进,猛听牛子暴吼之声,跟着又是一声惨叫,似重物倒地,震得轰轰直响,随后听灵奴高叫:"主人快来!"灵姑听出后一声是文叔的口音,心中一定,循声追去。缝径突然下落两三丈,下面火光明亮,全洞毕现,似甚宽大。旁边倒着两人:一个正是牛子,身上还缠有绳索;另一个定是文叔无疑。

二人飞身跃下,近前一看,牛子上身衣服已被撕裂,背和两膀满是伤痕,两脚缠着绳索,身旁不远有一支断箭,人已晕死过去。文叔一眼已瞎,鲜血淋漓,咽喉爪印甚深,气息全无,似被牛子扼颈而死,状甚惨厉。只灵奴停在洞上,剔爪梳翎,意甚闲适。灵姑见火旁放有水壶,忙命王渊取来,给牛子灌救。待有一会儿,不见醒转。张鸿父子也跟踪寻到,洞中上下之处原有长梯,正在沿梯而下。

灵姑刚回头答话,不料牛子回醒,倏地暴吼,声随人起,径伸双手,突向灵姑颈间抓来,其势绝猛。灵姑出其不意,闻声回头,牛子双手已触到颈间,连忙跃起。如非牛子适才双手力已用尽,十指酸麻,灵姑非受伤不可。

王渊见状大惊,忙喝:"蠢牛,你疯了么?"一抬腿,踹向牛子手上。牛子跃起心急,忘了脚上还缠有绳索,再被王渊这一踢,立即绊倒。恰巧跌在文叔身上,口中急喊:"你这老狗,害死我老主人,还想骗我。今日上了我当,定要你的狗命!"随说随将文叔颈骨扣紧,张嘴就咬。

灵姑知他满腔忠义,不顾生死,为主复仇,适才和文叔拼命恶斗,急怒昏迷,人虽醒转,知觉尚未恢复。不禁又敬又怜,又是心酸,深觉王渊不该踹他一脚,忙赶过去拉他道:"牛子,快放明白些。尤老头被你弄死,仇已报了,我们都在这里,你还乱咬死人做什么?"

原来牛子昨日见吕伟一死,全是文叔引起的祸事,痛恨入骨。算计贼党俱是后山土匪,巢穴必定未移,当时就要拔刀追去。王渊将他劝住以后,回房抱定吕伟尸首,按照苗人复仇习惯,暗中祝告,誓复此仇。外表虽未怎哭泣,心却悲痛已极。本想等吕伟葬后再走,到了葬时,陈太真偏不许他随下,牛了又是伤心，又是气愤。因知陈太真是仙人，不敢硬抗，一赌气，便退将出来。

那伤贼面朝洞口，横躺在地，又渴又饿，适才已然吃过苦头，仍未忘了讨饮食吃。闻得身后脚步之声，不知是对头到来，哑声叫道："你们这些狗娘养的，把老子放在这里，就不管了么？要杀就开刀，来个爽快；要想问老子的话，也得给点饮食。再这么冷淡老子，要骂上你八代先人了。"

牛子正在气头上，如何容得，怒吼一声，刚扑过去，猛想到后山路断，此去贼穴不知怎么走法，此时无人，正好拷问。当即把暴怒抑住，取了碗水，走近贼前，俯身猛笑道："你想活想死都不难，你只要把贼穴里的实情和去路说出来，我便和你结个鬼缘。如有一句假话，你们久在各苗寨害人，应该晓得我们收拾匪徒的法子。莫看你一身重伤，灌下点药，也能把你摆布个够。我还给你便宜。先给你吃这碗水，润润喉咙。等你说完，再拿酒肉锅魁给你吃。"随说随将水给贼喂下。

那贼如饮甘露，到口立尽。又推说肚饿重伤，无力答话，又要吃的。牛子拿块肉与他吃了，二次催说。这伙匪徒，惯于欺压苗人，总不把他们放在眼里，如今又成仇敌，居心只以为牛子忠厚，骗完吃喝，再骗个速死，哪里肯说实话。编了几句话，便让牛子杀他。

牛子自随吕氏父女，学了不少的乖，一听便知所言不实，却不叫破，故意说道："少主人他们因为老主人一死，恨你们入骨。他们有仙药，打算问出口供，让你受上一年零罪再杀。我不愿这样，才来问你，打算得点好东西，先照你所说去找。如是真话，回来就给一个爽快；如说假话，等我白跑回来，那却够你受的。你自己想吧。"

那贼闻言，才知老苗狡猾，不似常人老实，不由大惊，方在沉吟盘算，牛子已忍不住暴怒道："瞎眼狗强盗，我好心好意，你倒说鬼话哄我。趁他们没来，先叫你尝一尝老子味道。"那贼深知苗人非刑恶毒，不禁胆怯，慌不迭地说道："老狗，你莫生气，老子对你说实话就是。"牛子怒催快说。

那贼笑道："我如不因那姓尤的老狗可恶，恨他害了众人，去独享现成的话，便把老子放在刀山，也休想说出一句实话。这条路非常隐蔽曲折，无人指点，神仙也找不到。我说便说，但有一说：你如照我所说找到地方，回来必定给我一个爽快；如若骗我，老子做鬼也活捉你。须先朝老子赌个咒，我才说呢。"牛子心虽不耐，因见那贼强横，不能逆他，只得赌了个咒，答应所说如对,回来给他速死,不再给零罪受。那贼随将山腹通路说出。

牛子本已取了兵器要走,那贼忽然好笑道:"老狗,先莫欢喜。你以为这样,就可瞒了你的狗主,跑去先偷东西么? 天底下哪有这么便宜的事? 我说的话并不假,但那许多金银财宝,只该便宜你狗主;凭你这老狗,也配受用么?"牛子怒喝:"是什么缘故?"那贼冷笑道:"这条路又远又难走,加上冰天雪地,便白天走都艰难,何况夜里? 我们每次来,都有宝珠照路,你是怎么去法? 再说姓尤的老狗,凭你们一个也打他不过。你不是昏想汤圆吃么? 我知你们最怕咒神,好在你咒已赌过,我说的又是实话。明早你狗主们寻了去,只要和我所说一样,不愁你不给我一个爽快。你此时不过狗咬猪尿泡,落个空欢喜罢了。"

牛子闻言,才知天黑路远,雪上风劲,火炬难点,而灵姑决不会借宝珠,放己独往贼巢。正在又急又气,忽见那贼斜着一只斗鸡眼,满脸奚落之容,正在瞧着自己。不禁旧仇新忿,齐上心头,立时怒火中烧,怒道:"狗强盗,你敢挖苦老子,先挖掉你这两只狗眼,等事回来,看是真假,再和你这猪狗算账。"说罢,对准贼的双目,猛地抓去。

那贼因是急于求死,以为苗人贪利,打算先用话激牛子,乘他发急的当儿,再告以夜间不能前往,白日又难背主行事,最好先把自己杀死灭口,乘主人不知途径,不能找到,每天白日前往陆续偷窃,这样彼此都有好处。不料牛子蕴怒怀恨已久,毫不寻思,径直发作。那贼原知洞外死贼身有宝珠,见牛子抓来,知要吃苦,受伤捆绑在地,又无法躲闪,慌不迭急喊:"那宝珠现成,夜里也能前去。"底下还没说完,牛子二指已然探插贼眼中去。那贼重创失血之余,怎能禁受,一声惨叫,就此送终。

牛子愤气少泄,想去洗手,一眼瞥见盆侧堆着的箱筐,猛想起那贼死时之言。暗忖:"主人们都有宝珠,除老主人的一粒最大最亮,能避寒外,余下几粒,夜里也都放光,能够照路。真个现成东西,怎不偷来一用?"想到这里,忙到小屋里一找钥匙,没有找到。知灵姑等事完回来,便偷不成,急不暇择,径将箱锁拧断,开箱一看,果在箱内放着。匆匆取了两颗,抱起皮衣、面兜和兵刃、雪滑子,不管那贼死活,便往外跑。先寻僻处装束停当,一试珠光,果然明亮照路,心中大喜,径向贼巢飞驶而去。

赶到昔日吕氏父女追寻贼橇遗迹所到的横岭脚上,那山腹洞口已被文叔逃回时利用崩雪掩饰;口内还有一道木门,也被堵塞。牛子见那情形仍和

253

前见一样，试照那贼所说，将崩雪拨开，果然现出门来。知道不假，连脚踹带刀劈，将门打开，踢向一旁，径向洞中钻进。山腹中空，内甚宽大，也无什么曲折转弯，毫不费事便穿过去。牛子滑雪爬山，原极擅长，情急报仇之际，哪顾什么艰险。一出洞，便飞也似往贼穴滑去。好在沿途橇迹明显，不消多时，便已到达，天才近明。

再说文叔自从昨日傍黑逃走，心想："玉灵崖洞中二贼必被吕氏父女擒住拷问；还有鹦鹉灵奴是个克星，哪里都可飞到，易于追索，至迟明日，必被寻到贼村。休说数十年艰危辛苦所得之物无存，如被追原祸始，便性命也恐难以保全。这般大雪茫茫，冰厚如山，虽有几处洞穴，俱都险阻非常，相隔又远，想凭一人之力把东西移运过去，决难办到。再者雪地上的履迹也无法消灭。"想来想去，只有楼后崖缝尚属隐秘，决计就此藏身。

那崖缝原是文叔去年往采崖上藤蔓时无意中发现的。当时藤蔓俱被雪埋，所幸崖势陡峭，雪积不厚，尚易掘取。文叔端详形势，只有右楼角对面一处可以落脚，便把长梯运上楼顶，搭将过去。正从雪里掘取山藤之际，忽然掘到一株老藤，心想用以做床，省得再用木料。打算得很好，但藤盘粗大，上附坚冰，砍掘了好一会儿，还未够上所须尺寸。

匪徒多是好吃懒做，更因奇寒，都嫌文叔有床，还嫌不好，无事生非，不但无人帮忙，反说闲话，一任文叔爬高纵低，冒寒劳作，连个出视的人都没有。文叔与猛兽久处，习性倔强，见众人讥笑，益发非制成功，不肯罢休。冒着寒风，营营半日，手冻足僵，累得直喘，所获尚不敷用。不禁发了野性，奋力一扳，竟将藤盘拔起。原来下面积雪并不甚多，砍了半天冰，俱是毫无用处，白费许多力气。

文叔方在怨恨，猛瞧见近头残冰落处，左侧似有一条裂缝，心中一动。就拾了块冰往里掷去，冰块轰隆，滚出老远，忙即停手。回到楼内，偷偷取了火炬，探了一探，才知里面是一夹缝，到头还有极大一处洞穴。当时便留了一份心，回来也未对人说起。因距匪巢太近，无甚大用，只想异日乘便，盗些贵重东西藏放其内，不料此时竟会用上。

按说文叔逃回甚早，洞外悬崖峭壁之上有冰雪掩饰，外人绝想不到。偏是文叔心贪而狡，知道明日吕氏父女一来，匪穴各物必都取走，恨不得将满楼东西全都运藏崖缝之内，取了这样，又运那样。加以行事谨慎，逃时封闭山腹通路，又费了些时候。运到后来，算计时间，知道一人之力有限，决难运完,危机已近,想起惊心。暗忖:"老吕虽然不错,余人可恶。玉灵崖积蓄全数盗来,明日必被寻回。如今已成仇敌,何必便宜了他们?何不乘他们未来以前,放把火全数烧个精光,谁也得不到。"当下文叔寻了火种,走到楼下,正要放火烧楼,又想起楼上食粮尚多,自己应该多留一些。等把食粮运毕,又想起别的东西。

两三次一耽搁,牛子恰好寻到,看见文叔正走向楼下。仇人见面,分外眼红,不禁脱口"呀"了一声。文叔惊弓之鸟,本就提心吊胆,闻声回顾,见是牛子,先以为吕、王诸人同来,大吃一惊,不敢和牛子力敌,仍想以诈脱身,假意含笑问道:"牛子,你来得正好。黑夜里怎会寻到此地?我被他们困在这里,度日如年,好容易……"底下话没有说出口,牛子一心认定文叔是个祸首,怎肯再信他花言巧语,大喝一声:"该万死的老猪狗!"早不由分说,纵将过去,迎面就是一刀。

文叔仓促之间,未携兵器,又不知吕、王诸人同来也未,慌不迭纵身闪开,大喝:"牛子莫忙,要和我打,也等把话说完,见了你家主人,再打不迟。"牛子骂道:"该死的老猪狗,我老主人如不是你勾引外贼,还不至致命呢。今天我定将你心挖出,回去与老主人上供,谁信你狗嘴放屁。"边说边抢刀杀上前去。

文叔听牛子语气,竟是孤身寻来的。百忙中四外一看,黑沉沉并无人影,心中一定。暗忖:"老吕新死,余人必在安排后事。苗人义气,特地寻来复仇。已然被他寻到,不先下手将他除去,后患无穷。"一边躲闪,一边早把弩箭取出,抽空射了一箭,却未射中。牛子报仇情急,近来又学会了些刀法,一把刀使得泼风也似。文叔手无兵器,只有躲闪,连第二支箭都发不出去。

似这样在楼底下对打了一阵。文叔自从在死贼怀中取得宝珠,便悬在胸前照亮。这时看见牛子手上也握有一颗宝珠,忽生一计。乘着牛子刀到,往旁一纵,就此将胸前宝珠摘下,揣入怀内,轻悄悄闪向楼柱后面。天还未亮,楼底更是昏黑,二人俱凭珠光照看。牛子正追杀间,眼前突地一暗,再打文叔,已无踪影。所持宝珠只照丈许方圆地面,楼柱林立,地势又生,怎能查见文叔所在。正急得乱跳乱骂,文叔已悄悄跑出楼底,取了一根长索,做好活套。重掩到牛子身后,冷不防甩将过去,一下套中,奋力一拉,牛子跌倒在地。文叔赶扑上前,将刀夺去,捆了个结实。

牛子本难活命,幸是文叔狡诈多谋,意欲留个后手。将牛子夹到壁缝洞穴以内，探明吕土诸人果未偕来。匆匆含了牛子，跑过楼去，取些雪块放在大雪橇上，往另两条路上各驶出老远，故意做出两路橇迹，以为疑兵之计。然后回到洞里，取些酒肉与牛子吃，并威迫利诱，教了牛子一套话，令他折箭为誓，再行放走回去，依言行事。

谁知牛子忠义成性，复仇志决。先用假话回话，答应得满好，把酒肉骗了下肚。渐渐挨到天光大亮，又要文叔将他放开，才肯折箭赌咒。文叔虽急于想得灵姑等人宽恕，毕竟要比牛子心思细密，表面答应放他，却暗自留神。牛子偏是心急，不等绳索解完，便扑上前去。二次又被文叔绊倒，绑起毒打，拷问吕、王诸人对他到底是何心意，有无转圜之望。牛子知已被看破，决无幸理，一味恶骂，被文叔打得遍体伤痕，始终不发一言。

文叔无计可施，正想杀以泄愤，牛子忽然答应降服，任随意旨行事。文叔恐其反悔，先教牛子少时同见主人，可说匪穴还有两名余党，一到便被擒住毒打，眼看送命，多亏文叔解救，刺杀两贼。教完，等牛子把话学会，没甚破绽，又教他赌了重咒，才行解绑。

哪知牛子恨他切骨，不惜应誓，以死相拼，仍然是诈。文叔自信气力较强，苗人最信巫神，在重伤疲乏之余，以为不会再出差错。绑索缠得又紧，解起来费事。刚把牛子上身的绑解掉，牛子早等不及，手握断箭，照准文叔咽喉刺去。

文叔知道上当，已经无及，百忙中使手一挡。无巧不巧，竟被刺中左目，将眼睛划裂，连眼珠带了出来。文叔痛极恨极，待要纵开取刀时，牛子下身绑还未脱，情急拼命，生死关头，怎肯放他纵起，早把断箭弃掉，伸双手顺势扑到文叔身上，两人扭结起来。文叔虽较力大，无奈一眼新瞎，奇痛攻心，骤出不意，落在下风，手忙脚乱。牛子又是不顾命地横干，无形中占了胜着。

二人在地上扭来滚去，恶斗了好些时。文叔出血过多，渐渐力竭，加以满脸鲜血，连另一只好眼也被蒙住。牛子像疯子一样，连抓带咬，势绝猛急。文叔不能缓手揩拭眼睛，微一疏神，被牛子双手扼住咽喉，死命一扣，当时闭气身死。牛子疲劳重伤之余，经此一来，把余力用尽，一阵头晕心跳，臂酸手麻，也跟着累晕过去。

灵奴的耳目最灵，先在空中盘飞，遥望三面橇迹除此路外，另两路止处都是旷野，俱觉不似。后来看见危崖有缝，飞近一听，闻得吼叫之声。冒险飞入一探，二人恶斗正急。忙把灵姑等人引来，文叔已为牛子扼颈而死。

牛子这一日夜间，刺激受得太重，缓醒之后，神志尚且昏迷，只惦着与文叔拼命，还不知仇人已被自己扼死。起初误认灵姑是文叔，跃起便抓。及被王渊一脚踹倒，忽见文叔在身底下压着，迷惘忙乱中，死命抓紧文叔死尸，不肯放松，什么都未想到。

后来灵姑连唤数声，又过去拉他，渐渐明白过来。抬头一看，灵姑和张、王三人俱都在侧，同时仇人已死，不由惊喜交集，舍了死尸，便要跳起。无奈精力交敝，足软筋麻，如何立脚得住，身子一歪，几乎跌趴在地。灵姑忙伸手将他扶住，取把竹椅坐下，先不令他说话，命王渊倒些热水与他喝了，着实安慰夸奖一番。等他神志稍定，方问前事。

牛子本极敬畏灵姑，得了几句奖勉之词，主仇已复，好不志得意满，心花大放，喘吁吁说了经过，依了牛子，还想把文叔人心取回去祭灵。灵姑因父亲他年仍要回生，并非真死，不愿行那残酷之事，执意不允。好在现成崖缝，正好埋骨，便任其弃置洞内，不再移向外面埋葬。

事后查点失物，有的还多了好些出来。只是贼村鹿栅早被雪埋，寻不到一只活的牲禽。当下先将洞中各物运回楼内。贼村雪橇大小共有八架：内中两大四小，俱被贼党来往玉灵崖，遗留未回，现存只有一大一小，大橇还有损坏之处，长路运物尚须修理。众人所乘之橇也是一架小的。计算贼村诸物，若全运回玉灵崖，如照两人一架大橇驶行，少说也须二三十次，始能运完。

正商议间，灵奴飞报说已发现牲畜藏处。众人随往一看，原有鹿栅矮屋本是依崖而建，后壁有一矮门，门内有一个大崖洞，所在牲畜俱藏洞内。众人先见栅场冰雪堆积，只有一排矮屋露出雪坑底下，外视空空，没想到木板壁上还有门户通着壁后崖洞，故未找到。灵姑见壁洞内家畜仅有限几只，余者想已被贼宰吃，只有鹿最多，不下二百多只。

自己要走，洞中人少，野鹿难得调养，本不想要。牛子力说："这些野鹿都经群贼教练驯服，心灵力健，跑得又快，有时比牛马还得力。雪一化，自己啃青，不用人喂，省事已极。贼党也是学的苗人养鹿之法，全都晓得。乘这天冷好带，只在洞内放一把火，全数轰出，我一人便可赶了回去。"

灵姑道："东西太多，我们人少。虽说贼全伏诛，尚有大仇毛霸未死，仍须小心一二。牛子伤重疲乏，长路滑行，势难办到。今日可分作几次，先将要紧东西运送回去。等我起身往大熊岭后，可把人分成两班，仍由大叔、大姊守洞,张伯父和远弟,牛子和渊弟,各驾一橇,来此搬运,每日算它五次,再把那些粗重而又无什切用之物弃去,有三天也就运完。那时牛子人也复原,再挑上十几只好鹿回去喂养便了。"张鸿赞好,随即依言行事。

当日运了三次。灵姑说自己明日要往大熊岭从师,反正有宝珠、飞刀照路,意欲连夜再运几次。张、王诸人见灵姑新遭大故,此去冰雪险阻,千里跋涉,应该养好精神,备走长路,不宜过事劳累,再三劝阻,灵姑只得罢了。

众人因和灵姑分手在即,好生不舍。尤其张远、王渊两小兄弟和灵姑情分最好。一个是别久思深,好容易才得相逢,又要分手;一个是朝夕聚首,耳鬓厮磨,忽要离别,更是难过已极。无奈形格势禁,怎么样也说不出随行同往的话,心只发酸,却不好意思流下泪来。灵姑自然也是惜别情殷。饭后围坐一起,商量了一阵将来的事,并约后会之期。俱各愁容相对,蹙眉无欢。张鸿说明早走的走,有事的有事,几次嘱咐早睡,谁也不舍就卧。直到子夜过去,王妻把灵姑衣物用具和路上行粮备齐,包装停妥,又催了两次,方始分别安睡。

这一夜,三小兄妹各有各的心事,谁也不曾睡好。王渊躺在床上,背人伤了一阵心,忽想起地洞中所得的妖尸谷辰遗留的那件古铜尊,连日悲伤跋涉,尚未与灵姑观看。听陈太真之言,许是一件宝物,自己又不知用处,正好送她做个念物。但不愿被人知道,天甫黎明,便即起身去等灵姑,意欲背人相赠。不料张远比他起得还要在先,早已偷偷起来,约了灵姑,同在外屋聚谈呢。待不一会儿,大家全起。灵姑洗漱完毕,准备起行,各人都有话说。王渊直插不进口去,又不能将灵姑调开,好生懊丧。只得跑进小屋,将古铜尊用布包好,打算亲送灵姑一程,就便付与。

灵姑始终把王渊当幼弟看待,见他送行,力说送君千里,终须一别,何况大家都有忙事,何必多此一举?连张远都不令送。王渊只干着急,无计可施,眼看灵姑一一辞别,踏上雪滑子往前驶去。灵奴也飞起在空中,随后跟去。王渊实忍不住,飞步追上,将灵姑唤住,将铜尊递过手去,并边走边说:"这是我送给姊姊的东西,带到大熊岭,问问仙师,看有什么用处。你如成仙,好歹把我带去。我有好些话要和你说,适才人多,也没得空。好在伯父在洞里,等他回生,不愁你不回来。如若等得年久,我也自会到大熊岭寻找你去,这一辈子你休想离开我。"

王渊还要往下说时,张远见王渊追送,也赶了来。灵姑自觉前途茫茫,老父生死系此一行，又惦着洞中诸人日后安危，心乱如麻。平日本把王渊当小孩看待，见他送过一物，随手接了。这时山风正大，加以王渊情急匆匆，一肚皮的话，不知从何说起，出语漫无伦次，灵姑并未听真说些什么，只当寻常惜别，随口应了。嗣见张远相继追来，忙道："我连牛子那么苦求，都不令送，你两兄弟只管远送做什么？今天那么多的事，还不赶紧回洞去。"随说，随即脚底加劲，撇下二人，箭一般往前驶去。

王渊知道灵姑身轻行速，晃眼便被拉下。当着张远也不便多说，一赌气，随了张远，高喊："姊姊保重！"不再追送。只见天气晴朗，朝阳始升，千里碧空，半天红霞，东方涌出一轮红日，闪射出万道光芒，照在一片茫茫的银山玉海之上，越显得雄奇瑰丽，气象万千。

灵姑因张、王诸人都说老父尚要复生，不宜穿孝，只着了一身家常穿的黑衣。那颗天蜈珠，依了灵姑，原要留下。因众人苦劝，说此后天暖，用它不着，何况还有几颗小的足可用来照亮。灵姑一个孤身女子千里长行，知道前途天气如何？有此宝珠在身，既可御寒、避暑、照亮，还可抵御毒物。此珠原为灵姑所得，目前又算先人遗物，更应承受，不应再赠他人。灵姑方始带走。因有宝珠，灵姑不再怯冷，为嫌多带衣物累赘，连皮衣裤也未穿。人本清秀，驶行又速，转瞬剩了一个小黑点。再一晃眼，越过山坡，便失了踪迹。张、王二人望不见影，只得怏怏回转。

牛子先也执意随往，灵姑骗他道："你既忠心故主，现在老主人并不曾死，等我学成仙法，立可回生。不过人已失去知觉，保藏遗体最是要紧，虽说深藏地底，无人知晓，终恐仇人探出，暗中侵害。况且我的仙师也是女子，庙中不容男人停留。我每日在庙用功，你就同往，也难相见，还得另觅食宿之所。与其那样，还不如在玉灵崖忠心服役，暗中守护故主，静等他年回生相聚，岂不好些？"末了因众人各有一宝珠，牛子独无，又把贼身搜得的几颗全给了他。牛子方始感动，打消行意。

灵姑走后，众人都照原定安排，分别前往后山贼村搬运各物。运了几天，众人见毫无阻滞，天又突然转寒，冻也未化；牛子又再三苦劝，说山中百物难得，反正无事，何苦将剩余诸物烧掉？于是连那些粗重用具和成群野鹿，都全部运了回来，最终剩下一座空楼，方始一火焚却。

一共运了十来天，已是二月初旬，天气始转温暖。所幸雪融颇缓，玉灵崖地势既高，左有深溪，右有大壑，水有归落，足可从容应付。广原平野之间

259

尽管洪流澎湃,崖前一带并未泛滥。加以风和日丽,瀑布满山。千百道奔泉,玉龙也似上下纵横,凌空飞舞。

洞侧梅林当初正在含苞吐英之际,大雪骤降,一齐冻结,如今雪化以后,色相全呈,万蕊千葩,一时竞放,香闻十里,顿成奇景。张鸿率领众人重建碧城庄,共事春耕,每日农作归来,便往梅林赏花饮酒。春来杂花乱开,满山锦绣,好鸟争鸣,优鹿往来,端的美景无边,又恢复了世外桃源,人间仙境。

不久范氏兄弟带了十几名苗人扛着礼物,前来拜望,闻得吕氏父女一死一仙,好生悲恸。住了几日,张鸿和范氏兄弟谈得甚是投机。范大郎知道双侠齐名,吕伟已死,本有拜师之意。又见玉灵崖洞天福地,自家受峒主罗银忌恨,日虑后患,本有迁居之想。因知众人避地隐居,与俗人来往尚且不愿,怎肯容留外人,难于启齿。

谁知张鸿与吕伟想头不同,觉着深山隐居,人少势孤,不特难御外侮,操作艰难,也不热闹。既有这无穷无尽的宝藏地利,只要是同志,便应同享。自己只想终老山间,不比吕氏父女志切仙业,别有用心,所以觉得人来越多越好。见范大郎语多钦羡,弟兄俩俱都爽直;又知与峒主不和,早晚必起争端。竟欲劝他移家同隐,只恐他家世为商,因业在彼,安土不肯重迁,也是不便开口。

直到要走前两天,范大郎弟兄托两小弟兄代为求说,要拜张鸿为师。张鸿说:"我和吕大哥所学内外家功夫,俱甚艰难,不是一日半日所能学到。你家在远方,不能常在此地,口授归学,一有错误,反而不美,仅挂个名,有什么用处? 遇见我们仇人,反招杀身之祸。当初吕大哥收你勉强,便是为此。你天性资力都还不错,能随我长在此地,不误你家生意么?"范氏弟兄听出口风,一吐心事,居然不谋而合,双方俱甚心喜。张鸿只不令对外泄露。于是决定拜师之后,立时归告老父,移家入山。好在所来苗人,俱是范家忠心奴仆,也都爱玉灵崖物产丰美,听说主人移居,各自发誓,归即携众随主同隐。

第三日,范氏兄弟告辞回去,暗告老父、家人,将田产换了山中必需之物。手下奴仆除这次同来之外,大多给了财货遣散。连同料理常年各种生理,也费了一年多的光阴,才得准备停当。假说回籍,仍率原人往玉灵崖进发。罗银巴不得他家搬走,也消了怨恨,行时又送了许多厚礼。

到时恰巧灵姑生擒毛霸,回山复仇,刚去不几天,并未遇上,范氏弟兄好生惋惜。张鸿将小洞匀出一个与范家居住。随来诸男女安置在碧城庄上,建了许多庄舍。玉灵崖平添了许多人口,这类苗人都善劳作,当年便开辟了好些土地,端的食用无着,享受不穷,安乐已极。

当年长颈苗酋长鹿加,又率手下徒众前来朝贡。张鸿知道这人凶狠反复,便告知吕氏父女业已仙去,数后年练成仙法,仍要回转。款待了三日,便都辞去。

由此众人都过了安乐岁月,只张、王两小兄弟苦忆灵姑不置。尤其是王渊心心念念,片刻不忘,屡次想背了父母,偷偷寻往大熊岭去。无奈所行途向,陈太真只告知灵姑一人,别人不知。灵姑早防他要找去,从未泄露。王渊又恐去后父母忧急,每日只是闷闷不乐。这都暂时不提。

且说灵姑别了张、王诸人起身,初上路时,因不愿人送,贾勇加劲,一口气滑行了二百来里,还不觉得怎样。及至驶完一程,见前行山势益发险恶,到处雪山蠢列,冰峰绵亘,冷雾沉沉,悲风萧萧,白雪皑皑,弥望无际。除了脚底雪滑子在雪上滑过,发出一片沙沙之声外,便见不到丝毫人兽足迹。只灵奴出没暗云之中,不时发出一两声低鸣,越显得景物荒寒,枯寂已极。以一孤女子,处在这等境地,不禁勾动悲怀,流泪伤心,脚步也慢了下来。

灵奴原是在前面飞行引路,回顾主人落后,当是力疲,便飞下来慰问,又要歇息一会儿再走。灵姑道:"我只是想起爹爹难受,人并不累。你说我路上要走三天才到大熊岭,似这样到处冰山雪海,今晚在哪里睡呢?"

灵奴答说:"山北山南,气候不同。再走百十里,冰雪逐渐减少,过山不远,降到底处,便入了柳暗花明境界。此时尚在高山之中行走,所以雪大天冷。不过按照主人脚程,今晚决赶不过山去。现时又降雾,不似初上路时晴朗,沿途冰雪崎岖,险处甚多,夜行如用宝珠照路,容易惹事。反正明日才能过山,莫如走到前面,只要寻到可以落脚之处便歇下来,明日再走。"

灵姑急于见师,问明就里,还不肯信。等到赶下去,果然浓雾弥漫,咫尺莫辨。虽然陈太真说过途程方向,终是未走过的生地,仍凭灵奴飞空引导,又看不见鸟影,只随鸣声前进,怎能急行?灵奴又说天已不早,雾降越重,更难找到歇宿之所。过去一段,似有恶人隐迹,那粒宝珠万万取出不得。

灵姑自恃玉匣飞刀,未遇敌手,心想:"灵奴不过见山势险恶,怕有妖邪藏伏,揣想之词。"因而并未放在心上。说道:"我连日不曾好睡,跑了大半天,也有一点饥饿,不是不愿吃点东西歇息,无奈到处冰雪,风雾又大。横竖找不到歇处,还不如赶一程便近一程呢。"

灵奴道:"主人只要肯歇,地方却有。日前我见郑仙师,闻说主人要从这条路走,回时曾经留神,见有两处崖洞,不但可以容身,连形势都好像一样。两崖在一条岭上,今天雾重,飞得比那天低,看不很清,大约离此不远就有一个。还有一个在岭尽头处,再走百十里,便越过山去。按说今晚住下,明早过山,岂不是好?但那洞里好像住得有人,善恶难分。最好就在前面早早歇下,明早起身,不去惹他,免得生事。"

灵姑问灵奴怎知那洞中住得有人,灵奴答说:"日前飞过时,曾见洞内有炊烟冒出,人并未见。匆匆飞过,也未停留查看。"灵姑暗想:"拜师之后,将来还要出门历练,积修外功,见人就怕,如何能行?仙师命我由此通行,料无险难发生。那地方既离过山路近,此时天还未晚,正好赶到再歇。明日过山,第三日早到大熊岭,也表虔敬,免得多延时候。深山炊烟,许是在山洞中避寒过冬的山民和居士一流,怎便断定一有人居,便是妖邪?自己长路孤行,正苦寂寞,遇上个人谈谈,讨点汤水吃也好。假如对方真非善良,看他野处穴居,烟火不断,至多和向笃一般,无甚大不了得。好便罢,如见不好,就势为世除害,用飞刀将他杀死,去见恩师,也算立下一件外功。怎么都比到头一处崖洞先歇为上。"便对灵奴说了。

灵奴又劝道:"这想头不是不好呀。再说仙师既令前往,必有安排,决不致中途有险。不过今早行时,主人面带凶煞之气,不似佳兆。明日行时,还想引了主人绕路避开,如何反寻上去?"灵姑说:"面带煞气,正为诛邪除害。数由前定,绕避何益?"执意不听。灵奴想引她绕行一会儿,仍到头一个崖洞,偏巧那个崖洞就在前途里许远近,人在下走,正是必经之路,一晃到达。灵奴一路叫着,在灵姑头上飞翔,目光为浓雾所阻,还未看出,灵姑在下面,已先发现。

原来灵姑这时正沿着一条极长的连岭行驶,岭势险峻,高不可登,到处冰封雪积,见不到一点山石地皮。独这一处危崖之上,离地二三十丈,山石如房檐也似,突出两亩方圆,将下面崖洞盖住。那近地面的山石,又凸起两丈高下一片,上下相应,犹如巨吻箕张,成了一个极大的崖洞。里面石壁隙间的小松薜萝之类依然青枝绿叶,小花娇艳,娟娟摇曳于寒风之中。山行得此,真是绝好藏身之处。灵姑由雾影中看出,便喊灵奴下视,所说是否这里。灵奴不便再提,只得应了。

灵姑取出宝珠入内一照看,果然藏风避寒,可供宿歇。寻块原有山石坐定,取出山粮吃了。灵奴又劝灵姑住下。灵姑因前途不是没有宿处,内中并且住得有人,相隔也只百十里,一个多时辰便可滑到。此时雾气虽重,有飞刀和天蜈珠均可照看,也不妨事。

吃完少息,仍然执意要走。灵奴见灵姑还要用飞刀、宝珠照路前行,便觉可虑,再三劝阻。灵姑只是不从,灵奴无法,只得劝说:"天蜈珠红光上冲霄汉,越当阴晦浓雾之际,越显光亮。如无藏珠小皮囊,便放身旁,也掩不住那珠光宝气。这类千年精怪炼成的内丹,无论哪一派中人见了都不肯放过,最易生事。比较起来,用飞刀照路,较为稳妥。一则此刀乃仙师镇山之宝,有无穷妙用,差一点的妖人望而远避,决不敢近前侵犯;二则遇变可以防身,外人也无法夺取。"灵姑应了,便将宝珠放入皮囊,贴身藏好。将飞刀出匣,放出一道银虹,仍由灵奴飞空引路,向前驶去。要知后事如何,且看下回分解。

第六十五回

碧焰吐寒辉　大雪空山惊女鬼
银虹诛丑魅　神雷动地起灵婴

话说灵姑、灵奴行约时许，灵奴算计将到，又飞将下来对灵姑说："再行十余里，便到地头。为免生变，主人可将飞刀暂时收起，我飞往前面崖洞一探，看出洞主善恶和法力高下，再来回报，好打主意，以防不测。好在我独飞甚快，一会儿即回，无甚耽延。"

灵姑见它一路苦口劝说，便问："这么重的雾，你是怎么去法？"灵奴答说："雾中也能见物，只难看远。可是对方除非是各正派中有道真仙练就的慧眼，能够透视云雾；如是道行稍差的旁门左道，更看不远了。有雾反可借以掩身窥探，定无妨害。主人如不放心，稍久不回，再沿岭脚赶去，也来得及。那崖洞对面有一孤峰，中间路径极狭，容易辨认，踪迹越隐越好。尤其飞刀不可离身，遇敌也不可放出太远。"灵姑不愿过拂它的忠心，便即允了。

灵奴去有顿饭光景未回，灵姑本就勉强，自觉时候不少，渐渐惊疑。心想："灵奴飞行迅速，怎去了这么久，不见回转？莫非洞中真有妖人将它陷住？"心里一急，便顺山脚冒雾追去。冰雪崎岖，雾中难行，走没多远，几乎失足跌向雪窟中去。重把飞刀放出，照路前行，走了一程，也未遇着灵奴。心在焦急，灵奴忽然飞来。

飞刀虽然灵异，能凭灵姑心意指挥，不致误伤，但那刀光，银虹电耀，冷气森森，灵奴不过一只通灵鹦鹉，毕竟气候有限，怎能挨近，便在空中低声急叫："主人快收飞刀，不要再走，我好下来。"

灵姑听见声音，大为安慰，忙把飞刀止住，将灵奴唤下。还未及发问，灵奴已先急叫说："那崖洞内果有一人，是个女的，此时正在洞里捣鬼害人。我去窥探，竟为识破，差点没被捉住。那厮不似好相与，如今相隔只里许路。主人不用飞刀，无法防身，也看不见走路，这里又别无宿处。宁肯回适才崖

264

洞住下,明日绕走过山最好;再不乘着大雾,避开正路,翻过山去。如果遇上,一个敌不住,就不得了。"

灵姑好容易冒雾颠顿赶到当地,回宿前洞,自然不愿;山势峭峻,满布冰雪,攀升翻越,更是艰难。此外偏又无路可走。又听妖女正在害人,不由激动侠肠。心想:"事有定数,我既为父回生,诚心向道,管什么祸福艰难?仙师命我由此前往,断无叫我送死之理。"灵姑想到这里,胆气顿壮,便对灵奴道:"你不要害怕,仙师命我由此路走,便是为了除她,你只领我前去好了。"

灵奴明知妖女难惹,后患无穷,无奈苦劝不止。只得再三嘱咐灵姑:"妖女来头甚大,害的也是山中专一劫食生人的野巴。不妨由我先去相见,代主人求宿,她知主人是郑仙师弟子,未必敢有侵害。若肯好好借住一夜,各留情分,两不相犯,再好没有;真和主人作对,也只可用飞刀将对方制伏,不要杀害,免得结下冤仇,主人异日下山行道,多生阻碍。"

灵姑心想:"异日积修外功,便为除去此辈。邪正自来不可并立,只愁此时无力除她,管什么结怨树敌?"便问灵奴:"你先说她要捉你,此番自行投到,岂不危险?"

灵奴也知离了主人先去危险,但因为主心切,总想化除这场仇怨。答说:"适才往探,妖女不知来意,只当我是在雾中迷路入洞避寒的鹦鹉。因见我长得好看,欲用妖法禁住,留着取乐。幸亏我见机,没等她发动,便即逃走。逃时唯恐引来与主人相遇,特意往去路飞鸣,由高空云层里叫着折转。她循声行法追去,没想到我会由高空退回,才得逃脱。可是妖法厉害,无异满空撒网。如非重雾,或是我飞得稍低,也遭毒手了。再去时先和她说,即便生心,也必先看明主人是何来历,才会下手,决无他虞。"灵姑因怜灵奴词意恳切,便允了先礼后兵,到时再作计较,但还是不放心灵奴前往。

先已问知前途是循山而行,并无二路,相隔又近,毋庸飞空引导。便令灵奴停在肩上,在银光围绕之下,一同进发,以防不测。途中灵奴说起妖女这一派旁门左道,前随旧主时遇见过两人,他们有祖师姓徐,厉害无比,妖女行径极似此派党羽,又吩咐了好些。灵姑都是随口应了,一句也没记在心里。

行驶迅速,里许途程,晃眼即至。灵姑正走之间,灵奴低叫:"前面就是崖洞,妖女还在洞外,许是追我回来,必定看见我们了。主人快照我所说,上前答话借宿,务要小心。"

灵姑定睛一看，离身不远有一崖洞，形势与前崖洞相仿，只是小些。洞口磐石之上，涌起一幢两丈来高的绿火。当中站定一个白衣女尼，背插拂尘，手持一个白环，赤着双足。望着自己来路，似有惊奇之容。年纪甚轻，乍看仿佛甚美，再被那四外绿光、白雪和那雄奇幽异的崖洞一陪衬，直和书上仙佛相似。

渐渐行近一看，那女尼形态虽美，可是一张又瘦又白的脸，全无半点血色。绿光一映，碧森森的，简直不类生人，因灵奴未行近前，便在耳边再三低声央告，务照前议，不可轻举妄动；再看妖尼那样势派，劲敌当前，未免心中嘀咕，便把来时勇气稍挫，没敢贸然发动，脚步也缓了下来。

女尼原是追赶鹦鹉刚回，忽然瞥见归途雾影中驶来一道银虹，认得是正教中最厉害的飞刀、飞剑。暗想："自从隐避此山，踪迹极秘，从不见有正邪各派中人来往。对方飞行又低，循着山麓而来，分明早知自己潜藏在此，特地寻上门来。照这道银光的功夫，决非敌手。逃走虽还容易，但是自己摆脱许多羁绊，逃到此地，煞非容易。就此弃去，不特白费多年心血，太不甘愿；而且以前还只正派中人见了不容，如今连同道中人也都成了仇敌。不遇便罢，万一狭路相逢，更比遇见各正派中敌人还要厉害十倍，非到形神俱败、万劫难复的地步，不足消他们之恨。这次踪迹一败露，休想侥幸得脱。"

妖尼当时惶急，知道敌已上门，入洞躲避，更不是事。不由把心一横，决计把所有道法施展出来，看能拼过与否，相机行事，真个不行，再打逃走主意。好在防身、逃命两途，都已骗到秘诀，除非被那以前本派大对头寻来，料无疏失。

妖尼前为妖人诱骗，虽然为时不久，仗着美艳机智，几乎把所有妖术邪法全部学会。只是功候却差，不能透视云雾，远远只见银光飞来，并没看出光中人、鸟。及至主意打定，刚把护身绿火放出，准备人来再说，先不发难，猛觉银光只贴地飞行，还不如寻常飞剑行驶迅速，心又一动："按说这类正派剑光捷逾电闪，应该一瞥即至。先还可说没有见敌，正在沿山寻找。这时自己的护身绿火已然放出，敌人万无不见之理，怎还如此慢法，和人走一样？"

妖尼心中正在惊奇，灵姑也已驶近。这才看出白光中立定一个绝美少女，肩头上还站有一鸟，正是适才所追的白鹦鹉。以为人是鹦鹉引来，看这少女定是正派高人新收弟子，用那银光照路来寻自己。深悔适才不该见猎心喜，妄想擒鸟做一空山侣伴，以致惹出事来。

正寻思间,灵姑已然走近,开口先问道:"借问道友,能在宝洞借住一宿么?"女尼闻言,大出意外,同时又看到灵姑脚底踏着一双雪滑子,立即泯了敌意,满面笑容,转问灵姑因何至此。灵姑便答道:"我是大熊岭郑颠仙门下弟子,由莽苍山回大熊岭去,天黑雾重,不愿再走,适令鹦鹉灵奴探看前途,有无崖洞可供歇宿。回报道友在此居住,特地赶来投宿,不知允否?"女尼闻言,现出先惊后喜之状,答道:"佳客下榻,荒洞生辉。贫尼避仇居此,已近十年,从未与人来往。今日忽然心动,不知主何吉凶,谁知竟是道友仙驾光临。外边风雪浓雾,令人无欢,请至里面再行领教吧。"随把绕身绿火收去,手指处,前面崖洞顿放光明,一边举手让客。

灵姑见她谈吐举止俱颇从容闲雅,不似怀有恶意,不由也把初念打消好些,偷觑灵奴,正在点头,料无差错,便随了进去。女尼崖洞没有前见的高大,但极深幽曲折。经过主人匠心布置,到处通明,净无纤尘。洞中奇石钟乳本多,借着原有形势,隔成八九间石室。头两进还设有门户,室中陈列也备极华美。尤其是花多,洞壁甚阔,无数奇花异草罗列于石隙石笋之间,与透明钟乳互相辉映,娟娟亭亭,五色缤纷,幽香馥郁,美不胜收。

灵姑由冰天雪地中颠顿到此,心神为之一畅。忽觉女尼每进一层,必定行法把石门封闭。不复再见出路,神态也好似非常谨慎。对于自己却是殷殷礼让,辞色真诚。邪正殊途,初次相见,正在揣测对方心意善恶,女尼忽指前面石室,侧身相让。行处石室较大,当中一大钟乳,玉珞珠璎,自顶下垂,离地丈许,化成一个人字形,分向两边,渐垂及地,绝似一个水晶帐幕。幕内是一法台。幕前左右两门,一是来路,一是女尼居处之所。

灵姑正待往室中走去,猛一眼瞧见幕内法台上有一木桩,桩上绑着一人,头顶上钉着一根铁钉,约有半尺露出顶外,装束颇似山中生番,背朝外,看不见面目。想起来时灵奴所说妖尼正在洞中害人之言,不禁勾动侠肠,面容忽变。女尼似已觉察,忙道:"道友不必惊疑,贫尼自从避祸居此,从未再蹈前非。此事另有一段公案,请至里面,少时自当奉告,便知就里。"

灵姑虽然不信,因见主人法术惊人,身入重地,未敢造次。再看那样殷勤,也就不便发作,只得随了进去。

这间石室,布置更是华丽舒适。女尼把灵姑让至一条矮青玉案侧锦墩上坐下。随取玉杯,就室内红泥小炉上取下一把紫砂小壶,倒了茶递过。笑道:"此茶为本山珍物,水也三年以前藏雪所化。贫尼生平只此一好。道友远来辛苦,请将飞刀收去,饮此一杯,略解寒意吧。"

灵姑闻言,才想起自己已然升堂入室,还未将飞刀入匣,未免不成客礼。又想人心难测,还在踌躇,灵奴这时已看明女尼毫无恶意,忙叫:"好茶,主人快吃。"灵姑见灵奴说时将头连点,又叫饮茶,料无他虑,忙把飞刀入匣,起身谢了,将茶接过。女尼也另倒一杯,坐在一旁陪饮。

灵姑刚端茶杯,便闻见一股清香。入口一尝,更是芳香异常,味绝甘醇。暗想:"这女尼不特美秀少见,谈吐举止更是那么温文端雅,如非先前知底,谁能信她是个妖邪?这么好资质,竟会落在旁门,真个可惜。今日不知是要练甚邪术,将一活人钉在那里。自己蒙她礼待,翻脸成仇,自然不好意思;但就此放过不问,又乖行道济世本怀。有心劝她弃邪归正,只恐陷溺已深,罪重孽大,无由自拔。再说自己师门还未走进,怎有余力度人?"

女尼见灵姑在想心事,料她见了外间对头而起,仍作不知,给灵姑将茶斟满,把自坐锦墩拉近前去,重问灵姑姓名来历。灵姑只谈父死一节,说了大概。转问女尼姓名,因避何仇居此。女尼也把自己身世略为吐露。

原来女尼早年出身名门宦裔,俗家姓焦名彩蓉。因是庶出,父亲死在云南大理府任上,嫡室悍妒刁恶,运柩回籍时,用计将她母女二人遗弃,流落大理。生母贫病交加,不到两年,活活急死。彼时彩蓉年才十一岁,经邻友相助,葬母之后,孤苦无依,仗着聪明,学得一手女红。近邻多怜爱她,每日东食西宿,相助人家做点活计,勉强挨过一冬。

彩蓉年纪虽轻,却有志气,想起嫡母仇恨,生母所受冤苦,心如刀割。这日正值清明,和邻家说明,弄好了纸钱麦饭,随着祭伴去往母墓祭扫。到了墓前,想起生父在日服用奢侈,何等珍爱。如今流落至此,眼看年事渐长,前途茫茫,何日是个了局?越想越伤心,不由放声号叫,哭晕在地。那天上坟人多,彩蓉所住之家已在日前祭过,没有同来。坟地又极僻静,她一个随便搭伴的穷家女孩子,谁也没有留意到她,祭完早都回去,竟把她落下。等她哭醒转来一看,纸灰零乱,麦饭蒙尘,夕阳欲坠,残霞将收,天已黄昏时候。她心中一惊,连忙赶向高坡往下一看,四野空旷,晚景荒寥,哪还有个人迹。地既僻远,天复昏暮,自己又不认归路,如何回去?一时忧急无计,重返墓上,又抚着坟头放声悲哭起来。

天色愈晚,又当下弦,没有月光,山野之间,到处暗沉沉的。孤鹿奔窜,怪鸟飞扑,鸣声啸啸,入耳凄厉。一个孤苦无依的弱女,处在这等凄凉悲苦、阴森怖人的境地，怎不魄悸魂惊，心胆皆裂。先还敢哭，入夜以后，光景越发黑暗，忽然一阵惊风将地上未化完的纸钱连灰卷起，扑面打来。四外白杨萧萧，走石飞沙，声如潮涌。紧随着狐鹿吼叫，一条条大小黑影径由身侧窜过。那翅如车轮的怪鸟不绝连声地悲鸣，由头上往林中飞去。彩蓉偷眼往侧一看，前面几幢大影摇摇晃晃，若远若近，似要走来，恍如鬼物将至。吓得连忙止住悲泣，紧紧抱住坟头，不住低声默祝娘快保佑，哪里还敢出口大气。

待了一阵，无甚动静，二次偷眼一看，繁星满天，风也渐住，才看出适才所见乃是几个树桩。心情稍定，又勾起悲怀，哀哀哭诉起来。

彩蓉哭有个把时辰，微闻身侧又似笑又似哭地叹息了一声。扭头一看，仿佛有灰白色的人影站在身旁。泪眼模糊，又当悲愤伤心之际，死生已置之度外，不似起初胆怯，只当又是鸟鸣树影，没再细看，仍自悲哭不止。又哭了一会儿，猛听身侧有人说道："不要伤心，随我享福去吧。"彩蓉骤出不意，倒被吓了一跳。忙拭泪看时，那人一身白衣道装，星光之下看不清面目，想是在旁窥伺已久。

起初哭得紧时，还不觉得异样。这一转脸对面，不知怎的，只觉冷气侵人，周身毛根直立，由不得害怕起来。那道人看出她害怕，接口说道："小姑娘，不要害怕。你的心事，我已尽知，只要肯随我去，包你无穷受用，还帮你报仇雪恨，多好。"彩蓉一听，道人要她随行，知道就是人，也非善良之辈。刚颤声答得"我不"两字，道人怪笑一声，袍袖展处，一阵阴风，身子似被道人抱住，腾空而起。彩蓉知道遇怪，连急带怕，又复晕死。

彩蓉醒来一看，身子落在一所极华丽的宫殿以内，适见道人居中正坐，两旁侍立着几十个男女。除女的多半美貌年轻外，大都奇形怪状，面目狞恶，装束也不一样，僧道俗家都有，每人两鬓下都垂着一缕白穗纸条，行动往来若沉若浮，脚都离地，不类生人。

彩蓉心方畏悸，道人已命人将她唤至座前跪下，问道："此乃地仙宫阙，我便是此间教主。适才路过大理，闻得女子野地夜哭，下去查看，见你长得美秀，资质也好，甚合我意，特将你带回仙府，收为弟子。你只要不犯教规，以后不但成为地仙，还有无穷受用。否则你既到此，想回去也办不到。稍一倔强，我就取你生魂祭炼法宝，受尽折磨，永世不得超生了。"

彩蓉这时方看清楚道人相貌：面如陈尸，又瘦又白，不见一点血色；两目碧绿，开合之间凶芒外射，令人望而生畏。宫殿像是在山洞以内，甚是高大，陈设布置穷极富丽。可是满殿碧光，一派阴森气象，若在鬼域。明知已落在鬼怪手里，暗自寻思："这洞主定是日常闻人说的妖魔鬼怪一流。事已至此，强他不得，只得暂时依从，见机行事，将来再说。"闻言后忙把心神略定，假意喜拜在地道："弟子孤苦无依，多蒙仙师怜爱，收为弟子，哪有不愿之理？"

道人闻言，鬼脸上立现喜容，便命行了拜师之礼，与诸同门一一礼见。第二日起，妖道便传授她妖法和采补之术。日子一久，彩蓉渐觉同门诸人十九不是生人，仗着美貌灵慧，大得妖道宠爱。渐渐习惯，也就不以为异。

第三年上，妖道将她奸污之后，私对她说他是灵鬼修成，别创教宗，厉害非常，无人能敌。照着教规，所在门徒均须弃去肉体，以生魂修炼。有时也用本来肉体出外，都在炼成之后，似这样道行高的门下无几个。为防叛教，还须经过一番禁制。一被发觉有了二心，无论相隔多远，只一弹指之间，便可将那叛徒诛魂夺魄，万劫不复。彩蓉本也难免此举，因爱她美慧心诚，又是自己宠爱的人，生魂交合，须等凝练成形，始能得趣，毕竟还是不如生人，为此贪恋不舍。意欲等过九年，彩蓉道行有了根基，真魂肉体可以随心分合之际，再行按例施为。

彩蓉为妖道奸污，本痛心已极；再加三年中目睹妖道师徒凶残狠毒，无穷罪恶，断定将来必伏天诛，时时都在盘算将来脱身之计。知道一遭禁制，永随妖道为恶，万无出头之日；此时想逃，更是难逾登天。只有先把妖道所有法术学会，再把厉害法宝骗上几件，如能练得本领不相上下，或者还有一线之望。主意打定，每日加紧用功，勤练妖法。对于妖道更做得敬爱异常，体贴顺从，无微不至。妖道果被哄信，宠爱若命。众同门虽然忌妒，一则彩蓉深沉机智，把假事做得像真事一般，丝毫不显形迹；二则妖道正在宠信头上，巴不得妖法得有传人。疏不间亲，众同门偶进谗言，妖道法严手辣，反受重责，空自愤恨，奈何她不得。

彩蓉日夜苦练，才七八年的光景，除道行功力相差尚远外，至于各种妖术邪法，几乎学会十之八九，法宝也骗到手了好几样。起初以为只要学会妖法，能与妖道一样，便可脱身。练到末两年，才知功候积久而成，无计求速。尤其妖道本是灵鬼修成，自己却是肉体，又逊一筹。眼看九年期限将到，同时妖道近来淫孽愈重，又劫来几个美貌妇女。内中一个，年已三十开外，最为妖艳。虽幸他每日淫乐，不再缠扰自己，宠信也还未衰，可是妖道为人素无情义，如只有自己一个，到时还可借着欢爱头上，求说推托，经此一来，更不容许乱他教规,势非受禁不可。

彩蓉正在焦急之际,妖道命她同了同门师兄邙山小魔尤鹿,日出行法害人。彩蓉本心不愿随众为恶,虽然妖道令到即行,言出法随,不许稍违,但到行事之时,总要百计挽回,设法保全,不使多有伤害。事前并还暗中祝告,事非得已,务望神佛鉴怜,默佑自己早脱火坑,弃邪远引。

偏生这次妖道为练一种极厉害的邪法,须要摄取一百二十八个六岁女孩生魂。彩蓉见比以前几次造孽更大,好生忧急,又不敢不去。尚幸妖道命她挑选聪明优秀女孩,不要蠢的,限期甚宽。行时又曾禀明,借着此行之便,前往各地名山胜境游玩,主权在己,尤鹿须听己命行事,还可延宕些日。下山以后便对尤鹿说:"目前各正派专与祖师为难,此番派遣,也因我二人不常出外,面生容易遮眼之故。事关重大,越机密谨慎越妙。久闻蜀滇山水之胜,一直无暇前往。最好我们沿途只管物色,将人相定,先不下手。等到游罢回山,再就两三日工夫,沿着归途挨次摄取。一则免得摄些生魂,带在身旁,旷日持久,被对头们看破;二则还可多相些女孩,尽量挑那好的,去取由心。"尤鹿虽然刁狡凶顽,觉着这样不太稳妥,因自己是副手,彩蓉又得祖师宠爱,不敢强她,再经甘言一哄,也就允了。

彩蓉原是急切间打不出化解主意,暂时缓兵之计。上路以后,每日愁思,只无良策救这许多幼女生命。日子一多,尤鹿见她每日只是游山玩景,不理正事,明明遇见合用女孩,偏说不好,相都不相,渐渐生疑。始而劝她事要从速,不可迟误。彩蓉答说:"你知什么?我早算定,自有道理。如若有误,祖师怪罪,有我一人承当,与你无干。"

后来尤鹿疑心越重,用言语恫吓说:"祖师家法甚严,你到底作何打算,说出来我也放心,否则到时谁也承当不起。再过两日不下手,我便独自回山复命去了。"

彩蓉力绌计穷,暗忖:"先还只当限期甚宽,谁知物色甚难。照沿途所见,总共也没遇到几个合用的,何况又耽搁了许多时日。照此情形,便从今日下手,也误限期。尤鹿已然生疑,他一回山,立时祸发。有心杀了他逃走,无奈妖道有法术禁制,我这里一有举动,妖道当时得知,无论多远,也被赶来,休想活命。"不禁又忧又怕,当时只得用话敷衍,对尤鹿说:"此行我尚奉有祖师密令,到了时候,自有奇遇。否则这般重大的事,怎能容我游山之请?实告诉你,人已被我相定不少,只没对你实说罢了。如若误事,我就免罪了么？谁有这样傻法？你如不信，不妨各做各的，你见合意，只管下手摄取好了。"

尤鹿便真动起手来。二人所行之处，乃滇黔深山之中，相隔来处远有万里，纵有居民，也都是生番野巴之类，优秀幼女更难寻到。尤鹿寻了两天，一个合用的也未遇上，执意要往各城镇中寻找。彩蓉算计归期日迫，断定非误事不可，心想："反正是糟，且等到时再作计较，也何苦白白造孽？"

彩蓉不愿目睹惨状，便和尤鹿商议，各自分途物色。约定地方，每隔三日相见一次。尤鹿见她仍是逗留山里，不肯同行，神色也颇从容，不知她葫芦里卖的什么药。有心独自回山诿罪卸责，又恐真个另有密令，此行又命听她主持，擅自中途回山，妖道一翻脸，受不起那些毒刑苦罚。彩蓉偏又不肯实说，只有愤愤而去。

尤鹿去后，彩蓉因妖道平日对人翻脸无情，目前又多新宠，只有和尤鹿分途行事，不择美恶，只要六岁幼女，便摄取回去，还可搪塞，否则回山必受严罚，万无幸理。但又不愿造此大孽。再者受禁期届，这次回山，必定依照教规，要受禁制，永沦妖党，异日同受天诛，万无自拔之日，一样没好结果。彩蓉越想越害怕，不禁感怀身世，勾动伤心，独个儿吊影苍茫，坐在山石之上，望天悲泣起来。

正当伤心之际，忽见山坡下面有一老道姑走过。彩蓉在山中游荡已非一日，知道当地山势险恶，毒蛇猛兽到处都是，从无人迹。见那道姑一手拿着一根拐杖，杖头挂着一个药篮。看去满头银发，虽似年迈，但那脸色却是白里透红，又细又润，绝似十七八的少女，神态更是从容。暗忖："这里哪会有生人形迹？"

彩蓉猛触灵机，正待拭泪迎上去，那白发道姑已走到身前，含笑问道："姑娘深山悲哭，有甚伤心之事，能对我说么？"这一临近，彩蓉越看出老道姑二目精光隐射，骨相清奇，愈知不是常人。忙即施礼延坐，先还没敢冒失，只说自己身世孤零，适才游山到此，想起亡母死得可怜，身在火坑，无计脱身，故此伤心落泪。话未说完，老道姑忙笑道："你的心事已然自己说出，如何还要瞒？实告诉你，我来此山采药，本拟归去，因闻哭声至此。我只问你心志坚否，便可代决去留。至于妖道虽然厉害，有我在此，他也无奈你何。"随说，随用手朝侧面指了几指。

彩蓉也没看出什么异状，暗想："自己虽然悲泣，心事并未说出，怎会被她听去？看这口气行径，不是神仙，也必是正派中高明人物。回去定受妖道摧残屈辱，不如求她引度，许能脱离苦海，也未可知。只是妖道本领通玄，随行妖徒一旦发现，定要行法报警，妖道得信，可以立至，老道姑到底能敌与否，实无把握。"

方自寻思，老道姑见她沉吟，意似不决，作色说道："我因怜你从小受妖人劫持，日与众恶为邻，并未昧却善根；此番奉命摄取女婴，竟敢不计自身安危，百计推托保全，特来救你脱难，怎倒信我不过？我药已采完，不能在此耽搁。你那妖伴已起疑心，又寻不到合用女婴，不久回来，逼你从速下手。三日无成，便独自回山告发。既不能当机立断，由你回山，自受妖道毒刑，我要走了。"说罢，便要走去。

彩蓉闻言，不禁慌了手脚，当时把心一横，扑地拜倒，拉住老道姑的衣袖哭道："弟子方寸已乱，望乞仙师大发慈悲，救脱苦海，宁死也不回去了。"语声甫毕，忽听尤鹿厉声暴喝："大胆贼婢，竟敢叛师背教。我已用千里传声之法报知祖师，我先杀了这勾引你的老乞婆，等祖师自己与你算账。"说时一股黑气冒过，现出身来。手扬处，便有几缕淡灰色的光华朝老道姑当头飞去。

原来尤鹿早觉彩蓉形迹可疑，暗中监防已久。这日彩蓉将他支走，疑心越重，表面应允，却在暗中赶回窥伺。彩蓉虽然精通妖法，毕竟功力、经历都差，尤鹿又是生魂炼就，易于遁迹。一时疏忽，竟未觉察。尤鹿先见彩蓉仍坐原处石上悲哭不止，看神气不似有背叛形迹，心方奇怪。等了一会儿，老道姑走来，双方问答之后，才听出彩蓉果是生心内叛，怪不得此番行事百计阻拦，好生愤恨。

因彩蓉得了许多秘传，唯恐翻脸斗她不过，为求必胜，特地躲在一旁，暗使妖法千里传声，先报了警。尤鹿刚赶回原地，彩蓉已向老道姑拜求援引，益发怒从心起。因知妖道喜怒无常，彩蓉最得宠信，不大好惹。觉着老道姑虽说大话，步行来去，不见什么出奇之处。先拿着真实凭据，以免彩蓉抵赖。骂了两句，便现身出来，随手放出黑青丝，意欲将老道姑擒住再说。

彩蓉见状大惊，知事已败露，妖道纵然隔远，闻报不立即追来，也必行使极厉害的妖法来害自己。虽幸生魂真元未受禁制，不能如响斯应，但这也不过两三日的工夫，必被追踪寻到无疑。尤其这厮受有禁法，元神可以感应，下手一慢，妖道接信，见隔远不能即时赶到，必把本身法力附在尤鹿真元之上，这里尤鹿本领也随之增高，就算自己能敌，从此也如附骨之疽，形影相随。同门法术,俱都知晓,难掩他的耳目,无论逃到哪里,仍被尾随不舍。除却静候妖道到来擒杀,万无脱逃之望。

今日与尤鹿显然有他无我。彩蓉正待施为,忽听老道姑笑道:"等你下手,就太迟了。"同时一片金霞闪过,妖烟消处,再看尤鹿,已被金霞包围,在霞光之中上下冲突,只是逃不出。急得破口大骂:"不知死活的老乞婆,你将我困住,只要敢伤害,我这里神灯一灭,祖师爷立刻追来,叫你们形消魄散,万劫不得超生,连这短短两天的狗命都活不成了。"

彩蓉也知尤鹿一死,妖道后宫本命神灯立起感应,不消多时,妖道必定附身尤鹿本命灯光余焰赶来,祸发更速。刚喊了声"仙师",想劝阻时,老道姑已笑指尤鹿道:"业障少发狂言,今日依我本心,原想将你生魂消灭,好将妖道引来,为世除害。只因他那孽运未终,又值我有事,不能在此久停,便宜你们这干妖魔多活些日。我投鼠忌器,暂时不来伤你,只将你这业障带回山去,用仙法禁闭,等妖道数尽伏诛,再行处置。你以为妖道二三日内必来为你报仇,真是妄想。适才你隐身在侧向妖道报警时,我已看见,将你声音收禁在此。不特妖道茫然不知,我还用仙法颠倒五行,布下疑阵。日后妖道疑心彩蓉不归,是你叛他,必用妖法禁制你的元神,使你在我禁闭之中还要白受许多磨折,以偿平日积恶之报。你如不信,你那几句报警的话还在我的袖里,不曾消灭,且放出来,一听自知。"说罢,手往上一扬,便有一缕淡烟,连同尤鹿语声发自袖内。等快说完,老道姑左手指上弹出一团碗大火光,轰隆一声微震,语止烟消。尤鹿才知不妙,吓得拜倒光中,痛哭哀求不已。

老道姑也不理他,笑问彩蓉:"你意如何?"彩蓉自是心悦诚服,喜出望外,当时重又拜倒,口称:"恩师,弟子得脱苦海,从此改邪归正。务望恩师垂怜,携回仙山,永随左右。"还要往下说时,老道姑道:"我只为怜你身世遭遇,不与妖魔同流合污,故加援手。否则似你这类妖人,早为我飞剑所杀了。拜师一层,还谈不到。不过我救人救彻,你只要向道心虔,终始如一,自有善果。此时先给你寻一处安身之所吧。"彩蓉还要哀求时,老道姑已把手一招,将那片金霞连同尤鹿一齐收入袖内,挽住彩蓉肩膀,驾遁光一同飞起,一会儿飞抵一座山崖前落下。

老道姑将彩蓉领入崖洞以内,说道:"按你禀赋本薄,全仗你这一点善根,使我无心路遇,因而免沦妖窟,永堕孽海。此时便要列入我的门墙,却有不少碍难。但是事在自修,人定胜天,也说不定。你与妖道凤孽纠缠,原应将来同归于尽，竟能于多年陷溺之中，自知振拔，一意苦修，以图上进，当能办到。

"此地乃莽苍山内山绿耳崖妙香洞。洞中旧主人妙香仙子谭萧，也是旁门出身，人却正派。兵解以后，藏骨在此。有她禁法封闭，地又荒僻，仙凡都无足迹至此。只我一人因与她生前交好，得知底细和开闭之法。她因前半世造孽颇重，后虽悔悟，立誓改行为善，挽尽前孽，仍是难逃劫难。尚幸有正教中好友相助，先期一日兵解，未受天雷之灾。现时元神守着本体，正在后洞法台之下地穴中苦修。

"她生前仇敌太多，内中有一个最厉害的便是你那妖师。他擅追魂之法，久欲将她元神拘去祭炼魔法。虽幸早有防备，在后洞设下法台，使妖道算不出她藏身何所，是否已遭兵解，暂时无法加害，但她本人已不能主持行法之事，再三求我相助，代她按时施为。因而我每年必须按着五行生克时日来此三次，已有十六年光阴。妖道用尽方法，终奈何不得。

"近来我正助人创立宗教，十分忙碌。妖道年来功候大进，又探明她确以兵解，益发不肯甘休。这次命你摄取那么多女孩，一半为了将来抵敌峨眉、青城两派道友，一半也为的是她。

"我既不能常在此间主持，此事又不便派遣门人，急切之间又无适当之人可托。日前正在筹划，今日恰好遇你。谭道友是你妖师劲敌，再有十一年，便可炼成地仙出世。防守法台，看是难事，实则一切早有我和她预先安排。真有仇敌寻上门来，只要不离开原地，任多厉害，也是无妨。台上并还设有信符，一焚我即立至。

"她一生爱美，尤喜莳花，全洞布置陈列，精妙异常。食用之物，所存尤多，均未腐朽，不必出洞谋求，足够你用。你如愿在此地参修，我先收你作为记名弟子。你陷妖窟日久，所习俱是妖术，玄门真传又非可以速成。为今之计，只能传你初步功夫，循序渐进，看你修为进境如何，再作计较。遇敌之际，仍用原习法术防身，等守到年限，自有成效。你意如何？"

彩蓉知道自己命浅福薄，仙师必是借她亡友之托，就此试自己心坚与否。闻言更不再求，立即跪谢遵命，并叩问仙师法讳。老道姑说完来历，又说："妖道见你和尤鹿到时不归，类似这种叛师举动，在他教下从来没有，必然痛恨已极。使他误疑尤鹿，只瞒一时，早晚被他用妖法试出真假，必遣妖徒四处搜索。近五年中你如不出洞，任他踏遍此山，也寻不到，何况不知在

275

此。数年之后，妖道见无处可寻，他又忙于祭炼魔法，门徒多有使命，你虽可恨，不比谭萧是他生平大仇，至多命妖徒们逐处留心，不会专为寻你而出。那时你只要在我说定日辰不要离开本洞，以防不测外，尽可任意出洞闲游。如遇妖徒，当时能敌更好，否则立时赶回，将他诱进洞内，照法施为，必定擒住。你知妖徒均受禁制，也不必杀他取祸，只把他困禁台上，等我来时再行处置好了。"随即引至后洞，如法传授，彩蓉一一领命。老道姑又传了她些初步功夫，然后带了妖魂飞去。

由此彩蓉在洞中一住八年。起初两年偶有感动，觉着心跳神乱，知是妖道师徒用那呼名追魄之法，已然寻到附近。如非仙法神妙，封禁洞门，必为所害无疑。久了恐被觉察，万一加紧追寻，逼近洞前，惹出事来，忙照师父所说，走至法台中立定，在仙法维护之下，立即安适如初。先还手握信符，准备万一。几次无事，连信符也不拿了。

洞中百物皆备，尤其藏有好些名茶。彩蓉之父生前嗜茶如命，彩蓉小时习与性成，深识茶味。后遭丧乱，多年不曾进口。如今见了这些佳茗，后洞又有灵泉，顿触夙嗜。加以归正未久，才得入门，烟火尚还未断，不能整日打坐，枯守洞中。一半出于向道心诚，一半也是为了避祸远仇，每值课暇无事，便拿莳花品茗来作消遣，这一来，益发爱茶成癖。

中间老道姑总共来了六次，每来俱无甚耽搁，除略问彩蓉近状外，只往法台上入定半日，便即走去，更不传授道法。彩蓉看出师父必有用意。自己得脱苦海，已出望外，既蒙收留，得在这等洞天福地，避祸潜修，异日不会没有好结果，求过两次，见老道姑笑而不答，也就不敢再请。

这日算计茶将用完，所剩无多，心想："日前师父曾说：'崖后绝壁之上新近产有一种香茶，形如人手，其厚如钱，有兰花香，名为麻爪，乃蓬莱仙种，茶中圣品，只本山和峨眉舍身崖顶绝壁之间偶然产有，皆是灵鸟衔来的茶籽落土而生，甚是难得。你既这么爱茶，不妨前往试采，近日正是时候。'自己从第三年起，师父便说可以出外行动，只因胆小心虚，除偶在洞口闲眺外，从未离洞他出。现值存茶将罄，又当盛夏清和，景物嘉淑之际，何不前去采些来用，就便眺玩一回山景？"

念头一动，随将内洞门如法封锁，走往后崖顶一看，果然新生几株茶树高才四尺，翠叶朱茎，形如人手，与生平各种名茶绝不相似。如非师父预先说明，绝认不出那是茶树。采了些回洞，汲取新泉如法一试，端的色香味三者俱绝,凡茶无与比伦,好生欣喜。连去数日,越来越爱,索性把茶叶全采回洞,制好存放。

到了这年冬天雪后,偶往崖顶取雪烹茶,就便想将茶树移植洞中,以防冻死。到了一看,这年雪下不大,也厚尺许,到处山石林木,都是雪盖冰封。独那几株茶树,不但临寒独秀,片雪不沾,反倒繁郁葱茏,又添了满树新叶。朱碧相间,掩映于冰雪之间,清丽幽洁,好看已极。彩蓉心中大喜,知洞中培养,全仗人力,不如天然。那茶又是新采味胜,并无老嫩之分。便息了移植之念,每日只取少许,现用现采。

似这样常在附近走动,连个生人都未见过,渐渐胆子放大,不再终日忧疑。以前每一离洞,必将洞门层层封锁;人如在洞,更不必说。外人走过,一点也看不出。年时既久,也便疏懈。

当灵奴往返大熊岭时,恰值彩蓉早上出洞闲眺雪景,无意之间发现一只由高坡冰雪中滑跌的肥鹿。彩蓉前在妖道宫中日享肥鲜,海味山珍不绝于口;自居本山,多年来未动荤腥。先闻鹿鸣哀哀,颇生恻隐,有心将它救活。及至寻到一看,那鹿已然脑裂脊断,脏腑俱伤,无法再使存活。又见鹿甚肥嫩,不由食指大动。心想:“反正不是有心杀害,救又不能,乐得享受,还使少受痛楚。”当时将那鹿刺死,挑腿脊肥嫩之处割下。余骨行法火化,移向别处崖窟之中。又寻了些松柴,准备烤吃。回到洞内,又想起洞府清洁,不宜腥臭烟污,便移在外崖凹中烤吃。灵奴见下面崖凹中炊烟透出,便由于此。

彩蓉连吃几次,觉得甚是鲜美。灵姑来的一天早上,彩蓉倏觉心动,不甚宁贴。暗忖:“近年心已宁贴,不似初来惊弓之鸟,每多疑畏,怎会有此?”细一寻思,连日并无异兆,也就拉倒。中午因见鹿肉已完,心还想吃,知道雪厚,野兽多出猎食,冰雪崎岖,一个失足,便要跌毙。遇上能救,是件功德;不能救,便割些肉拿回,也可一解馋欲。

午间天色本极晴朗,彩蓉在高处纵望了一阵,全不见鸟兽影迹。觉无甚意思,便去后崖采了些茶,准备回洞烹饮。茶采到手以后,四望晴雪阳春,千里一白;远近大小峰峦都似玉砌银铺,亮晶晶呈现在阳光之下,冰花照眼,闪闪生辉。微闻泉声细碎,发自涧底,积雪已有融意。心想:“入山以来,今年雪势最大。不日天暖融化,冰雪全变洪流,澎湃奔腾,山摇岳撼,正不知声势如何壮观。”

彩蓉方在徘徊遐想,不舍归去,忽然一阵阴风由身后吹来,当时激灵灵打了一个冷战,如换旁人,早已中了道儿。彩蓉早上神志不宁,时生戒心,加以法术高强,饶有机智,微有动静,便已警觉,一见风势蹊跷,类似以前本门中人到来,心虽惊惧,并不回顾,慌不迭一面放起护身神光,一面早飞身遁向前去。刚一立定,果有几缕黑烟箭一般射来,幸是应变神速,身为神光护定,未被射中。彩蓉正待行法,黑烟已经掣转,面前淡烟散处,现出一个生番装束的妖人,手持木剑,背插纸幡,相貌十分凶恶,戟指大骂:"贱婢果然潜藏未死。急速受绑,随我回山,任凭祖师爷发落,否则叫你难逃公道。"

彩蓉认出来人正是妖道门下两个徒弟之一黑丧门秦左,原是厉魄炼成,妖道爱他猛恶,收归门下,虽然炼就真形,但悟性极差,在同门中本领不算高强,生性却是凶残暴虐,不在妖道几个得意爱徒之下。人不足畏,那面纸幡,乃妖道自炼法宝,非有要事奉派,不能借用。知是彼此存亡关头,客气不得,即便自己骗有妖道两件至宝,能敌此幡,若被他逃走,也是祸事。

彩蓉忙将心神略定,笑对秦左道:"师兄先莫生气,听我说完,再走不迟。我现被对头困住,强收为徒,近年才许出洞闲游。因年时太久,恐祖师爷怪我背叛,不敢回去。你来最好,那对头现在下面崖洞中打坐,正好下手。你我将他杀死,一同逃回山去,见了祖师,也有话说,你看好么?"

秦左不知彩蓉已得妖师秘传,口中说话迁延,暗地行法,准备骤出不意,生擒归洞,将他永禁法台之上,以免泄露机密。方在将信将疑,待要喝问,彩蓉已在暗中准备停妥,突地面容一变,改口喝道:"秦师兄,你看那旁对头来了,还不快走!"秦左方一怔神,侧顾之间,彩蓉手扬处,便有一蓬彩丝向秦左当头撒下。

秦左看出是本门最厉害的六贼收魂网,忙化淡烟飞起,已被彩烟裹住,缠绕了个结实。知道上当,急怒乱骂。彩蓉因他被擒受禁,所有妖法全失效用,也不理他,只将他捉回洞去,放在法台之上。秦左仍是污言秽语,毒骂不休。

彩蓉笑道:"秦左,你不过想激我生气杀你,等妖窟中本命灯一灭,妖道立即赶来。你只是暂时受点痛苦,妖道一来,仍可将你游魂余气带回祭炼,成形复原。这层我早料到。我把你困在此间,静候仙师到来发落,决不伤害。想我中你诡计,直是梦想。再如出言无状,我只略施妙法,将这法台上禁制稍一发动,那时让你死活不得地受尽折磨,休怪我不留一点情分。"

秦左自恃身是厉魄修成,以彩蓉的道法,至多能用本门夺魂之法将自己杀死，或是永困住不放，决无力使己受什么苦刑，闻言哪里肯信，骂得更凶。彩蓉怒喝："大胆妖孽！我好心好意，念着昔日相识，不忍使你受那销魂炼魄的磨折，叫你放安静点，你偏生不知进退。且让你尝尝仙法妙用，就知道厉害了。"

说罢，便照老道姑所传炼魔之法，将法台灵旗展了两展，立时满台俱是金光热焰。秦左立觉身子如散了一般，痛楚已极。先还愤怒苦熬，后来实受不住光焰销销，只得住口。彩蓉尚是初试，见仙法如此妙用，立即乘机拷问妖道虚实和妖道此来用意。秦左被迫无奈，只得咬牙切齿，说了经过。

原来妖道自从近数十年开山以后，妖徒奉命四处为害人间，因而常与诸正派门下相遇。邪不能胜正，有的还能遁逃回去，有的不是一出不归，无迹可寻，便是死于飞剑之下，形神两灭。这些正派门中的后辈大都凤根深厚，得有真传秘授，应变神速。尤其是行踪飘忽，每当妖宫神灯一灭，妖道连忙追去时，敌人想是难以抵御，早跑得没有影子，一个也无从捉摸。因此怨毒日深，意欲祭炼子母元阴妖女灵旗，报复前仇。

此旗乃魔教中最厉害的法宝，上次彩蓉、尤鹿奉命摄取六岁少女生魂，便为祭炼此宝。妖道起初因所害少女众多，怕遭天戮，先还不敢轻举，近年仇恨越深，非炼此旗不能泄恨，方始甘冒天戮，决心祭炼。炼成以后，旗共十面，一母九子。母旗设在妖宫法台之上。门人出外，各请一面子旗，如遇劲敌，稍一展动，便生妙用。同时妖道立即得信赶到，万无一失。

前者彩蓉弃邪归正，误了天地交泰的时期，不能再炼，事隔九年，才得再举。妖道鉴于前番失事，这次格外谨慎，加派了四名妖徒，分途下山物色。所须少女数目也多两倍，准备宁多毋缺，并可择优取用，以防到时又有贻误，造孽更多，自不必说。因内中要九名生性凶悍的女魂，江南各省女性温柔，难期适用。算计山中苗女野蛮强健者多，秦左恰是苗人，便命他专向滇黔山中觅取。

秦左也是该遭报应，他本是莽苍山附近苗人，却恨本族人已极，欲借摄魂之便，回转故乡为害，扰闹一番，显他威风。所以一下山不往别处，径向莽苍山飞来。这时一个生魂尚未摄到手，正驾妖风急行，眼看故乡将到，觉着到后可以为所欲为，硬逼同族将所有六岁女婴一齐献出，多选几个回去，不禁十分高兴。猛一眼瞥见前面山崖上有女子闲游，忽起色心。晃眼飞过，认出是本门遍索未获的逃徒，一时贪功心盛，打算活捉回去，也没想到能敌与否。及见彩蓉放出护身神光，自己的妖法无功，才想起彩蓉曾得真传，法术高强。方想传音报警，彩蓉骤出不意，将他擒回洞去。

彩蓉盘诘妖人之际，妖人一倔强，彩蓉便行法禁制逼问。因回洞时匆忙，洞门也忘了封闭。快问完时，天已入夜，恰值灵奴飞入窥探。彩蓉错当作入洞避寒的灵鸟，心想鹦鹉能言，又长得好看，空山寂寞，正可养来做伴，忙即闭洞追出。不料灵奴机警，高飞逆行，不曾被擒，却将吕灵姑引了前来。灵奴因见彩蓉行使妖法，洞中缚有生番，只当妖邪一流，哪知并非如此。

灵姑听彩蓉说完前事，因她不肯吐露妖道姓名居处，连后拜的那位白发道姑是谁也未说出，心存先入之见，终未深信。不过见彩蓉举止安详，言谈高雅；说到失身妖道一节，悲愤异常，泪珠莹莹。虽料她话有虚实，也颇可怜她的身世遭遇。无奈眼见是真，法台上现缚生番，分明为练妖法弄来，偏要借口妖党，以图掩饰。心想："此女人品气度无一不佳，可惜是个妖妇。看灵奴神情，对方似无他意。也许慑于恩师威名，知我是她老人家门下，有心买好，不敢妄动。估量适才初遇情景，自己未必斗她得过；况又以客礼相待，十分殷勤，翻脸相敌，未免于理不合。再说她口口声声说已弃邪归正，断不定她的真假。还是放慎重些，明早过山见了恩师一说，自知真相。但可挽救，度恶从善，胜于为善，便求恩师设法助她，使脱苦难；真要大恶不赦，也就说不得，只好禀请恩师来此除她，以免为害人间了。"灵姑主意想定，便不再盘问。

按说照此明早一走，便可无事。谁知彩蓉对灵姑过于亲近，吃完了茶，又取些食物出来劝用，双方越谈越觉投机。灵姑也由怜惜变为爱好，觉着这样美质，误入邪道，实在可惜，于是变了主意。暗想："此女可信与否，全看法台所缚是否果如所云，便可断定。有心问明，又觉初交不便，稍一失措，必起疑心。所说如伪，立成仇敌，岂不求荣反辱？"灵姑因听彩蓉说每夜必守师言打坐，决计少时乘隙一探。

灵奴慧眼虽能分辨邪正，因彩蓉所习俱是邪法，法台布置虽是正教中仙法妙用，主持人偏是左道，灵奴毕竟功候尚浅，只能略感先机，看出彩蓉无甚恶意，人的邪正仍难判定。妖人秦左耳目很灵，灵姑初来，瞥见刀光灵奇，当是彩蓉同道，也颇惊忧。嗣听二女问答，才知不是，并且来人口气还不怎么相信彩蓉真已弃妖归正，心中暗喜，便想了一条脱身之计。秦左身带妖气，又受仙法禁制，灵奴毫未看出，到时未加拦阻，以致惹出事来。

一会儿，灵姑推说疲倦。彩蓉爱极灵奴，调弄说笑了一阵，也该是做功课的时候，便把灵姑安置床上，自己便在石墩上打坐入定。事前还嘱灵姑："外屋法台不可走上去，尤其当中那面灵旗和那信符展动不得。姊姊信我更好，否则见了郑仙师，必能知我底细。我连日修炼，已到紧要关头，这一入定，便如睡死一样，不到时候，决不下来言动。虽然每周只有一天，为时只有刻许，但这样至少七遍，姊姊要想杀我，只是弹指之劳。身在人手，如稍见外，怎能这样做呢？"

　　彩蓉因在深山古洞避居多年，枯寂已久，好容易遇见一个正教门下的姊妹，又是羡慕，又是心喜，直和来了亲人一样。又想借她引进，多一条救助援引的途径。知道灵姑对己无疑，除却沥胆披肝，推诚相与而外，只顾想免去灵姑心中疑忌，未曾想到别的。谈投了机，以为经此一说，必已深信。无意间虽把法台灵旗、信符不可妄动说漏了嘴，但又心存顾忌，唯恐灵姑日后万一泄露，被妖道跟踪寻来，所以没有全说。

　　二人本有夙缘，灵姑因为急于证实前言，本是装睡，等彩蓉一入定，立即轻轻纵起，走出室外。灵奴伏在枕旁，本要随着飞起，灵姑恐它翼声振动，将人惊觉，用手示意，叫它不要乱动。灵奴只当灵姑到室外略看即回，摇头劝阻，灵姑未理。灵奴以为二女已然水乳，灵姑素日谨慎，不会出什么乱子，也就罢了。

　　灵姑独自一人走向法台旁边，原意只是偷看所缚是否妖人，即行回转，并没想到法台上去。不料妖人秦左听出对头打坐，来客已睡，正打算假装苦痛，悲号引诱。一听灵姑由身后走来，心中大喜，忙把脸上恶容敛去，哑声干号，目流血泪，周身战栗，好似受刑已久，力竭声嘶，哭号不出，痛苦万分之状。等灵姑绕到身侧，又装出拼命提神强挣，直喊："仙姑饶命，你先放我回去，定将那三百多个婴孩献出，送你祭炼法宝好了。"

　　灵姑见他果是本地人，不过装束有点诡异，目睹惨状，已然动心。听说要害许多婴儿，越发激起义愤。心想："他既误认自己是本洞主人，正好借此套问真情。"便故意低喝："你说什么？我没听真。那些婴儿现藏何处？快说出来。"

　　妖人一听，便知灵姑中计，装作神志昏迷，语无伦次，说了一套鬼话。大意说他是附近苗寨中酋长，全族本极相安，前月彩蓉忽然前去，强索三百婴儿祭炼法宝。全族怕她邪法，忍痛凑集。自思身是酋长，却受一个女人威迫，实在着耻。同时本身有两个爱子也在其内，更是难舍。一时愤激，决计将婴儿藏向僻处，率领全族，二次与对头拼个死活。到时彩蓉前往，见状大怒，当时用法术伤害多人。又将他擒来，行法拷问逼献，已有三日。适才受苦不过，勉强答应，放回之后即行献上，彩蓉偏要他先说藏婴之处。因知彩蓉心毒，说出以后仍然不放，岂不白饶一命？为此苦挨。此时身受禁制，心如油煎。说完先哀求灵姑将法台上灵旗略换方位，少缓痛苦。

　　灵姑虽然为他所动，心中愤激，终以不明法台妙用，未敢妄动。后来秦左血泪模糊，再四哀求不已。灵姑因他始终错认自己是彩蓉，所说当然不假。暗忖："人心难测，竟至如此，自己见死不救，还出什么家，修什么道？师父原说途中有变，已为安排，未必不是指此。自问不会法术，要放此人决难办到；要将彩蓉杀死，不知怎的，只觉下不了手。再者，乘人家入定不备，加以暗算，也不光明。莫如姑照此人所说，稍变灵旗方向，使其暂免苦难。等少时彩蓉起身，索性当面质问：'你既口口声声说已弃邪归正，并还托我向恩师求说，加以援引，为何毒害生人，强索婴儿？'看她有何话说。如系受了妖师老道姑强迫，情出不已，还有可原；否则纵不变敌为友，也即时绝交，离此他去。有师父玉匣飞刀护身，想必不致逃不出去。"因恐上台有什么危险，先将飞刀放出，护身而上。

　　秦左见灵姑刀光如此神异，也是惊心。心想："此女虽然上当，看这一道银光，伤她固难，想逃必被看破，也非容易。"继一转念："与其在此长受仇敌凌辱折磨，还不如拼受一回大苦，能逃更好，若不能逃，由她杀死，将祖师引来，报了仇恨，也可收摄余气，炼复原形。"主意打定，仍是装作奄奄待毙，哀求从速。灵姑在银光围绕之下，自觉上台并无异状，心神稍定，径去移转灵旗。

　　灵奴在室内微闻外面二人问答乞哀之声，目睹彩蓉双目垂帘稳坐，甚是安静。以为法台不是外人随便可上，只恐飞出惊动彩蓉，引起猜忌。心虽发急，并没想到主人会有如此冒失。后听生番哀求越紧，主人似动哀怜，才恐生事，但仍不敢径直飞出，只得轻轻跃下，走出查看。灵奴才出室外，瞥见银光照耀，主人身立法台之上，不由大惊。一面振翼飞扑过去，一面急叫："主人快下来，万动不得！"灵姑已将三面主旗移动。

　　说时迟，那时快，中央主旗才一拔起，台上立生妙用，一片金霞闪过，便听那人哈哈两声大笑，喝道："小乖乖，谢你好意。告诉彩蓉这狗泼贱，三日之内,纳命来吧。"声随人起,化为一簇淡烟,便要飞去。

灵姑闻得灵奴急叫,情知有异,已是不及停手。妖人一逃,益发乱了手脚。一手插旗,一手便指银光,朝那妖烟卷去。这一来,方信彩蓉所说俱是真情。唯恐放走妖人贻祸,对她不起,目光注定前面。那道信符因彩蓉谨慎胆小,唯恐临时生变,易于求援,原和灵旗插在一起,形式也和旗差不了多少。灵姑本意将旗还复原位,一心慌,又将它拿错,没有看真,顺手一插,恰巧误插在丙丁方位,火光一晃,立即焚化,一道金光似电一般直往地底穿去。秦左见银光追来,知道难逃诛魂之厄,忽想起仇敌现在室内入定,正好下手,一掉头,便向内室飞去。谁知飞刀神速,已追上前去,刚将他裹住,便听哇一声惨叫。

内室彩蓉也在此时醒转,知道出了事,又急又惊,追将出来急喊:"姊姊,且慢杀他。"妖烟已被银光绞散。知已祸发,一不做二不休,忙喊:"姊姊快收飞刀。"随手飞起一蓬彩烟,将那残烟剩缕全部收入袖内,见信符已焚,灵姑面涨通红,呆在法台之上作声不得。彩蓉知她悔恨,无以自容,便宽慰道:"妖徒一死,妖宫神灯一灭,妖道天明前后必定赶到。姊姊今番想必信我了,我是决非他的敌手。好在信符已焚,崔恩师也定赶来。姊姊快带灵奴先走吧。"

灵姑见她毫不嗔怪,反劝自己先逃避祸,越发懊悔,慷慨答道:"实不相瞒,小妹愚昧无知,又爱惜姊姊过甚,以为所说不尽可信,意欲考证前言真假,结一异姓骨肉。不料中了妖人奸计,悔之无及。事已至此,自然祸福与共,哪有走理?"

彩蓉正待劝慰,忽听地底轰隆有声。心想:"妖道怎会由地底赶来?再说也没这么快。"方嘱咐灵姑小心戒备,晃眼之间,地底又是一声炸响,地忽中裂。一幢淡红光华笼着一个八九岁的少女,由法台中心冒将上来。

灵姑疑心来了敌人,重把飞刀放出,看定彩蓉神色,准备下手。猛又听洞前一片雷震之声,洞壁倒塌处又飞进一道光华。惊惶中定睛一看,光华到处,落下一人,正是同门师姊欧阳霜。不禁喜出望外,高呼"师姊",待要迎上。一看彩蓉,也是满面喜容,朝那女孩朝拜。跟着便听欧阳霜喝道:"北邙山妖鬼徐完不久将至,我奉师命来此接引。适杀妖人所佩妖幡现在何处?快取出来,我有用处。"

彩蓉见来人竟用太乙神雷破壁飞进,闻言知事紧急,不及礼见详说,忙道，"奸幡在此。"随去室内将口来从妖人身上所得妖幡，连同自己法宝、衣物，还有灵姑的包裹，一齐取将出来。欧阳霜要过妖幡，将法台上仙法、灵旗一一收去，又取两道灵符，手持一道，另一道连妖幡同放在法台中心。命三人带了灵奴聚立一起。手指弹处，飞出一点火光，落在符上。符才焚化，便有一片金霞拥着四人，朝洞外升空飞去。才一离地，便听山崩地裂一声大震。灵姑在空中偷眼回望，来处地面上白烟蒙蒙，金光乱闪。适才崖洞已是崩塌。雪尘飞舞之中突起一幢金霞，裹着一团黑烟，向东南空际星驰电射而去。

四人飞行迅速，不消多时，便落到一座前临大江的高山上面。三女齐向欧阳霜礼见称谢不迭。欧阳霜笑对少女道："道友多年苦修，竟得大功告成，未受妖邪侵害。虽然崔师叔始终维护，也是道友精诚感召，心志专一所致，可喜可贺。今仗众师仙法妙用，妖鬼得信赶来，也只扑空。他气数将终，不久便遭恶报。道友再避上一两年，等他伏诛之后，就无害了。崔师叔因知道友功行圆满，超劫出世，适因要事不得分身，事前飞剑传信，托家师到时相助脱难。家师因道友早完功行，先期出世，尚差两年磨难，道友与家师缘分止此，寄居未始不可。但妖鬼已然发觉二位道友踪迹，誓不甘休，纵令伏诛在即，死前仍要苦苦追索，家师近又时常出游，居庵日少，万一乘隙来犯，难免不遭毒手。为此在岭后桃林深处，开出一个古洞。请二位道友居住在内，暂时不必去见。地既隐秘，洞又深居地底，可以借此应完劫数。相隔庵近，便于照护，又有家师仙法妙用，外人决找不到。静俟妖鬼就戮，凌、崔二位师叔事完有暇，自来接引。二位道友以为如何？"

少女闻言，躬身答道："小妹自从那年与恩人崔五姑相识，承她指引迷途，弃邪归正。又蒙她尽力相助，得以先期兵解，藏身绿耳崖荒洞地底，元神不为妖鬼邪魔所侵，十有余年。后因无暇常来，又接引彩蓉妹子来洞照护，又是十年光阴。经妹子照她传授，日夕虔修不懈，勉强将元神修炼成形。

"自知功候浅薄，本来不想出世。以前恩人为防万一，曾赐彩妹信符一道，遇危焚化，便生妙用，恩人那里立接警报；同时一道金光下穿地底，将小妹元神、遗骨一齐护住，任多厉害的邪法，也侵害不得，适正修炼，忽然金光下射，先当妖鬼寻来，或有外魔来此侵扰。

"等了一会儿，不听上面动静，又以为敌人无甚本领，彩妹胆小慎重，先期焚符求救。见后才知吕姊姊因杀妖徒，误焚灵符。昔年妖鬼本与我有些渊源,既恨我背师叛教,又因我先虽误入旁门,尚能洁身自爱,元阴纯粹,修炼又勤,所以处心积虑,想将我生魂摄去祭炼邪法,受他使役。后来探明我已兵解,益发不肯死心。如非恩人救助,早已受他禁制,万劫难复的了。

"今日吕姊姊误斩妖徒,妖宫本命神灯一灭,不但得知妖徒被杀,并还可以跟踪追来,如影随形,不出三日,定被寻到。正在愁急,盼着恩人赶来设法相救,不料郑仙师垂怜,命姊姊驾临救助,又为布置居处。有生之日,皆是戴德之年。自知无缘请求收录,仙命怎敢不遵,不过彩妹不但身世孤苦可怜,而且身陷邪途,始终未与同流,向道虔诚,更非恒比。这些年来,朝夕闭洞勤修,委实艰苦卓绝,一尘不染。无奈恩人只传她初步吐纳之功,好似机缘未到。可否请求二位姊姊转乞仙师大发慈悲,将她引度门下,也不枉她多年来苦心孤诣。"

彩蓉闻言,就势拜倒,请求援引。灵姑怜彩蓉的遭遇,又觉对不起她,闻言自然心愿,只因尚未见师,不敢冒昧,眼望欧阳霜,巴不得她应允才好。欧阳霜见灵姑面带企盼之容,一面拉起彩蓉,一面想了想,笑道:"彩妹为人心志,都是我辈中人。来时家师也只说与谭道友缘浅,没有提她,此事小妹不敢自主。我看家师对于灵妹极为钟爱,最好仍令彩妹先往桃林古洞暂居,异日由我姊妹相机试求,许能有望也说不定。"

谭萧原与崔五姑订有前约,不患无成。因感彩蓉十年守护之德,又知她只会许多妖术邪法,全未入门,见有一线机缘,试为求说,以便先安个根,本未期其必成。一听郑颠仙最爱灵姑,又见灵姑神色甚喜,知道二女一见莫逆,料有指望,欧阳霜之言也非泛语。见彩蓉还在哀恳,便道:"欧阳姊姊说得极是,人定胜天,苦尽自然甘来。且委屈陪我暂做一个同伴吧。"说时,欧阳霜已领了三女向桃花林中走去。

彩蓉无法,只得私向灵姑求说,日后务望尽力援引,并乞得暇常来桃林看望。灵姑不便公然力任其难,只是不住点头示意。欧阳霜和谭萧并肩前行,并未回望。

灵姑见那桃林地当岭后平谷向阳之处,时际仲春,朝阳初上,万千株红白桃花一齐舒萼展蕊,花光闪闪,灿若云锦。到处细草丰茸,杂花幽艳,娟娟摇曳,相与争妍。昨晚尚在冰雪崎岖,阴迷失地,今晨便到了这等清丽暄和的境界,仙家妙用,果是不凡。

苦竹庵相去不远,少时拜师之后,不特老父他年回生之说定能做到,前途修为,尚有无穷希望。灵姑止欣然间,已到了桃林深处一座土山下面。山只四五丈高,两三丈方圆,平地孤立,相隔左近山峦约有里许。上下满是矮松藤蔓,通体青苍,远望好像一丛茂树,直看不出山形。欧阳霜说:"洞在山脚,待我行法开放。"灵姑暗想:"此间形势旷朗,易于发现,怎说隐秘?"念头才转,欧阳霜手掐灵诀往下一指,一片烟光闪过,山脚凹处忽然现出一个土穴,大才数尺,颇似狐獾窟宅。这种土穴,比起昨日绿耳崖妙香洞,相去何止天渊,怎好住人?暗察二女神色,却甚欣然。

当下三女随了欧阳霜俯身而入,洞既黑暗,又复阴湿,霉气刺鼻。谭萧手上放出一团栲栳大的明光,在前照路。进约三丈,便到尽头,洞径愈窄,四女俯身回旋都觉艰难。欧阳霜才说一声:"到了。"灵姑便觉脚底一软,立身处整片地皮如飞往下沉去,晃眼数十丈,又到地底。当时眼前一亮,豁然开朗,洞府明旷,石壁如玉,自然生辉,到处都晶光照眼,丽影流辉,俯视脚下所踏坠石,广只数尺,高宽十丈左右,只有上层两丈是土,余下乃是整块山石,心中好生骇异。

三女随同纵落石地,欧阳霜先引导同行一遍。然后说道:"此洞乃七百五十年前天狐清修所辟,居此数百年,费尽无数心力经营布置。曾躲过三次大劫,后来仙去。彼时曾发宏愿,想将他同类中稍成气候的天狐一齐度化同居,免得为恶害人,终受天戮。所以洞甚广大,华美非常。

"全洞共有石室二百余间,床灶炉井一切用具无不齐备。后来道成仙去,门下徒众渐渐违戒,出洞采补,为害多年,终为终南山心灯禅师所杀。因此洞深居地底,不见天光,全凭天狐用夜明珠照亮,正经修道人不肯来居,恐为妖孽盘踞,禅师用佛法将它层层封锁。洞门本在桃林过去山那边斑鸠崖古洞以内,这里乃是后洞尽头。天狐在日所居静室共只三间石室:当中大间是他会集群狐讲道之所;一间丹房设有井灶,能汲地底灵泉;一间供他居住。

"家师原知此洞,日前接了崔师叔飞书,恐二位来了无处安置,前洞通过又难,亲身来此查看。恰值新近为金蛛吸金船之事,借得峨眉门下朱文师姊的天遁镜在此,居然照出这土山下面古洞石室尤其隐秘,外观只是桃林之中一个土墩,谁也想不到下有古洞,四外更无可供修道居住之用,地势再好不过。便用仙法切断獾穴山石,以为升降出入之路。

"现在灵符三道:一升一降,一为闭洞之须。即便妖鬼知道此洞,也无法侵入,何况决无其事。听师父说,将来门下师姊妹还有借助之处呢。彩妹尚未辟谷,食粮现备有一月在此,以后自会送来。二位尽可安心修炼。我同吕师妹要见家师复命去了。"

二女拜谢不迭。彩蓉和灵姑更是恋恋难舍,重又再三叮嘱,就自己福薄命浅,也盼常来看望。灵姑一一允诺,随则辞别。二女要试习灵符妙用,亲送上去,随到坠石上立定。谭萧手持升符,如法施为,一道光华拥着坠石,如飞而上。到了上面,欧阳霜说此时新来,最好隐秘,不令送出。二女只得谢别,如法飞下。灵姑看着坠石还原,方随欧阳霜低身走出。苦竹庵相隔甚近,走完桃林,循着山径几个转折,便已到达。

那苦竹庵背依崇山,前临大江,四围翠竹修篁,景甚幽静。全庵共有数十间殿房。颠仙门下女弟子,连灵姑共是五人,只欧阳霜一人在庵,余俱有事他出。灵姑进门以后,见殿宇虽然朴实无华,却到处庄严整洁。问知本是一座古庙,颠仙三十年前来此居住,连年亲手添修,始有今日。心想:"仙人洞府,多在崖壑。以师父法力,在各地名山中物色一座洞府,绝非难事。真正仙境,自己虽未见过,如论景物,此地除了门对大江,波澜壮阔外,比起玉灵崖和后山滨湖一带,还差得多。何苦费许多事,建一所人间殿宇居住?"好生不解,初来未便向欧阳霜探询,一同随到后偏殿云房之内,颠仙正在房中打坐入定,二女一同跪下。

待了不多一会儿,颠仙醒转。二女参拜之后,由欧阳霜先行复命。灵姑最关心的,便是老父重生之事,方要开口乞求,颠仙笑道:"灵儿孝行,已然感动神仙,此后只要努力前修,到时包在我身上,决无差错。虽然你父资质、仙缘不能比你,经此一来,已超死劫。又得芝仙灵液,便不事修为,也能坐享二三百年修龄。回生之后,如能勉力虔修,再多服我师徒异日所炼灵药,散仙尚且有望,你还愁他何来?"

灵姑闻言,自然益发放心欢欣,叩谢深恩不迭。颠仙领向正殿,取出道装,命灵姑更换,重行拜师之礼。初步吐纳,灵姑本已精习,颠仙又传了练气口诀。并说前者命白猿转赐飞刀时,因她未通剑术,恐生意外,另赐玉匣以便收藏,且免危害。现时即以此刀练习本门法术,使与身合。玉匣本非藏刀之物,已无用处,将匣取回,另传练刀之法。灵姑福至心灵,一教全能领悟。连那灵奴,颠仙也甚喜爱,由此便在苦竹庵苦志修为,功候也日益俱进。

一转眼已过半年。每到月终,欧阳霜必往桃林给彩蓉送粮。灵姑虽然心许为彩蓉引进,却知仙缘难得,师父规条素严,先进门师姊稍有不合,便遭

287

斥责,从不见人妄有启请。自己特蒙殊恩,入门未久,每日非常小心,尚恐失错,怎敢轻意代人乞求。屡想和欧阳霜说,乘着送粮之便,带了同去,先探望她一次,略为慰勉,免致悬望。无奈功候正在精进之际,苦无闲暇,只好存在心里。要知后事如何,且看下回分解。

第六十六回

旭日照幽花　顿失阴霾登乐土
狂飙撼危壁　突飞宝刃斩妖狐

　　话说光阴易过,忽又春风。灵姑想起:"去年今日,自己正从绿耳崖遇救逃来,初拜仙师。不多几天,仗着恩师屡传心法,现时居然能够御气飞行。这一年中,只近日在庵前竹林上空试习飞行,以前除往江边汲水,偶然闲眺,直未远离庵门一次。由上月起,师父好似十分忙碌,时常离庵出游,来去匆匆。众师妹也奉派他出。师徒面上,时有喜容,看神气好似忙着办什么得意之事。昨日飞空遥望过去,后山桃花盛开,自从来此,也未看过她两人一次,不知彩蓉近来光景如何。"

　　念头一转,猛又想起:"昨日就该送粮了,欧阳师姊上月送粮回来,曾说彩蓉随谭萧姊姊练习白发龙女崔师伯所传口诀修为,进境颇速,再有三月,便能辟谷。害她们的妖道,乃北邙山妖鬼冥圣徐完。当她二人从绿耳崖逃出没有多时,便被妖鬼觉察,借着妖徒本命神灯余焰,跟踪赶到。二人因师父仙法妙用,早有安排,已将妖徒残魂余烟一齐禁制。不但没有受害,反借所遗妖幡,将计就计,送向远处,故布疑阵,诱得妖鬼赶去。

　　"妖鬼见妖幡被金霞裹住,冒失施展邪法,妄想夺回。不料中藏太乙神雷突然发动,将妖幡和残魂余烟一齐消灭。妖鬼几受重创,仇恨愈深。苦寻二女多日,终于被他识破玄机,看出绿耳崖的破绽。妖鬼穿入地底,寻到谭萧遗骨,回去用白骨追魂之法禁制多日。幸亏谭萧姊姊得了崔师伯真传,元神凝炼成形,灵性坚定,因此妖鬼枉费不少心力,并未将魂追去。不过还是有点心旌摇摇,似欲飞扬,强制了好些天才无事。气得妖鬼只把枯骨粉碎,略出怨气,无计可施。加以正忙于和峨眉门下拼斗,才暂息了报仇之想。

　　"二人为此越发胆寒,潜伏地底,从不外出。如今正该送粮日期,欧阳师姊适在五日前奉命他出,行时又忘了问她。自己受人之托,尚未忠人之事,这点送粮小事，若再知而不管，于心难安。"

意欲禀过师父再去。进内一看，颠仙恰在入定。又想："师父每次入定神游，往往三五日不等，最快也得半天。好在相隔甚近，连在那里和二人相聚些时，回来也未必醒。师父近来口头常对二女嘉许，送粮原出师命。师姊不在，自己才代往，与擅自私出外不同，料无见责之理。"

灵姑越想越觉得不错，唯恐彩蓉粮尽，无以为继，匆匆祝求几句，便即跑到后殿，仍照欧阳霜每次数量，用布袋将存粮食物各取了些。鹦鹉灵奴已被欧阳霜借了带走，便独自驾了遁光，往后山桃林飞去。

只见桃花开得异常繁茂，嫩白娇红，鲜艳已极；蜜蜂成阵，好鸟争鸣，点缀得春光十分灿烂。灵姑也无心赏玩。先疑地穴也有封锁，还在发愁。及至赶到山脚下一看，依旧土窟阴湿，与前一样，并无异状。知道入口在内，自己虽不会行法升降，二女那样神通，上面一喊定能听见。随借刀光照路，弯腰走进。走到尽头，低唤了几声，略等片时，不见动静。细查地上，并无丝毫开裂之痕，如非以前来过，记准无差，几疑不是原地。

上下相去甚深，恐二女不能听到，又高喊了几声，仍无动静。忽然想起："去年下来时，立身石土厚约十丈，离地底更深达百丈左右；况又经师父仙法封锁，严丝合缝，上下完全隔断。上面呼喊，怎听得见？只有用飞刀穿透地层而下，二女认得银光，必知自己来此，放落相见。似这样呼唤，喊破喉咙，也无用处。"

自觉有理。不料手指飞刀，往下一试，银光到处，倏地发出一片金霞，将银光挡住，休想刺入分毫。灵姑骤出不意，倒被吓了一跳。才知师父仙法妙用，休说敌人，连这样灵异的神物都攻不下去。想了想，无计可施，把来时高兴打消个干净。意欲暂且回庵，候师父入定醒转，禀明之后，传了开法再来。

刚提着粮袋走出，猛瞥见洞口外有尺许长一条白影一闪而过。追出一看，乃是一只白兔，通体纯白，眼如朱砂，正由洞口绕着山脚走过，瞥见生人追来，奋力往前一窜，银箭也似，直射出二十来丈远近。两窜之后，平地一纵，便到了左侧离地数十丈的岭壁腰上，接连三四纵，到了顶上。灵姑见那兔周身直泛银光，又滑又亮，比莽苍山雪中所得两兔还要好看得多。又见纵跃神速，胜于猿鸟，不禁惊奇，想要看它到哪里去，便忙纵剑光飞身上岭。那兔本在岭头观望，回顾人又追来，奋力一跳，凌空往岭那边直落下去，便无踪影。

灵姑慧眼，似觉那兔钻入土内，越发称奇，灵姑跟踪降落一看，全山多土，唯独岭后是片石地。仅兔落处的石缝中生长两株古松，东西相向，大均数抱以上，枝柯繁茂，盘屈虬结，势甚飞舞。石地浑成光洁，更无窟穴和别的草木。回顾岭壁，势欲倒塌。壁间一洞甚大，深只两丈。洞内杂草怒生，成千累万的大小蝙蝠倒悬飞鸣，势若风雨。白兔也不见踪影。

灵姑只得遁回庵中，重往后殿一看，师父已然不在。桌上放有手谕，大意说：适有要事出游，半月后当与欧阳霜同归。师徒协力，办一要事。命灵姑照常用功。并未提及灵姑他出和给二女送粮之事。墨迹尚且未干，估量离庵不久，如非往岭后追赶白兔耽搁，回庵定能见到。归期又在半月以后，彩蓉无人送粮，怎样度日。

灵姑心中懊悔，望着纸条呆了一会儿，做功课的时候又到。做完功课，天已夜间。庵中只有自己一人，深夜不便离开；况且不得开洞之法，去也无用。盘算了一夜，也想不出法子，只是干着急。

灵姑未亮前起身，做完早课，沉心静气细想："这事奇怪。就说师父连日事忙，送粮小事，已曾交派专人，不在心上。那么欧阳师姊为人何等聪明仔细，怎会不托自己给她代送？莫非彩蓉姊姊还有积存，欧阳师姊外出事忙，所以没有留话？不过事情难定，为朋友的心总要尽到。"决计由当日起，早晚往桃林土穴探望等候，彩蓉如有吃的，自己不过每日空跑两次。真要绝粮，二女见粮久不济，未奉师命，纵然不便直来庵中索讨，也必要上来探望，或在附近搜寻些山粮山果充饥，决无束手绝食之理。

灵姑主意打定，立即飞往后山。到了桃林土洞，试唤了好几次，又等候有个把时辰，终无应声。庵中无人，虽然师父声威甚大，庵中灵药甚多，已被师父行法秘藏，余者更无稀罕之物，不怕异派妖邪前来盗取侵扰。但是师父朋友和各派后辈甚多，尤其近一二月来时有峨眉门下师兄弟姊妹前来参见，万一远客到此，空庵一座，无人接待，不但误事，并且笑话。想赶回去，等做完午课，留下一个纸条，再来守候。

灵姑才一出洞，又瞥见昨日所追白兔在洞侧不远草地上用脚扒土，动作甚是急遽。一见人来，依然连蹿带跳，忘命一般朝左侧岭上如飞逃去。灵姑昨日本已觉着那白兔有许多怪处，嗣见它落地无踪，急于回庵见师，无心穷追。

如今二次相遇，隔得较近，又看出那兔虽然通体如雪，银光闪闪，并没有毛,直似一只活的玉兔。那跳跃神速,更是出奇,只觉前面如飞星闪电,晃眼之间,便是老远。自己那么好的目力,竟没有看出它的脚腿起落,越知有异。于是急催遁光,飞驶追去。因不知那兔藏身之处,又猜定是个异物,一起始便不向崖顶停留,径由空中觑定兔的白影,越崖飞过。那兔好似知道不妙,势比昨日还要迅疾,灵姑仗着遁光神速,兔到人也赶到,恰好双双落地。灵姑虽仍下手稍慢,未能擒住,却看明那兔纵落之处就在松根旁边,如星飞坠一般,一沾地便没了影子。

灵姑先当兔窟就在石隙里面,细一查看,那两枝古松虽自山石缝中钻出,但是缝既不深,也无寸土。尤其东首兔纵落的一株,树本大有几抱,看神气当初原自石中挺生,年深日久,树身日粗,竟将缝密密填没。环着树根,两三丈方圆以内,更无丝毫缝隙,仿佛松生石上一样。石质既坚,松更雄奇伟大,郁郁葱葱,挺立石上,非但寻不见一点残枝朽干,连那树身苍鳞也是又密又整,通体如一。尤其是有股清香,闻了令人心神皆爽,头脑清灵。生平游过不少名山胜境,珍奇古松不知见了多少,似这样元气浑厚,宛如新植嘉木,常春荣茂,上下只是一片清苍,蓬蓬勃勃的古松,却是初次见到。

一松一兔,两俱可怪,灵姑仔细推想,猛触灵机。暗忖:"师父、师姊们闲谈,常说起峨眉凝碧仙府有许多灵药仙草,俱已修成人兽之形。内除芝仙已成仙体外,尚有金马、乌羊、银牛诸异。教祖齐真人恩加草木,只借它们的灵液炼丹救人,不许伤害;并还传以道术,加意护持,使参仙业。这些成形仙药,凡人如得服食,至少也能返老还童,延年益寿。甚而借以脱胎换骨,长生不老。适见白兔身无寸毛,周身放出银光,纵起来比猿鸟还快得多,明明眼见树下,一闪不见。树石都如此完整,如非灵物异宝,哪能穿石而入,不见丝毫痕迹?这株松树,也茂盛得出奇,定是得了神物的灵气,方能到此景象。师父行时,明知我往桃林送粮,留示不提只字;庵无二人,也未禁我出外。日前说我尚有仙缘,尚未遇合。此时我还在想得拜恩师,已是不世仙缘,还有甚别的遇合,难道我还要拜一位师父不成? 照此揣测,好似故意使我因彩蓉绝粮,引到此地神气。"

灵姑越想越有几分道理,无奈兔已入石,神物机智,人在决不再出。有心将树弄倒,用飞剑开石搜掘,又可惜那么好一株千百年古松,成长不易。便是草木,未始无知,为自己私心之利,将它毁掉,于心不忍。再者那兔既穿石入地,如鱼在水,何处不可游行,何从寻觅? 于是故意扬声欲走,藏过一旁,屏息静候了一阵,仍毫无影响。时已当午,恐误午课,只得回转。又去土穴中看了看,因恐自己走开时恰巧二女上来,便把粮袋留在穴内。

灵姑回庵见无人至,做完午课,重到土穴,粮袋不见。地上却留有二女字条,只谢她送粮盛意,既未约时相晤,也没说因何上来。心想:"每次送粮,俱是欧阳霜师姊,我尚初次代送,二女怎会知道? 如能前知,为何唤她们不应? 连来几次,直等留粮,方始出来取走,真似有心相避一样。谭萧匆匆一晤,不过投缘而已。彩蓉一夜班荆,情如凤契,已成患难之交;别时又曾再四恳托叮咛,并说不问恩师允否,均盼常往看望。自己尚未回复,既知我来,万无不欲相见之理,怎也如此? 难道她每日用功太勤,只适才上来这点余暇,我不及待,彼此相左? 就这也该留字约时相晤才是,怎么只写谢意,更无他言?"

灵姑方在不解,一眼回顾洞外,又见白兔出现。赶紧追出时,这次双方相隔比头次更远,白兔并已发觉穴中有敌。灵姑这里追出,兔已纵向崖顶。跟纵追过崖去,人未到地,兔子已纵落,没了影子。二女将粮取走,灵姑别无挂念,一心一意想将那只白兔擒到手中。

由此起,每日两次,功课一完,便往桃林守候搜索。有时一去便即相遇;有时潜伏土穴口内候有一会儿,才见那兔由崖顶纵落,不遇之时甚少。每次均见兔在草地里扒土为戏,好似掘洞,但都浅尝辄止,闹得桃林中尺许深大的土坑到处都是。

几次追过,那兔成了惊弓之鸟,后更发觉灵姑藏伏之处。来时用爪奋力扒土,扒没多深,又复弃去,另换地方重扒。随时东张西望,不时回顾,稍有动静,便即如飞逃去。看去又是情急,又是惊惶,偏仍不断扒土,好似非此不可。怎么想,也想不出它每日必来扒土是何用意。

可是灵姑飞行那么快,竟会追它不上。最快时,也只人兔同落,眼看它钻进松根坚石之下,无影无踪,奈何不得。灵姑又想生擒,不舍用飞刀伤它。似这样一晃十多天。灵姑先还恨得牙痒,后来去惯,越看越爱,直以逐兔为乐。顺便也去土穴呼唤二女,终无回音。中间有几次遥见兔已出现,故作不知,远远飞向古松之下,潜伏守候。怎奈那兔灵敏异常,人未离开以前,竟无一次归穴。灵姑最有毅力,执意非擒到手不可,用尽不少方法,终无效果。

眼看师父要回山,灵姑还是想不出主意。这日去得较早,忽觉地上新扒的土坑比昨日傍晚逐兔后回庵时多了好些。忽想起夜课之时从未来过,何不把夜课提前,来此一试?

当日老早做完三遍功课,到了黄昏,先去桃林,将兔惊走。然后相好地势,借着山石桃树,把身形隐起。果然那兔以为灵姑又和往日一样,穷追不获,飞回庵去,放心大胆跑了出来。灵姑本意断它归路,藏处离崖颇近。见那兔由顶纵落,接连几跳便入桃林,四爪齐施,遍地乱扒。扒不一会儿,又换地方,出没于桃林深处挨近土穴的一带,来来往往,营营不休,看神气比前些日还要急遽得多。

灵姑看了个把时辰,老是那样,看不出个所以然来。当夜星月交辉,天色甚是明朗。忽然山风渐起,花影如潮,转眼之间,满天俱被云遮,光景骤暗,颇有雨意。昏月隐现中,遥窥那兔扒得更为忙乱。忍耐久候,想出声惊动,暴起捉拿,放出飞刀将兔围住。

不料那兔好似也畏雨至,急匆匆扒了几处,不对心思,倏地箭一般由林中窜出,往崖顶一面纵去。灵姑忙指银光堵截时,谁知那兔似为别的惊觉,势比往日还要迅捷;灵姑又只想恐吓,不肯伤害,未将银光着地,竟被它乘隙由银光之下平窜出去,没有堵住,灵姑只得纵身飞起,越崖追赶,银光照处,兔已首先纵了下去。如照往日,一到松根,便即穿石而入。这次不知怎的,到了根下,好似有所顾忌,欲下未下。略一迟疑,回顾灵姑跟踪追来,便不再往石里钻入,落荒逃走,疾如流星,晃眼没入前面草地之中,不见踪迹。灵姑又没追上。灵姑因知松根是它巢穴,按着往日行径,早晚必要归穴,反正回庵无事,意欲拼着守候终夜,再试一回。见西首相对那松也有好几抱粗,枝柯也极繁茂,相对那松只十来丈。兔被追出甚远,如在树后藏起,等它回穴,当时能捉更好,否则先不惊动,且看清它进去动作,明日再作计较。

灵姑身刚藏好,天空阴云已满,风势越大,一时万窍怒号,势绝惊人。那两棵古松给风吹得全身摇撼,松涛大作,似欲拔地飞去。吹有一会儿,风势稍减,倏然半空数十道金蛇一闪,雷声殷殷,由远而近。跟着便有又大又急的雨点降落,打向石地上,声甚清晰。左侧崖洞中的蝙蝠也被惊起,绕洞群飞,悲鸣不已,知雨快要下大,留则必受雨淋,意欲回庵。又觉凡是灵物,多畏雷劫。适才风势才起,那兔并无人惊,急遽逃回,未始不是畏雷之故。风雷如大,势必入穴归根,时机正好,怎可错过?那崖洞离兔出没之处更近,意欲移往避雨。

灵姑念才一动,猛听洞中地底轰隆一声大震,满洞俱是金光霞彩,一闪即灭,同时自己身后也亮了一下。跟着又是轰的一声巨响,光照处,石地已然震裂,仿佛陷有一洞。吓得那千百蝙蝠一窝蜂似冲风冒雨飞了出来。不一会儿,裂缝中冒出一幢火光,照得合洞通明,岩石都被映成红色。眼看那火越升越高,渐渐离开地面,往外飞出。灵姑正在骇异,那火已飞到对面松树之下。刚往下一沉,似要穿地而入,倏地眼前电光雪亮,紧接着震天价一个大霹雳,夹着栲栳大一团雷火直朝火光当头打下。那火光似早防到,忽然分布开来,化作一片火云,往上飞去。那雷尽管一个跟着一个紧打不休,无奈火云将它托住,越展越宽,轰隆之声枉自石破天惊,山摇地撼,终是震它不散。

灵姑胆大气壮,知是雷诛妖物,并不害怕。先只向上观看,正想是什么妖物变化,只是一片火云,不见别的形影。打算放起飞刀助雷除害,忽听对面松树边轧轧乱响,石地也有碎裂之声,再让满天迅雷四山回应之声一衬,疑要地震,未免心惊,不禁探头朝外注视。这才看出火云之下,有一个二尺来高的婴儿,通体火也似红,一头白发,尖头尖面,双瞳碧绿,精光闪闪,四围俱有火光围绕。一手指天,一手指地,正在树下离地尺许凌空乱转。双手指处,上面火云随着增长,下面石地也跟着越裂越大。

这时雷声越加猛烈,火云虽然随消随长,未被震散,反倒升高,下面婴儿却是惶急万分,一面行法急转,一面睁着那双碧光四射的怪眼东张西望。灵姑常听师父说,这类炼就婴儿的人物,大都功候甚深,不算准于他有利的时日,决不脱体飞升。道法也最厉害,如若遇上,务须谨慎小心,不遇机会,或操必胜之势,万不可冒失取祸。上面那么厉害的天雷都伤他不了,可知难惹。师父不在庵中,遇险无人解救。

略为迟疑之间,松下裂缝已有方丈大小,远看仿佛颇深。婴儿转着转着,猛往下一沉,直落穴底。灵姑疑他要穿地遁走。适才未将飞刀放出,若被他逃去,看那相貌狞厉,定必为祸世间。方在后悔小心过度,留下后患,婴儿忽从穴底飞起,手上却多了一个东西。定睛一看,正是连日所追的白兔,不过像是死的,不见动弹。后尾上还带着一大蓬乱须,其白如银,与树的根须相似。

婴儿抱白兔在怀中,端详了一下,颇现失望之色。灵姑顿悟白兔果是灵药变化成形,必早算出妖物要侵害它,日往桃林掘土,意欲迁居,不料没有寻到,结果仍落妖手。但那白兔只能穿石入土,不会隐形,适才分明见它落荒逃走,何时回来,怎未看见？既因自己枉自追逐守候了十多天,白受辛苦,又因此妖现已如此厉害,再服灵药,岂不益发难制？心中愤恨。

灵姑胆气刚往上一壮,恰好妖物因所得未如所愿,明知劫数未消,依然自恃多年苦炼功行,不肯吃那死兔。心中盘算灵药复体之策,神志稍分,当头猛地接连几个大霹雳打将下来,那片火云竟被震散了好些。妖物当时心慌情急,将口一张,又喷出一片火云。无奈雷火中夹着金光,加了好些力量,第二层火云才飞上去,头层火云已被震散多半,仅剩薄薄一层。尚幸应变迅速,未致迅雷打下。

按说妖物此时遁走尚来得及,偏是生性贪婪。火云是他内丹真元,为想取那松下灵药,吐出抵御雷火,不料事未如愿,反消耗了好些元气,须将灵药生吃,才能补偿;就此遁走,不特补偿无方,为保全身,还要损失加倍丹元,自觉不值。以为雷劫虽然厉害,但有时限,只要挨过,便可无碍。再加上还有别的希图,意欲一面喷出丹元抵御雷劫;一面行法使灵药复体,变成活兔,生服下去。中间真个不行,再打逃走主意,只要能脱难,便有法想,不过费事而已,终有修补之日,愁它何来。

妖物虽知昔年二松,眼前只见一棵,先颇有点疑惧。嗣见入穴取兔出来,终无动静,雷火又极厉害,无心思索,也就撇开。他这里既要全神贯注天空,还要行法使兔复体重生,当然不暇再计别的。

灵姑见他仰视手指,口喷火云,嘴皮乱动,手中白兔已放在地上,毫未觉察有人在侧,神情也极慌乱。暗想:"还不下手,等待何时?"身随念动,径将飞刀放出。为防妖物厉害,格外加强,与追白兔时大不相同,一出便是百丈银虹,电掣龙惊般朝那婴儿卷去。跟着飞身纵起,以备万一非敌,与身相合,逃回庵去。飞刀乃师父镇山降魔异宝,即或不济,也不致为妖所害。

谁知藏身之处有人预为布置,松和人已在适才金霞闪灭之际隐去,妖物没有看出。飞刀何等灵异,相隔既近,又是蓄势已久,出其不意,端的比电还疾。妖物脚踏白兔,正想等雷火稍懈,双管齐下。猛见银光照耀天地,自知不妙,刚惊叫得一声,往上一纵,连人都没看清,全身已被银光围住,立时绞成粉碎,青烟四散,白浆流溢。

灵姑想不到妖物死得如此容易。银光照处,那只白兔因在地下放着,妖物遇变,飞身欲逃,刚刚避开刀芒,没有伤损。灵姑料定有用,连忙拾起时,猛觉雷声越猛,震耳欲聋。抬头一看,妖物身死,上空火云失了主驭,迅雷过处，已经稀薄，这时正有一团雷火当头打下。恐被打中，喊声："不好！"忙纵遁光往左侧崖洞飞去。才一落地，回顾洞外，雷已四散，妖云打将下来，满地火星乱迸，一闪而灭，雷声就此停住，雨却似天河怒倾，倒将下来，晃眼工夫，积水数寸。

灵姑刚学会身剑合一，雨势极大，从未见过，雨中飞行尚未试过，没想到身剑合一，风雨不侵。心中仍存常见，自己衣服无多，恐被大雨淋湿，回庵费事，还多糟蹋，想等雨势稍小再行回庵，就便看看所得灵药到底是何物。及借飞刀银光一照，那灵药远看是个白兔，实则是树根。只前半活似兔形，大小形状也与所见白兔相仿。后半却是根须甚多，并还附有泥土。仔细查看，并无一点生气，只当灵物已被妖物弄死，甚是可惜。不禁叹道："兔儿兔儿，我寻你多日，即便知道你是草木之灵，你如活着，我也不过学峨眉诸仙的样，将你移植庵中，可免死于妖手呢。如今你已被害身死，留你也是枯槁。反正不是我害你，说不得只好借你成道，服下去得点好处了。"

说时正想咬一口尝尝，忽想道："既得到这样珍奇灵药，理应等候师父回来献上，大家同享，怎能背地私服？况且师父每采药回来，多经制炼，这样生吃，知道效力如何？难得宝物取得如此完整无伤，莫要冒失残毁，减了效用。"灵姑想到这里，重又叹道："你要是个活的，如峨眉芝仙、芝马，每日随我同玩多好。"

灵姑正叹息间，耳听雨声越大，忽又想道："妖物不知何物修成，如此厉害。既由洞内裂穴中出现，躯壳必在穴内，也许能够下去，何不看看他的原形究竟何物？"随走向穴旁一看，由上到下，并不甚深，大抵方丈，穴底石质，并无一物。再纵落穴底，用刀光细一照看，只见靠里竟有一洞，只能供人蛇行而入。便把飞刀放入试探，里面似有洞穴在内，那窄径并不甚长。估量妖物已死，里面没什么可虑，一时乘兴，取下腰间丝绦，把灵药系向背上，仍用飞刀护身，半爬半走，往里钻去。进约三丈，始渐宽大，果然有一石穴，只有不到两丈。除来路小通口外，石质光滑，通体浑成。正当中爬着一只狐狸，通体修尾白毛，长约四尺，好似死去多年，虽然未坏，毛皮多已腐朽。

灵姑才知适斩男婴乃是狐妖。因而想起："这里正是昔年妖狐所居洞府的前门，为神僧佛法禁制，层层隔断。定是妖狐受禁时元神未伤，在穴中潜伏苦炼，修成婴儿。又炼多年，方始破石通出。不料罪深孽重，仍难免劫。闻说此洞与二女所居相通，适才火光未现以前，又有一片金霞闪过，也许佛法为妖所污，或是期满失效，妖狐方得破石而出。飞刀乃神物，无坚不摧，何不试它一试？如与二女相见，就便问问灵药名称，有何妙用，岂不甚妙？"

灵姑试指飞刀，朝对面石壁上攻去，银光电旋中，石壁竟被攻破丈许方圆。裂石被刀光一逼，直朝孔中往里推落，半晌始闻轰隆坠底之声，仿佛内里地底深极。裂洞厚只丈余，石已崩落，更无阻滞，纵身进去。刚走到穴口，便见下头有光透出，知到洞底。

经过狐仙布置，到处通明。试飞身下去，觉与二女所居地穴上下相距差不多少，料无差错。及至地底，见是一个大空洞。靠里一面有两扇玉石门，门上一团碗大光华照耀远近，适见亮光便由此出。灵姑试再推门，门并无关锁，才推开尺许，便见光华耀眼，不禁惊喜交集。壮着胆子，缓缓试探着走了进去。入门先是一条玉石砌成的行道，尽头处玉殿瑶阶，光彩陆离。两旁花木繁茂，五色缤纷，异香馥郁，直不似无人居住情景。

灵姑先颇疑虑，踌躇片刻，不见动静，又走向两旁细看。那些花木虽然繁盛整齐，多是平生未见之物，可是地下残花落叶层层堆积，厚达数尺，有的几与行道相齐，内中也有好些干枯了的。才知花是仙种，不经法术培植，洞天地灵，不须人管，也能生长。

经此一来，越发断定人妖两无，深入无妨，放心大胆，收刀前进。到了殿内，越觉珠光宝气，玉柱金庭，掩映流辉，眼花缭乱，应接不暇。灵姑见全殿虽然穷奢极丽，大都是珍贝宝玉之类，乍看炫眼，细视平常，与修道人无甚相干。妖狐不知费了多少心力，造了多少罪恶，才得有此，终于弃置地底，要它何用？

灵姑一心想寻二女，略看一遍，方要寻路往殿后寻去，忽听铮铮乱响，好似金石交击之声。心中一惊，忙将飞刀重又放出，护住身子，循声注视。一会儿又响，静心一听，声自当中碧玉宝座之下发出，时发时止。那宝座上面翠绿晶明，下面却是白玉，好似两截砌成。灵姑近前细看，上下相接之处界限宛然。用力往上截一推，竟不动分毫。心想："宝座最重不过一二千斤，怎会推也不动？"不愿毁损，寻到后座接缝之处，见有符箓隐现。试指飞刀朝缝口一插，一片青光闪过，符箓全消。再一推，上半已能移动，下面响声越急。唯恐座下禁有妖物，不愿放出，不知如何是好。忽听身后有人笑道："姊姊既入宝山，还不下手，难道空手回去么？"

地穴古洞，突闻人语，心疑有变，慌不迭飞身纵出。刚一落地，觉出耳熟,回头一看,果是彩蓉,身后随着谭萧,正由玉屏风后转出。灵姑不禁喜出望外,忙问:"二位姊姊怎得来此?"谭萧笑答道:"圣僧第二道灵符就要发动,当年特留今日这点时间,为后人取宝之用。灵符一发动,除愚姊所居后洞外,此地永远禁闭。为时无多,快请移开宝座,将应得之宝取出。同往后洞再谈吧。"

灵姑一听下有宝物,此洞不久封闭,忧喜交集。忙将上半宝座推开,下面竟是一个浅槽,内有一块古玉璧;一对似铁非铁的黑环,径约尺许,非金非玉;还有寸许方圆的一块乌木。灵姑不知何用,回顾谭萧面有欣羡之色。还待仔细搜索有无别物在内,忽听门外殷殷雷鸣之声。谭萧忙道:"恭喜灵妹宝物已得,还不随我快走。"灵姑知道神僧禁法发动,忙将玉槽宝物一齐拿起,彩蓉相助将宝座还了原状,一同绕出屏后,往里行去。灵姑见殿后石室甚多,金座玉柱,翠栋珠璎,到处都是。因二女只催速行,各驾遁光,由二女引导,穿行其间,也未观赏。一会儿工夫,遍历全洞,由一圆门走过,便达后洞丹房。

谭萧道:"这一墙之隔,便是前后洞的分界。少时禁法一齐发动,我们已然脱险,且看佛法妙用如何。"话未说完,前洞雷鸣越紧,更杂以风水火声,地肺怒号,势极惊人。渐渐由远而近,候不片刻,水火风雷之声恍如地震山崩,澎湃奔腾,轰耳欲聋。门外声势那等险恶,门内依然安安静静,不见丝毫摇撼。谭萧笑道:"天狐在此数百年经营,再加后辈妖狐苦心聚敛而得的宫室器用,今日真被佛法毁灭,化为劫灰了。"

彩蓉道:"此洞深居地底,易为妖物盘踞,将它封闭,防患未然,原是对的。只是里面尚有不少奇珍异宝,俱是值钱之物,尽可取来济人,就此一并毁灭,不可惜么?"谭萧笑道:"狐室所有,多半人世珍奇难遇之物。尽管知道可以取出变钱救济穷苦,可知这类东西留在人世,巧取豪夺,累世相争,许造无量孽因,比留此洞为妖邪匿宅,还要厉害得多了。"

语声甫毕,门外地面忽然下陷,地底腾起百丈黑烟,更有万道金霞,夹着水火风雷之声潮涌而来,火焰强烈,耀目难睁,势更猛烈异常。休说灵姑、彩蓉胆寒,便是谭萧深知底细的人,见状也甚惊疑,唯恐佛法厉害,立处太近,受了波及,喊声:"不好!"拉了灵姑、彩蓉,忙往后退。

就在三女逡巡却步之际,突地风雷无声,金霞俱敛。再看对面,已变成了一面浑整石壁,原有圆门无影无踪;适间种种声光彩色,宛如石火电光,一瞥即逝。石室幽静，悄无声息，只觉地底雷声未息。灵姑、彩蓉好生惊赞。见谭萧点头微笑，似有会心，便问："佛力怎如此奥妙？"谭萧道："这时且不去说它。灵姑还有一事未了，且同至室中再谈吧。"当下同到二女修道室内。灵姑所得玉兔尚负背上，二女俱早看见，因晤时匆匆，忙于取宝脱险，无暇说及。入室之后，灵姑便将它取下，随手放在旁边玉石案上。

谭萧笑指道："日前欧阳贤妹来此传郑仙师之命，说昔年神僧来本洞除妖时，有一妖狐道行较高，积恶也重，早将元神遁入地底，以神僧法力，本不难将它诛戮。一则因那妖狐自知无幸，再三哀求，以后誓改前非，不似其余妖狐凶顽苦斗；二则天狐仙去之时，曾将所炼两件异宝、一小盒奇香封藏前殿宝座之下，原意后辈狐妖如能承继它的光荣，便以此宝赐予，如其不能，便等数百年后有缘人来自取。神僧明知妖狐不易改恶从善，依然慈悲，网开一面。计算禁闭期终，妖狐雷劫也到，那时如已悔罪从善，以它地底多年苦修之力，便可避开雷劫逃走；只要恶念一动，就在妖狐元神破土上升、禁法失效之际，另生一种隐形妙用，将西首一棵古松全部隐去。同时那有缘人也在此时来到树后潜藏。

"妖狐昔年便知东首松下藏有千年茯苓，本心想等茯苓成了气候，变化物形，能离山出游之际，再行生擒服食。忽被神僧禁制，在地底潜修多年，断定年深岁久，茯苓早已形神俱全，比起当年灵效更大，如何肯舍。所以才得脱困，便冒天雷之险，前往松下发掘。

"那茯苓也是岁久通灵，知道劫难将至，意欲移向别处避祸。始而想顺地脉迁徙，偏生此洞周围均经佛法禁闭，除它元神所化白兔，可以由松根之下出入外，要想穿土石游行地底，万难办到。眼看时机迫切，无计可施，只得跑往桃林一带到处发掘，打算觅妥安根之处。同时昼夜苦攻，准备将它原来安根之处的石上稍为攻穿，只要根须稍沾佛法禁制以外的土脉，便可立即遁去。

"谁知后洞桃林一带，又经郑仙师法力禁制，浮土只有尺许，以下便坚如金铁，它一个草木之灵，怎能掘动分毫，掘遍全林，终无效用。恰又被灵妹撞见，起意擒捉，累得越发担惊害怕。终于挨到今夜，又被灵妹追到生根之所，忽然惊觉应劫期至，万般无奈，只得拼舍原身，逃入附近土内躲避。

"妖狐不知它已事先逃匿，见古松繁茂，灵气隐现，料知灵物未被人发掘了去。自恃妖法厉害，一面抵御空中雷火，一面行使妖法裂开石地，将它原

300

身取出一看,灵物元神已逃,而自己的真元又受了雷的震动,消耗不少,得不偿失。妖狐心仍不死,正在妄想用那极恶毒的妖法,将灵物元神所化白兔捉住,生嚼下去,再用全力冲破雷火逃走。不料利令智昏,不曾细想原有二古松,怎会少了一棵?上空雷火又烈,一时粗心大意,全神防御上面,致被灵姑出其不意,用飞刀将它杀死,加上天雷猛击,枉自辛苦数百年,仍然难逃恶报。

"郑仙师恐灵妹初入妖宫,不知就里,万一失了机宜,命我姊妹到时往前洞接应。刚到前殿,便见一只白兔潜随灵妹身后,不时谛听洞外,神态甚是惶急。又见灵妹身背茯苓,知是它的本体。此物机警非常,如因受惊逃窜出去,恰值佛法发动,将它隔断,进退两断,势必同化劫灰,岂不可惜?为此不顾说话,先用禁法断了它归路,才与贤妹相见。果然此物机智神速,下手稍慢,便被逃去。始而还在殿上东藏西躲,我也不去睬它。后来洞外雷声渐起,它知道更无幸,又见我未下手捉它,方始暗中尾随我们,一到后洞,便即觅地藏起。此物秉天地之灵气与千年老松树精英而生,岁久通灵。成形以后,多化兔形出游,又名茯兔。修道人得此服食,益气轻身,延年益寿,比起肉芝、首乌之类,功效差不了多少。灵妹今日连得二宝及仙师所需奇香,又得此旷世难逢之物,仙缘可谓深厚已极。

"今日之事,郑仙师早知前后因果。并已传谕不必归报,得了尽可就地服食,免被入土遁走。便它涉险尾随来此,也是一心盼着灵妹少时将它解放,只一沾土,便可化形连身遁去。却不知神僧佛法二次发动,前洞已然隔断,无路可逃;后洞休说早有仙法禁制,地穿不进,便我姊妹在此,它也逃走不了。灵姑如欲现在服食,可将它原身交我,立时可令元神复体。如法服用,足可抵我二三百年苦炼之功呢。"

灵姑先闻白兔随来,心甚欢喜。听完,忽一转念,问道:"姊姊说得此物如此灵效,但不知可能和峨眉芝仙一样,可以起死回生么?"谭萧道:"灵妹用心,我已深知。此物比起肉芝、首乌,已然稍逊。那峨眉芝仙,因舍身救人,减免峨眉两辈许多门下灾劫,因此备得教祖和众仙爱护培成。尤其神驼乙真人与凌真人夫妇怜爱提携,无所不至。它又向道虔诚,修为勤苦。如今已成仙体,法术道力不在我辈以下。更善变化,不可端倪。所以它那芝血,能得一滴,便可生死骨肉,力敌造化,岂是此物所能比拟?老伯劫难一满,必能回生,此时别无他策。灵药难得,仙缘不再,还以自服为是。"

灵姑闻言,慨然答道:"既是恩师知道,不需此物孝敬,那我也决不吃它的了。"

彩蓉惊问何故。灵姑答道:"千年灵物,苦修不易。难得白兔未为妖物所伤,正好学峨眉诸道友不伤芝仙的样,禀明师父,将它移植庵中,加意培养,助它成道,岂非一桩好事?至于我自己,只要奋志前修,终有精进之日,何苦伤一无辜生命,借草木之灵,贪天之功,以为己力?请姊姊传我禁法,将它招来,以免疑惧不前;或是移植之后,又复逃走,致为妖邪所害。"

谭萧闻言,笑道:"灵妹如此存心,异日哪能不成仙业?你这几句话就是禁法,还用我传做甚?你当草木之灵就不知善恶么?它如不是因你得到它原身以后,看出你的心意,要了命它也不敢尾随而来。不过初脱大劫,已成惊弓之鸟,又经我行法禁制,断了逃路,心里害怕,不敢出见罢了。你既决定不再伤它,我又不再劝你服食,便不寻它,也自会走进来的。"

话言未了,果见连日所追那只白兔在室外探头,做出战战兢兢欲前又却神气。灵姑见状,越发怜爱,恐它害怕,也不起身追捉,只温言招手道:"兔儿,你受惊了吧?我不会伤你的,快到这里来。少时随我,连你原根,移到我仙师庵里去,不比在野地里常要受那妖邪恶人欺侮侵害好得多么?"

那兔闻言,眼中含泪,望着灵姑跪下,将头连点。然后半跪半爬,望望灵姑,又望望二女,逡巡走入,仍是非常害怕神气。谭萧佯怒道:"灵妹,它既害怕,我们不必勉强。待我开洞上去,你仍送它回转老巢,各自回庵,不去管它,任凭别的妖邪嚼吃了吧。"话未说完,白兔好似信以为真,立即去了惊惧之态,只一跃,便到了灵姑膝上,紧贴怀中,目视灵姑,甚是依恋。引得三女俱都哈哈大笑。

谭萧道:"此物真个狡猾,话已听明,万分心领,为想得人怜爱,偏生有许多做作。天已不早,至迟三日,郑仙师必回,尚有客到此同办元江取宝之事,灵妹请回吧。大约愚姊妹不久也要出头了。"

灵姑抚摸白兔,觉它身上温润如玉,遍体清香,灵慧异常,心正欢喜,闻言想起庵中无人,出来时久,忙即起身告辞。又问元江取宝之事和所得宝物名称。谭萧道:"元江取宝,此为二次,我也不得其详。你今夜所得的宝盒中所贮异香,大有效用,务须谨慎。上面天已微明,说来话长,仙师回庵自会详言一切。元江事完,再请枉驾一谈便了。"

随说,一同起身,施展法术。灵姑已能飞行自如,无须再由坠石升降,坠石下只十丈,上面略现裂口,便即向二女作别。手抱白兔,飞身直上。看着坠石填入缺口,地皮还原,方始回转,暂时先将茯苓原根择地埋好。做完早课,取出宝物看了一阵。因白兔不吃东西,有心想把师父丹药给它吃一点,又恐师父怪责,只得罢了。要知后事如何,且看下回分解。

第六十七回

电击霆奔　仙兵穿石岸
烟笼雾约　神物吸金船

话说白兔自到庵中，越发驯善，安伺在灵姑身侧，片刻不离。尤其善解人意，灵慧无比。灵姑自是欢喜。方觉它不会出声叫唤，有点美中不足，忽听室外天空中似有破空飞行之声，由远而近，快达庵上。连忙赶出庵外看时，由西北空中飞来好几道剑光，晃眼落地，现出六男两女。

灵姑看出来人俱是正派门下，忙迎上去。互相通名叙礼之后，才知那两个道装少女，一是白发龙女崔五姑侄曾孙女凌云凤，一是汉阳白龙庵素因大师门下戴湘英。那六个男的，一是白水真人刘泉，一是七星真人赵光斗，一是陆地金龙魏青，一是凌云凤未婚夫俞允中，俱是云南雪山青螺峪怪叫化穷神凌浑的门下；下余二人，一名烟中神鹮赵心源，一名小孟尝陶钧，乃青城派教祖矮叟朱梅门下，又是穷神凌真人记名弟子，更是自己未来同门师兄。多半闻名已久，初次相见，当即迎进庵去。

众人落座，灵姑敬了清泉山果。凌云凤先略说来意，都是为了二次元江取宝而来。除这一行八人，因在途中巧遇，合力办了一桩大善举，早一天赶到外，后面还有峨眉掌教乾坤正气妙一真人齐漱溟派来的三英二云中的严人英、李英琼、周轻云和齐金蝉、石生、朱文、申若兰、秦寒萼，也是八人。并闻武当派半边老尼得知郑颠仙由岷山白犀潭韩仙子那里借来金蛛，二次元江取宝，自己不好意思出面，暗令门下照胆碧张锦雯、姑射仙林绿华、摩云翼孔凌霄、缥缈儿石明珠、女昆仑石玉珠、女方朔苏曼、紫玉箫韦云和等七姊妹，借口说观光，实则志在分润。

至于已得颠仙心许，如衡山白雀洞金姥姥罗紫烟门下何玫、崔绮、向芳淑三女弟子尚不在内。灵姑同门师姊，除却欧阳霜随师同回外，还有慕容昭、慕容贤、辛青三人，均是奉命积修外功，离庵已久，届时也都赶回。差不多各正派俱有门下前来,几乎群仙聚会。

灵姑自来庵中,只与欧阳霜时常相聚,余者多是耳闻,一旦得与各派剑仙晤聚,好不欣喜异常。元江取宝之事,因来人都未深说,好似有点避讳,自己是主人,不便深问。宾主欢聚,甚是投缘,尤其凌云凤、戴湘英备闻灵姑孝行至性,又见她资禀过人,功行精进,一年工夫便到此境地,甚是赞许。灵姑自知末学新进,来客无不高出己上,更是虚心求教,敬礼周至,因此大家一见,便成知己。

第二日午后,先是衡山何玫、崔绮、向芳淑三女侠赶到;跟着严人英、李英琼、周轻云、金蝉、石生、朱文、申若兰、秦寒萼等八人,由峨眉后山同驾弥尘幡,由一幢彩云拥护,电掣飞来。灵姑经凌、戴二女一一引见之后,觉着后来八人仙风道骨,法力高深,比起先来诸人又胜一筹。尤其李英琼、金蝉、石生三人更是个中翘楚。不禁又是钦羡,又是狂喜。众人见她持礼诚敬,虚怀若谷,又有那等根器修为,知是颠仙得意门徒,也都非常敬重,有问必答,言无不尽。因此灵姑无形中得了许多教益。

灵姑久闻武当石氏双珠和照胆碧张锦雯之名,听金蝉等说,师父明日必到,悄问云凤:"半边老尼门下七姊妹怎还不至?"云凤笑道:"这次元江取宝,渊源甚多。她们俱是外人,又未接有请柬。武当七姊妹多半性傲,明知心意必被我们看透,借口路过观光,觑机拾点便宜,已觉不好意思,再做不速之客,岂不更招人讥议?你想看她们不难,后日月望,正是下手之机,你只要见郑师叔用金蛛在江心水眼把金船吸起,施展峨眉掌教真人所赠灵符,振开船舱封锁之际,她们便在对江危崖上现身了。"灵姑闻言,记在心里,也未往下追问。

那只苓兔,自从移植庵中,已不似前野性。初见来了好些生人,还甚畏惧,嗣经众人索观,灵姑开导,方始现身出来,任凭抚弄,不再藏匿了。金蝉、英琼等人见它虽比不上峨眉的芝仙、芝马,却也灵慧非常,天生灵物,自是难得,谁见了也很喜爱。尤其对于灵姑不贪功,未加伤害,居心仁善,大为赞许。

虽然客多,全庵只有灵姑接待,仗着来客俱都吐纳功深,断绝烟火,除略备一些甘泉佳果外,无须料理食宿琐事,又无世俗酬应客套,终日言笑晏晏,并不显得怎样忙碌。

次日晚间,灵姑见师父仍无音信,不禁悬念。候到子夜,忽见欧阳霜同了两个道装女子，带着鹦鹉灵奴直飞进来。落地收了遁光，朝众人略为见礼。欧阳霜首先说道："这是慕容昭、慕容贤两位师姊。家师适才业已先回，现在后洞布置明日之事。庵外现有辛青师姊飞空防守，有师父仙法封锁，外庵不能闯入，已无他虑。妹子尚须往卧云村采取那三百株七禽树上毒果，以备明日金蛛吸船时益气增力之用。那树四外均有仙法禁制，去采无妨，归途难免妖人劫夺。妹子道力浅薄，定难抵御，有劳周、李、秦三位师姊，少时同往相助如何？"周轻云、李英琼、秦寒萼三人立即应了。

金蝉、石生也要随往。慕容昭道："这次元江取宝，关系甚大，好些厉害妖人俱起觊觎。卧云村取毒果，有周、李、秦三位师姊相助已足。诸位师兄师姊请至后洞与家师相见吧。"说罢，转令灵姑将灵奴与白兔一齐带入后洞，不到后日中午，不许出来，以防万一。

众人知道事关机密，颠仙命往后洞相见，必有要事分派，便不等周、李等四女起身，一同随了慕容姊妹往后洞走去。

灵姑来此年余，尚不知本庵还有后洞。及至随众到了庵后一看，仍是石壁排云，苔痕绣合。众人已经立定，并不见壁上有甚门户。心方奇怪，突地一片霞光闪过，眼睛一花，定睛看时，眼前景物已然有变。存身之地是一个大约五亩的石室，当中有一石座，两旁各放着一列蒲团，师父居中正坐。左侧立着一个丈许高下的独角怪鸟，生相与前在南疆所遇妖道米海客的独角虬鸟一般无二，只是长颈屈缩，凶睛微合，稳立不动，神态看去驯善得多。在石几上放着一个朱漆圆盒，隐闻抓搔之声甚是急遽，好似藏有活物。灵姑见众人已参拜下去，忙即随众拜倒。

颠仙含笑命起，分坐两列蒲团上。先由白水真人刘泉呈上云南派教祖怪叫化凌浑、白发龙女崔五姑夫妇一同具名的书信。跟着峨眉派齐金蝉和女大鹏吴玫，也将各人所带师长手书取出呈上，分别致了来意。

颠仙看完，笑对金蝉道："令尊道妙通玄，明烛几微，果非我辈所能比拟。日前因为神驼乙道友不曾接我请柬，原封飞回，还疑他心有退避，不肯相助。到时我又要全神贯注，监护金蛛吸取金船。众师侄虽然近来道力精进，各有神物利器，各派妖邪难于攘夺。但那雪山老魅那年攻穿地壳，振倒雪山，脱困出来时，余英男正率领神雕、灵猿寻取达摩老祖炼魔至宝南明离火剑，眼看身受地震之厄。恰值令姊霞儿奉了优昙道友之命，去峨眉省亲路过，看出危机瞬息，只顾将英男和灵猿袁星连同在场的米、刘三人一齐救离险地，飞

306

往峨眉，致令老魅带了尸灵从容遁走，不及诛戮，以致留下隐患。

"老魅神通机智，不在妖尸谷辰之下。他自被佛法禁闭以后，在云南雪山地窍以内苦炼多年。时常运用玄机参算，知道异日难满再出，除却两件元江水眼里前古沉潜的金门至宝而外，只有此剑是他克星。但那金门至宝为数众多，藏宝金盆金船有广成子仙法妙用，又在水眼深处，取时费事费时。

"想取此宝，第一须要深悉此中奥妙，第二要有大仙福仙缘和高深的道行法力。此外尚须一个修炼千年、亘古难逢的异类神物相助，等船身露出水面，便即吸住，方可施为。般般遇合，均须齐巧，缺一不可。此船轻重不定，不可思议：入水愈深，分两愈轻；越往上升，分两越重；升达水面，其重不下万斤，全部出水，立即重逾山岳。宝库封禁更为微妙，开取极难，步骤略乱，前功尽弃。

"我辈常用各种挪移禁制之法，十九难施。只有由那千年神物，将船略为吸出水面，取宝的人照着所知底细，缓缓依次施为。为防神物气力不济，还必须先备有千万斤合它脾胃的七禽毒果，连同大量谷麦，均匀倒向水面，使它顺着江水吸入腹内，补益它的元气，始能持久。那神物秉天地间庚气而生，往往生不百年，便遭天劫，最难长成。如果不足千年以上，气候未成，得也无用。还有那吸船时所用数百株七禽毒果，也无从采植。从古迄今，也不知有多少散仙为了取宝，白费许多心机，终于无一成就。

"老魅虽知神物终究要出世，却总算计事情太难，目前无人敢作此想，也就不甚在意，专心只防南明离火剑。于是便匿迹荒山古洞之中，日夕筹划营求。直到去年冬天，居然被他物色到一件能敌此剑的异宝。方在猖狂，忽闻金门至宝又有出世之讯，自然忧急万分，定用全力前来扰害。他仗着多年炼就玄功，口张手指，便能制敌于死，不必再用别的法宝。不似其他妖人，存有贪得之念，须等我们部署停当，快完功时，才行下手攘夺。只要我们一开始，便阻碍横生，决不容那金船现出水面。

"第一次元江取宝没有成功，半途而废，便败在他的手内。如非齐道友届时命余英男暗中相助，几乎连那吸船的神物金蛛也为所伤。就这样，仍仗着玄真子一道灵符，诱一假蛛被阴火烧死，才将他瞒过。同时瑛姆又命杨道友赶来。他见法华金轮厉害，英男所持又正是那口南明离火剑，并以为金蛛一死，任是多大法力道行，也无取宝之望，方才变化逃走。金蛛虽然未遭毒手，元气已然大伤。是我将它秘藏山腹之中，调养教练好些年。

"此事本无人知，上月与诸位令师长熟商，欲借取宝良机，除去几个妖邪，才故意泄露出去。为防老魅为害，虽已向杨道友借来昔年瑛姆所用降魔防身之宝，但我全身照护金蛛和取宝之事，其势决难兼顾。老魅见我防备周密，无法下手扰害，定要迁怒，与师侄们为难。强敌当前，更有各派邪恶环伺夹攻，丝毫大意不得。而且上次取宝未成，金船下陷愈深，再过些年，便与地肺元磁之气相接，纵有千百金蛛，也难吸动分毫。时机瞬息，稍纵即逝。此次再如无功，那金蛛真力已然消耗殆尽，非得金门宝藏中广成子余存灵药不能使它复原，从此终古永无再取之望。

"情势艰危，正恐众师侄不易敌那老魅，且喜齐道友已有安排，这次成功无疑的了。一切应用各物，只等取那毒果人回，将那毒果、谷麦装入法船之内，便全齐备。应在明晚亥子之交开始下手，相距尚早。老魅灵敏异常，更擅天视地听之能，这里虽有法术禁制，终以缜密为是，不等他来，先分派吧。"随从袖内取出五张纸条，分给众人，三五人合得一张不等。

灵姑见众人接条之后，各自指点，招呼条上所说同伴，三三两两聚向一旁，低语密商，多现惊喜之色。灵姑以为自己法力浅薄，难经大阵，所以师父不肯分派职司。方想明晚如何才能作壁上观，不致受师父责怪，忽见凌云凤独自一人拿着一张字条，将手向自己微招。中坐师父已然入定，隐闻水声汤汤起自坐下，忙即走过去。

云凤拉手悄问："灵妹，这里附近可有甚人迹不到的隐秘之处么？"灵姑笑答："妹子入门不久，后洞尚是初来。姊姊如要隐秘之地，等我问慕容师姊去。"云凤拦道："此事不能再问别人，就你所知好了。"随将字条递过。灵姑接过来一看，上写大意是命二女先期觅地藏伏，到了明晚，如听金鼓之声，可由藏处穿出江岸危壁，再由云凤将条上所附灵符如法施行，以下便凭二女相机应付。灵姑看完，正在寻思，忽见手上一缕淡烟过处，字条消灭，无迹可寻。再看别人所持之条，也是如此。

云凤又道："郑师叔现在正运用元神部署明日之事。我是初来，你如不知，条上决不如此写法，你再想想。"灵姑猛想起后山桃林谭萧、彩蓉所居地穴，刚脱口答了句："地下好么？"云凤忙道："再好没有。不要多说话，我们去吧。"灵姑因师父新回，得宝一节还尚未向其禀告，意欲少候，刚一开口，云凤便道："你的事，师叔早已深悉，现必无暇及此，快同我走吧。"

灵姑方想说那地穴不能通向江面，云凤已催速走，低嘱灵姑："庵外保不

308

定已有仇敌环伺,这类妖邪耳目多灵,洞中有师叔仙法禁制,还不甚妨事,出洞以后,不可说话。你可引我同去。师叔还另有封柬帖,尚未拆看,到时一看,自然分晓。那地方相隔必近,无须御剑飞行,有我隐身之法,步行前往,免被敌人窥破。"说罢,一同起身,走进洞壁之下。慕容姊妹看出二女奉命他去,忙抢向前去,双双伸手向壁间一揭,灵姑仿佛见有五色云岚向侧卷了一卷,微闻云凤喊声:"快走!"用手一拉,身不由己,向前冲出丈许。跟着一片烟光闪过,四顾悬崖高矗,星月在天,人已到洞外。知道不宜多言,径领云凤绕出右侧的疏篱,轻悄悄往桃林中走去。

灵姑先颇担心自己不会行法开通升降,云凤偏是性急,不容答话,拉了便走,万一她也不会,怎生下去,及至走到土穴尽头,正想打算和云凤打手势,脚底突地往下一沉,晃眼现出空隙,那封洞口坠石悬在空中,更不下降。料想穴中二女已经前知,心中大喜,忙拉云凤径由隙口往下飞落。身才穿入,坠石立即上升,恢复了原状。落地一看,谭萧、彩蓉果在下面仰首迎候。云凤下时,便将隐形法收去,宾主礼见。到了室内落座,灵姑问二女怎生得知? 彩蓉答说:"适才郑仙师神游到此,面示机宜,刚去不久。"云凤喜道:"我知郑师叔必有安排,想不到会有这样隐秘所在。灵姑尚还不知底细,此时大可畅所欲言了。"随说随将颠仙第二封柬帖取出,拆开之后,方始详说元江取宝一切经过。

原来那金门异宝,乃前古真仙广成子遗留。原藏崆峒山腹,共有七层封锁。宝物尚在其次,最宝贵最难得的,是广成子余存的数十粒丹药,每服一粒,足可抵得千百年吐纳修炼之功。汉前历代仙人为取此宝,不知费了多少心血,想尽方法,终无所得。因那封山仙法神妙,因人而施:如是真正玄门清修之士,往取虽然得不到手,不过徒费辛劳,尚不至于受什么伤害;如是左道旁门之士,不但宝物得不到手,稍微犯险深入,引动禁法妙用,轻则受伤,重则送命。一干妖邪渐知厉害,不敢妄动,心中仍是觊觎。俱盼玄门中出一神通广大的有缘人,将山腹攻开之时,前往抢劫。事隔数千百年,终无一人有此仙缘法力。

直到汉时,绿毛真人刘根联合许多正教同道,苦炼五火,烧山八十一日,居然被他破了封山灵符。眼看将有成功之望,不料仙法重重,山腹金门虽被攻开,藏宝的金船金盆上面,早经广成子算知未来,另设有许多仙法妙用。同时开山以后,异香大作。刘真人未防到此。远近精怪何止万千,闻到古洞异香，知道山腹宝库已被人攻开，尚未抢守，声势浩大，甚是惊人。虽仗众仙法力高强，将精怪诛戮驱走，可是那藏宝的金船金盆已从洞内飞了出去。众仙追拦不及，仅各在洞中黄帝向广成子问道的丹室内寻到几件宝物。虽没有金船藏珍神妙，也非平常道家炼的法宝、飞剑所能比拟了。

由此这前古金门宝藏便落在元江水眼之中，日久年深，竟被地肺真磁之气吸住。千百年来，知道底细的人极少。现时正教中只有三仙、二老、一子、七真得知内中因果和取宝之策。因是仙法奥妙，那金船金盆不是全仗道家法术所能摄起，更因地肺中元磁真气厉害，凡是五金炼成的法宝，微一挨近，便被吸住，永远沉沦地底，不能再得。

取时须用一种毒虫，名叫金蛛的，将贮宝的金船金盆挨近水面，取的人再飞身上船，仗着法力一层层破去封锁，将所有宝物一齐取出，然后任其自沉。否则那船本为镇那山川的至宝，只要一出水面，重逾山岳，任是多大法力，也不能使用，得也无益。可是取时稍一戒备不慎，便要勾动地肺真火，煮江沸海，裂地崩山，闯出无边大祸，比当初崆峒取宝还难得多。异派妖邪尽管垂涎生心，无一敢于尝试；正派中人也不敢轻举妄动，以致延迟至今。

郑颠仙也知此事，曾与三仙二老谈论过，本来无意及此。嗣因峨眉教妙一真人开读长眉真人遗札，得知郑颠仙、穷神凌浑俱与此宝有缘，颠仙又恰在南明山收服了一只金蛛，方始决定与众仙合力共取此宝。无奈所得金蛛只有千年道行，气力不足。知道岷山白犀潭韩仙子新近收服了一个大金蛛，禁锁峡壁之内，前往借用，正值凌云凤往送小人玄儿入潭之时，玄儿触怒了潭底妖邪，勾串金蛛，喷出毒丝，与云凤为难。颠仙本也难于收服，全仗云凤事先得了韩仙子所赐一件前古至宝神禹令，经颠仙暗示机宜，指点用法，才将那金蛛制住，一同回到元江大熊岭的苦竹庵。

这时白水真人刘泉、七星真人赵光斗、陆地金龙魏青及云凤的未婚夫婿俞允中，奉了师父云南派教祖怪叫化穷神凌真人之命，由青螺峪步行起身，先往哀牢山救了欧阳霜丈夫、卧云村主萧逸师徒三人性命。又将陷身妖党、化身异类、奉命隐形人村行刺其叔的萧玉、崔瑶仙夫妇解救还原，使其改邪归正，与欧阳霜合力扫平妖邪，剑斩天门神君林瑞师徒。事毕同往元江，听颠仙指挥相助取宝，也在此时赶到。

本来第一次大功便可告成，不料事前被妖人林瑞盗毁了好些七禽毒果。颠仙早得东海三仙玄真子预示玄机，金门至宝须等第二次始奏全功，尚未到全数得手的时机。一则不愿将辛苦培植的毒果白白糟蹋，二则自恃法力，意欲先试上一回，看是如何，第二次取宝时好早作计较。以为一只金蛛力薄，小蛛虽然道行较浅，但经自己多年教练，灵药调养，功候大进，性更驯善，由心所指，灵奇非常。明知吸取金船时蛛粮不够，反将大小两金蛛同时放出。原意虽然仓促，只要筹划妥当，下手神速，一样可以成功。

两蛛合力，果将金船吸近水面。谁知封锁严密，广成子仙法神妙。刚把上层封锁打开，船心金盆尚未出现，毒果已尽。两金蛛没有补气之物，不能持久，只凭满江谷麦，真气渐渐由衰而竭。同时刘、赵、魏、俞四人连同凌云凤、戴湘英和颠仙门下诸女弟子与劫宝妖邪苦斗，也在危急不支之际。颠仙无法，只得一面收了金蛛，一面行法护送金船，回沉江心水眼原位，再与妖邪相斗。就这样，还仗十个峨眉门下男女弟子各持异宝、仙剑，奉命赶来解围，这才将来的妖邪驱戮净尽。这便是第一次元江取宝的大概过程（事详《蜀山剑侠传》）。

彼时来的妖邪比这次少，真正厉害的没几个，事更机密，已有如此难法。这次各异派中人物俱已备知底细，只没有千年灵物吸取金船，不能下手而已。所以仇敌想捡便宜的占了一多半。余者都是深知颠仙等防备周密，趁火打劫，自知不行，唯恐金门至宝出世，平添许多克制，知道此机一失，此宝永沦地肺，被元磁真气紧紧吸住，与金船逐渐融成一体，增长神力，永奠禹域。

宝物虽还不致全灭，但在船中金盆以内封固，以后决无再取之望。除有几个快要兵解超劫的异派首脑如天师派教祖天灵子之类，差不多都来作梗。即便本人受了各正派首要警告，不来参与；或有怯于各正派后起门人法宝、飞剑厉害，知难畏缩，不愿亲身尝试，自挫威望，也必唆使别人，暗派门下得力弟子携了本门利器，前来相机侵害。

此宝经颠仙率正派门人得到以后，便按各人道行深浅福缘分派，委实关系重大。所来仇敌中，本还有北邙山妖鬼冥圣徐完，邪术高强，捷如电掣，有鬼神不测之机。各正派长老诛除多年，仅在峨眉开府时给了他一回重创，由此仇怨日大，专寻各正派门下为仇。只运数未终，除他不了。如若来此，便颠仙也难与他周旋。

幸亏他有一心爱女妖徒，名唤乔乔，因往白阳山古妖尸无华氏墓窥窃桥陵至宝九疑鼎昊天鉴，留下徐完阴敕禁令，待要归报徐完同来盗取。不料嵩山二老追云叟白谷逸、矮叟朱梅正助神尼芬陀弟子杨瑾和凌云凤诛妖取宝，破了法，将她惊走，又命元元大师门下红娘子余莹姑将她困住。

不料乔乔妖法厉害，乘二老不在，竟施邪法，转败为胜。余莹姑眼看危急之际，恰值徐完对头磨球岛离珠宫散仙——少阳神君门徒火行者，因师父接了峨眉开封请柬，前往祝贺送礼路过，看出此女用妖法害人，赶落下去，用诸天神火想将妖女炼化。

乔乔已得徐完真传十之六七，本极厉害，火行者偏巧也是唯一克星，用尽神通，终难逃脱。万般无奈，为想活命，乔乔只得自毁贞操，施展魔教中大销魂法，嫁与火行者为妻。火行者当时为她所迷，回山受了一顿重责。可乔乔宿根甚厚，虽然陷身妖党，却能守身自爱，居然乘此时机，弃邪归正。

徐完对于乔乔最是钟爱，早想立为妻妾，同兴邪教。甚至不以师位自居，置诸朋友之列。乔乔别有心机，总是设法推延。如换别人，早将徐完触怒，受尽毒楚。偏生乔乔是他命中冤孽，尽管垂涎，不肯相强。忽闻叛他而去，并还嫁给生平第一仇敌，如何不恨到极处。又因宠信过度，不曾加以禁制。少阳神君真火厉害，不敢轻去招惹。乔乔更是机警异常，长年在离珠宫虔修，绝少外出。

徐完奈何她不得，恨到极处，想起事因杨、凌、余三女而起，亲身赶往峨眉，欲寻三女泄愤。还未走到太元洞仙府门外，便被嵩山二老命人迎头敌住，败逃回来，怀忿多年。近闻颠仙元江取宝，大起贪心，特意练了一种极厉害的妖法，欲乘颠仙护送金船还原，不能分神之际，一网打尽，全夺了去。

谁知恶贯满盈，峨眉掌教妙一真人也正联合各派长老乘机除他。先命玄真子的大弟子诸葛警我潜往妖宫附近，用玄门妙术颠倒五行，使他推算不出吉凶祸福。又在九华山顶暗设六合微尘仙阵，借火行者乔乔夫妻为饵，埋伏在彼。由乔乔先诱出敌，火行者用师门异宝放出真火，遮断逃路，逼入阵内，将妖鬼师徒全部消灭。这里颠仙开始取宝，同时妖鬼师徒也伏诛了。经此一来，要去掉不少阻碍。

颠仙因事关重大，仍不放心。知那大的一只金蛛除自己外，只有云凤的神禹令能够制它。还有灵姑在狐宫宝座以下所得木盒，内贮神禹所遗灵香。盒为返魂香木所制，也是一件前古奇珍。此香专降伏水怪。由云凤用神禹令如法施为，朝盒当中红点一指，立有异香透出，直穿水内。江中鱼龙水怪闻得香味，立即潜伏，不敢来犯，也要减却不少烦扰。

灵姑所得两宝，一名射虹璧，一名玄阴圈，均是古仙人所炼降魔之宝，须等事完，才能传授用法。苓兔乃千年灵药，得之不易。此物与肉芝、首乌不同，生服固有灵效，如能护持培养，使其长在，异日炼丹救人，灵效更多，可以长期取用。取时只消略摘根须，不但不似肉芝、首乌，每取一回要损伤许多元气，并还可以助其脱体成道。灵姑这一念仁慈，未加伤害，异日反可得它好些便利。颠仙对于此事，也极为嘉许。至于由地穴穿向江岸危崖壁中间出去，因与狐宫相背，这一面只有颠仙禁制，也颇容易。

云凤说完了事情的原委，谭萧、彩蓉闻得妖鬼伏诛，此后永无忧虑，欣喜非常。因颠仙柬帖未禁参与，俱想随了云凤前往观光，一睹前古真仙所留灵迹，就便从旁相助，略酬颠仙恩德，便和云凤说了。

云凤知二女法术高强，见是有益无损之事，便即允诺。随把各派妖邪强弱形势一一详说，告以机宜。因离江岸尚远，须以先期布置，议定之后，便将颠仙禁法撤去。算准途向高低，与谭萧合力，由横里攻穿一条地道，直达取宝之处的江岸。到了尽头，留下丈许厚薄的石壁，准备到时再行破壁飞出。暂不与外相通，以防仇敌觉察，又来作梗。

这十里长一条地道均是石质，开时还须缜密，不令声音透出地上，委实艰难。仗着仙法妙用和前古至宝神禹令的威力，一面徐徐前攻，一面由谭萧行法运走沙石，也费了不少的事，直忙到次日辰时，才行事毕。同回洞内，略为休息，便离午时不远，重又起身前往。

云凤知道一交午时，江面上已有颠仙禁法封蔽。金船未现以前，仇敌俱隐伏在两岸危壁之上，决不发难。谭萧又精六戊遁形之法，正可把下余丈厚石壁攻穿，做一藏伏之所，以便一边戒备，一边暗中观看取宝时灵奇之景。当下按照前法，不令石壁外陷，缓缓向前攻去，不消片刻，便已攻穿，直通洞内大江。谭萧早把六戊遁形法施展，将洞口隐住，做得秘密已极。

四女一同走向江边，向外一看，只见大江前横，清流滚滚，对岸峭壁排云，峰峦杂沓，因是地势险僻，滩多浪急，平日除了山苗载运货物的独木舟外，本少舟船经过。颠仙犹恐舟船受了波及，早在上下流相隔百余里左近，用禁法移挪几处沙洲险滩，将水路隔断。所以江面上空荡荡的，通没一点船影人迹。时当暮春，日丽风和，午日晴空之下，越显得水碧山青，波澜壮阔。

灵姑见江心空旷，一晃便交正午，敌我两方均无影迹，心中奇怪，方欲询问。云凤因事须机密，对岸便伏有强敌，此时业已临场，不比身在地穴以内，可以随便说话，恐被仇敌听去，忙即摇手止住，手指江心，令灵姑注视。灵姑遥望江心，并无异状。即便谭萧已然转劫成道，功候精深，也只看出对面崖顶妖气隐隐，似有异派中人在弄手脚，自己这面有何动静，也未看出。因云凤一指，料定颠仙发动在彼，俱向那里注视。

四女存身所在，正当相距江面二十丈的危崖腰上，洞外恰有一片平台，人立其上，全景在目，看得逼真。待有一会儿，渐渐日上中天，仍无动静。方在猜疑，忽见江面上突地涌起一片祥光，蓬蓬直上，越过四女立处，再上四五丈，贴着两岸崖壁分布开来，两头直垂水上，结成好几里长一层彩幕，将那一带江面一齐笼罩在内。升展之际，疾如电掣，神速异常。初发动时，对岸似有两三道光华射下，被光幕一挡，又急退飞上去，隐闻愤恨之声。

凌、谭二女道行较深，知道颠仙用齐霞儿的紫云障，由水中飞起，将江面封蔽。对岸敌人骤出不意，还想飞身降落，不料仙障自被秦紫玲、寒萼姊妹借去，在紫玲谷为天灵子所毁，经神尼优昙用佛法重炼，还原以后，威力大增。对岸飞落的几个妖人必非庸流，否则早被祥光裹住成擒了。不过就被逃去，也必吃点小亏无疑。

敌人见颠仙防备如此严密，无隙可乘，迥非上次可比，势必越发愤怒，定出全力破坏，至不济也想拼个两败俱伤，双方都到不了手才罢。仙障放起，上下隔断，不必再为隐秘。云凤刚要谭萧撤去遁法，便见适起祥光的江心涌起一个大水泡。云凤喜道："郑师叔今番真个小心，竟把那几只大船早早沉在水里，用潜水行舟之法驶将来了。"

话才出口，江心浪花飞涌中，五个整株径丈以上古楠木剜空而成的大船，由慕容姊妹、欧阳霜、戴湘英、吴玟、崔绮五人各自披发仗剑，分立船头，行法逆波驶上，并排现出。等升到江面，略进数丈，颠仙忽由当中大船现出，也是披发仗剑，手掐灵诀，肩上挂着一个霞光闪烁的大葫芦，腰系革囊。颠仙走向船头，左手一指，慕容姊妹、吴玟、崔绮所驾四船便往左手分驶开去，相隔三十余丈远近停住，隐泛波心，一丝不动。

跟着中船欧阳霜便到舱内捧出一个朱漆圆盒，放向船头，退在颠仙身后。颠仙左手一指，盒盖自起，随由盒内飞出一个尺许大小，遍体金光，形如蜘蛛的怪物。身才离盒，立即飞起空中，暴长开来，连身带脚，几达两丈大小，略一旋转，便朝颠仙当头扑去。颠仙大喝一声，右手举剑一指，剑尖上便发出一道紫色火焰，金蛛略一停顿。颠仙口里说了两句，左手一指，金蛛便即往水面飞落,六足高撑,稳立波上,身又长大了两倍,看去形态猛恶,益发骇人。

颠仙也忙飞起空中,施展禁法,由腰囊内取出一道灵符,朝着金蛛面前三丈来远掷下。掷处江水立起了一个极大的漩涡,四外波涛电转,江水斜飞,晃眼陷一大洞,其深莫测。那只金蛛始终停在漩涡边上,瞪着四只时红时绿精光远射的碗大怪眼,注视底下,一动不动。只当中身子似在蓄力鼓气,时胀时缩,起伏不已。约有片刻许时辰,颠仙举剑一挥,上流船上四女弟子各照预定,回剑指处,舱内各飞出一股碗口粗细的东西,浮在水面,长蛇也似顺流驶来,往漩涡中坠将下去。

灵姑定睛看时,内中三股俱是谷麦,另一股便是云凤所说欧阳霜在卧云村种的七禽毒果。因有仙法禁制,由船尾飞起,直驶漩涡,俱都密集相连,成行不散。再看金蛛,想是见了美食,喜极发威,稳踞漩涡之前,口里喷出一条白气,匹练也似直射涡心。

灵姑先见它不住往下喷那白气,江面谷麦、毒果依然成行,往涡中坠落。隔有半个时辰,隐闻地底轰隆作响,连声不绝,渐渐猛烈。响了一阵,忽见那四行谷麦、毒果到了涡前,似不再下坠,竟由水上跳起,朝金蛛一张箕口内飞去,那白气却不见动静。颠仙也早回到船上,正在仗剑掐诀,禹步行法,忙个不休。

四女料知金船至宝已被金蛛用所喷蛛丝网住,只要吸离地肺,挣脱元磁真气,上升便极迅速。峨眉、青城两派弟子一个不见,料和敌人厮拼。此时无甚阻碍,定占上风无疑,成功在即,好不欢喜。

似这样相持了三个时辰,日已偏西,斜阳反射在崖石光幕上面,幻映出无边丽彩,万道霞光,瞬息万变,耀目生辉。耳听江心漩涡之下轰隆之声愈发猛烈。时候一长,金蛛好似有了倦意,怪口本来箕张大开,忽然厉啸连声,上下合拢,两排锐齿一齐错动,目射凶光,周身颤动,好似用力甚猛。云凤看出金蛛因吸取金船时久费力,所喷蛛网已将金船网住,被颠仙禁法妙用,除非将船吸引起,收它不转,不知为何忽发野性,意欲咬断蛛网逃走。

这只金蛛自从上次元江取宝之后,经颠仙用灵药调护,教练多年,如今二次应用,道力较前已大增进,按说应该比前驯服,吸取容易。可是适才出盒便自倔强,不愿下水,已觉可怪。这时正当紧要关头,又是这样临事畏缩,更出意料,其中必有缘故。一看颠仙也有惊慌之色,只是行法正急,不能分身。

云凤心方骇异,欧阳霜已在船上大呼:"凌师姊,快将神禹令取出应用,这业障若将网咬断,便前功尽弃了。"云凤闻言,知事已迫,忙从身上取出一块形如令牌、上刻云龙符篆的宝物,朝前一指,便有一道青蒙蒙的光华向金蛛身上罩去。跟着飞身而起,到了中船之上。青光一到,金蛛口便张开,神情害怕已极,偏被口中所喷匹练般的长丝系住,不能脱身,急得在水面上不住挣扎乱蹦。

欧阳霜一面用飞剑将青光挡住,大喝道:"你这孽畜,只稍耐苦,为我师父出力,将金门至宝吸起,异日我师父必用力助你超劫成道;如误时刻,今日你休想活命。"随请凌云凤将神禹令收起,在船坐镇,监防金蛛有无异动。自己却往灵姑等三人身前飞去。

一到,便将灵姑木盒要过,正要和三人说话,谭萧忽然"咦"了一声,将身一纵,一道青虹直向上流头波心射去。欧阳霜料知出事,嘱彩蓉、灵姑道:"你二人守在当地,不可离开,此时无事,只作旁观。静俟子夜空中光幕一收,那时金船封锁齐开,满空宝物横飞之际,各凭自己仙缘法力,用法宝、飞剑拦截收取。谭道友少时回来,自会传授收法,不可迟误,自失良机。"

欧阳霜说罢,先飞回船中,将木盒灵香给了云凤,以备水中精怪来犯时应用。又赶紧纵向谭萧处一看,见谭萧果和一个妖人正在江面上踏波恶斗。那妖人上半身与常人无异,自腰以下腿脚奇短,从腿至脚长只尺许,一双赤足更是纤小异常,远看直和半截人相似。一个滚圆的秃头,眉眼五官挤在一处,却咧着一张又阔又长的怪嘴。因五官都长在高处,空着底下小半边面皮,腮又凸出,像个肉球,越显得丑怪。手却长大,穿着一身黄麻短僧衣,背插一柄短铲,闪闪生光。腰中系着一个大葫芦,站在水波上,手指一道黄光,与谭萧所指青光斗在一起,周身俱是烟雾笼罩。

看神气谭萧似占了上风,见欧阳霜走来,便喊:"霜姊,这厮便是滇池妖孽秃丑僧,先期潜伏江中,用移形禁制邪法,想迫金蛛断丝逃走,暗中闹鬼。被我看破,引出水面,将他隔断,伎俩已穷。不过水中妖法未破,金蛛尚在苦熬。他已入网,不能逃走。可代我稍敌片刻,我往水中破完妖法就来除他。"云凤不等说完,早把白发龙女崔五姑所赐的玄都剑飞将出去。跟着谭萧收回青光,穿波而去。

原来雪山老魅都茫料到颠仙二次元江取宝防御周密,周围数十里江面必有宝物禁隔防护，无法下手。只有妖僧生具异禀，能够日伏水中，精于水遁地行之术，可以暗中破坏。特地命他前两日由江中地底穿行潜伏，挨近取宝之处，到时暗算金蛛和行法诸弟子，永绝取宝之望。不料颠仙早将五只木舟行法禁护，不特近不了金蛛，连众弟子往江心所放谷麦、毒果均不能使其消沉散乱。

妖僧无奈，只得重入水内，催动早准备下的移形禁制之法，想逼得金蛛受苦不过，断丝逃走。那只金蛛岁久通灵，早已觉察有人暗算，所以上来便示倔强，不愿入水。便是颠仙也知敌人已深入，无奈妖僧潜踪隐秘，这类妖法又只像谭萧这类深知底细的人破起来才容易，如换自己，平时尚不为难，此时事正紧急，无法分身，其势不能穷搜江底。仗着防护周密，金蛛道行甚深，尚能勉强忍受，预有安排。妖人持久不见大功，微现形迹，便会有人除他，也就听之。

果然妖人遥望金蛛竟能禁受，行所无事，口喷丝网，已达江心水眼，将金船吸住，就要升起。知道雪山老魅心最狠毒，事败回去，难讨公道。一着急，竟不惜伤损道行，自刺心血，增长妖法威力。这一来，金蛛苦处随以增加，果吃不住。

谭萧出身旁门，未超劫前，便有极深造诣，各异派妖术邪法全所深悉。先见金蛛忽生异状，还以为所事艰劳，出诸本身，犯了野性所致，颠仙防备周密，不致突生他变。及听欧阳霜一喊，云凤忽然飞走，心中微动，往上流一望，竟有妖气透出水面。因是突如其来，不在颠仙意料之中，一时报恩情切，忙驾遁光飞去。

才一到达，便以其人之道，还治其人之身。先使异派中极恶毒的禁法，将妖僧藏身所在的江底四外一齐禁住，只留向上一面。然后再用冷焰搜形之法迫他上来。妖僧只水遁地行是他特长，别的都不如谭萧远甚，在水里存身不得。只因敌人法术不是正派一流，心中奇怪，忍不住隐形上来窥探。他那隐形法，怎瞒得住谭萧，才出水面，立被识破。

谭萧原认得他，深知来历。恐他入水再使阴毒，等一出水，又用禁法将水面隔断，使他不能再下，然后破了隐形对敌。妖僧也认识敌人，知道厉害。但上有颠仙紫云仙障，无法遁走，只得拼命迎敌。才一动手，便被谭萧破去他两件心爱法宝。正在又惊又怒，云凤跟着飞来。

妖僧见后来敌人使出飞剑，更是神妙，略一接触，自己飞刀渐感不支。

一着急,左肩摇处,身后两柄鱼牙铲先化成一道碧阴阴的寒光飞出,将玄都剑敌住。同时念诀,朝腰间葫芦口一指,想将内中阴火毒雾放出,与敌人拼个死活。

不料云凤久经大敌,对妖僧所擅邪法已有所闻,一听说是滇池秃丑僧,便知葫芦以内所藏阴火是用苗疆毒岚恶瘴和滇池中心浮沙之下万年寒磷凝炼而成,暗中早有防备。瞥见妖僧手指处,葫芦口内射出一团带着绿烟的碧光,刚把师父飞针放出,准备用纯阳之火破那阴火,忽听对面清叱:"姊姊速收法宝,不可造次。"跟着一声惨叫,妖僧从头至顶业已斩为两半,浮于水面。谭萧却从血光影里现身,妖僧腰间葫芦已被夺去,拿在手里。

说时迟,那时快,云凤飞针何等神速,一出手,便是一溜奇亮的红紫光华,疾如闪电,朝空中那团碧光飞去。等到谭萧用六戊遁形法乘妖僧心忙之际掩向身侧,夺过葫芦,暗中飞剑将妖僧杀死,出声急喊时,两下已经撞在一起。那团绿光立即纷纷爆散开来,晃眼散布江面,化为一片彩霞,五色缤纷,艳丽无比。

谭萧因那五云阴火乃妖僧护身逃命的法宝,妖僧法力有限,全仗此宝震慑同辈。乃天地阴寒污毒之气所萃,被他千辛万苦炼成一团团的碧光,在空中爆散以后,数百里方圆以内生物全灭,奇毒无比。人如沾染些须,先是奇寒刺骨,跟着中毒昏晕,全身腐烂,连骨消融而死,端的厉害。因为此火能发而不能收,用一回少一回,妖僧珍如性命,向不轻用。自己破那水底禁法,一会儿即出,再用六戊遁形之法先盗葫芦,并斩妖僧,决可赶上。

不料云凤飞剑厉害,妖僧情急拼命,竟将阴火放出。云凤只闻其名,想用飞剑所带纯阳真火将他消灭,以致撞散,毒雾弥漫,错已铸成。虽然云凤飞剑出自仙传,不畏邪污,足可护身,但这样毒火邪雾有缝即入,难于消灭。江心木船上慕容、吴、崔四女俱在行法,往江中放送蛛粮,松懈不得,倘被毒雾所伤,如何是好? 一面忙喊:"姊姊,毒雾厉害,快将飞剑隔住下流一面,不令展开,再打主意。"

云凤见状,也知厉害,忙将剑光化成一道光墙,迎头堵截。谭萧飞剑、法宝俱怕邪污,还不能放出使用。江面偏又阔大,上下相隔又高。不消片时,毒雾便已扩大,眼看剑光拦堵不住,就要往下流头取宝之处延伸过去。同时外面天空中敌我两方均全力出斗,雷声轰隆,地震山摇,声甚惊人。虽被光幕隔断,看不出上面实情,料是猛恶非常,情势紧急,胜负难知。

谭萧无奈,姑用禁法一试,竟为邪雾所污,全无效用。方觉危急万分,忽见下流头当中法船上飞起一团五色变幻的寒光,大才数寸,电驰而至。云凤认得此宝是衡山白雀洞金姥姥罗紫烟镇山之宝纳芥环,料是为收毒雾而来,心方一宽。刚把谭萧唤住,那小光环已停在二人前面,高悬空中,更不再进。耳听欧阳霜在中船高喊:"凌师姊、谭道友,速收飞剑,各自回转原地。"

二女闻言,忙即分别飞回。一看上流头,漫空毒雾已然聚拢,齐向光环中穿过,化为与环一般粗细的彩练,缓缓凌空飞来。到了漩眼上面,方始下落,随着那四行谷麦、毒果同往金蛛口内送去。金蛛先受妖法禁制,似已受伤疲惫,尽管仍踞漩边用力上吸,口悬蛛网反有徐徐下沉之势,神态既不如前威猛,水底响声也渐减少,大有不支之状,身体也逐渐缩小了些。众人方在疑虑,只见毒虹入口,金蛛躯体忽然暴长,那五行蛛粮、毒虹也似长蛇一般向蛛口内急窜进去。就在这蛛身一缩一长之际,猛听江心地底轰隆大震,夹杂一声极沉闷的异响。跟着江水群飞,涛声怒啸,满江波浪似山一般涌起。

木船上五女弟子早已奉命准备,各将剑上所附灵符往外一甩,五道光华闪过,船前立时波平浪静,一任四外怒涛山立,这五船一蛛连同蛛粮所经的水面,全都平匀如镜,毫不摇动。欧阳霜上次来过,见蛛网已渐往蛛口内徐徐收去,知水眼中金船已然脱开地肺中元磁真气,吸离原处,逐渐上升,比预定时间还快了些。

正欣喜间,江心以下突地异声大作,五船以外波涛汹涌,壁立数十丈,直达光网方始落下,此起彼伏,满江面俱是雪涛飞舞,毫不停息。欧阳霜料是水中妖物来犯,忙把灵姑所得木盒灵香取出,如法施为,用神禹令朝盒面一指,飞出几缕细如游丝的青光,直射水面。立时异香馥郁,心神皆爽,转眼之间,江波顿平,只剩无数大小泡沫浮在水面。

欧阳霜耳听漩涡深处水声轰轰,密如擂鼓,忍不住飞身漩涡上一看,下面金霞隐隐,其深莫测。再有片刻,金船即可出水。回顾颠仙,早已行法完毕,在中舱盘膝入定,周身俱是光华围绕。知已神游江底,在那里助船上升,大功将成。船一出水,上面光幕便须撤去,免为所伤。彼时满空法宝横飞,今日所来妖怪事前如未诛戮净尽,被他夺去一件,便是隐患。忙即抽空回到石穴,告诉灵姑等三人,到时加意戒备。重回船中,手持神禹令等候。

就这样还候了一个多时辰,交了酉正,金船才由漩涡之中现出全身。云凤多次飞空下视,见那金船通体长约一丈六七,横里也有一丈多宽,略微带点长方形,首尾两头作半月形向上翘起。船舱特高,像是一座宝塔,上下共是七层。下六层俱是六角形,顶上一层形如圆球,上有塔尖。通体金霞灿烂,头层还未透出水面,便有一幢亩许方圆的金霞由葫芦形塔尖升起,直冲霄汉,精光耀目,不可逼视,那上空的光幕立被冲得凸起了些。

云凤看出金船宝光强烈,连神尼优昙大师的彩云仙障都感不支,船身一会儿出水,封锁一开,仙障必受损害。同时光网外面又是鬼哭神嚎,迅雷巨震,动撼山岳,敌我相持正烈。金船业已出水,为防强敌劫夺损坏,仙障不能遽收,时候一久,非毁不可。

凌云凤方在担心,金船已有两层出水。金蛛因畏宝光强烈,当下相隔还有数十丈远近,便带了所喷网船的蛛丝离开漩涡,由欧阳霜、凌云凤驾船紧随监护,往后倒退开去。虽仍拖船上升,已不再往口内吸那蛛丝了。

金船越往上升,天空光网也越往上高起,只正当中受宝光冲处,霞光映射,波谲云诡,似显仙障妙用而外,余都尚无异状,三女才放了点心。

又隔刻许,金船又升了三层上来,精光万道,宝相庄严,伟丽绝伦。四外江水受了宝光镇压,全都静止不流。水中精怪闻了灵香,全数慑服,已不再叫啸。上流四船也早随了金蛛后退,绕过漩涡,靠列中船左右,指挥蛛粮往金蛛的口内如飞投去。彩烟毒雾为金蛛吸尽,纳芥环已被欧阳霜收回。只剩金船,由蛛丝绞成四五十根手臂粗细的青白丝绳将船底兜住,静静往上升起,除船底水声哗哗作响外,更无别的声息。

颠仙本人始终盘膝合目,在中船上入定,毫无动作。直到七层船塔一齐出水,船也稳定水上,才见颠仙元神披发仗剑,手持符节,在宝光围拥之中,绕着船塔上下周围各门户出没隐现。那船塔通体有六七丈高下,玲珑剔透。每层各有六个门户,由外往里好似每层都是空的,细看却又灰蒙蒙,仿佛很深,两门不能透视。

颠仙每一入门,必按各门方位,飞起一片烟光,青红黄紫白黑,其色不一。烟光闪过以后,内里仍是灰蒙蒙,不见一物。一会儿,颠仙又由别一门出现,转入他门。时上时下,时左时右。久暂也都不一,有的旋入旋出,疾如闪电,最慢的也只刻许工夫,但都在下面六层以内。首层圆球门户更多,却未见进去过。似这样上下盘旋,穿梭也似出没无常,不觉到了亥初光景。

云凤、谭萧、灵姑一面严防戒备,一面定睛谛视,看出那船塔宝库封锁,精微奥妙,变化无穷,与峨眉仙府凝碧崖前长眉真人所留的生死幻灭晦明六合微尘阵的妙用大略相似，端的厉害非常。如非预借妙一真人微尘阵灵峰玉匣之内所取出来的古铜符，便以颠仙的法力，也无法进出，破解更不用说了。船中所藏金盆，必在头层圆球以内金塔枢纽所在，门户隐现无常，破解更难，所以此时还未进攻。

三女正悬念间，颠仙已将六层三十六个门户全部穿行完毕，在塔门前略现即隐。

经此一来，塔门宝气蒸腾，金光四照，霞彩辉幻中，已略辨出好些形似古戈矛剑戟之类的宝物，在塔门以内跃跃欲动。方讶颠仙头层塔上怎不再进，忽听身后舱中说道："大功将成，诸弟子务须小心。尤其云凤谨防金蛛，不可大意。"云凤回头一看，颠仙已经元神复体，急急说了几句，重往金船上面飞去。一落塔前，将手一抬，先把彩云仙障收去。

这时上面仇敌尚未除尽，峨眉、青城各派弟子正围攻着一个极厉害的妖人，在那里苦斗。空中光网一收，便见满空三十余道剑光虹飞电舞，夹着雷火霹雳朝着左面崖顶打去。所击之处，乌云黑雾杂着一蓬蓬的白气，不住喷起，却看不见妖人影子。灵姑等三人立处对面的右边山上，武当七姊妹站立一处。照胆碧张锦雯、姑射仙林绿华和石明珠、玉珠姊妹，不时扬手放出几丝光华，朝左前山烟云中射去。

云凤认得那光华乃是四人新近得到的异派中至宝玄女针。看似不请自来，未便上前，为示同仇敌忾，虽在观阵，不肯出手，暗中仍助一臂之力。实则武当七姊妹预先有高人指点，立处正当金船之上。独这一处，颠仙只布疑阵，未加禁制，好似存心留以相待。四女明知那玄女针虽是以前姑婆岭金针圣女所炼极恶毒的法宝，但也伤那妖人不得，只不好意思作壁上观，尽是不劳而获罢了。

各正派门人自从峨眉开府，领受师门真传和各师长量才施教，分赐法宝、飞剑之后，道行法力虽然大进，远非昔比。但是前来妖人中着实有些能手，声势甚盛，人数又多。最可虑是雪山老魅同来诸妖人，只是意存破坏，不想劫夺，稍有空隙便下毒手，防御甚难。竟有两个妖徒，受了老魅禁制，拼着两败俱伤，用老魅所炼阴霾剪，冒死来破坏彩云仙障。也是被七姊妹看破，不等齐金蝉、石生二人分身赶来，先在暗中除去。此外暗放玄女针，也着实伤了好些妖人，各正派门人因而省却不少气力。

七姊妹不是明奉师命，也是得之乃师默许而来。颠仙与半边老尼虽非同道深交，并无私怨；更在年前得了妙一夫人飞书，知道七姊妹来此，丁事有益无损，所以不特暗嘱众人，金门诸宝原各有仙缘，不必拦阻，并还预为留地，予以方便。只因老尼性傲，前次峨眉开府相晤自居先进，道法高强，目中无人，不愿飞书约请罢了。

七姊妹与各门正派门人多半相识，不过其师志在光大本门。前见正邪各派门下，凡是根基禀赋好的，纷纷投到峨眉派门下，以致人才蔚起，日益昌明。加上青城、云南、朱、凌二教祖也在创立宗派，四处物色。峨眉派更是玄门正宗，仙福最厚，道术、法宝无不珍奇。选才虽极谨严，因有许多仙缘遇合和亘古难得一遇的灵药、异宝，只要蒙收录入门，成就起来迅速异常。尤其御劫有方，成道之时功力如深，便可免去修道人应有的一切灾厄兵解，至少也可成就散仙一流，委实令人景仰艳羡。再加半边老尼门下弟子中以前曾为异派中人引诱，几乎身败名裂，贻羞师门，既恐这几个心爱的徒弟辗转援引，投到峨眉门下，不好看相，因而惹出嫌怨；又恐再受异派妖邪所愚，丢自己的脸。

自从和峨眉派在成都慈云寺斗剑以后，半边老尼便召集众门徒加以告诫：除奉师命特许，不准再与外人往来。武当家规本严，言出法随，因此无甚交往。本来相识，现又同仇敌忾，除凌云凤因俞允中吃过姑射仙林绿华的亏，对武当七姊妹存有芥蒂而外，余人只见武当七姊妹全神贯注江中，一步不动，未免暗笑其得失之心稍重，对于乘机拿取宝物的一层，均未放在心上。

说时迟，那时快，当正邪双方相持正急之际，颠仙收完仙障，便向下层正中塔门走进。隔了顿饭光景，便听头层圆球以内八音齐奏。响了一阵，乐声息处，又起金戈铁马之声，紧跟着水火风雷一齐发动。听去声音并不甚大，若远若近，万籁皆鸣，也不知有多少种类。上空霹雳尽管震得山摇地动，依旧入耳清晰，一点也掩不住。尤妙的是举凡风雨雷霆、音乐歌唱、喜怒哀乐、征战杀伐以及鸟兽昆虫啸鸣之微，只要是天地间带声的事物，无不毕具。宏细虽有不同，静心谛听，每一种都可领略体会，端的引人入胜，为之神往。

五船上的诸女弟子俱觉有趣，不由听出了神。心神一分，左右四船上所放蛛粮无人主驭，立即中止，不再往蛛口内投入。金蛛拼命用力，劳累了一日夜，本是努力支持，蛛粮一断，越发难禁。偷看凌云凤心神已懈，不再用神禹令监督，倏地暗运真气，箕口往下一合，利齿接连两错，截断口中蛛丝，怪叫一声，飞空便走。

同时前面金船上突的一声巨响,万丈金霞冲霄直上,繁响顿息。颠仙已将塔中头层广成子所施禁法破去,手托一个四尺方圆的金盆,由分裂两半的塔顶上飞了出来。紧跟着便有八九十道金光霞彩,由每层塔门内飞出,长短方圆,形状不一。有的浮沉空际,缓缓游行;有的一出来便停在空中,宛如长虹经天,一动不动;有的一出来便挟风雷之声,其快如电,略一掣动,便掉转头破空直上。金盆离塔,宝物横飞。

　　金船去了镇压,网船蛛丝又断,无所羁绊,兀自望空飞去。江面上还不怎样,江波下面深处立起异啸。上面各派门下见状,俱都慌了手脚,各用剑光、法宝待要往空追截。颠仙早知事难十全,大喊:"那船禁它不得,各凭本领,快收宝物。"随即手一指江心,陷出一个极大的空穴,跟着手拿金盆飞身而下。

　　这时江面上空忙乱非常。前面危崖上负嵎的雪山老魅见所用法宝俱被敌人破去,最后放出之宝又被许多飞剑困住,光华渐减,收不回来。一见金船宝库已开,越发情急,用解体分身法自断左手一指,摆脱了颠仙埋伏禁制,由数十丈寒云冷雾拥护,如飞扑到,准备将金船上两件克己的宝物乘隙夺去。上空各正派弟子已布好阵势方位,一面指着各人飞剑去破妖人最后放出的法宝,一面纷纷下手收取空中宝物。

　　峨眉三英中的李英琼因自己仙缘深厚,道行精进,以前承师长所赐和自己历年所得法宝仙兵已非少数,不愿再事争取,只在飞空戒备,以防宝物飞走。见七姊妹各站崖上,目注江空,虽然未便和众人一样飞身光霞之中随意抢夺,也各运用玄功,合力暗中收取。上空宝光只略飞近七人头上,便被截获了去,已然得了四五件,还在垂涎。

　　英琼心方暗笑她们贪,一眼瞥见妖云快如飞电,朝前面一道乌油油的光华裹去。这道宝光,形如两月交错,最是黯淡,浮沉空中。众人都抢先挑那光华强烈、飞行迅速的收取,见它原质已现,光弱且小,飞又极慢,谁也不曾留心到它。英琼一见妖人冒险犯难,前来劫夺,心中一动,忙喝:"英男师妹,雪山老魅业已化身遁出,暗藏妖云之内,还不下手,等待何时?"说着早从囊内取出由铜椰岛得来的神木梭,一道青光,照准妖云中飞去。

　　余英男相隔最近,所用南明离火剑除和妖人初见时一用外,妖人入伏,便已收起,专备敌他,并未再用。闻言警觉,左肩摇处,一道朱红色的精光朝前飞去。

妖人见状，并不恐慌，略一停顿，又分出一圈冷雾，躲过二宝，仍朝那道乌光飞去。谁知英琼比他更快，知道妖人专注此宝，必非等闲，一面提醒英男迎敌，一面早驾遁光朝那宝光飞去，施展师门分光捉影之法，伸手收取。方觉此宝潜力绝巨，换了道行稍差的人决收不了，心中惊异，妖云已在神木梭与南明离火剑一青一红两道光华追赶之下奔腾而至。妖人见克制自己的一件前古异宝被敌人捷足先登收去，知道峨眉三英厉害，适才吃过苦头，不能再夺，后面还有法宝追来，又恨又急，一时情急，想报仇脱身，竟不惜把在雪山地底所炼内丹喷将出来。

英琼的紫郢剑正和同门的飞剑联合为一，取出施为，就在这收宝瞬息之间，妖人已然赶到，口张处，雾影中箭一般射出一团白色的淡光，出口便即纷纷爆散，当头盖下，势甚迅急，分布又广，还没近身，便觉奇冷迫人，寒侵肌骨。

英琼知道此是雪山老魅采取千年冰雪精英炼成的内丹，发出来便为百丈冷光寒焰。此是实质，比异派中所用冷焰搜形之法更凶得多，道力稍差一点，被它盖住中了寒毒，立时血髓皆凝，一见日光便即融为一摊黄水。自己中上虽不致死，也必支持不住。所幸这多年久经大敌，应变机警，见淡光一现，便把遁光往下一沉，略缓敌势。紧跟着取出一个形似小炼丹炉的法宝，放起一片火云，正待往上迎去，远闻上空一声清叱："琼妹快请住手，不可造次。"

英琼回头一看，由东北电掣星奔飞来一个其红如火的大光环，后面紧随两个青衣少女，一个指着前面光环，一个手里放起百丈金霞，飙飞电旋，一同横空而至，声随人到，晃眼临头。英琼认出前一个是女神婴易静，后一个是川边小崆峒倚天崖龙象庵芬陀大师嫡传弟子、凌雪鸿转世的玄裳仙子杨瑾。那光环便是青城教祖朱梅由月儿岛火海之中得来的朱环，乃连山大师遗宝，专一攻破各异派所炼毒沙邪雾。杨瑾所用法华金轮，更是佛家之宝，雪山老魅的对头克星。知二女原奉掌教师尊之命，随定诸仙尊前辈守在途中，用六合微尘阵诛戮北邙山妖鬼冥圣徐完和手下一干妖徒鬼党。此时持了矮叟朱真人朱环到来，妖鬼定已伏诛，雪山老魅也难逃一死。英琼心中甚喜，忙即应声收了法宝，准备飞身上去合力夹攻。

雪山老魅因今日敌人只峨眉双英最为厉害，内丹也未必能使中毒毙命，原意稍使二女受伤，略出恶气，就势拦住南明离火剑不来紧逼，乘隙将第一件克制自己的异宝收去。再如得便，用一丸独门所炼的阴雷投入江心水眼，震穿地肺，发动毒火风雷，煮江崩岳，给敌人一个重创，并贻祸无穷。

果然内丹发出，神木梭和南明离火剑也已追到。英男看出冷光厉害，顾不得再伤妖人，首先与剑相合，护住全身。那神木梭，因英琼匆遽之中不及收转，依旧朝妖人飞去。

妖人知梭厉害，正待运用玄功避御，猛看见易、杨二女破空而来，隔老远便将法宝放出。由于深悉二宝功用，只一挨近，内丹先要被它一收，再被光轮罩住一旋，决无幸理。不由心寒胆裂，哪里还敢再留，慌不迭收回内丹，化为一溜冷焰，飞起便逃，因是走得匆忙，自恃玄功变化，寻常法宝难伤，只将神木梭避开，未怎防备。

武当七姊妹知道今日已与老魅结下不解之仇，早晚总要报复。见他逃走，石氏双珠首先发了两支玄女针。妖人逃时，灵姑、彩蓉正在空中合力收取宝物，刚在妖人逃路下面。妖人今日连遭挫败，失去许多党徒、法宝，势败逃走，恨毒已极。看见下面有两女子追收金船诸宝，正想顺便加害，没防到有人暗算，两根玄女针全被打中。同时易、杨、李、余四人又二度追来。老魅暗道："不好！"将牙一错，怪啸一声，滴血化身，加紧穿入青云。等四女追到，发觉金轮所罩是个替身时，已然逃去无踪。

女神婴易静埋怨杨瑾不该早放二宝，致被惊走。杨瑾笑道："静妹道法通玄，难道不知道老魅死期未至么？"易静道："我也知朱老前辈是令我到此解围弥祸，以免老魅震裂地肺。朱环不过将他惊走，并没想到将此老魅除去。但我素来与造化相争，满想老魅恶贯将盈，只要赶到一会儿，并非无法将他除去，谁知仍被逃走呢？"

杨瑾笑道："老魅如非气运未终，不该授首，莫说各派道友同门功行法力大为精进，远非上次元江取宝之比，只我这法华金轮和重经恩师炼成的迦叶金光镜，加上余师妹的南明离火剑，均是他的克星，除他并非难事，怎又会给妖鬼徐完平添生力妖党，诸师尊将我由此调去？这不是运数么？静妹，你为人任侠好胜，吃了多少的亏。那年在依还岭幻波池，如非琼妹令尊李禅师相助，不几乎被艳尸玉娘子崔盈倒反依还岭圣姑仙法将你困住，毁却道行么？怎修行这么多年，连经灾劫，还是如此任性呢？"

易静笑道："你说这个？我虽为此吃过些苦，但哪一次都得诸位师长垂怜，转祸为福，得了不少便宜。我已看透，异日飞升仙阙无此大福，也不愿受那兵解之苦。只想和乙、韩、凌、崔诸师伯一样，做一散仙，自在游行，我行我素，于愿足矣！"杨瑾道："我最爱你，你偏不肯向上，真个气人，你道散仙也容易做的么？"

英琼笑道："易姊姊，你号女神婴，也该知稚气未脱，本该天马行空，任性所为，才能名实相符呢。"易静道："我是婴儿，你偏是我妹妹，可知比我还小，也来刻薄人。英男妹子敦厚，就比你好得多。"

英男谦谢。英琼道："呆子，她说你温柔敦厚，是个呆子。这还不说，仙人要温柔，千古奇谈，分明挖苦你，还跟她客气？"易静笑道："无怪各师长都很爱你，原来是这样伶牙俐齿，余师妹莫要理她，神仙和人一样，总是老实点的人能有厚福。"

四人正说笑间，杨瑾见江面上霞光闪闪，宝物仍未收尽。武当七姊妹正用剑光合围着一条龙形的青光，在那里苦苦相持。忙对三人道："金蛛临时断网，致被此船飞走。郑师叔用金盆镇闭江心泉眼，事甚费力，尚未出水。如今宝物尚难全收，我们诸人虽不需此，时久易生波折，何不相助一臂之力？静妹去助武当七姊妹将前古青蛟链收去吧。这类宝物正合她们用，乐得成全，使她们不好意思再多抢夺，就此收手，我们好合力助各派同门去收诸宝。"

话才说完，先是一道紫光飞来。英琼知老魅逃时所遗法宝已被毁去，手指处，紫郢剑自回腰中剑囊，跟着十余道光华飞近。内中金蝉、石生各先喊："李、余二位师姊，也不帮我们一帮，却在这里闲谈。紫郢剑无人驾驭，要少好些威力，如非周师妹用青索剑与它联合，差点被老魅将宝收去，又留后患了。"

来人正是金蝉、石生、严人英、朱文、周轻云、申若兰、秦寒萼，还有当日与余英男一起随后赶到的白侠孙南、七星手施林、苦孩儿司徒平、南海双童甄艮和甄兑五人，俱都是峨眉门下小一辈中的能手。因奉颠仙之命，防守上空，专敌雪山老魅和两个厉害的妖党。仗着飞剑厉害，法宝神奇，雪山老魅虽被逃走，仍被众人破去许多妖法、异宝，同来妖党更全数伏诛，一名未漏。最后并将老魅在雪山地底聚敛寒魄阴精，苦炼百年而成的异宝太阴神戈完全破去，方始功成飞来。

金、石二人话刚出口，英琼便抢先道："杨师姊吩咐你们帮助下面诸位道友收取法宝呢，还不快去。"金禅闻言，往下一看，满江异宝乱飞，各派仙侠正在迎头堵截。有的收去甚易,有的看着不甚起眼,却合数人之力都难使它就范,直似要挣脱重围,破空飞去之状。忙随杨、李、余三人,各将法宝、飞剑全数放出,合成一个金光霞彩结成的阵势笼罩上空,缓缓往下压去。杨、李等四个道行更高的跟着飞下,用分光捉影之法往来飞行,随手收宝。

杨瑾和云凤订交最早,情分最深,前生又是云凤的曾祖姑,比较别人自更关心。见众人都在忙着取宝,独她一人手持神禹令,注定船头那只金蛛,不敢走开。杨瑾知道今日这些法宝多半是广成子助黄帝大破蚩尤时所炼,除崆峒七宝藏在头层塔顶圆球之内,已被颠仙收去外,中层之内还有四件最为出色:一件被灵姑捡了便宜;一件为谭萧所得;一件被李英琼从雪山老魅手中夺到;还有一件指南针,专破两极和地肺中元磁真气,云凤得去最是有用。异日峨眉诸弟子二次往陷空岛求取青灵髓和万年续断时,全仗它抵御南极真磁,关系不小。

杨瑾暗忖:"虽然目前各正派声应气求,殊途同归,但此宝如被别人收去,一则用时费事;二则此宝乃铜椰痴仙和陷空老祖的对头克星,甚是招忌,道行稍差的难于保持,不似本派与双方均无嫌怨;加以凝碧五府长幼群仙长年聚居,道法高强,外人不能走入。云凤多年苦修,道力精进,不在三英、二云以下,再得此宝,便与前在白犀潭所得太皓戈、神禹令鼎足而三,璧合珠联,乐得成全。前听恩师说过,此物乃是一个黑匣装着,大才尺许,外观只是一块圆形整木,并无异处,知者极少,想必尚未被人发现。"

杨瑾想到这里,细一查看,江面上的宝物经峨眉诸同门这一帮助收取,业已所余无多。各人所得之物虽然不同,因多半是前古所用兵器,本身长大,众人无法收缩,都在互相观玩,并不见指南针的踪迹。心方奇怪,再看云凤虽然两手空空,却是面有喜容,见自己四下观望,似已觉出心意,将头连点。

知有缘故,飞上船去还未开口,云凤已先低声说道:"我因日前受叔曾祖母指点,临机警觉,适才追赶金蛛,得了一件前古奇珍。不过这宝物原不能自飞,塔门开后,不知被什么宝物带起,坠落江中,顺流漂去。当时金蛛正向空飞逃,这东西竟有眼力,被它看破,甘冒神禹令的追迫,忍痛回身吸取。虽因这一停顿,又得谭道友帮助,从速将它制住,未被逃走,可是那宝已被它吞入腹中,一任用神禹令威逼,只不献出。几经周折,虽将它制伏缩小,但仍不肯缩成原形,回到朱盒以内。我因欧阳妹子着急,想随众人收取宝物,为此孽畜所累，唯恐乘机逃走，不能分身，后见它实不听命，又是借来之物，不便真个伤它。只得把责任揽在我身上，劝欧阳妹子上前，仍由我用神禹令禁制防守，等郑师叔事完出水，再作计较。为此，更是离开不得。杨仙长可能令它将宝献出，安静回盒么？"杨瑾猜那宝必是指南针无疑，一问果是。

原来云凤因听塔中仙音出神，被金蛛咬断蛛网，破空逃走。谭萧因已度过初劫，未为塔中繁音所迷，神志依旧清醒。老远望见第五只船上云凤等六人忽然出神呆听，蛛粮断绝，金蛛不再飞起，忽然发威，而云凤通如未觉。谭萧知为塔中仙音所迷，忙即飞身进去。只见金船塔门洞开，内中主物全部飞出，云凤也已惊觉，谭萧唯恐追赶不上金蛛，又不能加以伤害，一面施展前在魔教中所习两界大遮拦神法，手扬处，一道乌光比电还疾，先朝高空飞去，化为一道通天铁门槛，远远挡住去路；一面运用神光赶紧追去，转眼便飞到云凤前头。

金蛛本极灵异，更有眼力，回头见谭萧已追近，一时情急，谭萧手中又不似云凤持有神禹令这类制它的法宝，忽地在空中拔转身子，立即暴长，眼中凶光怒射，大口箕开，正要行凶伤人。眼光到处，猛看见一件微微放光的乌木，在月光之下顺流平浮而至。知是一件前古异宝，如能得到，将来脱形变化大有用处。又料敌人至多禁制，逼回朱盒藏处，不会伤害。心念动处，立即就势飞落，张口吸去，身还未到，那江水便被吸起一根十来丈高下的水柱，裹着那块乌木，直朝它口中投去。

谭萧见它回身放毒，刚纵神光后退，还未及行法抵御，它已扎头朝下飞落，跟着江波柱立上涌出一块乌木。当这满江异宝横飞之际，它在百忙中忽有此举，料非寻常，想夺已经无及，竟被它一口吸入肚内，怪啸一声，二次凌空飞起。微一停顿之间，云凤也随后赶到。

金蛛见势不佳，不敢再起凶心，连忙加紧逃遁时，谭萧已将魔法发动，天空铁槛忽化成半月形，兜截上来。金蛛识得魔法厉害，心神一慌，又想窜入江中，试用水遁逃匿。不料云凤知它生具恶根，尚未化去，恐被逃走，异日为害生灵，心中惶恐，拼着异日去向韩仙子请罪，竟将神禹令妙用一齐发挥，发出青蒙蒙百十丈长一条宝气，内杂千万道五色光华，将它罩住。

那神禹令乃前古奇珍，专制各种精怪妖邪，无论多深道力，只要被青气彩光罩住，便无幸理。当初韩仙子收服诸怪，多仗此宝。金蛛吃过苦头，才知敌人被逗发着急，一样也敢伤害自己。当时心寒胆战，凶威尽失，身子骤然缩小，不住哀声惨叫起来。云凤本不敢伤它，见已降伏，便把宝气彩光敛去，仍用神禹令指着，押回原船。

谭萧正告诉云凤，金蛛食了一样宝物，忽有一道紫光由前面流星过渡般飞来。二女心方一动，金蛛倏地将口一张，喷出数十缕白丝，箭一般地射上天空，直朝紫光赶去。

这时船在下流，离金船颇远，所有宝物光华，初出塔门都聚在一起，互相撞击乱窜，很少望空飞逃。光华俱都长大，独这紫光长才尺许，是个梭形，光却极强，飞更迅速。二女刚刚瞥见，已然越过头上，收取无及。金蛛又将蛛丝喷出，方疑它又有异图时，就这晃眼工夫，那紫光已被金蛛网住，落将下去。云凤知它意在收宝，并无逃意，才放了心。

宝落船上，仍在蛛网以内腾跃不已。二女俱料金蛛又要吞噬此宝，蛛丝厉害，已然网紧。云凤方欲令其放出，谁知金蛛网到以后，所喷蛛丝收离口边数尺便止。忽然口内又喷出一条拇指粗的灵焰，射入紫光中，铮的一声，光裂为二。原来竟是两片合成的金梭，光虽未灭，却不再动。

金蛛随把头一昂，包住那金梭的蛛丝竟笔直地举起，落向谭萧脚前。宝物落地，蛛丝也收了回去。金蛛眼望谭萧，怪叫不已，状甚欢跃。谭萧明白它的心意，拾起笑道："你想用此宝行贿，叫我代你隐瞒么？"金蛛便不再叫，闭目缩颈，似有愧状。

谭萧看了看宝物，送与云凤。又对金蛛笑道："此宝委实不差，非你相助也得不到。但你所吞宝物，不论有何功效，当你恶性尚未消除以前，得了去，有害无益。况且金门至宝，得者各有渊源，也不应为你所有。你今日出力不少，就是临阵脱逃，也因气力不济，情有可原。事完之后，郑仙师对你决不亏负。像你这样天地间秉戾气而生的毒恶之物，早该遭到天劫。想是你以前潜伏深山，为恶未深，才得种种机缘凑合。先遇韩仙子，将你禁闭白犀潭峡谷之内，免你出世多造恶孽，又逢这等旷世仙缘，郑仙师为取金门诸宝，借你相帮。适才你受妖僧邪法禁制，已然危急，又被我窥破，代你解去一难，眼看郑仙师功成在即，对你必有好处。依我想，早将此宝献出，急速回盒藏伏，不特郑仙师对你必要施恩，便我二人也必设法帮你成道，以谢代收之情，岂不是好？"

金蛛一任谭萧恳切劝诚，只如不闻。谭萧见那金梭形制古朴，奇光内蕴，极其罕见。金蛛独吞之宝关系更是不小。便使眼色与云凤，迫令献出。

云凤因它辛苦支持了一日夜,出力不少,以为便把所得几件宝物酬谢也不为过;又见它冒险藏宝行贿,情甚惶急,本不打算再加强迫。及听谭萧一说,才想起此乃恶物,天生凶残之性,再得异宝,如虎生翼,非但助长凶焰,异日恶满伏诛,反失顾全之意。

事由自己监督不慎而起,岂非孽由己造? 立即假怒喝道:"孽畜怎不识好歹? 大功将成,紧要之际,畏难进退已是可恶,竟敢乘机吞没重宝,意欲何为? 你当我处罚不得么? 不过你今日劳苦功高,不忍下手罢了。再如倔强,我便用神禹令毁去你的道行,再用太皞戈将你杀死,以免日后生灵受你荼毒。这样做,至多亲往白犀潭登门负荆,韩仙子见我防患未然,除恶务尽,也未必会真怪,你却形神俱灭,悔已无及了。"

金蛛本以为得了此宝,异日乘机逃走,可飞往北海地极奥区求偶,与那想望多年的妖物会合匹配,闻言虽然害怕,仍不肯舍。云凤见它不理,便将神禹令威力发动,青色光气又复笼罩蛛身。金蛛只管哀叫求免,渐渐将身缩小,宝物仍不肯吐出。谭萧又做好人,代为劝说。

云凤因韩仙子性情古怪,既肯豢养这类恶物,必有用处,话虽说得凶,终有顾忌,谭萧一劝,立即收锋。然后重又怒喝威逼,到了不可开交,仍由谭萧来做好人。

二人做好做歹,无论怎做,仍是无法。金蛛早看出云凤没有伤它之心,拼受苦处,物终不吐。身虽缩小多半,仍比盒大,不肯进盒。云凤无法,远望彩蓉、灵姑随众取宝,已各得了两三件。谭萧为帮己,反倒延误,未免于心不安。知她已归到正派门下,以前所炼飞剑已不便取出使用,重炼又极费事,正需这种仙兵利器,忙劝她去取。

谭萧见云凤也一件未得,自己一去,总可收取两件,要将梭形宝物让与云凤。云凤执意不收,道:"我这些年来奇遇颇多,又得诸位师长恩赐,所收已多。今日不过奉令来此,便得到手,也让给新进同门,无并贪念。金蛛适才为感脱难之德,本是赠你,何必谦让?"

谭萧只好收了,临行说道:"你有神禹令制它,既然不会逃走。但它吞没之物我未及细看,又未听人说过。休看此宝顺流浮来,不能飞腾,但那诸宝多是前古真仙戈矛甲胄之类的一般利器仙兵,形体长大,唯独此宝形体虽小,却精华内蕴。适才它快吸进口,经我留神注视,才发现隐隐透出些微宝光。好似乌木块是个外囊,宝藏在内里,稍微疏忽,决看不出。金梭来历虽还未曾知悉，现已看出含有分合阴阳妙用，远在其他诸宝之上。金蛛居然舍此要彼，必有深意。它不肯归盒，并非想逃，实是盒小，与所吞之物几乎相等，不能连身缩小所致。既是拼死不吐，也无须再加强迫，事完之后，郑仙师必有处置。妹子只好略效绵薄，只紧防它乘机逃走便了。"

云凤谢了，谭萧随即飞去，云凤正弄它不过，忽见曾祖姑飞来，便把前事说了。

杨瑾道："你们没有说对金蛛的心思，又不知制它之法，虽有神禹令，不便伤它，自不会献出。这个不难。"随对金蛛笑道："你想把这抵抗北极元磁之气的异宝得去，将来好往北极小光明境驻阳峰去与寒蚝交合，借它阳和之气，助长凶威，为害人世么？此举大干天和，必遭惨劫。连那地极北半球的水妖雪怪，因怕你同恶相济，日后坐听残杀，也必出死力合谋阻挠，群起拼命，容你不得，这些还在其次。可知韩仙子当初将你禁闭幽峡之中，防的也是你这一着么？并且前年峨眉诸同门大闹陷空岛，中有三人为陷空老祖所算，误入小光明境，正遇寒蚝在残害生灵，仓促之中，没看出是同恶相残，被害的也非善类。当时激于义愤，想将此妖除去，不料反为所害，被困冰原之下。正在危急之际，恰值神驼乙真人与青城派教祖朱真人赶到，救出了三人。妖蚝道行比你高深得多，尚被乙真人用阴雷震死，永压地极百丈玄冰之下，连元神都消灭。三人求取的万年续断灵药，也被乙、朱二位真人强迫陷空老祖献了出来（事详《蜀山剑侠后传》）。如今你还要去寻它，岂非梦想？"

那金蛛秉天地间戾气而生，与寻常蜘蛛不同，同绿袍老祖原有的文蛛一样，生来便没有后窍。蛛丝也由口内喷出，不像常蛛，蛛丝是由尾部丝囊放出。秉性阴寒，行为残酷。出生以来，便遭造物之忌。各正派仙侠遇上，便加诛戮，决不姑容。生平劫难甚多，尤其每隔千年，便有一次大天劫，极难抵御。韩仙子收它时，是想将来用它以毒攻毒，有不少用处，所以不但未加诛戮，而且助它躲过了一次天劫。

金蛛因自己是纯阴之体，若能与纯阳之体的北极万载寒蚝交配，便可炼成婴儿，随意变化，为所欲为，同恶相济，原是两益的事。偏生那万载寒蚝脱形已数千年，独占北极，自负甚高，多么道行高深的妖物，都没放在眼里。更有千年聚敛地极元磁之气炼成的法宝，还善于运用地极磁光和当地千万年前所积的古玄冰。它所居巢穴小光明境驻阳峰，终古光明如昼。又经它数千年苦心布置，美丽无比。

数千年来,各类妖物觊觎它那纯阳元丹的何可数计,然而不是才到它小光明境边界,便被磁光卷去,形神皆灭;便是被它擒去交配,吸去元阴而死。金蛛知道万载寒蚨所炼法宝及北极磁光只有古仙人所遗指南针能破,所以如今一旦得到指南针,便妄想逃往北极,用指南针挟制万载寒蚨现出原形,与它交配,以后任何灾劫均可抵御了。一听杨瑾说万载寒蚨已被乙真人所灭,多年梦想变为泡影,不禁急叫两声。

杨瑾见它神态惊疑,仍无献宝之意,又笑道:"你当我年轻识浅么?可知我前生便是在开元寺兵解转劫的凌雪鸿,与韩仙子原是至好。别人伤你,她或不快;我如伤你,她决不好意思与我为难。你两次取宝,出了大力,事完后我们必将你恶根除去,使你成正果。如再执迷不悟,我便用迦叶金光镜罩住你的形神,再用般若刀和法华金轮将你杀死,去见韩仙子只要一说,便即罢休。此三者俱我恩师神尼芬陀佛门至宝,想必你也知道厉害,再若倔强,休怪我手辣心狠。"

金蛛闻言,急得通体乱颤,倏地目射凶光,一张箕口,箭一般射出一蓬毒丝,直朝杨瑾迎面撒去。云凤深知杨瑾历劫修为,道行高深,近传神尼芬陀衣钵,又有本门降魔四宝随身,论功候法力,还在三英、二云之上,当时只顾旁听,未免稍为大意,手中神禹令已不似先前全神监防。忽见金蛛情急发难,不禁大惊,忙喝:"孽畜竟敢找死!"急发挥神禹令威力,加以制止。

哪知杨瑾早已料到金蛛凶顽,正好借此将它腹中毒丝收去,以为挟制之计,喝声:"不要管它,我自有制它之法。"话未说完,法华金轮早化成一幢五彩光轮飞起。金蛛看见五彩旋光,才知敌人并非虚声恫吓,冒失暗算,反上大当。忙往回收那毒丝,已被金轮绞住,闪起无数光圈,耀眼生缬,疾绕如飞,那蛛丝便从口内纺车般往金轮上绕去。

金蛛已然失去不少蛛丝,心方痛惜,不料又遇克星,再不见机切断,非将这元丹所积之丝全数消灭不可。一横心,正待合拢箕口,用那利齿自行咬断,忽听杨瑾喝道:"我知你这妖虫与众不同,所喷蛛丝虽是内丹炼成,大小疏密,分合由心,但是不能自断。寻常飞剑法宝如被沾上,反为所污。必须你那毒牙咬折,方能截断。我已有心防备,岂能遂你妄想?"话才出口,同时袖内又飞出一道金光,正照金蛛头上,立即箕口大张,不能往下合拢。

那蛛丝长得直无边际,一任金轮绕转,兀自不能绕完。杨瑾又喝道:"无知妖虫,我怜你今日曾受劳苦,不过将你内丹暂时收去,等异日与你除了恶根，改邪归正，仍可发还，所以我那法宝并未发挥妙用。如能悬崖勒马，速将内丹吐尽，连所吞指南针一齐献出，立可转祸为福；再如不知进退，我不愿长此相持，一举手间，你那千年苦炼的丹元便宝光消灭，后悔无及了。"

金蛛先以为杨瑾恨它暗算，要下绝情，先将内丹收去，再行杀它，又急又怕。心想："今日吸船取宝曾出死力，郑颠仙必不忍己为仇敌所杀。"欲用缓兵之计，等到颠仙由江心飞出讲情。它那蛛丝原本长短随心，切断既已不能，只得暗中运用，格外往长里放。

无如金轮疾转如电，片刻之间已被绕去一半，颠仙还无影踪。只顾害怕，痛恨仇敌，怪眼都快冒出火来，竟把所吞宝物忘却。闻言一看，金轮上面白丝已成了数丈粗细一大卷，猛触灵机，顿生悔悟，口不能叫，只在喉中哼声示意。杨瑾看出它心已服，丹元被卷去多半，料它不舍再断，便把迹叶金光镜收去，喝令速即献宝。

金蛛知强不过，凶焰大杀，眼含痛泪，把口一张，先喷出一块乌木。杨瑾手一招，接将过来，递与云凤。宝镜一收，金蛛又急叫起来，竟仍不舍献出丹元，哀乞怜恕。杨瑾喝道："无知妖虫，那丹元在你比命还看得重，我如收去有什么用处，杀你极易之事，何须多费唇舌？此举于你有益无损，我还骗你不成？不信你看，我那般若刀便可将你形神一齐诛戮。"说时，袖内又飞出一道形如半月的光华，停在当空，寒芒射目，变化无穷，连云凤都觉冷气侵肌。

金蛛明知前言不假，无如那丹元经它有生以来残食各种毒物，费尽心力，聚积凝炼而成，一旦献出，无异毁去千百年功行，所以恋恋不舍。此时一见般若刀飞出，杨瑾面有不快之色，适才深尝厉害，唯恐触怒，口张处，又随着蛛丝喷出一团灰白色的光华。

那东西大才三数寸，光也不强，看去软腻腻的，好似一个放大的鸟卵，先吐蛛丝更由上面喷出。杨瑾知道此乃金蛛全身奇毒之气所聚，忙把金轮止住，任其停在空中。喝道："你把蛛丝放出这么长，如任其绕在金轮上面，未免不便存放。再者邪正不能并存，久受宝光消烁，有甚损毁，你又道我食言。我此时有事，不能久延，现将金轮妙用止住，任你自行缩小，由我转交郑仙长保存，将你恶根化尽，再行发还，你看如何？"

金蛛献丹，原本迫于无奈。正在垂头丧气，悬心愁急，唯恐毁坏，一听杨瑾并不取走，想起颠仙平日所许好处，相待又厚，如由代存，决无他虑。立即喜叫两声，张口一吸，又将丹元收了回去。金轮宝光一敛，被金蛛一喷一吸

333

之间，那 大团蛛丝竟整圈脱轮而起，飞回金蛛口中。云凤见它喜极之状，收得太快，方虑反喷，金蛛已二次将丹元喷出，形体比前缩小了两倍，只有鸡卵大小。

杨瑾见蛛丝已脱去金轮缠绕，仍向空中喷出，不朝自己飞来，知是诚心悔祸。它因丹毒太重，不敢冒失朝人飞来，自己实也不能伸手去接，便从身旁的革囊内取出一个大约三寸的玉葫芦，朝上一指，葫芦内便冒出一青一白两道光华，裹住那团形如雀卵的丹元，往葫芦中紧挤了进去。

云凤见金蛛失丹以后，适才威风俱都敛尽，神情狼狈，身子也萎缩到拳头大小，笑指蛛盒问道："你从此改邪从善，不久便能脱去躯壳，超升正果，还不回盒怎的？"金蛛闻言，看了二女几眼，一声不哼，划动六条细瘦如铁的腿足，缓缓走入盒内，蹲伏不动。云凤随将盒盖好，行法禁闭，笑对杨瑾道："想不到这东西竟如此凶顽，如非道长在此，真没法制它呢。"杨瑾道："韩仙子留此妖虫颇有大用，又有今日吸船取宝之功，所以不愿伤它。经此一来，倒便宜了它超劫正果了。"

正说之间，忽前面波涛动处，颠仙由波心中飞身而出，将手一挥，踏波驶来，晃眼到达。众门人见师父回船，也都相继赶回各人船上。

这时宝物已相次收尽，女神婴易静也助武当七姊妹早将前古至宝青蛟链收取到手。灵姑因见武当七女俱都美如天仙，装饰又极华美。尤其助七女收宝的女孩看去不过八九岁年纪，却有那么高深的法力，欣羡已极。谭萧又把女神婴的来历告知，越想乘机亲近。只因入门不久，易静、杨瑾后来，无人引见，不知行辈称谓。加上早日深得师长期爱，一年工夫，便练到身剑合一地步，飞刀神奇，诸邪不侵，颇为自负，以为不久便可下山行道。及见连日所来人物和取宝时情景，俱是闻所未闻，见所未见，才知差得老远，未免有点自惭形秽，不敢冒失上前，与人问答。

灵姑方在遥望凝思，易静忽然别了七姊妹，飞到身前落下，笑问灵姑道："姊姊就是莽苍山玉灵崖的孝女吕灵姑么？闻说适才得了广成子五丁神斧，请拿出来一观可否？"

灵姑原因适才见七星真人赵光斗、赵心源二人合力想收一件形如大半轮红日，上有青黄赤黑白五道光芒之宝，自己也急欲收取两件，无奈功候尚浅，刚看好一件心爱的，飞身追到，不是没有赶到，被旁人捷足先登，便是降那宝物不住。知道今日取宝各凭缘分，勉强不得，恐时久延误良机，只得顾及其他。枉自追逐一阵，眼看人人纷纷得手，自己仍是一无所获。

心方愁急，忽看见离身不远，有一黑影缓缓浮游，映着月光一闪一闪放光。低头一看，乃是一根铁杵，长约七尺，有茶杯粗细，杵头甚小，通体黯无光华，只中节似有花纹凸出，映月放光。灵姑把遁光往下微落，一抓便到了手，甚是容易。再定睛仔细一看，那东西似杵非杵，一头略具杵形；又似古时矛柄，一头略尖，还有两圈凸起，不知何物。那放光的俱是古符篆文，猛触灵机，想起谭萧曾说金门诸宝大多为古时兵器，内有广成子降魔之宝，最为珍异。古戈矛因经仙法祭炼，原质又非寻常金铁，十九精光灿烂。那几件降魔异宝，有的不经使用以前，外表反倒没甚奇异。取时全仗各人眼力，务须留心，不可错过。

这时赵光斗、赵心源尚与那形如半轮红日之宝相持不下，二人用尽方法，只能用剑光将它逃路圈住，不能收取。灵姑虽料自己所得不是常物，心终疑虑。见彩蓉得了两件霞光灿烂的宝物往回飞行，正想将她唤住。那半轮红光想系急于逃遁，被二赵圈逼过紧，倏地光华大盛，轮上五个棱角同时彗星一般激射出五色光华，遥闻铮铮两声，便有好些火星青光四下陨落。

二赵见飞剑已受挫折，再不见机，宝物没有收成，反把辛苦炼成的飞剑毁去，实在不值。七星真人赵光斗忙把七星剑招回，还不及另取法宝堵截，才一略缓，红光立即荡开光圈，朝灵姑当头飞来。

灵姑正在招呼彩蓉，万没想到此宝竟会寻人，见状大惊，忙指飞刀抵御。银光起处，两下里才一接触，便被荡开。红光立舍银光，仍旧朝人飞来，相隔只十数丈，其疾如电，灵姑忙招飞刀回御，红光已经迎面飞落。仓促之中无法抵御，便将适得铁杵顺手往上一挡。因惊慌过度，未免手忙脚乱，本不知那杵用法，只打算暂时救急，略挡一挡，飞刀便可赶回。变生瞬息，连铁杵的倒顺也不及分别。刚随手撩将上去，彩芒耀眼中锵的一声，手中一震，红光骤敛，杵上面又多了一物。

同时飞刀也已掣回，径向杵上绕去，那杵也似要脱手飞出。灵姑知有巧获，忙把飞刀收去，将宝物紧握手内，不再挣动。仔细一看，原来先前所得乃是一个大斧柄，二赵所圈红光竟是斧头。那斧形如大半轮红日，两面朝着刃口各刻有五条芒角，平面斧背上刻有三个圆圈，各有一珠微凸，斧柄贯穿其内。除所刻芒角圈槽颜色各异外，通体都是朱红颜色，晶辉湛湛，仿佛透明，非金非石，看不出何物所铸。

二赵本从远处各驾剑光追来，快要到达，见红光已被灵姑收去，似知神物有主，自己无缘，不愿再延时机，只望了望，略现惋惜之色，便各回头往宝光丛中飞去。灵姑因二赵略望即去，不便唤住询问此宝来历、用法。各凭缘福，也就无须再为谦让。照适才所见收宝情景，定是一件极珍奇的前古异宝，好不欢喜。

跟着彩蓉飞来，方在夸赞，谭萧也别了云凤，收得两件法宝，赶到相晤。一见便认出斧上符篆，说："此宝正是广成子助黄帝开山降魔的至宝，名为五丁神斧。金门诸宝大多形体较大，十九都要经过得宝人另下一番苦功祭炼，始能缩小，唯独此宝和武当七姊妹合收的青蛟链，大小随心，变化无穷。前经先师指点，这类古符篆文还能认识，待我试试行否。"随将斧要过去，体会上面符篆，试一伸缩，果然大小如意。又传授灵姑，如法施展，也是一样。俱各欣幸不置。三女俱都知足，尤其灵姑、谭萧，见今日来人很多，自己所得俱是金门诸宝中数一数二之物，不愿再贪，互一商量，各自住手，仍回原处待命。

武当七姊妹中的缥缈儿石明珠和女昆仑石玉珠两人，最喜与各派门人交好。近年因师父半边老尼禁与外人来往，时常互相谈论："休说我姊妹本是无母孤儿，一出娘胎便受恩师抚育教养，恩深二天，别派任是多么易于成就，也不忍背师而去，便是同门诸姊妹，哪一个不感师门恩厚。峨眉、青城两派正值昌明之期，同辈道友交往，也不过声应气求，互相切磋，各有进益，日后遇事彼此多个照应，决无借此欲谋援引之心，师父怎会如此顾忌？"俱都闷闷不乐。

尤其石玉珠自恃师父宠爱，表面上不敢违抗，私下仍和各派中几个莫逆之交来往。半边老尼对她也特为宽容，故作不知。石玉珠看出师父信任，私心甚喜，也不和诸同门说破，以免效尤。时常借故离山访友，往往经月不归，七姊妹中只她一人在山日少。

这次元江之行未来之前，石玉珠便听师父说，颠仙曾代青城教祖矮叟朱梅、伏魔真人姜庶收有一位女弟子，名唤吕灵姑，生性至孝，资禀过人，仙福也厚，与峨眉三英中的李英琼互相辉映，异日为青城门下十九弟子中杰出之材。石玉珠性本好交，又见师父独对己说，好似有心示意令其结纳，一到大熊岭便留了意。

当日到场各派门人虽然无几个知交，多半见过。灵姑又是新入门不久，功候有限,容易看出。因忙于相助御敌,收取宝物,无暇相见,不时抽空远看灵姑动作。嗣见灵姑飞身宝光丛中,看出飞刀神异,功力也颇不凡,只是捞摸不着,驰逐多时,一无所获。自己又不便分身上前相助,正替她着急,见她银光倏地往下一沉,捞起一根黯无光华的铁棍,看去毫无异处。

石玉珠不知颠仙事前有"今日取宝,各凭缘福遇合"之言。先见灵姑、谭萧、彩蓉并立崖腰石穴之间,状甚亲切,一到取宝,便各自为谋,全不相顾;远不如自己的同门七姊妹一心一德,合力收取,无分畛域。又看出二女道力远胜于灵姑,竟任灵姑飞驰徒劳,不助一臂,心中不平。晃眼工夫,五丁斧飞降。起初见二赵合力同收那半轮有五色角芒的红光,久不得手,已知是件异宝。按说灵姑功候最浅,万无收取之想,竟会无意中拾得斧柄,使此宝自行投到。那形状和师父常说将来青城十九弟子大破诸妖邪,用来开山的那柄前古至宝五丁斧一般无二,才知她仙福果然深厚。

恰值七女合收青蛟链不果,多亏易静赶来相助,收到手内。因人成事,今日所获已多,不便再起贪心,各自停手道谢,谈了片刻。忽接半边老尼飞剑传书,说师叔灵灵子在成都有难,令七女急速回山,领了机宜赶去救援。

石玉珠因听易静说要会灵姑,便托先为致意,并把五丁神斧落在灵姑手中之事随口说了。易静正因其父易周不久有一对头为难,须用此宝,闻言大喜,便向三女身前飞来。这时颠仙刚由江心飞出,武当七姊妹忙即遥为拜辞,往武当飞去。

灵姑对女神婴易静本极敬仰,见她想看宝物五丁神斧,便立即取出递了过去。易静接到手中一看,赞不绝口,随即交还灵姑,嘱咐道:"灵妹要谨慎收藏,你此时功候尚浅,须防外人劫夺。便少时郑师叔传了用法,重用师门心法炼过,也不可轻易取出炫露。"说完,又与谭萧、彩蓉礼见。三女这才看出她是生性直率,急于见识此宝,并非自傲,互相谈得甚是投机,并由此互相订交成了至友。要知后事如何,且看下回分解。

第六十八回

群仙盛会　古鼎炼神兵
二女长征　飞舟行蜀水

话说灵姑见师父回船，众同门纷纷上前参拜，也想前往。易静道："他们都要复命，此时人多正忙善后，你可无须。郑师叔既命谭道友今日出世，决可无碍。我们再谈一会儿，少时同往庵中参见便了。"谭萧因地劫灾限未满，白发龙女崔五姑也未前来援引，恐未到出世时期，心尚疑虑。经易静一劝说，心想："大仇妖鬼徐完已然伏诛，自己在地底苦修超劫炼形以来，道力迥非昔比，好在相去满限不足一年，只要在此一年期中多加小心，想也无甚妨害。现时各正派中后起人物不少在此，正好乘机结识，以为异日修为之助。"于是不再坚持。

正谈笑间，欧阳霜忽然飞来，先向易静略为招呼，匆匆说道："师父由山路回庵，听说灵妹尚有使命呢，还不快些回去。我此时忙极，先走了。"说罢先自飞去。

四女遥望江中，颠仙师徒五只木船已然沉入江中，各正派仙侠也都各纵遁光飞去。谭萧、彩蓉因欧阳霜来去匆促，只喊灵姑一人，未及询问，不知自己能去与否，还在迟疑，易静已不由分说，直催快走，只得同驾遁光往苦竹庵中飞去。

颠仙那木船还有用处，须先运藏江边水洞之中，也是刚到。灵姑一看，只欧阳霜一人他去，先见诸人之外，还添了好些少年男女。女神婴已然见过，尚有隐居颠仙南山墨峰坪梅坳别府的吴玫、杨映雪和峨眉派门人杨瑾、余英男、白侠孙南、七星手施林、苦孩儿司徒平、南海双童甄艮和甄兑诸人。吴、杨二女刚从南山赶到，并未参与元江取宝之役。三女全都初次晤面，经慕容姊妹分别引见礼叙。颠仙已入后洞传命入见。

众人入内参拜之后，颠仙笑道："今日总算大功告成，实可欣慰。我和凌道友初以为塔顶金盆乃亘古奇珍，如能得到，宇内妖邪不难一扫而完，岂不少却许多事故？因此稍违齐道友叮嘱，甘冒万难，意欲收取此盆，改用金船封闭地肺中元磁气窍。谁知运数难违，反被金船飞去，船中还有两件法宝也未取出。徒劳无功，还要费却好些人力，也可算是愚而好自用了。

"你们所得宝物多半长大，均须炼过，始能应用。适接齐道友飞剑传书，令我即赴青城山金鞭崖。说凌真人夫妇连各派长老好几位俱在那里，拟用昔在白阳山古妖尸鸠后穷奇墓中得来的九疑鼎，将今日所得各类宝器重新祭炼，再行分别发还。少时便须率众前往，除灵儿有事不能同行外，今日峨眉诸弟子好些谦让未取的，如无他事，不妨随去，也可长些识见。此乃旷世奇逢，良机不宜错过。为此连吴、杨二弟子也唤了来同往参与。

"只三徒儿欧阳霜在俗家时生有五个子女，因受情仇陷害，丈夫萧逸疑她不贞，雪夜逼往竹园上吊，是我路过救来此地。后来为植金蛛所食毒果，查看土宜地势，只卧云村最宜，因此夫妻母子得以相见。我知她感情太重，曾加告诫，她终究子女情长，摆脱不掉，再三求我引度入门。见我不允，又私将本门心法传她子女，每一得暇，即往卧云村与子女相见，为此耽误不少功行。我因母子天性，她又时常背人默祷，求我鉴宥，别无过失，也就任之，不料近来益发妄为。

"她长、次二子萧璋、萧玢，曾在幼年为凶禽狗雕攫去。那鸟原是飞过卧云村上空，为群儿爆竹之声所惊，发了凶性，飞回将二子攫走，并非有心攫食。二子俱极聪明，饶有胆智，从小便练家传武艺，矫健多力，不同常儿。始而诈死不动，等鸟回到危崖落下，乘其不备，一同纵起，躲入崖侧一个石穴之中。恶鸟性起，爪喙兼施，弄得崖石碎裂横飞，无奈石厚洞深，莫可如何。二子觑鸟他去，便即爬出，窃取恶鸟食剩的兽肉，苟延残喘。只是危崖百仞，无路可下，逃走不得。恶鸟也颇刁狡，有时故意远出隐身密云之上，等二子出洞，骤然下击。全仗二子机智，纵跃轻灵，得以免祸。

"数日后，二子胆子越大，恃有石穴隐藏，那鸟无奈他们何，反弄了些石块预藏洞内，故意现身引诱，意欲引它力乏，打死泄恨。那鸟何等狞猛，二子如何能伤，逗得那鸟凶威大发，必欲抓裂快意，石穴竟被抓裂了好些，如非石厚，早已攻穿没命了。后因鸟不耐久斗，饥欲猎食，才行飞去。二子想起危难，又思父母，正在崖上放声大哭，幸值宜昌三游洞侠僧轶凡路过，见状下来，问明后救回山去。本想送他们回家，二子偏哭求拜师。侠僧无法，因二了均非佛门中人，又转介在昆仑派钟先生门下。

"上次元江取宝以后不久，母子相见，二子也常往卧云村省父。日前霜儿往视毒果收成，长子萧璋恰巧在彼，因闻元江取宝之事，也思觊觎，再三求说。霜儿因见武当七女未经邀约也来参与，心想其子总算师门一脉，总比外人强些。表面故作不允，却示意其子，将一切禁制方法与各派门人来历形状一齐告知，使其也作路过观光，到时乘机攫取。

"另三个子女萧珍、萧琏、萧瑞闻知，也要随来。她平日溺爱太深，拼着受点责罚，依然明拒暗许。因她四子女先得机密，预伏适当所在，等各妖邪诛除将尽，金船出水，立即见机而作，各取了一件宝物。照其母预嘱，应该适可而止，到手一二件即行遁回，不可贪多。那三子女尚能遵从，得宝先回。萧璋仍是胆大心贪，还想为二弟萧玢取一两件。其师兵解以前曾说过金门诸宝的来历，略知底细，已得到手两件，仍在觊觎。彼时满空飞剑、法宝交飞如梭，他又不敢上前现身明夺。

"正在徘徊观望，忽发现一件至宝腾空飞走。众人各有专注，不曾留意，只他一人看破，连忙飞身追赶。追出三百里，刚刚追上，得到手内，不料巧遇先前败逃的妖妇黑神女宋香娥，二人为争此宝苦斗起来。两人正在相持，恰值吴、杨二弟子路过，上前相助，才一照面，妖法业已发动，一道妖光，竟将萧璋摄去，迅速非常。吴、杨二弟子追赶不上，又恐误了师命，只得来此。

"那妖妇邪法高强，淫凶无比，霜儿得信，自是忧急，匆匆向我求告了几句，便往秦岭妖妇巢穴中赶去。霜儿本领虽能敌那妖妇，但闻妖妇还有两个厉害同党，此去恐胜望极少。偏生我们又须赶往青城，无暇分身往援。好在她行时持有我护身灵符，即便被擒也无大害，只好等我青城事完，再去救她了。"

颠仙说完，正唤灵姑进前听命，秦寒萼、凌云凤、戴湘因三人均和欧阳霜交好，不等话完，立即挺身上前说道："妖妇淫凶恶毒，适被周、李二位师妹用紫郢、青索双剑合璧，将她飞剑、法宝破去，也只断了她左手三指，依旧被她逃走。霜妹身世煞是可怜，青城之行旷日持久，如等师叔归途再去，恐有不测；还有她子萧璋被陷久了，更非遭妖妇毒手不可。弟子等意欲不去青城，将适得宝物交与别位师姊妹带去，日后炼成，转传用法，也是一样。"李英琼等一干峨眉门下俱都好义疾恶，纷纷应和，俱愿同往。

颠仙笑道："我岂薄于师徒之情？一则青城之行于你们日后关系不小；

二则我也无计分身，又恨霜儿母子胆大妄为，意欲任她受点磨折，以戒下次。既是你们义气，我也不便拦阻。但此万年不遇福缘，岂可为她一人，累及大众，云凤得有指南针，青城之行必须亲往。我看只要两人前去，便能济事了。"寒萼知自己和司徒平将来俱须兵解，便和司徒平递一眼色，与湘因同声争先。颠仙允了。

杨瑾、易静知妖妇厉害，也欲同往相助。颠仙道："有他三人，足操胜算。你二人必须先去青城，到不多日，还须借重前往巫峡，相助灵儿他们吸取金船，取那船中余宝呢。"随命慕容姊妹取来另一个朱盒和十余道令符，并交灵姑详授机宜，说盒内藏有所养神蛛。另外又赐一个专制金蛛的法宝。命俟自己行后三日内，和彩蓉由水洞中将五只木船拿出，一同驾驶，赶往巫峡，如言施为，吸取金船。

灵姑入门未久，骤膺重任，虽然镇船之宝，连同所有仙兵神器拿出殆尽，船中只剩两件宝物，船沉巫峡江底，入地未深，比起适才容易得多，心中终究有点担心。还待请问时，忽又一道金光穿入洞门，颠仙手指处，落下一封束帖，金光随即飞去。

颠仙看完来书，起立说道："各派长老已然齐集青城，将炉鼎法台布置完善，只等我一到，便即点火了。"随对灵姑、彩蓉笑道："你二人虽因事阻，不能赴此盛会，但此行功德福缘不小。中间虽有阻滞，不足为害，并且还有奇遇。我起行匆迫，不及细说。那苓兔速移洞内，由我行法封洞。免得庵中无人，受了妖邪侵害。"

灵姑见师父起身在即，无暇陈说，忙把苓兔唤来，连根移植，令其暂守洞内，静俟归期。话刚说完，颠仙已催出洞，施展禁法，将洞封闭。径率同去诸人飞起，数十道光华破空而起，晃眼没入青云中，略闪即逝，一时都尽。

秦寒萼、戴湘因、司徒平三人因是救人事急，虽然寒萼持有弥尘幡，可以随意所如，比寻常剑遁飞行都快得多，但欧阳霜已先去了个把时辰，终以早去为是，当下与灵姑、彩蓉话别，订了会期。随取出弥尘幡，三人并立一处，道声再见，在一幢彩云笼罩之下，电掣飞去。

彩蓉原想乘此机会求颠仙收录援引，也因事机匆迫，未暇求说。青城炼法乃旷世仙缘，颠仙不欲使众弟子一人向隅，除灵姑奉有使命不能同行外，门人全都带去。二女因庙里无人留守，虽然后洞已闭，此外无关重要，终究是平日栖止之地，不愿被仇敌乘隙来此毁去。于是一面如言料理行事；一面由彩蓉施展以前所学法术,在左近崖侧幻化出一所庵舍,又将原址严密禁制。

第三日一早,灵姑、彩蓉用颠仙水符同入江心,将五只木船升向水面。船中毒果尚存少半,所带金蛛食量较小,算起来足够应用。二女几经筹思,也觉有几分自信。先由彩蓉幻化出一些舟人,装作贩货商客,暗中行法,催舟疾驶。到了水道难通之地,再于黑夜无人时取来前途江水,隔水行舟,在空中飞渡。到了与巫峡相通的江流,才行降落水面,安稳前进。

那金船落在巫峡中最深险处,地名黑狗滩,是江心一个水眼。金船未吸出以前,那一带江心奇石伏礁,矗立如林,水流湍急,浪涛汹涌。两岸险崖刺天,不到中午,不见阳光,景物幽森,行旅视为全峡中数一数二的畏途。下水尤险,上下舟船至此,无论大小,所有人、货全都搬运上岸。只留一二精通水性,深知地形厉害的舟人掌舵,由许多峡人拉纤,奋力强拽,或是上施,或是徐徐放行。过险之后,人、货方可上船再走。

那江水大时,往往深不可测,有时咫尺之间,水位相差达一二丈。就此谨慎行舟,遇上晦气,仍要被浪卷去,撞在伏石危礁上面,碎为齑粉,端的险恶已极。

二女因要补办米粮,还未到预定日期,恐怕惊动俗人耳目。见滩侧两岸危崖只有纤路,上下游岸石低处才有人家,便自带银两,同去采办蛛粮。先还想仙法行舟,甚是迅速,为期尚有多日,何故师命老早赶到。等一上岸购谷,才知当地甚是荒寒,虽上下游各有一处山村,居民俱无田亩,只种着一些菜蔬。至于铺店,多是为当地纤夫和路过的船客起早打尖食宿而设的小店,设备简陋。连村民所用米粮,均须远出二三百里以外的大镇集上才有售卖,自身常不敷用,哪有余粮出售。

峡民信鬼,二女容光绝世,装饰不似常人。彩蓉更是爱好天然,衣着华丽。荒江野店,突来两个异言异服少女向人买米,始而群起猜疑,尽管敬畏维谨,连实话都难问出几句。

师令不许炫露招摇,地理又生,彩蓉虽善排教中搬运之术,无奈相去采购之区太远,为数太多。沿江诸峰常有仙灵聚居往来,自己所习俱是旁门驱遣五鬼邪术,即使由灵姑守船,自己押运,遇上正派仙侠窥破为难,可以现身明说;那各异派妖邪多是仇敌,狭路相逢,绝不放过。并且无论所遇何派中人,机密均会泄露,倘来觊觎分润,如何发付?仔细寻思,终是不妥。师令只说到后先补米粮,也未说出如何采购。

彩蓉为难了一阵,正由上流头沿着江岸纤路往下流头走去,路上遇见一帮纤夫,拉着纤绳,赤膊光背,奋力前进。前半身都快贴到地上,蜿蜒蛇行于危崖峭壁之间,叱喝之声前呼后应。一个个颈红脸涨,青筋暴露。喊了好几十声,还没走出两丈远,看去吃力已极。彩蓉见状心动,打算助他们一臂。

那一段纤道上有一块突石挡路,甚是险窄。照例上下流头舟船各按远近互让,有时因为纤道费力多险,各不相下,当时强人不过,恐毁舟船,忍气让开,但事后闹成械斗,禁忌更多。两村相去二十余里,另有山径可绕,比较易走。纤道壁立数切,怒涛如雪,滩声如雷,高危险峻,稍一失慎,立坠深渊。没走过的,上去便觉心惊目眩,哪能举步。崖势高低错落,上下艰难,除纤夫日常走惯外,轻易无人由此通行。每帮纤夫中各有一个深悉地理禁忌的纤头,手持木梆在前领路,按照梆声急徐,指挥进止快慢。

那纤头隔老远望见二女走来,忙即敲梆,大喊喝令躲开。偏生所行正当全程中最费力关头,众声呐喊如潮,二女只见前行一人纵跃叫跳,以为照例如此,各行各路,万想不到是向自己喝骂。再往前略走,又被那块崖石遮住,双方都看不见。石侧恰又有一条山径,一方不知就里,一方以为闻声必已躲向另一小径,谁知快要走到崖石前面,双方忽然迎面相遇。行纤路遇妇女,本是当地大忌。这类终年拿生命血汗负苦谋生的人,又都性格粗野,本来就没好气。当这要紧费力时节,突触大忌,并将去路挡住,势子又稍缓不得,如何不怒。

帮头首先发急,才见人影,通没看清,便大喝:“哪家野婆娘,耳聋了么?还不快滚回去,老子就把你们丢到江里去喂鱼了。”那帮纤夫本在俯身贴地,力争上游。中有两个闻声抬头,见是两个女子,立即厉声暴喝:“不知死活的野婆娘,公公还不打她们?”总算帮头年老,较多经历,话骂出口,已看清二女气度衣着不类常人,没敢上前动手。一面敲梆,一面仍然大喝:“再不退回,他们冲你们下水莫怪。”

二子见对方才一照面便开口骂人,也是有气,灵姑首先喝道:“路又不是你们家的,为何出口伤人?不看你们劳苦可怜,叫你们知道厉害。”说时,二女仍往前走,并未停步。头排两名纤夫见二女越发走近,愤怒已极,连喘带吼,直喝:“公公,野人狗婆娘太不要脸,我们冲她们下去。”后几排跟着响应,齐声猛噪,猛一奋力,直朝二女冲来。

灵姑因想自己是好道之人,何苦与下愚一般见识?路又奇险,一动手必定伤人。原想数说几句,走临切近,再由众人头上飞过,不去理他们。彩蓉却看出这帮纤夫只是粗野,并非恶人,心想问他们何故如此。纤夫已迎面冲来。那老纤头让避一旁,神色迟疑。彩蓉知难分说,见灵姑待要纵起,忙喝:"灵妹且慢,我来问他。"说时,将手向前遥指了几指。众纤夫情急发横,眼看相隔二女只三四尺,满拟一下便可冲倒,就不踹下崖去,也给二女一个厉害,正呐喊作势之际,猛觉身后一紧,绳索好似定在铁柱上面,一任拼命用力竟难移动分毫。

老纤头见二女已然止步面朝前方,还在劝令二女快些回身逃躲尚来得及,否则必被冲倒;再要前行七八丈,过完最险一段,被他们分出人来追捉到山坳里去,如打偷牛贼一样,打死也没有地方喊冤,那是何苦。继见二女冷笑不答,又听身后众纤夫喊声有异,纤板轧轧作响。回头一看,众纤夫身已整个全俯,头面距地不过尺许,颈项间青筋突出,全都声嘶力竭。胸前纤板已多弯曲,轧轧有声,颇有断折之势。这样拼命用力,脚底却不能移动半步,当是舟船触礁,不由大吃一惊。忙伏身崖口探头遥望江上,所拽舟船仍然好好地浮在江心,只是不动,船上桡夫不住挥手示意催行,好生不解。

老纤头知道当地滩险,浪大流急,纤绳一断,那船立即顺流而下,为恶浪吞去,卷入漩涡之中,粉碎沉没。照此奋力挽拽,久了纤绳不断,船头将军柱也必扯断。势子一缓,遇上一个恶浪打来,船往后猛地一退,力再用得不匀称,弄巧连拉纤人也一齐带着坠落江里。端的形势奇险,进既不能,退亦不可,丝毫不能松懈。老纤头连想放下纤板,惹出一场官司,且顾性命都办不到。一时情急,不由跪倒崖边,求神默佑,望江痛哭起来。

众纤夫多半土著,只有一两成是原船上人,当此性命关头,也是急得连哭带嘶声求告神佛,乱许愿心;同时拼命挽拽,恨不得吃奶力气全使出来,哪还顾得再与人叫骂冲撞。号哭之声荡漾江峡,与滩声上下相应,越显悲壮。

灵姑知是彩蓉闹的把戏,见状甚惨,怒气全消。老大不忍。随走向前对纤头道:"你们先时那样凶横,这时如此脓包,小娃儿般哭喊起来。看你们还恶不恶?"

说时,前排两个耳尖的当灵姑有心挖苦,身拽纤板,不敢松开,气到极处,就地下拾起一块石头,急喊得一声:"打死你这狗婆娘!"待要反手向上抛出。毕竟老纤头见机,听灵姑一说,猛想起二女来得奇怪,适才似见内中一个朝江指了两指,眼看冲到身上,船忽定住。不久便是祝神之期,莫不江中神女现形点化或神灵显灵?心中一动,越想越对,见众人暴怒,又要无礼,心中一急,恐止不住,便向手边梆头连击。那梆头不是遇有紧急异事或神灵显灵,不能轻动,每一敲打,所有人等全须跪伏。众纤夫闻声大骇,纷纷跪倒。

自从纤绳一紧,众人只是拼力前进,谁也不敢稍为松劲。因是平日过信神鬼,一听梆头连敲,当是江神显灵,也未细看就里,慌不迭跪拜在地。中有四五个较为慎重的,唯恐身子一跪不能用力,纤往后拽,人也被它拽倒,方在急喊:"松不得劲!"忽觉多人虽不用力,纤绳并未后拽,也未加重吃力。试略松劲,纤绳本被拽得笔直,已然由直而弯,仍未移动。竟似下面的船定在江心,松了无关。方始放心,跟着众人喘息跪拜,颤声祝告不置。有两个胆大的偷眼四看,不见神影,竟松下纤板,爬到纤头身前悄问:"神在哪里,怎看不见?"

纤头敲梆以后,见众纷纷跪拜,才想起这危急时刻,那纤绳万不能松时,人已全部拜倒。忽然眼前一晕,忙再定睛看时,纤已弯垂地面,却未后移。当时惊喜交集,连话都说不出来。勉强按定心神,待向二女跪求,两纤夫恰来问神所在,老纤头立即乘机喝道:"这二位便是江中女神显圣,被我们得罪,差点没出大乱子。还不快跪一旁听候发落,只管乱说,小心你的狗命。"

众纤夫先前面将贴地,只知是两妇女拦路取闹,也没看清衣貌。闻言一偷觑,有了先入之见,觉着果和庙中塑像差不多少,全把二女认作江中女神。想起适才叫骂许多冒犯,俱都胆战心寒,头在石地上碰得山响,不住哀声求告:"神仙菩萨饶命!"

二女见这些愚人又可怜又可笑,灵姑喝道:"我们不是江中女神,有话好说,快些起来,放你们船走就是。"众纤夫底下话没听清,只当神灵不肯饶恕,叩求越急。有几人已头破见血,一味哭喊,哪敢起立。

彩蓉实不过意,知道众声嘈杂,灵姑难于分说,故作怒斥道:"我们就是江神,难道乱磕响头哭喊一阵船就走么?我不怪你们,快些站起,听我吩咐。"说时将手一指,众人哭喊之声全被禁住,头也叩不下去。喧声一住,方得听清。他们因平时敬畏江神太甚,小有侵犯,便恐祸临,何况当面辱骂,个个以为难邀赦免。又见女神一指,口便失音成了哑巴,越发害怕。心想无此便宜的事,依旧跪地,不敢爬起。

彩蓉见老纤头跪得最近,满脸忧惶之容,便对他道:"因你们太蛮横,船确是我定住的，但绝不是这里江神。你可晓谕他们急速起立，我看你们可怜，不但宽容，免去罪责，还助你们容容易易过这一带险滩，减轻劳苦；再如执迷不信，就任那船定住，我们也不管了。"老纤头看出点风色，不禁惊喜交集，首先起立举梆一敲。跟着便能张口，照话一传，众纤夫方始半信半疑，由地爬起，回了原状。

　　二女见众纤夫都是泪汗交流，泥痕满脸，上身多半赤裸，只用麻索系住一条破旧裤子，甚是褴褛，战兢兢鹄立崖边，不敢则声。知他们生活极苦，好生怜悯，便问："有话可以好好说，何故倚众欺生，开口喝骂，还要行凶撞人？"老纤头才把禁忌说出，实是不知神仙点化，情急无礼，并非有意欺生。又说："众人指江为生，十分贫苦。神灵既然显圣，务求大发慈悲，多加福佑。"

　　二女随又问出江神庙就在附近不远，明日开始，便是各商帮、土人祭赛酬神之期，远近村镇俱来赶会，竟有不远千里而来还愿的，到时什么东西都买得到，端的热闹非常。二女便说想买两船谷子，不知能买到否？纤头一任二女怎么分辩，始终把她认作江中水神，答说："神仙要谷子还不容易？他们正求之不得呢。小人少时回去一说，要多少都能献上。"

　　二女力说："我们不是江神，谷米另有用处，只愿公买公卖，照价给钱。今日的事不许对人提起，否则你们便有祸事。如能禁口，并助我们将谷子买到，过些日我们还许能帮你们忙，将江中那些伏石暗礁除去，使漩涡平息，省得你们费力。"

　　纤头道："按说我们这些苦人全指这些漩涡吃饭，只求少费点力，并不想将它除去。不过小人自十几岁就与人拉纤为生，今年六十三岁，看得也太多了。每一年中少说也有几十条船到此葬送，倾家的倾家，送命的送命，大人哭，娃娃叫，看去太可怜了。近三十年立了这座江神庙，仗着江神保佑，才好一些。

　　"因船客多不诚敬，依然时常出事。上月有一条大柏木船，载着一家扶柩回籍的官眷，官太太怀着八九个月的肚子。女人家不知厉害，又怕起早，执意不肯上岸。船离大滩还有半里，只到娃娃滩附近，许是怀孕冲撞江神，一个漩涡卷去，只孕妇一人被浪冲出三十里外，被人救起，余者连人带船全沉江底，尸骨都没捞起一根。那妇人不久生了一个男娃，因在水中受寒，当地没有好医生，不几天也死了，剩下孤儿，被江神庙道士抱去。那情形真惨极了。

"我一想起这些事就心酸,只要神仙肯将险滩去掉,我们哪怕没饭吃也心甘的。因这里出产太少,那些还愿的商船都各带有货来,内中就有好些米客,单施给神庙的谷子就不在少。凭公采买也行,不过神仙不许我们走嘴,要费事些罢了。"

二子见那老纤头虽然年老,但却极强健,说话也有条理,便令他选三个能干同伴,事完去至停船之处相见,除代平去滩险外,各有厚酬,只不许众人对外泄露。老纤头闻言,自是喜出望外,率众拜谢。之后,彩蓉便即行法,命众上路。众人背上纤板试一走动,果然轻松已极,毫不费力,江船便连越奇险,又稳又快往上流头泊处走去。到了地头,纤头自去挑人应约。不提。

二女送众走后,觉着行舟艰险,纤夫穷苦,两俱可悯。平险以后,土人生活无依,也须预为之地,商量了一阵。遥见远处又有几帮纤夫走来,江波也被法术禁住,行甚稳当,纤夫们行歌相答,甚是欢欣。

彩蓉已知当地禁忌,不愿招惹,意欲隐身回船。灵姑说:"纤头曾说,一到会期,江波便平,还愿的船极少出事,平日偏那等风涛险恶,破舟伤人,层见叠出。难道只要来还愿的都是好人?神应聪明正直,不应如此自私,于理不合。反正为时尚早,回船无事,船上毒果均有颠仙灵符封闭,靠泊江岸僻处,不怕偷盗。不如乘暇往江神庙一探,看看是否妖邪作怪。归途就便一饱乡味,再回不晚。"彩蓉颇以为然。总算蛛粮有了着落,如真买不到,期前二日再冒险行法购运也来得及,于是同隐身形,往江神庙走去。

到了一看,神庙孤孤单单坐列于半山坡上,相去附近村落约有里许。当地山势峻险,到处山石礌砢。独立庙所在是一斜坡,庙前有十来亩平地。再上十来丈,便是峻岭排云,危峰刺天,不可攀缘。那庙背依崇峦,面对江峡。庙后翠竹森森,干霄蔽日,庙前种着两行松柏,景物也颇幽胜。

庙址占地不过亩许。当中一排是三大间神殿。殿外一个石台,上供大铁香炉。左右各有两间道士居的偏厢,出门便是山地,并无围墙山门。虽还未到祭期,那些远道而来的商贩以及附近山民,已各在庙外隙地上支搭摊架、竹屋、搬运货物、陈设,还杂着一些卖豆花、烧腊、米酒、汤圆等饮食担子,熙来攘往,各自忙碌异常。

二女见吃食摊担有四五处俱是多年来未尝的故乡风味,心想在此用些,就便观看景致,向人打听也好,便择了一个卖小笼蒸扣肉带豆花饭的摊前,就木凳上坐下。摊贩王老幺见二女装束整洁,彩蓉尤其穿得华美,当是远来目眷屈尋就食，甚是巴结。二女要了两小笼扣肉、两碗冒儿头（半饭），一大碗豆花，带香料咸菜。王老幺如言端到，笑问："两位官小姐是否来还香愿？"二女见他和气，比上流村民开通，随口应了，边吃边打听。

当地原有不少神话流传，二女听出话多附会，方觉无甚意思，忽见一个庙中香火头领着四五个短装赤膊山民，牵拽着一牛二羊和四口肥猪经过身侧，往庙侧竹林中走去。灵姑奇怪，笑问，"江神还吃荤么？"王老幺闻言，摇手嗓声道："神跟菩萨不同，怎不吃荤？"

灵姑又问："不是还有两天才上祭么？怎么今天就杀牲呢？"王老幺见别人都已吃完走开，左近各人都在忙乱，无人旁听，悄声答道："这事莫说女客远来不知，就小人因去年在庙里帮过忙才得知底。人都说庙中香火盛，道士发财，连庙墙都不肯修，其实他们哪知道士暗中赔垫有多少呢。且不说每月初一、十五这两口猪，单是今天三牲得多少钱呢？"

彩蓉听话里有因，便问："这些猪牛难道道士自买，不是还愿人献的么？"王老幺笑道："虽说羊毛出在羊身上，他们的钱也是香客给的，到底是他们得了又吐不是？老道士又不肯对香客们实说，照这长年私下赔垫，哪有余钱再修庙墙呢？"

二女听他说得无头无脑，越发生疑，再四套问，又给了些酒钱，他才做张做智地说："神的食量甚大，每来时，江中必有黑风暴雨。虽然每月初一、十五和每年两次祭期，实则正日子神并不降。时常多在期前二三日半夜无人之际，先由道士备下三牲或是肥猪，洗剥干净，陈列殿上，只有老道士一人披发赤足在内伺候，余人谁也不许进殿和偷看。到天快亮，才出来唤人打扫，任是多少牲畜，也只剩下一堆骨头。

"遇到两次大祭，神吃完还要带走。事后老道士总得累病两天，有时还须人抬他回屋，寸步难行。朔望小祭，道士劳累得最是厉害。大祭想是东西多，神来去都快，却不见甚劳累。老道士常年吃素，人最好善，对于香客各随敬心，从不强募。因恐官家知道，说他妖言惑众，严禁张扬。他也能和神说话商量，每次照例自己出钱买来牲畜，先二日上供，事后再用香钱贴补。平日又爱帮人，有求必应。赶到哪年香钱少时，连牲畜都是向人赊的，哪有余钱修墙？

"听小道士背后说，老道士近年说自己不久要死，大徒弟只能帮个小忙，不能接他，以后这里怎么得了？当时着急生气。又背人把大徒弟卞明德唤至屋内，一谈就是整夜，也不知说些什么。

"后日是正日子，今晚该当预祭。牲畜均须现杀的，神才肯用，所以这时忙着牵往竹林内烧水开剥。只一祭过，江中浪虽仍激，船却平安无事，一直要过多少天。不似往常，多巧妙的舵手、桡夫用尽人力，也照样会出乱子。

"近年人心太坏，诚心的固然不少，有那好些取巧的商船，专乘别人把神敬好来捡现成的。休说还愿上供，返回时连岸都不上。一回平安渡过，便成了例，从此省下香资。有的得了便宜还卖乖，到处传说神庙道士算准每年两次和朔望江潮，借神骗财。船客们谁不想省几个，好些信以为真，专等祭期过去，试着过滩，果然无事。闹得近来香会一年不如一年，我们也少做好些生意。

"要照三五年前，这两天山上下早住满了，哪有这样空闲？按说老道士既能和神对面说话，应该禀告，请神给这些刁猾人降灾，不是立时就会兴旺么？他偏恐怕造孽，宁干吃亏着急。大约神到现在还当是来往的舟船都敬供他呢，你说气人不气？"

二女一听，便料江神决非正直一流。庙中住持倒是个好人，必是有难言之隐。当晚便是预祭，妖神定来享受，正好窥探动静。偏与纤头约定在木船停泊的崖上相见，购粮之事更关重要，不能延误。彩蓉略一盘算，又问："神降可有一定时刻？"王老幺答道："约在子夜前后，并无定时。"

二女问不出准时，欲向庙中探听。饭钱已然付过，二女一同起立，借口随喜，往庙中走去。刚到石台前面，便见一个小道士由偏厢中赶出，迎问："施主可是拜庙烧香的么？今日不是开殿之期，师父、师兄都不在家，请后日会期再来吧。"

二女见那小道士年约十八九岁，神情和善，身体结实，好似武功颇有根底。灵姑笑答："我们行船路过，闻得江神是个女身，甚有灵验，明早便要开船，特意来此朝拜，后日怎等得及？你开了殿门，容我们略为瞻仰，立时即走，多给香资总可以吧。"

小道士见二女装束谈吐俱是贵家官眷，不敢得罪，作难了一阵，才低声悄答："香资多少无关，这是各人凭心的事。只今晚是庙中预祭，照例是不能容许外人进来的。既是施主远来，难得路过，明早又要开船，小道瞒着师父请进，略看即走也还可以。不过少时我们还有好些安排，最好不要在里耽搁，留下香头，恐师父看了见怪，也不必上香了。"二女一一应诺。

349

小道士又轻脚轻手掩回东厢，隔窗偷觑了两眼才行走回。领二女由殿角绕出殿后，有一侧门。同进一看，殿房共隔成一大两小三间。当中塑着一个女像，神貌不美，肋有双翅。旁有四五个小神，男女不一，相貌装饰与女神大体相似。中有一个男神仿佛新塑成不久，貌最狞恶，问知是神的子女。东偏室内放着不少道家用的法器和三口高几及人的长剑，一切收拾得甚是整洁，净无纤尘。西偏一室关着，二女欲令开视，小道士力阻，说内中是间堆东西的空屋，现时只有几个木架，无甚好看，而且又脏，门经师父自内反锁，无法打开。

二女见他答时面色微变，情知有故。见门有缝隙，试从门缝往里一看，果有些木架陈列在内，黑暗异常。二女因门缝太小，方想另寻缝隙张望，猛闻到一股血腥膻秽的恶臭气味由内透出。心方奇怪，小道士已面带惶急，因是女客不便拉扯，不住埋怨："说好略看即走，为何失信？"

彩蓉知道明说不行，不愿炫法相强，便朝灵姑递一眼色，笑道："屋里很黑，想必无甚好看，我们给了香钱走吧。我有点不舒服，出庙你扶我两步，有话回船再说。"灵姑明白她要分身幻化，入内查看，将头一点。随取了三两银子做香资。小道士谢了接过。

快走出时，彩蓉故作在东偏室内丢了一条手帕，奔去寻找。小道士意欲陪往，灵姑又故往西偏门外走去。小道士恐二女将他调开，好往西屋窥探，不顾再随彩蓉，忙抢向屋前，背门而立。这一转身之际，彩蓉已将真形隐去，另幻化出一个假身走来。小道士因她回转甚快，并未入室，不以为意。灵姑知假身不能说话，便道："手帕原来就在这里，已然寻到，我们走吧。"随即迎上，相偕走出。小道士见二女要走，心才放定，相随送出。

人去以后，彩蓉仍隐身形，行法开了西屋门。进门一看，地方竟比正殿还大，因半截向殿后突出成了方形，所以外观不觉。室中一排并列着七个木架，架前各有一个长大水槽。满屋血污狼藉，腥秽异常。壁间还挂着一个黄布包裹，上面溅了不少血点。取下打开，乃是一叠三角形的坚厚鱼鳞和一束形似水草的绿毛。绿毛长约三数尺不等，比猪鬃还要粗硬得多。毛上有胶，又粘又腻，奇腥刺鼻。越料那江神是个水怪，这两样东西必与怪物有关。

彩蓉刚才包好还原，忽听隔室有人说话，墙甚厚实，听不清切。方要走出，便听里墙脚下响动，跟着两大块并列的方砖往上一起，走上一老一少两个道士。老的一个须发皓然，相貌清秀，慈眉善目，一望而知是个玄门清修之士。少的一个年约三十左右，生得猿背蜂腰，英气勃勃，武功似有根底。师徒二人俱是短装挽袖。

上来以后，老的笑道："再有二三年，我尘缘便了。这东西近年神通越大，我已难制，何况是你，异日归你承接，怎压得住？我又许了愿心，其势不能舍此而去。它的子孙越来越多，每到祭期，供品逐渐增加，就你勉强制住，也是供应不起。除它又无此本领，自家安危不说，如若激怒，兴风作浪，发动江潮，为祸行旅生灵，何堪设想？将来怎么了呢？"

少的答道："上次江边望月，仍然狂风暴雨，天昏地暗。我们在崖下避雨时，曾见金光霞彩夹着霹雳之声，直坠江心。怪物巢穴左近，波浪跟山一样涌起，那么高的崖都被漫过。师父说那不是寻常雷电，回庙占算了三日，才知那是一件仙家宝物自飞到此，投入江心水眼之下，不久宝主人便要寻来，怪物也应在此时遭劫。前些日还在欢喜，怎又发愁了？"

老的道："我武功虽还不差，如论道家造诣却是寻常。所习多是旁门小术，仗着生平行善，不曾为恶，仍须再转一劫，始得正果。所占如是世俗间事，倒能十得八九；神仙玄机，究难窥测端倪。那日虔心定虑，占算多次。第一，宝物来路只知方向，对于何处飞来，宝主是何神仙，全未算出。第二，我算取宝人近日已然起身，还是乘船来此，昨晚定到，船便停在乌龙嘴危崖之下。那里危崖百丈，本非泊舟之所。今早天还未明，我便悄借打鱼小船，沿江查访，并无踪影。

"适才仔细推算，仍和日前卦象一样。来人神通广大，御空飞行，相隔千百里，朝发夕至，要船何用？况且人只两个，船却五只。来处应在数千里外，水流不与江峡相通，这么遥远，才只三日便到达。还有好些都是不近情理。假如仙人行法将船隐去，我看不见，但那停处人却不能挨近。我去时曾想到此，屡用禁法试验，亲驾小舟，将小舟附近上下流到处走遍，通无丝毫可疑之兆。分明仙机难测，一样占算不准，全盘皆错，因此失望。想起怪物猖獗，怎不发愁呢？"

少的又道："其实江潮也真险，近年怪物还难得失信故意伤人。倒是那些小怪物真喜欢兴风作浪，每次吃饱回去，安睡不出，那几天还好，只一睡醒，便出来生事。祭时又爱恶闹，实在惹厌。要等成了气候，确是后患。我想那晚电光既是仙家异宝，又在怪洞附近，失宝仙人早晚总要寻来，见了怪物，岂肯留以为害？我们那年所得鳞甲、头发足够用好几年，不等用完，它也遭报了,仙人暂时不来,也无大害。至于我们供应不起,师父何妨略示一点灵验给那取巧的人们,还愁他们不来奉上么?"

老的道:"人家将本求利,就取点巧也应该。何况这类邪神只会为祸,永不知甚降福呢。"说罢,摇头叹息不止。

二人边说边打扫室中木架。少的由下面地洞中取出一些法衣、法器、香蜡、水盆之类陈列架前,将一空竹筒放入水盆以内,旁边放一空盆。又去东室将三口高几及人的长剑取来,点好香蜡。然后披发赤足,手持一剑,口诵法咒,行法焚符,将手中长剑朝盆一指,喝一声:"疾!"竹筒便似有人扶起,直立盆中,倏地斜着旋转起来,盆水便由竹筒口起,水箭一般时曲时直,随着剑尖所指,朝四壁和各木架、水槽以内激射上去。

彩蓉见是旁门驱遣五鬼和小五行搬运之术,自己隐身在侧全无警觉,法力实是有限。适听所说,难得旁门中会有这等正人君子,追忆出身,越起同情之感。知壁间血污年久已成墨色,凭二人法力决难涤净,有心暗助一臂,便在暗中施展净土之法。水势立时加急,所到之处污秽全洗,焕然一新。

二人见状,似出意料,各自瞪目四望,不见人迹,互看了一眼。彩蓉见二人仍未看出自己所在,暗中好笑。恐被警觉,见已冲洗得差不多,地上积水也快成河,如非行法禁阻,早往地洞倒灌下去,便即缓停施为。水势一小,老的吩咐:"时已不早,急速添槽收水。"少的随又行法,举剑一指,筒水便向后排各水槽内依次放去。一会儿放满,水也停止。竹筒便由盆中飞出,直落地上。所有污秽水又由筒口涌出,落向空盆以内,滔滔不绝。流有半盆,便不往上增高,直到地上涓滴无存,仍只半盆污水。

这时壁间所悬藏鳞甲、怪毛的圆包早经老的取下。少的净室以后,便将半盆污水和原盛清水的空盆捧回地洞,换了一个中盛五谷的大缸出来,放在香蜡案前。另外一小坛五色米豆同放案上。打开包裹,取出六片鱼鳞和六根长毛,二次迈步行法,踏罡步斗,先将三口长剑相继掷起,到了空中一个转折,各自剑锋朝上落向缸中,不偏不倚浮立米上。一切停当,老的便向正殿跑去,一会儿同了适见小道士,抬着一条牛进来,放在架上。

彩蓉随出一看,后殿外聚着两个火居道士和五名帮忙的土人屠户,还有二羊四猪也俱洗剥干净。仍是老道士师徒两人一个个抬进去,面对水槽,各陈架上。知道怪物来时,身居槽内,享受那些牲畜,正殿只是虚设。

彩蓉细情已得,恐灵姑等久不耐,便即隐身退出,飞回泊舟之处。先遇老纤头信神心切，为表虔诚，所拽之船将险处过完，料知无事，便嘱咐好同伴，借了一块锅魁，老早赶来守候，正与灵姑相见说话。购谷之事也打听清楚，可以托他代为收买，必不误事，这一来正好夜往除妖。晤面问完前事，强给了老纤夫赏钱，彩蓉行法将他送回镇上。

二女在崖上眺望了些时，重去庙前，意欲再尝乡味。到时夕阳在山，天还不晚，一些摊挑俱都忙着收拾回去，人数已然走了多半。寻到王老幺摊上一问，才知今晚净庙，庙前照例人须退尽，不留一人。全祭期只此一日，恐犯神怒，过此一任喧哗热闹。所以搭有临时竹屋，已然住过多日的人均须退往村民家借宿。前有数人不信，曾被黑风摄走了两个，终无下落。凡是来赶庙的人俱知此事，谁也不敢逗留违抗，各在黄昏前退避。

王老幺因在庙中住过，知道神来都在半夜，事前老道还要命人出视一回，见人都走，无可流连，虽也随同收市，却不似众人害怕忙乱。又见二女是好主顾，贪做一笔买卖，好在菜饭现成，笑对二女道："小人已快收摊，今晚前村人多，正打算挑到那里去卖，不过杂乱一些。现离净庙还早，他们这些人都是胆子太小，其实无妨。二位贵小姐如喜清静，便在这里吃些也可。我还带有一点好醪糟酒，这酒吃多少也不醉人。我把这些烧腊每样再整一碟，对着落山太阳，边吃边看晚景，完了蒸两小笼扣肉、一大碗豆花带香料，另外新熬一杯香油辣子，和我外敬的隔年兜兜咸菜，加上两碗新出锅的帽儿头，连酒带饭共总才四十七个制钱，还不到七分银子。这位贵小姐，晌午还没吃上这一半多东西，就给我八九钱银子，我一家四口两个月不做生意都吃饱饭了。适才我屋里人来送东西，听了喜欢得眼睛乱转，连说贵家小姐真大方，将来一定多福多寿哩。"

说到第一个"多"，他突又改口岔道："我王老幺最有良心，这都归我孝敬，二位贵客也都尝尝我的手艺。少吃一样，便是小人该死，没有诚心。"边说，边忙着重铺案板，乱取酒菜，又忙着端板凳，加倍奉承。

二女知他贪着多得点钱，把自己做财神看待，唯恐客去，闹得手忙足乱，五官并用，话和进一般夺喉而出，暗中好笑。见所卖烧腊样样新鲜，人散清静，正好饱尝故乡风味，并等时至，便即坐下。灵姑道："哪有吃你的道理？有什么都拿来，仍和前头一样，加倍算钱好了。我们为想烧香，也许住上两天，多照顾你几回才走呢。"王老幺闻言益发大喜，以为二女爱听夜中之事，手里敬酒敬菜，便信口开河说个不休。

彩蓉偶想起老纤头所说庙中收养孤儿之事，便问可有此事？王老幺因而谈起那孤儿生具异相种种怪处，现由老道士抚养，年才满周，已能行走说话等情。二女听了，俱想夜里便中一视所言真否。

吃到中间，忽见适才小道士由庙中走出，经过二女身侧，只看了一眼，便往坡下走去。二女浅斟低酌，言笑晏晏。这一顿饭，直吃到黄昏月上，不特庙中人未催收摊，连王老幺也无一毫急遽神色，大与适才众人散时所说不符。还是二女恐他受人埋怨，才住饮，吃完饭，给了二两银子。王老幺欢天喜地称谢收下，这才从容收拾，笑说："今天遇见财神，将这些剩东西回家，与妻室儿女破例享受一回福，今晚不再做夜生意，在家给二位贵小姐整两样好饭食，明天好来孝敬。再如收钱，那我王老幺就不是人了。"收拾停当，又陪二女立谈了一会儿，直到庙中钟响，方始唱着山歌挑担别去。

二女假装往回走，见王老幺走远，四顾无人，彩蓉行法隐去身形，重回庙前。徘徊了一会儿，忽见小道士满面喜色跑回庙去，因时间尚早，也未随同入内。灵姑见久无动静，渐渐云雾满山，月色朦胧，等久不耐，想先看看那怪孤儿，拉了彩蓉同往。本意先往道士所居厢房探看，正殿上火光突然透出，遥望人影往来不绝，当是水怪将至，连忙赶去观看。

见老道士师徒数人正在殿内，忙行行法布置搬运东西，除神龛未动外，所有一切神案陈设、五供法器之类全部移往东间空屋之内。另用木板现砌一个有五尺宽、数丈长的大水槽，由殿门起弯向西间设供屋内。接着老道士师徒便脱衣赤脚，披散头发。只日里行法的大徒弟身着法衣，余者俱是短装，每人背插五支鱼叉，腰悬一个黄麻布口袋。又在门环上系了两根绳子，俱由门楣高处用滑车穿过，再经殿梁通入神龛后面。

龛前水槽后放着五个火盆，中置木炭，火已生起。好似做过多次，甚是熟悉，各执各事，并不多话，尽管看着事多忙乱，一会儿便已停当。老道便指着神龛，对二道童道："你两个先进去吧。"二道童意似不愿，齐答："师父不说这回要交正子时才来吗？这么早进去岂不闷气？"

老道士笑道："你两个小东西，必是适才把我和师兄所说听去了。不要昏想，那不是容易的事。再说，不到事后，连我都未必看得见，何况你们。今天是你师兄代我应付，虽然弄好了可一劳永逸，但要是天不从人愿呢？以后每次都是你师兄代我，这头一回最关紧要，不得不加倍留神。万一要和我受伤那年一样，忽然提前赶来，你师兄临场再一发愣，到时我顾哪一头好？早藏在神龛里到底稳当得多,免得措手不及。又不是看不见,快进去藏起为是。"一道童又朝殿外细看了看,方始快快走入龛中藏起。

老道士又向大徒弟说道:"今晚十九能如人意。无论见什么厉害阵仗,切忌心慌。纵有失措,我也格外小心,保无他虑。那东西至早也须交子才来,现在正好调理心神,坐到亥时,等你焚符催引,我再用奇门遁甲隐伏一旁为你壮胆。"

大徒弟笑答道:"弟子承师父传授,已然熟练,知道谨慎戒备,请师父放心好了。"

老道士笑道:"我也知你不会出错,只因那年自恃熟悉,一时大意,不料那东西竟是凶残,毫无情义,如非徒儿冒着奇险将我法器送来,几为所伤,闯出大祸。今晚除照例喂他外,我还存有相机除它,永绝后患之意,故此丝毫大意不得。照你天性为人,在我们下实是埋没了,偏生机缘似合不合,大是可疑。万一为师功行圆满,务要紧记适才所说而行,不可自误。你两师弟天性皆厚,人极聪明向上,异日如有成就,不可淡忘。浪生自有他的去处,弄巧他年成就还许在你之上;如不务正,却是坏极。看他自己福缘修为如何吧,我只能到此为止,与你无缘,由他去吧。"

二女见老道士说时喜容满面。大徒弟却是面带悲戚之容,两眼含泪,低头不语。神龛内二道童更低声呜咽,悲泣起来。正寻思师徒四人为何悲喜各殊,老道士已低声笑喝道:"徒儿们,又忘了适才的话么?这是什么时候,还不打一会儿坐,调神养气,准备正事,怎倒悲感起来?"说罢,二童哭声渐止。老道士和大徒弟就水槽旁各自打坐,不再言语。大徒弟面上悲容依然未敛。

二女因知道老道士还有数年便即坐化,以为适才谈及此事,师徒情厚,所以想起难过。又往西屋看了一回,道士日里已全准备,只在屋内外用米设了两处奇门遁甲,以为少时隐伏之用,防御也颇完整,有攻有守,稍差一点的妖物决难为害。这些在彩蓉眼里俱是旁门中末技小术,觉无意思。妖怪来庙尚早,庙中火居道士早已避开,更无他人,正好去寻怪婴。

刚出殿门,灵姑偶一抬头,见窗棂高处爬着一团黑影。来时并未看见,忽然有此,乍看疑是水怪潜来。及告彩蓉,定睛一看,竟是一个两三岁大小的婴儿,短衣赤脚,腰间乱插着一些小刀镖弩之类,手脚紧抓窗眼,正在悄悄往里偷看。周岁婴儿如此胆大身轻,人言果然不谬。彩蓉因王老幺说他还有许多怪处，乘此无人，正好抱向隐处问个仔细。为防出声哭喊，忙伸手指，将他禁住，然后飞身上去，轻轻抱下。

二女见西厢房灯光全熄，知有禁忌，便寻到里间，撤去隐身法和婴儿禁制，行法将当窗一面闭住。还未放出光明，小孩已连喊："仙人放下，让我磕头。"灵姑未看清婴儿相貌，只觉身形长瘦有异常婴。见他被生人突然擒抱，又被法术禁制开口不得，才一撤禁，还未见光将人看清，开口便叫仙人，毫不害怕，不禁爱极。刚喊得一声："小乖乖。"正要伸手去拉，彩蓉手上光华照处，几乎吓得连手缩回。

原来那婴儿生具异相：扁额高颧，狮鼻龙睛，猪口暴牙，两耳狭长垂肩，一道紫色连眉紧压眼上，几与鬓相连，两额角各有一个短肉角，白发如针，又稀又短，额下还有一丛寸许长的白须。从头到脚，通体俱是火红色。最奇是手脚俱作爪形，五指分开。乍看几疑怪物幻化，不信会是人类，端的丑怪非常。

灵姑手才伸过，便被抓紧。方觉力气特大，怪婴已挣下地去，望着二女纳头便拜。彩蓉知是天生异质，一把拉起，问道："小乖，我抱你下来，不害怕么？"

怪婴抢口答道："我不怕，仙人不要叫我小乖，我叫浪生。叫我小乖，我不喜欢，你如不是仙人，我就抓你了。"

灵姑问道："你怎知我们是仙人？哪个对你说的？你爬在窗户上做什么？"浪生闻言，一双龙睛怪眼连翻了几翻，答道："我师父最爱我，我也爱他。就大师兄嫌我麻烦，我抓破过他的鼻子，他不爱我。那天叫五鬼吓我，被我把五鬼抓跑了。他气极了，一来就画鬼符，把我困在地洞底下，不许出来。今夜祭江神，后天朝会人多，本该把我关在地洞里头，要朝会完了才放。

"前日十四祭神，师父有事，忘了跟我说好话，是大师兄将我关在洞底。我不服气，硬往上撞，差点把江神逗急，将师父、师兄连我一齐吃去。还是师父听见砖响，赶忙想法叫大师兄代他，偷回地下劝我一阵，才没闹出事来。这回怕我闹事，不放我在地洞里，师父和我好说，叫我乖乖守在他屋里，不要走出。

"我原听话，一答应，多难受也不改悔。适才一个人在屋，想起师父为祭神发愁，那么害人可恶的江神，偏要给它吃肥猪，我已有气。又听说今晚一个不好，就要和江神打死架。我想江神厉害，师父要是打不过，着江神吃了去呢,日后还有哪个爱我?越想越着急,才带了这些东西,等江神来了,师兄打不赢我不管,师父要打不赢,我就偷偷拿镖箭把江神打死,省得师父没钱置猪着急。我爬到大殿窗户上一看,师父、师兄正打坐呢,神也没来。正等得心急,你们就把我抱回来了。你们是仙人,本事比我师父大,你们帮我把江神打死吧。"

灵姑又问:"打死江神容易,你怎知我们是仙人?说出来,我们一定帮你。"

浪生怪眼一翻,略为寻思,才答道:"这个,师父不许说,我横竖晓得你们是仙人。我已不听师父的话偷跑出屋,不能再不听话乱说了。帮我就帮,不帮,我也会打它。时候不早,师父又在打坐,莫要着江神偷偷走来,把师父偷吃了去。"边说,纵身一跃,便往外跑。

彩蓉看出此子异禀奇资,性情桀骜,忙伸手一招。浪生情不由己便退了回来,再纵已被彩蓉禁住,急得乱蹦道:"仙人快放我打江神去,再和师兄一样制我,我就要抓你了。"

彩蓉说:"你去不得。"话才脱口,浪生倏地大怒,纵身一把抓来,动作极快,如非灵姑手疾眼快,伸手一挡,彩蓉几被抓中。浪生回手又抓灵姑,被彩蓉伸手一指定住,不能再动,急得龙睛怒凸,直闪凶光,怒骂:"原来仙人也不是好人,你只要敢一放我,就把你们抓死。"

灵姑见他情急,温言哄他道:"不是不放你去,一则时候还早,二则江神最怕你这样厉害娃儿。他见你爬在窗户上,当时不敢进来,等过一天夜深入睡之时,连你师徒一齐吃了去,那多不好?莫不如和我们谈一会儿天,等江神来吃肥猪时偷偷赶去,一下杀死多好。"

灵姑因见浪生胆大倔强,不受恐吓,设词相诳,前半竟与老道士平日所言巧合。浪生信以为真,立即转怒为喜,笑道:"我师父也说江神怕我,我还只当是哄我的。真是这样,那我就等江神来吃大牛时再去。我不抓仙人,快放我呀。"要知后事如何,且看下回分解。

第六十九回

鲁道人仗义拯奇婴
吕灵姑飞刀诛巨害

话说彩蓉将禁法撤去，令浪生坐下，盘问身世。浪生也语焉不详。只知父是四川州县官，死于任上。乃母扶柩回籍，船行江峡之中，路过险滩，因有八九月身孕，肚大体弱，又在病中，不能上岸，行至娃娃滩附近遇险。除却几个上岸帮纤的船伙外，俱被恶浪卷去，无一幸免。只乃母一人被浪打向江滩之上，没有沉底，经人救起，产了一子。乃母水中受寒，山村无处延医，只庙中老道士鲁清尘医道最好，偏又因事他出。

婴儿生具异相，落地即能睁眼说话，人多当作怪物，几乎抛向江里弄死。孤儿性更暴烈多力，稍有不合，便乱抓怪叫。生具异禀奇资，落地便能分别善恶。土人们过信神怪，初救人时本是好心，及见生下怪婴，俱恐贻祸，立即改了待承，也不问产妇能否经受，竟将她搭向江边崖洞里去，死活不管。

幸得两个年老好善的给了些稻草吃食，并命家中妇女前往伺候，并拦住众人不可伤害婴儿，产妇这才多挨了三日活命，婴儿也得保住。下余土人及原救人那家，俱对产妇母子轻视厌恶，不但不再帮忙，反而传为怪事，引了多人前往观看，闲语嘈杂。产妇乃名门官眷，夫丧之余遭此大难，日抱婴儿血泪呼号，一直到死。

婴儿天性至厚，见母悲泣惨痛，所来土人妇女十九辞色不善，洞外还聚集多人嘈杂不休，先虽心中厌恶，尚还不知就里。到第二天闲人去后，乃母自知不保，爱子生而能言，犯了众恶，恐死后遭人毒手，乘着夜静，一边喂他离娘乳，一边忍痛强提住气，告以厉害，教他忍耐小心，以后不可当人说话。

婴儿生已二日，力气愈强，知识越长，听知就里，立即发威暴怒。产妇本要往下详说身世，见状一急，便晕已死。等到缓醒，人已不能说话，眼含痛泪，望着婴儿，正在挨命。恰值鲁清尘得信赶来，人既正直慈祥，又是一方重

358

望,喧嚣立止,问明经过,见状知无生理,只得先给产妇灌服了两粒丹药,稍补元气,好使详说姓名身世。

产妇人甚机智,一见老道士,便知是个好人,开口便哭,求收容婴儿,千万慈悲,不可落于旁人之手。又令爱子拜师,再四哀声叮嘱,眼看两人欣然应诺,末了才说身世,不等说完,便已身死。

婴儿落地便遭大难,备受憎嫌,忽得老道士温慰怜爱,乃母又有遗命,不由依恋已极。先还不舍死母,抱住哭闹,不放抬走,经鲁清尘耐心婉言劝解,才行备棺埋葬。鲁清尘将他带回庙中抚养,因生险浪之中,恰又姓风,取名浪生。因他灵慧颖悟,生具神力,身轻善跃,骨格坚硬,成长甚快,不到半年,便有三四岁大小。只是性格刚毅,脾气强暴,除师父外,谁也不服。

鲁清尘知土人多对他嫌憎,日常不令生人见面,只教他识字和谈吐问答。鲁清尘三个徒弟俱得师传,学有一身好武功,大弟子卞明德更是他衣钵传人,连所习法术全学了去。浪生半年后见师兄们习武,也磨着师父要学。鲁清尘说他虽然生有自来,到底年纪太幼,不许。浪生无法,因二师兄宜从善、三师兄金百炼俱疼爱他,便背师偷学,共只四五个月的工夫,竟把本门一手双发的双镖弩学会。

浪生近见师父为了妖神之事时常忧急。老大气愤,本想长大后学成本领,杀死江神,为师除害。当日又听师父和师兄们议论祭神之事,并说今夜必有一场争杀,弄巧许能就此将害除去。浪生平日爱听故事,早从宜、金两师兄口中得知昔年师父曾和妖神斗过一次,几乎把命送掉。心想:"彼时妖神母女只有四个,师父已打他不过,如今师父年老,妖神又添了一子一女,小妖神更是厉害,凶恶难制,虽有大师兄相助,也非敌手。"越想越担心着急,决计背人藏伏殿门窗中,暗刺妖神,助师除害。小娃儿无甚顾忌,想到便做。

鲁清尘知他最是信实,无论是多不愿的事,只要事前说好,一点头永无更改。见他再三央求在师父房中守候,许其悄悄伏窗外望,决不出门一步,不要将他关入地洞以内;又因室中设有奇门遁法,出进两难,纵令伏窗偷觑,也不妨事。

哪知浪生智慧过人,记性绝佳。上月师父他出,卞明德嫌他顽皮,曾用奇门禁他数日,撤去时,生死门和撤法竟被他记下。一见师父洒米布阵和师兄一样,心中暗喜,也不说破。俟鲁清尘等走后,扒窗遥觑了一阵,侧耳遥听大殿上住了声息,算计布置停当,静候妖神来享。知那奇门当门而设,脚一踏进，在米圈中旋转纵跃决走不出，仗着目光灵敏，能在暗中视物，便照前记撒法，看好门户方向，由休、杜两门挨次撒起，将米抓散，破了遁法，胡乱寻出两把锋利匕首和镖弩等暗器，刚轻悄悄跑出偷往大殿，爬在门窗高处往里张望，不料被二女抱回房来。

二女见他说到鲁清尘师徒密计与神相斗时，目光闪烁，语多吞吐；问他怎知自己是仙人，又答不出，料有原因。忽听外面山风暴起，遥闻江峡中波涛怒吼，滩声如雷，势颇惊人。浪生忙低告道："神快来了。"

彩蓉因时甫交亥，道士所说时辰决不会差；并且风势初起，妖来须在风定以后，便问："你怎知妖神快来？"

浪生说："向来多半如此，风住一落偏东雨，神便飞来；也有无风之时，不知不觉，悄悄飞来。师父只上过一次当，以后全都算准，这次定是把小妖神一齐带来了。我先怕它偷偷来害师父，所以心急。既刮了风，定是明来，至快还有半个多时辰。我们听见雨响，再出去等它也赶得上。不过我担心师父，总是早点去好。"

彩蓉便说："区区妖神，举手伏诛，不足为虑，到时再去，决来得及。先去易被惊走，转留后患。最好等它进殿受用之时，我们偷偷掩去，断了它的逃路，再行下手，一个也逃不脱；你还可以由我抱着，看个热闹。只到时不要乱动，免受误伤好了。"

浪生暴性已过，想起师言，虽然惊喜交集，但还别有疑虑之处，欲在妖到以前先去守伺。彩蓉终以为道士师徒虽无除妖之力，却能人妖互约，相处多年，未为所伤，可知妖物气候有限，鲁清尘必能抵敌片时，心想看明白再动手。妖物又是水怪，殿有水槽，防它逃时带水为害生灵，决计等它入殿享受时，先在殿外设下禁制，再行入内诛杀。强止浪生勿急，急反坏事。浪生有了先入之见，听彩蓉说得如此容易，也就相信，放下心思。

待有片刻，忽听暴雨打窗之声，风势更狂。浪生忙说："江神来了。"彩蓉知浪生生来夜眼，忙把适放光华收去，同就窗隙往外偷看。只见外面狂风暴雨，阴云如墨，笼罩全殿。遥望殿门大开，盆火骤炽，灯烛辉煌，甚是明亮，火苗也极旺盛，风吹不摇。

卞明德手持长剑，脚踏槽水，当门而立，倏地剑尖刺水，朝外一甩。槽中之水立似瀑布倒挂，飞出殿外，朝空斜射上去，高出殿房丈许，波翻浪滚，循环不已。卞明德随即纵落槽后火盆后面，全神贯注，持剑相待。一会儿，便听空中嘘嘘之声由远而近,晃眼之间,一条黑影疾若箭射,顺着瀑布飞泻,直入殿门。

三人见那怪物通体墨绿,长约丈许,满生三角尖鳞,前身大半形似如意,曲颈扁头。平脸上丛生着五个茶杯大小的怪眼,蓝睛怒凸,睁闭不息,凶光闪闪。眼下有一通红肉缝,再下去是一张宽约尺许、长约二尺的长方形怪嘴。嘴内生着上下两圈钢锥般的利齿和两条三叉形的怪舌,蛇信一般吞吐不休。身粗尺许,只有怪头四分之一。后半身形似横立着的半截琵琶,上生双翅,形如两把短柄薄扇钉在背上。腹前两条长爪,伸开怪蟒也似,约有两丈长短。腹下六个鸭掌形的肉足。毛尾上生着一丛怪毛。神态奇特,狞恶非常。

才落水槽,望见卞明德,便嘘嘘怒啸发威,怪头高昂,张牙舞爪,待要扑去。卞明德早有准备,手中长剑向火盆一指,立有一团烈火飞起,随喝道:"你母今日为何又不遵前约,放你先来?急速进房受用,再若无礼,神火落下时便把你活活烧死。"怪物想知难犯,这才怒啸连声,顺水槽往祭室内泅去。

跟着又听空中嘘嘘之声交作,听去有四五个。这时风雨全住,只那条瀑布斜立空隙,黑云水雾比前还要浓厚,除正殿景物可见外,余者俱难看出。待有半盏茶时,又有四怪自空飞坠,形状俱差不多,只头上多着一丛毛发,身稍长大,声势没头一个猛恶。好似来熟神气,由瀑布顺流落入水槽,嘘嘘叫了几声,便顺卞明德指处泅向侧室中去。

彩蓉方觉怪物无甚能为,忽见大殿上五盆之火齐发,火墙也似将卞明德挡住。猛听破空之声又快又急,晃眼一条蓝光疾如流星般自空飞坠,那条瀑布也似电卷一般掣回槽去。紧跟着殿门便闭。三人仅看出后来这怪身子只有三尺来长,头前五眼蓝光四射,身上蓝光齐闪,两翅一放一收之间,已掉头往祭室中驶去,端的快极。彩蓉才知老怪已能通灵变化,小大由心。看它来得迅速,逃必更快,忙嘱灵姑、浪生少待,自往空中暗布网罗,断它归路。

彩蓉去后,忽听殿内道士师徒呼叱,与怪物怒啸之声交作。浪生急道:"今晚又和那回一样,定是大师兄把江神惹翻,仙人快去吧。"说罢,下地便跑。灵姑不会禁法,知难强拦,又听道士声音有异,算计彩蓉不会去久,自信怪物无甚灵奇,浪生同去还护得住,忙拉他道:"要去趴我背上,不许乱动,我一到便把怪物杀了。"浪生依言趴向灵姑肩上。

灵姑因彩蓉不在,恐有疏失,想先窥探明白,如非危急,便等彩蓉事完回来，一同下手。日间曾去祭室，知道墙垣厚实，除通正殿一门外，上面还有一个天窗，下视室内，一目了然，破窗飞落也极容易，便带浪生往殿顶飞去。

到了上面，收了遁光，轻轻越过殿背，掩向天窗旁边往下一看，只见靠墙六个注满江水的木槽内，各踞着一个适才所见的怪物。左右四怪大小形状俱差不多。初来那怪和末了一怪分踞当中两只大木槽内，身子较小，神态却要狞恶得多。尤其后来那怪，身长只有三尺，遍体蓝鳞精光湛湛，爪发尾毛刚劲如铁，怪掌在水皮上似沾着未沾着，凌虚而踞，虎虎欲飞，首尾绿毛蓬松，根根倒立，五只怪眼齐闪凶芒，远射数尺，分外显得威猛。旁四怪都是大口箕张，各伸腹前两只长爪，乱抓面前架上牲肉，塞向口中，上下两排利齿略一咀嚼，便成粉碎，咽将下去。

无论是猪是牛羊，利爪搭将上去，只一划一抓，便大块抓落，比刀还快。有的更深探入腹，连肠肝肚肺一齐抓出，鲜血淋漓，洒了一地。只顾争吃抢夺，别的全未在意。当中一怪偶然抓吃几块，却是时吃时辍，十只凶睛齐注前面，颇似蕴毒已深，蓄怒待发之概。

灵姑再细看对面道士卞明德，也是披发仗剑，左手握着大把米豆，目光注定当中两怪，一眨不眨。二怪只要稍微张牙舞爪作势，卞明德便立即厉声呼叱，左手扬起，右手长剑对着烛架上所悬的鳞片、绿毛，作出欲砍之势。表面虽还镇静，头上已然见汗。怪物也似有所顾忌，欲发又止。水槽四外到处都是法米、法豆。

老道士鲁清尘本有奇门隐形，这时也现身出来，背插六柄短叉，短衣赤足，站在卞明德身后，面带焦急。看神气，师徒二人定和怪物打过一次交道。当中二怪看似有意相拼，剑拔弩张，待隙而动，一任呼叱镇压，不少敛迹。

灵姑总以为道士供养怪物已历多年，见双方尚未发难，鲁清尘师徒又有好些准备，既能相持，还等彩蓉到来下手稳妥，免得漏网不能全戮，又留后患，便未发动。谁知事机瞬息，一触即发。当中老怪忽然长爪伸向牛腹之内，只一下，便将牛的全副内脏抓将出来。正要回爪送入口内，左槽那条无发小怪伸爪便抢，抓着一些肝肠，两怪一撕，分裂为二。夺时用力过猛，血水横飞，卞明德骤出不意，洒了一脸。

就在这心神微微一分之际，二怪倏地一声怒啸。鲁清尘忙喊："徒儿留神！"中槽二怪箕口张处，两股二尺许粗细的水柱劈面向二人射到。紧跟着舞动两只钢爪般的前爪直蹿过来。所喷水柱又劲又激，其疾若箭。二怪往前一蹿,槽水立即高涌。左右四怪也都蠢蠢欲动,待要飞起。

双方相隔原本不远,探爪可即,又正当行法人疏神之际,危险已极。还算鲁清尘深悉怪物动作习性,见卞明德心神一分,便知不妙,一面大喝示警,左手将卞明德猛力朝旁一推;一面发动禁制,身往右纵,避开正面来势,右手急忙往后抓叉,向外一甩,便有六溜火光裹住那六柄钢叉,朝六怪飞去。

卞明德也颇有急智,见势不佳,纵时左手一扬,满把法米、法豆化为无数大小火弹,雹雨一般打去,就势空手提了那坛五色米豆往侧纵去。师徒二人恰好同时发动。左右四怪身还未及腾起,被火弹刚打了一跌,火叉同时飞到。仓促之间不及抵御,各被火叉叉向如意头颈上面,禁法再一发生妙用,紧紧嵌住,疼得嘘嘘怒啸,在槽中舞爪挣扎,不能脱出。

当中两怪眼看将仇敌冲倒,忽被火弹、火叉迎面打来。这类旁门中应急炼成的法器,老怪虽不甚在意,但那小怪是个雄的,年纪最幼,最是凶恶,老怪也最疼它,唯恐受伤,忙即拦向前面横身遮挡时,小怪也被火弹打中好几十处。总算见机,知叉厉害,迎御得快,负痛举起两爪,将火叉敌住,未被叉中要害。转是老怪急于救护幼子,闹了个脚忙爪乱。火弹打向身上,不过略往后退,还不怎样,这一叉却正打向颈间软处。幸亏修炼年久,气候甚深,才一打中,便回爪将叉拔下,怒吼一声,奋起神力,一折两断。接着又把小怪那柄叉抓去折断。经此一停顿,师徒二人才得避过凶锋。

鲁清尘看出老怪比前几次厉害得多,所炼法器已制它不住,料知它内丹已成,少时情急喷出,必遭毒手。所盼救援,不知何故尚未出现,好生忧急。便乘老怪回身拔叉之际,忙喊:"徒儿快快随我退出屋去。"纵身上前将法架上所悬怪物鳞毛抢到手中,一同往外逃去。

怪物因为生性残暴,极少安分受享,鲁清尘虽无力除它,防备却极为周密,炼就法器相待,软硬兼施,自己每来必要吃点苦头,本就怀恨多年。当晚主祭人又是卞明德,越发倔强不服。先已小斗过一次,等鲁清尘看出怪物来势不善,现身相助,怪物凶野之性业已大发。一则初到贪吃;二则鲁清尘把昔年在怪物身上砍落下来的鳞甲、头发做了镇物,屡次为此吃亏,不无顾忌,凶焰方才少息。及至行法人为牲血洒中,心神一散,怪物乘隙暴起,又吃了亏,怀恨自然越深。

这时老怪正喷腹中所炼真气熄灭法火,回救四个木槽中小怪,刚将火叉毁了两把,忽见鲁、卞二人抢了法器往外逃走,如何能容。连卞余两个小怪都无心再救,两翅一展,率领三小怪飞身追出。

灵姑没想到双方动作这么快,方觉鲁、卞二人手忙脚乱有了败意,未及施为,人、怪双方已飞向正殿。急得浪生在背上大喊:"我师父定被妖怪吃了,仙人还不下去?"随说随即挣落,只一抓,便将天窗上铁棍抓断了两根。灵姑恐他莽撞受伤,忙一把拦腰夹起,喝道:"你去不得,等我抱你下去杀那怪物好了。"浪生听到末句,才住了挣扎。

灵姑随将飞刀放出,银虹略绕,铁栅粉断。灵姑手夹浪生飞身直下,见槽中还有两怪在叉下乱挣乱叫,鲁清尘一走,火叉无人主持,效力渐减。灵姑急于应缓,本来无心杀它们。不料二怪见银光破屋飞落,惊惧情急,一怪负痛回爪猛力一抓,竟将叉拔起折断,展翅便往外飞。木槽离地六七尺,怪物起时水随涌起,晃眼工夫,室中之水已将过槽,仍在继长增高,夺门而出。

小怪起得突然,灵姑不曾防备,衣服全被溅湿,又见小怪脱叉欲逃,不由大怒,银光电掣,拦腰一绕,立即腰斩两段。另一小怪恰巧随后脱叉飞来,见同类惨死,吓得怪啸一声,头还未及拨转,被银光迎绕上去,照样杀死,血溅尸飞。浪生见怪物如此易杀,喜得拍手蹈足,怪叫不已。

灵姑见二怪虽斩,尸身犹在水中扑腾,目射凶光,爪牙皆动,势颇猛恶,恐其性长未死,重指飞刀一阵乱搅,眼看血肉横飞,成了碎段,才行停手往外飞去。经此一来,又耽延了一会儿。刚出屋门,便见老怪由殿外带着浪头展翅飞入,两只长爪已断,似要往祭室中飞去。刚侧转身,瞥见银虹飞出,知道厉害,不敢再进,退又无路,嘘嘘急叫,待往殿后飞去。

灵姑如何肯放,手指银虹,拦住去路。怪物无法,箕口张处,喷出一团淡碧光华,意欲迎敌。灵姑飞刀何等灵奇,迎着碧光略一沉滞,便听叭的一声极清脆的爆音,碧光碎裂,化为千百缕冷焰激射四散。银虹随向怪物头颈间绕去。

怪物喷出碧光时,后面彩蓉也指着一道剑光飞身追入。见银光已将碧光裹住,忙喊:"此乃水怪内丹,留它有用。"飞刀神速,已将碧光绞碎,怪物虽有一点气候,怎禁得起飞刀、飞剑夹攻。内丹一破,自知无幸,心横发狠,还在妄想拼死,发动洪水,为害生灵。身才暴长,未及飞逃,银光首先绕向颈间,彩蓉飞剑青光又拦腰落下,只惨叫得一声,身体已分成三截。当时一颗比水缸还大的怪头直朝后墙飞撞上去,中、后两截尸身也在水上飞跃。彩蓉知它性长,恐伤殿房,将手一指,全都禁住,落在水内。

灵姑忙问:"姊姊怎去这么久才来?这是老怪,我在西房杀了两个小怪,还有三个小怪都杀了么?"彩蓉道:"三小怪已全被我杀死。我到晚半步,致令那老道友为怪所伤,真是可恨。"

语声才住,浪生首先惊叫,急问:"我师父被怪物咬死了么?"彩蓉还未及答,跟着神龛内纵落两个道童,哭喊着"仙人救命",浮水赶来。浪生又连挣带喊,要看师父。二道童哭道:"浪生,仙姑能救我们师父,你千万莫强,求仙姑好歹救师父一命吧。"随说随在水里磕头,人矮水深,通体淋漓。

二女看了甚是感动。彩蓉道:"你们师父为老怪所伤。又被小怪抓了一下,幸我赶到,未被吞噬。现被你大师兄救回房去了。我们必尽全力救他,你们不必悲哭。大约江水已被怪物发动,仗着崖岸甚高,怪物又死得快,未至成灾,此时江中波涛想必平复。这里的水最深处虽不过丈,因我早防到此,设有禁制,未使蔓延,水都聚在一处,也须退去。吕仙姑带有丹药,你们可先随她同去,看你们师父伤势如何,先给他服下一粒灵丹,将命保住。我事完即来。你们快去吧。"三小哭谢。

灵姑仍抱浪生,带了二道童,同去道士丹房。见鲁清尘卧在床上,胸前被怪爪抓伤甚重,肋骨断了两根,上身满是血迹。又中怪物丹毒,通身寒战,面如白纸,牙关紧咬,气还未断,人已不能言语。三小见状,立即大哭奔去。卞明德眼含痛泪,正在行法禁止血流,用自配丹药灌救,回顾四人进房,立即向灵姑拜倒,哀哭求救。

灵姑答道:"令师伤势甚重,这里有家师所炼灵丹,可给他灌服一粒,将命保住。我同来的还有一位道友,现在殿上退水,等她事完来此,再行设法施治吧。"说罢,取出一粒丹药,命卞明德用水调化,撬开病人牙关灌服下去,并嘱三小不可哭喊。卞明德跪谢接了,依言行事。灵姑便去外屋相候。

约有顿饭光景,鲁清尘寒战渐止,眼也睁开,张口便喊诸徒近前,说:"今日之事,我早算定,是我劫运。本想能避过去,留一全躯坐化;否则只能将害除去,了我多年心愿。先还想我虽道力浅薄,无力除怪,师徒合力,决不致为怪物所伤。不料此怪颇有机心,早将内丹炼成,偏是深藏不露,忽然乘隙发动。我师徒骤出不意,一切布置戒备全无用处,至为所伤。如非仙姑驾临相救,不特我师徒几人性命难保,左近生灵和江边停泊舟船也无幸免。

"我数限将尽,纵不为怪物所伤,不过落个全身,终须化去。身在旁门,超劫转生始得善果,借此解化乃大佳事,你们何必悲痛?倒是那二位仙姑关系明德、浪生二徒甚大，二仙此来尚有要事，不至便走，务要照我前言虔敬相求，不可自误。二仙俱是玄门正宗，拯济群生，积修功业乃分内事，毋庸多事絮聒。

"为师身中妖毒，神志全昏，本应即死，忽得清醒，定出二仙施治之力。据那日占算，尚有数月寿命，正好借这仙药之力，静心调养元气，以待时至。后日会期，好在一切均与你们说过，无须重述。由明早起，我便闭关自修，不到日期，连你们都不见面了。"

卞明德见师父说时十分吃力，人尚不能转动，面容隐忍痛楚，再三劝阻说："仙姑共是两位，与师父占算相符。吕仙姑先来给师父服了一粒灵丹。适才追杀老怪的一位尚在殿上退水，少时到此，必能转危为安。师父刚醒，体力不佳，务望保重静养，不可言动多劳。"

鲁清尘笑道："徒儿如何知道，便那位仙姑到来，也只医伤定痛，定数焉能挽回？我因此丹灵效，乘其功效最著之时，嘱咐你们几句。少时见了二仙，致了谢意，便一意调元静养，不再说话了。"浪生最恋师父，悲泪不止，几次想说话，卞明德恐师父又劳神，频频拦阻。浪生也知有害，强自忍抑，悲痛已极。

这几间偏厢占地颇高，水又未自当地发出，深只尺许，这时已全退尽，现出地面。灵姑独坐外屋桌上，听鲁清尘师徒问答之言，分明事已前知。若彩蓉适才赶回稍早，何致受伤？退水又去了老大一会儿，还不回来。不耐久候，走向外面一看，阴云尽去，星月满天。树木多被狂风吹得东倒西歪，残枝败叶到处都是，直似暴雨初过情景。大殿火光早已熄灭，此时却是明如白昼。暗忖："水都退了，彩蓉还在殿中做甚？"打算催她回屋，与鲁清尘医伤。

灵姑刚往殿阶上一纵，脚未落地，便听彩蓉与人说话之声。猛见一道青光带着几条长大黑影，疾如电掣，直向天空射去，差一点便被迎面撞上。骤出不意，不禁大惊，忙向侧面纵避。定睛仰望，只天际略有一丝青光闪动，破空之声由近而远，晃眼声踪全无，端的快极。灵姑自从元江取宝之后，见闻大增，看出那道青光正而不邪，知有外人到此。方在奇怪，忽听彩蓉呼唤自己。进殿一看，殿内外大小六具怪尸不知去向，血迹也都去净。彩蓉面色发红，神情似颇急遽。

灵姑一问就里，才知道那道青光是彩蓉儿时旧侣卫诩，现在昆仑派游龙子韦少少门下，不但剑术有了造诣，又得本派名宿钟先生期许，学会许多法术,为昆仑派小一辈中有数人物,适才彩蓉截断怪物逃路,正在行法设伏,恰值卫诩空中路过,看出是左道禁法,误认坏人,上前喝阻,气势汹汹。如非彩蓉灾劫之余心气平和,几乎动起手来。嗣经彩蓉说明原委,又认出鸳鸯眼的异相,才各略叙原委。卫诩原奉师命,有事巫峡;彩蓉又忙着除妖应援,二人匆匆说了几句,便订后会而别。为此迟到一步,以致鲁清尘师徒几为怪物所杀。等怪物死后,彩蓉行法退水时,卫诩也事完赶来,重又会晤,并助彩蓉将怪物尸首移沉江中。

灵姑听彩蓉语气,与卫诩颇为交厚,只是面带忧急,神色不定,知有缘故,因忙着回去救人,也未深问,便催速往。彩蓉愁然答道:"那老道士颇能前知,已早算出我二人来意和他应遭之劫。现在身中寒毒,已不能治,至多还有三两个月可活。他虽旁门,吐纳修炼颇有根底。他必早把身后一切安排,长日闭关入定,将本身真火聚于金门玉阙,以俟数限一到,立即出神坐化,免使寒毒耗损真元。照理醒后全身都要血凝体僵,仗有灵丹之力,减却他多日苦痛;想要救活,休说我无此本领,他也未必愿意。如能施救,我早抢先救他了。庙中人少,再出这事,后日又是会期,大殿上香案什物尚且散乱。不如由我将这三间殿房清扫干净,布置还原,免惊俗人耳目,还替他们省却不少的事。"灵姑只得罢了。

殿房血污腥秽,已经彩蓉在退水时顺便清除,只把鲁清尘师徒适才移去的陈设用具移回原处,再稍整理,不消片刻,便即完事。正要走出,浪生忽然哭着跑进来。见了二女,忽又破涕为笑,急喊:"仙姑快去救我师父。"灵姑疑心鲁清尘伤势危殆,不暇多问,便催彩蓉,抱了浪生,一同飞往。

鲁清尘已然坐起,见了二女,便要下床拜谢救命之恩,彩蓉连忙止住。一问卜明德,才知浪生听鲁清尘盼咐完了后事,得知师父只有数十日寿命,伤心情急,拟求二女相救,探头外屋,不见灵姑。卜明德早知二女不会就走,因有话和师父商议,需避着浪生,假说仙人已去。浪生越发惶急,故此哭喊追出。鲁清尘功力颇深,服药不久,人已好了十之七八,并无异状。

二女问完前事,见卜明德等长幼四徒环跪求救,满面悲愁之容。浪生更是泪眼莹莹,哀告不已。方在唤起来温言慰勉,鲁清尘叹道:"我适才再三晓谕,如何还不明白?浪生幼童无知,你三人怎也不知轻重厉害,等天一亮,我便闭关静养,有好些事要拜求二位仙姑,似此哭闹,徒乱神思,于事何济?我蒙仙姑灵丹赐救,才脱险境,不耐多言。明儿可照我刚才说的话,代我禀告仙姑要紧。如有一线生机,二位仙姑正在广行功德,何用你们强求呢?"说得语声断续,气颇衰弱。灵姑便劝他躺倒将息,鲁清尘告罪依了。卜明德料知望绝,只得强忍悲酸,谈说前事。

原来那水怪本是前古蛟龙一类,名为蓝螭,产于冰雪寒潭之中。性最凶残,力猛非常,喜伏寒潭深涧和江海泉眼深处,虽好残杀,但是一饱便睡,往往旬日不饿不醒。醒时无论什么人物鱼介,遇上即无生理。因它恶明喜暗,寻常只在深水里作怪,不是饿极,无处猎食,寻常不上水面。又是卵生,为数甚少,出生时身小不过寸许。大螭口中喷吸之力极大,饿时性发,箕口暴张,猛力狂吸,离身十丈以内鱼介生物全被吸入口内。偏是护犊,所产之卵全在身侧不远的水底沙窝之中。这些小卵哪禁得起它这样扰害,不被误吞入腹,便受狂涛震碎冲裂,所以产量甚稀,世人极少见到。可是成长极速,不消多年便长过丈。

二女所杀老怪,潜伏江心水眼已数百年。起初只在江底残杀生灵,激动上面狂涛骇浪,为害舟船。近百年中渐渐通灵变化,饿时常率小怪兴风作浪,将行舟卷入漩涡之中,吞食人畜。

鲁清尘本是明末秀才,饱学博物,生来好道。明亡前弃家学道,可惜误投旁门,仅学了些旁门法术。他却立志清修,专以救世济人为务。这年云游至此,正值江中风涛大作,舟船纷纷沉没。看出江中有怪作祟,立意除害,积修苦功,便在江岸上搭一茅棚居住。乘着月明风静,冒险入水侦伺虚实。看明怪物底细,知道厉害,不敢和它水斗,盘算了三月之久,才行下手。先后在半夜里将怪物引出水来,苦斗了好几次,结果双方各受些伤害,终于制伏不住。蓝螭势更猖獗,船行至此,总有半数以上难免于祸。

鲁清尘无法,只得长日守在江边,遇有船过,便在暗中行法护送出险。无奈人单势孤,法力有限,抢滩的船太多,不能兼顾,不消月余,累得心力交瘁,所保全的过船并没多少。最后又下苦功仔细观察,连入水底好几次,探明怪物习性嗜好。重又择一静夜将怪物引上岸来,斗到酣处,先给它吃点苦头,然后与怪相约:从此互不侵犯;以后怪物不许伤害舟船,由鲁清尘建一神庙供它,每月两次备下牲畜,请怪物上岸受享。

当时怪物神通尚小,斗时往往吃亏,心中不无畏怯,一经好言开导,许以美食,立即应诺,方得暂安无事。无如怪物性太凶暴,饱卧还可,醒时稍一腹饥便不安本分。滩本奇险,哪再经得起怪物在下面发威大闹,每月依然不断出事，只是比前好多了。

鲁清尘不愿假借神怪招摇惑众，荒江野岸，村小地僻，不能分身往别处募化。起初只和一个已死的徒弟合力在坡上建了一个大茅棚，算作神庙，用所存十多两散银买了些肥猪如期供应，预计至多数月钱便用光。恰值有一官员入川，赶滩路过，因连日风浪太大，不敢开船，时正炎暑，借宿村中。见民家宰猪，说是山坡茅棚道士托宰祭神肥猪，每月两次，每次一口，少时便要抬去。

那官人颇贤能，问出道士善于医病，从不向别人捐募，师徒都是茹素，日以野菜、野草、糠米为粮，甚是清苦，每次祭神都在半夜无人之际，有那好事村人，见次早茅棚内猪骨都不留一根，前往窥探，必被他的徒弟迎头劝阻。去的人有时不听，强横动武，交手必败。人少如此，人多照样败回，休想过去。村人知他师徒好武功，平日待人又极谦和，次日老的必率徒弟登门赔礼。两次过去，也就无人再找没趣。

那官人心想："当地肥猪有三百斤左右，少说可供百人以上之用。照例祭神只是虚设，未见实享。道士形迹诡秘，又精武艺，莫非是江洋大盗隐迹居此？"便率悍仆和一位随护武师去探。鲁清尘已早算出，命徒来迎，接入棚内，背人告以经过，并请藏于所设奇门之内隐身静伺。到了半夜，果见怪物来此受享，亲见奇迹。鲁清尘随允明日送他过滩。那官人本来程限紧迫，几次要想冒险上驶，俱被眷属、舟人苦求强劝而止，见道士有此法力，心中大喜。又问知怪物不是人力可除，宣扬徒自生事，怜他清苦行善，自捐二千金，另建庙供神之用。

不久鲁清尘查知怪物饿醒必闹，又算准时刻，将祭期移前一二日，不等怪物醒转，在庙中宰牲设供，命徒弟持了法牌前往近江边呼唤。由此习以为常，每逢朔望祭后数日内，多半风平浪静。纵然出事，也因滩势奇险，风色不顺，没将伏礁急漩躲开所致，与怪物无干。不似往常怪物作祟，满江舟船全部沉没，极少幸免，救不上一个生人。岁月既久，渐渐传播开去，舟人都知江神有灵，齐来供献，香火日盛，人怪倒也相安。

怪物本是一个雌螭，这年不知何处又来一个雄螭，两个交合产卵到了祭期齐来享受，鲁清尘恐它种类日繁，为害更烈，每值产卵期中，想尽方法破坏。虽得手了好几次，先后仍被长成了几个小螭，连那雄螭共有两大三小。知此怪已有灵性，再隔些年内丹一成，更难制伏。现时它防护小螭自是周密机警,无法再行下手。而雄螭不除,必要滋生不已,供应艰难还在其次,小螭更不安分,岂非大害?好生焦急。

先同来的徒弟名唤王清,随师多年,本领法力俱比乃师差不了多少。自恃太过,见师父日夕为此愁思,便乘怪物享受后回江伏卧之际,背师自入江中暗刺雄螭。那雄螭气候尚浅,但这东西在水底力猛异常,虽被刺中要害,王清却被它长须卷紧,无法摆脱。

王清自知难免,唯恐雌螭醒来发现,与师父拼命,为害生灵,把心一横,就势行法,连人带雄螭一齐沉入江心水眼以内,然后自己震破天灵,遁回元神。等鲁清尘半夜起来,发觉爱徒不在,算出就里,赶去救助,已是无及。只得把他元神收住,用本门法术送往左近临产贫妇家中转世,等他离乳之后,用银收买为徒,便是现在的卞明德。

雌螭醒来不见雄螭,还不知为人所杀,只当年久生厌,遁向他方。连往上下游搜寻多次,终未寻到,只得仍回老穴潜伏。每年逢两怪交合与雄螭失踪那几天,怪物想起旧情,必要大闹,于是又添了一年两次大祭。到时供应独丰,怪物大嚼醉饱之余,回穴一卧多日,比起朔望两祭隔时还久。这春秋两祭,江水一涨一落,恰到好处,利于行舟,怪物又不肆虐为害,最是安稳,无形中又将江神增加不少灵异传说。

可是那号称江神的蓝螭,只是一个尚未全成气候的怪物,只能性发为祸,不能造福行旅。尤其到了近十数年间,小怪逐渐成长,只要睡醒,便在江中作祟。除两次大祭,怪物饱餐之余,照例把小怪封闭穴内,不使外出,有十来日平安外,其他时间不断出事。

往往那不信奉的倒能平安过去,那信奉的反而出事,于是渐失信仰。再有几个胆大聪明的故乘大祭行船,得了平安,于是纷纷效尤,闹得庙中香火一年比一年稀少。虽因地僻,远近商民多乘祭期来做生意,热闹不减,香火也有,但多是虚应故事,供银比昔年大逊。怪物食量偏越来越大;鲁清尘师徒又好行善,每有余资,多以散众,向无积蓄,渐渐捉襟见肘,连牲畜都是先赊后付了。

鲁清尘年已八十,自思坐化在即,卞明德虽得自己传授,无如年来怪物本领大增,分明内丹将成,即使自己在世也未必能制得住,何况身后。屡次占卜,都是自己运尽之日,怪物也该遭劫,守候数年,却通无征兆。日前正在作难,忽见江边风雨雷霆夹着金光飞坠,因他道浅,未能深悉微妙,却已算出

370

于己有关。

当彩蓉二次暗入祭室之时,已被鲁清尘看出有人来过,嗣见卜明德行法时如有师助,知道来人尚在室内未去,越发心喜。彼时如请见二女,原不至于受伤。因想凤孽太重,多年清修到此境地,不久即可化解转劫,所有磨难都愿今生受尽。只要不伤三个爱徒,不愿再以人力胜天,始终听其自然,若无其事。

自从算出此事起,鲁清尘便日夕筹划,将后事一一分派。浪生每日守伺在侧,听出不妙,心中忧急,立志和怪物拼命。鲁清尘知他和彩蓉有缘,又无凶险,故意放任,好使亲近。又令卜明德事后求二女援引。

彩蓉对浪生先颇喜欢,本无他意,及听卜明德说完前情,忽然动念,说道:"浪生孤儿,又是异禀奇资,此地如不留养,我二人拼担不是,带回山去,还有说法。但是卜道友一节,你本劫后余生,我虽奉郑仙师之命有事于此,还未正式拜师,此身尚无归着,灵妹更是入门未久,如何代为援引?"卜明德接口答道:"此层家师早已想过,并非要求二位仙姑如何为难,只求此次取宝时令弟子追随在侧,如有机缘遇合,不惜口角余芬,便可援引到别位仙师门下。"

彩蓉应了,随与卜明德商议买米之事。卜明德道:"这个容易。小庙常收各方布施米谷,为数也颇不少。家师因这里买米艰难,为防灾变,每年收下新谷,除施舍贫民和变钱买猪外,向来要存下好些,年年倒换,只食旧谷。以前香火盛时,所存米谷足够上下村众和全庙人众之需。近年香资大减,存谷比前虽少,但照二位仙姑所说石数,也相差无几。到了会期,有两个乘此时过滩的谷商几乎每年必到,由弟子和他们一说,当时就可买下了。"

二女闻言大喜。便令卜明德到日出头代买,暂存庙内。再由彩蓉行法,夜间运入木舟,以备应用。并命道童明日告知老纤头中止前议;原来所给买米定银也送他养老,只许对人说起。

卜明德随谈起滩势险恶,江中伏礁甚多,怪物虽除,大害并未全去。彩蓉说:"去礁平水不难,但有多人指江为生,害去以后衣食无着。两害相权取其轻,事自应办,但这些苦人也应为他设法。"

鲁清尘本在静坐养神,任卜明德代说,不曾开口。此时闻言,接口道:"贫道昔年曾经想过,这里山高石多土少,本不宜于耕种。去年秋间无心闲游,发现危崖背后有一狭长山谷,不特土地肥沃,出产甚多,还通着一大片洼地,开出田亩再好不过。只是四面危峰峭壁,无路可通,连贫道略知武功的人,也只可以空身攀缘上下。有心开出一条山夹缝,使此凹区变成良田,无如遍查形势,此山是块整石,上盖浮土,石质坚固。庙后危崖有一处相隔最薄,也有三五十丈。休说贫道法力浅陋,只能驱役五鬼邪神,难任是役;便是法力较深的道术之士,除非真有五丁开山之能,这数十百丈高厚的坚石也无法将它攻穿。二位仙姑飞剑神奇,何妨一试?"

灵姑忽想起元江取宝所得五丁神斧,立答道:"我有一柄五丁斧,触石如粉。难得此时天还未明,无一外人在此,待我往庙后试它一下。"彩蓉道:"我也想用此宝削去江心礁石,用以开山,实为绝妙。但是会期已近,此时试用,必惊俗人耳目,传说张扬,转多不妥。好在我们取宝时,会期也到末天,到时我自有处。"鲁清尘大喜,称赞功德不置。

彩蓉知他不宜多劳,事俱商定,见天将明,自己还有别的心事,嘱咐了几句,便即辞别。浪生意欲随往,又舍不得师父,二女因取宝关系重大,木船隐沉水内,带一婴孩同往,诸多窒碍,只允事后携带回山,不令随往,鲁清尘本想劝二女将浪生即日带走,听对方词意坚决,也就不再劝说。等卜明德等四徒送走二女回来,略嘱几句,便退入静室,闭关入定。不提。

二女回到原泊舟处,彩蓉令灵姑暂候,自己先入水查看,见无异状,才放了心。这时天已大明,江岸上朝阳始升,夜雨之后,草木华流,苔藓肥润,到处林木山石都是欣欣向荣,湿阴阴的。仰视天空,一碧无际。一轮朝日独涌天边,射出万道光芒,气象甚是雄旷,下面江峡断崖千尺,高矗削立,惊浪怒涛如雪,夹漩而驶,涛声浩浩,宛若奔雪。不到正午,照例不见日光,气象萧森,景物阴晦。这一夜工夫,平添了无数大小新瀑,恍如数十条大小白龙飞舞腾翔于深渊之上。

灵姑极口赞美,不听彩蓉应声,回头一看,彩蓉独立朝阳影里,眉鬟不舒,似有心事在怀,正在凝想。人既美艳,又被当前景物一陪衬,越显得丰神绝世,仪态万方。暗忖:"彩蓉自从元江取宝之后,日夕相聚,情感益亲,胜逾骨肉。以前身世行藏,无所不谈。来时并还说,等二次吸起金船,取得船中遗宝,不问师父允否收录,决计同回大熊岭苦志潜修,以求正果。每日总说以后渐入佳境,前路明坦,兴致勃勃,从未见有忧色。昨晚还好好的,怎自行法退水,遇见她那旧友以后,便心神不定起来?"心中奇怪,忍不住问道:"彩姊,你在盘算些什么?江神庙前豆花饭甚好,我们晌午还去吃它好么?"

彩蓉面上一红，答道："我们这种神气穿着容易叫人生疑，最好暂停一日再走。明日即是会期，香客商贾四方云集，什么异言异服的人都有。灵妹打算饱尝乡味，好在取宝还得数日，要去明早再去好了。"

灵姑见她支吾不答，以她为人和平昔情形，必有难言之隐，也就不再追问。暗中留意窥伺，彩蓉面上老是时喜时愠的。有时故意谈笑，似恐心事被灵姑看出，欲盖弥彰，更露形迹。灵姑越发心疑，也不给她叫破。当日便在泊舟岸上闲游，随便饮些江水，吃点干粮，徘徊眺望。

到了黄昏将近，彩蓉忽说想往庙中看望，当地不可离人，令灵姑留守。灵姑知道一切都与鲁清尘师徒商妥，去否无关，彩蓉借词他往，必有用意，但是不便拦阻。又因事关重大，倘因同时离开发生什么变故，如何承当？只得罢了。

彩蓉去后不久，灵姑忽见一道青光由上流头横空疾驶而来，先疑来了同道，转瞬已经飞过。心正寻思："此人剑术颇深，怎飞得这么低，岂不惊俗炫众？"青光倏又折回，到了头上略一停顿，便即下落。

灵姑因那金船藏珍关系修道人甚重，不特各异派生心觊觎，便是昆仑、武当两派和海内外散仙修士，见了也不肯放松。因彩蓉不在，更须谨慎。一经看出来的是生人，并非元江所遇诸友，又似朝己而来，灵姑早就有了戒心，暗中准备。青光还未及地，手指处，一道银虹已先迎上，才一接触，青光倏地掣退。

灵姑原见来势太骤，未分敌友，不得不防，本无比拼之意，见青光往下一撤，也将银光止住，方问："何方道友到此？请示来意。"同时对方也发话道："我来寻人，吕道友休得误会。"跟着面前青光敛处，现出一个猿背蜂腰，面如冠玉，长眉入鬓，星瞳炯炯，身着白袷衣，腰佩革囊宝剑的英俊少年，缓步走了过来。

灵姑听来人称己为吕道友，猛想起天明前大殿门外所遇青光，正与此人一般家数，知是彩蓉所说童友故交，爱屋及乌，敌意全消。更想借此探询来人口气，彩蓉时愁时喜，究是为何？忙把飞刀收去，赔笑答道："道友尊姓高名？令师是哪一位仙长？能见告么？"少年答道："卑人卫诩。家师是昆仑四友之一，游龙子韦少少。"

灵姑一听果是卫诩，笑着接口道："如此说来，道友寻的是彩蓉姊姊了。久仰昆仑四位前辈仙长大名，今见道友剑术神妙，果不虚传，可称幸会。听彩姊说,昨晚除妖空中行法,得与道友无心路遇,后在庙中晤别,已然因事他往。现又寻来,有何见教呢?"

卫诩目注灵姑,略为寻思,便笑答道:"明人不做暗事。实不相瞒,我与道友一样都是为那金船藏珍而来。昨晚别时,因见空中邪气弥漫,疑有妖人盘踞庙内,不想行法人竟是昔年旧侣。蓉姊自从幼年随人上坟未归,诸邻友都当她迷路入山,饱了蛇虎之口,独我不信,背了家人私往山中寻找,也将路径迷失,因在山中,幸遇家师和钟师伯,得有今日。她却不幸为妖鬼徐完摄去,受尽苦难。数十年来时在念中,昨夜劫后重逢,始悉前事,闻之痛心。

"只因她陷身妖邪门下太久,如今既已归正,如何仍习邪术?我再三劝她随我往见家师,必为援引,她又不去,可知唯恐妖鬼死后失势无依,并非真个迷途知返。因她说起元江取宝曾经参与,彼时武当七姊妹也都在场,我与七姊妹中的姑射仙林绿华相熟,所居恰又离此甚近,意欲证明真假。适往访问,果然不虚。并还因此得知巫峡取宝之难不亚元江,只金船陷入水眼不深,吸上来较易,但若没有金蛛仍吸不上来。

"我素不愿抢人现成,初意仗有师传法宝,直入江心金船之内取宝。谁知金船禁制仍未全除,不知破法,不能妄入。蓉姊再三劝我息念,我均未允。现知底细,既不愿巧取豪夺,只好罢休。深觉昨夜对她不起,意欲告知,好使她放心,还有好些话说。我昆仑门下虽不似目前峨眉、青城两派声势之盛,人才之多,论起功力修为,却也不相上下。师叔崔黑女自从阴素棠犯规叛教,便立意收一女弟子承继本门心法,多年物色,不曾寻得美材。

蓉姊天性品质,无一不是上选,本意约她访我,取了宝物同返昆仑,她偏执意不允。我疑她所说不真也由于此。现在取宝一节,我也知难而退,不再作梗,但对她前途仍是关心在念。好在令师大颠上人未允收徒,可否请道友助我劝她,等将宝物取到手内,复命之后,由我引进到崔师叔门下,免使她身无归属,又被昔日同道妖人诱胁了去,再入歧途,就感谢不尽了。"

灵姑见他对于彩蓉情分真挚,现于辞色,便问:"彩姊被妖鬼徐完摄去时年尚幼小,道友称她蓉姊,想必年纪更轻了?"卫诩答道:"蓉是她的乳名,论年纪比我只大一个多月。因蓉姊生母贤惠多才,夫亡以后遭嫡室妒忌,遗弃流落滇中,与我叔父母所居是紧邻。彼时双方年小,我也幼遭家变,父母双亡,寄养叔家,受尽凄苦,与蓉姊同病相怜,常在一处玩耍。

"后来蓉姊年纪渐长,生活日苦,娘又下世,还算邻人善心收留,但那家也非富裕，仅得栖身。那日她去城外上坟，我本想同行，她恐家叔母搬弄是非，害我挨打，又恐旁人编造黑白，坚不令去。我幼时曾经习武，如若同去，她固不会迷路遇难，我也不会有此仙缘遇合了。今日侥幸得有小成，全出她赐。她已万苦千灾，方由苦海中挣脱出来。我不知道那是无法，今既已尽知底细，如再视同陌路，万一她重堕泥淖，怎能问心得过？

"无如蓉姊为人外和内刚，从小我就强她不得，一别多年仍是如此。昨夜已再四相劝，终是不听。反说她已失身妖鬼，无颜与我再见，下次相逢，还要避道而行，怎好意思同在昆仑门下？这话实是欠通，再说恐也无用。道友和她患难知交，言以人重，倘蒙劝解，许能听从也未可知。"

灵姑闻言，越知二人童年早种情根，彩蓉今日愁思必由于此。正待答话应诺，彩蓉忽然飞回，一见灵姑、卫诩并立说话，不由脸上一红。皱着眉头看了卫诩一眼，似想说话，又说不出口来。

卫诩见彩蓉来到，却甚喜欢，笑道："蓉姊，你到哪里去了？我正托吕道友劝你呢。昨晚所说的事，你能答应我么？"

彩蓉微愠道："我心已定，并与谭萧姊姊有约：她此番往青城见了崔五姑，为我尽力援引。好些前辈仙师都在金鞭崖上聚会，便郑仙师不允收录，也必不至落空。你对我好意，终身铭感。但是昆仑派前辈女仙，只有阴素棠与崔黑女两位，而阴素棠已因作恶叛教，遭劫惨死。我生性好洁，你也深知，多苦不怕。照你昨晚所说崔老前辈那等行径，虽说肮脏风尘，滑稽玩世，我却一日也做不来。

"你昨晚行时又说气话，害我担心一天。我本来不想再见你，适因取宝事难任重，关系我前途成败至大，你仍是童年性情，我又素不受人要挟，万一因你失事，我这苦命人怎生得了，迫不得已，适才设词瞒了灵妹，前往下流头飞来石古洞前寻你问个明白。不料你又他去，我便在洞壁上留字代面。

"今既相遇，好在灵妹患难骨肉之交，此事早晚也须告知，就说出来也无妨。取宝之事，郑仙师已早有安排，到时还另有能人到来相助，你只要不在暗中作梗，必能成功。你如怜我，便请息念回山，免我这苦命人出甚差错，无法交代；如真以此要挟，或是乘机巧夺，我所习旁门邪法，用以寻求正果虽是无望，如用来对敌，正不知鹿死谁手，事到其间，说不得只好与你拼命了。"

灵姑见彩蓉言词坚决，令人难堪，方恐二人反目，谁知卫诩闻言毫无忤色，只苦笑道："姊姊，你错怪我了。昨晚原因久别初会，盼深望切，见你初脱苦孽,身尚无归,恐将来有甚闪失,欲践幼时生死祸福之约。那金船之宝乃旷世奇珍,正好合力下手寻取,同返昆仑,共证仙业。如真与人有约,不能变计,便各行其是。反正此宝乃现成无主之物,谁有缘福、法力能得到手,便算谁的,并不为过。今日去晤武当七姊妹,承张、林二位道友告我取宝之难,不能专仗人力,还要借助异类,又出元江所得诸宝相示,才知底细。适已对吕道友说过,生平不愿因人成事,巧取现成,只请姊姊践言,情愿知难而退,几时有心要挟呢?"

彩蓉冷笑未答。卫诩又道:"我昨晚话太率直,难怪姊姊不肯深信,但巫峡沉船,已有不少异派中人知晓,到时必来扰害。你和吕道友只有两人,俱要主持行法,人手太单,恐难分身抵御。暂时甚话不谈,且容我从旁相助,明了心迹,再说如何?"

彩蓉哪知卫诩别有心意,本为取宝担心,唯恐卫诩作梗,自己难处,一听卫诩舍了前念,改作相助,暗自欣慰,不禁转了喜色,但仍故答道:"我们倒无须你相助,只求你不来作梗已足感盛情了。"

灵姑不知卫诩与彩蓉总角之交,耳鬓厮磨,性情素所深悉,见彩蓉话语神色拒人于千里之外,颇觉过意不去,恐怕双方闹僵。方欲设词缓和,卫诩已含笑道:"蓉姊如此说法,那我到时只作壁上观,略开眼界总可以吧?"彩蓉想说连看都不许,见卫诩满脸笑容,心方生疑,未及答话,卫诩已朝二女举手为礼,道声:"容再相见。"脚点处,一道青光冲空直上,往下流头天空飞去,指顾之间踪迹已不见,端的比电还快。

灵姑见他飞行如此神速,心甚赞服,埋怨彩蓉道:"卫道友是姊姊总角至交,我见他人颇豪爽真诚,所说全是好意。即使不愿与他同门,多一有力之人相助,总比从中作梗要省事些,何必样样深却峻拒,使他难堪呢?"

彩蓉苦笑道:"灵妹和我情逾骨肉,我的事也不须瞒你,他这人从小聪明绝顶,却受恶叔欺凌,将财产霸去,常加虐待。彼时双方都在童年,虽然两小无猜,互相爱好,原不懂什么情愫。后来年纪渐大一些,他忽然对我用起情来,时常背人寻我同玩,一天不见都不行,不久我被妖鬼掳去。我自学会妖法以后,曾往故居寻他几次,都未寻到。

"事隔多年,以为他已老死在外,不料昨晚重逢,他的遇合竟与我相差一天一地,不但仍是当年风度,并还学了一身道法。依他心意,仍是不忘旧情,再三向我劝说,由他接引到昆仑门下,拜女剑仙崔黑女为师,异日与他同隐,

如刘樊合籍、葛鲍双修一般。我多经灾劫之余，万念皆灰，幸遇灵妹，才得今番遇合。眼看前路有了生机，一心向道，唯恐失错，如何敢再惹世缘？

"就照他所说，他也是玄门清修之士，与我共处，不过双方情厚，不舍分离，只做个神仙眷属，地老天荒，长共厮守，不涉儿女之私，但我已然失身妖鬼，蒙垢含羞，终身莫涤，如何再配与他为偶，为此故作不情之拒，欲使绝念。昨晚他走时出言要挟：如允旧约，无一事不肯相从；否则他此来也为取宝，既然忘情故剑，视若路人，就只好各行其是了。

"今早回来，我料他色厉内荏，时常负气，事后必来寻我，因此不肯离开。及至等了大半日未来，唯恐相别年久，改了性情，万一真个翻脸成仇，却是我们一个劲敌。因拿不定准，前往探他心意，没有寻见，心还发愁，不料他已到此。适才看他还是当年对我情形。他这人言行如一，只要把话说定，决无更改。只是别时他面有喜色，令人生疑。我对他难堪并无妨害，也不会因此怀恨作梗；转恐他聪明机智，看出我那种种不情出于故意，那就难保纠缠不清了。"

灵姑暗想二人语气神情，一个固是用情专诚，一个也是未能忘情。听欧阳霜平日之言，彩蓉与师父无缘；谭萧和她那么深交，受托时也只支吾答应，并未明允力任其难，为之援引。谭萧脱劫以后，由本身元婴炼成道体，法力高深，已能前知，如知彩蓉前途，万无不告之理。照此看来，果如卫诩所云，只做名色夫妻，同修正果，焉知不是她的归宿？便将所托的话说出，又从旁劝解了几句。彩蓉闻言不答，随后想起自身经历，竟然掩面痛哭起来。灵姑再三慰勉，终无话说。一会儿月上东山，二女吃些干粮，夜深各回沉舟之内安歇。

次日一早，二女同往庙内，装作香客随喜，见江边埠头舟船云集，因船多滩险，泊舟之处只有里许。余者多是水深浪恶，山险崖高，无法上下，好些后至舟船都在上下游三五十里外觅地停泊，肩挑担负，起早赶来，还不在内。庙前坡上下更是人山人海，喧哗如潮，大殿外香烟缭绕，漫为云雾，端的热闹非常。

灵姑暗忖："近年舟人信心大减，尚且如此热闹，如在昔年，正不知有多繁盛呢。"方嫌庙中进香人多拥挤，不愿进去，忽见庙侧一株大黄桷树上有一小孩招手，定睛一看，正是浪生。忙告彩蓉，隐身飞纵过去，将浪生唤下来，带向庙后树林之内问有甚事。

原来二女走后，鲁清尘说浪生已有归宿，不久即随二女他去。吩咐闭关以后，由他自由行动，无须似前禁团。只嘱浪生不可生事淘气，否则便要自误仙缘，悔之无及。又暗中告诫卜明德，对于浪生须以恩结，不可生嫌。说完，随即入定闭关。四徒知是师父临去遗言，伤心已极。尤其卜明德和浪生不久他往，从此更无晤对之期，连送都不能送，悲痛更甚。当面不便哭泣，同退出室，各自痛哭，互相劝勉。

卜明德和浪生素不投缘，唯恐他会期中淘气滋事，奉有师命，不便再加管束。知道二女早晚必来，设词哄他，天未明，便令其隐身树上相候，不令行动。说二位仙姑不似常人，来时难免隐身，非在高处不能看见。此来无多耽搁，如被走脱，永无入门之望。

浪生因师父也曾说此乃旷世仙缘，不可自误，唯恐二女走来错过，信以为真，果在树上耐心眺望。候久不至，腹饥焦躁，忽见二女杂在人丛中走来，喜得将手连招。见二女忽又隐去，以为有心避他，正在惊急欲哭，四下查看，二女已在树下现身，招他下来。不禁心花大放，见面说了前事。

灵姑见他情急依恋之状，笑道："你大师兄哄你呢，我们还要托他买米存放，焉有不来之理？况又答应将你带走，怎能失信呢？"浪生闻言，暴跳道："大师哥太可恶了。他说二位仙姑嫌我调皮，不想带走，非紧缠不放，便被走脱，日后休想再见。却害我饿着肚皮，天不亮就爬在树上，着了一早晨急。少时我非寻他算账去不可。"

灵姑忙劝道："长兄当父，你师父已然闭关，他便算是你的师长了。他就哄你，也因今日人多，恐你性暴淘气，惹出事来难处。你既腹饥，我们也正想吃豆花饭。可随我们一同吃完，在庙外闲游些时，晚来人静，再去庙中见他，商量买米好了。"

浪生仍然愤恨不依。彩蓉故意怒道："你师兄原是好意，再不听话，我不要你了。"浪生方始安静，不再争闹。要知后事如何，且看下回分解。